中国强震记录汇报

第十五集　第一卷

2007～2009年强震动固定台站观测未校正加速度记录

国家强震动台网中心　编

地震出版社

图书在版编目（CIP）数据

中国强震记录汇报．第15集．第1卷，2007～2009年强震动固定台站观测未校正加速度记录/国家强震动台网中心编．—北京：地震出版社，2011．4
ISBN 978-7-5028-3876-8

Ⅰ．①中…　Ⅱ．①国…　Ⅲ．①地震记录—地震报告—中国　②强震—地震记录—地震报告—中国—2007～2009　Ⅳ．①P316．2

中国版本图书馆CIP数据核字（2011）第059849号

地震版　XM2111

中国强震记录汇报
第十五集　第一卷
2007～2009年强震动固定台站观测未校正加速度记录
国家强震动台网中心　编
责任编辑：王　伟
责任校对：庞亚萍

出版发行：地震出版社
北京民族学院南路9号　邮编：100081
发行部：68423031　68467993　传真：88421706
门市部：68467991　传真：68467991
总编室：68462709　68423029　传真：68455221
专业图书事业部：68721991　68467982
E-mail：68721991@sina.com
经销：全国各地新华书店
印刷：九洲财鑫印刷有限公司

版（印）次：2011年4月第一版　2011年4月第一次印刷
开本：787×1092　1/16
字数：442千字
印张：17．25
印数：0001～1000
书号：ISBN 978-7-5028-3876-8/P（4517）
定价：50．00元

编　委　会

主　编： 李山有

副主编： 于海英　温瑞智

编　委： 李小军　周雍年　杜　玮　章文波　韦开波
崔建文　俞言祥　卢大伟　王湘南　唐忠良
叶春明　闵祥仪　徐　扬

本卷观测人员：

高　东　段建新　刘琼仙　段洪杰　徐　硕
包壹峰　史勇军　张振斌　何金刚　热甫克提
吕桂林　杨青春　吴　哲　李国佑　赵树梅
孙春玲　李惠智　李鸿庭　田小慧　吕俊强
赵卫东　黎大虎　朱建钢　赖　敏　周朝晖
余　桦　何少林　李佐唐　何新社　姚　凯
舒优良　孟智民　徐仙鹏　罗词建　武恩夫
王树波　赵向家　杨占山　杨伟林　朱升初
孔建国　朱祥建　王恒知　陈琳荣

本卷数据处理人员：

解全才　江汶乡　程　翔　杨永强　杨　剑
李　丽　黄　磊

本卷编辑人员：

于海英　周雍年　解全才

主编单位：

国家强震动台网中心
中国地震局工程力学研究所

目　　录

一、概述 ……………………………………………………………………………… (1)
二、强震动观测仪器 …………………………………………………………………… (1)
三、数 据 处 理 ………………………………………………………………………… (2)
四、地 震 目 录 ………………………………………………………………………… (2)
五、台 站 目 录 ………………………………………………………………………… (2)
六、加速度记录目录 …………………………………………………………………… (2)
七、未校正加速度记录波形 …………………………………………………………… (2)

一、概　述

中国数字强震动台网的建成大大改变了长期以来我国强震动观测的落后面貌，使我国强震动台网获取强震动记录的能力有了很大提高。近几年来，在多次中、强地震中获得了大量有价值的强震动记录。特别是2008年5月12日汶川8.0级特大地震时，中国数字强震动台网布设在四川、甘肃、陕西、云南、宁夏、青海、山西、山东、河南、河北、北京、天津、内蒙古、江苏、上海、福建、广东、湖北、安徽等19个省市自治区的420个台站获得了主震加速度记录1253条。在2008年5月12日至2008年9月30日的383次余震中，四川和甘肃两省的76个台站获取的6078条加速度记录。这些加速度记录已分别正式出版。

除此以外，在2007年1月至2009年12月的三年内，布设在云南、新疆、青海、宁夏、四川、甘肃、陕西、内蒙古、山西、江苏、吉林等11个省市自治区的强震动台站还在多次地震中获取了大量加速度记录，本卷汇集了其中346个台站获得的185次地震833组加速度记录2498条，其中有一个分量大于等于10Gal的加速度记录有297组。另外17组加速度记录由于记录不完整，且幅值极小，未列入本卷。

本卷汇集的加速度记录中包括：4级以下地震42次，240条记录；4～5级地震100次，1029条记录；5～6级地震32次，600条记录；6级以上地震11次，629条记录。其中，多次强地震均有多个台站同时获得记录，如2007年6月3日普洱M_L6.7地震时，云南局强震动台网有23个台站获得23组68条加速度记录；2008年8月30日，攀枝花发生M_S6.3地震，云南局和四川局强震动台网共有28个台站获得28组84条加速度记录；2008年10月5日，乌恰发生M_L6.8地震，新疆局强震动台网有26个台站获得26组78条加速度记录；2008年10月5日，中吉交界发生M_S6.6地震，新疆局强震动台网有12个台站获得12组36条加速度记录；2008年10月6日，阿克陶连续发生M_S6.3和M_S6.2两次地震，新疆局强震动台网有4个台站获得4组12条加速度记录；2008年11月10日，大柴旦发生M_L6.6地震，青海局强震动台网有17个台站获得17组51条加速度记录；2009年7月9日姚安M_S6.3地震时，云南局强震动台网有58个台站、1个结构台阵、1个井下台阵共获得69组207条加速度记录；2009年8月21日盈江M_L6.1地震时，云南局强震动台网有6个台站获得6组18条加速度记录；2009年8月28日，海西发生M_L6.6地震，青海局强震动台网有12个台获得12组36条加速度记录；2009年8月31日，大柴旦发生M_L6.1地震，青海局强震动台网共有13个台获得13组39条加速度记录。

二、强震动观测仪器

中国数字强震动台网的台站所使用的仪器均为数字强震动仪。加速度计多数采用哈尔滨威波瑞科技有限公司（简称VIBRY）生产的SLJ－100型外置力平衡式加速度计；部分采用美国Kinemetrics公司（简称KMI）生产的EpiSensor（ES－T）型内置力平衡式加速度计。所采用的数字强震动记录器共有5种型号，多数为美国Kinemetrics公司生产的ETNA型和K2型数字强震动记录器、瑞士SYSCOM公司生产的MR2002型数字强震动记录器，部分为哈尔滨威波瑞科技有限公司生产的GDQJ－Ⅱ型数字强震动记录器、瑞士GeoSig公司生产的 GSR-18 型数字强震动记录器。各种型号数字强震动记录器和加速度计的主要技术指标详见表 2-1 和表 2-2。

三、数据处理

数据处理分析包括：原始加速度记录的整理、转换和统一数据格式，录入元数据，零线调整，以及绘制未校正加速度图。

从理论上来讲，在地震波未到达之前，加速度、速度以及位移的初始值都应为零，但由于电磁噪声和背景噪声，尤其是传感器初始零位的偏移的存在，实际初始值并不为零。初始值将导致在位移时程中产生很大的零线漂移，很小的初始加速度将在积分中逐步放大，从而在位移时程中产生很大的误差。因此为了减小由于初始速度值不为零而产生的误差，有必要在由速度时程积分得到位移时程之前，对速度时程进行专门的零线调整。

在一般的零线校正前，对原始的记录首先采用减去震前部分平均值的方法进行零线调整，这样就使震前部分的加速度从理论上很接近零。由于这种方法在本质上使加速度时程的零线上下平移，并没有改变零线的形状，因此这种方法也称作加速度时程零线调整，也是常规未校正加速度记录处理（uncorrected Acceleration）中的主要内容。

零线调整的具体步骤如下：

（1）计算原始加速度记录事件前 20s 记录的平均值；

（2）将原始加速度记录数据减去事前记录平均值；

（3）对个别有零线漂移的加速度记录作旋转调整。

四、地震目录

本卷汇集 2007 年 1 月 11 日至 2009 年 12 月 21 日的 185 次有强震动加速度记录获取的地震序列分布见图 4-1，地震目录如表 4-1 所示。

五、台站目录

本卷汇集了获取加速度记录的 346 个台站分布见图 5-1，台站目录如表 5-1 所示。

六、加速度记录目录

本卷汇集了 346 个台站获取的 833 组加速度记录 2498 条，获得加速度记录的省市自治区统计图见图 6-1，加速度记录目录如表 6-1 所示。

七、未校正加速度记录波形

本卷挑选了有一个分量加速度峰值大于等于 10Gal 的 297 组 890 条未校正加速度记录的波形见图 7-1 至图 7-297。

表 2-1 数字强震动记录器主要技术指标

主要技术指标	仪器厂商/型号				
	GeoSig/GSR-18	SYSCOM/MR2002	KMI/ETNA	VIBRY/GDQJ-Ⅱ	KMI/K2
通道数及加速度计置式	3 通道，外置	3 通道，外置	3 通道，内置/外置	3 通道，外置	3 通道，内置/外置
满量程输入	±2.5V 单端	±2.5V 单端	±2.5V 单端	±2.5V	±2.5V 单端
动态范围	128dB@200sps	108dB	108dB@200sps	大于 100dB	108dB@200sps
频率响应	DC-100Hz	DC-80Hz	DC-80Hz@200sps	100Hz	DC-80Hz@200sps
分辨力	18bit	18bit	18bit@200sps	优于 20bit	19bit@200sps
系统噪声	7μV RMS@200sps	<1LSB	<8μV RMS	<5μV	<8μV RMS
触发模式	阈值，STA/LTA	阈值，STA/LTA	阈值	阈值，STA/LTA	阈值
采样率	100，200，250sps	100，200，400，500sps	100，200，250sps	100，200，400sps	100，200，250sps
时间服务	GPS 计时精度<1ms	GPS 计时精度±100ns	GPS 计时精度<1ms	GPS 计时精度<1ms	GPS 计时精度<1ms
数据通信	RS-232 串口或 TCP/IP 通信与数据传输	RS-232 串口、GSM、IP	支持远程通信与数据传输的 RS-232 串口	RS-232 连接现场回放或 MODEM 遥控	支持远程通信与数据传输的 RS-232 串口
数据存储	128Mb	ATA-Flash32Mb	CMOS 静态 RAM 或固态盘，容量 32/64Mb，可扩充记忆内存	非易失的 CMOS，SRAM16Mb	CMOS 静态 RAM 或固态盘，容量 32/64Mb，可扩充记忆内存
道间延迟	无	无	无	无	无

续表

主要技术指标	仪器厂商/型号				
	GeoSig/GSR－18	SYSCOM/MR2002	KMI/ETNA	VIBRY/GDQJ－Ⅱ	KMI/K2
软件	GeoDAS 数据分析软件包，在线诊断及自检系统，数据流连续输出	WINCOM 软件，支持 Modem 或直连双向通讯，人机对话式命令菜单，参数设置自检功能，提供在线帮助，自动定标的加速度图形显示，记录主要参数的快速显示，图形硬拷贝输出，ASCⅡ文件格式转换等。完备的监控命令和诊断命令，包括实时显示记录线道零位电压	①通讯程序：支持 Modem 或直连双向通讯，人机对话式命令菜单，参数设置自检功能，提供在线帮助。②图形显示程序：自动定标的加速度图形显示，记录主要参数的快速显示，图形细化功能，支持 VGA 等多种图形方式。③其他实用程序，包括图形硬拷贝输出，ASCII 文件格式转换等。④完备的监控命令和诊断命令，包括实时显示记录线道零位电压	通信软件、显示、打印软件、转换软件	①通讯程序：支持 Modem 或直连双向通讯，人机对话式命令菜单，参数设置自检功能，提供在线帮助。②图形显示程序：自动定标的加速度图形显示，记录主要参数的快速显示，图形细化功能，支持 VGA 等多种图形方式。③其他实用程序，包括图形硬拷贝输出，ASCII 文件格式转换等。④完备的监控命令和诊断命令，包括实时显示记录线道零位电压
功耗	130mA@12V DC	<3W	12mA@12V DC	<3W	12mA@12V DC
环境温度	−20～+70℃	−20～+65℃	−20～+70℃	−10～+50℃	−20～+70℃
环境湿度	0～100%相对湿度	<95%相对湿度	0～100%相对湿度	90%相对湿度	0～100%相对湿度
质量	包括电池 7kg	8.5kg	包括电池 9kg	包括电池 8kg	包括电池 9kg
封装	IP65 外壳	IP68 外壳	防水	密闭	防水

表2-2 加速度计主要技术指标

主要技术指标	仪器厂商/型号	
	KMI/ES-T（内置）	VIBRY/SLJ-100（外置）
加速度计类型	力平衡式3分量加速度计	力平衡式3分量加速度计
测量范围	±2*g*	±2*g*
满量程输出	±2.5V 单端	±2.5V 单端
频率响应	DC～200Hz	DC～100Hz
动态范围	≥155dB	≥120dB
线性	<1000μg/g^2	优于1%
横向灵敏度比	<1%（包括安装偏差）	<1%*g*/*g*
迟滞度	<0.1% FS	<0.1% FS
零位温度漂移	<500μg/°C（1g）	≤0.5Gal/°C
静态耗电电流	12mA（12V DC）	10mA（12V DC）
运行环境温度	-20～+70°C	-25～+60°C
封装	防水外壳	密闭

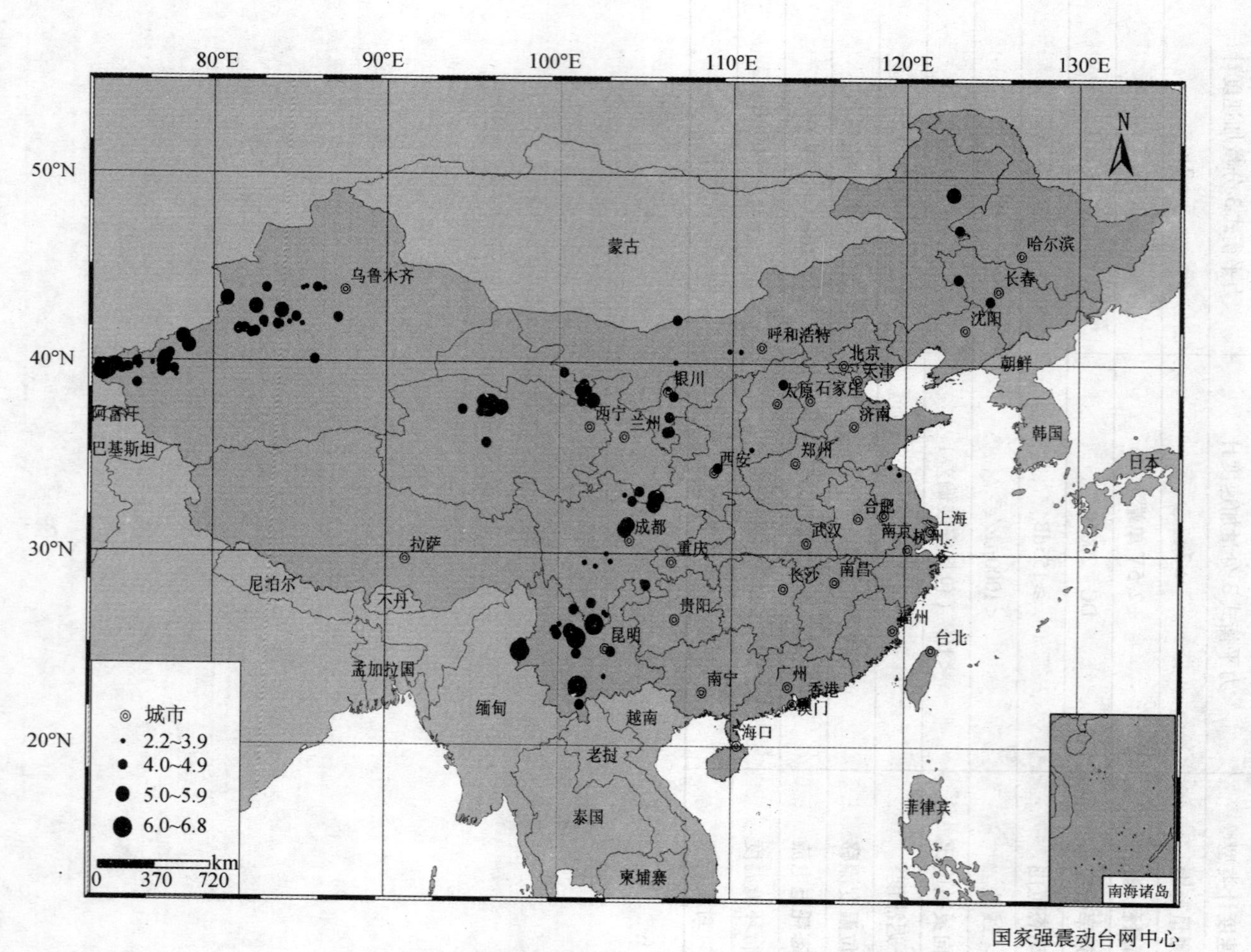
80°E
90°E
100°E
110°E
120°E
130°E
50°N
40°N
30°N
20°N
N
蒙古
乌鲁木齐
哈尔滨
长春
沈阳
呼和浩特
北京
天津
银川
太原
石家庄
济南
朝鲜
韩国
日本
西宁
兰州
郑州
西安
合肥
上海
南京
杭州
武汉
成都
重庆
拉萨
长沙
南昌
贵阳
福州
台北
昆明
南宁
广州
香港
澳门
海口
阿富汗
巴基斯坦
尼泊尔
不丹
孟加拉国
缅甸
越南
老挝
泰国
柬埔寨
菲律宾
南海诸岛
城市
2.2~3.9
4.0~4.9
5.0~5.9
6.0~6.8
0 370 720 km
国家强震动台网中心

图4-1　2007~2009年有加速度记录获取的地震序列分布图

表4-1 地震目录

地震编号	地震时间		震中位置		震源深度/km	震级		备注
	发震日期	发震时刻	北纬(°)	东经(°)		M_L	M_S	
0070111011858	2007.01.11	1：18：58	33.23	104.65	22	4.4		
0070117133928	2007.01.17	13：39：28	29.33	102.13	5		2.8	*
0070305153719	2007.03.05	15：37：19	26.51	101.88	10	3.3		
0070420060323	2007.04.20	6：03：23	39.46	100.26	19	4.2		
0070427062024	2007.04.27	6：20：24	32.71	104.22	30	4.1		
0070506083117	2007.05.06	8：31：17	34.22	119.63	—	3.9		*
0070506202355	2007.05.06	20：23：55	40.62	109.81	19	3.3		
0070603053456	2007.06.03	5：34：56	23.08	101.13	6		6.7	
0070603054200	2007.06.03	5：42：00	22.85	100.89	15	4.3		
0070603060437	2007.06.03	6：04：37	23.12	100.95	15	3.6		
0070603062743	2007.06.03	6：27：43	22.77	101.05	26	3.8		
0070603080937	2007.06.03	8：09：37	22.86	101.15	15		4.1	
0070603104901	2007.06.03	10：49：01	23.03	101.21	11		4.9	
0070603122126	2007.06.03	12：21：26	39.51	75.25	28		3.9	
0070604195341	2007.06.04	19：53：41	23.05	101.03	10		4	
0070605173556	2007.06.05	17：36：01	22.91	100.94	29	4.1		
0070609075948	2007.06.09	7：59：48	43.86	85.18	16	3.0		
0070610181415	2007.06.10	18：14：15	33.04	103.79	13	3.0		
0070618074623	2007.06.18	7：46：23	28.37	104.99	17	3.5		
0070620114131	2007.06.20	11：41：31	29.52	101.49	5		2.2	*
0070703003304	2007.07.03	0：33：04	37.92	101.92	—		3.2	*
0070710080347	2007.07.10	8：03：47	39.84	74.50	45		4.2	
0070720180651	2007.07.20	18：06：51	42.87	82.47	11		5.7	
0070721190151	2007.07.21	19：01：51	38.55	101.38	20	3.1		
0070722173430	2007.07.22	17：34：30	38.50	101.29	10		5	
0070725180611	2007.07.25	18：06：11	39.65	77.22	38		4.2	
0070727131811	2007.07.27	13：18：11	39.58	77.33	18		4.3	
0070731073525	2007.07.31	7：35：25	29.57	102.99	20	3.9		
0070801190931	2007.08.01	19：09：31	39.36	77.04	23		4.3	
0070802060651	2007.08.02	6：06：51	29.97	102.76	18	3.1		

续表

地震编号	地震时间		震中位置		震源深度/km	震级		备注
	发震日期	发震时刻	北纬(°)	东经(°)		M_L	M_S	
0070802233529	2007.08.02	23:35:29	37.92	101.28	14		4	
0070805070846	2007.08.05	7:08:46	43.86	86.40	15	3.2		
0070820200947	2007.08.20	20:09:47	43.93	85.38	15	2.8		
0070829041708	2007.08.29	4:17:08	28.51	104.83	15	2.7		
0070911120939	2007.09.11	12:09:39	39.47	77.01	12	3.7		
0070912004436	2007.09.12	0:44:36	39.84	76.51	8	3.2		
0070923165620	2007.09.23	16:56:20	39.95	74.48	24	3.3		
0070924215134	2007.09.24	21:51:34	26.91	102.63	18	3.2		
0071001085203	2007.10.01	8:52:03	37.89	102.03	19		4.3	
0071002202503	2007.10.02	20:25:03	40.69	72.52	—	4.6		*
0071006030140	2007.10.06	3:01:40	28.36	105.03	10		4	
0071031210853	2007.10.31	21:08:53	26.78	102.78	12		2.9	
0071108044142	2007.11.08	4:41:42	43.88	83.08	21	4.2		
0071108064107	2007.11.08	6:41:07	41.96	85.14	13	2.6		
0071122081825	2007.11.22	8:18:25	40.10	85.87	18		4.1	*
0071122082214	2007.11.22	8:22:14	40.09	75.73	36	3.7		
0071123073304	2007.11.23	7:33:04	39.62	75.71	15	3.1		
0071128183830	2007.11.28	18:38:30	41.73	81.83	28		4.2	
0071221084503	2007.12.21	8:45:03	39.69	77.03	31	4.4		
0080103201158	2008.01.03	20:11:58	35.44	111.12	17	3.2		
0080107060911	2008.01.07	6:09:11	39.69	74.39	13	4.0		
0080218104446	2008.02.18	10:44:46	25.79	99.91	14		4.6	
0080221145718	2008.02.21	14:57:22	39.53	77.75	22	4.0		
0080305215014	2008.03.05	21:50:14	40.37	77.51	6		4.2	
0080312005818	2008.03.12	0:58:18	37.08	106.35	13	4.2		
0080330163225	2008.03.30	16:32:25	37.97	101.92	11		5.2	
0080406090551	2008.04.06	9:05:51	36.33	106.39	12		4.3	
0080410151721	2008.04.10	15:17:21	39.61	75.06	13		4.8	
0080411042547	2008.04.11	4:25:47	41.55	82.44	15	4.0		
0080502235623	2008.05.02	23:56:23	27.40	101.89	16		4.6	

续表

地震编号	地震时间		震中位置		震源深度/km	震级		备注
	发震日期	发震时刻	北纬(°)	东经(°)		M_L	M_S	
0080602215724	2008.06.02	21：57：24	39.61	75.13	15		4	
0080610140502	2008.06.10	14：05：02	49.03	122.72	16		5.1	
0080707141126	2008.07.07	14：11：26	26.32	100.06	16	3.2		
0080707143252	2008.07.07	14：32：52	47.08	123.07	14		4.6	
0080729214059	2008.07.29	21：40：59	41.66	81.47	20		4	
0080815074337	2008.08.15	7：43：37	23.60	102.63	—		3.5	*
0080820053512	2008.08.20	5：35：12	25.31	97.89	20		4.9	
0080821202428	2008.08.21	20：24：28	24.91	97.79	14		6.1	
0080822221023	2008.08.22	22：10：23	41.92	83.80	15		4.6	
0080830163053	2008.08.30	16：30：53	26.30	102.06	19		6.3	
0080830204647	2008.08.30	20：46：47	42.65	83.95	11		5.5	
0080831163110	2008.08.31	16：31：10	26.27	102.06	13		5.8	
0080903142724	2008.09.03	14：27：24	24.82	97.80	25		5	
0080907033154	2008.09.07	3：31：54	24.87	97.79	25		4.1	*
0080912013859	2008.09.12	1：38：59	32.92	105.67	12		5.5	
0080920085822	2008.09.20	8：58：22	38.62	106.28	13	3.2		
0080922153930	2008.09.22	15：39：30	39.74	74.39	35		4.3	
0081005235249	2008.10.05	23：52：49	39.50	73.90	30		6.8	*
0081005235520	2008.10.05	23：55：20	39.43	73.58	6	6.6		*
0081006000500	2008.10.06	0：05：00	39.50	73.90	—	4.4		*
0081006000512	2008.10.06	0：05：12	39.36	73.50	13	4.4		*
0081006001104	2008.10.06	0：11：04	39.40	73.66	2	6.3		*
0081006001107	2008.10.06	0：11：07	39.40	73.68	9	6.2		*
0081006003608	2008.10.06	0：36：08	39.53	73.65	6	4.8		*
0081006005111	2008.10.06	0：51：11	39.40	73.50	8	5.2		*
0081006054557	2008.10.06	5：45：57	39.66	73.70	4	5.0		*
0081006155025	2008.10.06	15：50：25	39.45	73.73	1	5.1		*
0081009072146	2008.10.09	7：21：46	39.60	73.76	7	4.4		*
0081009073122	2008.10.09	7：31：22	39.71	74.30	20	4.2		
0081009111343	2008.10.09	11：13：43	39.69	74.10	17		4.5	

续表

地震编号	地震时间		震中位置		震源深度/km	震级		备注
	发震日期	发震时刻	北纬(°)	东经(°)		M_L	M_S	
0081011013904	2008.10.11	1：39：04	39.56	73.86	8	4.4		*
0081011100143	2008.10.11	10：01：43	39.55	73.78	8	4.4		*
0081011231658	2008.10.11	23：16：58	39.66	73.65	5	4.3		*
0081013010238	2008.10.13	1：02：38	39.82	74.41	20	4.0		
0081013172326	2008.10.13	17：23：26	39.43	73.62	10	5.6		*
0081013172535	2008.10.13	17：25：35	39.74	74.37	25		5.1	
0081014000520	2008.10.14	0：05：20	39.43	73.73	9	5.7		*
0081018172858	2008.10.18	17：28：58	39.46	73.66	8	4.6		*
0081023135048	2008.10.23	13：50：48	39.74	74.10	32		4.6	
0081030184456	2008.10.30	18：44：56	39.80	73.41	6		4.2	*
0081104222230	2008.11.04	22：22：30	39.70	74.58	29		4.4	
0081106222350	2008.11.06	22：23：50	39.71	74.04	26		4.7	
0081110092159	2008.11.10	9：21：59	37.66	95.91	16		6.6	
0081110095309	2008.11.10	9：53：09	37.59	95.83	8	3.7		*
0081110095948	2008.11.10	9：59：48	37.59	95.83	8	3.5		*
0081110102241	2008.11.10	10：22：41	37.59	95.83	8	4.4		*
0081110114721	2008.11.10	11：47：21	37.72	95.82	8		4.6	
0081110123949	2008.11.10	12：39：49	37.66	95.86	8	4.1		
0081110125233	2008.11.10	12：52：33	37.35	95.47	3	4.0		*
0081110134017	2008.11.10	13：40：16	37.68	95.93	10	4.1		
0081110114723	2008.11.10	1：47：23	37.59	95.69	9	5.0		*
0081112055559	2008.11.12	5：55：59	37.68	95.75	10		5.3	
0081112094521	2008.11.12	9：45：21	37.83	95.88	13		4.1	
0081112180610	2008.11.12	18：06：10	37.78	95.97	4	4.0		
0081112200929	2008.11.12	20：09：29	37.63	95.92	10		4.9	
0081124152341	2008.11.24	15：23：41	36.30	106.20	25		4	
0081206172459	2008.12.06	17：24：59	43.90	86.00	46	4.6		*
0081210025307	2008.12.10	2：53：07	32.52	105.48	10		5.1	
0081226021955	2008.12.26	2：19：55	24.90	103.02	11		4.3	
0090120120301	2009.01.20	12：03：01	22.14	101.25	10		4.2	

续表

地震编号	地震时间		震中位置		震源深度/km	震级		备注
	发震日期	发震时刻	北纬(°)	东经(°)		M_L	M_S	
0090123112515	2009.01.23	11：25：15	39.67	76.97	26	3.4		
0090125094744	2009.01.25	9：47：44	43.30	80.80	7		5	
0090217071350	2009.02.17	7：13：50	38.75	75.62	14		4.3	
0090217124251	2009.02.17	12：42：51	39.90	75.60	13		4	
0090220180228	2009.02.20	18：02：28	40.80	78.60	13		5.2	
0090301133253	2009.03.01	13：32：53	39.65	74.22	5		4.2	
0090320144857	2009.03.20	14：48：57	43.38	124.84	7		4.2	
0090324113917	2009.03.24	11：39：17	42.30	87.20	8		4	
0090328191121	2009.03.28	19：11：21	38.90	112.93	8		4.3	
0090414043710	2009.04.14	4：37：10	25.99	99.79	10		4.6	
0090419120818	2009.04.19	12：08：18	41.27	78.27	30		5.4	
0090422172603	2009.04.22	17：26：03	40.10	77.25	25		5	
0090512102735	2009.05.12	10：27：35	42.32	84.78	11		4.1	
0090518021507	2009.05.18	2：15：07	39.78	75.50	10	3.8		
0090531072406	2009.05.31	7：24：06	39.76	75.84	5	3.8		
0090602090059	2009.06.02	9：00：59	40.01	106.71	8	3.6		
0090612015923	2009.06.12	1：59：23	42.09	82.91	19		4.1	
0090630020352	2009.06.30	2：03：52	31.46	103.96	24		5.5	
0090630134025	2009.06.30	13：40：25	31.48	103.98	10		4.2	
0090630152221	2009.06.30	15：22：21	31.46	103.98	24		5	
0090709191914	2009.07.09	19：19：14	25.60	101.03	6		6.3	
0090709211224	2009.07.09	21：12：24	25.54	101.04	13		4.2	
0090710170201	2009.07.10	17：02：01	25.60	101.05	10		5.4	
0090710205731	2009.07.10	20：57：31	25.57	101.00	13		4.7	
0090713000118	2009.07.13	0：01：18	25.54	101.04	10		4.9	
0090716124430	2009.07.16	12：44：30	38.86	101.43	6		4.5	
0090819171522	2009.08.19	17：15：22	39.22	77.88	7	3.5		
0090819203107	2009.08.19	20：31：06	37.45	94.42	6		4.4	
0090828095206	2009.08.28	9：52：06	37.60	95.90	10		6.6	
0090828230459	2009.08.28	23：04：59	41.86	82.99	5	3.6		

续表

地震编号	地震时间		震中位置		震源深度/km	震级		备注
	发震日期	发震时刻	北纬(°)	东经(°)		M_L	M_S	
0090829162841	2009.08.29	16：28：41	37.62	95.71	10		5	*
0090830024351	2009.08.30	2：43：51	37.67	95.80	7		4.7	
0090831011550	2009.08.31	1：15：50	37.85	95.65	10		5.3	
0090831164135	2009.08.31	16：41：35	37.74	95.62	10		4.5	*
0090831181529	2009.08.31	18：15：29	37.74	95.98	7		6.1	
0090901055136	2009.09.01	5：51：36	37.65	96.05	8		5.1	
0090901062749	2009.09.01	6：27：49	37.67	95.92	6		4.8	
0090901081604	2009.09.01	8：16：04	37.70	95.97	7		4.5	
0090902181610	2009.09.02	18：16：10	41.72	81.53	10		4.5	
0090904161257	2009.09.04	16：12：57	37.63	95.83	8		4.2	
0090910082009	2009.09.10	8：20：09	37.51	95.84	7		4.7	
0090917172006	2009.09.17	17：20：06	37.66	95.90	10		4.2	*
0090918084325	2009.09.18	8：43：25	37.67	95.66	8		4.7	
0090919165414	2009.09.19	16：54：14	32.90	105.56	8		5.2	
0090925091412	2009.09.25	9：14：12	24.93	98.09	6		4.1	
0090928104321	2009.09.28	10：43：21	35.75	95.79	6		4.6	
0090930041450	2009.09.30	4：14：50	41.94	83.71	15	4.7		
0091016105636	2009.10.16	10：56：36	39.94	77.01	6		4.8	
0091020173100	2009.10.20	17：31：00	34.60	119.10	—	2.9		*
0091101125122	2009.11.01	12：51：22	24.79	101.04	13		4.2	
0091102050716	2009.11.02	5：07：16	25.94	100.69	10		5	
0091105055611	2009.11.05	5：56：11	37.59	95.77	5		5.3	
0091105073133	2009.11.05	7：31：33	34.48	109.14	5		4.2	
0091120180807	2009.11.20	18：08：07	34.48	109.13	7	3.6		
0091121155101	2009.11.21	15：51：01	38.20	106.60	9		4.3	*
0091128000405	2009.11.28	0：04：05	31.23	103.80	15		5	
0091201061400	2009.12.01	6：14：00	41.50	82.21	5	4.7		*
0091201165526	2009.12.01	16：55：26	40.61	110.47	—		2.5	*
0091204005707	2009.12.04	0：57：07	42.24	106.79	4		4.3	
0091211032312	2009.12.11	3：23：12	27.08	100.88	4		4	

续表

地震编号	地震时间		震中位置		震源深度/km	震级		备注
	发震日期	发震时刻	北纬(°)	东经(°)		M_L	M_S	
0091211052359	2009. 12. 11	5：23：59	42. 04	84. 40	4	3. 8		
0091214201443	2009. 12. 14	20：14：43	39. 52	74. 73	8		4	
0091214182559	2009. 12. 19	18：25：59	38. 53	101. 58	8	4. 3		
0091221053112	2009. 12. 21	5：31：12	44. 49	123. 01	8		4. 5	
0091221131507	2009. 12. 21	13：15：07	37. 57	96. 65	6		5	

注：* 表示地震参数由各省地震局提供，其余参照国家地震台网中心地震目录。

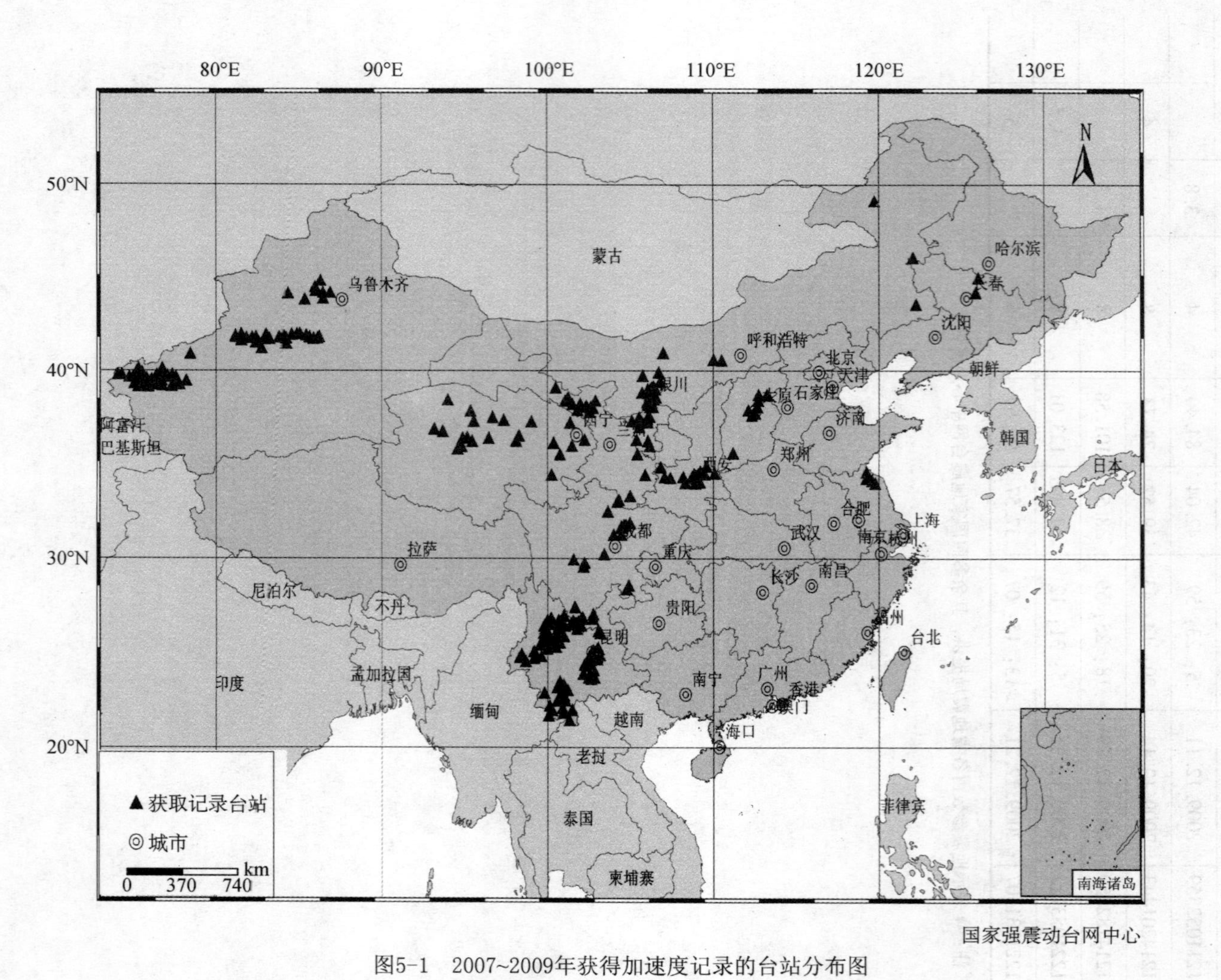
80°E
90°E
100°E
110°E
120°E
130°E
50°N
40°N
30°N
20°N
N
蒙古
乌鲁木齐
哈尔滨
长春
沈阳
呼和浩特
北京
天津
朝鲜
韩国
日本
石家庄
太原
济南
银川
西宁
兰州
西安
郑州
合肥
上海
南京
杭州
武汉
成都
重庆
拉萨
长沙
南昌
贵阳
福州
台北
昆明
南宁
广州
香港
澳门
海口
阿富汗
巴基斯坦
尼泊尔
不丹
印度
孟加拉国
缅甸
越南
老挝
泰国
柬埔寨
菲律宾
南海诸岛
▲获取记录台站
◎城市
0 370 740 km
国家强震动台网中心

图5-1 2007~2009年获得加速度记录的台站分布图

表 5-1　台站目录

台站代码	台站名称	场地条件	观测对象	记录器型号	加速度计型号
14GJO	古交	土层	MR2002	SLJ-100	自由地表
14QXU	清徐	土层	MR2002	SLJ-100	自由地表
14WTI	五台	土层	MR2002	SLJ-100	自由地表
14XDN	小店（太原）	土层	ETNA	SLJ-100	自由地表
14XJG	新绛	土层	ETNA	ES-T	自由地表
14XZU	忻州	土层	MR2002	SLJ-100	自由地表
14YPG	原平	土层	MR2002	SLJ-100	自由地表
14YQU	阳曲	土层	MR2002	SLJ-100	自由地表
15BTT	包头	基岩	ETNA	SLJ-100	自由地表
15BYM	巴彦木仁	土层	ETNA	SLJ-100	自由地表
15BYT	巴彦浩特	土层	ETNA	SLJ-100	自由地表
15HLE	海拉尔	土层	ETNA	SLJ-100	自由地表
15JLT	吉兰泰	土层	ETNA	SLJ-100	自由地表
15SHT	沙海	土层	ETNA	SLJ-100	自由地表
15SLQ	萨拉齐	土层	ETNA	SLJ-100	自由地表
15TLT	通辽	土层	ETNA	SLJ-100	自由地表
15WHT	乌海	土层	ETNA	SLJ-100	自由地表
15WLH	乌兰浩特	土层	ETNA	SLJ-100	自由地表
22JTT	九台	土层	GDQJ-Ⅱ	SLJ-100	自由地表
22XST	响水	土层	GDQJ-Ⅱ	SLJ-100	自由地表
32BHT	滨海	土层	ETNA	SLJ-100	自由地表
32GUY	灌云	土层	ETNA	SLJ-100	自由地表
32LYG	连云港	基岩	ETNA	SLJ-100	自由地表
32XST	响水	土层	ETNA	SLJ-100	自由地表
51AXD	安县地办	土层	MR2002	SLJ-100	自由地表
51AXY	安县永安	土层	MR2002	SLJ-100	自由地表
51CNT	长宁气象	基岩	ETNA	SLJ-100	自由地表
51DYB	德阳白马	土层	ETNA	SLJ-100	自由地表
51GXT	珙县中学	土层	ETNA	SLJ-100	自由地表
51HDX	会东新街	土层	MR2002	SLJ-100	自由地表
51JYC	江油重华	土层	MR2002	SLJ-100	自由地表

续表

台站代码	台站名称	场地条件	观测对象	记录器型号	加速度计型号
51JYH	江油含增	土层	MR2002	SLJ-100	自由地表
51JYZ	江油专业	土层	MR2002	SLJ-100	自由地表
51JZG	九寨郭元	土层	ETNA	ES-T	自由地表
51JZW	九寨勿角	土层	ETNA	ES-T	自由地表
51KDG	康定呷巴	土层	ETNA	ES-T	自由地表
51LDD	泸定得妥	土层	ETNA	ES-T	自由地表
51LDL	泸定冷碛	土层	ETNA	ES-T	自由地表
51MYL	米易攀莲	土层	ETNA	SLJ-100	自由地表
51MYS	米易撒连	土层	ETNA	SLJ-100	自由地表
51NNT	宁南	土层	MR2002	SLJ-100	自由地表
51PJD	蒲江大兴	土层	MR2002	SLJ-100	自由地表
51PZD	攀枝花大田	土层	ETNA	SLJ-100	自由地表
51PZF	攀枝花福田	土层	ETNA	SLJ-100	自由地表
51PZJ	攀枝花金江	土层	ETNA	SLJ-100	自由地表
51PZM	攀枝花马兰	土层	ETNA	SLJ-100	自由地表
51PZN	攀枝花南山	土层	ETNA	SLJ-100	自由地表
51PZT	攀枝花同德	土层	ETNA	SLJ-100	自由地表
51PZW	攀枝花乌龟	土层	ETNA	SLJ-100	自由地表
51SFB	什邡八角	土层	ETNA	SLJ-100	自由地表
51SPA	松潘安宏	土层	ETNA	ES-T	自由地表
51YBA	盐边和爱	土层	ETNA	SLJ-100	自由地表
51YBX	盐边县城	基岩	ETNA	SLJ-100	自由地表
51YYW	盐源卫城	土层	MR2002	SLJ-100	自由地表
53BBJ	宾川宜居乡	土层	ETNA	SLJ-100	自由地表
53BSH	白沙河度假村	土层	ETNA	SLJ-100	自由地表
53BSL	保山	土层	ETNA	SLJ-100	自由地表
53BTH	宾川太和	基岩	ETNA	SLJ-100	自由地表
53BWG	昆明市博物馆	土层	GSR-18	SLJ-100	自由地表
53BWL	云南边防武警总队疗养院	土层	ETNA	SLJ-100	自由地表
53CBG	昆明船舶工业公司	土层	ETNA	SLJ-100	自由地表
53CD3	通海台阵3号点1	土层	K2	SLJ-100	自由地表

续表

台站代码	台站名称	场地条件	观测对象	记录器型号	加速度计型号
53CD3	通海台阵3号点2	土层	K2	SLJ-100	自由地表
53CD4	通海台阵4号点1	土层	K2	SLJ-100	自由地表
53CD4	通海台阵4号点2	土层	K2	SLJ-100	自由地表
53CGX	昆明呈贡	土层	ETNA	SLJ-100	自由地表
53CJJ	玉溪九村乡	土层	ETNA	SLJ-100	自由地表
53CMX	云南财贸学院	土层	ETNA	SLJ-100	自由地表
53CNX	保山昌宁	土层	ETNA	SLJ-100	自由地表
53CYZ	澄江阳宗镇	土层	ETNA	SLJ-100	自由地表
53DCT	东川拖布卡	基岩	ETNA	SLJ-100	自由地表
53DFD	大理蝴蝶泉	基岩	ETNA	SLJ-100	自由地表
53DFG	金融办	土层	ETNA	SLJ-100	自由地表
53DFY	大理凤仪	土层	ETNA	SLJ-100	自由地表
53DGY	大观园	土层	ETNA	SLJ-100	自由地表
53DHD	大理海东	土层	ETNA	SLJ-100	自由地表
53DSL	大理双廊	土层	ETNA	SLJ-100	自由地表
53DTD	汤丹镇	基岩	ETNA	SLJ-100	自由地表
53DWQ	大理湾桥	土层	ETNA	SLJ-100	自由地表
53DZF	大理州政府	土层	ETNA	SLJ-100	自由地表
53EHN	化念	土层	ETNA	SLJ-100	自由地表
53ELK	昆明市粮食局第二直属粮库	土层	ETNA	SLJ-100	自由地表
53ENJ	洱源牛街	土层	ETNA	SLJ-100	自由地表
53EQH	洱源乔后	土层	ETNA	SLJ-100	自由地表
53EYS	洱源右所	土层	ETNA	SLJ-100	自由地表
53CB1	云南省局储备台阵指挥大厅	土层	ETNA	SLJ-100	自由地表
53CB2	云南省局储备台阵1楼	土层	ETNA	SLJ-100	自由地表
53CB3	云南省局储备台阵2楼	土层	ETNA	SLJ-100	自由地表
53CB4	云南省局储备台阵4楼	土层	ETNA	SLJ-100	自由地表
53CB5	云南省局储备台阵6楼	土层	ETNA	SLJ-100	自由地表
53CB6	云南省局储备台阵8楼	土层	ETNA	SLJ-100	自由地表
53CB7	云南省局储备台阵9楼	土层	ETNA	SLJ-100	自由地表
53FDC	昆明发电厂	土层	ETNA	SLJ-100	自由地表

续表

台站代码	台站名称	场地条件	观测对象	记录器型号	加速度计型号
53FJC	云南机场基建处	土层	ETNA	SLJ－100	自由地表
53GDS	昆明铁路局南供电所	土层	ETNA	SLJ－100	自由地表
53GDZ	官渡镇中学	土层	GSR－18	SLJ－100	自由地表
53GSG	关上公园	土层	ETNA	SLJ－100	自由地表
53GSX	云南工商管理学院	土层	ETNA	SLJ－100	自由地表
53GSZ	官渡三中（北大实验中学）	土层	ETNA	SLJ－100	自由地表
53HLT	黑龙潭	土层	ETNA	SLJ－100	自由地表
53HQX	鹤庆	土层	ETNA	SLJ－100	自由地表
53HTG	云南航天工业总公司	土层	ETNA	SLJ－100	自由地表
53HTJ	红塔基地	土层	ETNA	SLJ－100	自由地表
53JGT	景谷	基岩	ETNA	SLJ－100	自由地表
53JGX	云南警官学院	土层	ETNA	SLJ－100	自由地表
53JHG	佳华广场	土层	ETNA	SLJ－100	自由地表
53JJK	昆明经济技术开发区	土层	ETNA	SLJ－100	自由地表
53JKY	昆明昆阳	土层	ETNA	SLJ－100	自由地表
53JMH	勐罕镇	土层	ETNA	SLJ－100	自由地表
53JMY	勐养	土层	ETNA	SLJ－100	自由地表
53JNZ	南庄	土层	ETNA	SLJ－100	自由地表
53JPW	普文	土层	ETNA	SLJ－100	自由地表
53JQD	云南省军区军犬队	土层	ETNA	SLJ－100	自由地表
53JSX	剑川沙溪	土层	ETNA	SLJ－100	自由地表
53JYC	剑川羊岑	土层	ETNA	SLJ－100	自由地表
53JYZ	益智	土层	ETNA	SLJ－100	自由地表
53JZX	景谷正兴	土层	ETNA	SLJ－100	自由地表
53KHK	昆明海口	土层	ETNA	SLJ－100	自由地表
53KNJ	昆明小哨	土层	ETNA	SLJ－100	自由地表
53KNX	昆明农校	土层	ETNA	SLJ－100	自由地表
53KQD	昆明天外天水厂	土层	ETNA	SLJ－100	自由地表
53LBL	理工大（白龙）	土层	ETNA	SLJ－100	自由地表
53LDZ	丽江市地震局	土层	ETNA	SLJ－100	自由地表
53LFB	富帮	土层	ETNA	SLJ－100	自由地表

续表

台站代码	台站名称	场地条件	观测对象	记录器型号	加速度计型号
53LGD	理工大学（本部）	土层	ETNA	SLJ－100	自由地表
53LGX	理工大（新迎）	土层	ETNA	SLJ－100	自由地表
53LHX	梁河	土层	ETNA	SLJ－100	自由地表
53LJH	丽江九河乡	土层	ETNA	SLJ－100	自由地表
53LLX	龙陵	土层	ETNA	SLJ－100	自由地表
53LWC	昆明市第六污水处理厂	土层	GSR－18	SLJ－100	自由地表
53LZY	兰色庄园	土层	ETNA	SLJ－100	自由地表
53MDL	打洛	土层	ETNA	SLJ－100	自由地表
53MDX	弥渡	土层	ETNA	SLJ－100	自由地表
53MMM	勐满	土层	ETNA	SLJ－100	自由地表
53MMP	勐捧	土层	ETNA	SLJ－100	自由地表
53MMZ	勐遮	土层	ETNA	SLJ－100	自由地表
53MYW	易武	土层	ETNA	SLJ－100	自由地表
53NPM	跑马坪乡	土层	ETNA	SLJ－100	自由地表
53PDH	德化	土层	ETNA	SLJ－100	自由地表
53PMX	勐先	土层	ETNA	SLJ－100	自由地表
53QCC	云气实业公司	土层	ETNA	SLJ－100	自由地表
53QWZ	前卫中学	土层	ETNA	SLJ－100	自由地表
53SBN	坝心	土层	ETNA	SLJ－100	自由地表
53SBY	世博园	土层	ETNA	SLJ－100	自由地表
53SDT	施甸	土层	ETNA	SLJ－100	自由地表
53SDX	党校	土层	ETNA	SLJ－100	自由地表
53SLS	六顺	土层	ETNA	SLJ－100	自由地表
53SML	芒腊坝	土层	ETNA	SLJ－100	自由地表
53SPX	石屏	基岩	ETNA	SLJ－100	自由地表
53SRD	云南省人大	土层	ETNA	SLJ－100	自由地表
53SSM	思茅港	土层	ETNA	SLJ－100	自由地表
53SXY	云南师大商学院	土层	ETNA	SLJ－100	自由地表
53SYL	嵩明杨林	土层	ETNA	SLJ－100	自由地表
53SYQ	嵩明杨桥乡	土层	ETNA	SLJ－100	自由地表
53THX	通海	基岩	ETNA	SLJ－100	自由地表

续表

台站代码	台站名称	场地条件	观测对象	记录器型号	加速度计型号
53TRH	热海	基岩	ETNA	SLJ－100	自由地表
53TWT	云南天文台	土层	ETNA	SLJ－100	自由地表
53TXT	14军通信团	土层	ETNA	SLJ－100	自由地表
53TYC	西山体育场	土层	ETNA	SLJ－100	自由地表
53TYG	云南铜业股份有限公司	土层	ETNA	SLJ－100	自由地表
53WZJ	紫荆乡叉河村	基岩	ETNA	SLJ－100	自由地表
53XML	新美铝	土层	ETNA	SLJ－100	自由地表
53XQD	祥云禾甸乡	土层	ETNA	SLJ－100	自由地表
53XXB	祥云象鼻	基岩	ETNA	SLJ－100	自由地表
53XYW	杨武	土层	ETNA	SLJ－100	自由地表
53YBD	永平北斗	土层	ETNA	SLJ－100	自由地表
53YBX	大理漾濞	土层	ETNA	SLJ－100	自由地表
53YCH	永胜程海乡	土层	ETNA	SLJ－100	自由地表
53YDL	云内动力	土层	ETNA	SLJ－100	自由地表
53YHT	玉溪红塔集团	土层	ETNA	SLJ－100	自由地表
53YJG	金官镇	土层	ETNA	SLJ－100	自由地表
53YLD	永胜六德乡	土层	ETNA	SLJ－100	自由地表
53YLX	昆明宜良	土层	ETNA	SLJ－100	自由地表
53YPJ	永胜片角乡	土层	ETNA	SLJ－100	自由地表
53YPX	大理永平	土层	ETNA	SLJ－100	自由地表
53YQN	永胜期纳	土层	ETNA	SLJ－100	自由地表
53YRH	永胜仁和镇	土层	ETNA	SLJ－100	自由地表
53YSC	第一自来水厂	土层	ETNA	SLJ－100	自由地表
53YSX	永胜	土层	ETNA	SLJ－100	自由地表
53YXY	云南艺术学院	土层	ETNA	SLJ－100	自由地表
61BAJ	宝鸡	土层	ETNA	ES－T	自由地表
61CAT	草滩	土层	ETNA	ES－T	自由地表
61CHA	长安	基岩	ETNA	ES－T	自由地表
61CHC	陈仓	土层	ETNA	ES－T	自由地表
61GAL	高陵	土层	ETNA	ES－T	自由地表
61HUY	华阴	土层	ETNA	ES－T	自由地表

续表

台站代码	台站名称	场地条件	观测对象	记录器型号	加速度计型号
61JIY	泾阳	土层	ETNA	ES－T	自由地表
61LAT	蓝田	土层	ETNA	ES－T	自由地表
61LIT	临潼	土层	ETNA	ES－T	自由地表
61LOX	陇县	土层	ETNA	ES－T	自由地表
61PUC	蒲城	土层	ETNA	ES－T	自由地表
61WEN	渭南	土层	ETNA	ES－T	自由地表
61XIA	西安	土层	ETNA	ES－T	自由地表
61XIY	咸阳	土层	ETNA	ES－T	自由地表
61YAL	阎良	土层	ETNA	ES－T	自由地表
61ZHZ	周至	土层	ETNA	ES－T	自由地表
62CHH	陈户	土层	MR2002	SLJ－100	自由地表
62FLE	丰乐	土层	ETNA	SLJ－100	自由地表
62HCH	霍城	土层	ETNA	SLJ－100	自由地表
62HOX	西营	土层	ETNA	SLJ－100	自由地表
62HUC	皇城	土层	ETNA	SLJ－100	自由地表
62HXG	红星	土层	GDQJ－II	SLJ－100	自由地表
62HYS	红崖山水库	土层	MR2002	SLJ－100	自由地表
62JDN	九墩	土层	ETNA	SLJ－100	自由地表
62NYI	南营	土层	ETNA	SLJ－100	自由地表
62SHC	双城	土层	MR2002	SLJ－100	自由地表
62TSH	天水	土层	MR2002	SLJ－100	自由地表
62WUD	武都	土层	ETNA	SLJ－100	自由地表
62XCZ	新城子	土层	MR2002	SLJ－100	自由地表
62XSH	下双	土层	MR2002	SLJ－100	自由地表
62YCZ	永昌	土层	ETNA	SLJ－100	自由地表
62YXB	羊下坝	土层	ETNA	SLJ－100	自由地表
62ZHY	张掖	基岩	ETNA	SLJ－100	自由地表
63CEH	察尔汗	土层	MR2002	SLJ－100	自由地表
63DAW	大武	土层	ETNA	ES－T	自由地表
63DCD	大柴旦	土层	ETNA	ES－T	自由地表
63DGG	大干沟	土层	ETNA	ES－T	自由地表

续表

台站代码	台站名称	场地条件	观测对象	记录器型号	加速度计型号
63DGL	大格勒	土层	MR2002	SLJ-100	自由地表
63DLH	德令哈	基岩	ETNA	SLJ-100	自由地表
63DUL	都兰	土层	ETNA	SLJ-100	自由地表
63GEM	格尔木	土层	ETNA	SLJ-100	自由地表
63GOH	共和	土层	MR2002	SLJ-100	自由地表
63GUD	贵德	土层	MR2002	SLJ-100	自由地表
63GUN	贵南	土层	MR2002	SLJ-100	自由地表
63HTT	怀头他拉	土层	MR2002	SLJ-100	自由地表
63LED	乐都	基岩	MR2002	SLJ-100	自由地表
63LEH	冷湖	土层	MR2002	SLJ-100	自由地表
63MEY	门源	土层	MR2002	SLJ-100	自由地表
63NCT	纳赤	土层	ETNA	ES-T	自由地表
63NMH	诺木洪	土层	ETNA	ES-T	自由地表
63TIJ	天峻	土层	MR2002	SLJ-100	自由地表
63WTM	乌图美仁	土层	ETNA	ES-T	自由地表
63WUL	乌兰	土层	MR2002	SLJ-100	自由地表
63XTS	锡铁山	土层	ETNA	ES-T	自由地表
63XZH	小灶火	土层	ETNA	ES-T	自由地表
64BFN	宝丰	土层	MR2002	SLJ-100	自由地表
64BTG	白土岗	土层	MR2002	SLJ-100	自由地表
64CHG	崇岗	土层	MR2002	SLJ-100	自由地表
64CHX	常信	土层	MR2002	SLJ-100	自由地表
64CST	长山头	土层	MR2002	SLJ-100	自由地表
64CYB	磁窑堡	土层	MR2002	SLJ-100	自由地表
64DWK	大武口	土层	MR2002	SLJ-100	自由地表
64FDG	丰登	土层	MR2002	SLJ-100	自由地表
64GJZ	高家闸	土层	MR2002	SLJ-100	自由地表
64GWU	广武	土层	MR2002	SLJ-100	自由地表
64GYN	固原	土层	MR2002	SLJ-100	自由地表
64HEL	贺兰	土层	MR2002	SLJ-100	自由地表
64HSB	红寺堡	土层	MR2002	SLJ-100	自由地表

续表

台站代码	台站名称	场地条件	观测对象	记录器型号	加速度计型号
64HSN	横山	土层	MR2002	SLJ – 100	自由地表
64HYN	海原	土层	MR2002	SLJ – 100	自由地表
64HYZ	红崖子	土层	MR2002	SLJ – 100	自由地表
64JQN	简泉	基岩	MR2002	SLJ – 100	自由地表
64JSA	金沙	土层	ETNA	SLJ – 100	自由地表
64JSN	金山	土层	MR2002	SLJ – 100	自由地表
64LTN	良田	土层	MR2002	SLJ – 100	自由地表
64LWU	灵武	土层	MR2002	SLJ – 100	自由地表
64NLG	南梁	土层	MR2002	SLJ – 100	自由地表
64NSS	牛首山	基岩	MR2002	SLJ – 100	自由地表
64PLO	平罗	土层	MR2002	SLJ – 100	自由地表
64QIY	七营	土层	MR2002	SLJ – 100	自由地表
64QJC	前进农场	土层	MR2002	SLJ – 100	自由地表
64QUK	渠口	土层	MR2002	SLJ – 100	自由地表
64RJG	汝箕沟	基岩	MR2002	SLJ – 100	自由地表
64SZS	石嘴山	土层	MR2002	SLJ – 100	自由地表
64TGI	通贵	土层	MR2002	SLJ – 100	自由地表
64TLE	陶乐	土层	MR2002	SLJ – 100	自由地表
64TQO	通桥	土层	MR2002	SLJ – 100	自由地表
64TXN	同心	土层	MR2002	SLJ – 100	自由地表
64WUZ	吴忠	土层	MR2002	SLJ – 100	自由地表
64XIJ	西吉	土层	MR2002	SLJ – 100	自由地表
64YCH	银川	土层	K2	SLJ – 100	自由地表
64YFU	姚伏	土层	MR2002	SLJ – 100	自由地表
64YNG	永宁	土层	MR2002	SLJ – 100	自由地表
64YYH	月牙湖	土层	K2	SLJ – 100	自由地表
64ZHW	中卫	土层	MR2002	SLJ – 100	自由地表
64ZYG	正谊关	基岩	MR2002	SLJ – 100	自由地表
65AGE	阿格	土层	ETNA	ES – T	自由地表
65AHQ	阿合奇	土层	ETNA	ES – T	自由地表
65AKT	阿克陶	土层	ETNA	ES – T	自由地表

续表

台站代码	台站名称	场地条件	观测对象	记录器型号	加速度计型号
65ALM	阿洪鲁库木	土层	ETNA	ES-T	自由地表
65BAC	拜城	土层	ETNA	ES-T	自由地表
65BKS	布拉克苏	土层	ETNA	ES-T	自由地表
65BLT	巴音库鲁提	土层	ETNA	ES-T	自由地表
65BRM	伯什克然木	土层	ETNA	ES-T	自由地表
65CDY	策大雅	土层	MR2002	SLJ-100	自由地表
65DAQ	大桥	土层	ETNA	ES-T	自由地表
65EBT	二八台	土层	ETNA	ES-T	自由地表
65EJT	29团	土层	ETNA	ES-T	自由地表
65GDL	格达良	土层	ETNA	ES-T	自由地表
65GLK	古勒鲁克	土层	ETNA	ES-T	自由地表
65HLJ	哈拉峻	土层	ETNA	ES-T	自由地表
65HLK	和什里克	土层	ETNA	ES-T	自由地表
65HLK	罕南力克	土层	ETNA	ES-T	自由地表
65HQC	红旗农场	土层	ETNA	ES-T	自由地表
65HTB	呼图壁	土层	ETNA	SLJ-100	自由地表
65HZW	黑孜苇	土层	ETNA	ES-T	自由地表
65JAS	伽师	土层	ETNA	ES-T	自由地表
65JIG	吉根	土层	ETNA	ES-T	自由地表
65JZC	伽师总场	土层	ETNA	ES-T	自由地表
65KCX	喀什财校	土层	ETNA	ES-T	自由地表
65KEC	库尔楚	土层	ETNA	ES-T	自由地表
65KEL	库尔勒	土层	ETNA	ES-T	自由地表
65KSU	康苏	基岩	ETNA	ES-T	自由地表
65KUC	库车	土层	ETNA	ES-T	自由地表
65KZR	克孜尔	土层	ETNA	ES-T	自由地表
65LHT	老虎	土层	ETNA	ES-T	自由地表
65LNZ	轮南镇	土层	ETNA	ES-T	自由地表
65LOT	轮台	土层	ETNA	ES-T	自由地表
65MLA	毛拉	土层	ETNA	ES-T	自由地表
65PKY	膘尔托阔依	土层	ETNA	ES-T	自由地表

续表

台站代码	台站名称	场地条件	观测对象	记录器型号	加速度计型号
65QBK	群巴克	土层	ETNA	ES－T	自由地表
65QEG	雀尔沟	土层	ETNA	ES－T	自由地表
65QQK	琼库尔恰克	土层	ETNA	ES－T	自由地表
65QSD	泉水地	土层	ETNA	ES－T	自由地表
65SBY	色力布亚	土层	ETNA	ES－T	自由地表
65SHZ	石河子市	土层	ETNA	SLJ－100	自由地表
65SLM	赛里木	土层	ETNA	ES－T	自由地表
65SRT	42 团	土层	ETNA	ES－T	自由地表
65STS	上阿图什	土层	ETNA	ES－T	自由地表
65SUF	疏附	土层	ETNA	ES－T	自由地表
65SUL	疏勒	土层	ETNA	ES－T	自由地表
65SWQ	沙湾温泉	基岩	ETNA	ES－T	自由地表
65SYA	沙雅	土层	ETNA	ES－T	自由地表
65TLK	塔尔拉克	土层	ETNA	ES－T	自由地表
65TOY	托云	土层	ETNA	ES－T	自由地表
65TPA	托帕	土层	ETNA	ES－T	自由地表
65TRK	铁热克	土层	ETNA	ES－T	自由地表
65TSD	塔什店	土层	ETNA	ES－T	自由地表
65WLG	卧里托乎拉格	土层	ETNA	ES－T	自由地表
65WMK	乌苏煤矿	土层	ETNA	ES－T	自由地表
65WPR	乌帕尔	土层	ETNA	ES－T	自由地表
65WQT	乌鲁克恰提	土层	ETNA	ES－T	自由地表
65WSL	乌合沙鲁	基岩	ETNA	ES－T	自由地表
65WUQ	乌恰	土层	ETNA	ES－T	自由地表
65XHE	新和	土层	ETNA	ES－T	自由地表
65XKR	西克尔	土层	ETNA	ES－T	自由地表
65XTL	夏普吐勒	土层	ETNA	ES－T	自由地表
65YAH	牙哈	土层	ETNA	ES－T	自由地表
65YBT	148 团	土层	ETNA	ES－T	自由地表
65YBZ	也克先巴扎	土层	ETNA	ES－T	自由地表
65YDS	尤鲁都斯	土层	ETNA	ES－T	自由地表

续表

台站代码	台站名称	场地条件	观测对象	记录器型号	加速度计型号
65YPH	岳普湖	土层	ETNA	ES - T	自由地表
65YSY	乐土驿	土层	ETNA	SLJ - 100	自由地表
65YXA	阳霞	土层	ETNA	ES - T	自由地表
65YYG	野云沟	土层	ETNA	SLJ - 100	自由地表
65ZYC	种羊场	土层	ETNA	ES - T	自由地表

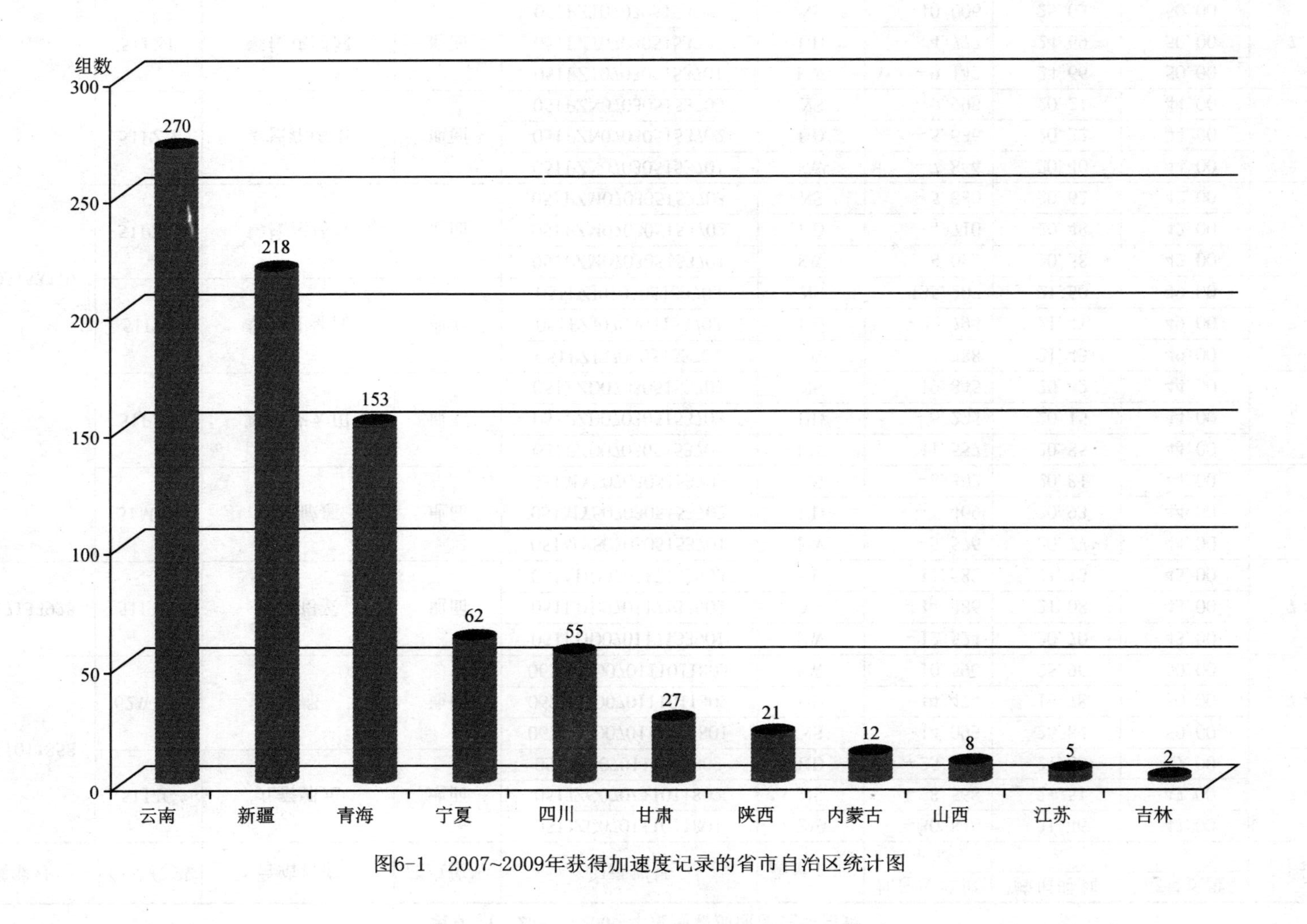
组数
300
250
200
150
100
50
0
270
218
153
62
55
27
21
12
8
5
2
云南
新疆
青海
宁夏
四川
甘肃
陕西
内蒙古
山西
江苏
吉林

图6-1　2007~2009年获得加速度记录的省市自治区统计图

表 6－1　2007～2009 年度地震加速度记录目录

地震编号	台站代码	台站名称	测点位置	记录编号	测量方向	加速度峰值 cm/s^2	峰值时刻 s	记录长度 s	图序
0070111011858	51JZG	九寨郭元	地面	051JZG070111011801	EW	－30. 846	21. 46	47. 00	7－1
				051JZG070111011802	NS	－28. 568	21. 51	47. 00	
				051JZG070111011803	UD	－25. 287	21. 65	47. 00	
	62WUD	武都	地面	062WUD070111011801	NS	14. 093	26. 84	50. 00	7－2
				062WUD070111011802	UD	14. 474	19. 78	50. 00	
				062WUD070111011803	EW	－10. 590	25. 96	50. 00	
0070117133928	51LDD	泸定得妥	地面	051LDD070117133901	EW	－12. 524	20. 70	43. 00	7－3
				051LDD070117133902	NS	－14. 486	21. 08	43. 00	
				051LDD070117133903	UD	－11. 582	21. 13	43. 00	
0070305153719	51MYS	米易撒莲	地面	051MYS070305153701	EW	－5. 576	20. 77	44. 00	
				051MYS070305153702	UD	－1. 469	20. 93	44. 00	
				051MYS070305153703	NS	－8. 302	20. 81	44. 00	
	51PZD	攀枝花大田	地面	051PZD070305153701	EW	11. 557	20. 85	44. 00	7－4
				051PZD070305153702	UD	－6. 225	20. 15	44. 00	
				051PZD070305153703	NS	19. 845	20. 42	44. 00	
	51PZJ	攀枝花金江	地面	051PZJ070305153701	EW	－122. 288	21. 43	49. 00	7－5
				051PZJ070305153702	UD	－22. 794	21. 41	49. 00	
				051PZJ070305153703	NS	135. 207	21. 50	49. 00	
	51PZM	攀枝花马兰	地面	051PZM070305153701	EW	8. 083	20. 58	42. 00	
				051PZM070305153702	UD	4. 710	20. 48	42. 00	
				051PZM070305153703	NS	－5. 080	20. 62	42. 00	
	51PZN	攀枝花南山	地面	051PZN070305153701	EW	－7. 864	20. 40	44. 00	
				051PZN070305153702	UD	－5. 636	20. 22	44. 00	
				051PZN070305153703	NS	－9. 993	20. 21	44. 00	
	51PZT	攀枝花同德	地面	051PZT070305153701	EW	－9. 142	24. 66	50. 00	7－6
				051PZT070305153702	UD	4. 777	24. 69	50. 00	
				051PZT070305153703	NS	－10. 006	25. 03	50. 00	

续表

地震编号	台站代码	台站名称	测点位置	记录编号	测量方向	加速度峰值	峰值时刻	记录长度	图序
						cm/s²	s	s	
0070305153719	51PZW	攀枝花乌龟	地面	051PZW070305153701	EW	-3.532	20.34	42.00	7-7
				051PZW070305153702	UD	-2.753	20.21	42.00	
				051PZW070305153703	NS	4.105	20.05	42.00	
	51YBA	盐边和爱	地面	051YBA070305153701	EW	7.185	23.07	45.00	
				051YBA070305153702	UD	7.154	20.69	45.00	
				051YBA070305153703	NS	7.207	23.33	45.00	
	51YBX	盐边县城	地面	051YBX070305153701	EW	-43.313	23.45	50.00	
				051YBX070305153702	UD	43.407	20.32	50.00	
				051YBX070305153703	NS	-56.052	22.58	50.00	
0070420060323	62ZHY	张掖	地面	062ZHY070420060301	NS	4.812	25.26	48.00	
				062ZHY070420060302	UD	5.401	25.56	48.00	
				062ZHY070420060303	EW	5.767	25.80	48.00	
0070427062024	51JZG	九寨郭元	地面	051JZG070427062001	EW	-7.920	21.11	42.00	7-8
				051JZG070427062002	NS	9.951	20.10	42.00	
				051JZG070427062003	UD	4.951	20.47	42.00	
	51JZW	九寨勿角	地面	051JZW070427062001	EW	5.873	20.71	42.00	
				051JZW070427062002	NS	-14.291	20.64	42.00	
				051JZW070427062003	UD	-3.313	19.38	42.00	
0070506083117	32BHT	滨海	地面	032BHT070506083101	NS	2.902	24.31	56.00	7-9
				032BHT070506083102	UD	4.169	20.27	56.00	
				032BHT070506083103	EW	-5.708	25.63	56.00	
	32GUY	灌云	地面	032GUY070506083101	NS	8.378	25.40	62.00	
				032GUY070506083102	UD	4.642	26.61	62.00	
				032GUY070506083103	EW	13.063	25.00	62.00	
	32LYG	连云港	地面	032LYG070506083101	NS	-5.657	20.50	43.00	
				032LYG070506083102	UD	-2.221	23.74	43.00	
				032LYG070506083103	EW	-3.647	23.91	43.00	

续表

地震编号	台站代码	台站名称	测点位置	记录编号	测量方向	加速度峰值	峰值时刻	记录长度	图序
						cm/s^2	s	s	
0070506083117	32XST	响水	地面	032XST070506083101	NS	−16.301	22.57	57.00	7−10
				032XST070506083102	UD	−13.296	21.83	57.00	
				032XST070506083103	EW	24.989	22.82	57.00	
0070506202355	15BTT	包头	地面	015BTT070506202301	NS	−7.323	20.89	42.00	
				015BTT070506202302	UD	−4.533	20.83	42.00	
				015BTT070506202303	EW	−10.325	20.65	42.00	
0070603053456	53PDH	德化	地面	053PDH070603053401	NS	−431.821	22.99	79.52	7−11
				053PDH070603053402	UD	−157.620	24.11	79.52	
				053PDH070603053403	EW	−267.429	23.77	79.52	
	53SBN	坝心	地面	053SBN070603053401	NS	−4.861	20.50	42.00	7−12
				053SBN070603053402	UD	2.066	21.42	42.00	
				053SBN070603053403	EW	4.071	25.38	42.00	
	53BSL	保山	地面	053BSL070603053401	NS	−7.268	44.59	81.00	
				053BSL070603053402	UD	3.396	34.32	81.00	
				053BSL070603053403	EW	5.454	40.86	81.00	
	53EHN	化念	地面	053EHN070603053401	NS	4.303	20.19	46.00	
				053EHN070603053402	UD	5.304	24.25	46.00	
				053EHN070603053403	EW	−2.237	24.09	46.00	
	53JGT	景谷	地面	053JGT070603053401	NS	12.353	23.15	37.32	7−13
				053JGT070603053402	UD	−15.007	23.12	37.32	
				053JGT070603053403	EW	17.701	23.09	37.32	
	53JMH	勐罕镇	地面	053JMH070603053401	NS	7.990	42.46	71.00	7−14
				053JMH070603053402	UD	5.677	39.84	71.00	
				053JMH070603053403	EW	−10.939	40.75	71.00	
	53JMY	勐养	地面	053JMY070603053401	NS	19.076	39.04	91.00	7−15
				053JMY070603053402	UD	−10.622	42.04	91.00	
				053JMY070603053403	EW	−17.000	44.21	91.00	

续表

地震编号	台站代码	台站名称	测点位置	记录编号	测量方向	加速度峰值 cm/s²	峰值时刻 s	记录长度 s	图序
0070603053456	53JPW	普文	地面	053JPW070603053401	NS	-29.337	30.00	70.00	7-16
				053JPW070603053402	UD	10.124	29.61	70.00	
				053JPW070603053403	EW	25.760	29.72	70.00	
	53JYZ	益智	地面	053JYZ070603053401	NS	12.353	23.15	37.32	7-17
				053JYZ070603053402	UD	-15.007	23.12	37.32	
				053JYZ070603053403	EW	17.701	23.09	37.32	
	53JZX	景谷正兴	地面	053JZX070603053401	NS	405.147	26.79	79.00	7-18
				053JZX070603053402	UD	-102.685	27.41	79.00	
				053JZX070603053403	EW	-211.423	27.74	79.00	
	53LFB	富帮	地面	053LFB070603053401	NS	-10.611	33.59	65.00	7-19
				053LFB070603053402	UD	4.796	34.02	65.00	
				053LFB070603053403	EW	6.285	36.48	65.00	
	53MDL	打洛	地面	053MDL070603053401	NS	3.421	17.82	41.00	
				053MDL070603053402	UD	-1.649	17.92	41.00	
				053MDL070603053403	EW	-4.387	19.84	41.00	
	53MDX	弥渡	地面	053MDX070603053401	NS	2.435	25.55	40.20	
				053MDX070603053402	UD	-1.123	25.51	40.20	
				053MDX070603053403	EW	3.737	23.05	40.20	
	53MMM	勐满	地面	053MMM070603053401	NS	-9.101	27.80	52.00	
				053MMM070603053402	UD	3.926	28.32	52.00	
				053MMM070603053403	EW	7.778	26.00	52.00	
	53MMP	勐捧	地面	053MMP070603053401	NS	-7.795	22.09	56.00	
				053MMP070603053402	UD	-3.067	29.00	56.00	
				053MMP070603053403	EW	5.732	23.73	56.00	
	53MMZ	勐遮	地面	053MMZ070603053401	NS	15.910	45.04	60.28	7-20
				053MMZ070603053402	UD	-6.234	43.22	60.28	

续表

地震编号	台站代码	台站名称	测点位置	记录编号	测量方向	加速度峰值	峰值时刻	记录长度	图序
						cm/s^2	s	s	
0070603053456	53PMX	勐先	地面	053PMX070603053401	NS	121.895	23.87	68.04	7-21
				053PMX070603053402	UD	-53.941	22.98	68.04	
				053PMX070603053403	EW	157.747	23.90	68.04	
	53SLS	六顺	地面	053SLS070603053401	NS	18.676	32.43	67.00	7-22
				053SLS070603053402	UD	6.999	31.04	67.00	
				053SLS070603053403	EW	-19.812	31.98	67.00	
	53SML	芒腊坝	地面	053SML070603053401	NS	58.480	30.41	70.00	7-23
				053SML070603053402	UD	-23.710	31.22	70.00	
				053SML070603053403	EW	-49.752	31.22	70.00	
	53SSM	思茅港	地面	053SSM070603053401	NS	21.373	33.24	70.00	7-24
				053SSM070603053402	UD	-8.940	34.29	70.00	
				053SSM070603053403	EW	-24.919	33.98	70.00	
	53THX	通海	地面	053THX070603053401	NS	4.567	21.52	56.00	7-25
				053THX070603053402	UD	-5.430	23.10	56.00	
				053THX070603053403	EW	1.313	25.64	56.00	
	53XYW	杨武	地面	053XYW070603053401	NS	-4.604	24.13	45.00	
				053XYW070603053402	UD	-4.145	19.75	45.00	
				053XYW070603053403	EW	-2.166	19.82	45.00	
	53YPX	大理永平	地面	053YPX070603053401	NS	20.968	29.60	81.00	
				053YPX070603053402	UD	8.656	26.81	81.00	
				053YPX070603053403	EW	-24.948	37.63	81.00	
0070603054200	53PDH	德化	地面	053PDH070603054201	NS	-3.249	20.52	41.00	
				053PDH070603054202	UD	2.311	19.99	41.00	
				053PDH070603054203	EW	4.588	20.09	41.00	
	53PMX	勐先	地面	053PMX070603054201	NS	-7.654	20.83	49.00	
				053PMX070603054202	UD	-3.471	27.15	49.00	
				053PMX070603054203	EW	6.433	27.78	49.00	

续表

地震编号	台站代码	台站名称	测点位置	记录编号	测量方向	加速度峰值	峰值时刻	记录长度	图序
						cm/s^2	s	s	
0070603054200	53SML	芒腊坝	地面	053SML070603054201	NS	-2.927	19.92	32.00	
				053SML070603054202	UD	-0.931	20.69	32.00	
				053SML070603054203	EW	1.941	19.81	32.00	
0070603060437	53PDH	德化	地面	053PDH070603060401	NS	-8.565	22.87	48.00	7-26
				053PDH070603060402	UD	-6.920	23.41	48.00	
				053PDH070603060403	EW	13.910	23.46	48.00	
0070603062743	53PDH	德化	地面	053PDH070603062701	NS	10.974	21.22	45.00	7-27
				053PDH070603062702	UD	-9.003	21.17	45.00	
				053PDH070603062703	EW	-19.494	21.05	45.00	
	53PMX	勐先	地面	053PMX070603062701	NS	15.688	20.76	44.00	7-28
				053PMX070603062702	UD	-6.424	20.97	44.00	
				053PMX070603062703	EW	-10.334	20.61	44.00	
	53SML	芒腊坝	地面	053SML070603062701	NS	-6.960	20.31	33.00	
				053SML070603062702	UD	-2.785	20.32	33.00	
				053SML070603062703	EW	4.627	20.23	33.00	
0070603080937	53PDH	德化	地面	053PDH070603080901	NS	-10.044	21.18	44.00	7-29
				053PDH070603080902	UD	5.960	21.41	44.00	
				053PDH070603080903	EW	10.663	21.32	44.00	
	53PMX	勐先	地面	053PMX070603080901	NS	-12.526	22.96	46.00	7-30
				053PMX070603080902	UD	-5.586	23.15	46.00	
				053PMX070603080903	EW	-12.957	23.99	46.00	
	53SML	芒腊坝	地面	053SML070603080901	NS	-5.467	20.40	34.00	
				053SML070603080902	UD	3.817	20.58	34.00	
				053SML070603080903	EW	7.126	21.68	34.00	
0070603104901	53JPW	普文	地面	053JPW070603104901	NS	-5.657	20.50	43.00	
				053JPW070603104902	UD	-2.221	23.74	43.00	
				053JPW070603104903	EW	-3.647	23.91	43.00	

续表

地震编号	台站代码	台站名称	测点位置	记录编号	测量方向	加速度峰值	峰值时刻	记录长度	图序
						cm/s^2	s	s	
0070603104901	53JZX	景谷正兴	地面	053JZX070603104901	NS	25.616	26.60	55.00	7-31
				053JZX070603104902	UD	10.400	28.23	55.00	
				053JZX070603104903	EW	21.683	26.63	55.00	
	53PDH	德化	地面	053PDH070603104901	NS	41.247	24.22	54.00	7-32
				053PDH070603104902	UD	32.099	23.32	54.00	
				053PDH070603104903	EW	-52.114	23.20	54.00	
	53PMX	勐先	地面	053PMX070603104901	NS	41.957	23.43	54.00	7-33
				053PMX070603104902	UD	13.126	23.82	54.00	
				053PMX070603104903	EW	-34.897	23.27	54.00	
	53SLS	六顺	地面	053SLS070603104901	NS	-6.252	22.35	44.00	
				053SLS070603104902	UD	-1.654	22.21	44.00	
				053SLS070603104903	EW	-7.233	21.27	44.00	
	53SML	芒腊坝	地面	053SML070603104901	NS	16.508	25.83	43.00	7-34
				053SML070603104902	UD	6.610	25.27	43.00	
				053SML070603104903	EW	11.591	25.87	43.00	
0070603122126	65HZW	黑孜苇	地面	065HZW070603122101	EW	5.216	11.22	37.00	
				065HZW070603122102	NS	4.731	14.13	37.00	
				065HZW070603122103	UD	3.876	11.74	37.00	
	65WPR	乌帕尔	地面	065WPR070603122101	EW	5.431	20.29	41.00	
				065WPR070603122102	NS	-6.557	20.03	41.00	
				065WPR070603122103	UD	-3.224	19.84	41.00	
0070604195341	53DGY	大观园	地面	053DGY070604195301	NS	-336.516	22.11	55.00	7-35
				053DGY070604195302	UD	207.583	21.98	55.00	
				053DGY070604195303	EW	-105.351	22.34	55.00	
	53PDH	德化	地面	053PDH070604195301	NS	27.954	24.11	52.00	7-36
				053PDH070604195302	UD	13.989	22.85	52.00	
				053PDH070604195303	EW	50.013	23.35	52.00	

续表

地震编号	台站代码	台站名称	测点位置	记录编号	测量方向	加速度峰值 cm/s²	峰值时刻 s	记录长度 s	图序
0070604195341	53PMX	勐先	地面	053PMX070604195301	NS	14.255	22.39	47.00	7-37
				053PMX070604195302	UD	-7.046	22.56	47.00	
				053PMX070604195303	EW	12.763	23.23	47.00	
0070605173556	53DGY	大观园	地面	053DGY070605173501	NS	25.224	22.79	52.00	7-38
				053DGY070605173502	UD	-27.988	22.19	52.00	
				053DGY070605173503	EW	-22.736	22.58	52.00	
	53SDX	党校	地面	053SDX070605173501	NS	19.465	21.65	46.00	7-39
				053SDX070605173502	UD	14.540	22.31	46.00	
				053SDX070605173503	EW	13.795	22.53	46.00	
0070609075948	65SWQ	沙湾温泉	地面	065SWQ070609075901	EW	-32.978	21.36	43.00	7-40
				065SWQ070609075902	NS	-36.004	21.58	43.00	
				065SWQ070609075903	UD	5.875	16.64	43.00	
0070610181415	51JZW	九寨勿角	地面	051JZW070610181401	EW	3.777	20.77	41.00	
				051JZW070610181402	NS	-7.480	20.36	41.00	
				051JZW070610181403	UD	-2.841	17.51	41.00	
0070618074623	51GXT	珙县中学	地面	051GXT070618074601	NS	8.478	21.47	44.00	7-41
				051GXT070618074602	UD	-4.642	22.00	44.00	
				051GXT070618074603	EW	16.095	21.58	44.00	
0070620114131	51KDG	康定呷巴	地面	051KDG070620114101	EW	-14.780	20.12	41.00	7-42
				051KDG070620114102	NS	22.555	20.12	41.00	
				051KDG070620114103	UD	-14.204	20.20	41.00	
0070703003304	62HUC	皇城	地面	062HUC070703003301	NS	-29.684	21.70	46.00	7-43
				062HUC070703003302	UD	32.694	21.16	46.00	
				062HUC070703003303	EW	18.842	21.81	46.00	
0070710080347	65JIG	吉根	地面	065JIG070710080301	EW	8.934	20.68	45.00	7-44
				065JIG070710080302	NS	12.527	20.55	45.00	
				065JIG070710080303	UD	-4.086	19.99	45.00	

续表

地震编号	台站代码	台站名称	测点位置	记录编号	测量方向	加速度峰值	峰值时刻	记录长度	图序
						cm/s²	s	s	
0070710080347	65KSU	康苏	地面	065KSU070710080301	EW	-7.072	20.64	42.00	
				065KSU070710080302	NS	-6.084	20.77	42.00	
				065KSU070710080303	UD	-5.201	20.70	42.00	
	65WQT	乌鲁克恰提	地面	065WQT070710080301	EW	47.534	25.03	56.00	
				065WQT070710080302	NS	38.929	23.73	56.00	7-45
				065WQT070710080303	UD	37.847	21.18	56.00	
	65WSL	乌合沙鲁	地面	065WSL070710080301	EW	-11.489	23.53	50.00	
				065WSL070710080302	NS	-11.241	23.26	50.00	7-46
				065WSL070710080303	UD	-6.959	22.44	50.00	
0070720180651	65AGE	阿格	地面	065AGE070720180601	EW	8.213	24.64	62.00	
				065AGE070720180602	NS	-8.698	29.52	62.00	
				065AGE070720180603	UD	7.037	28.80	62.00	
	65BAC	拜城	地面	065BAC070720180601	EW	7.048	26.91	53.00	
				065BAC070720180602	NS	8.700	24.32	53.00	
				065BAC070720180603	UD	4.833	3.46	53.00	
	65CDY	策大雅	地面	065CDY070720180601	EW	-7.143	34.69	58.00	
				065CDY070720180602	NS	7.748	25.36	58.00	
				065CDY070720180603	UD	-4.337	25.18	58.00	
	65DAQ	大桥	地面	065DAQ070720180601	EW	-16.434	20.20	44.00	
				065DAQ070720180602	NS	9.867	20.54	44.00	7-47
				065DAQ070720180603	UD	-3.374	20.83	44.00	
	65EBT	二八台	地面	065EBT070720180601	EW	10.943	20.75	51.00	
				065EBT070720180602	NS	-12.440	24.85	51.00	7-48
				065EBT070720180603	UD	6.224	24.18	51.00	
	65EJT	29团	地面	065EJT070720180601	EW	-6.793	23.61	53.00	
				065EJT070720180602	NS	-6.400	19.94	53.00	
				065EJT070720180603	UD	1.751	30.76	53.00	

续表

地震编号	台站代码	台站名称	测点位置	记录编号	测量方向	加速度峰值	峰值时刻	记录长度	图序
						cm/s²	s	s	
0070720180651	65HLK	和什里克	地面	065HLK070720180601	EW	4.126	31.95	43.00	
				065HLK070720180602	NS	-4.871	22.35	43.00	
				065HLK070720180603	UD	2.182	30.08	43.00	
	65KEC	库尔楚	地面	065KEC070720180601	EW	-3.924	23.08	44.00	
				065KEC070720180602	NS	-5.406	19.90	44.00	
				065KEC070720180603	UD	-1.948	18.83	44.00	
	65KUC	库车	地面	065KUC070720180601	EW	-9.828	22.77	61.00	7-49
				065KUC070720180602	NS	-12.905	23.00	61.00	
				065KUC070720180603	UD	7.249	26.10	61.00	
	65KZR	克孜尔	地面	065KZR070720180601	EW	11.271	23.54	49.00	7-50
				065KZR070720180602	NS	-12.173	21.89	49.00	
				065KZR070720180603	UD	-4.577	22.47	49.00	
	65LHT	老虎	地面	065LHT070720180601	EW	5.585	21.35	49.00	
				065LHT070720180602	NS	-6.652	20.66	49.00	
				065LHT070720180603	UD	4.068	20.60	49.00	
	65LOT	轮台	地面	065LOT070720180601	EW	12.540	20.97	55.00	7-51
				065LOT070720180602	NS	7.124	25.76	55.00	
				065LOT070720180603	UD	3.818	24.47	55.00	
	65QBK	群巴克	地面	065QBK070720180601	EW	-8.647	20.69	49.00	
				065QBK070720180602	NS	-9.007	21.42	49.00	
				065QBK070720180603	UD	3.342	21.65	49.00	
	65SYA	沙雅	地面	065SYA070720180601	EW	3.335	25.33	53.00	
				065SYA070720180602	NS	-1.806	24.54	53.00	
				065SYA070720180603	UD	3.150	28.09	53.00	
	65TLK	塔尔拉克	地面	065TLK070720180601	EW	12.902	21.60	53.00	7-52
				065TLK070720180602	NS	-7.973	20.70	53.00	
				065TLK070720180603	UD	-4.384	22.18	53.00	

续表

地震编号	台站代码	台站名称	测点位置	记录编号	测量方向	加速度峰值	峰值时刻	记录长度	图序
						cm/s^2	s	s	
0070720180651	65TSD	塔什店	地面	065TSD070720180601	EW	4.779	22.18	45.00	
				065TSD070720180602	NS	-4.265	19.80	45.00	
				065TSD070720180603	UD	1.368	19.97	45.00	
	65XHE	新和	地面	065XHE070720180601	EW	15.654	20.83	45.00	7-53
				065XHE070720180602	NS	14.152	21.36	45.00	
				065XHE070720180603	UD	-7.705	22.23	45.00	
	65YAH	牙哈	地面	065YAH070720180601	EW	15.255	26.50	56.00	7-54
				065YAH070720180602	NS	-13.371	25.27	56.00	
				065YAH070720180603	UD	-5.356	24.58	56.00	
	65YDS	尤鲁都斯	地面	065YDS070720180601	EW	-14.169	20.71	50.00	7-55
				065YDS070720180602	NS	-11.970	21.24	50.00	
				065YDS070720180603	UD	4.749	22.41	50.00	
	65YXA	阳霞	地面	065YXA070720180601	EW	13.290	21.41	57.00	7-56
				065YXA070720180602	NS	-9.810	21.01	57.00	
				065YXA070720180603	UD	3.524	24.57	57.00	
	65YYG	野云沟	地面	065YYG070720180601	EW	9.192	27.40	58.00	7-57
				065YYG070720180602	NS	-12.522	26.33	58.00	
				065YYG070720180603	UD	4.296	25.46	58.00	
	62HCH	霍城	地面	062HCH070721190101	NS	7.918	20.95	42.00	7-58
				062HCH070721190102	UD	11.889	18.00	42.00	
				062HCH070721190103	EW	-7.096	20.87	42.00	
0070722173430	62HCH	霍城	地面	062HCH070722173401	NS	-74.184	22.96	68.00	7-59
				062HCH070722173402	UD	-104.907	20.20	68.00	
				062HCH070722173403	EW	-61.209	23.63	68.00	
	62HUC	皇城	地面	062HUC070722173401	NS	-6.750	19.86	49.00	
				062HUC070722173402	UD	4.651	19.15	49.00	
				062HUC070722173403	EW	5.701	21.56	49.00	

续表

地震编号	台站代码	台站名称	测点位置	记录编号	测量方向	加速度峰值 cm/s²	峰值时刻 s	记录长度 s	图序
0070722173430	62YCZ	永昌	地面	062YCZ070722173401	NS	-6.751	20.93	62.00	7-60
				062YCZ070722173402	UD	5.546	21.48	62.00	
				062YCZ070722173403	EW	6.663	22.71	62.00	
	62CHH	陈户	地面	062CHH070722173401	EW	67.236	23.38	54.36	
				062CHH070722173402	NS	43.747	23.35	54.36	
				062CHH070722173403	UD	36.265	20.34	54.36	
0070725180611	65GDL	格达良	地面	065GDL070725180601	EW	10.701	23.26	44.00	7-61
				065GDL070725180602	NS	11.225	23.12	44.00	
				065GDL070725180603	UD	-5.914	20.24	44.00	
	65HLJ	哈拉峻	地面	065HLJ070725180601	EW	-3.357	21.63	41.00	
				065HLJ070725180602	NS	4.340	20.52	41.00	
				065HLJ070725180603	UD	-1.805	18.37	41.00	
	65HQC	红旗农场	地面	065HQC070725180601	EW	-2.923	27.42	41.00	
				065HQC070725180602	NS	-5.419	19.82	41.00	
				065HQC070725180603	UD	2.858	22.77	41.00	
	65JZC	伽师总场	地面	065JZC070725180601	EW	-6.894	20.65	54.00	
				065JZC070725180602	NS	7.612	28.93	54.00	
				065JZC070725180603	UD	-4.560	20.95	54.00	
	65QQK	琼库尔恰克	地面	065QQK070725180601	EW	5.085	19.44	41.00	
				065QQK070725180602	NS	4.784	20.63	41.00	
				065QQK070725180603	UD	-3.170	21.09	41.00	
	65SBY	色力布亚	地面	065SBY070725180601	EW	-5.419	19.87	41.00	
				065SBY070725180602	NS	-5.633	20.12	41.00	
				065SBY070725180603	UD	3.422	25.36	41.00	
	65SRT	42团	地面	065SRT070725180601	EW	-7.856	19.99	48.00	
				065SRT070725180602	NS	5.586	20.86	48.00	
				065SRT070725180603	UD	3.617	20.99	48.00	

续表

地震编号	台站代码	台站名称	测点位置	记录编号	测量方向	加速度峰值	峰值时刻	记录长度	图序
						cm/s^2	s	s	
0070725180611	65WLG	卧里托乎拉格	地面	065WLG070725180601	EW	-3.146	19.83	41.00	
				065WLG070725180602	NS	-3.572	19.94	41.00	
				065WLG070725180603	UD	6.077	19.89	41.00	
	65XTL	夏普吐勒	地面	065XTL070725180601	EW	3.534	22.08	41.00	
				065XTL070725180602	NS	-5.142	19.79	41.00	
				065XTL070725180603	UD	2.831	23.32	41.00	
	65YPH	岳普湖	地面	065YPH070725180601	EW	5.505	20.66	42.00	
				065YPH070725180602	NS	7.048	20.58	42.00	
				065YPH070725180603	UD	2.787	21.02	42.00	
0070727131811	65GDL	格达良	地面	065GDL070727131801	EW	13.776	20.36	42.00	7-62
				065GDL070727131802	NS	-11.622	20.31	42.00	
				065GDL070727131803	UD	3.650	16.37	42.00	
	65JAS	伽师	地面	065JAS070727131801	EW	-3.650	20.59	41.00	
				065JAS070727131802	NS	-7.210	20.43	41.00	
				065JAS070727131803	UD	-4.204	25.96	41.00	
	65JZC	伽师总场	地面	065JZC070727131801	EW	9.818	20.02	56.00	7-63
				065JZC070727131802	NS	13.149	20.13	56.00	
				065JZC070727131803	UD	5.742	22.91	56.00	
	65MLA	毛拉	地面	065MLA070727131801	EW	4.527	20.59	41.00	
				065MLA070727131802	NS	-3.492	24.28	41.00	
				065MLA070727131803	UD	-2.193	12.30	41.00	
	65SBY	色力布亚	地面	065SBY070727131801	EW	-4.357	20.90	42.00	
				065SBY070727131802	NS	4.305	20.54	42.00	
				065SBY070727131803	UD	2.536	21.32	42.00	
	65SRT	42 团	地面	065SRT070727131801	EW	-4.645	32.49	42.00	
				065SRT070727131802	NS	5.371	20.65	42.00	
				065SRT070727131803	UD	3.120	29.96	42.00	

续表

地震编号	台站代码	台站名称	测点位置	记录编号	测量方向	加速度峰值	峰值时刻	记录长度	图序
						cm/s²	s	s	
0070727131811	65WLG	卧里托乎拉格	地面	065WLG070727131801	EW	33. 401	22. 16	60. 00	7 - 64
				065WLG070727131802	NS	34. 943	22. 46	60. 00	
				065WLG070727131803	UD	- 14. 098	22. 62	60. 00	
	65XTL	夏普吐勒	地面	065XTL070727131801	EW	4. 340	20. 43	41. 00	
				065XTL070727131802	NS	3. 702	23. 93	41. 00	
				065XTL070727131803	UD	2. 551	22. 97	41. 00	
0070731073525	51LDD	泸定得妥	地面	051LDD070731073501	EW	11. 509	20. 97	45. 00	7 - 65
				051LDD070731073502	NS	- 10. 757	21. 99	45. 00	
				051LDD070731073503	UD	6. 252	20. 93	45. 00	
	51LDL	泸定冷碛	地面	051LDL070731073501	EW	- 3. 713	23. 75	41. 00	
				051LDL070731073502	NS	- 6. 066	20. 28	41. 00	
				051LDL070731073503	UD	- 2. 906	17. 57	41. 00	
0070801190931	65JAS	伽师	地面	065JAS070801190901	EW	9. 781	25. 19	46. 00	7 - 66
				065JAS070801190902	NS	- 19. 042	25. 20	46. 00	
				065JAS070801190903	UD	- 8. 915	20. 65	46. 00	
	51LDL	泸定冷碛	地面	051LDL070802060601	EW	12. 559	20. 61	42. 00	7 - 67
				051LDL070802060602	NS	- 7. 055	20. 78	42. 00	
				051LDL070802060603	UD	- 6. 313	21. 04	42. 00	
0070802233529	62HUC	皇城	地面	062HUC070802233501	NS	- 3. 796	19. 75	41. 00	
				062HUC070802233502	UD	1. 280	20. 69	41. 00	
				062HUC070802233503	EW	4. 257	19. 73	41. 00	
0070805070846	65QEG	雀尔沟	地面	065QEG070805070801	EW	14. 296	20. 16	42. 00	7 - 68
				065QEG070805070802	NS	11. 009	19. 87	42. 00	
				065QEG070805070803	UD	2. 751	19. 88	42. 00	
0070820200947	65SWQ	沙湾温泉	地面	065SWQ070820200901	EW	- 139. 231	20. 00	42. 00	7 - 69
				065SWQ070820200902	NS	139. 644	20. 09	42. 00	
				065SWQ070820200903	UD	- 51. 352	20. 10	42. 00	

续表

地震编号	台站代码	台站名称	测点位置	记录编号	测量方向	加速度峰值	峰值时刻	记录长度	图序
						cm/s²	s	s	
0070829041708	51GXT	珙县中学	地面	051GXT070829041701	NS	-10.905	19.96	42.00	7-70
				051GXT070829041702	UD	-6.489	20.15	42.00	
				051GXT070829041703	EW	-9.439	20.10	42.00	
0070911120939	65JAS	伽师	地面	065JAS070911120901	EW	9.136	20.05	41.00	7-71
				065JAS070911120902	NS	-16.616	20.05	41.00	
				065JAS070911120903	UD	2.792	20.01	41.00	
0070912004436	65HQC	红旗农场	地面	065HQC070912004401	EW	-6.708	20.41	42.00	7-72
				065HQC070912004402	NS	-17.634	20.45	42.00	
				065HQC070912004403	UD	6.090	16.42	42.00	
0070923165620	65WQT	乌鲁克恰提	地面	065WQT070923165601	EW	-11.395	20.71	44.00	7-73
				065WQT070923165602	NS	-7.144	20.71	44.00	
				065WQT070923165603	UD	-5.136	21.45	44.00	
0070924215134	51HDX	会东新街	地面	051HDX070924215101	EW	41.997	20.66	44.32	7-74
				051HDX070924215102	NS	-41.409	20.97	44.32	
				051HDX070924215103	UD	-34.630	20.78	44.32	
0071001085203	62HUC	皇城	地面	062HUC071001085201	NS	122.269	22.12	62.00	7-75
				062HUC071001085202	UD	25.314	20.01	62.00	
				062HUC071001085203	EW	48.448	22.08	62.00	
0071002202503	65JIG	吉根	地面	065JIG071002202501	EW	-4.657	20.56	41.00	
				065JIG071002202502	NS	2.889	20.65	41.00	
				065JIG071002202503	UD	-1.627	19.56	41.00	
0071006030140	51CNT	长宁气象	地面	051CNT071006030101	NS	-3.866	20.75	43.00	
				051CNT071006030102	UD	-1.305	18.06	43.00	
				051CNT071006030103	EW	7.467	20.75	43.00	
	51GXT	珙县中学	地面	051GXT071006030101	NS	10.885	19.82	43.00	7-76
				051GXT071006030102	UD	8.441	20.66	43.00	
				051GXT071006030103	EW	-14.191	20.19	43.00	

续表

地震编号	台站代码	台站名称	测点位置	记录编号	测量方向	加速度峰值	峰值时刻	记录长度	图序
						cm/s²	s	s	
0071031210853	51NNT	宁南台	地面	051NNT071031210801	EW	-2.264	20.01	40.12	
				051NNT071031210802	NS	-1.471	20.26	40.12	
				051NNT071031210803	UD	-1.698	38.07	40.12	
0071108044142	65WMK	乌苏煤矿	地面	065WMK071108044101	EW	-9.766	20.55	42.00	7-77
				065WMK071108044102	NS	18.048	20.68	42.00	
				065WMK071108044103	UD	-9.212	14.94	42.00	
0071108064107	65YYG	野云沟	地面	065YYG071108064101	EW	10.330	17.52	41.00	7-78
				065YYG071108064102	NS	8.967	17.48	41.00	
				065YYG071108064103	UD	9.127	17.48	41.00	
0071122081825	65BLT	巴音库鲁提	地面	065BLT071122081801	EW	23.383	20.11	42.00	7-79
				065BLT071122081802	NS	-15.025	20.19	42.00	
				065BLT071122081803	UD	6.726	20.21	42.00	
	65HLK	罕南力克	地面	065HLK071122081801	EW	-1.627	24.21	41.00	
				065HLK071122081802	NS	-4.170	20.19	41.00	
				065HLK071122081803	UD	-1.076	7.32	41.00	
	65TPA	托帕	地面	065TPA071122081801	EW	10.263	20.27	42.00	7-80
				065TPA071122081802	NS	9.684	20.61	42.00	
				065TPA071122081803	UD	3.639	20.23	42.00	
	65WPR	乌帕尔	地面	065WPR071122081801	EW	-4.364	20.33	41.00	
				065WPR071122081802	NS	-7.276	20.21	41.00	
				065WPR071122081803	UD	2.169	20.32	41.00	
0071122082214	65BLT	巴音库鲁提	地面	065BLT071122082201	EW	13.977	20.22	42.00	7-81
				065BLT071122082202	NS	-16.605	20.30	42.00	
				065BLT071122082203	UD	-5.551	20.37	42.00	
0071123073304	65TPA	托帕	地面	065TPA071123073301	EW	-23.698	22.71	45.00	7-82
				065TPA071123073302	NS	-33.627	22.73	45.00	
				065TPA071123073303	UD	-39.930	20.21	45.00	

续表

地震编号	台站代码	台站名称	测点位置	记录编号	测量方向	加速度峰值	峰值时刻	记录长度	图序
						cm/s²	s	s	
0071128183830	65BAC	拜城	地面	065BAC071128183801	EW	-38.952	25.97	52.00	7-83
				065BAC071128183802	NS	27.441	25.84	52.00	
				065BAC071128183803	UD	-10.002	26.19	52.00	
	65DAQ	大桥	地面	065DAQ071128183801	EW	-17.029	20.43	47.00	7-84
				065DAQ071128183802	NS	15.951	20.29	47.00	
				065DAQ071128183803	UD	4.428	15.63	47.00	
	65TRK	铁热克	地面	065TRK071128183801	EW	5.182	20.49	42.00	
				065TRK071128183802	NS	4.859	21.53	42.00	
				065TRK071128183803	UD	5.764	17.03	42.00	
0071221084503	65GDL	格达良	地面	065GDL071221084501	EW	8.109	20.16	41.00	
				065GDL071221084502	NS	6.929	20.13	41.00	
				065GDL071221084503	UD	-3.129	20.44	41.00	
	65JZC	伽师总场	地面	065JZC071221084501	EW	7.414	20.16	47.00	
				065JZC071221084502	NS	-8.081	19.97	47.00	
				065JZC071221084503	UD	-3.395	22.09	47.00	
	65SRT	42 团	地面	065SRT071221084501	EW	-5.899	20.66	42.00	
				065SRT071221084502	NS	-2.572	20.67	42.00	
				065SRT071221084503	UD	1.974	20.92	42.00	
	65WLG	卧里托乎拉格	地面	065WLG071221084501	EW	-12.606	20.05	47.00	7-85
				065WLG071221084502	NS	-16.124	20.03	47.00	
				065WLG071221084503	UD	-6.413	20.09	47.00	
	65YBZ	也克先巴扎	地面	065YBZ071221084501	EW	4.388	19.86	41.00	
				065YBZ071221084502	NS	-3.301	19.82	41.00	
				065YBZ071221084503	UD	-1.799	20.22	41.00	
0080103201158	14XJG	新绛	地面	014XJG080103201101	EW	10.932	23.53	50.00	7-86
				014XJG080103201102	NS	11.544	23.24	50.00	
				014XJG080103201103	UD	11.587	22.68	50.00	

续表

地震编号	台站代码	台站名称	测点位置	记录编号	测量方向	加速度峰值	峰值时刻	记录长度	图序
						cm/s²	s	s	
0080107060911	65WQT	乌鲁克恰提	地面	065WQT080107060901	EW	6.495	23.43	46.00	7-87
				065WQT080107060902	NS	-9.650	23.24	46.00	
				065WQT080107060903	UD	20.295	19.87	46.00	
0080218104446	53DFD	大理蝴蝶泉	地面	053DFD080218104401	NS	-4.000	22.10	43.00	7-88
				053DFD080218104402	UD	2.675	20.34	43.00	
				053DFD080218104403	EW	-4.211	20.47	43.00	
	53DSL	大理双廊	地面	053DSL080218104401	NS	3.159	20.60	42.00	
				053DSL080218104402	UD	-1.291	20.66	42.00	
				053DSL080218104403	EW	2.688	21.22	42.00	
	53ENJ	洱源牛街	地面	053ENJ080218104401	NS	-13.496	20.36	43.00	
				053ENJ080218104402	UD	9.195	20.16	43.00	
				053ENJ080218104403	EW	-26.282	20.01	43.00	
	53EQH	洱源乔后	地面	053EQH080218104401	NS	-1.522	24.62	42.00	
				053EQH080218104402	UD	-1.001	22.90	42.00	
				053EQH080218104403	EW	-2.435	21.29	42.00	
	53EYS	洱源右所	地面	053EYS080218104401	NS	-5.328	20.04	41.00	
				053EYS080218104402	UD	-4.299	11.61	41.00	
				053EYS080218104403	EW	3.292	18.21	41.00	
	53YPX	大理永平	地面	053YPX080218104401	NS	12.378	25.31	59.00	7-89
				053YPX080218104402	UD	-7.351	27.61	59.00	
				053YPX080218104403	EW	-10.653	25.67	59.00	
0080221145718	65JZC	伽师总场	地面	065JZC080221145701	EW	4.551	26.16	47.00	
				065JZC080221145702	NS	-5.803	26.21	47.00	
				065JZC080221145703	UD	-4.030	17.65	47.00	
	65WLG	卧里托乎拉格	地面	065WLG080221145701	EW	-5.535	26.64	48.00	
				065WLG080221145702	NS	-7.525	20.86	48.00	
				065WLG080221145703	UD	-2.190	22.20	48.00	

续表

地震编号	台站代码	台站名称	测点位置	记录编号	测量方向	加速度峰值 cm/s^2	峰值时刻 s	记录长度 s	图序
0080305215014	65GDL	格达良	地面	065GDL080305215001	EW	6.955	20.53	42.00	
				065GDL080305215002	NS	6.980	20.80	42.00	
				065GDL080305215003	UD	-2.758	20.67	42.00	
0080312005818	64CST	长山头	地面	064CST080312005801	EW	4.499	19.99	40.00	
				064CST080312005802	NS	3.526	21.90	40.00	
				064CST080312005803	UD	-2.658	23.07	40.00	
	64HSB	红寺堡	地面	064HSB080312005801	EW	4.559	21.25	40.04	
				064HSB080312005802	NS	4.673	21.12	40.04	
				064HSB080312005803	UD	3.143	21.45	40.04	
	64TXN	同心	地面	064TXN080312005801	EW	1.001	19.71	40.00	
				064TXN080312005802	NS	-1.094	20.00	40.00	
				064TXN080312005803	UD	-0.640	19.72	40.00	
0080330163225	62CHH	陈户	地面	062CHH080330163201	EW	-3.703	18.73	39.96	
				062CHH080330163202	NS	4.116	19.99	39.96	
				062CHH080330163203	UD	-2.937	19.58	39.96	
	62FLE	丰乐	地面	062FLE080330163201	NS	-7.056	21.23	56.00	
				062FLE080330163202	UD	3.927	20.80	56.00	
				062FLE080330163203	EW	5.758	22.21	56.00	
	62HOX	西营	地面	062HOX080330163201	NS	12.514	19.89	49.00	7-90
				062HOX080330163202	UD	7.169	20.53	49.00	
				062HOX080330163203	EW	10.575	20.27	49.00	
	62HUC	皇城	地面	062HUC080330163201	NS	-172.752	21.98	71.00	7-91
				062HUC080330163202	UD	199.697	20.92	71.00	
				062HUC080330163203	EW	-259.999	22.36	71.00	
	62HYS	红崖山水库	地面	062HYS080330163201	EW	-6.416	20.01	40.92	
				062HYS080330163202	NS	-6.581	20.93	40.92	
				062HYS080330163203	UD	3.115	20.70	40.92	

续表

地震编号	台站代码	台站名称	测点位置	记录编号	测量方向	加速度峰值 cm/s^2	峰值时刻 s	记录长度 s	图序
0080330163225	62JDN	九墩	地面	062JDN080330163201	NS	28.879	20.43	52.00	7-92
				062JDN080330163202	UD	-6.605	21.55	52.00	
				062JDN080330163203	EW	9.759	20.37	52.00	
	62NYI	南营	地面	062NYI080330163201	NS	5.785	20.98	43.00	
				062NYI080330163202	UD	7.807	14.08	43.00	
				062NYI080330163203	EW	9.754	20.97	43.00	
	62SHC	双城	地面	062SHC080330163201	EW	16.768	24.07	52.68	7-93
				062SHC080330163202	NS	22.941	24.71	52.68	
				062SHC080330163203	UD	-16.037	25.27	52.68	
	62XCZ	新城子	地面	062XCZ080330163201	EW	5.981	19.99	40.00	
				062XCZ080330163202	NS	4.885	20.27	40.00	
				062XCZ080330163203	UD	-4.220	20.04	40.00	
	62XSH	下双	地面	062XSH080330163201	EW	-11.225	20.34	43.20	7-94
				062XSH080330163202	NS	12.461	20.89	43.20	
				062XSH080330163203	UD	-6.394	21.84	43.20	
	62YXB	羊下坝	地面	062YXB080330163201	NS	11.036	17.80	47.00	7-95
				062YXB080330163202	UD	8.369	19.48	47.00	
				062YXB080330163203	EW	10.412	19.88	47.00	
	62HXG	红星	地面	062HXG080330163201	UD	7.569	20.54	43.60	7-96
				062HXG080330163202	NS	36.642	20.40	43.60	
				062HXG080330163203	EW	-11.133	21.42	43.60	
0080406090551	64GYN	固原	地面	064GYN080406090501	EW	-50.955	24.49	40.76	7-97
				064GYN080406090502	NS	-49.229	23.86	40.76	
				064GYN080406090503	UD	-43.865	24.36	40.76	
	64QIY	七营	地面	064QIY080406090501	EW	-16.739	25.22	40.76	7-98
				064QIY080406090502	NS	-10.610	25.36	40.76	
				064QIY080406090503	UD	-9.801	24.34	40.76	

续表

地震编号	台站代码	台站名称	测点位置	记录编号	测量方向	加速度峰值	峰值时刻	记录长度	图序
						cm/s^2	s	s	
0080410151721	65HZW	黑孜苇	地面	065HZW080410151701	EW	-9.928	26.45	61.00	
				065HZW080410151702	NS	-8.994	28.40	61.00	
				065HZW080410151703	UD	-5.068	26.25	61.00	
	65PKY	膘尔托阔依	地面	065PKY080410151701	EW	6.403	20.12	42.00	
				065PKY080410151702	NS	-7.716	20.11	42.00	
				065PKY080410151703	UD	6.666	19.90	42.00	
	65WQT	乌鲁克恰提	地面	065WQT080410151701	EW	7.773	20.35	43.00	
				065WQT080410151702	NS	-4.578	20.28	43.00	
				065WQT080410151703	UD	-1.531	18.77	43.00	
	65WSL	乌合沙鲁	地面	065WSL080410151701	EW	-32.566	21.34	49.00	7-99
				065WSL080410151702	NS	-37.790	21.41	49.00	
				065WSL080410151703	UD	18.332	21.57	49.00	
0080411042547	65KZR	克孜尔	地面	065KZR080411042501	EW	-7.355	21.21	48.00	
				065KZR080411042502	NS	9.032	24.97	48.00	
				065KZR080411042503	UD	-4.505	17.85	48.00	
	65SLM	赛里木	地面	065SLM080411042501	EW	-4.956	19.72	41.00	
				065SLM080411042502	NS	5.176	20.07	41.00	
				065SLM080411042503	UD	2.447	21.10	41.00	
	65YDS	尤鲁都斯	地面	065YDS080411042501	EW	4.904	14.91	41.00	
				065YDS080411042502	NS	7.146	18.94	41.00	
				065YDS080411042503	UD	5.450	9.29	41.00	
0080502235623	51YYW	盐源卫城	地面	051YYW080502235601	EW	-32.905	23.33	52.84	7-100
				051YYW080502235602	NS	-21.498	24.06	52.84	
				051YYW080502235602	UD	-20.282	22.66	52.84	
0080602215724	65WSL	乌合沙鲁	地面	065WSL080602215701	EW	-9.843	20.28	44.00	7-101
				065WSL080602215702	NS	-13.903	21.31	44.00	
				065WSL080602215703	UD	6.751	20.40	44.00	

续表

地震编号	台站代码	台站名称	测点位置	记录编号	测量方向	加速度峰值	峰值时刻	记录长度	图序
						cm/s²	s	s	
0080610140502	15HLE	海拉尔	地面	015HLE080610140501	NS	2.511	34.61	46.00	7 - 102
				015HLE080610140502	UD	-2.719	29.89	46.00	
				015HLE080610140503	EW	1.233	30.96	46.00	
0080707141126	53HQX	鹤庆	地面	053HQX080707141101	NS	-18.004	22.04	44.00	
				053HQX080707141102	UD	-12.933	20.43	44.00	
				053HQX080707141103	EW	15.637	22.17	44.00	
0080707143252	15WLH	乌兰浩特	地面	015WLH080707143201	NS	-9.818	23.96	56.00	
				015WLH080707143202	UD	-7.328	27.03	56.00	
				015WLH080707143203	EW	-4.810	24.05	56.00	
0080729214059	65DAQ	大桥	地面	065DAQ080729214001	EW	-6.224	21.46	43.00	7 - 103
				065DAQ080729214002	NS	-6.888	20.81	43.00	
				065DAQ080729214003	UD	-2.890	17.38	43.00	
	65LHT	老虎	地面	065LHT080729214001	EW	-4.215	20.88	42.00	
				065LHT080729214002	NS	5.332	20.72	42.00	
				065LHT080729214003	UD	4.103	16.90	42.00	
0080815074337	53JNZ	南庄	地面	053JNZ080815074301	NS	-12.052	20.06	43.00	
				053JNZ080815074302	UD	3.280	20.31	43.00	
				053JNZ080815074303	EW	11.224	19.89	43.00	
	53SPX	石屏	地面	053SPX080815074301	NS	2.675	20.06	42.00	
				053SPX080815074302	UD	2.585	20.76	42.00	
				053SPX080815074303	EW	3.075	20.00	42.00	
0080820053512	53LHX	梁河	地面	053LHX080820053501	NS	6.410	27.08	59.00	
				053LHX080820053502	UD	-5.105	27.12	59.00	
				053LHX080820053503	EW	-5.305	23.13	59.00	
0080821202428	53BSL	保山	地面	053BSL080821202401	NS	-8.431	23.60	76.00	
				053BSL080821202402	UD	2.132	28.98	76.00	
				053BSL080821202403	EW	8.914	33.87	76.00	

续表

地震编号	台站代码	台站名称	测点位置	记录编号	测量方向	加速度峰值	峰值时刻	记录长度	图序
						cm/s²	s	s	
0080821202428	53CNX	保山昌宁	地面	053CNX080821202401	NS	-11.172	23.73	55.00	7-104
				053CNX080821202402	UD	-4.056	24.49	55.00	
				053CNX080821202403	EW	8.940	22.37	55.00	
	53DWQ	大理湾桥	地面	053DWQ080821202401	NS	-2.407	20.62	42.00	
				053DWQ080821202402	UD	1.176	20.24	42.00	
				053DWQ080821202403	EW	-1.924	17.25	42.00	
	53LHX	梁河	地面	053LHX080821202401	NS	42.049	30.41	88.00	7-105
				053LHX080821202402	UD	-53.894	28.88	88.00	
				053LHX080821202403	EW	31.631	22.89	88.00	
	53LLX	龙陵	地面	053LLX080821202401	NS	-15.746	33.27	64.00	7-106
				053LLX080821202402	UD	7.910	33.41	64.00	
				053LLX080821202403	EW	-18.388	33.36	64.00	
	53TRH	热海	地面	053TRH080821202401	NS	22.934	24.75	53.00	7-107
				053TRH080821202402	UD	17.077	25.87	53.00	
				053TRH080821202403	EW	-10.634	25.46	53.00	
0080822221023	65EBT	二八台	地面	065EBT080822221001	EW	-21.622	25.29	57.00	7-108
				065EBT080822221002	NS	-22.988	27.94	57.00	
				065EBT080822221003	UD	28.803	21.26	57.00	
0080830163053	51MYL	米易攀莲	地面	051MYL080830163001	EW	-127.994	29.87	87.96	7-109
				051MYL080830163002	UD	67.312	29.82	87.96	
				051MYL080830163003	NS	-22.660	29.64	87.32	
	51MYS	米易撒连	地面	051MYS080830163001	EW	96.868	31.41	97.00	7-110
				051MYS080830163002	UD	-35.009	30.49	97.00	
				051MYS080830163003	NS	77.793	30.37	97.00	
	51PZD	攀枝花大田	地面	051PZD080830163001	EW	-333.819	25.01	104.00	7-111
				051PZD080830163002	UD	496.414	25.47	104.00	
				051PZD080830163003	NS	-271.572	25.29	104.00	

续表

地震编号	台站代码	台站名称	测点位置	记录编号	测量方向	加速度峰值	峰值时刻	记录长度	图序
						cm/s^2	s	s	
0080830163053	51PZF	攀枝花福田	地面	051PZF080830163001	EW	19.054	28.25	83.00	7-112
				051PZF080830163002	UD	12.487	30.96	83.00	
				051PZF080830163003	NS	-23.257	29.97	83.00	
	51PZJ	攀枝花金江	地面	051PZJ080830163001	EW	-339.006	27.12	95.00	7-113
				051PZJ080830163002	UD	188.668	26.79	95.00	
				051PZJ080830163003	NS	-336.138	26.81	95.00	
	53BTH	宾川太和	地面	053BTH080830163001	NS	2.689	30.42	67.00	
				053BTH080830163002	UD	1.753	30.40	67.00	
				053BTH080830163003	EW	-2.179	30.54	67.00	
	53BWL	云南边防武警总队疗养院	地面	053BWL080830163001	NS	-6.699	42.83	88.00	
				053BWL080830163002	UD	-5.692	24.85	88.00	
				053BWL080830163003	EW	5.338	19.81	88.00	
	53CGX	昆明呈贡	地面	053CGX080830163001	NS	2.454	20.78	51.00	
				053CGX080830163002	UD	2.838	22.72	51.00	
				053CGX080830163003	EW	-1.461	23.34	51.00	
	53DCT	东川拖布卡	地面	053DCT080830163001	NS	12.641	31.46	60.00	7-114
				053DCT080830163002	UD	6.068	32.51	60.00	
				053DCT080830163003	EW	10.960	33.86	60.00	
	53DTD	汤丹镇	地面	053DTD080830163001	NS	-6.660	20.46	45.00	
				053DTD080830163002	UD	2.414	23.28	45.00	
				053DTD080830163003	EW	-5.799	22.39	45.00	
	53FDC	昆明发电厂	地面	053FDC080830163001	NS	4.958	39.24	69.00	
				053FDC080830163002	UD	6.093	37.94	69.00	
				053FDC080830163003	EW	4.274	21.41	69.00	
	53GSG	关上公园	地面	053GSG080830163001	NS	-4.432	24.48	48.00	
				053GSG080830163002	UD	-5.517	24.29	48.00	
				053GSG080830163003	EW	-3.220	22.08	48.00	

续表

地震编号	台站代码	台站名称	测点位置	记录编号	测量方向	加速度峰值	峰值时刻	记录长度	图序
						cm/s^2	s	s	
0080830163053	53HTG	云南航天工业总公司	地面	053HTG080830163001	NS	4. 804	39. 49	65. 00	
				053HTG080830163002	UD	-5. 476	37. 67	65. 00	
				053HTG080830163003	EW	3. 168	41. 03	65. 00	
	53JHG	佳华广场	地面	053JHG080830163001	NS	5. 282	22. 22	46. 00	
				053JHG080830163002	UD	-5. 094	21. 33	46. 00	
				053JHG080830163003	EW	-3. 205	22. 66	46. 00	
	53KNX	昆明农校	地面	053KNX080830163001	NS	3. 408	40. 20	98. 00	
				053KNX080830163002	UD	3. 622	45. 89	98. 00	
				053KNX080830163003	EW	-2. 013	20. 30	98. 00	
	53LDZ	丽江市地震局	地面	053LDZ080830163001	NS	2. 871	19. 89	67. 00	
				053LDZ080830163002	UD	1. 873	30. 20	67. 00	
				053LDZ080830163003	EW	-3. 879	29. 29	67. 00	
	53LGD	理工大学（本部）	地面	053LGD080830163001	NS	3. 274	20. 42	46. 00	
				053LGD080830163002	UD	-2. 695	22. 45	46. 00	
				053LGD080830163003	EW	-2. 112	20. 97	46. 00	
	53LJH	丽江九河乡	地面	053LJH080830163001	NS	7. 715	46. 31	94. 00	
				053LJH080830163002	UD	-2. 559	50. 71	94. 00	
				053LJH080830163003	EW	9. 798	46. 01	94. 00	
	53NPM	跑马坪乡	地面	053NPM080830163001	NS	-3. 335	25. 33	53. 00	
				053NPM080830163002	UD	1. 806	24. 54	53. 00	
				053NPM080830163003	EW	-3. 150	28. 09	53. 00	
	53QWZ	前卫中学	地面	053QWZ080830163001	NS	6. 383	46. 30	98. 00	
				053QWZ080830163002	UD	6. 193	47. 33	98. 00	
				053QWZ080830163003	EW	2. 903	48. 81	98. 00	
	53TWT	云南天文台	地面	053TWT080830163001	NS	6. 106	38. 89	71. 00	
				053TWT080830163002	UD	-3. 979	41. 40	71. 00	
				053TWT080830163003	EW	3. 182	20. 56	71. 00	

续表

地震编号	台站代码	台站名称	测点位置	记录编号	测量方向	加速度峰值 cm/s²	峰值时刻 s	记录长度 s	图序
0080830163053	53TYG	云南铜业股份有限公司	地面	053TYG080830163001	NS	-4.129	23.86	44.00	
				053TYG080830163002	UD	-5.819	22.25	44.00	
				053TYG080830163003	EW	-2.504	22.22	44.00	
	53WZJ	紫荆乡叉河村	地面	053WZJ080830163001	NS	-0.889	23.52	42.00	
				053WZJ080830163002	UD	-2.260	20.37	42.00	
				053WZJ080830163003	EW	-2.240	20.87	42.00	
	53XML	新美铝	地面	053XML080830163001	NS	-1.907	40.27	59.00	
				053XML080830163002	UD	-2.519	38.54	59.00	
				053XML080830163003	EW	2.323	20.03	59.00	
	53YHT	玉溪红塔集团	地面	053YHT080830163001	NS	2.116	20.27	41.00	
				053YHT080830163002	UD	-1.797	22.71	41.00	
				053YHT080830163003	EW	-0.682	23.87	41.00	
	53YQN	永胜期纳	地面	053YQN080830163001	NS	9.465	36.03	82.00	
				053YQN080830163002	UD	5.677	36.67	82.00	
				053YQN080830163003	EW	8.979	36.83	82.00	
	53YRH	永胜仁和镇	地面	053YRH080830163001	NS	17.285	33.42	85.00	7-115
				053YRH080830163002	UD	10.956	34.83	85.00	
				053YRH080830163003	EW	-16.732	33.01	85.00	
	53YSC	第一自来水厂	地面	053YSC080830163001	NS	5.282	22.22	46.00	
				053YSC080830163002	UD	-5.094	21.33	46.00	
				053YSC080830163003	EW	-3.205	22.66	46.00	
0080830204647	65EBT	二八台	地面	065EBT080830204601	EW	-6.870	23.12	48.00	7-116
				065EBT080830204602	NS	-11.070	22.16	48.00	
				065EBT080830204603	UD	4.664	21.94	48.00	
	65EJT	29团	地面	065EJT080830204601	EW	-10.709	21.41	46.00	7-117
				065EJT080830204602	NS	10.883	21.19	46.00	
				065EJT080830204603	UD	-5.591	22.54	46.00	

续表

地震编号	台站代码	台站名称	测点位置	记录编号	测量方向	加速度峰值	峰值时刻	记录长度	图序
						cm/s^2	s	s	
0080830204647	65KEC	库尔楚	地面	065KEC080830204601	EW	6.694	22.70	48.00	
				065KEC080830204602	NS	-7.916	20.90	48.00	
				065KEC080830204603	UD	3.346	26.42	48.00	
	65KUC	库车	地面	065KUC080830204601	EW	-3.650	22.13	43.00	
				065KUC080830204602	NS	-7.176	21.34	43.00	
				065KUC080830204603	UD	3.782	18.09	43.00	
	65KZR	克孜尔	地面	065KZR080830204601	EW	-5.644	23.63	50.00	
				065KZR080830204602	NS	6.924	25.80	50.00	
				065KZR080830204603	UD	2.610	25.08	50.00	
	65LNZ	轮南镇	地面	065LNZ080830204601	EW	11.054	20.74	42.00	7-118
				065LNZ080830204602	NS	9.312	21.57	42.00	
				065LNZ080830204603	UD	-3.346	22.13	42.00	
	65LOT	轮台	地面	065LOT080830204601	EW	10.100	22.16	48.00	7-119
				065LOT080830204602	NS	7.495	21.95	48.00	
				065LOT080830204603	UD	3.061	22.01	48.00	
	65YAH	牙哈	地面	065YAH080830204601	EW	-10.802	23.10	48.00	7-120
				065YAH080830204602	NS	-11.160	20.97	48.00	
				065YAH080830204603	UD	3.276	21.14	48.00	
	65YXA	阳霞	地面	065YXA080830204601	EW	-8.545	27.92	55.00	7-121
				065YXA080830204602	NS	10.857	28.14	55.00	
				065YXA080830204603	UD	-4.168	28.30	55.00	
0080831163110	51MYL	米易攀莲	地面	051MYL080831163101	EW	-24.091	26.17	75.00	7-122
				051MYL080831163102	UD	-20.777	25.73	75.00	
				051MYL080831163103	NS	-4.781	25.94	75.00	
	51MYS	米易撒连	地面	051MYS080831163101	EW	20.185	33.18	83.00	7-123
				051MYS080831163102	UD	-10.141	30.71	83.00	
				051MYS080831163103	NS	20.935	30.02	83.00	

续表

地震编号	台站代码	台站名称	测点位置	记录编号	测量方向	加速度峰值 cm/s²	峰值时刻 s	记录长度 s	图序
0080831163110	51PZD	攀枝花大田	地面	051PZD080831163101	EW	-332.152	23.35	88.00	7-124
				051PZD080831163102	UD	-372.421	23.47	88.00	
				051PZD080831163103	NS	374.728	23.49	88.00	
	51PZF	攀枝花福田	地面	051PZF080831163101	EW	10.406	37.66	76.00	7-125
				051PZF080831163102	UD	4.856	28.63	76.00	
				051PZF080831163103	NS	11.792	34.01	76.00	
	53BTH	宾川太和	地面	053BTH080831163101	NS	2.103	31.07	61.00	
				053BTH080831163102	UD	1.259	30.11	61.00	
				053BTH080831163103	EW	-2.496	29.84	61.00	
	53BWL	云南边防武警总队疗养院	地面	053BWL080831163101	NS	7.444	39.50	64.00	
				053BWL080831163102	UD	6.124	40.71	64.00	
				053BWL080831163103	EW	4.464	20.33	64.00	
	53DCT	东川拖布卡	地面	053DCT080831163101	NS	4.940	20.23	41.00	
				053DCT080831163102	UD	2.423	19.89	41.00	
				053DCT080831163103	EW	3.410	20.49	41.00	
	53FDC	昆明发电厂	地面	053FDC080831163101	NS	3.706	39.43	67.00	
				053FDC080831163102	UD	-4.902	38.88	67.00	
				053FDC080831163103	EW	4.064	21.95	67.00	
	53GSG	关上公园	地面	053GSG080831163101	NS	-4.764	21.84	43.00	
				053GSG080831163102	UD	4.158	20.54	43.00	
				053GSG080831163103	EW	-2.316	25.91	43.00	
	53HTG	云南航天工业总公司	地面	053HTG080831163101	NS	-4.206	23.32	45.00	
				053HTG080831163102	UD	6.423	22.24	45.00	
				053HTG080831163103	EW	-2.604	21.93	45.00	
	53HTJ	红塔基地	地面	053HTJ080831163101	NS	6.136	38.98	72.00	
				053HTJ080831163102	UD	-7.125	37.53	72.00	
				053HTJ080831163103	EW	-3.608	17.75	72.00	

续表

地震编号	台站代码	台站名称	测点位置	记录编号	测量方向	加速度峰值	峰值时刻	记录长度	图序
						cm/s^2	s	s	
0080831163110	53JKY	昆明昆阳	地面	053JKY080831163101	NS	3.656	18.30	41.00	7-126
				053JKY080831163102	UD	-4.739	20.33	41.00	
				053JKY080831163103	EW	1.478	6.43	41.00	
	53KNX	昆明农校	地面	053KNX080831163101	NS	3.075	43.06	78.00	
				053KNX080831163102	UD	2.489	40.70	78.00	
				053KNX080831163103	EW	1.128	44.76	78.00	
	53LDZ	丽江市地震局	地面	053LDZ080831163101	NS	-2.279	20.64	65.00	
				053LDZ080831163102	UD	-1.299	27.91	65.00	
				053LDZ080831163103	EW	2.246	26.03	65.00	
	53LGD	理工大学（本部）	地面	053LGD080831163101	NS	-2.257	22.76	44.00	
				053LGD080831163102	UD	3.232	21.73	44.00	
				053LGD080831163103	EW	1.407	1.29	44.00	
	53LJH	丽江九河乡	地面	053LJH080831163101	NS	9.571	23.42	64.00	
				053LJH080831163102	UD	-2.102	23.87	64.00	
				053LJH080831163103	EW	11.342	30.69	64.00	
	53LZY	兰色庄园	地面	053LZY080831163101	NS	4.718	22.41	60.00	
				053LZY080831163102	UD	4.568	21.64	60.00	
				053LZY080831163103	EW	-2.013	0.60	60.00	
	53MDX	弥渡	地面	053MDX080831163101	NS	4.762	22.82	45.00	
				053MDX080831163102	UD	3.036	22.97	45.00	
				053MDX080831163103	EW	6.255	20.03	45.00	
	53NPM	跑马坪乡	地面	053NPM080831163101	NS	-1.512	23.51	41.00	
				053NPM080831163102	UD	0.634	20.93	41.00	
				053NPM080831163103	EW	-2.148	20.10	41.00	
	53QWZ	前卫中学	地面	053QWZ080831163101	NS	-5.320	42.30	80.00	
				053QWZ080831163102	UD	5.962	41.57	80.00	
				053QWZ080831163103	EW	2.004	19.85	80.00	

续表

地震编号	台站代码	台站名称	测点位置	记录编号	测量方向	加速度峰值	峰值时刻	记录长度	图序
						cm/s²	s	s	
0080831163110	53SYQ	嵩明杨桥乡	地面	053SYQ080831163101	NS	4.547	21.11	45.00	
				053SYQ080831163102	UD	4.826	20.76	45.00	
				053SYQ080831163103	EW	-1.705	20.34	45.00	
	53TWT	云南天文台	地面	053TWT080831163101	NS	-5.627	39.94	65.00	
				053TWT080831163102	UD	-3.185	40.13	65.00	
				053TWT080831163103	EW	-1.708	19.91	65.00	
	53WZJ	紫荆乡叉河村	地面	053WZJ080831163101	NS	0.943	21.85	42.00	
				053WZJ080831163102	UD	2.939	19.86	42.00	
				053WZJ080831163103	EW	2.321	20.06	42.00	
	53XML	新美铝	地面	053XML080831163101	NS	1.837	20.51	41.00	
				053XML080831163102	UD	2.312	20.49	41.00	
				053XML080831163103	EW	-1.628	0.43	41.00	
	53YCH	永胜程海乡	地面	053YCH080831163101	NS	21.008	23.03	58.00	7-127
				053YCH080831163102	UD	-4.363	22.52	58.00	
				053YCH080831163103	EW	-9.725	23.80	58.00	
	53YQN	永胜期纳	地面	053YRH080831163101	NS	5.412	40.21	84.00	
				053YRH080831163102	UD	3.497	41.59	84.00	
				053YRH080831163103	EW	-6.577	40.14	84.00	
	53YRH	永胜仁和镇	地面	053YRH080831163101	NS	-16.435	25.26	70.00	7-128
				053YRH080831163102	UD	-5.972	29.04	70.00	
				053YRH080831163103	EW	-18.152	25.42	70.00	
0080903142724	53LHX	梁河	地面	053LHX080903142701	NS	-8.870	25.63	60.00	7-129
				053LHX080903142702	UD	-15.605	20.34	60.00	
				053LHX080903142703	EW	6.868	20.43	60.00	
	53SDT	施甸	地面	053SDT080903142701	NS	-4.219	20.66	42.00	
				053SDT080903142702	UD	1.212	23.43	42.00	
				053SDT080903142703	EW	3.288	25.08	42.00	

续表

地震编号	台站代码	台站名称	测点位置	记录编号	测量方向	加速度峰值	峰值时刻	记录长度	图序
						cm/s^2	s	s	
0080903142724	53TRH	热海	地面	053TRH080903142701	NS	9. 883	20. 59	42. 00	7 - 130
				053TRH080903142702	UD	8. 292	20. 62	42. 00	
				053TRH080903142703	EW	-5. 332	20. 74	42. 00	
0080907033154	53TRH	热海	地面	053TRH080907033101	NS	8. 288	20. 23	41. 00	
				053TRH080907033102	UD	-6. 867	19. 87	41. 00	
				053TRH080907033103	EW	-4. 845	19. 91	41. 00	
0080912013859	61BAJ	宝鸡	地面	061BAJ080912013801	EW	4. 310	41. 68	68. 00	
				061BAJ080912013802	NS	-2. 692	42. 13	68. 00	
				061BAJ080912013803	UD	-0. 784	45. 37	68. 00	
	61LOX	陇县	地面	061LOX080912013801	EW	1. 669	43. 53	62. 00	
				061LOX080912013802	NS	2. 426	40. 83	62. 00	
				061LOX080912013803	UD	-0. 552	10. 52	62. 00	
0080920085822	64BFN	宝丰	地面	064BFN080920085801	EW	6. 435	20. 10	40. 16	
				064BFN080920085802	NS	3. 431	20. 18	40. 16	
				064BFN080920085803	UD	-1. 269	20. 19	40. 16	
	64CHX	常信	地面	064CHX080920085801	EW	16. 425	20. 46	40. 52	
				064CHX080920085802	NS	-11. 031	20. 07	40. 52	
				064CHX080920085803	UD	-3. 680	20. 46	40. 52	
	64FDG	丰登	地面	064FDG080920085801	EW	-5. 017	20. 63	40. 48	
				064FDG080920085802	NS	5. 426	20. 79	40. 48	
				064FDG080920085803	UD	-4. 815	20. 77	40. 48	
	64GJZ	高家闸	地面	064GJZ080920085801	EW	1. 054	24. 06	40. 00	
				064GJZ080920085802	NS	0. 913	24. 01	40. 00	
				064GJZ080920085803	UD	2. 481	20. 00	40. 00	
	64GWU	广武	地面	064GWU080920085801	EW	1. 578	21. 02	40. 00	
				064GWU080920085802	NS	1. 143	20. 63	40. 00	
				064GWU080920085803	UD	-0. 263	22. 30	40. 00	

续表

地震编号	台站代码	台站名称	测点位置	记录编号	测量方向	加速度峰值 cm/s²	峰值时刻 s	记录长度 s	图序
0080920085822	64HEL	贺兰	地面	064HEL080920085801	EW	-20.862	23.79	40.92	7-131
				064HEL080920085802	NS	-44.985	23.65	40.92	
				064HEL080920085803	UD	-11.764	23.71	40.92	
	64HSN	横山	地面	064HSN080920085801	EW	7.380	20.89	40.28	7-132
				064HSN080920085802	NS	-4.961	20.91	40.28	
				064HSN080920085803	UD	13.780	20.07	40.28	
	64JSA	金沙	地面	064JSA080920085801	EW	14.944	22.08	40.00	7-133
				064JSA080920085802	NS	-20.674	22.25	40.00	
				064JSA080920085803	UD	-4.928	20.03	40.00	
	64LTN	良田	地面	064LTN080920085801	EW	-12.850	24.23	40.28	7-134
				064LTN080920085802	NS	-13.155	24.16	40.28	
				064LTN080920085803	UD	16.966	20.15	40.28	
	64NLG	南梁	地面	064NLG080920085801	EW	19.647	20.10	39.96	7-135
				064NLG080920085802	NS	25.466	20.10	39.96	
				064NLG080920085803	UD	6.395	20.14	39.96	
	64PLO	平罗	地面	064PLO080920085801	EW	-4.863	20.78	40.96	
				064PLO080920085802	NS	5.873	20.45	40.96	
				064PLO080920085803	UD	-2.154	20.63	40.96	
	64QJC	前进农场	地面	064QJC080920085801	EW	-5.983	20.60	40.32	7-136
				064QJC080920085802	NS	-14.411	20.45	40.32	
				064QJC080920085803	UD	2.435	21.16	40.32	
	64TLE	陶乐	地面	064TLE080920085801	EW	-3.396	27.44	40.56	
				064TLE080920085802	NS	5.245	27.01	40.56	
				064TLE080920085803	UD	-3.164	20.03	40.56	
	64TQO	通桥	地面	064TQO080920085801	EW	-6.997	25.05	40.96	
				064TQO080920085802	NS	-6.373	24.53	40.96	
				064TQO080920085803	UD	-8.986	20.00	40.96	

续表

地震编号	台站代码	台站名称	测点位置	记录编号	测量方向	加速度峰值	峰值时刻	记录长度	图序
						cm/s^2	s	s	
0080920085822	64WUZ	吴忠	地面	064WUZ080920085801	EW	-3.767	28.78	40.32	
				064WUZ080920085802	NS	-2.741	28.94	40.32	
				064WUZ080920085803	UD	1.979	28.84	40.32	
	64YCH	银川	地面	064YCH080920085801	NS	35.709	23.66	62.00	7-137
				064YCH080920085802	UD	-12.651	19.75	62.00	
				064YCH080920085803	EW	-44.947	23.64	62.00	
	64YFU	姚伏	地面	064YFU080920085801	EW	5.513	25.93	40.20	
				064YFU080920085802	NS	6.799	25.97	40.20	
				064YFU080920085803	UD	-3.926	20.05	40.20	
	64YNG	永宁	地面	064YNG080920085801	EW	-4.330	25.45	40.68	
				064YNG080920085802	NS	-4.724	25.29	40.68	
				064YNG080920085803	UD	3.103	20.00	40.68	
	64YYH	月牙湖	地面	064YYH080920085801	NS	-15.141	20.32	55.00	7-138
				064YYH080920085802	UD	-6.685	15.72	55.00	
				064YYH080920085803	EW	-6.757	20.92	55.00	
0080922153930	65WSL	乌合沙鲁	地面	065WSL080922153901	EW	-8.812	22.82	46.00	
				065WSL080922153902	NS	-9.886	23.39	46.00	
				065WSL080922153903	UD	-5.070	24.17	46.00	
0081005235249	65JIG	吉根	地面	065JIG081005235201	EW	109.291	38.14	116.00	7-139
				065JIG081005235202	NS	142.658	36.96	116.00	
				065JIG081005235203	UD	-52.374	37.69	116.00	
	65AKT	阿克陶	地面	065AKT081005235201	EW	-6.563	20.95	59.00	
				065AKT081005235202	NS	-7.531	21.06	59.00	
				065AKT081005235203	UD	-2.533	24.44	59.00	
	65BKS	布拉克苏	地面	065BKS081005235201	EW	-10.898	32.61	93.00	7-140
				065BKS081005235202	NS	11.420	29.86	93.00	
				065BKS081005235203	UD	3.501	46.00	93.00	

续表

地震编号	台站代码	台站名称	测点位置	记录编号	测量方向	加速度峰值	峰值时刻	记录长度	图序
						cm/s²	s	s	
0081005235249	65BLT	巴音库鲁提	地面	065BLT081005235201	EW	-11.051	29.79	57.00	7-141
				065BLT081005235202	NS	10.785	30.87	57.00	
				065BLT081005235203	UD	4.919	32.63	57.00	
	65BRM	伯什克然木	地面	065BRM081005235201	EW	-6.818	25.06	59.00	
				065BRM081005235202	NS	-8.492	24.50	59.00	
				065BRM081005235203	UD	-3.300	46.08	59.00	
	65GDL	格达良	地面	065GDL081005235201	EW	9.549	57.23	89.00	7-142
				065GDL081005235202	NS	11.934	46.57	89.00	
				065GDL081005235203	UD	-4.641	46.39	89.00	
	65GLK	古勒鲁克	地面	065GLK081005235201	EW	6.257	29.98	65.00	
				065GLK081005235202	NS	-7.374	24.18	65.00	
				065GLK081005235203	UD	-2.846	29.18	65.00	
	65HLJ	哈拉峻	地面	065HLJ081005235201	EW	-9.510	38.16	66.00	7-143
				065HLJ081005235202	NS	-11.886	33.76	66.00	
				065HLJ081005235203	UD	-3.991	34.04	66.00	
	65HQC	红旗农场	地面	065HQC081005235201	EW	13.910	48.74	95.00	7-144
				065HQC081005235202	NS	-14.970	45.02	95.00	
				065HQC081005235203	UD	5.228	50.36	95.00	
	65JAS	伽师	地面	065JAS081005235201	EW	-7.910	27.54	54.00	
				065JAS081005235202	NS	-6.549	26.19	54.00	
				065JAS081005235203	UD	-1.795	32.51	54.00	
	65KCX	喀什财校	地面	065KCX081005235201	EW	-9.552	34.39	102.00	7-145
				065KCX081005235202	NS	-10.284	29.22	102.00	
				065KCX081005235203	UD	-3.464	51.83	102.00	
	65PKY	膘尔托考依	地面	065PKY081005235201	EW	6.139	20.95	55.00	
				065PKY081005235202	NS	-5.683	32.66	55.00	
				065PKY081005235203	UD	5.970	32.01	55.00	

续表

地震编号	台站代码	台站名称	测点位置	记录编号	测量方向	加速度峰值 cm/s²	峰值时刻 s	记录长度 s	图序
0081005235249	65SRT	42 团	地面	065SRT081005235201	EW	5. 813	22. 16	43. 00	
				065SRT081005235202	NS	-3. 786	21. 31	43. 00	
				065SRT081005235203	UD	-1. 471	39. 69	43. 00	
	65STS	上阿图什	地面	065STS081005235201	EW	4. 645	26. 89	50. 00	
				065STS081005235202	NS	4. 540	27. 64	50. 00	
				065STS081005235203	UD	3. 265	25. 98	50. 00	
	65SUF	疏附	地面	065SUF081005235201	EW	6. 514	51. 39	78. 00	
				065SUF081005235202	NS	6. 196	21. 18	78. 00	
				065SUF081005235203	UD	3. 861	42. 23	78. 00	
	65SUL	疏勒	地面	065SUL081005235201	EW	-9. 696	67. 40	93. 00	
				065SUL081005235202	NS	-9. 342	20. 27	93. 00	
				065SUL081005235203	UD	-3. 967	42. 73	93. 00	
	65TOY	托云	地面	065TOY081005235201	EW	10. 912	38. 41	72. 00	7-146
				065TOY081005235202	NS	-11. 624	41. 59	72. 00	
				065TOY081005235203	UD	5. 498	38. 85	72. 00	
	65TPA	托帕	地面	065TPA081005235201	EW	-11. 100	42. 36	74. 00	7-147
				065TPA081005235202	NS	10. 612	41. 60	74. 00	
				065TPA081005235203	UD	-4. 525	20. 23	74. 00	
	65WLG	卧里托乎拉格	地面	065WLG081005235201	EW	-5. 768	23. 59	49. 00	
				065WLG081005235202	NS	-4. 633	22. 88	49. 00	
				065WLG081005235203	UD	1. 380	38. 07	49. 00	
	65WPR	乌帕尔	地面	065WPR081005235201	EW	6. 979	38. 27	41. 00	
				065WPR081005235202	NS	7. 477	40. 13	41. 00	
				065WPR081005235203	UD	4. 513	19. 83	41. 00	
	65WQT	乌鲁克恰提	地面	065WQT081005235201	EW	65. 890	39. 06	111. 00	7-148
				065WQT081005235202	NS	81. 952	39. 82	111. 00	
				065WQT081005235203	UD	29. 519	30. 56	111. 00	

续表

地震编号	台站代码	台站名称	测点位置	记录编号	测量方向	加速度峰值	峰值时刻	记录长度	图序
						cm/s²	s	s	
0081005235249	65WSL	乌合沙鲁	地面	065WSL081005235201	EW	-6.563	20.95	59.00	
				065WSL081005235202	NS	-7.531	21.06	59.00	
				065WSL081005235203	UD	-2.533	24.44	59.00	
	65WUQ	乌恰	地面	065WUQ081005235201	EW	-7.717	20.81	60.00	
				065WUQ081005235202	NS	-5.933	30.43	60.00	
				065WUQ081005235203	UD	-4.601	24.69	60.00	
	65XKR	西克尔	地面	065XKR081005235201	EW	4.870	20.44	57.00	
				065XKR081005235202	NS	-4.545	34.50	57.00	
				065XKR081005235203	UD	-1.923	25.71	57.00	
	65YPH	岳普湖	地面	065YPH081005235201	EW	-6.073	24.43	48.00	
				065YPH081005235202	NS	-5.111	24.01	48.00	
				065YPH081005235203	UD	-1.907	42.23	48.00	
	65ZYC	种羊场	地面	065ZYC081005235201	EW	-10.317	28.02	87.00	7-149
				065ZYC081005235202	NS	7.969	25.63	87.00	
				065ZYC081005235203	UD	4.355	28.98	87.00	
0081005235520	65AKT	阿克陶	地面	065AKT081005235501	EW	-5.508	22.16	55.00	7-150
				065AKT081005235502	NS	11.393	22.23	55.00	
				065AKT081005235503	UD	4.394	20.93	55.00	
	65BLT	巴音库鲁提	地面	065BLT081005235501	EW	-3.705	20.73	42.00	
				065BLT081005235502	NS	-5.324	20.76	42.00	
				065BLT081005235503	UD	-1.147	21.08	42.00	
	65JAS	伽师	地面	065JAS081005235501	EW	-3.464	29.74	44.00	
				065JAS081005235502	NS	-4.183	20.84	44.00	
				065JAS081005235503	UD	-1.613	22.91	44.00	
	65JIG	吉根	地面	065JIG081005235501	EW	-21.794	27.58	71.00	7-151
				065JIG081005235502	NS	-21.980	28.00	71.00	
				065JIG081005235503	UD	12.311	20.81	71.00	

续表

地震编号	台站代码	台站名称	测点位置	记录编号	测量方向	加速度峰值 cm/s²	峰值时刻 s	记录长度 s	图序
0081005235520	65KCX	喀什财校	地面	065KCX081005235501	EW	-3.968	33.12	42.00	
				065KCX081005235502	NS	3.977	20.69	42.00	
				065KCX081005235503	UD	-1.726	34.38	42.00	
	65PKY	膘尔托考依	地面	065PKY081005235501	EW	-4.210	20.70	48.00	
				065PKY081005235502	NS	-4.596	26.49	48.00	
				065PKY081005235503	UD	-3.016	26.26	48.00	
	65WPR	乌帕尔	地面	065WPR081005235501	EW	8.141	25.64	59.00	
				065WPR081005235502	NS	-8.760	24.98	59.00	
				065WPR081005235503	UD	-6.145	30.76	59.00	
	65WQT	乌鲁克恰提	地面	065WQT081005235501	EW	-15.041	32.27	75.00	7-152
				065WQT081005235502	NS	-20.580	30.49	75.00	
				065WQT081005235503	UD	-11.776	31.11	75.00	
	65WSL	乌合沙鲁	地面	065WSL081005235501	EW	-5.508	22.16	55.00	7-153
				065WSL081005235502	NS	11.393	22.23	55.00	
				065WSL081005235503	UD	4.394	20.93	55.00	
	65YPH	岳普湖	地面	065YPH081005235501	EW	-4.454	19.98	41.00	
				065YPH081005235502	NS	-2.405	28.31	41.00	
				065YPH081005235503	UD	1.679	23.25	41.00	
	65ZYC	种羊场	地面	065ZYC081005235501	EW	-3.504	22.12	42.00	
				065ZYC081005235502	NS	-4.633	20.62	42.00	
				065ZYC081005235503	UD	-1.958	20.20	42.00	
	65GDL	格达良	地面	065GDL081005235501	EW	4.762	20.45	44.00	
				065GDL081005235502	NS	5.508	22.32	44.00	
				065GDL081005235503	UD	1.843	39.44	44.00	
0081006000500	65JIG	吉根	地面	065JIG081006000501	EW	31.429	21.00	46.00	7-154
				065JIG081006000502	NS	-23.910	21.22	46.00	
				065JIG081006000503	UD	13.934	21.22	46.00	

续表

地震编号	台站代码	台站名称	测点位置	记录编号	测量方向	加速度峰值	峰值时刻	记录长度	图序
						cm/s^2	s	s	
0081006000512	65WQT	乌鲁克恰提	地面	065WQT081006000501	EW	-8.845	21.20	45.00	
				065WQT081006000502	NS	8.668	21.83	45.00	
				065WQT081006000503	UD	-3.320	16.63	45.00	
0081006001104	65WQT	乌鲁克恰提	地面	065WQT081006001101	EW	-24.527	28.63	67.00	7-155
				065WQT081006001102	NS	30.459	28.47	67.00	
				065WQT081006001103	UD	13.861	29.56	67.00	
0081006001107	65JIG	吉根	地面	065JIG081006001101	EW	-35.642	26.00	59.00	7-156
				065JIG081006001102	NS	-45.458	25.95	59.00	
				065JIG081006001103	UD	11.415	27.51	59.00	
	65HQC	红旗农场	地面	065HQC081006001101	EW	3.354	19.35	44.00	
				065HQC081006001102	NS	-4.899	22.71	44.00	
				065HQC081006001103	UD	1.382	21.42	44.00	
	65WSL	乌合沙鲁	地面	065WSL081006001101	EW	-6.381	22.51	47.00	7-157
				065WSL081006001102	NS	11.004	23.84	47.00	
				065WSL081006001103	UD	5.043	21.28	47.00	
0081006003608	65JIG	吉根	地面	065JIG081006003601	EW	6.844	20.85	42.00	
				065JIG081006003602	NS	-6.150	20.34	42.00	
				065JIG081006003603	UD	-3.327	20.55	42.00	
0081006005111	65JIG	吉根	地面	065JIG081006005101	EW	8.015	20.48	44.00	
				065JIG081006005102	NS	7.241	20.53	44.00	
				065JIG081006005103	UD	4.352	20.43	44.00	
0081006054557	65WQT	乌鲁克恰提	地面	065WQT081006054501	EW	-5.878	19.77	42.00	
				065WQT081006054502	NS	-3.490	19.85	42.00	
				065WQT081006054503	UD	1.821	13.45	42.00	
0081006155025	65WQT	乌鲁克恰提	地面	065WQT081006155001	EW	-5.858	21.28	46.00	
				065WQT081006155002	NS	5.812	23.16	46.00	
				065WQT081006155003	UD	2.412	22.76	46.00	

续表

地震编号	台站代码	台站名称	测点位置	记录编号	测量方向	加速度峰值	峰值时刻	记录长度	图序
						cm/s^2	s	s	
0081009072146	65JIG	吉根	地面	065JIG081009072101	EW	-11.577	21.24	43.92	7-158
				065JIG081009072102	NS	9.497	21.13	43.92	
				065JIG081009072103	UD	5.508	20.68	43.92	
0081009073122	65JIG	吉根	地面	065JIG081009073101	EW	-12.565	20.66	43.00	7-159
				065JIG081009073102	NS	8.853	19.84	43.00	
				065JIG081009073103	UD	-3.569	19.85	43.00	
0081009111343	65JIG	吉根	地面	065JIG081009111301	EW	10.047	21.25	48.00	7-160
				065JIG081009111302	NS	10.788	20.60	48.00	
				065JIG081009111303	UD	5.071	20.66	48.00	
0081011013904	65JIG	吉根	地面	065JIG081011013901	EW	16.942	21.19	43.00	7-161
				065JIG081011013902	NS	-12.361	20.50	43.00	
				065JIG081011013903	UD	6.515	20.77	43.00	
0081011100143	65JIG	吉根	地面	065JIG081011100101	EW	-5.644	19.94	42.00	
				065JIG081011100102	NS	4.457	19.70	42.00	
				065JIG081011100103	UD	-3.532	14.78	42.00	
0081011231658	65JIG	吉根	地面	065JIG081011231601	EW	-7.225	19.79	41.00	
				065JIG081011231602	NS	-4.732	19.78	41.00	
				065JIG081011231603	UD	-3.794	19.38	41.00	
0081013010238	65JIG	吉根	地面	065JIG081013010201	EW	7.476	20.08	43.00	
				065JIG081013010202	NS	7.771	20.33	43.00	
				065JIG081013010203	UD	-3.140	21.29	43.00	
0081013172326	65JIG	吉根	地面	065JIG081013172301	EW	-29.339	21.51	52.00	7-162
				065JIG081013172302	NS	-26.226	21.88	52.00	
				065JIG081013172303	UD	-9.955	22.05	52.00	
0081013172535	65JIG	吉根	地面	065JIG081013172501	EW	-68.961	25.37	63.00	7-163
				065JIG081013172502	NS	48.718	25.27	63.00	
				065JIG081013172503	UD	21.744	24.80	63.00	

续表

地震编号	台站代码	台站名称	测点位置	记录编号	测量方向	加速度峰值	峰值时刻	记录长度	图序
						cm/s²	s	s	
0081013172535	65WQT	乌鲁克恰提	地面	065WQT081013172501	EW	-32.292	26.76	46.68	7-164
				065WQT081013172502	NS	-32.064	24.78	46.68	
				065WQT081013172503	UD	9.957	25.95	46.68	
0081014000520	65JIG	吉根	地面	065JIG081014000501	EW	8.055	20.92	52.00	
				065JIG081014000502	NS	8.656	20.33	52.00	
				065JIG081014000503	UD	4.242	14.33	52.00	
	65WQT	乌鲁克恰提	地面	065WQT081014000501	EW	5.116	22.17	47.00	
				065WQT081014000502	NS	-4.973	25.67	47.00	
				065WQT081014000503	UD	-3.941	12.40	47.00	
0081018172858	65JIG	吉根	地面	065JIG081018172801	EW	-6.368	20.33	43.00	
				065JIG081018172802	NS	-6.223	21.53	43.00	
				065JIG081018172803	UD	3.072	20.14	43.00	
0081023135048	65JIG	吉根	地面	065JIG081023135001	EW	-8.797	25.19	53.00	7-165
				065JIG081023135002	NS	-11.522	24.55	53.00	
				065JIG081023135003	UD	-8.659	20.30	53.00	
0081030184456	65JIG	吉根	地面	065JIG081030184401	EW	-6.624	21.46	43.20	
				065JIG081030184402	NS	4.939	19.72	43.20	
				065JIG081030184403	UD	-3.531	12.74	43.20	
0081104222230	65WQT	乌鲁克恰提	地面	065WQT081104222201	EW	6.591	21.36	44.00	
				065WQT081104222202	NS	7.015	20.29	44.00	
				065WQT081104222203	UD	3.036	16.31	44.00	
0081106222350	65WSL	乌合沙鲁	地面	065WSL081106222301	EW	3.167	22.99	43.00	
				065WSL081106222302	NS	-6.042	20.85	43.00	
				065WSL081106222303	UD	-2.924	20.14	43.00	
0081110092159	63CEH	察尔汗	地面	063CEH081110092101	EW	43.265	45.09	60.56	7-166
				063CEH081110092102	NS	34.506	43.58	60.56	
				063CEH081110092103	UD	-9.430	32.80	60.56	

续表

地震编号	台站代码	台站名称	测点位置	记录编号	测量方向	加速度峰值	峰值时刻	记录长度	图序
						cm/s²	s	s	
0081110092159	63DAW	大武	地面	063DAW081110092101	EW	0. 664	25. 58	98. 00	
				063DAW081110092102	NS	-0. 720	29. 52	98. 00	
				063DAW081110092103	UD	0. 217	34. 04	98. 00	
	63DCD	大柴旦	地面	063DCD081110092101	EW	75. 319	30. 62	130. 00	7-167
				063DCD081110092102	NS	61. 667	32. 61	130. 00	
				063DCD081110092103	UD	22. 957	33. 90	130. 00	
	63DUL	都兰	地面	063DUL081110092101	NS	-10. 368	58. 41	182. 00	7-168
				063DUL081110092102	UD	6. 072	61. 20	182. 00	
				063DUL081110092103	EW	14. 643	57. 12	182. 00	
	63GEM	格尔木	地面	063GEM081110092101	NS	16. 434	46. 82	292. 00	7-169
				063GEM081110092102	UD	8. 554	25. 72	292. 00	
				063GEM081110092103	EW	-18. 370	45. 87	292. 00	
	63DLH	德令哈	地面	063DLH081110092101	NS	-6. 146	48. 95	165. 00	
				063DLH081110092102	UD	-3. 049	49. 01	165. 00	
				063DLH081110092103	EW	-5. 376	48. 96	165. 00	
	63GOH	共和	地面	063GOH081110092101	EW	1. 710	48. 24	60. 96	
				063GOH081110092102	NS	-2. 098	37. 59	60. 96	
				063GOH081110092103	UD	1. 086	42. 73	60. 96	
	63GUD	贵德	地面	063GUD081110092101	EW	1. 941	57. 14	60. 88	
				063GUD081110092102	NS	1. 993	58. 88	60. 88	
				063GUD081110092103	UD	-1. 071	57. 06	60. 88	
	63GUN	贵南	地面	063GUN081110092101	EW	-1. 445	21. 09	60. 20	
				063GUN081110092102	NS	-1. 090	40. 24	60. 20	
				063GUN081110092103	UD	-0. 766	46. 23	60. 20	
	63LED	乐都	地面	063LED081110092101	EW	0. 163	58. 16	60. 72	
				063LED081110092102	NS	-0. 285	55. 65	60. 72	
				063LED081110092103	UD	0. 090	55. 49	60. 72	

续表

地震编号	台站代码	台站名称	测点位置	记录编号	测量方向	加速度峰值	峰值时刻	记录长度	图序
						cm/s^2	s	s	
0081110092159	63MEY	门源	地面	063MEY081110092101	EW	0.433	24.06	60.80	
				063MEY081110092102	NS	-0.680	20.57	60.80	
				063MEY081110092103	UD	-0.396	28.52	60.80	
	63NCT	纳赤	地面	063NCT081110092101	EW	-20.101	50.49	138.00	7-170
				063NCT081110092102	NS	-12.375	49.85	138.00	
				063NCT081110092103	UD	6.530	49.80	138.00	
	63NMH	诺木洪	地面	063NMH081110092101	EW	25.357	44.78	245.00	7-171
				063NMH081110092102	NS	-25.691	45.80	245.00	
				063NMH081110092103	UD	-16.746	25.39	245.00	
	63WTM	乌图美仁	地面	063WTM081110092101	EW	-17.384	56.94	238.00	7-172
				063WTM081110092102	NS	21.913	54.67	238.00	
				063WTM081110092103	UD	5.040	54.70	238.00	
	63WUL	乌兰	地面	063WUL081110092101	EW	8.198	57.64	60.72	
				063WUL081110092102	NS	8.500	56.72	60.72	
				063WUL081110092103	UD	3.484	60.72	60.72	
	63XTS	锡铁山	地面	063XTS081110092101	EW	64.069	28.25	201.00	7-173
				063XTS081110092102	NS	56.659	31.08	201.00	
				063XTS081110092103	UD	58.404	28.22	201.00	
	63XZH	小灶火	地面	063XZH081110092101	EW	30.943	51.22	250.00	7-174
				063XZH081110092102	NS	-28.461	50.05	250.00	
				063XZH081110092103	UD	-12.883	50.58	250.00	
0081110095309	63CEH	察尔汗	地面	063CEH081110095301	EW	0.619	20.22	60.88	
				063CEH081110095302	NS	0.764	21.60	60.88	
				063CEH081110095303	UD	0.321	10.29	60.88	
	63GEM	格尔木	地面	063GEM081110095301	NS	-0.641	19.82	61.00	
				063GEM081110095302	UD	-0.323	2.97	61.00	
				063GEM081110095303	EW	-0.424	19.79	61.00	

续表

地震编号	台站代码	台站名称	测点位置	记录编号	测量方向	加速度峰值	峰值时刻	记录长度	图序
						cm/s^2	s	s	
0081110095309	63XTS	锡铁山	地面	063XTS081110095301	EW	-2.844	21.36	71.00	
				063XTS081110095302	NS	3.271	20.07	71.00	
				063XTS081110095303	UD	2.608	20.46	71.00	
0081110095948	63CEH	察尔汗	地面	063CEH081110095901	EW	0.757	20.06	59.96	
				063CEH081110095902	NS	0.914	27.30	59.96	
				063CEH081110095903	UD	-0.304	20.48	59.96	
	63XTS	锡铁山	地面	063XTS081110095901	EW	2.810	22.06	73.00	
				063XTS081110095902	NS	2.720	21.52	73.00	
				063XTS081110095903	UD	2.163	21.97	73.00	
0081110102241	63CEH	察尔汗	地面	063CEH081110102201	EW	1.614	20.29	60.36	
				063CEH081110102202	NS	-1.523	20.17	60.36	
				063CEH081110102203	UD	0.451	21.00	60.36	
	63GEM	格尔木	地面	063GEM081110102201	NS	-0.999	20.12	69.00	
				063GEM081110102202	UD	-0.519	1.47	69.00	
				063GEM081110102203	EW	-0.808	20.10	69.00	
	63XTS	锡铁山	地面	063XTS081110102201	EW	5.298	26.63	97.00	
				063XTS081110102202	NS	7.696	25.37	97.00	
				063XTS081110102203	UD	4.834	25.75	97.00	
0081110114721	63DCD	大柴旦	地面	063DCD081110114701	EW	5.781	22.61	52.00	
				063DCD081110114702	NS	6.044	23.67	52.00	
				063DCD081110114703	UD	-2.990	22.08	52.00	
	63DUL	都兰	地面	063DUL081110114701	NS	-0.715	60.93	91.00	
				063DUL081110114702	UD	0.446	20.60	91.00	
				063DUL081110114703	EW	-0.352	54.77	91.00	
	63GEM	格尔木	地面	063GEM081110114701	NS	-1.559	45.45	112.00	
				063GEM081110114702	UD	-0.732	22.00	112.00	
				063GEM081110114703	EW	1.643	43.28	112.00	

续表

地震编号	台站代码	台站名称	测点位置	记录编号	测量方向	加速度峰值 cm/s^2	峰值时刻 s	记录长度 s	图序
0081110114721	63DLH	德令哈	地面	063DLH081110114701	NS	0.199	20.61	62.00	7－175
				063DLH081110114702	UD	0.126	0.43	62.00	
				063DLH081110114703	EW	0.187	27.54	62.00	
	63NCT	纳赤	地面	063NCT081110114701	EW	－1.885	23.79	74.00	
				063NCT081110114702	NS	1.361	24.01	74.00	
				063NCT081110114703	UD	－1.276	67.44	74.00	
	63NMH	诺木洪	地面	063NMH081110114701	EW	1.622	41.15	91.00	
				063NMH081110114702	NS	－1.661	41.56	91.00	
				063NMH081110114703	UD	－1.896	20.50	91.00	
	63XTS	锡铁山	地面	063XTS081110114701	EW	－10.602	25.76	101.00	
				063XTS081110114702	NS	－7.540	25.72	101.00	
				063XTS081110114703	UD	－5.532	27.27	101.00	
0081110123949	63DCD	大柴旦	地面	063DCD081110123901	EW	0.869	22.69	31.00	
				063DCD081110123902	NS	－1.289	20.14	31.00	
				063DCD081110123903	UD	0.718	21.34	31.00	
	63GEM	格尔木	地面	063GEM081110123901	NS	0.433	21.07	66.00	
				063GEM081110123902	UD	0.249	22.25	66.00	
				063GEM081110123903	EW	－0.626	20.54	66.00	
	63XTS	锡铁山	地面	063XTS081110123901	EW	4.063	25.79	76.00	
				063XTS081110123902	NS	－3.908	25.68	76.00	
				063XTS081110123903	UD	2.318	26.91	76.00	
0081110125233	63XTS	锡铁山	地面	063XTS081110125201	EW	－1.208	20.34	63.00	
				063XTS081110125202	NS	0.794	19.98	63.00	
				063XTS081110125203	UD	－0.622	19.44	63.00	
0081110134017	63GEM	格尔木	地面	063GEM081110134001	NS	2.415	20.45	73.00	
				063GEM081110134002	UD	－0.376	23.46	73.00	
				063GEM081110134003	EW	1.695	21.35	73.00	

续表

地震编号	台站代码	台站名称	测点位置	记录编号	测量方向	加速度峰值 cm/s²	峰值时刻 s	记录长度 s	图序
0081110134017	63XTS	锡铁山	地面	063XTS081110134001	EW	2.082	26.88	79.00	
				063XTS081110134002	NS	-2.275	26.16	79.00	
				063XTS081110134003	UD	-2.116	20.55	79.00	
0081110114723	63XZH	小灶火	地面	063XZH081110114701	EW	-3.312	22.40	96.00	
				063XZH081110114702	NS	3.558	21.90	96.00	
				063XZH081110114703	UD	1.389	22.08	96.00	
0081112055559	63XTS	锡铁山	地面	063XTS081112055501	EW	-16.390	26.37	126.00	
				063XTS081112055502	NS	-13.470	27.49	126.00	7-176
				063XTS081112055503	UD	12.289	26.66	126.00	
	63DCD	大柴旦	地面	063DCD081112055501	EW	-10.227	26.51	67.00	
				063DCD081112055502	NS	-6.326	26.60	67.00	7-177
				063DCD081112055503	UD	4.839	26.94	67.00	
	63GEM	格尔木	地面	063GEM081112055501	NS	3.803	44.42	128.00	
				063GEM081112055502	UD	1.549	23.57	128.00	
				063GEM081112055503	EW	-4.046	45.29	128.00	
	63DLH	德令哈	地面	063DLH081112055501	NS	0.481	35.93	76.00	
				063DLH081112055502	UD	0.372	28.36	76.00	
				063DLH081112055503	EW	-0.569	36.04	76.00	
	63NCT	纳赤	地面	063NCT081112055501	EW	-2.348	20.66	77.00	
				063NCT081112055502	NS	-2.953	22.04	77.00	
				063NCT081112055503	UD	0.976	21.79	77.00	
	63NMH	诺木洪	地面	063NMH081112055501	EW	4.284	28.56	101.00	
				063NMH081112055502	NS	-4.524	28.87	101.00	
				063NMH081112055503	UD	2.411	28.79	101.00	
	63WTM	乌图美仁	地面	063WTM081112055501	EW	-4.251	55.01	137.00	
				063WTM081112055502	NS	3.259	58.51	137.00	
				063WTM081112055503	UD	-1.187	58.05	137.00	

续表

地震编号	台站代码	台站名称	测点位置	记录编号	测量方向	加速度峰值	峰值时刻	记录长度	图序
						cm/s²	s	s	
0081112055559	63WUL	乌兰	地面	063WUL081112055501	EW	-0.609	22.35	60.24	
				063WUL081112055502	NS	-0.550	20.94	60.24	
				063WUL081112055503	UD	0.396	26.31	60.24	
0081112094521	63DCD	大柴旦	地面	063DCD081112094501	EW	1.382	19.91	38.00	
				063DCD081112094502	NS	-2.032	22.55	38.00	
				063DCD081112094503	UD	-0.897	23.21	38.00	
	63GEM	格尔木	地面	063GEM081112094501	NS	-1.518	38.90	98.00	
				063GEM081112094502	UD	0.662	19.92	98.00	
				063GEM081112094503	EW	1.552	38.88	98.00	
	63NMH	诺木洪	地面	063NMH081112094501	EW	-1.236	29.31	72.00	
				063NMH081112094502	NS	-1.482	23.28	72.00	
				063NMH081112094503	UD	-1.126	4.16	72.00	
	63XTS	锡铁山	地面	063XTS081112094501	EW	5.871	23.35	93.00	
				063XTS081112094502	NS	-4.179	23.35	93.00	
				063XTS081112094503	UD	-3.531	24.21	93.00	
0081112180610	63XTS	锡铁山	地面	063XTS081112180601	EW	-1.697	20.14	67.00	
				063XTS081112180602	NS	-1.399	20.20	67.00	
				063XTS081112180603	UD	-1.468	20.83	67.00	
0081112200929	63DCD	大柴旦	地面	063DCD081112200901	EW	3.212	22.55	52.00	
				063DCD081112200902	NS	3.045	23.25	52.00	
				063DCD081112200903	UD	-1.596	20.76	52.00	
	63GEM	格尔木	地面	063GEM081112200901	NS	1.646	43.44	106.00	
				063GEM081112200902	UD	2.212	19.98	106.00	
				063GEM081112200903	EW	-1.474	45.43	106.00	
	63DLH	德令哈	地面	063DLH081112200901	NS	-0.285	21.72	70.00	
				063DLH081112200902	UD	-0.145	5.13	70.00	
				063DLH081112200903	EW	0.239	22.40	70.00	

续表

地震编号	台站代码	台站名称	测点位置	记录编号	测量方向	加速度峰值 cm/s²	峰值时刻 s	记录长度 s	图序
0081112200929	63WTM	乌图美仁	地面	063WTM081112200901	EW	1.378	53.56	116.00	
				063WTM081112200902	NS	-1.246	54.38	116.00	
				063WTM081112200903	UD	-1.335	20.00	116.00	
	63XTS	锡铁山	地面	063XTS081112200901	EW	-7.128	26.97	100.00	
				063XTS081112200902	NS	4.586	27.11	100.00	
				063XTS081112200903	UD	-4.728	27.60	100.00	
0081124152341	64GYN	固原	地面	064GYN081124152301	EW	10.189	24.96	65.84	7-178
				064GYN081124152302	NS	12.787	26.73	65.84	
				064GYN081124152303	UD	-6.947	25.49	65.84	
	64HYN	海原	地面	064HYN081124152301	EW	-1.262	20.95	40.00	
				064HYN081124152302	NS	1.721	20.00	40.00	
				064HYN081124152303	UD	-0.819	21.90	40.00	
	64XIJ	西吉	地面	064XIJ081124152301	EW	-2.969	25.26	40.68	
				064XIJ081124152302	NS	-2.818	20.81	40.68	
				064XIJ081124152303	UD	2.503	21.00	40.68	
0081206172459	65HTB	呼图壁	地面	065HTB081206172401	NS	12.525	22.62	45.00	7-179
				065HTB081206172402	UD	-4.949	20.98	45.00	
				065HTB081206172403	EW	13.481	22.61	45.00	
	65QSD	泉水地	地面	065QSD081206172401	EW	23.099	19.95	44.00	7-180
				065QSD081206172402	NS	-41.713	20.10	44.00	
				065QSD081206172403	UD	7.155	21.40	44.00	
	65SHZ	石河子市	地面	065SHZ081206172401	NS	-9.701	29.77	61.00	
				065SHZ081206172402	UD	-3.514	20.96	61.00	
				065SHZ081206172403	EW	-3.171	29.89	61.00	
	65YBT	148 团	地面	065YBT081206172401	EW	36.214	20.59	39.00	7-181
				065YBT081206172402	NS	-16.326	20.67	39.00	
				065YBT081206172403	UD	-14.862	6.47	39.00	

续表

地震编号	台站代码	台站名称	测点位置	记录编号	测量方向	加速度峰值	峰值时刻	记录长度	图序
						cm/s²	s	s	
0081206172459	65YSY	乐土驿	地面	065YSY081206172401	NS	16.873	29.38	52.00	7－182
				065YSY081206172402	UD	15.359	19.67	52.00	
				065YSY081206172403	EW	－22.897	28.89	52.00	
0081210025307	61BAJ	宝鸡	地面	061BAJ081210025301	EW	－2.665	41.92	63.00	
				061BAJ081210025302	NS	1.635	40.07	63.00	
				061BAJ081210025303	UD	－0.687	8.79	63.00	
0081226021955	53HLT	黑龙潭	地面	053HLT081226021901	NS	－2.405	20.82	43.00	
				053HLT081226021902	UD	3.661	21.57	43.00	
				053HLT081226021903	EW	－1.588	16.06	43.00	
	53QWZ	前卫中学	地面	053QWZ081226021901	NS	4.269	25.52	49.00	
				053QWZ081226021902	UD	－6.783	20.84	49.00	
				053QWZ081226021903	EW	－2.767	22.32	49.00	
	53BSH	白沙河度假村	地面	053BSH081226021901	NS	－9.207	21.22	58.00	
				053BSH081226021902	UD	－8.338	20.55	58.00	
				053BSH081226021903	EW	2.924	20.55	58.00	
	53BWG	昆明市博物馆	地面	053BWG081226021901	EW	3.175	20.26	49.24	
				053BWG081226021902	NS	3.312	21.44	49.24	
				053BWG081226021903	UD	1.789	20.20	49.24	
	53BWL	云南边防武警总队疗养院	地面	053BWL081226021901	NS	6.263	19.81	41.00	
				053BWL081226021902	UD	－3.093	19.99	41.00	
				053BWL081226021903	EW	－2.472	20.54	41.00	
	53CBG	昆明船舶工业公司	地面	053CBG081226021901	NS	－8.234	20.45	46.00	
				053CBG081226021902	UD	6.860	20.97	46.00	
				053CBG081226021903	EW	－4.158	20.62	46.00	
	53CJJ	玉溪九村乡	地面	053CJJ081226021901	NS	－4.991	20.65	42.00	
				053CJJ081226021902	UD	－6.215	20.23	42.00	
				053CJJ081226021903	EW	－3.939	15.96	42.00	

续表

地震编号	台站代码	台站名称	测点位置	记录编号	测量方向	加速度峰值	峰值时刻	记录长度	图序
						cm/s^2	s	s	
0081226021955	53CYZ	澄江阳宗镇	地面	053CYZ081226021901	NS	-27.195	34.00	59.00	7-183
				053CYZ081226021902	UD	35.174	33.58	59.00	
				053CYZ081226021903	EW	-10.546	33.85	59.00	
	53ELK	昆明市粮食局第二直属粮库	地面	053ELK081226021901	NS	3.828	19.90	41.00	
				053ELK081226021902	UD	-5.160	20.01	41.00	
				053ELK081226021903	EW	2.292	21.46	41.00	
	53FDC	昆明发电厂	地面	053FDC081226021901	NS	-4.235	21.44	44.00	
				053FDC081226021902	UD	-2.915	20.78	44.00	
				053FDC081226021903	EW	1.636	21.87	44.00	
	53FJC	云南机场基建处	地面	053FJC081226021901	NS	6.432	19.76	42.00	
				053FJC081226021902	UD	-5.336	19.80	42.00	
				053FJC081226021903	EW	1.224	19.04	42.00	
	53GSZ	官渡三中（北大实验中学）	地面	053GSZ081226021901	NS	-3.814	21.55	41.00	
				053GSZ081226021902	UD	-5.057	20.35	41.00	
				053GSZ081226021903	EW	-2.833	22.70	41.00	
	53HTG	云南航天工业总公司	地面	053HTG081226021901	NS	-4.197	20.40	62.00	
				053HTG081226021902	UD	3.645	21.21	62.00	
				053HTG081226021903	EW	-1.927	22.65	62.00	
	53HTJ	红塔基地	地面	053HTJ081226021901	NS	-9.097	19.90	42.00	7-184
				053HTJ081226021902	UD	-11.429	20.29	42.00	
				053HTJ081226021903	EW	2.910	18.92	42.00	
	53JGX	云南警官学院	地面	053JGX081226021901	NS	5.312	20.66	42.00	
				053JGX081226021902	UD	4.129	20.70	42.00	
				053JGX081226021903	EW	2.234	21.03	42.00	
	53JJK	昆明经济技术开发区	地面	053JJK081226021901	NS	-13.055	19.98	45.00	7-185
				053JJK081226021902	UD	9.381	20.19	45.00	
				053JJK081226021903	EW	4.406	21.25	45.00	

续表

地震编号	台站代码	台站名称	测点位置	记录编号	测量方向	加速度峰值	峰值时刻	记录长度	图序
						cm/s²	s	s	
0081226021955	53KNJ	昆明小哨	地面	053KNJ081226021901	NS	7.247	21.44	43.00	
				053KNJ081226021902	UD	5.447	20.44	43.00	
				053KNJ081226021903	EW	-2.451	20.99	43.00	
	53KNX	昆明农校	地面	053KNX081226021901	NS	-7.505	21.09	63.00	7-186
				053KNX081226021902	UD	10.139	20.72	63.00	
				053KNX081226021903	EW	-2.517	21.66	63.00	
	53KQD	昆明天外天水厂	地面	053KQD081226021901	NS	80.824	32.61	48.00	7-187
				053KQD081226021902	UD	-157.114	32.20	48.00	
				053KQD081226021903	EW	50.800	33.29	48.00	
	53LBL	理工大（白龙）	地面	053LBL081226021901	NS	5.526	21.60	45.00	
				053LBL081226021902	UD	4.203	20.85	45.00	
				053LBL081226021903	EW	-3.521	21.53	45.00	
	53LGD	理工大学（本部）	地面	053LGD081226021901	NS	-2.810	20.31	57.00	
				053LGD081226021902	UD	5.621	20.53	57.00	
				053LGD081226021903	EW	-2.394	20.10	57.00	
	53LGX	理工大（新迎）	地面	053LGX081226021901	NS	4.301	20.35	42.00	
				053LGX081226021902	UD	-4.234	21.08	42.00	
				053LGX081226021903	EW	-2.208	21.16	42.00	
	53LZY	兰色庄园	地面	053LZY081226021901	NS	5.685	21.68	43.00	
				053LZY081226021902	UD	9.724	21.28	43.00	
				053LZY081226021903	EW	-2.833	21.57	43.00	
	53QCC	云气实业公司	地面	053QCC081226021901	NS	-8.453	20.35	42.00	
				053QCC081226021902	UD	-7.178	20.99	42.00	
				053QCC081226021903	EW	-6.482	20.92	42.00	
	53SXY	云南师大商学院	地面	053SXY081226021901	NS	3.619	21.11	44.00	
				053SXY081226021902	UD	-4.213	21.10	44.00	
				053SXY081226021903	EW	-1.660	21.41	44.00	

续表

地震编号	台站代码	台站名称	测点位置	记录编号	测量方向	加速度峰值	峰值时刻	记录长度	图序
						cm/s²	s	s	
0081226021955	53SYL	嵩明杨林	地面	053SYL081226021901	NS	-12.557	20.55	50.00	7-188
				053SYL081226021902	UD	5.462	20.78	50.00	
				053SYL081226021903	EW	-4.268	23.44	50.00	
	53SYQ	嵩明杨桥乡	地面	053SYQ081226021901	NS	-8.547	21.73	43.00	
				053SYQ081226021902	UD	5.220	21.14	43.00	
				053SYQ081226021903	EW	-1.958	21.85	43.00	
	53TXT	14 军通信团	地面	053TXT081226021901	NS	-9.102	20.29	42.00	
				053TXT081226021902	UD	-7.687	20.25	42.00	
				053TXT081226021903	EW	-3.002	21.64	42.00	
	53TYC	西山体育场	地面	053TYC081226021901	NS	-3.032	20.79	52.00	
				053TYC081226021902	UD	-2.279	20.31	52.00	
				053TYC081226021903	EW	-2.080	20.53	52.00	
	53XML	新美铝	地面	053XML081226021901	NS	-3.863	20.70	44.00	
				053XML081226021902	UD	4.550	20.85	44.00	
				053XML081226021903	EW	-1.476	21.71	44.00	
	53YLX	昆明宜良	地面	053YSC081226021901	NS	-8.789	20.74	42.00	
				053YSC081226021902	UD	3.862	20.90	42.00	
				053YSC081226021903	EW	4.720	20.69	42.00	
	53YSC	第一自来水厂	地面	053TWT081226021901	NS	-7.438	21.04	61.00	
				053TWT081226021902	UD	7.276	21.05	61.00	
				053TWT081226021903	EW	-2.565	22.06	61.00	
	53TWT	云南天文台	地面	053TWT081226021901	NS	18.331	20.80	48.00	7-189
				053TWT081226021902	UD	12.045	20.78	48.00	
				053TWT081226021903	EW	3.825	20.91	48.00	
0090120120301	53CD4	通海台阵 4 号点 1	地面	053CD4090120120301	NS	-2.947	30.10	61.00	
				053CD4090120120302	UD	1.176	30.10	61.00	
				053CD4090120120303	EW	-3.319	30.15	61.00	

续表

地震编号	台站代码	台站名称	测点位置	记录编号	测量方向	加速度峰值	峰值时刻	记录长度	图序
						cm/s²	s	s	
0090120120301	53MYW	易武	地面	053MYW090120120301	NS	9. 272	20. 38	42. 00	
				053MYW090120120302	UD	-3. 937	20. 29	42. 00	
				053MYW090120120303	EW	-7. 612	20. 39	42. 00	
0090123112515	65JAS	伽师	地面	065JAS090123112501	EW	-4. 911	20. 50	41. 00	
				065JAS090123112502	NS	-15. 253	20. 46	41. 00	7-190
				065JAS090123112503	UD	-3. 880	16. 86	41. 00	
0090125094744	65BAC	拜城	地面	065BAC090125094701	EW	4. 823	20. 48	42. 00	
				065BAC090125094702	NS	4. 050	20. 24	42. 00	
				065BAC090125094703	UD	-1. 302	20. 78	42. 00	
0090217071350	65BKS	布拉克苏	地面	065BKS090217071301	EW	-7. 706	20. 34	49. 00	
				065BKS090217071302	NS	5. 643	26. 19	49. 00	
				065BKS090217071303	UD	2. 715	20. 95	49. 00	
	65SUF	疏附	地面	065SUF090217071301	EW	6. 010	19. 99	41. 00	
				065SUF090217071302	NS	3. 238	19. 90	41. 00	
				065SUF090217071303	UD	-2. 256	20. 07	41. 00	
	65WPR	乌帕尔	地面	065WPR090217071301	EW	11. 499	21. 24	46. 00	
				065WPR090217071302	NS	-13. 911	21. 18	46. 00	7-191
				065WPR090217071303	UD	-6. 865	21. 71	46. 00	
	65YBZ	也克先巴扎	地面	065YBZ090217071301	EW	-5. 698	19. 71	41. 00	
				065YBZ090217071302	NS	3. 722	21. 18	41. 00	
				065YBZ090217071303	UD	2. 966	17. 94	41. 00	
	65YPH	岳普湖	地面	065YPH090217071301	EW	-5. 178	20. 56	41. 00	
				065YPH090217071302	NS	-4. 721	20. 23	41. 00	
				065YPH090217071303	UD	2. 718	20. 51	41. 00	
0090217124251	65BLT	巴音库鲁提	地面	065BLT090217124201	EW	21. 906	24. 63	48. 00	
				065BLT090217124202	NS	32. 844	24. 60	48. 00	7-192
				065BLT090217124203	UD	-18. 228	25. 11	48. 00	

续表

地震编号	台站代码	台站名称	测点位置	记录编号	测量方向	加速度峰值 cm/s^2	峰值时刻 s	记录长度 s	图序
0090217124251	65KCX	喀师财校	地面	065KCX090217124201	EW	5.241	20.45	41.00	
				065KCX090217124202	NS	-4.386	20.35	41.00	
				065KCX090217124203	UD	1.487	11.02	41.00	
	65TOY	托云	地面	065TOY090217124201	EW	-9.525	26.91	50.00	7-193
				065TOY090217124202	NS	11.569	26.47	50.00	
				065TOY090217124203	UD	5.697	20.18	50.00	
	65TPA	托帕	地面	065TPA090217124201	EW	11.708	20.31	43.00	7-194
				065TPA090217124202	NS	12.284	20.26	43.00	
				065TPA090217124203	UD	-5.173	20.44	43.00	
	65WSL	乌合沙鲁	地面	065WSL090217124201	EW	8.046	19.97	41.00	
				065WSL090217124202	NS	-5.522	19.71	41.00	
				065WSL090217124203	UD	-2.411	20.46	41.00	
0090220180228	65GLK	古勒鲁克	地面	065GLK090220180201	EW	-8.230	24.68	49.00	
				065GLK090220180202	NS	-7.386	24.45	49.00	
				065GLK090220180203	UD	-2.644	24.84	49.00	
	65HLJ	哈拉峻	地面	065HLJ090220180201	EW	-7.464	22.09	51.00	
				065HLJ090220180202	NS	-7.416	21.95	51.00	
				065HLJ090220180203	UD	-1.469	22.95	51.00	
	65HQC	红旗农场	地面	065HQC090220180201	EW	-6.037	24.72	52.00	
				065HQC090220180202	NS	-6.420	24.66	52.00	
				065HQC090220180203	UD	3.845	26.27	52.00	
	65JAS	伽师	地面	065JAS090220180201	EW	-4.784	20.42	48.00	
				065JAS090220180202	NS	4.791	20.53	48.00	
				065JAS090220180203	UD	-1.872	28.37	48.00	
	65JZC	伽师总场	地面	065JZC090220180201	EW	-8.399	25.33	54.00	7-195
				065JZC090220180202	NS	13.415	21.64	54.00	
				065JZC090220180203	UD	3.427	25.31	54.00	

续表

地震编号	台站代码	台站名称	测点位置	记录编号	测量方向	加速度峰值	峰值时刻	记录长度	图序
						cm/s^2	s	s	
0090220180228	65QQK	琼库尔恰克	地面	065QQK090220180201	EW	7.513	20.91	48.00	7-196
				065QQK090220180202	NS	7.029	20.75	48.00	
				065QQK090220180203	UD	-2.015	22.44	48.00	
	65SBY	色力布亚	地面	065SBY090220180201	EW	-7.735	20.73	49.00	
				065SBY090220180202	NS	7.352	22.26	49.00	
				065SBY090220180203	UD	-2.333	22.92	49.00	
	65SRT	42团	地面	065SRT090220180201	EW	-6.035	20.87	48.00	
				065SRT090220180202	NS	4.938	20.30	48.00	
				065SRT090220180203	UD	1.685	23.41	48.00	
	65WLG	卧里托乎拉克	地面	065WLG090220180201	EW	6.234	22.27	47.00	
				065WLG090220180202	NS	5.905	22.40	47.00	
				065WLG090220180203	UD	2.472	24.38	47.00	
	65XKR	西克尔	地面	065XKR090220180201	EW	13.065	21.48	53.00	
				065XKR090220180202	NS	-12.163	21.19	53.00	
				065XKR090220180203	UD	5.114	21.22	53.00	
	65ALM	阿洪鲁库木	地面	065ALM090220180201	EW	-4.542	20.86	43.00	
				065ALM090220180202	NS	-5.218	20.28	43.00	
				065ALM090220180203	UD	-1.278	23.96	43.00	
	65GDL	格达良	地面	065GDL090220180201	EW	5.015	22.62	53.00	
				065GDL090220180202	NS	6.204	19.85	53.00	
				065GDL090220180203	UD	-2.349	31.81	53.00	
0090301133253	65WSL	乌合沙鲁	地面	065WSL090301133201	EW	11.226	22.64	47.00	7-197
				065WSL090301133202	NS	-9.413	21.07	47.00	
				065WSL090301133203	UD	5.133	22.42	47.00	
0090320144857	22JTT	九台	地面	022JTT090320144801	UD	-1.930	8.97	30.20	
				022JTT090320144802	NS	4.268	9.59	30.20	
				022JTT090320144803	EW	5.181	9.99	30.20	

续表

地震编号	台站代码	台站名称	测点位置	记录编号	测量方向	加速度峰值	峰值时刻	记录长度	图序
						cm/s²	s	s	
0090320144857	22XST	响水	地面	022XST090320144801	UD	-7.883	5.82	37.36	7-198
				022XST090320144802	NS	9.549	10.50	37.36	
				022XST090320144803	EW	30.216	10.34	37.36	
0090324113917	65KEL	库尔勒	地面	065KEL090324113901	EW	3.560	20.74	41.00	
				065KEL090324113902	NS	5.046	20.52	41.00	
				065KEL090324113903	UD	-3.110	20.10	41.00	
0090328191121	14GJO	古交	地面	014GJO090328191101	EW	6.279	20.20	41.12	
				014GJO090328191102	NS	-5.301	20.24	41.12	
				014GJO090328191103	UD	2.384	19.95	41.12	
	14QXU	清徐	地面	014QXU090328191101	EW	6.329	20.09	40.52	
				014QXU090328191102	NS	4.548	20.09	40.52	
				014QXU090328191103	UD	1.230	21.81	40.52	
	14XDN	小店（太原）	地面	014XDN090328191101	NS	-2.834	20.23	46.00	
				014XDN090328191102	UD	-1.769	21.57	46.00	
				014XDN090328191103	EW	-3.449	20.55	46.00	
	14XZU	忻州	地面	014XZU090328191101	EW	5.284	20.34	41.76	
				014XZU090328191102	NS	-6.143	20.29	41.76	
				014XZU090328191103	UD	-3.459	20.86	41.76	
	14YQU	阳曲	地面	014YQU090328191101	EW	5.194	20.43	48.84	
				014YQU090328191102	NS	-5.714	24.30	48.84	
				014YQU090328191103	UD	-3.014	22.86	48.84	
	14WTI	五台	地面	014WTI090328191101	EW	18.211	26.03	57.16	7-199
				014WTI090328191102	NS	19.189	26.15	57.16	
				014WTI090328191103	UD	-16.069	25.53	57.16	
	14YPG	原平	地面	014YPG090328191101	EW	-27.159	23.48	59.52	7-200
				014YPG090328191102	NS	22.239	23.51	59.52	
				014YPG090328191103	UD	-12.843	23.83	59.52	

续表

地震编号	台站代码	台站名称	测点位置	记录编号	测量方向	加速度峰值 cm/s²	峰值时刻 s	记录长度 s	图序
0090414043710	53CNX	保山昌宁	地面	053CNX090414043701	NS	3.601	19.77	42.00	
				053CNX090414043702	UD	1.414	20.65	42.00	
				053CNX090414043703	EW	-4.261	20.62	42.00	
	53DZF	大理州政府	地面	053DZF090414043701	NS	-2.431	20.16	41.00	
				053DZF090414043702	UD	3.735	20.14	41.00	
				053DZF090414043703	EW	1.517	21.89	41.00	
	53YBX	大理漾濞	地面	053YBX090414043701	NS	-6.005	17.90	41.00	
				053YBX090414043702	UD	5.640	16.85	41.00	
				053YBX090414043703	EW	-6.049	17.25	41.00	
	53DFD	大理蝴蝶泉	地面	053DFD090414043701	NS	5.746	25.72	51.00	
				053DFD090414043702	UD	4.353	20.51	51.00	
				053DFD090414043703	EW	-5.879	20.63	51.00	
	53DHD	大理海东	地面	053DHD090414043701	NS	7.307	20.87	45.00	
				053DHD090414043702	UD	-2.339	21.02	45.00	
				053DHD090414043703	EW	-5.137	20.17	45.00	
	53ENJ	洱源牛街	地面	053ENJ090414043701	NS	10.180	20.68	46.00	7-201
				053ENJ090414043702	UD	4.952	20.73	46.00	
				053ENJ090414043703	EW	-11.188	20.60	46.00	
	53EQH	洱源乔后	地面	053EQH090414043701	NS	2.833	20.04	44.00	
				053EQH090414043702	UD	2.011	20.48	44.00	
				053EQH090414043703	EW	4.776	20.52	44.00	
	53EYS	洱源右所	地面	053EYS090414043701	NS	-26.721	21.86	49.00	7-202
				053EYS090414043702	UD	-22.371	22.24	49.00	
				053EYS090414043703	EW	18.383	22.08	49.00	
	53JYC	剑川羊岑	地面	053JYC090414043701	NS	-4.437	20.67	48.00	
				053JYC090414043702	UD	2.763	21.40	48.00	
				053JYC090414043703	EW	-3.412	21.60	48.00	

续表

地震编号	台站代码	台站名称	测点位置	记录编号	测量方向	加速度峰值	峰值时刻	记录长度	图序
						cm/s²	s	s	
0090414043710	53WZJ	紫荆乡叉河村	地面	053WZJ090414043701	NS	3.508	20.75	45.00	7-203
				053WZJ090414043702	UD	-3.240	21.23	45.00	
				053WZJ090414043703	EW	-5.778	21.88	45.00	
	53XQD	祥云禾甸乡	地面	053XQD090414043701	NS	1.486	18.36	41.00	
				053XQD090414043702	UD	0.818	19.53	41.00	
				053XQD090414043703	EW	-2.224	20.17	41.00	
	53YBD	永平北斗	地面	053YBD090414043701	NS	5.804	20.41	45.00	
				053YBD090414043702	UD	2.062	20.40	45.00	
				053YBD090414043703	EW	-5.240	20.53	45.00	
	53YPX	大理永平	地面	053YPX090414043701	NS	9.131	20.81	51.00	
				053YPX090414043702	UD	-5.926	22.42	51.00	
				053YPX090414043703	EW	-10.174	23.00	51.00	
0090419120818	65AHQ	阿合奇	地面	065AHQ090419120801	EW	75.586	26.95	62.00	7-204
				065AHQ090419120802	NS	-92.256	26.75	62.00	
				065AHQ090419120803	UD	47.801	27.01	62.00	
	65HQC	红旗农场	地面	065HQC090419120801	EW	-4.570	19.99	41.00	
				065HQC090419120802	NS	-2.990	22.08	41.00	
				065HQC090419120803	UD	1.792	20.02	41.00	
	65XKR	西克尔	地面	065XKR090419120801	EW	5.731	21.25	43.00	
				065XKR090419120802	NS	-4.116	20.42	43.00	
				065XKR090419120803	UD	-1.501	23.04	43.00	
0090422172603	65HLJ	哈拉峻	地面	065HLJ090422172601	EW	-30.844	26.99	78.00	7-205
				065HLJ090422172602	NS	32.264	27.65	78.00	
				065HLJ090422172603	UD	-8.908	30.04	78.00	
	65HQC	红旗农场	地面	065HQC090422172601	EW	-8.695	23.45	54.00	
				065HQC090422172602	NS	7.327	26.01	54.00	
				065HQC090422172603	UD	5.536	27.93	54.00	

续表

地震编号	台站代码	台站名称	测点位置	记录编号	测量方向	加速度峰值	峰值时刻	记录长度	图序
						cm/s^2	s	s	
0090422172603	65WLG	卧里托乎拉克	地面	065WLG090422172601	EW	7.396	25.57	61.00	7-206
				065WLG090422172602	NS	-5.961	34.27	61.00	
				065WLG090422172603	UD	-4.754	21.59	61.00	
	65XKR	西克尔	地面	065XKR090422172601	EW	-7.152	25.08	52.00	
				065XKR090422172602	NS	10.091	24.35	52.00	
				065XKR090422172603	UD	6.610	20.74	52.00	
0090512102735	65YAH	牙哈	地面	065YAH090512102701	EW	6.626	20.41	42.00	7-207
				065YAH090512102702	NS	5.611	21.20	42.00	
				065YAH090512102703	UD	2.359	21.24	42.00	
	65YXA	阳霞	地面	065YXA090512102701	EW	-9.202	20.86	42.00	
				065YXA090512102702	NS	-10.959	20.74	42.00	
				065YXA090512102703	UD	-5.457	21.11	42.00	
	65YYG	野云沟	地面	065YYG090512102701	EW	-15.620	20.49	47.00	7-208
				065YYG090512102702	NS	11.444	20.55	47.00	
				065YYG090512102703	UD	5.617	20.64	47.00	
0090518021507	65TPA	托帕	地面	065TPA090518021501	EW	-23.793	20.28	43.00	7-209
				065TPA090518021502	NS	18.346	20.34	43.00	
				065TPA090518021503	UD	4.825	20.65	43.00	
0090531072406	65TPA	托帕	地面	065TPA090531072401	EW	15.586	20.12	41.00	7-210
				065TPA090531072402	NS	18.125	20.12	41.00	
				065TPA090531072403	UD	3.077	16.35	41.00	
0090602090059	15BYM	巴彦木仁	地面	015BYM090602090001	NS	-20.347	23.81	54.00	7-211
				015BYM090602090002	UD	12.232	23.91	54.00	
				015BYM090602090003	EW	-7.922	23.38	54.00	
0090612015923	65AGE	阿格	地面	065AGE090612015901	EW	-8.811	25.32	52.00	7-212
				065AGE090612015902	NS	15.724	24.91	52.00	
				065AGE090612015903	UD	12.648	23.83	52.00	

续表

地震编号	台站代码	台站名称	测点位置	记录编号	测量方向	加速度峰值 cm/s²	峰值时刻 s	记录长度 s	图序
0090630020352	51AXD	安县地办	地面	051AXD090630020301	EW	-36.802	26.48	59.80	7-213
				051AXD090630020302	NS	-19.113	26.54	59.80	
				051AXD090630020303	UD	14.256	26.77	59.80	
	51AXY	安县永安	地面	051AXY090630020301	EW	-65.059	27.06	110.92	7-214
				051AXY090630020302	NS	-56.429	27.61	110.92	
				051AXY090630020303	UD	-20.502	27.38	110.92	
	51DYB	德阳白马	地面	051DYB090630020301	NS	-5.124	26.65	48.00	
				051DYB090630020302	UD	3.363	26.54	48.00	
				051DYB090630020303	EW	7.547	20.68	48.00	
	51JYH	江油含增	地面	051JYH090630020301	EW	16.650	27.83	59.44	7-215
				051JYH090630020302	NS	-33.120	28.49	59.44	
				051JYH090630020303	UD	-9.094	28.44	59.44	
	51JYZ	江油专业	地面	051JYZ090630020301	EW	-17.538	22.87	50.60	7-216
				051JYZ090630020302	NS	-21.840	23.18	50.60	
				051JYZ090630020303	UD	-6.085	23.25	50.60	
	51PJD	蒲江大兴	地面	051PJD090630020301	EW	13.659	21.26	44.48	7-217
				051PJD090630020302	NS	-7.118	21.84	44.48	
				051PJD090630020303	UD	-4.386	21.16	44.48	
	51SFB	什邡八角	地面	051SFB090630020301	NS	-91.319	23.73	62.00	7-218
				051SFB090630020302	UD	40.189	24.13	62.00	
				051SFB090630020303	EW	121.880	24.36	62.00	
	51SPA	松潘安宏	地面	051SPA090630020301	NS	9.753	35.77	64.00	
				051SPA090630020302	UD	-9.633	35.56	64.00	
				051SPA090630020303	EW	4.309	34.29	64.00	
	61BAJ	宝鸡	地面	061BAJ090630020301	EW	-2.261	41.22	62.00	
				061BAJ090630020302	NS	1.407	38.96	62.00	
				061BAJ090630020303	UD	-0.571	39.35	62.00	

续表

地震编号	台站代码	台站名称	测点位置	记录编号	测量方向	加速度峰值	峰值时刻	记录长度	图序
						cm/s^2	s	s	
0090630134025	51AXD	安县地办	地面	051AXD090630134001	EW	4.349	20.13	40.92	
				051AXD090630134002	NS	-2.931	20.89	40.92	
				051AXD090630134003	UD	-2.163	20.51	40.92	
	51AXY	安县永安	地面	051AXY090630134001	EW	-6.091	20.26	43.40	
				051AXY090630134002	NS	-6.011	21.00	43.40	
				051AXY090630134003	UD	1.989	20.41	43.40	
	51SFB	什邡八角	地面	051SFB090630134001	NS	35.336	23.19	47.00	
				051SFB090630134002	UD	-13.181	23.21	47.00	7-219
				051SFB090630134003	EW	-37.892	23.69	47.00	
0090630152221	51AXD	安县地办	地面	051AXD090630152201	EW	31.800	25.20	57.64	
				051AXD090630152202	NS	-29.971	25.30	57.64	7-220
				051AXD090630152203	UD	-11.480	25.54	57.64	
	51AXY	安县永安	地面	051AXY090630152201	EW	80.850	25.92	62.60	
				051AXY090630152202	NS	-80.737	25.77	62.60	7-221
				051AXY090630152203	UD	26.280	26.13	62.60	
	51JYH	江油含增	地面	051JYH090630152201	EW	-16.460	20.46	48.64	
				051JYH090630152202	NS	-23.165	21.39	48.64	7-222
				051JYH090630152203	UD	6.009	22.91	48.64	
	51JYZ	江油专业	地面	051JYZ090630152201	EW	-18.936	21.88	48.84	
				051JYZ090630152202	NS	23.437	21.65	48.84	7-223
				051JYZ090630152203	UD	5.623	22.33	48.84	
	51PJD	蒲江大兴	地面	051PJD090630152201	EW	6.122	20.02	40.56	
				051PJD090630152202	NS	-2.633	20.93	40.56	
				051PJD090630152203	UD	2.192	20.51	40.56	
	51SFB	什邡八角	地面	051SFB090630152201	NS	-66.291	23.15	49.00	
				051SFB090630152202	UD	-27.314	23.66	49.00	7-224
				051SFB090630152203	EW	92.548	23.37	49.00	

续表

地震编号	台站代码	台站名称	测点位置	记录编号	测量方向	加速度峰值	峰值时刻	记录长度	图序
						cm/s²	s	s	
0090630152221	51SPA	松潘安宏	地面	051SPA090630152201	NS	4.983	21.25	44.00	
				051SPA090630152202	UD	3.304	21.47	44.00	
				051SPA090630152203	EW	2.242	20.84	44.00	
0090709191914	53BWG	昆明市博物馆	地面	053BWG090709191901	EW	-4.822	27.88	87.96	
				053BWG090709191902	NS	6.907	25.99	87.96	
				053BWG090709191903	UD	-1.869	27.33	87.96	
	53BWL	云南边防武警总队疗养院	地面	053BWL090709191901	NS	-7.115	26.31	86.00	
				053BWL090709191902	UD	6.410	24.90	86.00	
				053BWL090709191903	EW	-2.592	36.32	86.00	
	53CMX	云南财贸学院	地面	053CMX090709191901	NS	2.129	21.83	60.00	
				053CMX090709191902	UD	4.836	20.70	60.00	
				053CMX090709191903	EW	2.068	22.35	60.00	
	53DZF	大理州政府	地面	053DZF090709191901	NS	8.152	27.73	68.00	7-225
				053DZF090709191902	UD	4.348	27.72	68.00	
				053DZF090709191903	EW	11.624	27.72	68.00	
	53CB1	云南省局储备台阵指挥大厅	地面	053CB1090709191901	NS	-4.876	39.61	105.00	
				053CB1090709191902	UD	-6.854	37.29	105.00	
				053CB1090709191903	EW	1.474	37.37	105.00	
	53CB2	云南省局储备台阵1楼	地面	053CB2090709191901	NS	-7.820	22.21	48.00	
				053CB2090709191902	UD	5.007	24.54	48.00	
				053CB2090709191903	EW	1.700	22.47	48.00	
	53CB3	云南省局储备台阵2楼	地面	053CB3090709191901	NS	-5.481	27.30	60.00	7-226
				053CB3090709191902	UD	-10.083	24.97	60.00	
				053CB3090709191903	EW	1.712	25.27	60.00	
	53CB4	云南省局储备台阵4楼	地面	053CB4090709191901	NS	6.064	34.23	76.00	7-227
				053CB4090709191902	UD	-13.127	33.78	76.00	
				053CB4090709191903	EW	1.765	34.06	76.00	

续表

地震编号	台站代码	台站名称	测点位置	记录编号	测量方向	加速度峰值	峰值时刻	记录长度	图序
						cm/s²	s	s	
0090709191914	53CB5	云南省局储备台阵6楼	地面	053CB5090709191901	NS	-6.908	24.75	52.00	7-228
				053CB5090709191902	UD	-17.092	23.71	52.00	
				053CB5090709191903	EW	2.003	24.00	52.00	
	53CB6	云南省局储备台阵8楼	地面	053CB6090709191901	NS	-7.424	31.29	73.72	7-229
				053CB6090709191902	UD	-20.288	29.97	73.72	
				053CB6090709191903	EW	2.163	30.33	73.72	
	53CB7	云南省局储备台阵9楼	地面	053CB7090709191901	NS	-8.025	25.07	70.00	7-230
				053CB7090709191902	UD	-22.035	24.04	70.00	
				053CB7090709191903	EW	1.989	24.31	70.00	
	53FJC	云南机场基建处	地面	053FJC090709191901	NS	-5.070	22.10	43.00	
				053FJC090709191902	UD	4.980	20.44	43.00	
				053FJC090709191903	EW	2.285	26.83	43.00	
	53GDZ	官渡镇中学	地面	053GDZ090709191901	EW	-4.903	35.34	86.84	
				053GDZ090709191902	NS	-4.738	21.62	86.84	
				053GDZ090709191903	UD	-1.884	32.08	86.84	
	53GSX	云南工商管理学院	地面	053GSX090709191901	NS	-6.645	34.59	60.00	7-231
				053GSX090709191902	UD	-12.057	23.88	60.00	
				053GSX090709191903	EW	-2.093	26.25	60.00	
	53HQX	鹤庆	地面	053HQX090709191901	EW	4.731	41.14	100.44	
				053HQX090709191902	NS	-6.850	28.16	100.44	
				053HQX090709191903	UD	-2.893	31.26	100.44	
	53JQD	云南省军区军犬队	地面	053JQD090709191901	NS	-7.884	26.12	76.00	
				053JQD090709191902	UD	-5.168	23.74	76.00	
				053JQD090709191903	EW	3.564	28.05	76.00	
	53LWC	昆明市第六污水处理厂	地面	053LWC090709191901	EW	5.756	53.95	104.60	
				053LWC090709191902	NS	7.554	32.77	104.60	
				053LWC090709191903	UD	-2.728	31.77	104.60	

续表

地震编号	台站代码	台站名称	测点位置	记录编号	测量方向	加速度峰值	峰值时刻	记录长度	图序
						cm/s^2	s	s	
0090709191914	53QCC	云气实业公司	地面	053QCC090709191901	NS	1.892	24.33	45.00	
				053QCC090709191902	UD	-2.217	20.68	45.00	
				053QCC090709191903	EW	-0.865	19.23	45.00	
	53SRD	云南省人大	地面	053SRD090709191901	NS	-5.132	22.21	43.00	
				053SRD090709191902	UD	6.634	20.79	43.00	
				053SRD090709191903	EW	2.479	23.28	43.00	
	53SXY	云南师大商学院	地面	053SXY090709191901	NS	-9.046	23.72	79.00	
				053SXY090709191902	UD	-8.357	22.79	79.00	
				053SXY090709191903	EW	1.951	26.08	79.00	
	53TWT	云南天文台	地面	053TWT090709191901	NS	-2.155	20.45	41.00	
				053TWT090709191902	UD	2.069	18.76	41.00	
				053TWT090709191903	EW	-0.742	19.99	41.00	
	53TYG	云南铜业股份有限公司	地面	053TYG090709191901	NS	2.794	29.62	53.00	
				053TYG090709191902	UD	-3.580	20.97	53.00	
				053TYG090709191903	EW	-1.143	30.09	53.00	
	53WZJ	紫荆乡叉河村	地面	053WZJ090709191901	NS	-1.772	17.50	45.00	
				053WZJ090709191902	UD	1.691	9.23	45.00	
				053WZJ090709191903	EW	-2.709	21.04	45.00	
	53XXB	祥云象鼻	地面	053XXB090709191901	NS	-5.481	24.65	49.00	
				053XXB090709191902	UD	-2.882	24.68	49.00	
				053XXB090709191903	EW	4.488	20.71	49.00	
	53YBD	永平北斗	地面	053YBD090709191901	NS	-2.177	20.57	44.00	
				053YBD090709191902	UD	-0.848	1.70	44.00	
				053YBD090709191903	EW	-1.781	18.57	44.00	
	53YCH	永胜程海乡	地面	053YCH090709191901	NS	5.251	19.95	45.00	
				053YCH090709191902	UD	1.649	22.97	45.00	
				053YCH090709191903	EW	-7.063	21.28	45.00	

续表

地震编号	台站代码	台站名称	测点位置	记录编号	测量方向	加速度峰值	峰值时刻	记录长度	图序
						cm/s²	s	s	
0090709191914	53YDL	云内动力	地面	053YDL090709191901	NS	-7.538	26.06	63.00	7-232
				053YDL090709191902	UD	-6.756	21.57	63.00	
				053YDL090709191903	EW	-2.829	23.22	63.00	
	53YLD	永胜六德乡	地面	053YLD090709191901	NS	-2.972	19.71	64.00	
				053YLD090709191902	UD	2.053	19.58	64.00	
				053YLD090709191903	EW	-3.590	36.82	64.00	
	53YPJ	永胜片角乡	地面	053YPJ090709191901	NS	-13.554	26.27	72.00	
				053YPJ090709191902	UD	5.239	32.81	72.00	
				053YPJ090709191903	EW	11.147	31.49	72.00	
	53YQN	永胜期纳	地面	053YQN090709191901	NS	-2.952	20.10	51.00	
				053YQN090709191902	UD	-1.854	10.20	51.00	
				053YQN090709191903	EW	-3.052	24.25	51.00	
	53YRH	永胜仁和镇	地面	053YRH090709191901	NS	3.172	24.87	57.00	
				053YRH090709191902	UD	-2.648	20.00	57.00	
				053YRH090709191903	EW	-3.656	29.39	57.00	
	53YXY	云南艺术学院	地面	053YXY090709191901	NS	-3.211	30.39	52.00	
				053YXY090709191902	UD	-3.092	28.10	52.00	
				053YXY090709191903	EW	-1.199	20.44	52.00	
	53CBG	昆明船舶工业公司	地面	053CBG090709191901	NS	-1.854	22.59	42.00	
				053CBG090709191902	UD	2.416	20.71	42.00	
				053CBG090709191903	EW	-0.756	23.43	42.00	
	53CD3	通海台阵3号点1	地面	053CD3090709191901	NS	2.002	20.28	51.00	
				053CD3090709191902	UD	1.925	13.25	51.00	
				053CD3090709191903	EW	-0.701	11.22	51.00	
	53CD3	通海台阵3号点2	地面	053CD3090709191901	NS	0.678	10.23	51.00	
				053CD3090709191902	UD	0.655	10.53	51.00	
				053CD3090709191903	EW	-0.406	11.45	51.00	

续表

地震编号	台站代码	台站名称	测点位置	记录编号	测量方向	加速度峰值	峰值时刻	记录长度	图序
						cm/s^2	s	s	
0090709191914	53CD3	通海台阵 3 号点 2	地面	053CD3090709191904	NS	-0.469	10.22	51.00	
				053CD3090709191905	UD	-0.564	10.40	51.00	
				053CD3090709191906	EW	-0.441	11.45	51.00	
	53CD4	通海台阵 4 号点 1	地面	053CD4090709191901	NS	0.723	22.26	79.00	
				053CD4090709191902	UD	0.670	24.97	79.00	
				053CD4090709191903	EW	-0.485	23.46	79.00	
	53CD4	通海台阵 4 号点 1	地面	053CD4090709191904	NS	-0.311	26.46	79.00	
				053CD4090709191905	UD	0.503	22.20	79.00	
				053CD4090709191906	EW	-0.380	23.47	79.00	
	53CD4	通海台阵 4 号点 2	地面	053CD4090709191901	NS	-2.354	35.00	89.00	
				053CD4090709191902	UD	2.356	36.95	89.00	
				053CD4090709191903	EW	-1.065	42.28	89.00	
	53DFD	大理蝴蝶泉	地面	053DFD090709191901	NS	-3.737	21.92	46.00	
				053DFD090709191902	UD	1.455	21.77	46.00	
				053DFD090709191903	EW	3.410	21.04	46.00	
	53DFG	金融办	地面	053DFG090709191901	NS	4.110	25.38	83.00	
				053DFG090709191902	UD	5.548	23.03	83.00	
				053DFG090709191903	EW	2.000	23.28	83.00	
	53DFY	大理凤仪	地面	053DFY090709191901	NS	-17.055	23.86	61.00	7-233
				053DFY090709191902	UD	-17.163	22.93	61.00	
				053DFY090709191903	EW	7.167	22.90	61.00	
	53DHD	大理海东	地面	053DHD090709191901	NS	29.935	24.94	63.00	7-234
				053DHD090709191902	UD	9.900	23.84	63.00	
				053DHD090709191903	EW	21.765	23.75	63.00	
	53DSL	大理双廊	地面	053DSL090709191901	NS	6.306	21.09	44.00	
				053DSL090709191902	UD	-2.407	20.47	44.00	
				053DSL090709191903	EW	4.839	20.92	44.00	

续表

地震编号	台站代码	台站名称	测点位置	记录编号	测量方向	加速度峰值	峰值时刻	记录长度	图序
						cm/s^2	s	s	
0090709191914	53DWQ	大理湾桥	地面	053DWQ090709191901	NS	7.423	20.25	60.00	7-235
				053DWQ090709191902	UD	-3.012	21.41	60.00	
				053DWQ090709191903	EW	11.565	21.83	60.00	
	53ELK	昆明市粮食局第二直属粮库	地面	053ELK090709191901	NS	4.866	36.06	71.00	
				053ELK090709191902	UD	-4.873	30.60	71.00	
				053ELK090709191903	EW	-4.545	28.98	71.00	
	53EQH	洱源乔后	地面	053EQH090709191901	NS	7.134	25.13	63.00	
				053EQH090709191902	UD	1.867	26.91	63.00	
				053EQH090709191903	EW	-7.859	27.56	63.00	
	53FDC	昆明发电厂	地面	053FDC090709191901	NS	2.053	20.66	43.00	
				053FDC090709191902	UD	3.302	22.02	43.00	
				053FDC090709191903	EW	-1.597	21.75	43.00	
	53GDS	昆明铁路局南供电所	地面	053GDS090709191901	NS	2.675	20.59	57.00	
				053GDS090709191902	UD	2.003	18.85	57.00	
				053GDS090709191903	EW	-0.939	19.29	57.00	
	53GSZ	官渡三中（北大实验中学）	地面	053GSZ090709191901	NS	-4.222	22.02	54.00	
				053GSZ090709191902	UD	-6.963	32.38	54.00	
				053GSZ090709191903	EW	-2.766	25.42	54.00	
	53HTJ	红塔基地	地面	053HTJ090709191901	NS	-5.480	21.80	66.00	
				053HTJ090709191902	UD	6.354	25.63	66.00	
				053HTJ090709191903	EW	1.751	42.09	66.00	
	53JKY	昆明昆阳	地面	053JKY090709191901	NS	-4.232	24.58	78.00	
				053JKY090709191902	UD	4.795	22.80	78.00	
				053JKY090709191903	EW	-2.436	25.59	78.00	
	53JSX	剑川沙溪	地面	053JSX090709191901	NS	-2.536	24.74	46.00	
				053JSX090709191902	UD	-1.456	29.32	46.00	
				053JSX090709191903	EW	-2.913	25.28	46.00	

续表

地震编号	台站代码	台站名称	测点位置	记录编号	测量方向	加速度峰值	峰值时刻	记录长度	图序
						cm/s^2	s	s	
0090709191914	53JYC	剑川羊岑	地面	053JYC090709191901	NS	2.633	20.09	41.00	
				053JYC090709191902	UD	1.040	23.75	41.00	
				053JYC090709191903	EW	1.880	23.74	41.00	
	53KHK	昆明海口	地面	053KHK090709191901	NS	-2.532	20.45	54.00	
				053KHK090709191902	UD	2.580	22.59	54.00	
				053KHK090709191903	EW	-1.401	23.63	54.00	
	53KNX	昆明农校	地面	053KNX090709191901	NS	-2.971	20.82	41.00	
				053KNX090709191902	UD	-3.536	20.37	41.00	
				053KNX090709191903	EW	-1.007	22.99	41.00	
	53LBL	理工大（白龙）	地面	053LBL090709191901	NS	-2.989	25.44	47.00	
				053LBL090709191902	UD	-4.107	20.60	47.00	
				053LBL090709191903	EW	0.850	20.67	47.00	
	53LGD	理工大学（本部）	地面	053LGD090709191901	NS	-1.649	24.68	61.00	
				053LGD090709191902	UD	2.645	23.04	61.00	
				053LGD090709191903	EW	-0.667	24.46	61.00	
	53LGX	理工大（新迎）	地面	053LGX090709191901	NS	7.361	34.11	70.00	
				053LGX090709191902	UD	8.106	29.86	70.00	
				053LGX090709191903	EW	-2.013	27.71	70.00	
	53LZY	兰色庄园	地面	053LZY090709191901	NS	5.000	21.99	57.00	
				053LZY090709191902	UD	6.102	20.63	57.00	
				053LZY090709191903	EW	1.886	24.13	57.00	
	53QWZ	前卫中学	地面	053QWZ090709191901	NS	3.113	23.10	86.00	
				053QWZ090709191902	UD	8.077	23.36	86.00	
				053QWZ090709191903	EW	2.017	40.74	86.00	
	53SBY	世博园	地面	053SBY090709191901	NS	-1.332	22.04	41.00	
				053SBY090709191902	UD	2.060	20.46	41.00	
				053SBY090709191903	EW	-0.604	23.73	41.00	

续表

地震编号	台站代码	台站名称	测点位置	记录编号	测量方向	加速度峰值 cm/s²	峰值时刻 s	记录长度 s	图序
0090709191914	53SYL	嵩明杨林	地面	053SYL090709191901	NS	2.930	36.85	69.00	
				053SYL090709191902	UD	-3.547	36.07	69.00	
				053SYL090709191903	EW	1.282	28.65	69.00	
	53TXT	14 军通信团	地面	053TXT090709191901	NS	-2.488	21.90	53.00	
				053TXT090709191902	UD	2.030	20.24	53.00	
				053TXT090709191903	EW	0.707	22.25	53.00	
	53TYC	西山体育场	地面	053TYC090709191901	NS	2.029	20.13	65.00	
				053TYC090709191902	UD	5.813	23.13	65.00	
				053TYC090709191903	EW	1.710	24.91	65.00	
	53XQD	祥云禾甸乡	地面	053XQD090709191901	NS	-80.888	47.13	119.00	7-236
				053XQD090709191902	UD	-28.548	49.24	119.00	
				053XQD090709191903	EW	70.885	48.04	119.00	
	53YBX	大理漾濞	地面	053YBX090709191901	NS	7.000	20.45	43.00	
				053YBX090709191902	UD	-3.960	22.49	43.00	
				053YBX090709191903	EW	4.867	21.58	43.00	
	53YPX	大理永平	地面	053YPX090709191901	NS	10.693	23.89	66.00	7-237
				053YPX090709191902	UD	4.056	25.00	66.00	
				053YPX090709191903	EW	7.060	28.48	66.00	
	53YSC	第一自来水厂	地面	053YSC090709191901	NS	4.450	31.63	91.00	
				053YSC090709191902	UD	7.366	25.25	91.00	
				053YSC090709191903	EW	2.406	25.54	91.00	
0090709211224	53XQD	祥云禾甸乡	地面	053XQD090709211201	NS	-14.262	25.05	55.00	7-238
				053XQD090709211202	UD	-4.537	26.54	55.00	
				053XQD090709211203	EW	-12.508	25.38	55.00	
0090710170201	53BWG	昆明市博物馆	地面	053BWG090710170201	EW	-0.906	30.54	43.16	
				053BWG090710170202	NS	-1.128	22.49	43.16	
				053BWG090710170203	UD	0.682	26.14	43.16	

续表

地震编号	台站代码	台站名称	测点位置	记录编号	测量方向	加速度峰值 cm/s^2	峰值时刻 s	记录长度 s	图序
0090710170201	53BWL	云南边防武警总队疗养院	地面	053BWL090710170201	NS	1.967	20.47	41.00	
				053BWL090710170202	UD	1.471	24.73	41.00	
				053BWL090710170203	EW	0.724	32.68	41.00	
	53DFG	金融办	地面	053DFG090710170201	NS	0.925	22.02	52.00	
				053DFG090710170202	UD	-1.029	20.62	52.00	
				053DFG090710170203	EW	0.705	21.66	52.00	
	53DFY	大理凤仪	地面	053DFY090710170201	NS	-7.134	22.70	47.00	
				053DFY090710170202	UD	-5.741	23.14	47.00	
				053DFY090710170203	EW	3.510	22.16	47.00	
	53DHD	大理海东	地面	053DHD090710170201	NS	-4.396	20.52	41.00	
				053DHD090710170202	UD	-1.948	19.36	41.00	
				053DHD090710170203	EW	3.576	20.70	41.00	
	53DWQ	大理湾桥	地面	053DWQ090710170201	NS	3.100	20.05	46.00	
				053DWQ090710170202	UD	1.254	22.45	46.00	
				053DWQ090710170203	EW	-4.442	21.20	46.00	
	53DZF	大理州政府	地面	053DZF090710170201	NS	-3.193	21.91	54.00	
				053DZF090710170202	UD	1.634	20.57	54.00	
				053DZF090710170203	EW	4.886	20.56	54.00	
	53EQH	洱源乔后	地面	053EQH090710170201	NS	-1.820	22.31	41.00	
				053EQH090710170202	UD	0.659	20.65	41.00	
				053EQH090710170203	EW	2.021	19.93	41.00	
	53XQD	祥云禾甸乡	地面	053XQD090710170201	NS	-47.019	24.95	65.00	7-239
				053XQD090710170202	UD	17.559	25.95	65.00	
				053XQD090710170203	EW	35.417	25.55	65.00	
	53XXB	祥云象鼻	地面	053XXB090710170201	NS	2.059	20.03	41.00	
				053XXB090710170202	UD	-1.178	19.62	41.00	
				053XXB090710170203	EW	-2.087	22.11	41.00	

续表

地震编号	台站代码	台站名称	测点位置	记录编号	测量方向	加速度峰值	峰值时刻	记录长度	图序
						cm/s^2	s	s	
0090710170201	53YPJ	永胜片角乡	地面	053YPJ090710170201	NS	6.133	20.88	43.00	
				053YPJ090710170202	UD	1.653	26.27	43.00	
				053YPJ090710170203	EW	3.736	21.12	43.00	
	53YSC	第一自来水厂	地面	053YSC090710170201	NS	-1.218	25.59	57.00	
				053YSC090710170202	UD	-1.357	20.69	57.00	
				053YSC090710170203	EW	-0.510	23.44	57.00	
	53BTH	宾川太和	地面	053BTH090710170201	NS	3.793	30.48	62.00	
				053BTH090710170202	UD	2.005	30.65	62.00	
				053BTH090710170203	EW	3.425	30.66	62.00	
0090710205731	53BTH	宾川太和	地面	053BTH090710205701	NS	3.483	30.44	61.00	
				053BTH090710205702	UD	2.352	30.00	61.00	
				053BTH090710205703	EW	5.954	30.05	61.00	
	53DHD	大理海东	地面	053DHD090710205701	NS	-4.396	20.52	41.00	
				053DHD090710205702	UD	-1.948	19.36	41.00	
				053DHD090710205703	EW	3.576	20.70	41.00	
	53DWQ	大理湾桥	地面	053DWQ090710205701	NS	1.850	19.65	41.00	
				053DWQ090710205702	UD	1.013	20.53	41.00	
				053DWQ090710205703	EW	2.392	20.16	41.00	
	53CB1	云南省局储备台阵指挥大厅	地面	053CB1090710205701	NS	1.389	22.64	48.00	
				053CB1090710205702	UD	1.142	20.34	48.00	
				053CB1090710205703	EW	0.338	22.43	48.00	
	53CB4	云南省局储备台阵 4 楼	地面	053CB4090710205701	NS	1.861	22.60	41.00	
				053CB4090710205702	UD	-2.174	19.95	41.00	
				053CB4090710205703	EW	0.361	20.15	41.00	
	53CB6	云南省局储备台阵 8 楼	地面	053CB6090710205701	NS	2.157	29.19	52.48	
				053CB6090710205702	UD	-4.119	25.79	52.48	
				053CB6090710205703	EW	0.512	26.12	52.48	

续表

地震编号	台站代码	台站名称	测点位置	记录编号	测量方向	加速度峰值	峰值时刻	记录长度	图序
						cm/s^2	s	s	
0090710205731	53CB7	云南省局储备台阵 9 楼	地面	053CB7090710205701	NS	2. 217	23. 25	53. 00	7 - 240
				053CB7090710205702	UD	-4. 571	20. 57	53. 00	
				053CB7090710205703	EW	0. 389	20. 78	53. 00	
	53HQX	鹤庆	地面	053HQX090710205701	EW	1. 895	24. 24	44. 24	
				053HQX090710205702	NS	-2. 250	20. 08	44. 24	
				053HQX090710205703	UD	0. 945	21. 92	44. 24	
	53MDX	弥渡	地面	053MDX090710205701	EW	-1. 902	30. 02	60. 60	
				053MDX090710205702	NS	-1. 633	30. 36	60. 60	
				053MDX090710205703	UD	1. 292	31. 95	60. 60	
	53XQD	祥云禾甸乡	地面	053XQD090710205701	NS	33. 232	24. 80	57. 00	
				053XQD090710205702	UD	-12. 331	20. 16	57. 00	
				053XQD090710205703	EW	25. 469	24. 55	57. 00	
	53YPJ	永胜片角乡	地面	053YPJ090710205701	NS	-5. 415	20. 58	42. 00	
				053YPJ090710205702	UD	1. 261	25. 80	42. 00	
				053YPJ090710205703	EW	3. 758	20. 67	42. 00	
0090713000118	53DFG	金融办	地面	053DFG090713000101	NS	-1. 051	20. 23	51. 00	7 - 241
				053DFG090713000102	UD	0. 846	19. 52	51. 00	
				053DFG090713000103	EW	-0. 555	20. 11	51. 00	
	53MDX	弥渡	地面	053MDX090713000101	EW	-1. 865	32. 47	60. 64	
				053MDX090713000102	NS	-1. 699	31. 25	60. 64	
				053MDX090713000103	UD	-1. 408	32. 49	60. 64	
	53XQD	祥云禾甸乡	地面	053XQD090713000101	NS	-11. 061	24. 74	63. 00	
				053XQD090713000102	UD	6. 913	23. 64	63. 00	
				053XQD090713000103	EW	-12. 609	24. 24	63. 00	
	53YRH	永胜仁和镇	地面	053YRH090713000101	NS	1. 831	20. 01	41. 00	
				053YRH090713000102	UD	1. 264	21. 22	41. 00	
				053YRH090713000103	EW	-2. 336	20. 05	41. 00	

续表

地震编号	台站代码	台站名称	测点位置	记录编号	测量方向	加速度峰值	峰值时刻	记录长度	图序
						cm/s²	s	s	
0090716124430	62HUC	皇城	地面	062HUC090716124401	NS	5.741	19.83	46.00	
				062HUC090716124402	UD	1.524	20.64	46.00	
				062HUC090716124403	EW	4.276	19.83	46.00	
0090819171522	65QQK	琼库尔恰克	地面	065QQK090819171501	EW	-17.221	23.61	49.00	
				065QQK090819171502	NS	-13.969	24.13	49.00	7-242
				065QQK090819171503	UD	-20.832	20.55	49.00	
0090819203107	63CEH	察尔汗	地面	063CEH090819203101	EW	1.397	27.57	60.72	
				063CEH090819203102	NS	1.259	28.80	60.72	
				063CEH090819203103	UD	-0.364	30.81	60.72	
	63DGL	大格勒	地面	063DGL090819203101	EW	-1.711	21.50	60.52	
				063DGL090819203102	NS	-1.580	22.77	60.52	
				063DGL090819203103	UD	-0.788	22.80	60.52	
	63GEM	格尔木	地面	063GEM090819203101	NS	0.956	27.80	85.00	
				063GEM090819203102	UD	0.504	32.15	85.00	
				063GEM090819203103	EW	1.333	28.58	85.00	
0090828095206	63CEH	察尔汗	地面	063CEH090828095201	EW	14.948	45.08	181.52	
				063CEH090828095202	NS	10.827	48.15	181.52	7-243
				063CEH090828095203	UD	4.791	24.85	181.52	
	63DCD	大柴旦	地面	063DCD090828095201	EW	-46.270	30.43	149.00	
				063DCD090828095202	NS	-39.443	30.54	149.00	7-244
				063DCD090828095203	UD	16.361	33.93	149.00	
	63DGG	大干沟	地面	063DGG090828095201	EW	5.279	48.09	131.00	
				063DGG090828095202	NS	-5.795	49.77	131.00	
				063DGG090828095203	UD	5.957	51.83	131.00	
	63DGL	大格勒	地面	063DGL090828095201	EW	9.073	45.28	121.32	
				063DGL090828095202	NS	8.158	47.70	121.32	
				063DGL090828095203	UD	6.381	27.48	121.32	

续表

地震编号	台站代码	台站名称	测点位置	记录编号	测量方向	加速度峰值	峰值时刻	记录长度	图序
						cm/s^2	s	s	
0090828095206	63DLH	德令哈	地面	063DLH090828095201	NS	-1.737	40.30	164.00	7-245
				063DLH090828095202	UD	-0.892	44.43	164.00	
				063DLH090828095203	EW	-1.184	47.07	164.00	
	63DUL	都兰	地面	063DUL090828095201	NS	-5.143	64.52	173.00	
				063DUL090828095202	UD	-2.182	63.92	173.00	
				063DUL090828095203	EW	-4.967	64.93	173.00	
	63GEM	格尔木	地面	063GEM090828095201	NS	-10.629	48.49	291.00	
				063GEM090828095202	UD	4.141	24.62	291.00	
				063GEM090828095203	EW	-10.429	47.86	291.00	
	63LEH	冷湖	地面	063LEH090828095201	EW	-2.263	53.12	121.04	
				063LEH090828095202	NS	3.062	52.79	121.04	
				063LEH090828095203	UD	-1.399	52.26	121.04	
	63TIJ	天峻	地面	063TIJ090828095201	EW	-1.680	68.33	121.40	7-246
				063TIJ090828095202	NS	1.506	63.94	121.40	
				063TIJ090828095203	UD	-0.783	65.66	121.40	
	63WUL	乌兰	地面	063WUL090828095201	EW	4.015	54.20	60.04	
				063WUL090828095202	NS	-2.603	54.97	60.04	
				063WUL090828095203	UD	1.511	22.53	60.04	
	63XTS	锡铁山	地面	063XTS090828095201	EW	-21.641	28.61	185.00	
				063XTS090828095202	NS	-25.236	28.67	185.00	
				063XTS090828095203	UD	19.119	27.66	185.00	
	63XZH	小灶火	地面	063XZH090828095201	EW	-8.195	54.79	296.00	
				063XZH090828095202	NS	7.271	51.77	296.00	
				063XZH090828095203	UD	-4.770	23.56	296.00	
0090828230459	65AGE	阿格	地面	065AGE090828230401	EW	-11.689	21.62	44.00	7-247
				065AGE090828230402	NS	24.565	21.77	44.00	
				065AGE090828230403	UD	16.985	19.95	44.00	

续表

地震编号	台站代码	台站名称	测点位置	记录编号	测量方向	加速度峰值	峰值时刻	记录长度	图序
						cm/s^2	s	s	
0090829162841	63DCD	大柴旦	地面	063DCD090829162801	EW	-3.352	22.42	77.00	
				063DCD090829162802	NS	-4.828	22.61	77.00	
				063DCD090829162803	UD	2.396	21.10	77.00	
	63DGL	大格勒	地面	063DGL090829162801	EW	-2.366	24.05	60.12	
				063DGL090829162802	NS	-1.239	23.99	60.12	
				063DGL090829162803	UD	0.602	3.22	60.12	
	63DLH	德令哈	地面	063DLH090829162801	NS	0.202	20.56	62.00	
				063DLH090829162802	UD	-0.150	18.97	62.00	
				063DLH090829162803	EW	-0.225	21.68	62.00	
	63HTT	怀头他拉	地面	063HTT090829162801	EW	1.409	38.53	60.44	
				063HTT090829162802	NS	-0.953	36.32	60.44	
				063HTT090829162803	UD	-0.817	20.00	60.44	
	63XTS	锡铁山	地面	063XTS090829162801	EW	1.765	24.46	86.00	
				063XTS090829162802	NS	-2.291	23.01	86.00	
				063XTS090829162803	UD	-1.543	22.76	86.00	
0090830024351	63CEH	察尔汗	地面	063CEH090830024301	EW	1.072	44.31	60.76	
				063CEH090830024302	NS	-0.812	44.30	60.76	
				063CEH090830024303	UD	0.517	20.00	60.76	
	63DCD	大柴旦	地面	063DCD090830024301	EW	2.287	21.14	69.00	
				063DCD090830024302	NS	1.493	23.80	69.00	
				063DCD090830024303	UD	1.235	21.96	69.00	
	63GEM	格尔木	地面	063GEM090830024301	NS	0.503	21.09	63.00	
				063GEM090830024302	UD	0.224	0.01	63.00	
				063GEM090830024303	EW	0.480	21.29	63.00	
	63HTT	怀头他拉	地面	063HTT090830024301	EW	-0.901	28.81	60.28	
				063HTT090830024302	NS	-0.869	21.35	60.28	
				063HTT090830024303	UD	-0.542	26.04	60.28	

续表

地震编号	台站代码	台站名称	测点位置	记录编号	测量方向	加速度峰值	峰值时刻	记录长度	图序
						cm/s²	s	s	
0090830024351	63XTS	锡铁山	地面	063XTS090830024301	EW	1.258	21.66	82.00	
				063XTS090830024302	NS	-1.148	23.02	82.00	
				063XTS090830024303	UD	-1.178	21.68	82.00	
0090831011550	63CEH	察尔汗	地面	063CEH090831011501	EW	10.377	44.05	121.40	7-248
				063CEH090831011502	NS	-9.000	43.53	121.40	
				063CEH090831011503	UD	-2.114	43.86	121.40	
	63DCD	大柴旦	地面	063DCD090831011501	EW	22.216	26.09	112.00	7-249
				063DCD090831011502	NS	-14.472	28.26	112.00	
				063DCD090831011503	UD	11.131	26.11	112.00	
	63DGG	大干沟	地面	063DGG090831011501	EW	2.713	22.46	73.00	
				063DGG090831011502	NS	3.333	22.47	73.00	
				063DGG090831011503	UD	-3.408	23.98	73.00	
	63DGL	大格勒	地面	063DGL090831011501	EW	7.721	44.69	120.96	
				063DGL090831011502	NS	5.548	44.35	120.96	
				063DGL090831011503	UD	4.023	24.69	120.96	
	63DLH	德令哈	地面	063DLH090831011501	NS	-0.531	44.77	100.00	
				063DLH090831011502	UD	-0.315	19.92	100.00	
				063DLH090831011503	EW	-0.535	44.98	100.00	
	63DUL	都兰	地面	063DUL090831011501	NS	1.454	57.57	117.00	
				063DUL090831011502	UD	1.037	57.43	117.00	
				063DUL090831011503	EW	1.561	54.77	117.00	
	63GEM	格尔木	地面	063GEM090831011501	NS	-5.573	43.15	141.00	
				063GEM090831011502	UD	1.548	22.01	141.00	
				063GEM090831011503	EW	5.267	43.54	141.00	
	63HTT	怀头他拉	地面	063HTT090831011501	EW	-2.762	46.18	60.84	
				063HTT090831011502	NS	2.496	39.78	60.84	
				063HTT090831011503	UD	1.499	37.39	60.84	

续表

地震编号	台站代码	台站名称	测点位置	记录编号	测量方向	加速度峰值 cm/s^2	峰值时刻 s	记录长度 s	图序
0090831011550	63LEH	冷湖	地面	063LEH090831011501	EW	0.886	21.18	60.72	7－250
				063LEH090831011502	NS	0.724	22.54	60.72	
				063LEH090831011503	UD	0.504	20.65	60.72	
	63WUL	乌兰	地面	063WUL090831011501	EW	0.779	21.78	60.48	
				063WUL090831011502	NS	0.739	20.01	60.48	
				063WUL090831011503	UD	－0.359	21.89	60.48	
	63XTS	锡铁山	地面	063XTS090831011501	EW	－12.004	25.57	134.00	
				063XTS090831011502	NS	－8.117	26.36	134.00	
				063XTS090831011503	UD	－10.177	28.03	134.00	
	63XZH	小灶火	地面	063XZH090831011501	EW	3.279	20.58	107.00	
				063XZH090831011502	NS	－2.900	20.75	107.00	
				063XZH090831011503	UD	1.775	20.84	107.00	
0090831164135	63DCD	大柴旦	地面	063DCD090831164101	EW	2.141	21.23	64.00	
				063DCD090831164102	NS	－2.590	21.18	64.00	
				063DCD090831164103	UD	1.974	20.92	64.00	
	63GEM	格尔木	地面	063GEM090831164101	NS	－0.599	21.04	66.00	
				063GEM090831164102	UD	－0.297	23.22	66.00	
				063GEM090831164103	EW	－0.812	21.07	66.00	
	63XTS	锡铁山	地面	063XTS090831164101	EW	－2.126	20.90	84.00	
				063XTS090831164102	NS	－2.301	20.67	84.00	
				063XTS090831164103	UD	－1.868	21.05	84.00	
0090831181529	63CEH	察尔汗	地面	063CEH090831181501	EW	－4.288	45.49	180.92	7－251
				063CEH090831181502	NS	－4.661	43.62	180.92	
				063CEH090831181503	UD	1.658	27.27	180.92	
	63DCD	大柴旦	地面	063DCD090831181501	EW	－7.665	27.84	107.00	
				063DCD090831181502	NS	－11.182	26.62	107.00	
				063DCD090831181503	UD	4.273	28.53	107.00	

续表

地震编号	台站代码	台站名称	测点位置	记录编号	测量方向	加速度峰值	峰值时刻	记录长度	图序
						cm/s²	s	s	
0090831181529	63DGG	大干沟	地面	063DGG090831181501	EW	-2.127	47.76	101.00	
				063DGG090831181502	NS	-1.955	50.50	101.00	
				063DGG090831181503	UD	1.811	47.97	101.00	
	63DGL	大格勒	地面	063DGL090831181501	EW	-2.407	46.16	120.84	
				063DGL090831181502	NS	3.521	45.04	120.84	
				063DGL090831181503	UD	1.936	23.88	120.84	
	63DLH	德令哈	地面	063DLH090831181501	NS	0.547	42.69	84.64	
				063DLH090831181502	UD	-0.368	36.46	84.64	
				063DLH090831181503	EW	0.466	42.67	84.64	
	63DUL	都兰	地面	063DUL090831181501	NS	-2.328	55.02	134.00	
				063DUL090831181502	UD	-1.104	21.42	134.00	
				063DUL090831181503	EW	1.570	51.86	134.00	
	63GEM	格尔木	地面	063GEM090831181501	NS	4.895	45.55	192.00	
				063GEM090831181502	UD	-1.794	21.72	192.00	
				063GEM090831181503	EW	-2.915	45.78	192.00	
	63HTT	怀头他拉	地面	063HTT090831181501	EW	9.076	33.75	60.88	
				063HTT090831181502	NS	-6.549	32.40	60.88	
				063HTT090831181503	UD	-3.645	46.31	60.88	
	63LEH	冷湖	地面	063LEH090831181501	EW	-1.043	22.37	60.44	
				063LEH090831181502	NS	-0.869	20.09	60.44	
				063LEH090831181503	UD	0.297	26.15	60.44	
	63TIJ	天峻	地面	063TIJ090831181501	EW	0.676	32.14	60.20	
				063TIJ090831181502	NS	-0.677	24.86	60.20	
				063TIJ090831181503	UD	0.283	23.13	60.20	
	63WUL	乌兰	地面	063WUL090831181501	EW	-1.315	23.95	60.08	
				063WUL090831181502	NS	0.936	28.08	60.08	
				063WUL090831181503	UD	-0.890	31.14	60.08	

续表

地震编号	台站代码	台站名称	测点位置	记录编号	测量方向	加速度峰值	峰值时刻	记录长度	图序
						cm/s²	s	s	
0090831181529	63XTS	锡铁山	地面	063XTS090831181501	EW	-5.468	28.39	113.00	
				063XTS090831181502	NS	-4.847	32.45	113.00	
				063XTS090831181503	UD	-5.142	31.81	113.00	
	63XZH	小灶火	地面	063XZH090831181501	EW	-5.651	51.55	151.00	
				063XZH090831181502	NS	-3.195	51.61	151.00	
				063XZH090831181503	UD	-2.099	20.09	151.00	
0090901055136	63CEH	察尔汗	地面	063CEH090901055101	EW	-1.261	37.94	60.84	
				063CEH090901055102	NS	1.086	40.95	60.84	
				063CEH090901055103	UD	0.420	19.99	60.84	
	63DCD	大柴旦	地面	063DCD090901055101	EW	-2.696	20.60	77.00	
				063DCD090901055102	NS	-2.429	24.53	77.00	
				063DCD090901055103	UD	1.246	22.96	77.00	
	63DLH	德令哈	地面	063DLH090901055101	NS	-0.240	20.84	63.00	
				063DLH090901055102	UD	0.143	21.35	63.00	
				063DLH090901055103	EW	-0.153	22.61	63.00	
	63DUL	都兰	地面	063DUL090901055101	NS	-0.565	21.39	66.00	
				063DUL090901055102	UD	-0.319	23.98	66.00	
				063DUL090901055103	EW	-0.565	20.75	66.00	
	63GEM	格尔木	地面	063GEM090901055101	NS	0.778	27.99	76.00	
				063GEM090901055102	UD	-0.304	2.33	76.00	
				063GEM090901055103	EW	0.706	26.01	76.00	
	63XTS	锡铁山	地面	063XTS090901055101	EW	-1.521	26.75	93.00	
				063XTS090901055102	NS	-1.763	26.80	93.00	
				063XTS090901055103	UD	-1.196	28.83	93.00	
0090901062749	63CEH	察尔汗	地面	063CEH090901062701	EW	-1.369	24.88	60.16	
				063CEH090901062702	NS	1.459	24.80	60.16	
				063CEH090901062703	UD	0.402	5.45	60.16	

续表

地震编号	台站代码	台站名称	测点位置	记录编号	测量方向	加速度峰值 cm/s^2	峰值时刻 s	记录长度 s	图序
0090901062749	63DUL	都兰	地面	063DUL090901062701	NS	-0.460	21.37	63.00	7-252
				063DUL090901062702	UD	-0.219	22.18	63.00	
				063DUL090901062703	EW	0.409	21.79	63.00	
	63GEM	格尔木	地面	063GEM090901062701	NS	0.767	20.94	66.00	
				063GEM090901062702	UD	0.255	0.17	66.00	
				063GEM090901062703	EW	0.554	21.35	66.00	
0090901081604	63CEH	察尔汗	地面	063CEH090901081601	EW	0.523	20.01	60.16	
				063CEH090901081602	NS	0.505	23.41	60.16	
				063CEH090901081603	UD	0.204	3.14	60.16	
	63DCD	大柴旦	地面	063DCD090901081601	EW	-0.830	20.14	61.00	
				063DCD090901081602	NS	-1.009	20.05	61.00	
				063DCD090901081603	UD	0.424	18.49	61.00	
	63XTS	锡铁山	地面	063XTS090901081601	EW	0.769	18.87	66.00	
				063XTS090901081602	NS	-0.812	20.12	66.00	
				063XTS090901081603	UD	0.736	21.06	66.00	
0090902181610	65BAC	拜城	地面	065BAC090902181601	EW	-5.218	19.93	44.00	
				065BAC090902181602	NS	5.105	23.26	44.00	
				065BAC090902181603	UD	-2.853	15.25	44.00	
	65DAQ	大桥	地面	065DAQ090902181601	EW	5.328	26.59	48.00	
				065DAQ090902181602	NS	13.111	23.91	48.00	
				065DAQ090902181603	UD	-14.245	20.52	48.00	
	65LHT	老虎	地面	065LHT090902181601	EW	-4.247	19.75	41.00	
				065LHT090902181602	NS	-3.263	19.97	41.00	
				065LHT090902181603	UD	1.602	19.70	41.00	
0090904161257	63CEH	察尔汗	地面	063CEH090904161201	EW	-1.209	29.65	60.36	
				063CEH090904161202	NS	-1.090	31.20	60.36	
				063CEH090904161203	UD	0.394	5.55	60.36	

续表

地震编号	台站代码	台站名称	测点位置	记录编号	测量方向	加速度峰值	峰值时刻	记录长度	图序
						cm/s²	s	s	
0090904161257	63DCD	大柴旦	地面	063DCD090904161201	EW	-3.068	21.68	72.00	
				063DCD090904161202	NS	2.914	23.31	72.00	
				063DCD090904161203	UD	1.141	21.54	72.00	
	63DGL	大格勒	地面	063DGL090904161201	EW	-1.096	20.09	60.24	
				063DGL090904161202	NS	1.327	21.35	60.24	
				063DGL090904161203	UD	-0.792	0.46	60.24	
	63GEM	格尔木	地面	063GEM090904161201	NS	-0.638	25.54	74.00	
				063GEM090904161202	UD	-0.263	6.73	74.00	
				063GEM090904161203	EW	0.828	20.46	74.00	
0090910082009	63CEH	察尔汗	地面	063CEH090910082001	EW	0.979	22.40	60.04	
				063CEH090910082002	NS	0.759	22.87	60.04	
				063CEH090910082003	UD	-0.293	5.33	60.04	
	63DCD	大柴旦	地面	063DCD090910082001	EW	-1.015	18.51	65.00	
				063DCD090910082002	NS	1.427	19.79	65.00	
				063DCD090910082003	UD	0.861	18.84	65.00	
	63GEM	格尔木	地面	063GEM090910082001	NS	-0.453	23.53	64.00	
				063GEM090910082002	UD	-0.170	0.91	64.00	
				063GEM090910082003	EW	-0.478	22.88	64.00	
	63HTT	怀头他拉	地面	063HTT090910082001	EW	-1.593	36.66	60.32	
				063HTT090910082002	NS	1.368	37.08	60.32	
				063HTT090910082003	UD	-0.944	24.97	60.32	
	63XTS	锡铁山	地面	063XTS090910082001	EW	1.018	20.55	82.00	
				063XTS090910082002	NS	1.219	21.29	82.00	
				063XTS090910082003	UD	-1.459	20.81	82.00	
0090917172006	63DCD	大柴旦	地面	063DCD090917172001	EW	-2.010	20.66	64.00	
				063DCD090917172002	NS	-2.256	21.57	64.00	
				063DCD090917172003	UD	-0.980	20.64	64.00	

续表

地震编号	台站代码	台站名称	测点位置	记录编号	测量方向	加速度峰值	峰值时刻	记录长度	图序
						cm/s^2	s	s	
0090917172006	63GEM	格尔木	地面	063GEM090917172001	NS	0.524	22.47	64.00	7-253
				063GEM090917172002	UD	0.245	0.67	64.00	
				063GEM090917172003	EW	-0.533	22.83	64.00	
	63XTS	锡铁山	地面	063XTS090917172001	EW	1.365	23.22	82.00	
				063XTS090917172002	NS	1.229	20.94	82.00	
				063XTS090917172003	UD	1.257	23.05	82.00	
0090918084325	63CEH	察尔汗	地面	063CEH090918084301	EW	-2.732	42.71	60.64	
				063CEH090918084302	NS	-1.796	43.39	60.64	
				063CEH090918084303	UD	-1.649	20.18	60.64	
	63DCD	大柴旦	地面	063DCD090918084301	EW	15.461	25.42	84.00	
				063DCD090918084302	NS	11.331	25.90	84.00	
				063DCD090918084303	UD	-6.828	25.68	84.00	
	63GEM	格尔木	地面	063GEM090918084301	NS	1.375	42.03	93.00	
				063GEM090918084302	UD	-0.641	20.40	93.00	
				063GEM090918084303	EW	1.932	42.49	93.00	
	63XTS	锡铁山	地面	063XTS090918084301	EW	-3.671	26.03	92.00	
				063XTS090918084302	NS	-3.570	26.53	92.00	
				063XTS090918084303	UD	-5.189	26.50	92.00	
0090919165414	61CHC	陈仓	地面	061CHC090919165401	EW	-2.106	20.21	41.00	
				061CHC090919165402	NS	1.703	21.18	41.00	
				061CHC090919165403	UD	-0.601	21.88	41.00	
	61LOX	陇县	地面	061LOX090919165401	EW	1.811	40.37	61.00	
				061LOX090919165402	NS	2.189	39.98	61.00	
				061LOX090919165403	UD	0.790	39.58	61.00	
	61ZHZ	周至	地面	061ZHZ090919165401	EW	-1.082	44.38	75.00	
				061ZHZ090919165402	NS	1.204	40.70	75.00	
				061ZHZ090919165403	UD	-0.780	4.29	75.00	

续表

地震编号	台站代码	台站名称	测点位置	记录编号	测量方向	加速度峰值	峰值时刻	记录长度	图序
						cm/s²	s	s	
0090919165414	62WUD	武都	地面	062WUD090919165401	NS	10.789	28.78	64.00	7-254
				062WUD090919165402	UD	2.028	23.15	64.00	
				062WUD090919165403	EW	9.036	21.35	64.00	
	62TSH	天水	地面	062TSH090919165401	EW	4.164	19.90	40.12	
				062TSH090919165402	NS	4.258	20.06	40.12	
				062TSH090919165403	UD	-1.947	18.52	40.12	
0090925091412	53LHX	梁河	地面	053LHX090925091401	NS	-9.754	22.78	51.00	7-255
				053LHX090925091402	UD	-13.868	23.13	51.00	
				053LHX090925091403	EW	-7.919	22.05	51.00	
0090928104321	63GEM	格尔木	地面	063GEM090928104301	NS	-0.534	21.55	67.00	
				063GEM090928104302	UD	-0.225	5.41	67.00	
				063GEM090928104303	EW	0.572	21.31	67.00	
0090930041450	65EBT	二八台	地面	065EBT090930041401	EW	-36.106	26.69	57.00	7-256
				065EBT090930041402	NS	26.938	26.49	57.00	
				065EBT090930041403	UD	-12.066	21.04	57.00	
0091016105636	65JAS	伽师	地面	065JAS091016105601	EW	4.076	15.75	41.00	
				065JAS091016105602	NS	4.744	19.89	41.00	
				065JAS091016105603	UD	3.728	16.35	41.00	
0091020173100	32LYG	连云港	地面	032LYG091020173101	NS	-21.116	22.68	46.00	7-257
				032LYG091020173102	UD	20.270	22.59	46.00	
				032LYG091020173103	EW	6.721	22.57	46.00	
0091101125122	53JZX	景谷正兴	地面	053JZX091101125101	NS	-2.536	22.77	46.00	
				053JZX091101125102	UD	5.541	22.01	46.00	
				053JZX091101125103	EW	1.580	21.92	46.00	
0091102050716	53BBJ	宾川宾居乡	地面	053BBJ091102050701	NS	-5.122	24.05	70.00	
				053BBJ091102050702	UD	-3.551	24.11	70.00	
				053BBJ091102050703	EW	-5.277	25.37	70.00	

续表

地震编号	台站代码	台站名称	测点位置	记录编号	测量方向	加速度峰值	峰值时刻	记录长度	图序
						cm/s^2	s	s	
0091102050716	53BTH	宾川太和	地面	053BTH091102050701	NS	-5.188	32.16	65.00	7-258
				053BTH091102050702	UD	-3.844	31.89	65.00	
				053BTH091102050703	EW	-4.217	31.75	65.00	
	53DHD	大理海东	地面	053DHD091102050701	NS	6.008	21.47	50.00	
				053DHD091102050702	UD	2.598	21.35	50.00	
				053DHD091102050703	EW	-5.380	21.92	50.00	
	53XQD	祥云禾甸乡	地面	053XQD091102050701	NS	-8.085	20.96	56.00	
				053XQD091102050702	UD	3.478	20.90	56.00	
				053XQD091102050703	EW	7.432	23.74	56.00	
	53YCH	永胜程海乡	地面	053YCH091102050701	NS	3.744	26.11	59.00	
				053YCH091102050702	UD	5.902	22.25	59.00	
				053YCH091102050703	EW	-2.133	25.80	59.00	
	53YLD	永胜六德乡	地面	053YLD091102050701	NS	-2.203	21.36	42.00	
				053YLD091102050702	UD	-2.515	20.58	42.00	
				053YLD091102050703	EW	-0.944	18.45	42.00	
	53YPJ	永胜片角乡	地面	053YPJ091102050701	NS	16.076	22.84	77.00	
				053YPJ091102050702	UD	23.483	22.95	77.00	
				053YPJ091102050703	EW	10.973	22.36	77.00	
	53YQN	永胜期纳	地面	053YQN091102050701	NS	4.379	30.60	63.00	
				053YQN091102050702	UD	-4.587	25.08	63.00	
				053YQN091102050703	EW	-3.547	26.29	63.00	
	53YRH	永胜仁和镇	地面	053YRH091102050701	NS	-3.411	22.27	47.00	
				053YRH091102050702	UD	-2.944	21.75	47.00	
				053YRH091102050703	EW	-1.471	22.01	47.00	
0091105055611	63CEH	察尔汗	地面	063CEH091105055601	EW	2.701	43.16	121.52	
				063CEH091105055602	NS	-2.786	43.82	121.52	
				063CEH091105055603	UD	1.079	21.59	121.52	

续表

地震编号	台站代码	台站名称	测点位置	记录编号	测量方向	加速度峰值	峰值时刻	记录长度	图序
						cm/s^2	s	s	
0091105055611	63DCD	大柴旦	地面	063DCD091105055601	EW	-6.583	27.15	89.00	
				063DCD091105055602	NS	-9.034	27.75	89.00	
				063DCD091105055603	UD	-3.594	26.03	89.00	
	63DGL	大格勒	地面	063DGL091105055601	EW	-2.627	43.67	60.44	
				063DGL091105055602	NS	-3.258	43.92	60.44	
				063DGL091105055603	UD	-1.515	24.27	60.44	
	63DLH	德令哈	地面	063DLH091105055601	NS	0.419	29.89	81.00	
				063DLH091105055602	UD	0.233	29.88	81.00	
				063DLH091105055603	EW	-0.313	34.46	81.00	
	63DUL	都兰	地面	063DUL091105055601	NS	-0.900	55.13	111.00	
				063DUL091105055602	UD	-0.944	21.90	111.00	
				063DUL091105055603	EW	-1.219	54.34	111.00	
	63GEM	格尔木	地面	063GEM091105055601	NS	-2.437	42.39	103.00	
				063GEM091105055602	UD	-0.791	21.73	103.00	
				063GEM091105055603	EW	-1.537	42.60	103.00	
	63XTS	锡铁山	地面	063XTS091105055601	EW	3.704	28.61	100.00	
				063XTS091105055602	NS	-5.188	28.51	100.00	
				063XTS091105055603	UD	-3.830	27.39	100.00	
0091105073133	61CHA	长安	地面	061CHA091105073101	EW	-1.961	48.10	74.00	
				061CHA091105073102	NS	1.323	47.67	74.00	
				061CHA091105073103	UD	1.631	48.39	74.00	
	61XIA	西安	地面	061XIA091105073101	EW	-4.404	51.78	89.00	
				061XIA091105073102	NS	-5.401	46.03	89.00	
				061XIA091105073103	UD	-4.210	45.92	89.00	
	61CAT	草滩	地面	061CAT091105073101	EW	11.361	44.63	103.00	7-259
				061CAT091105073102	NS	-10.493	44.67	103.00	
				061CAT091105073103	UD	-8.460	44.91	103.00	

续表

地震编号	台站代码	台站名称	测点位置	记录编号	测量方向	加速度峰值	峰值时刻	记录长度	图序
						cm/s^2	s	s	
0091105073133	61GAL	高陵	地面	061GAL091105073101	EW	-82.331	42.82	91.00	7-260
				061GAL091105073102	NS	202.266	43.04	91.00	
				061GAL091105073103	UD	53.699	42.96	91.00	
	61HUY	华阴	地面	061HUY091105073101	EW	-5.752	13.85	46.00	7-261
				061HUY091105073102	NS	-3.185	14.00	46.00	
				061HUY091105073103	UD	-2.678	13.94	46.00	
	61JIY	泾阳	地面	061JIY091105073101	EW	-8.006	45.24	76.00	
				061JIY091105073102	NS	-11.483	44.97	76.00	
				061JIY091105073103	UD	-9.773	45.62	76.00	
	61LAT	蓝田	地面	061LAT091105073101	EW	-4.657	34.32	72.00	7-262
				061LAT091105073102	NS	7.338	34.00	72.00	
				061LAT091105073103	UD	-2.861	34.06	72.00	
	61LIT	临潼	地面	061LIT091105073101	EW	-407.667	23.37	64.00	
				061LIT091105073102	NS	-156.910	23.23	64.00	
				061LIT091105073103	UD	131.887	20.44	64.00	
	61PUC	蒲城	地面	061PUC091105073101	EW	3.853	21.24	50.00	
				061PUC091105073102	NS	-4.275	20.77	50.00	
				061PUC091105073103	UD	1.968	23.63	50.00	
	61WEN	渭南	地面	061WEN091105073101	EW	9.491	25.92	86.00	
				061WEN091105073102	NS	7.927	25.72	86.00	
				061WEN091105073103	UD	6.647	26.73	86.00	
	61XIY	咸阳	地面	061XIY091105073101	EW	-5.176	47.45	83.00	
				061XIY091105073102	NS	-5.632	47.31	83.00	
				061XIY091105073103	UD	-2.933	53.74	83.00	
	61YAL	阎良	地面	061YAL091105073101	EW	4.718	52.02	84.00	
				061YAL091105073102	NS	4.403	52.42	84.00	
				061YAL091105073103	UD	-5.460	45.82	84.00	

续表

地震编号	台站代码	台站名称	测点位置	记录编号	测量方向	加速度峰值	峰值时刻	记录长度	图序
						cm/s^2	s	s	
0091120180807	61GAL	高陵	地面	061GAL091120180801	EW	-22.285	43.06	69.00	7-263
				061GAL091120180802	NS	-19.060	43.10	69.00	
				061GAL091120180803	UD	-11.828	40.44	69.00	
	61LIT	临潼	地面	061LIT091120180801	EW	-14.038	22.91	45.00	7-264
				061LIT091120180802	NS	18.171	22.82	45.00	
				061LIT091120180803	UD	-17.811	19.88	45.00	
0091121155101	15BYM	巴彦木仁	地面	015BYM091121155101	NS	4.043	20.77	56.00	
				015BYM091121155102	UD	5.004	20.71	56.00	
				015BYM091121155103	EW	2.253	20.45	56.00	
	15BYT	巴彦浩特	地面	015BYT091121155101	NS	-1.716	21.60	44.00	
				015BYT091121155102	UD	-2.217	20.74	44.00	
				015BYT091121155103	EW	-1.341	21.36	44.00	
	15JLT	吉兰泰	地面	015JLT091121155101	NS	3.738	31.66	61.00	
				015JLT091121155102	UD	-2.893	31.66	61.00	
				015JLT091121155103	EW	-1.019	29.89	61.00	
	15WHT	乌海	地面	015WHT091121155101	NS	5.056	21.43	45.00	
				015WHT091121155102	UD	-5.205	22.23	45.00	
				015WHT091121155103	EW	2.149	20.40	45.00	
	64BFN	宝丰	地面	064BFN091121155101	EW	25.360	27.72	72.28	7-265
				064BFN091121155102	NS	17.595	27.57	72.28	
				064BFN091121155103	UD	-5.509	27.91	72.28	
	64BTG	白土岗	地面	064BTG091121155101	EW	19.747	26.86	65.60	7-266
				064BTG091121155102	NS	36.318	26.67	65.60	
				064BTG091121155103	UD	-7.040	25.49	65.60	
	64CHG	崇岗	地面	064CHG091121155101	NS	11.511	20.58	60.00	7-267
				064CHG091121155102	UD	-5.186	23.23	60.00	
				064CHG091121155103	EW	6.890	21.09	60.00	

续表

地震编号	台站代码	台站名称	测点位置	记录编号	测量方向	加速度峰值 cm/s^2	峰值时刻 s	记录长度 s	图序
0091121155101	64CHX	常信	地面	064CHX091121155101	EW	-53.934	29.15	117.28	7-268
				064CHX091121155102	NS	64.287	28.55	117.28	
				064CHX091121155103	UD	-10.194	29.01	117.28	
	64CYB	磁窑堡	地面	064CYB091121155101	EW	-12.575	23.39	45.52	7-269
				064CYB091121155102	NS	23.558	23.38	45.52	
				064CYB091121155103	UD	30.249	20.19	45.52	
	64DWK	大武口	地面	064DWK091121155101	EW	5.694	21.08	48.36	
				064DWK091121155102	NS	4.186	21.37	48.36	
				064DWK091121155103	UD	2.525	21.55	48.36	
	64FDG	丰登	地面	064FDG091121155101	EW	30.110	27.94	75.08	7-270
				064FDG091121155102	NS	29.159	28.12	75.08	
				064FDG091121155103	UD	-7.244	28.43	75.08	
	64GJZ	高家闸	地面	064GJZ091121155101	EW	-3.753	20.38	46.20	
				064GJZ091121155102	NS	-2.646	20.28	46.20	
				064GJZ091121155103	UD	2.300	19.86	46.20	
	64GWU	广武	地面	064GWU091121155101	EW	13.692	29.39	118.48	7-271
				064GWU091121155102	NS	14.034	29.61	118.48	
				064GWU091121155103	UD	-2.727	20.10	118.48	
	64HEL	贺兰	地面	064HEL091121155101	EW	71.656	26.93	87.28	7-272
				064HEL091121155102	NS	30.509	27.11	87.28	
				064HEL091121155103	UD	-9.117	25.72	87.28	
	64HSB	红寺堡	地面	064HSB091121155101	EW	4.200	20.44	50.28	
				064HSB091121155102	NS	-4.211	20.11	50.28	
				064HSB091121155103	UD	-2.712	21.64	50.28	
	64HSN	横山	地面	064HSN091121155101	EW	40.804	24.31	68.84	7-273
				064HSN091121155102	NS	-57.864	24.35	68.84	
				064HSN091121155103	UD	30.103	23.47	68.84	

续表

地震编号	台站代码	台站名称	测点位置	记录编号	测量方向	加速度峰值	峰值时刻	记录长度	图序
						cm/s²	s	s	
0091121155101	64HYZ	红崖子	地面	064HYZ091121155101	EW	22.094	31.86	75.80	7-274
				064HYZ091121155102	NS	19.909	31.20	75.80	
				064HYZ091121155103	UD	6.778	31.59	75.80	
	64JQN	简泉	地面	064JQN091121155101	EW	-2.381	20.01	40.72	
				064JQN091121155102	NS	-1.989	20.00	40.72	
				064JQN091121155103	UD	1.131	20.12	40.72	
	64JSA	金沙	地面	064JSA091121155101	NS	-9.937	22.59	73.00	
				064JSA091121155102	UD	-5.902	20.40	73.00	
				064JSA091121155103	EW	8.624	23.04	73.00	
	64JSN	金山	地面	064JSN091121155101	EW	-25.542	28.70	69.64	7-275
				064JSN091121155102	NS	19.176	28.64	69.64	
				064JSN091121155103	UD	4.177	27.87	69.64	
	64LTN	良田	地面	064LTN091121155101	EW	-25.882	26.27	83.36	7-276
				064LTN091121155102	NS	38.988	26.36	83.36	
				064LTN091121155103	UD	7.983	28.32	83.36	
	64LWU	灵武	地面	064LWU091121155101	EW	-20.542	25.00	67.40	7-277
				064LWU091121155102	NS	-18.027	25.14	67.40	
				064LWU091121155103	UD	-9.675	23.36	67.40	
	64NLG	南梁	地面	064NLG091121155101	EW	-77.109	28.21	79.72	7-278
				064NLG091121155102	NS	-59.478	28.16	79.72	
				064NLG091121155103	UD	-15.382	28.22	79.72	
	64NSS	牛首山	地面	064NSS091121155101	EW	2.169	20.17	40.32	
				064NSS091121155102	NS	3.572	20.19	40.32	
				064NSS091121155103	UD	-1.687	19.84	40.32	
	64PLO	平罗	地面	064PLO091121155101	EW	30.095	30.86	78.72	7-279
				064PLO091121155102	NS	-38.959	31.05	78.72	
				064PLO091121155103	UD	-9.815	31.83	78.72	

续表

地震编号	台站代码	台站名称	测点位置	记录编号	测量方向	加速度峰值	峰值时刻	记录长度	图序
						cm/s²	s	s	
0091121155101	64QJC	前进农场	地面	064QJC091121155101	EW	44. 334	27. 29	84. 72	7－280
				064QJC091121155102	NS	42. 488	27. 60	84. 72	
				064QJC091121155103	UD	－11. 876	27. 38	84. 72	
	64QUK	渠口	地面	064QUK091121155101	EW	－3. 198	23. 82	59. 04	
				064QUK091121155102	NS	－2. 741	25. 96	59. 04	
				064QUK091121155103	UD	－2. 175	24. 57	59. 04	
	64RJG	汝箕沟	地面	064RJG091121155101	EW	2. 256	22. 67	43. 52	
				064RJG091121155102	NS	－3. 403	20. 86	43. 52	
				064RJG091121155103	UD	－1. 622	21. 52	43. 52	
	64SZS	石嘴山	地面	064SZS091121155101	EW	－9. 052	21. 07	55. 76	
				064SZS091121155102	NS	7. 638	23. 31	55. 76	
				064SZS091121155103	UD	－4. 835	22. 47	55. 76	
	64TGI	通贵	地面	064TGI091121155101	EW	－21. 297	25. 88	54. 60	7－281
				064TGI091121155102	NS	－23. 295	22. 47	54. 60	
				064TGI091121155103	UD	18. 244	22. 65	54. 60	
	64TLE	陶乐	地面	064TLE091121155101	EW	－36. 374	29. 12	82. 48	7－282
				064TLE091121155102	NS	37. 809	28. 91	82. 48	
				064TLE091121155103	UD	13. 503	29. 25	82. 48	
	64TQO	通桥	地面	064TQO091121155101	EW	－16. 597	26. 07	76. 76	7－283
				064TQO091121155102	NS	20. 600	25. 31	76. 76	
				064TQO091121155103	UD	11. 759	25. 69	76. 76	
	64TXN	同心	地面	064TXN091121155101	EW	－2. 079	27. 38	51. 00	
				064TXN091121155102	NS	2. 245	28. 93	51. 00	
				064TXN091121155103	UD	1. 404	27. 78	51. 00	
	64WUZ	吴忠	地面	064WUZ091121155101	EW	－20. 347	23. 60	73. 84	7－284
				064WUZ091121155102	NS	－20. 388	23. 78	73. 84	
				064WUZ091121155103	UD	－8. 518	24. 12	73. 84	

续表

地震编号	台站代码	台站名称	测点位置	记录编号	测量方向	加速度峰值	峰值时刻	记录长度	图序
						cm/s^2	s	s	
0091121155101	64YCH	银川	地面	064YCH091121155101	NS	-60.242	26.54	52.88	7-285
				064YCH091121155102	UD	19.995	24.09	52.88	
				064YCH091121155103	EW	88.434	26.38	52.88	
	64YNG	永宁	地面	064YNG091121155101	EW	9.645	28.53	62.72	
				064YNG091121155102	NS	7.804	28.44	62.72	
				064YNG091121155103	UD	7.209	25.23	62.72	
	64YYH	月牙湖	地面	064YYH091121155101	NS	-45.374	27.97	86.00	7-286
				064YYH091121155102	UD	21.530	29.27	86.00	
				064YYH091121155103	EW	48.739	27.72	86.00	
	64ZHW	中卫	地面	064ZHW091121155101	EW	5.267	21.18	53.64	
				064ZHW091121155102	NS	4.742	21.58	53.64	
				064ZHW091121155103	UD	-2.722	21.11	53.64	
	64ZYG	正谊关	地面	064ZYG091121155101	EW	-1.220	20.30	42.20	
				064ZYG091121155102	NS	1.441	20.29	42.20	
				064ZYG091121155103	UD	1.295	20.53	42.20	
0091128000405	51JYC	江油重华	地面	051JYC091128000401	EW	4.924	20.27	43.48	
				051JYC091128000402	NS	3.686	20.30	43.48	
				051JYC091128000403	UD	0.923	21.59	43.48	
	51PJD	蒲江大兴	地面	051PJD091128000401	EW	5.513	24.99	45.12	
				051PJD091128000402	NS	-4.664	20.01	45.12	
				051PJD091128000403	UD	2.127	19.72	45.12	
	51SFB	什邡八角	地面	051SFB091128000401	EW	-59.644	22.43	52.00	7-287
				051SFB091128000402	UD	17.648	22.39	52.00	
				051SFB091128000403	NS	87.220	22.69	52.00	
0091201061400	65CDY	策大雅	地面	065CDY091201061401	NS	-5.621	22.30	41.00	7-288
				065CDY091201061402	UD	11.809	20.42	41.00	
				065CDY091201061403	EW	-2.842	20.64	41.00	

续表

地震编号	台站代码	台站名称	测点位置	记录编号	测量方向	加速度峰值	峰值时刻	记录长度	图序
						cm/s^2	s	s	
0091201061400	65EBT	二八台	地面	065EBT091201061401	EW	-6.157	20.50	42.00	7-289
				065EBT091201061402	NS	14.835	20.42	42.00	
				065EBT091201061403	UD	4.082	20.40	42.00	
	65LOT	轮台	地面	065LOT091201061401	NS	-9.484	20.55	52.00	7-290
				065LOT091201061402	UD	-14.770	20.48	52.00	
				065LOT091201061403	EW	4.917	14.29	52.00	
	65TLK	塔尔拉克	地面	065TLK091201061401	NS	15.709	20.64	53.00	7-291
				065TLK091201061402	UD	14.133	20.56	53.00	
				065TLK091201061403	EW	5.354	21.41	53.00	
	65YXA	阳霞	地面	065YXA091201061401	NS	22.457	24.95	56.00	7-292
				065YXA091201061402	UD	57.205	24.99	56.00	
				065YXA091201061403	EW	-33.977	25.14	56.00	
	65YYG	野云沟	地面	065YYG091201061401	NS	-4.956	20.30	41.00	
				065YYG091201061402	UD	7.833	19.99	41.00	
				065YYG091201061403	EW	-3.767	20.08	41.00	
0091201165526	15SLQ	萨拉齐	地面	015SLQ091201165501	NS	4.046	20.10	41.00	7-293
				015SLQ091201165502	UD	10.511	19.96	41.00	
				015SLQ091201165503	EW	2.440	20.60	41.00	
0091204005707	15SHT	沙海	地面	015SHT091204005701	NS	2.367	20.16	41.00	
				015SHT091204005702	UD	1.867	20.37	41.00	
				015SHT091204005703	EW	0.565	19.78	41.00	
0091211032312	53NPM	跑马坪乡	地面	053NPM091211032301	NS	-42.605	23.20	54.00	7-294
				053NPM091211032302	UD	-59.731	23.17	54.00	
				053NPM091211032303	EW	13.301	23.38	54.00	
	53YJG	金官镇	地面	053YJG091211032301	NS	-6.936	21.47	47.00	
				053YJG091211032302	UD	-5.624	21.17	47.00	
				053YJG091211032303	EW	-1.967	21.08	47.00	

续表

地震编号	台站代码	台站名称	测点位置	记录编号	测量方向	加速度峰值	峰值时刻	记录长度	图序
						cm/s²	s	s	
0091211032312	53YSX	永胜	地面	053YSX091211032301	NS	1.858	20.27	41.00	
				053YSX091211032302	UD	3.127	20.26	41.00	
				053YSX091211032303	EW	1.083	21.57	41.00	
0091211052359	65YXA	阳霞	地面	065YXA091211052301	NS	5.750	23.84	47.00	
				065YXA091211052302	UD	6.547	23.23	47.00	
				065YXA091211052303	EW	9.202	20.05	47.00	
0091214201443	65WSL	乌合沙鲁	地面	065WSL091214201401	EW	-18.783	20.45	45.00	7-295
				065WSL091214201402	NS	-29.417	20.37	45.00	
				065WSL091214201403	UD	8.109	20.32	45.00	
0091214182559	62CHH	陈户	地面	062CHH091214182501	EW	6.656	23.67	43.64	
				062CHH091214182502	NS	-7.300	23.82	43.64	
				062CHH091214182503	UD	-8.997	20.00	43.64	
	62YCZ	永昌	地面	062YCZ091214182501	NS	-4.568	20.81	46.00	
				062YCZ091214182502	UD	-6.145	20.98	46.00	
				062YCZ091214182503	EW	-4.870	20.64	46.00	
0091221053112	15TLT	通辽	地面	015TLT091221053101	NS	12.539	24.22	55.00	7-296
				015TLT091221053102	UD	14.353	23.64	55.00	
				015TLT091221053103	EW	-9.806	23.75	55.00	
	15WLH	乌兰浩特	地面	015WLH091221053101	NS	-4.427	23.28	47.00	
				015WLH091221053102	UD	-4.771	22.51	47.00	
				015WLH091221053103	EW	-2.102	22.38	47.00	
0091221131507	63CEH	察尔汗	地面	063CEH091221131501	EW	-2.735	24.53	60.40	
				063CEH091221131502	NS	1.709	25.19	60.40	
				063CEH091221131503	UD	-0.519	1.82	60.40	
	63DCD	大柴旦	地面	063DCD091221131501	EW	1.291	20.08	61.00	
				063DCD091221131502	NS	0.893	18.31	61.00	
				063DCD091221131503	UD	-0.462	20.70	61.00	

续表

地震编号	台站代码	台站名称	测点位置	记录编号	测量方向	加速度峰值	峰值时刻	记录长度	图序
						cm/s^2	s	s	
0091221131507	63DGL	大格勒	地面	063DGL091221131501	EW	-1.119	42.15	60.60	7-297
				063DGL091221131502	NS	-1.522	41.08	60.60	
				063DGL091221131503	UD	-0.890	20.01	60.60	
	63DLH	德令哈	地面	063DLH091221131501	NS	1.987	28.18	104.00	
				063DLH091221131502	UD	-1.786	27.99	104.00	
				063DLH091221131503	EW	-2.212	27.53	104.00	
	63DUL	都兰	地面	063DUL091221131501	NS	1.888	47.00	102.00	
				063DUL091221131502	UD	1.089	47.42	102.00	
				063DUL091221131503	EW	1.817	47.69	102.00	
	63HTT	怀头他拉	地面	063HTT091221131501	EW	34.874	25.25	60.24	
				063HTT091221131502	NS	18.865	25.57	60.24	
				063HTT091221131503	UD	-16.593	20.70	60.24	
	63WUL	乌兰	地面	063WUL091221131501	EW	-0.962	25.71	60.60	
				063WUL091221131502	NS	0.889	27.83	60.60	
				063WUL091221131503	UD	-0.576	23.42	60.60	

0070111011858 2007-01-11 1:18:58 BTM GANSU-EARTHQUAKE, GANSUWENXIAN,CHN 33.233N 104.650E MAG.4.4(MI) DEPTH 22KM
CODE OF STATION: 51JZG 33.1N 104.3E INSTRUMENT TYPE: ETNA/ES-T OBSERVING POINT: GROUND
NO. OF POINTS: 9400 EQUALLY SPACED INTERVALS OF: 0.005 SEC
UNCORRECTED ACCELERATION (cm/s/s)

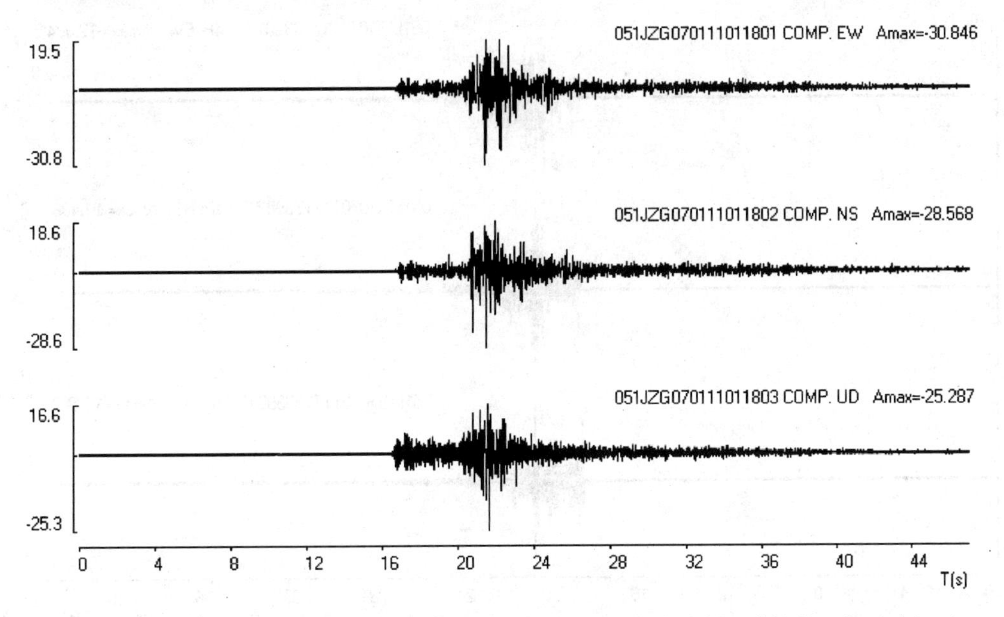
051JZG070111011801 COMP. EW Amax=-30.846
19.5
-30.8
051JZG070111011802 COMP. NS Amax=-28.568
18.6
-28.6
051JZG070111011803 COMP. UD Amax=-25.287
16.6
-25.3
0 4 8 12 16 20 24 28 32 36 40 44
T(s)

图 7－1　2007 年 1 月 11 日 1 时 18 分 58 秒甘肃地震九寨郭元台未校正加速度记录

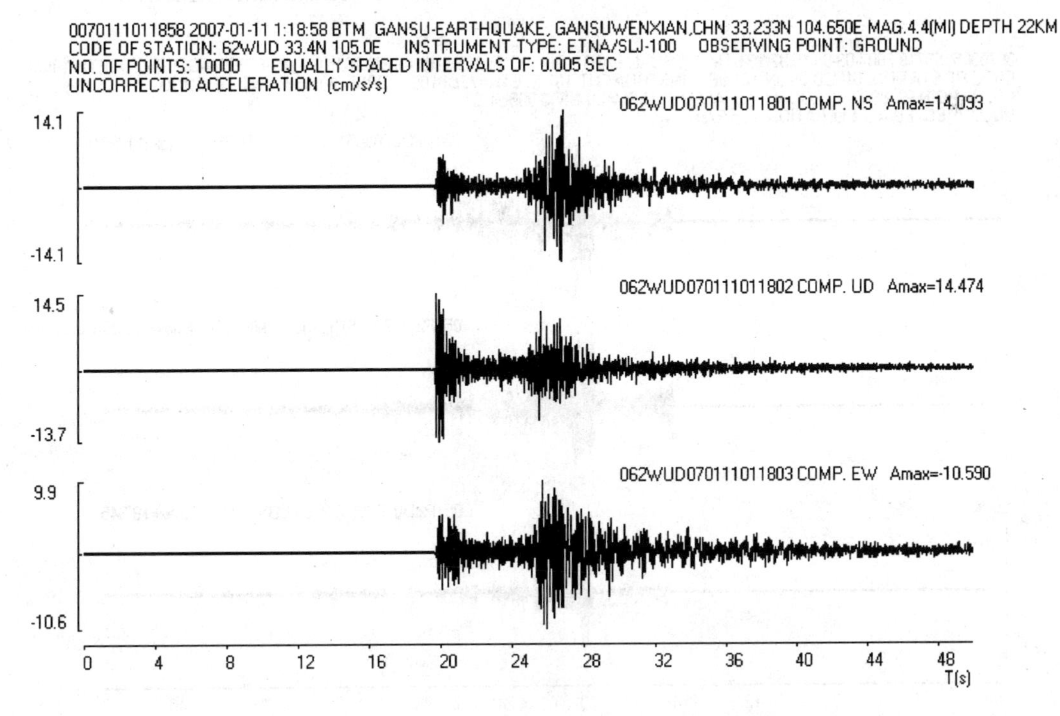
0070111011858 2007-01-11 1:18:58 BTM GANSU-EARTHQUAKE, GANSUWENXIAN,CHN 33.233N 104.650E MAG.4.4(MI) DEPTH 22KM
CODE OF STATION: 62WUD 33.4N 105.0E INSTRUMENT TYPE: ETNA/SLJ-100 OBSERVING POINT: GROUND
NO. OF POINTS: 10000 EQUALLY SPACED INTERVALS OF: 0.005 SEC
UNCORRECTED ACCELERATION (cm/s/s)
062WUD070111011801 COMP. NS Amax=14.093
14.1
-14.1
062WUD070111011802 COMP. UD Amax=14.474
14.5
-13.7
062WUD070111011803 COMP. EW Amax=-10.590
9.9
-10.6
0 4 8 12 16 20 24 28 32 36 40 44 48
T(s)

图 7－2　2007 年 1 月 11 日 1 时 18 分 58 秒甘肃地震武都台未校正加速度记录

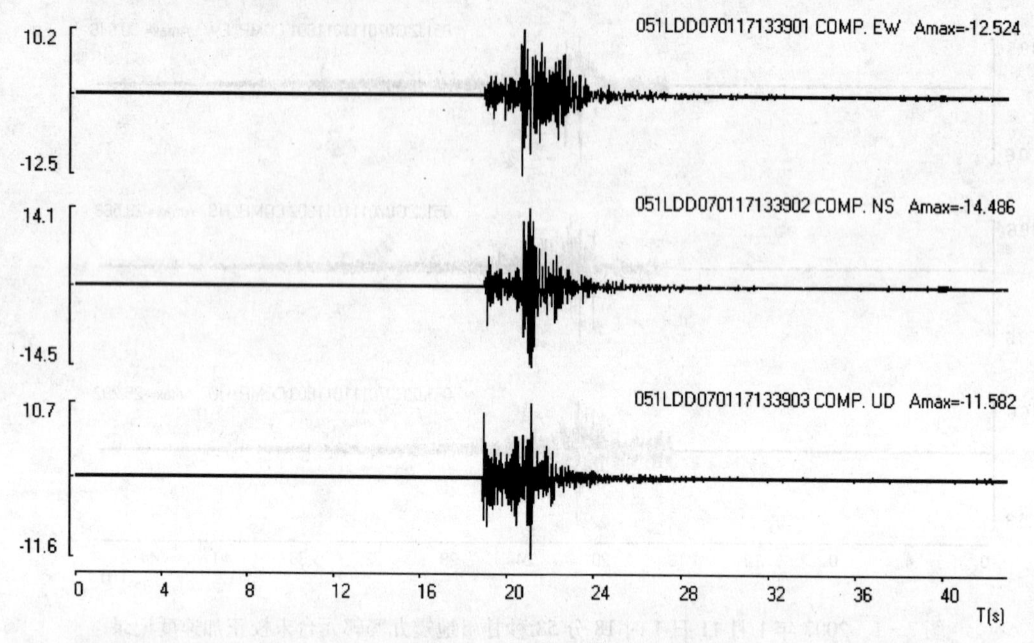
0070117133928 2007-01-17 13:39:28 BTM SICHUAN-EARTHQUAKE, LUDING,CHN 29.329N 102.129E MAG.2.8(Ms) DEPTH 5KM
CODE OF STATION: 51LDD 29.6N 102.2E INSTRUMENT TYPE: ETNA/ES-T OBSERVING POINT: GROUND
NO. OF POINTS: 8600 EQUALLY SPACED INTERVALS OF: 0.005 SEC
UNCORRECTED ACCELERATION (cm/s/s)
051LDD070117133901 COMP. EW Amax=-12.524
10.2
-12.5
051LDD070117133902 COMP. NS Amax=-14.486
14.1
-14.5
051LDD070117133903 COMP. UD Amax=-11.582
10.7
-11.6
0 4 8 12 16 20 24 28 32 36 40
T(s)

图 7－3　2007 年 1 月 17 日 13 时 39 分 28 秒四川地震泸定得妥台未校正加速度记录

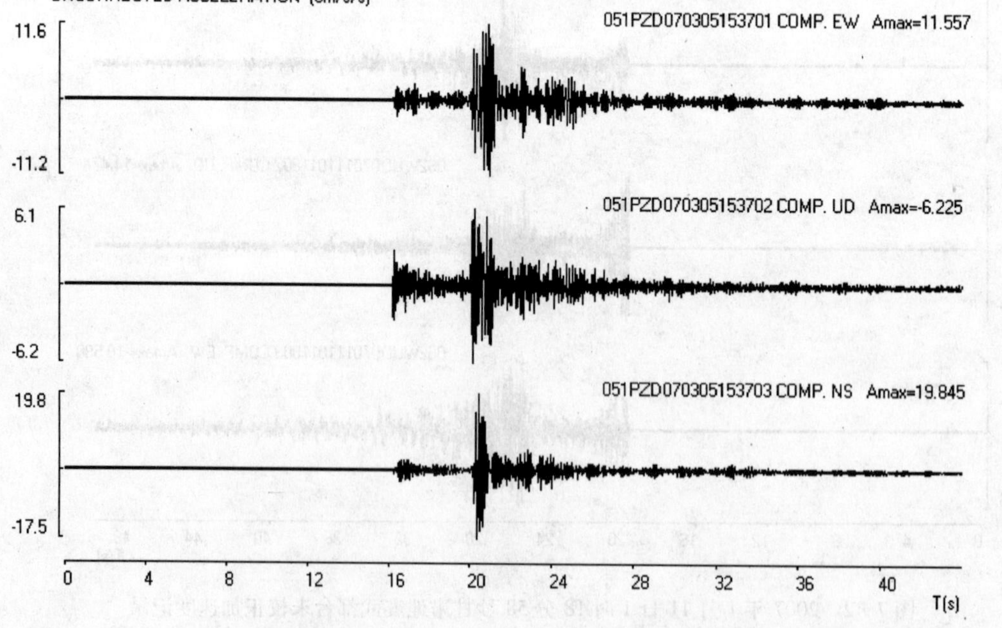
0070305153719 2007-03-05 15:37:19 BTM SICHUAN-EARTHQUAKE, PANZHIHUA,CHN 26.510N 101.879E MAG.3.3(Ml) DEPTH 10KM
CODE OF STATION: 51PZD 26.3N 101.8E INSTRUMENT TYPE: ETNA/SLJ-100 OBSERVING POINT: GROUND
NO. OF POINTS: 8800 EQUALLY SPACED INTERVALS OF: 0.005 SEC
UNCORRECTED ACCELERATION (cm/s/s)
051PZD070305153701 COMP. EW Amax=11.557
11.6
-11.2
051PZD070305153702 COMP. UD Amax=-6.225
6.1
-6.2
051PZD070305153703 COMP. NS Amax=19.845
19.8
-17.5
0 4 8 12 16 20 24 28 32 36 40
T(s)

图 7－4　2007 年 3 月 5 日 15 时 37 分 19 秒攀枝花地震攀枝花大田台未校正加速度记录

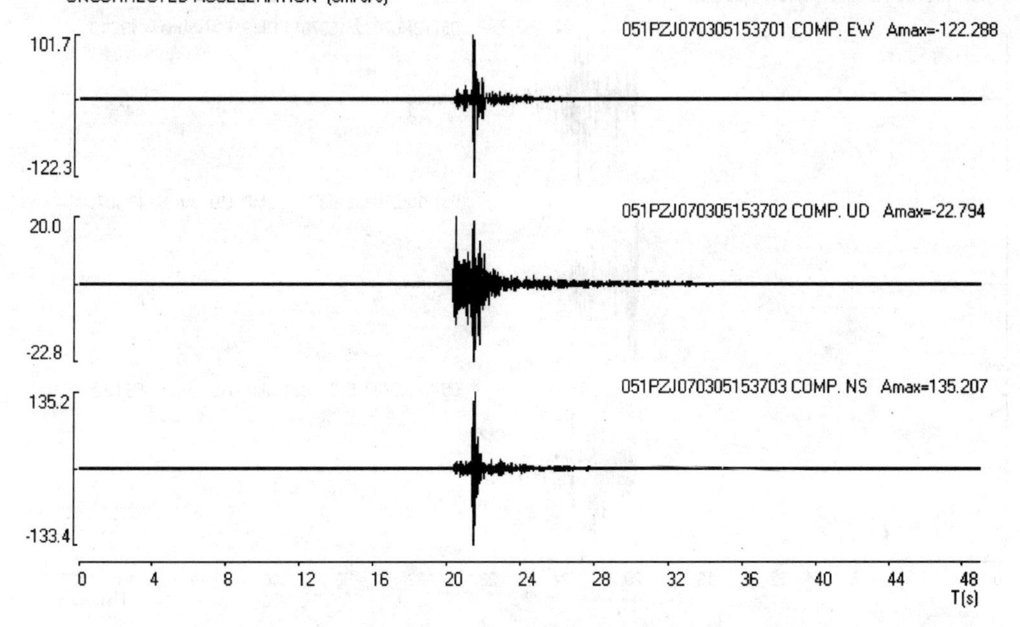
0070305153719 2007-03-05 15:37:19 BTM SICHUAN-EARTHQUAKE, PANZHIHUA,CHN 26.510N 101.879E MAG.3.3(MI) DEPTH 10KM
CODE OF STATION: 51PZJ 26.6N 101.8E INSTRUMENT TYPE: ETNA/SLJ-100 OBSERVING POINT: GROUND
NO. OF POINTS: 9800 EQUALLY SPACED INTERVALS OF: 0.005 SEC
UNCORRECTED ACCELERATION (cm/s/s)
051PZJ070305153701 COMP. EW Amax=-122.288
101.7
-122.3
051PZJ070305153702 COMP. UD Amax=-22.794
20.0
-22.8
051PZJ070305153703 COMP. NS Amax=135.207
135.2
-133.4
0 4 8 12 16 20 24 28 32 36 40 44 48
T(s)

图 7-5　2007 年 3 月 5 日 15 时 37 分 19 秒攀枝花地震攀枝花金江台未校正加速度记录

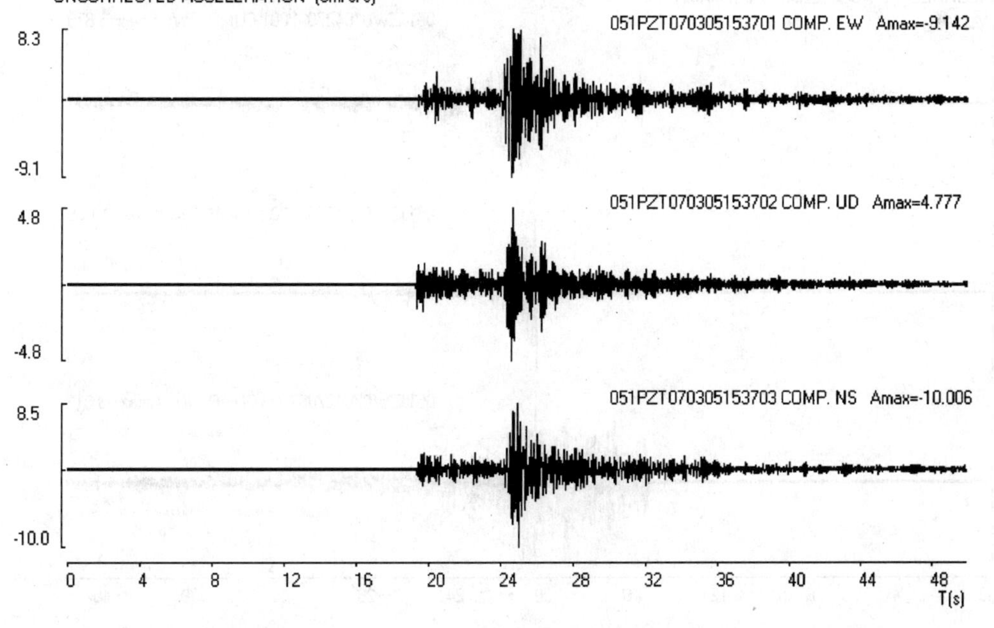
0070305153719 2007-03-05 15:37:19 BTM SICHUAN-EARTHQUAKE, PANZHIHUA,CHN 26.510N 101.879E MAG.3.3(MI) DEPTH 10KM
CODE OF STATION: 51PZT 26.7N 101.5E INSTRUMENT TYPE: ETNA/SLJ-100 OBSERVING POINT: GROUND
NO. OF POINTS: 10000 EQUALLY SPACED INTERVALS OF: 0.005 SEC
UNCORRECTED ACCELERATION (cm/s/s)
051PZT070305153701 COMP. EW Amax=-9.142
8.3
-9.1
051PZT070305153702 COMP. UD Amax=4.777
4.8
-4.8
051PZT070305153703 COMP. NS Amax=-10.006
8.5
-10.0
0 4 8 12 16 20 24 28 32 36 40 44 48
T(s)

图 7-6　2007 年 3 月 5 日 15 时 37 分 19 秒攀枝花地震攀枝花同德台未校正加速度记录

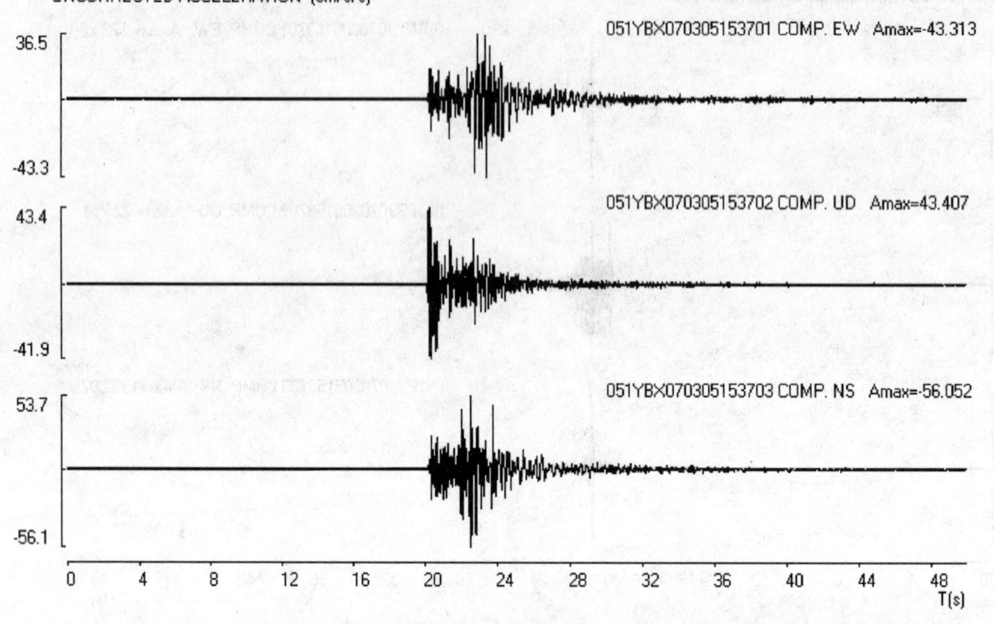
0070305153719 2007-03-05 15:37:19 BTM SICHUAN-EARTHQUAKE, PANZHIHUA,CHN 26.510N 101.879E MAG.3.3(MI) DEPTH 10KM
CODE OF STATION: 51YBX 26.7N 101.9E INSTRUMENT TYPE: ETNA/SLJ-100 OBSERVING POINT: GROUND
NO. OF POINTS: 10000 EQUALLY SPACED INTERVALS OF: 0.005 SEC
UNCORRECTED ACCELERATION (cm/s/s)
051YBX070305153701 COMP. EW Amax=-43.313
36.5
-43.3
051YBX070305153702 COMP. UD Amax=43.407
43.4
-41.9
051YBX070305153703 COMP. NS Amax=-56.052
53.7
-56.1
0
4
8
12
16
20
24
28
32
36
40
44
48
T(s)

图7-7 2007年3月5日15时37分19秒攀枝花地震盐边县城台未校正加速度记录

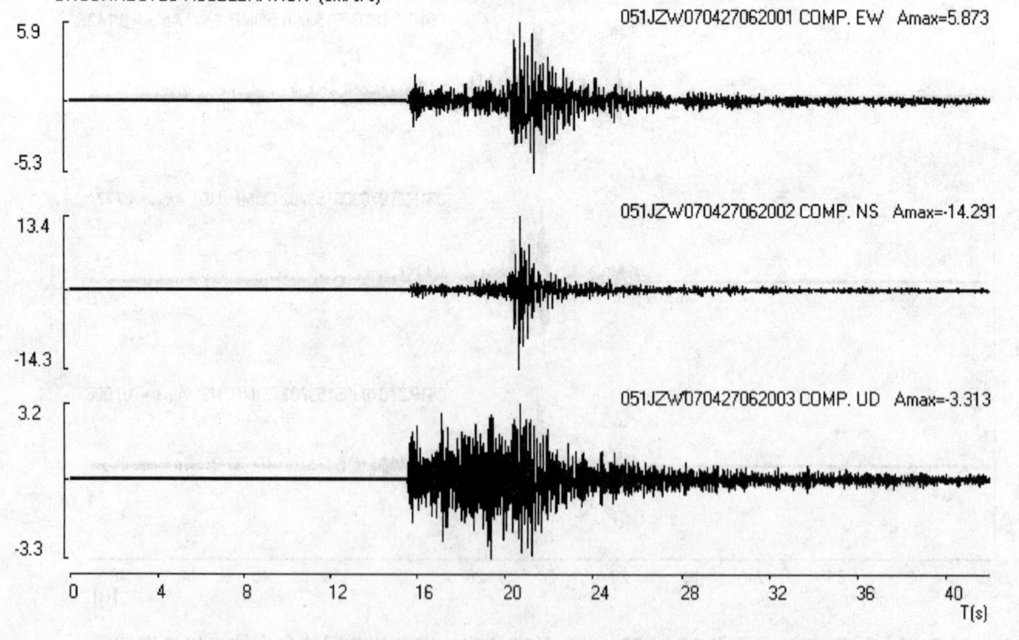
0070427062024 2007-04-27 6:20:24 BTM SICHUAN-EARTHQUAKE, SONGPAN,CHN 32.709N 104.220E MAG.4.1(MI) DEPTH 30KM
CODE OF STATION: 51JZW 33.0N 104.2E INSTRUMENT TYPE: ETNA/ES-T OBSERVING POINT: GROUND
NO. OF POINTS: 8400 EQUALLY SPACED INTERVALS OF: 0.005 SEC
UNCORRECTED ACCELERATION (cm/s/s)
051JZW070427062001 COMP. EW Amax=5.873
5.9
-5.3
051JZW070427062002 COMP. NS Amax=-14.291
13.4
-14.3
051JZW070427062003 COMP. UD Amax=-3.313
3.2
-3.3
0
4
8
12
16
20
24
28
32
36
40
T(s)

图7-8 2007年4月27日5时20分24秒四川地震九寨勿角台未校正加速度记录

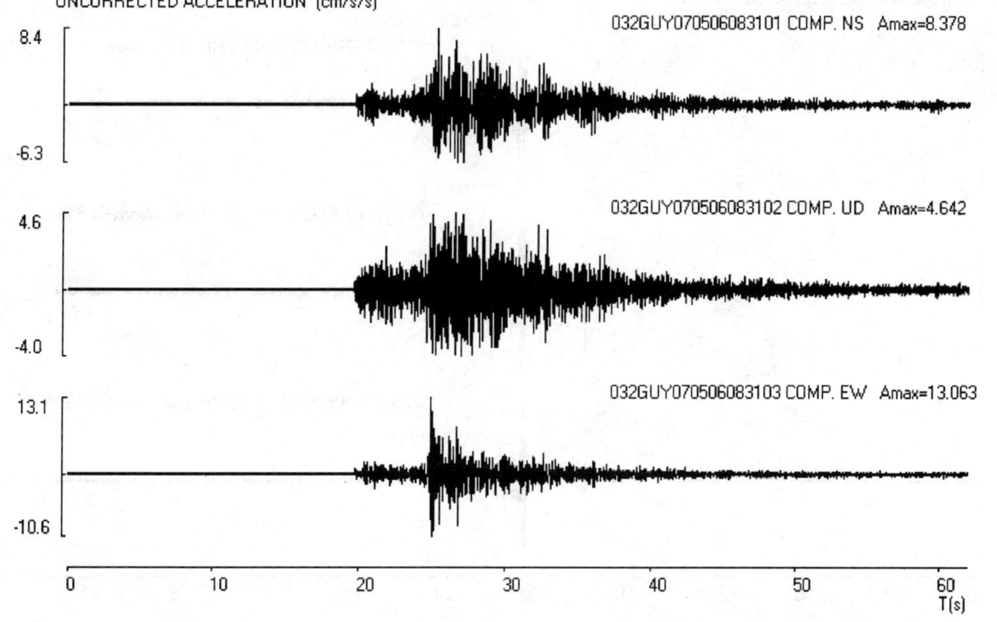

0070506083117 2007-05-06 8:31:17 BTM XIANGSHUI-EARTHQUAKE, XIANGSHUI,CHN 34.215N 119.633E MAG.3.9(Ml) DEPTH _KM
CODE OF STATION: 32GUY 34.3N 119.2E INSTRUMENT TYPE: ETNA/SLJ-100 OBSERVING POINT: GROUND
NO. OF POINTS: 12400 EQUALLY SPACED INTERVALS OF: 0.005 SEC
UNCORRECTED ACCELERATION (cm/s/s)
032GUY070506083101 COMP. NS Amax=8.378
8.4
-6.3
032GUY070506083102 COMP. UD Amax=4.642
4.6
-4.0
032GUY070506083103 COMP. EW Amax=13.063
13.1
-10.6
0
10
20
30
40
50
60
T(s)

图 7－9　2007 年 5 月 6 日 8 时 31 分 17 秒响水地震灌云台未校正加速度记录

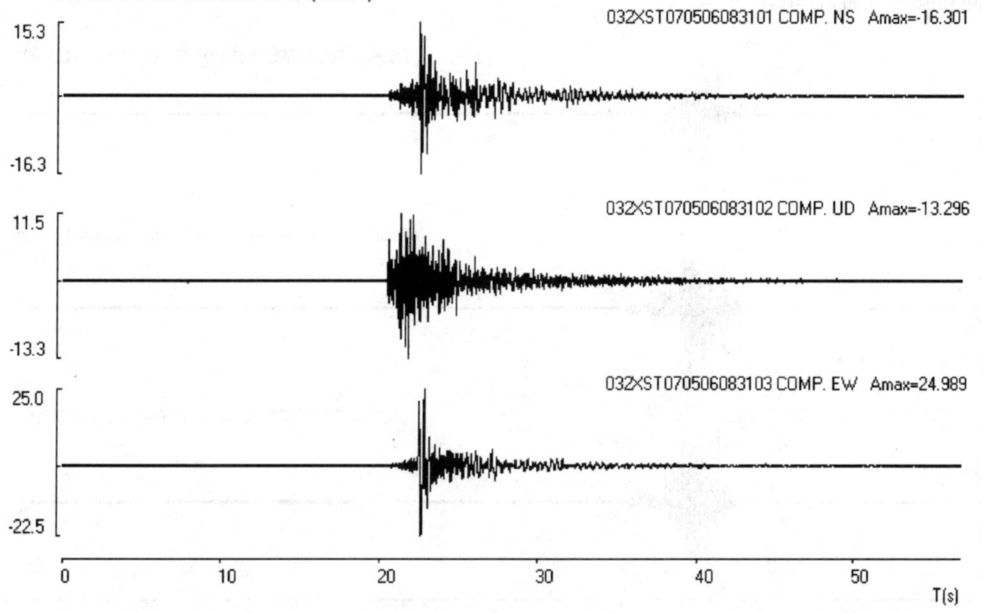

0070506083117 2007-05-06 8:31:17 BTM XIANGSHUI-EARTHQUAKE, XIANGSHUI,CHN 34.215N 119.633E MAG.3.9(Ml) DEPTH _KM
CODE OF STATION: 32XST 34.2N 119.6E INSTRUMENT TYPE: ETNA/SLJ-100 OBSERVING POINT: GROUND
NO. OF POINTS: 11400 EQUALLY SPACED INTERVALS OF: 0.005 SEC
UNCORRECTED ACCELERATION (cm/s/s)
032XST070506083101 COMP. NS Amax=-16.301
15.3
-16.3
032XST070506083102 COMP. UD Amax=-13.296
11.5
-13.3
032XST070506083103 COMP. EW Amax=24.989
25.0
-22.5
0
10
20
30
40
50
T(s)

图 7－10　2007 年 5 月 6 日 8 时 31 分 17 秒响水地震响水台未校正加速度记录

0070506202355 2007-05-06 20:23:55 BTM BAOTOU-EARTHQUAKE, BAOTOU,CHN 40.619N 109.809E MAG.3.3(Ml) DEPTH 19KM
CODE OF STATION: 15BTT 40.6N 110.0E INSTRUMENT TYPE: ETNA/SLJ-100 OBSERVING POINT: GROUND
NO. OF POINTS: 8400 EQUALLY SPACED INTERVALS OF: 0.005 SEC
UNCORRECTED ACCELERATION (cm/s/s)

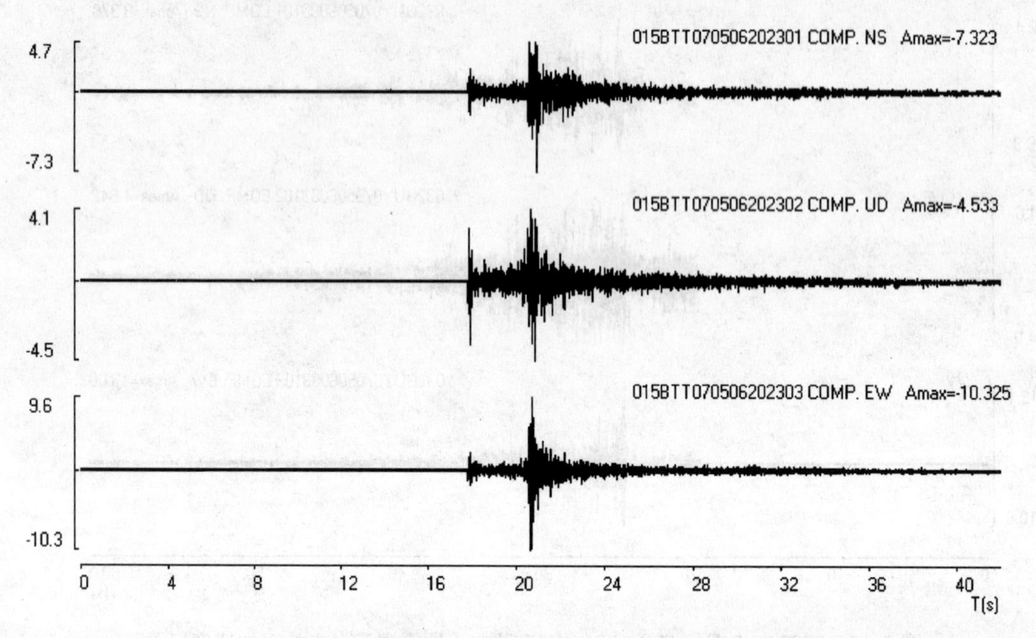
015BTT070506202301 COMP. NS Amax=-7.323
4.7
-7.3
015BTT070506202302 COMP. UD Amax=-4.533
4.1
-4.5
015BTT070506202303 COMP. EW Amax=-10.325
9.6
-10.3
0
4
8
12
16
20
24
28
32
36
40
T(s)

图 7－11　2007 年 5 月 6 日 20 时 23 分 55 秒包头地震包头台未校正加速度记录

0070603053456 2007-06-03 5:34:56 BTM PUER-MAINSHOCK, PUER,CHN 23.079N 101.129E MAG.6.7(Ms) DEPTH 6KM
CODE OF STATION: 53PDH 23.0N 100.9E INSTRUMENT TYPE: ETNA/SLJ-100 OBSERVING POINT: GROUND
NO. OF POINTS: 15904 EQUALLY SPACED INTERVALS OF: 0.005 SEC
UNCORRECTED ACCELERATION (cm/s/s)

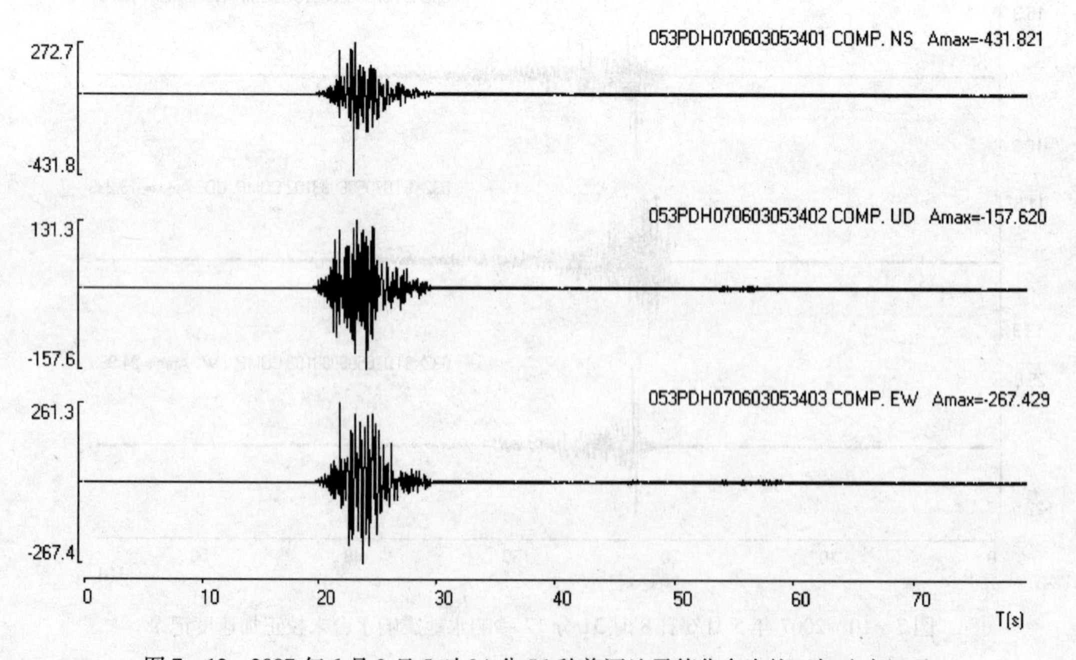
053PDH070603053401 COMP. NS Amax=-431.821
272.7
-431.8
053PDH070603053402 COMP. UD Amax=-157.620
131.3
-157.6
053PDH070603053403 COMP. EW Amax=-267.429
261.3
-267.4
0
10
20
30
40
50
60
70
T(s)

图 7－12　2007 年 6 月 3 日 5 时 34 分 56 秒普洱地震德化台未校正加速度记录

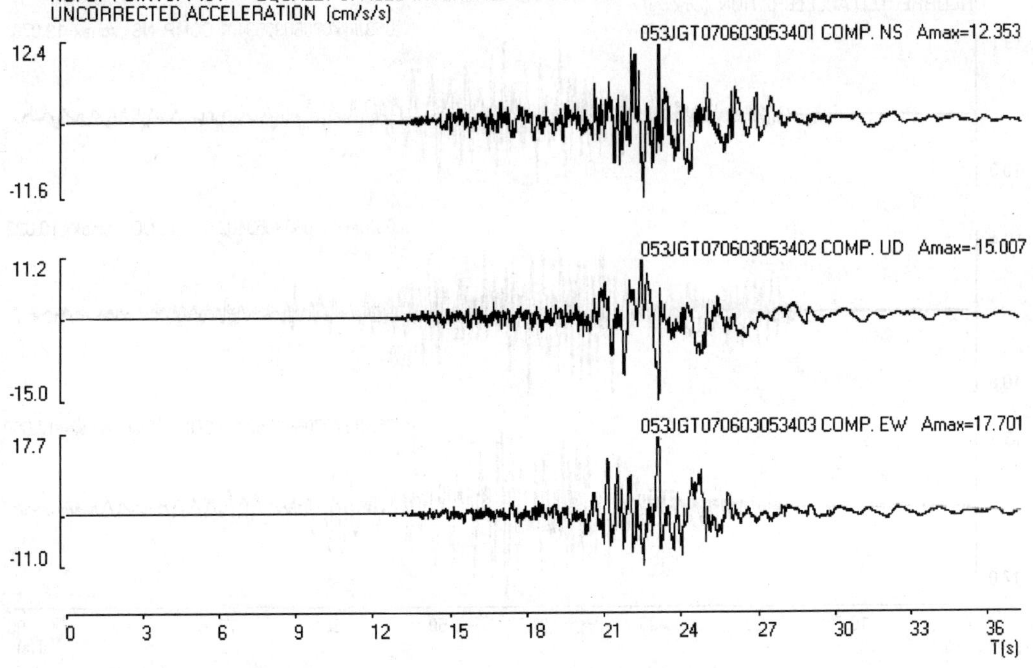
0070603053456 2007-06-03 5:34:56 BTM PUER-MAINSHOCK, PUER,CHN 23.079N 101.129E MAG.6.7(Ms) DEPTH 6KM
CODE OF STATION: 53JGT 23.2N 100.6E INSTRUMENT TYPE: ETNA/SLJ-100 OBSERVING POINT: GROUND
NO. OF POINTS: 7464 EQUALLY SPACED INTERVALS OF: 0.005 SEC
UNCORRECTED ACCELERATION (cm/s/s)
053JGT070603053401 COMP. NS Amax=12.353
12.4
-11.6
053JGT070603053402 COMP. UD Amax=-15.007
11.2
-15.0
053JGT070603053403 COMP. EW Amax=17.701
17.7
-11.0
0
3
6
9
12
15
18
21
24
27
30
33
36
T(s)

图 7－13　2007 年 6 月 3 日 5 时 34 分 56 秒普洱地震景谷台未校正加速度记录

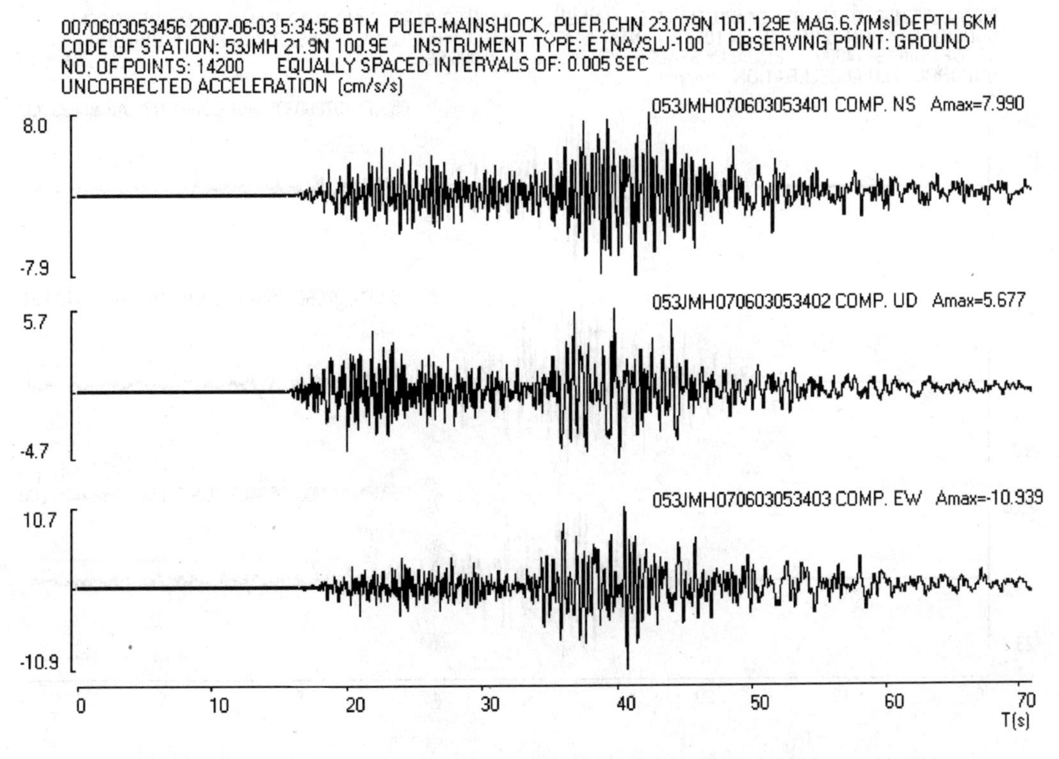
0070603053456 2007-06-03 5:34:56 BTM PUER-MAINSHOCK, PUER,CHN 23.079N 101.129E MAG.6.7(Ms) DEPTH 6KM
CODE OF STATION: 53JMH 21.9N 100.9E INSTRUMENT TYPE: ETNA/SLJ-100 OBSERVING POINT: GROUND
NO. OF POINTS: 14200 EQUALLY SPACED INTERVALS OF: 0.005 SEC
UNCORRECTED ACCELERATION (cm/s/s)
053JMH070603053401 COMP. NS Amax=7.990
8.0
-7.9
053JMH070603053402 COMP. UD Amax=5.677
5.7
-4.7
053JMH070603053403 COMP. EW Amax=-10.939
10.7
-10.9
0
10
20
30
40
50
60
70
T(s)

图 7－14　2007 年 6 月 3 日 5 时 34 分 56 秒普洱地震勐罕镇台未校正加速度记录

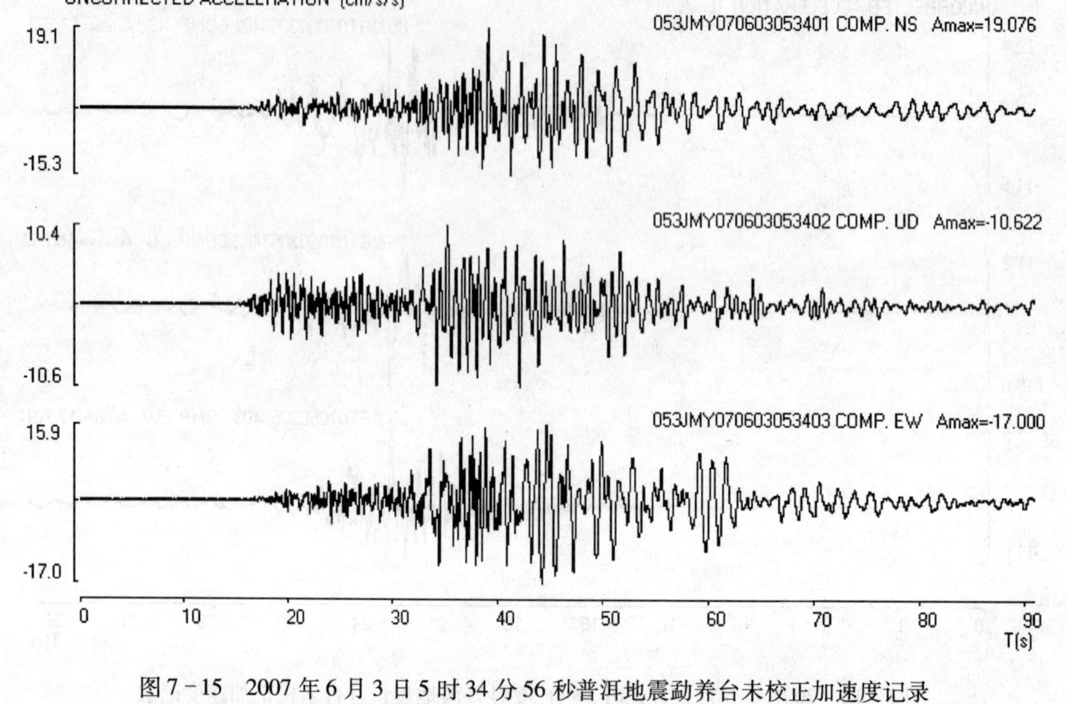
0070603053456 2007-06-03 5:34:56 BTM PUER-MAINSHOCK, PUER,CHN 23.079N 101.129E MAG.6.7(Ms) DEPTH 6KM
CODE OF STATION: 53JMY 22.1N 100.9E INSTRUMENT TYPE: ETNA/SLJ-100 OBSERVING POINT: GROUND
NO. OF POINTS: 18200 EQUALLY SPACED INTERVALS OF: 0.005 SEC
UNCORRECTED ACCELERATION (cm/s/s)
053JMY070603053401 COMP. NS Amax=19.076
19.1
-15.3
053JMY070603053402 COMP. UD Amax=-10.622
10.4
-10.6
053JMY070603053403 COMP. EW Amax=-17.000
15.9
-17.0
0
10
20
30
40
50
60
70
80
90
T(s)

图 7－15 2007 年 6 月 3 日 5 时 34 分 56 秒普洱地震勐养台未校正加速度记录

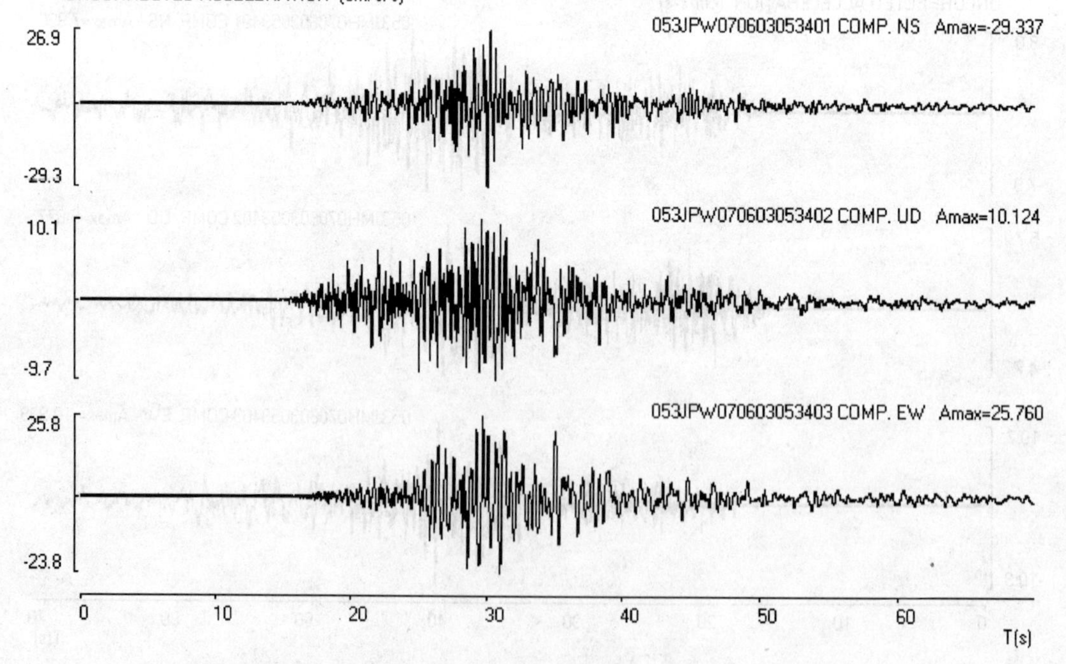
0070603053456 2007-06-03 5:34:56 BTM PUER-MAINSHOCK, PUER,CHN 23.079N 101.129E MAG.6.7(Ms) DEPTH 6KM
CODE OF STATION: 53JPW 22.5N 101.1E INSTRUMENT TYPE: ETNA/SLJ-100 OBSERVING POINT: GROUND
NO. OF POINTS: 14000 EQUALLY SPACED INTERVALS OF: 0.005 SEC
UNCORRECTED ACCELERATION (cm/s/s)
053JPW070603053401 COMP. NS Amax=-29.337
26.9
-29.3
053JPW070603053402 COMP. UD Amax=10.124
10.1
-9.7
053JPW070603053403 COMP. EW Amax=25.760
25.8
-23.8
0
10
20
30
40
50
60
T(s)

图 7－16 2007 年 6 月 3 日 5 时 34 分 56 秒普洱地震普文台未校正加速度记录

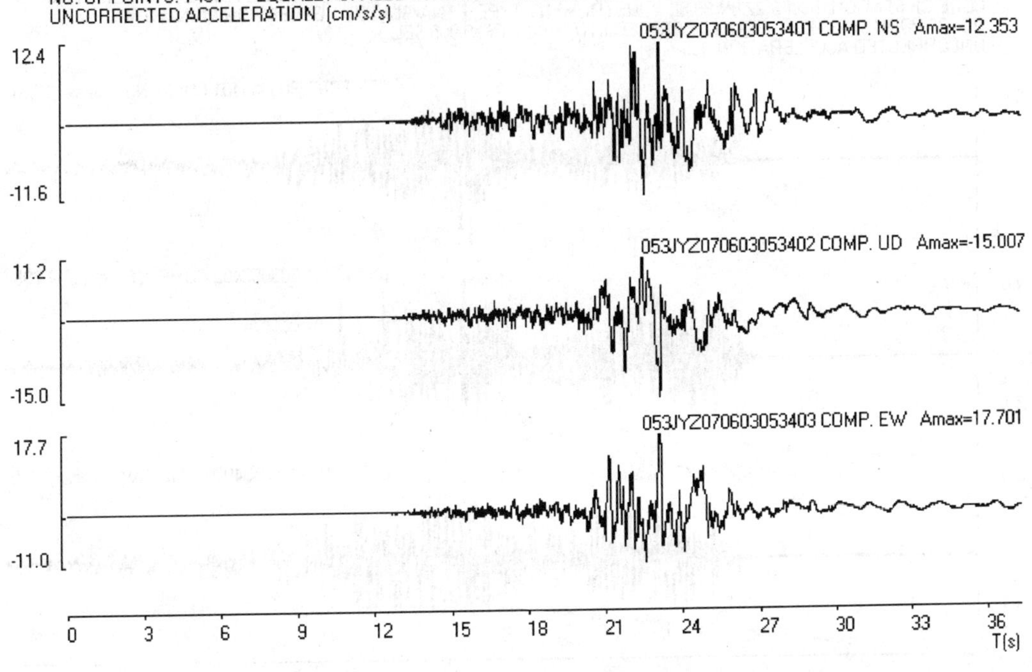
0070603053456 2007-06-03 5:34:56 BTM PUER-MAINSHOCK, PUER,CHN 23.079N 101.129E MAG.6.7(Ms) DEPTH 6KM
CODE OF STATION: 53JYZ 23.5N 100.7E INSTRUMENT TYPE: ETNA/SLJ-100 OBSERVING POINT: GROUND
NO. OF POINTS: 7464 EQUALLY SPACED INTERVALS OF: 0.005 SEC
UNCORRECTED ACCELERATION (cm/s/s)
053JYZ070603053401 COMP. NS Amax=12.353
12.4
-11.6
053JYZ070603053402 COMP. UD Amax=-15.007
11.2
-15.0
053JYZ070603053403 COMP. EW Amax=17.701
17.7
-11.0
0
3
6
9
12
15
18
21
24
27
30
33
36
T(s)

图 7-17 2007 年 6 月 3 日 5 时 34 分 56 秒普洱地震益智台未校正加速度记录

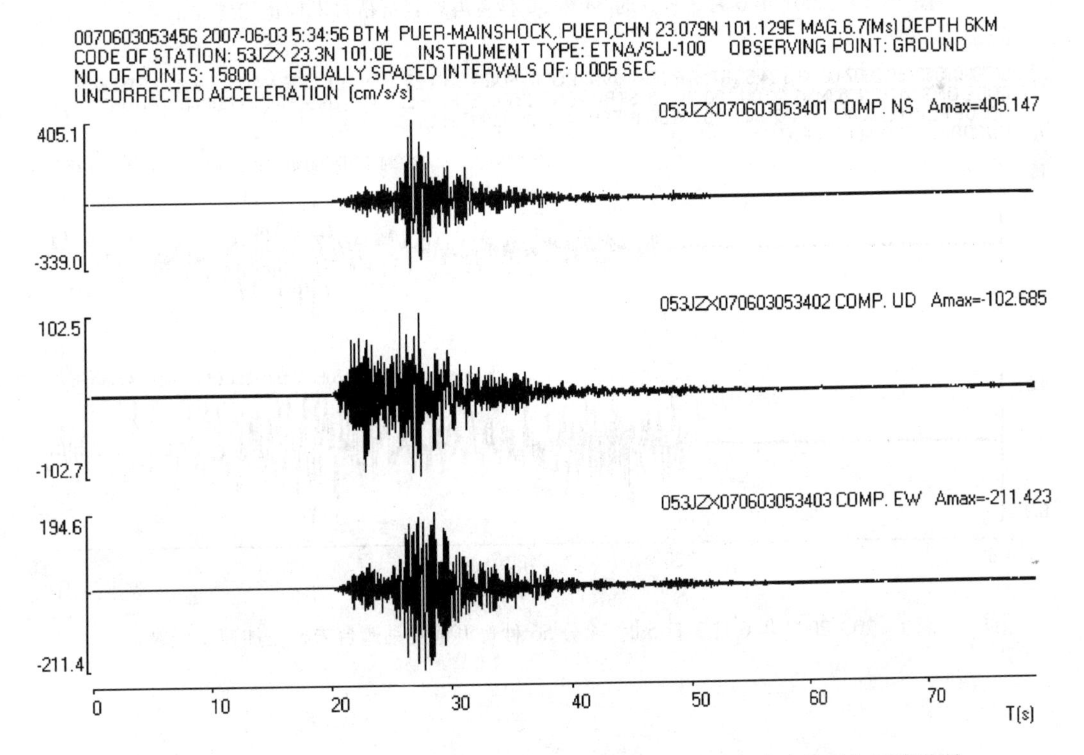
0070603053456 2007-06-03 5:34:56 BTM PUER-MAINSHOCK, PUER,CHN 23.079N 101.129E MAG.6.7(Ms) DEPTH 6KM
CODE OF STATION: 53JZX 23.3N 101.0E INSTRUMENT TYPE: ETNA/SLJ-100 OBSERVING POINT: GROUND
NO. OF POINTS: 15800 EQUALLY SPACED INTERVALS OF: 0.005 SEC
UNCORRECTED ACCELERATION (cm/s/s)
053JZX070603053401 COMP. NS Amax=405.147
405.1
-339.0
053JZX070603053402 COMP. UD Amax=-102.685
102.5
-102.7
053JZX070603053403 COMP. EW Amax=-211.423
194.6
-211.4
0
10
20
30
40
50
60
70
T(s)

图 7-18 2007 年 6 月 3 日 5 时 34 分 56 秒普洱地震景谷正兴台未校正加速度记录

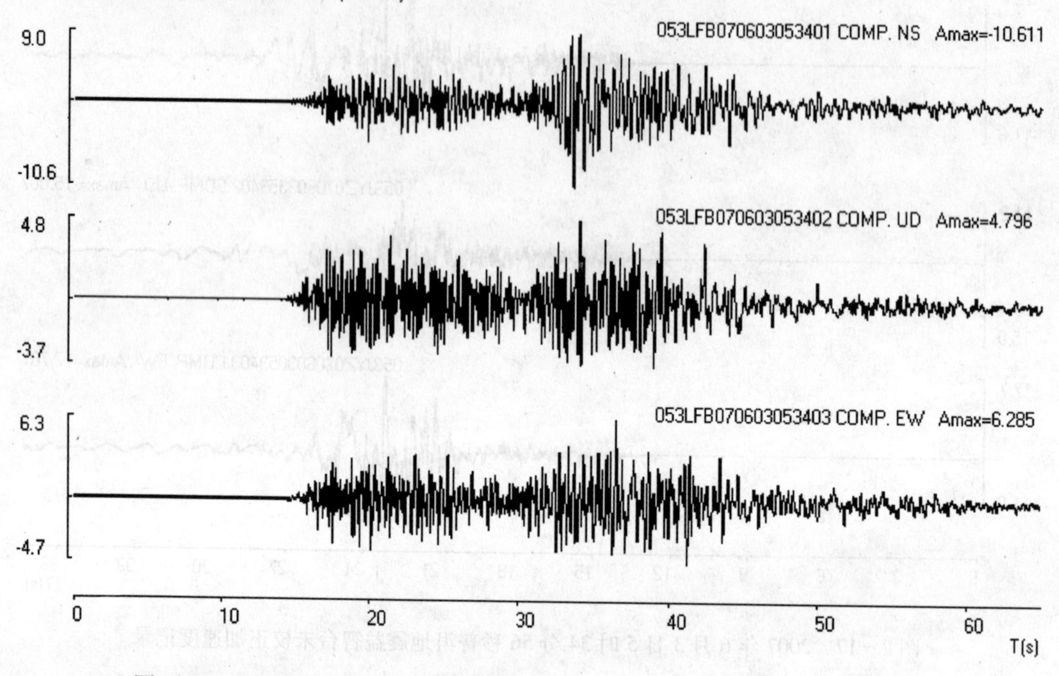
0070603053456 2007-06-03 5:34:56 BTM PUER-MAINSHOCK, PUER,CHN 23.079N 101.129E MAG.6.7(Ms) DEPTH 6KM
CODE OF STATION: 53LFB 22.9N 99.8E INSTRUMENT TYPE: ETNA/SLJ-100 OBSERVING POINT: GROUND
NO. OF POINTS: 13000 EQUALLY SPACED INTERVALS OF: 0.005 SEC
UNCORRECTED ACCELERATION (cm/s/s)
053LFB070603053401 COMP. NS Amax=-10.611
9.0
-10.6
053LFB070603053402 COMP. UD Amax=4.796
4.8
-3.7
053LFB070603053403 COMP. EW Amax=6.285
6.3
-4.7
0
10
20
30
40
50
60
T(s)

图 7-19　2007 年 6 月 3 日 5 时 34 分 56 秒普洱地震富帮台未校正加速度记录

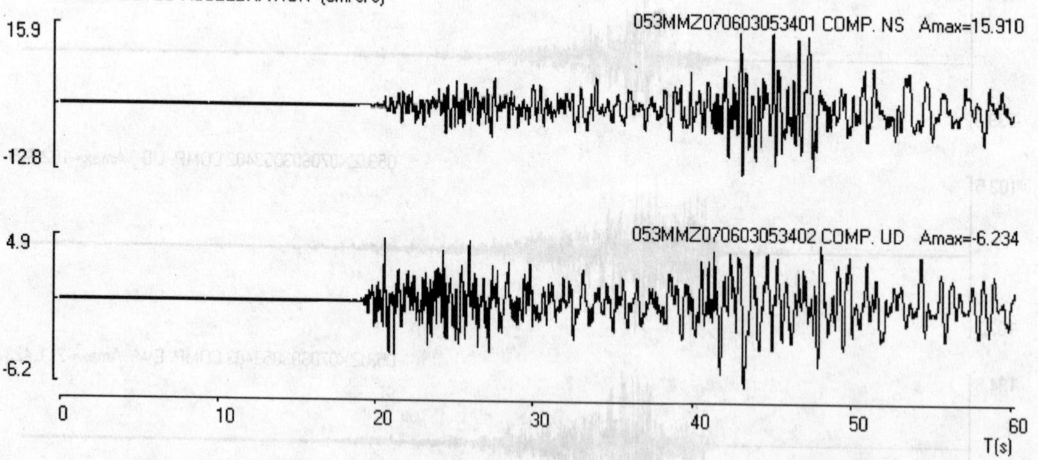
0070603053456 2007-06-03 5:34:56 BTM PUER-MAINSHOCK, PUER,CHN 23.079N 101.129E MAG.6.7(Ms) DEPTH 6KM
CODE OF STATION: 53MMZ 22.0N 100.3E INSTRUMENT TYPE: ETNA/SLJ-100 OBSERVING POINT: GROUND
NO. OF POINTS: 12056 EQUALLY SPACED INTERVALS OF: 0.005 SEC
UNCORRECTED ACCELERATION (cm/s/s)
053MMZ070603053401 COMP. NS Amax=15.910
15.9
-12.8
053MMZ070603053402 COMP. UD Amax=-6.234
4.9
-6.2
0
10
20
30
40
50
60
T(s)

图 7-20　2007 年 6 月 3 日 5 时 34 分 56 秒普洱地震勐遮台未校正加速度记录

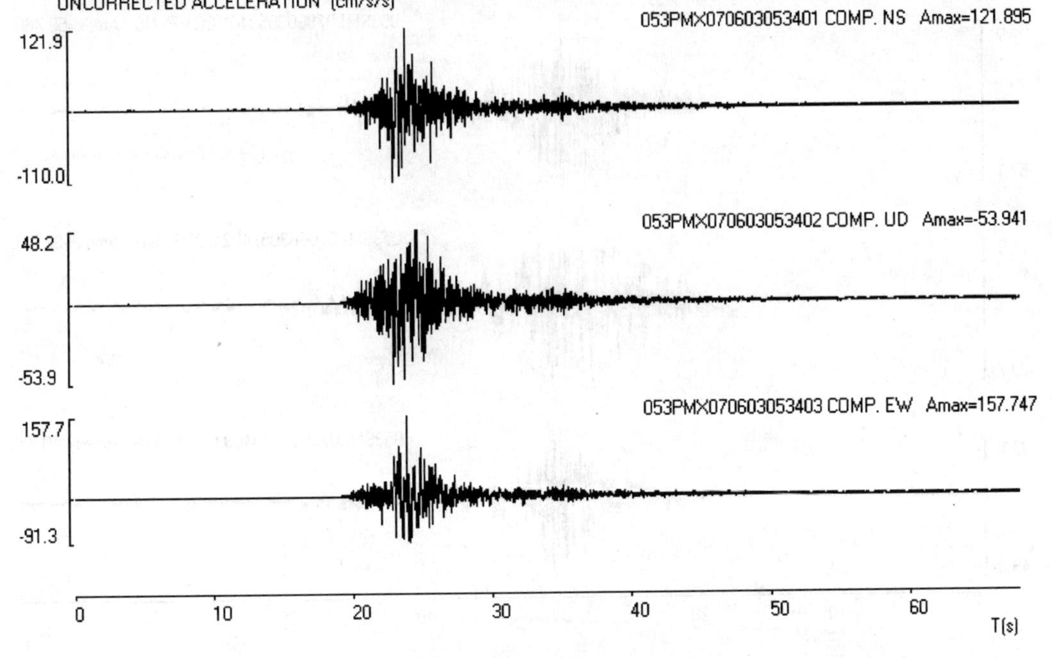
0070603053456 2007-06-03 5:34:56 BTM PUER-MAINSHOCK, PUER,CHN 23.079N 101.129E MAG.6.7(Ms) DEPTH 6KM
CODE OF STATION: 53PMX 23.1N 101.2E INSTRUMENT TYPE: ETNA/SLJ-100 OBSERVING POINT: GROUND
NO. OF POINTS: 13608 EQUALLY SPACED INTERVALS OF: 0.005 SEC
UNCORRECTED ACCELERATION (cm/s/s)
053PMX070603053401 COMP. NS Amax=121.895
121.9
-110.0
053PMX070603053402 COMP. UD Amax=-53.941
48.2
-53.9
053PMX070603053403 COMP. EW Amax=157.747
157.7
-91.3
0
10
20
30
40
50
60
T(s)

图 7-21 2007 年 6 月 3 日 5 时 34 分 56 秒普洱地震勐先台未校正加速度记录

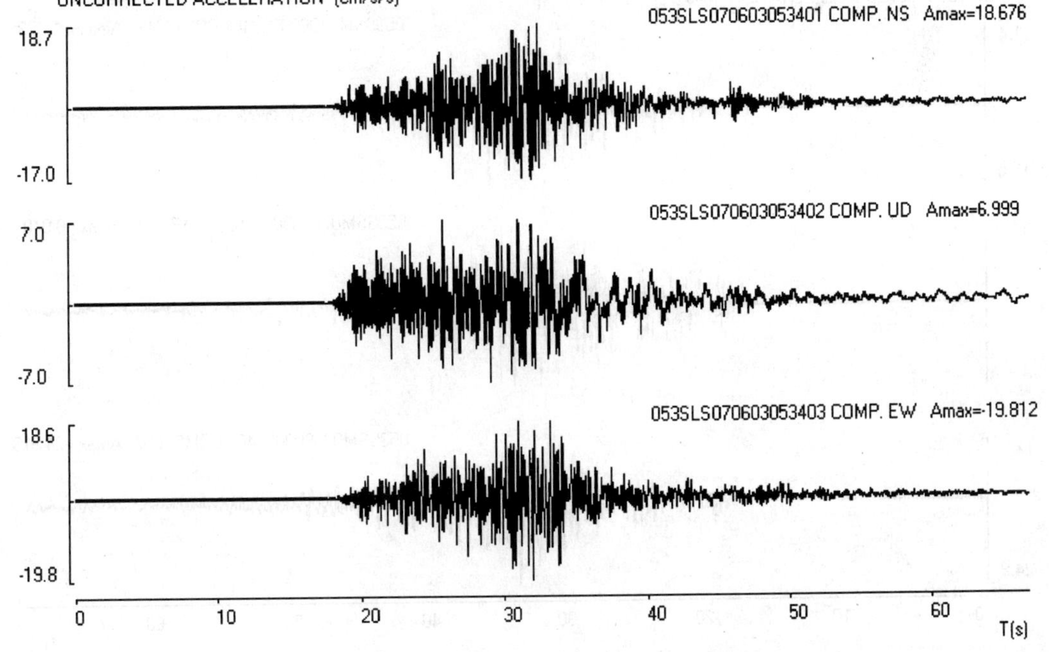
0070603053456 2007-06-03 5:34:56 BTM PUER-MAINSHOCK, PUER,CHN 23.079N 101.129E MAG.6.7(Ms) DEPTH 6KM
CODE OF STATION: 53SLS 22.8N 101.0E INSTRUMENT TYPE: ETNA/SLJ-100 OBSERVING POINT: GROUND
NO. OF POINTS: 13400 EQUALLY SPACED INTERVALS OF: 0.005 SEC
UNCORRECTED ACCELERATION (cm/s/s)
053SLS070603053401 COMP. NS Amax=18.676
18.7
-17.0
053SLS070603053402 COMP. UD Amax=6.999
7.0
-7.0
053SLS070603053403 COMP. EW Amax=-19.812
18.6
-19.8
0
10
20
30
40
50
60
T(s)

图 7-22 2007 年 6 月 3 日 5 时 34 分 56 秒普洱地震六顺台未校正加速度记录

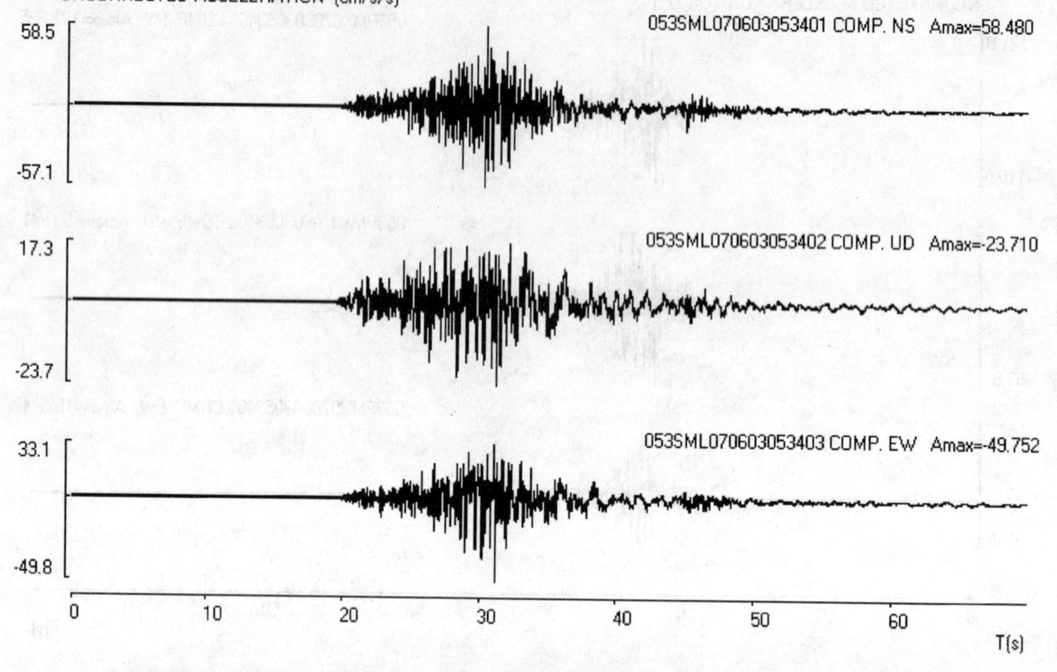
0070603053456 2007-06-03 5:34:56 BTM PUER-MAINSHOCK, PUER,CHN 23.079N 101.129E MAG.6.7(Ms) DEPTH 6KM
CODE OF STATION: 53SML 22.6N 100.7E INSTRUMENT TYPE: ETNA/SLJ-100 OBSERVING POINT: GROUND
NO. OF POINTS: 14000 EQUALLY SPACED INTERVALS OF: 0.005 SEC
UNCORRECTED ACCELERATION (cm/s/s)
053SML070603053401 COMP. NS Amax=58.480
58.5
-57.1
053SML070603053402 COMP. UD Amax=-23.710
17.3
-23.7
053SML070603053403 COMP. EW Amax=-49.752
33.1
-49.8
0
10
20
30
40
50
60
T(s)

图 7-23 2007 年 6 月 3 日 5 时 34 分 56 秒普洱地震芒腊坝台未校正加速度记录

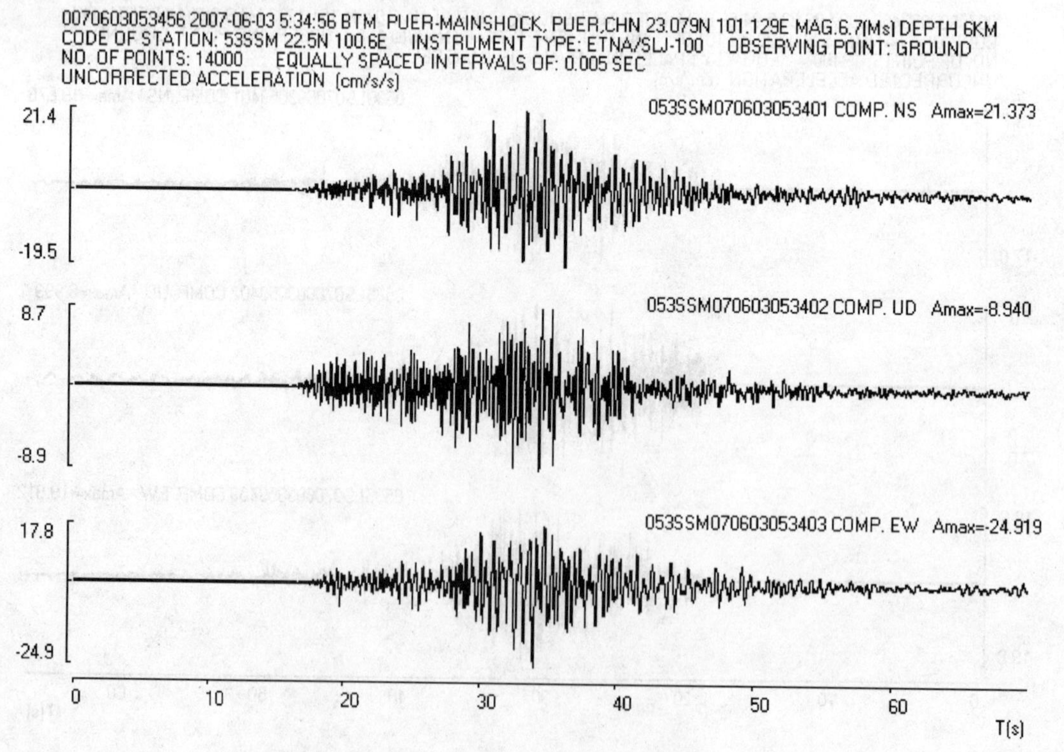
0070603053456 2007-06-03 5:34:56 BTM PUER-MAINSHOCK, PUER,CHN 23.079N 101.129E MAG.6.7(Ms) DEPTH 6KM
CODE OF STATION: 53SSM 22.5N 100.6E INSTRUMENT TYPE: ETNA/SLJ-100 OBSERVING POINT: GROUND
NO. OF POINTS: 14000 EQUALLY SPACED INTERVALS OF: 0.005 SEC
UNCORRECTED ACCELERATION (cm/s/s)
053SSM070603053401 COMP. NS Amax=21.373
21.4
-19.5
053SSM070603053402 COMP. UD Amax=-8.940
8.7
-8.9
053SSM070603053403 COMP. EW Amax=-24.919
17.8
-24.9
0
10
20
30
40
50
60
T(s)

图 7-24 2007 年 6 月 3 日 5 时 34 分 56 秒普洱地震思茅港台未校正加速度记录

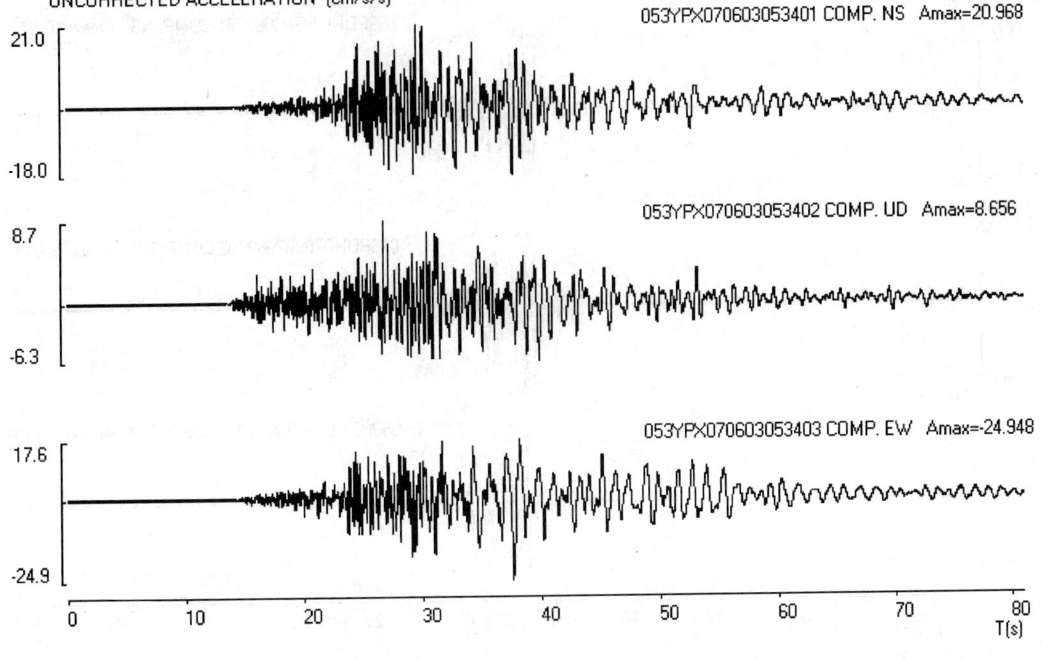
0070603053456 2007-06-03 5:34:56 BTM PUER-MAINSHOCK, PUER,CHN 23.079N 101.129E MAG.6.7(Ms) DEPTH 6KM
CODE OF STATION: 53YPX 25.5N 99.5E INSTRUMENT TYPE: ETNA/SLJ-100 OBSERVING POINT: GROUND
NO. OF POINTS: 16200 EQUALLY SPACED INTERVALS OF: 0.005 SEC
UNCORRECTED ACCELERATION (cm/s/s)
053YPX070603053401 COMP. NS Amax=20.968
21.0
-18.0
053YPX070603053402 COMP. UD Amax=8.656
8.7
-6.3
053YPX070603053403 COMP. EW Amax=-24.948
17.6
-24.9
0
10
20
30
40
50
60
70
80
T(s)

图 7－25 2007 年 6 月 3 日 5 时 34 分 56 秒普洱地震大理永平台未校正加速度记录

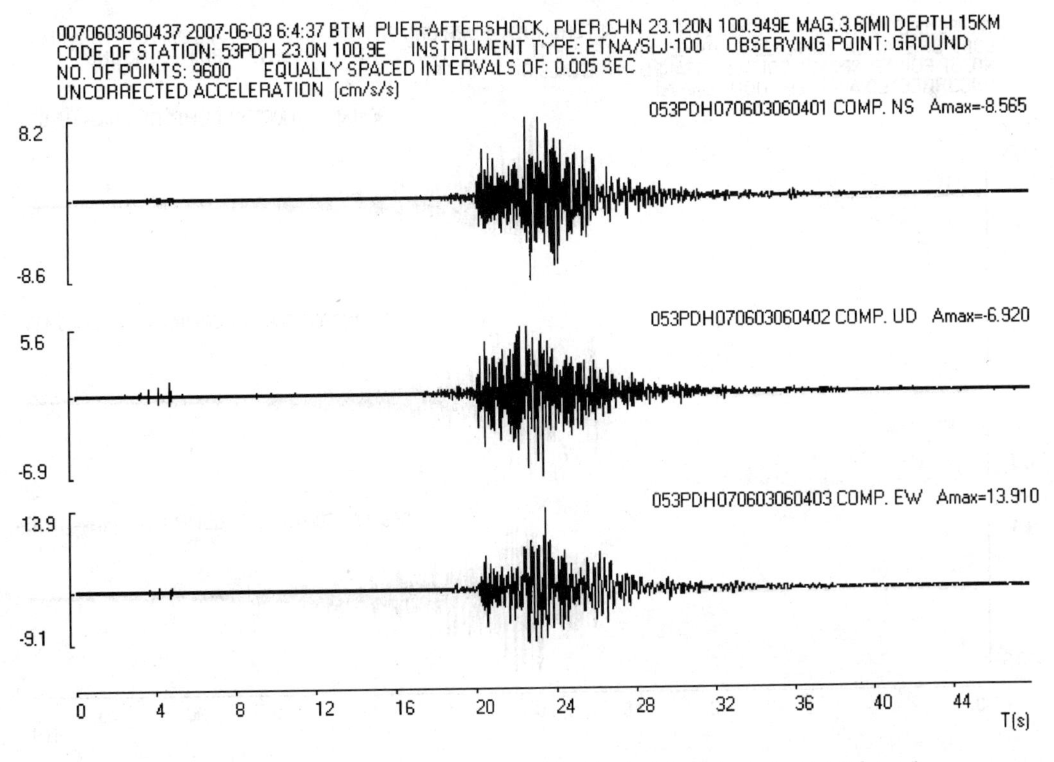
0070603060437 2007-06-03 6:4:37 BTM PUER-AFTERSHOCK, PUER,CHN 23.120N 100.949E MAG.3.6(Ml) DEPTH 15KM
CODE OF STATION: 53PDH 23.0N 100.9E INSTRUMENT TYPE: ETNA/SLJ-100 OBSERVING POINT: GROUND
NO. OF POINTS: 9600 EQUALLY SPACED INTERVALS OF: 0.005 SEC
UNCORRECTED ACCELERATION (cm/s/s)
053PDH070603060401 COMP. NS Amax=-8.565
8.2
-8.6
053PDH070603060402 COMP. UD Amax=-6.920
5.6
-6.9
053PDH070603060403 COMP. EW Amax=13.910
13.9
-9.1
0
4
8
12
16
20
24
28
32
36
40
44
T(s)

图 7－26 2007 年 6 月 3 日 6 时 4 分 37 秒普洱余震德化台未校正加速度记录

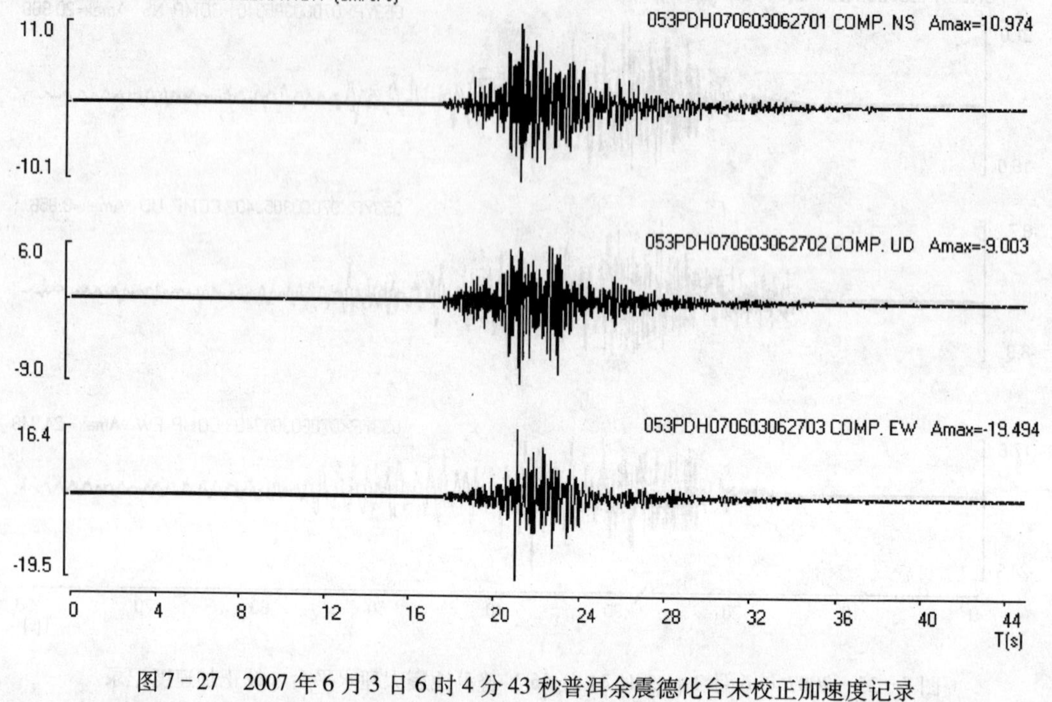
0070603062743 2007-06-03 6:27:43 BTM PUER-AFTERSHOCK, PUER,CHN 22.770N 101.050E MAG.3.8(MI) DEPTH 26KM
CODE OF STATION: 53PDH 23.0N 100.9E INSTRUMENT TYPE: ETNA/SLJ-100 OBSERVING POINT: GROUND
NO. OF POINTS: 9000 EQUALLY SPACED INTERVALS OF: 0.005 SEC
UNCORRECTED ACCELERATION (cm/s/s)
053PDH070603062701 COMP. NS Amax=10.974
11.0
-10.1
053PDH070603062702 COMP. UD Amax=-9.003
6.0
-9.0
053PDH070603062703 COMP. EW Amax=-19.494
16.4
-19.5
0
4
8
12
16
20
24
28
32
36
40
44
T(s)

图 7-27 2007 年 6 月 3 日 6 时 4 分 43 秒普洱余震德化台未校正加速度记录

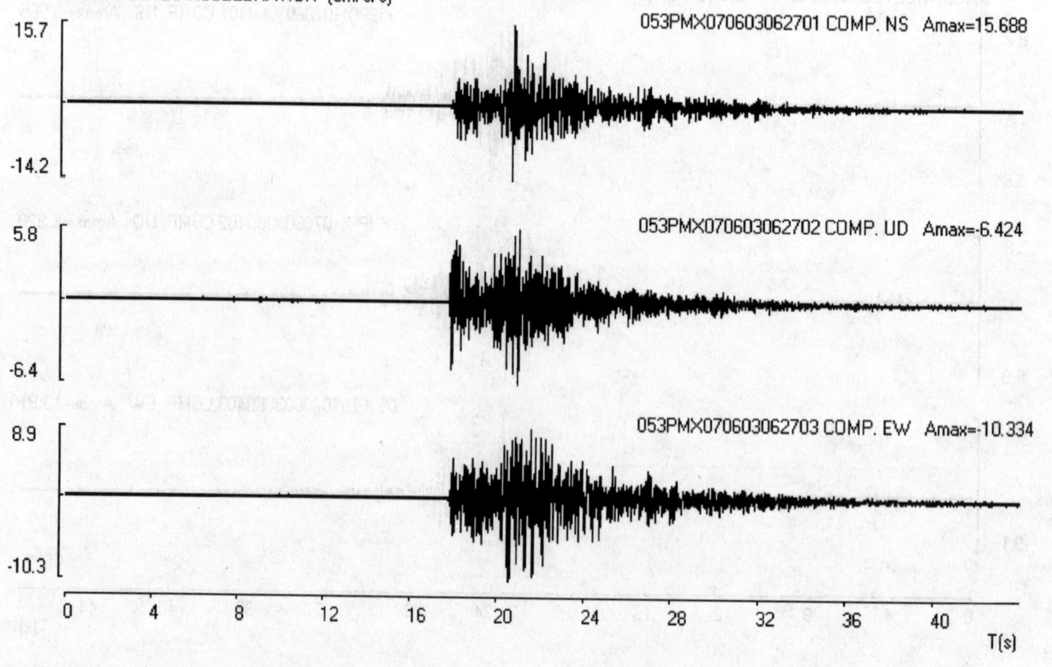
0070603062743 2007-06-03 6:27:43 BTM PUER-AFTERSHOCK, PUER,CHN 22.770N 101.050E MAG.3.8(MI) DEPTH 26KM
CODE OF STATION: 53PMX 23.1N 101.2E INSTRUMENT TYPE: ETNA/SLJ-100 OBSERVING POINT: GROUND
NO. OF POINTS: 8800 EQUALLY SPACED INTERVALS OF: 0.005 SEC
UNCORRECTED ACCELERATION (cm/s/s)
053PMX070603062701 COMP. NS Amax=15.688
15.7
-14.2
053PMX070603062702 COMP. UD Amax=-6.424
5.8
-6.4
053PMX070603062703 COMP. EW Amax=-10.334
8.9
-10.3
0
4
8
12
16
20
24
28
32
36
40
T(s)

图 7-28 2007 年 6 月 3 日 6 时 4 分 43 秒普洱余震勐先台未校正加速度记录

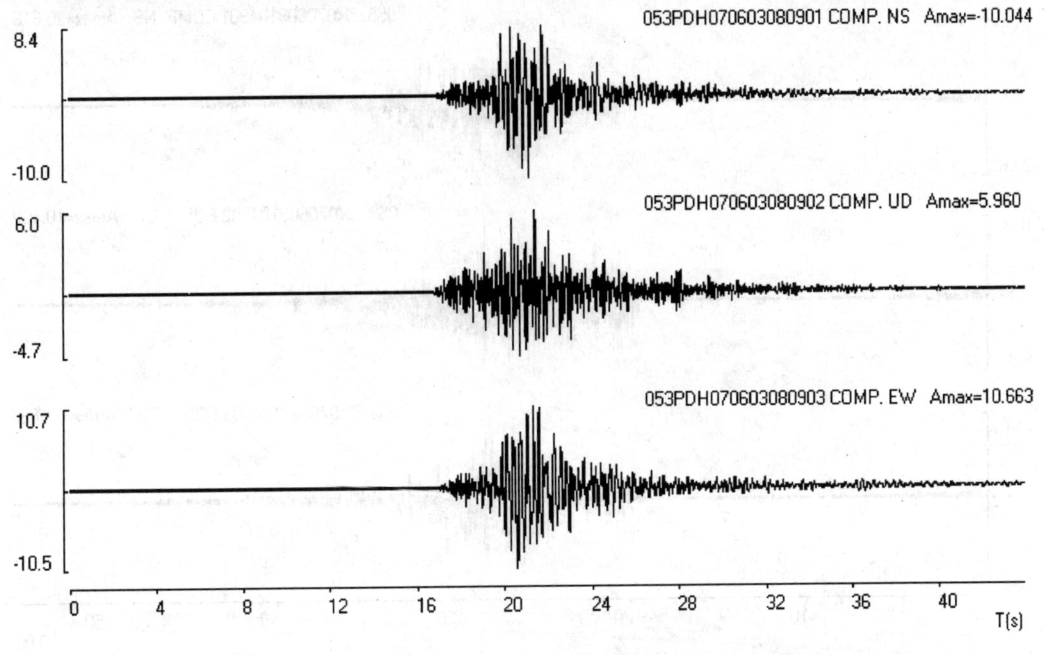

0070603080937 2007-06-03 8:9:37 BTM PUER-AFTERSHOCK, PUER,CHN 22.860N 101.150E MAG.4.1(Ms) DEPTH 15KM
CODE OF STATION: 53PDH 23.0N 100.9E INSTRUMENT TYPE: ETNA/SLJ-100 OBSERVING POINT: GROUND
NO. OF POINTS: 8800 EQUALLY SPACED INTERVALS OF: 0.005 SEC
UNCORRECTED ACCELERATION (cm/s/s)
053PDH070603080901 COMP. NS Amax=-10.044
8.4
-10.0
053PDH070603080902 COMP. UD Amax=5.960
6.0
-4.7
053PDH070603080903 COMP. EW Amax=10.663
10.7
-10.5
0
4
8
12
16
20
24
28
32
36
40
T(s)

图 7－29　2007 年 6 月 3 日 8 时 9 分 37 秒普洱余震德化台未校正加速度记录

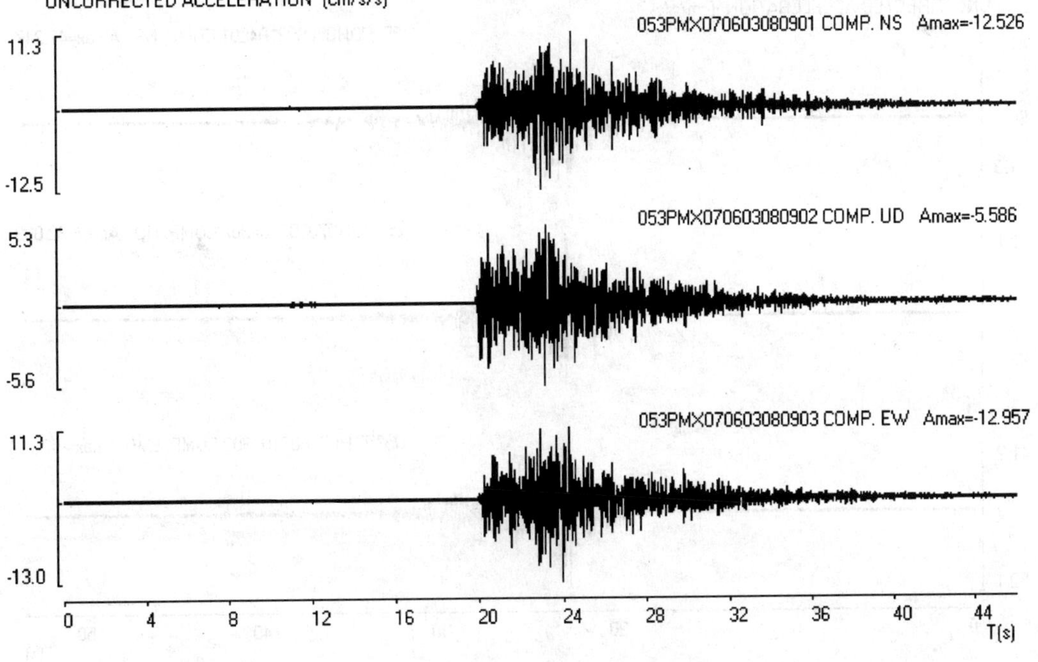

0070603080937 2007-06-03 8:9:37 BTM PUER-AFTERSHOCK, PUER,CHN 22.860N 101.150E MAG.4.1(Ms) DEPTH 15KM
CODE OF STATION: 53PMX 23.1N 101.2E INSTRUMENT TYPE: ETNA/SLJ-100 OBSERVING POINT: GROUND
NO. OF POINTS: 9200 EQUALLY SPACED INTERVALS OF: 0.005 SEC
UNCORRECTED ACCELERATION (cm/s/s)
053PMX070603080901 COMP. NS Amax=-12.526
11.3
-12.5
053PMX070603080902 COMP. UD Amax=-5.586
5.3
-5.6
053PMX070603080903 COMP. EW Amax=-12.957
11.3
-13.0
0
4
8
12
16
20
24
28
32
36
40
44
T(s)

图 7－30　2007 年 6 月 3 日 8 时 9 分 37 秒普洱余震勐先台未校正加速度记录

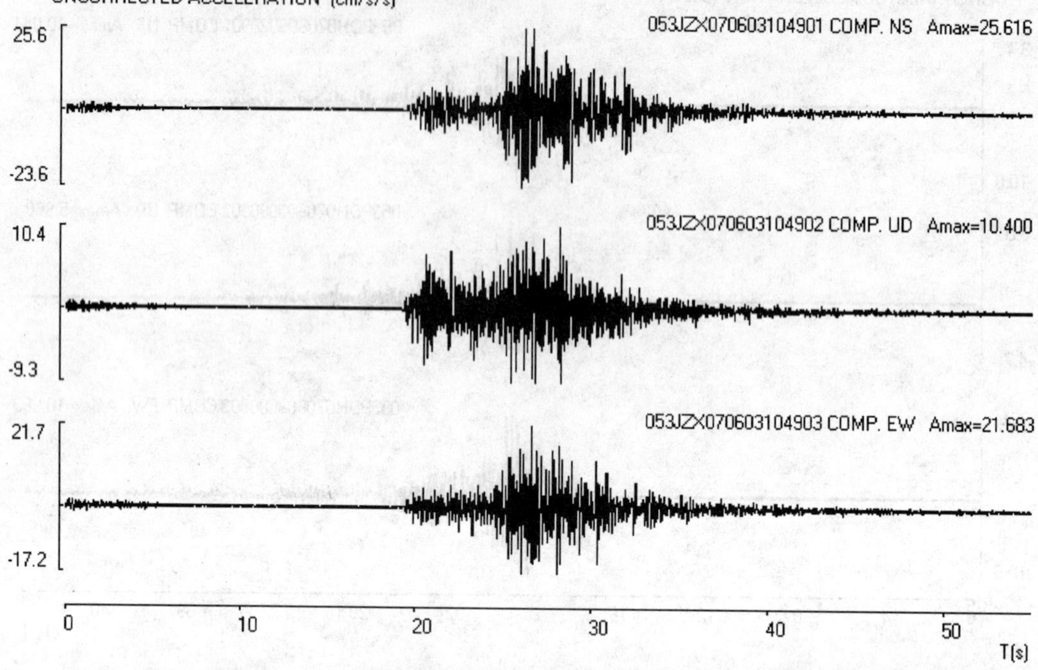
0070603104901 2007-06-03 10:49:1 BTM PUER-AFTERSHOCK, PUER,CHN 23.030N 101.209E MAG.4.9(Ms) DEPTH 11KM
CODE OF STATION: 53JZX 23.3N 101.0E INSTRUMENT TYPE: ETNA/SLJ-100 OBSERVING POINT: GROUND
NO. OF POINTS: 11000 EQUALLY SPACED INTERVALS OF: 0.005 SEC
UNCORRECTED ACCELERATION (cm/s/s)
053JZX070603104901 COMP. NS Amax=25.616
25.6
-23.6
053JZX070603104902 COMP. UD Amax=10.400
10.4
-9.3
053JZX070603104903 COMP. EW Amax=21.683
21.7
-17.2
0
10
20
30
40
50
T(s)

图 7-31 2007 年 6 月 3 日 10 时 49 分 1 秒普洱余震景谷正兴台未校正加速度记录

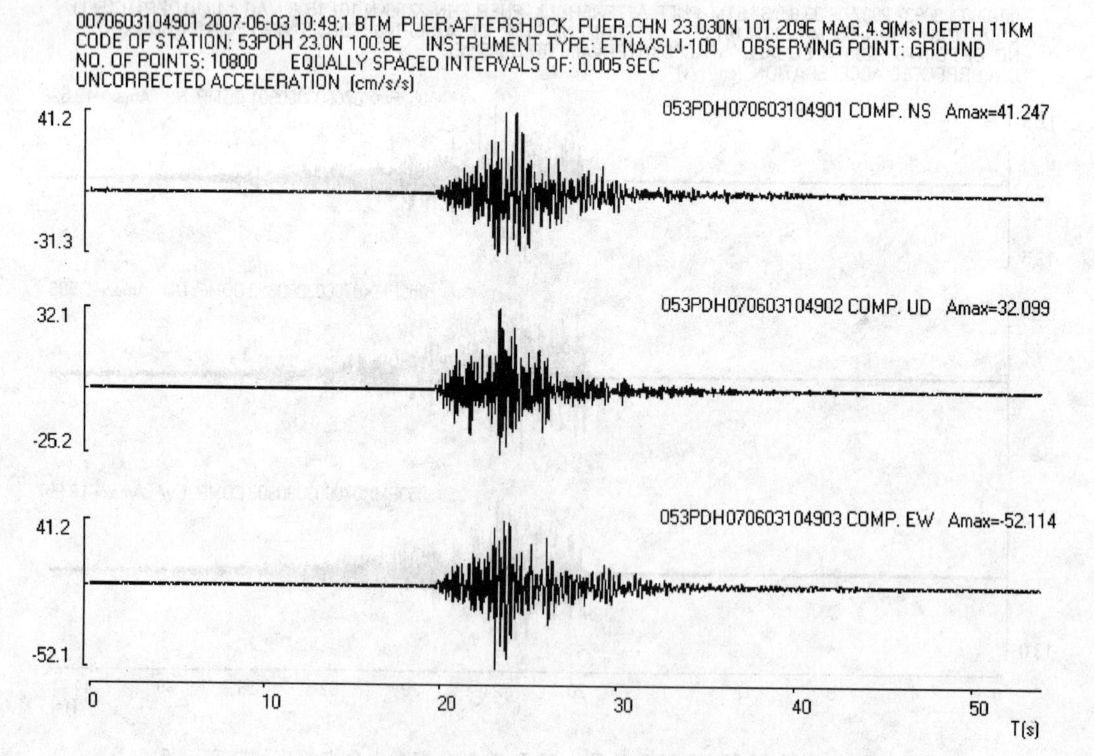
0070603104901 2007-06-03 10:49:1 BTM PUER-AFTERSHOCK, PUER,CHN 23.030N 101.209E MAG.4.9(Ms) DEPTH 11KM
CODE OF STATION: 53PDH 23.0N 100.9E INSTRUMENT TYPE: ETNA/SLJ-100 OBSERVING POINT: GROUND
NO. OF POINTS: 10800 EQUALLY SPACED INTERVALS OF: 0.005 SEC
UNCORRECTED ACCELERATION (cm/s/s)
053PDH070603104901 COMP. NS Amax=41.247
41.2
-31.3
053PDH070603104902 COMP. UD Amax=32.099
32.1
-25.2
053PDH070603104903 COMP. EW Amax=-52.114
41.2
-52.1
0
10
20
30
40
50
T(s)

图 7-32 2007 年 6 月 3 日 10 时 49 分 1 秒普洱余震德化台未校正加速度记录

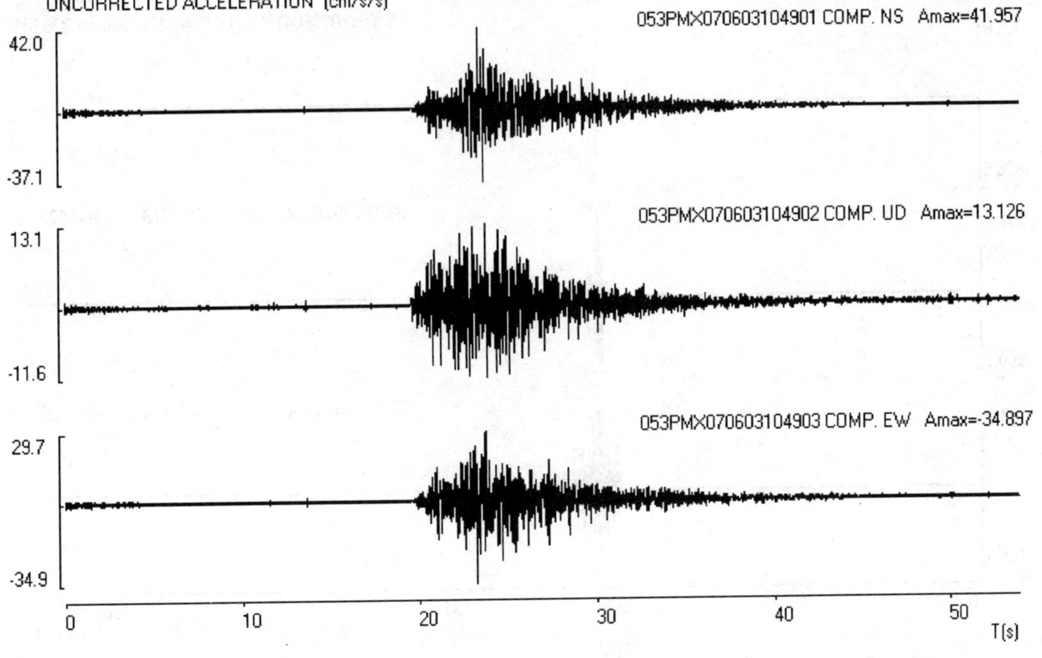
0070603104901 2007-06-03 10:49:1 BTM PUER-AFTERSHOCK, PUER,CHN 23.030N 101.209E MAG.4.9(Ms) DEPTH 11KM
CODE OF STATION: 53PMX 23.1N 101.2E INSTRUMENT TYPE: ETNA/SLJ-100 OBSERVING POINT: GROUND
NO. OF POINTS: 10800 EQUALLY SPACED INTERVALS OF: 0.005 SEC
UNCORRECTED ACCELERATION (cm/s/s)
053PMX070603104901 COMP. NS Amax=41.957
42.0
-37.1
053PMX070603104902 COMP. UD Amax=13.126
13.1
-11.6
053PMX070603104903 COMP. EW Amax=-34.897
29.7
-34.9
0
10
20
30
40
50
T(s)

图 7－33　2007 年 6 月 3 日 10 时 49 分 1 秒普洱余震勐先台未校正加速度记录

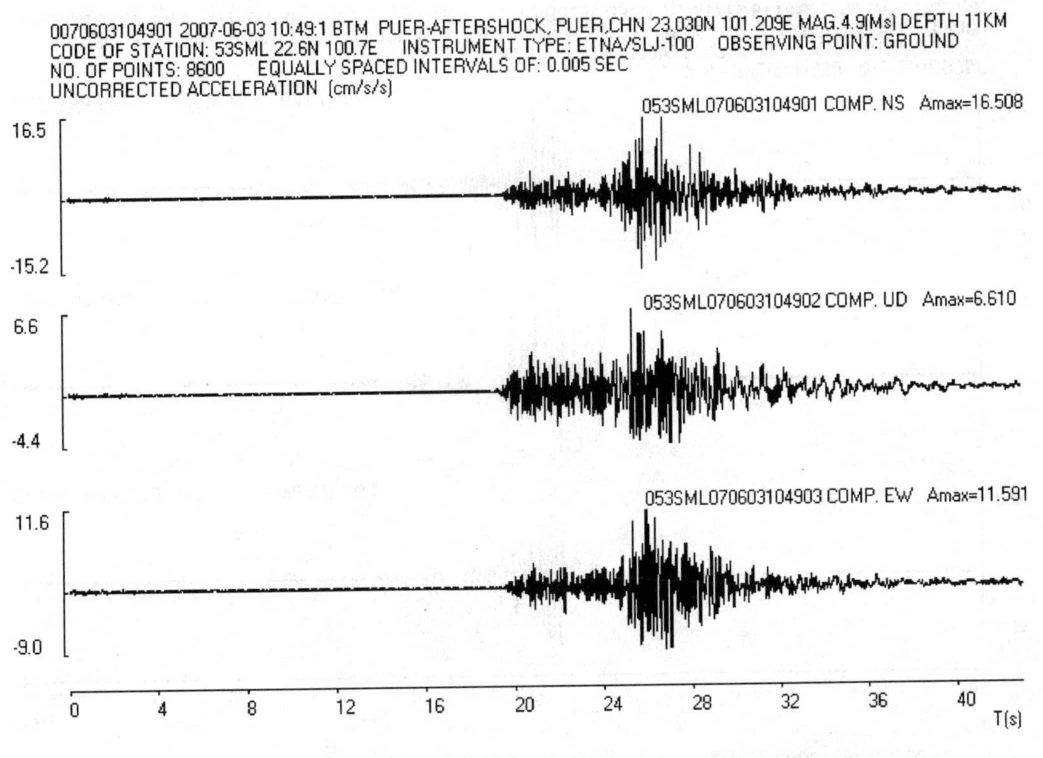
0070603104901 2007-06-03 10:49:1 BTM PUER-AFTERSHOCK, PUER,CHN 23.030N 101.209E MAG.4.9(Ms) DEPTH 11KM
CODE OF STATION: 53SML 22.6N 100.7E INSTRUMENT TYPE: ETNA/SLJ-100 OBSERVING POINT: GROUND
NO. OF POINTS: 8600 EQUALLY SPACED INTERVALS OF: 0.005 SEC
UNCORRECTED ACCELERATION (cm/s/s)
053SML070603104901 COMP. NS Amax=16.508
16.5
-15.2
053SML070603104902 COMP. UD Amax=6.610
6.6
-4.4
053SML070603104903 COMP. EW Amax=11.591
11.6
-9.0
0
4
8
12
16
20
24
28
32
36
40
T(s)

图 7－34　2007 年 6 月 3 日 10 时 49 分 1 秒普洱余震芒腊坝台未校正加速度记录

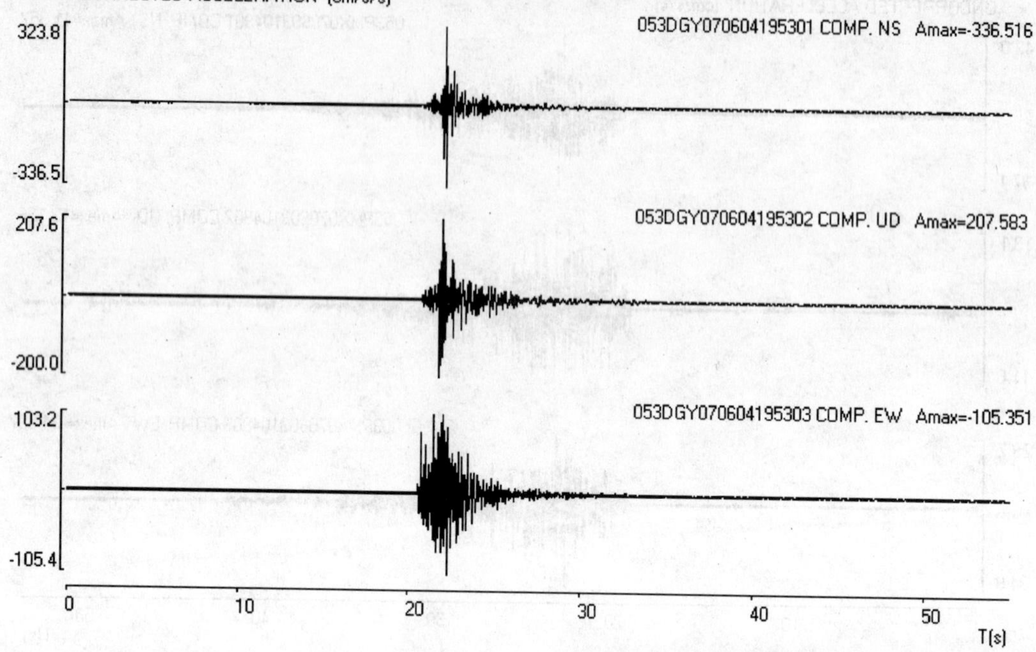
0070604195341 2007-06-04 19:53:41 BTM PUER-AFTERSHOCK, PUER,CHN 23.049N 101.029E MAG.4.0(Ms) DEPTH 10KM
CODE OF STATION: 53DGY 25.0N 102.7E INSTRUMENT TYPE: ETNA/SLJ-100 OBSERVING POINT: GROUND
NO. OF POINTS: 11000 EQUALLY SPACED INTERVALS OF: 0.005 SEC
UNCORRECTED ACCELERATION (cm/s/s)
053DGY070604195301 COMP. NS Amax=-336.516
323.8
-336.5
053DGY070604195302 COMP. UD Amax=207.583
207.6
-200.0
053DGY070604195303 COMP. EW Amax=-105.351
103.2
-105.4
0
10
20
30
40
50
T(s)

图 7-35 2007 年 6 月 4 日 19 时 53 分 41 秒普洱余震大观园台未校正加速度记录

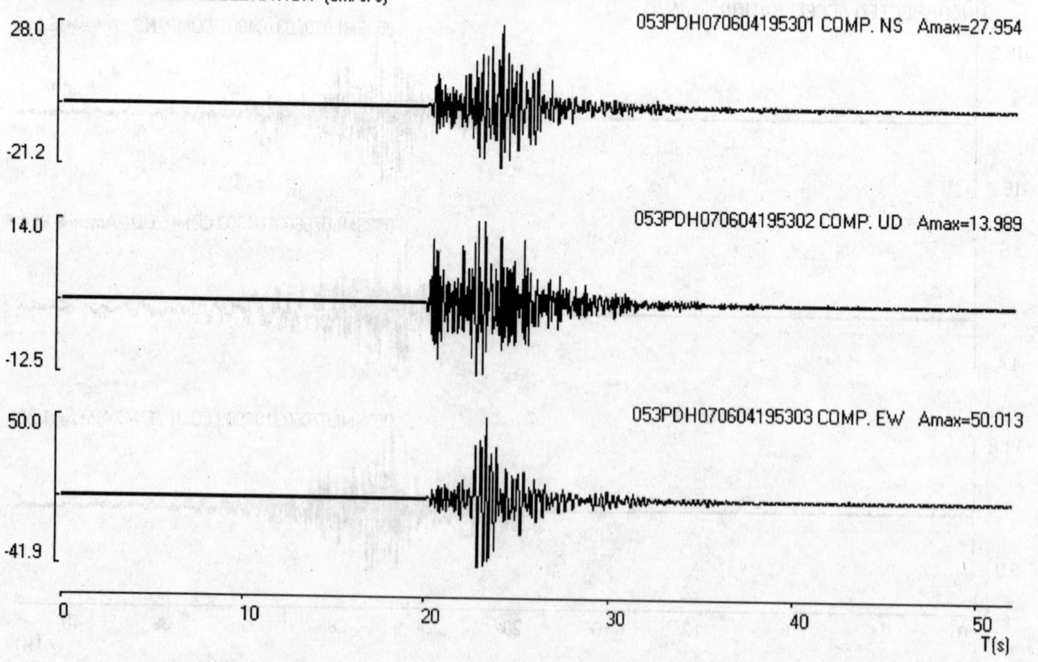
0070604195341 2007-06-04 19:53:41 BTM PUER-AFTERSHOCK, PUER,CHN 23.049N 101.029E MAG.4.0(Ms) DEPTH 10KM
CODE OF STATION: 53PDH 23.0N 100.9E INSTRUMENT TYPE: ETNA/SLJ-100 OBSERVING POINT: GROUND
NO. OF POINTS: 10400 EQUALLY SPACED INTERVALS OF: 0.005 SEC
UNCORRECTED ACCELERATION (cm/s/s)
053PDH070604195301 COMP. NS Amax=27.954
28.0
-21.2
053PDH070604195302 COMP. UD Amax=13.989
14.0
-12.5
053PDH070604195303 COMP. EW Amax=50.013
50.0
-41.9
0
10
20
30
40
50
T(s)

图 7-36 2007 年 6 月 4 日 19 时 53 分 41 秒普洱余震德化台未校正加速度记录

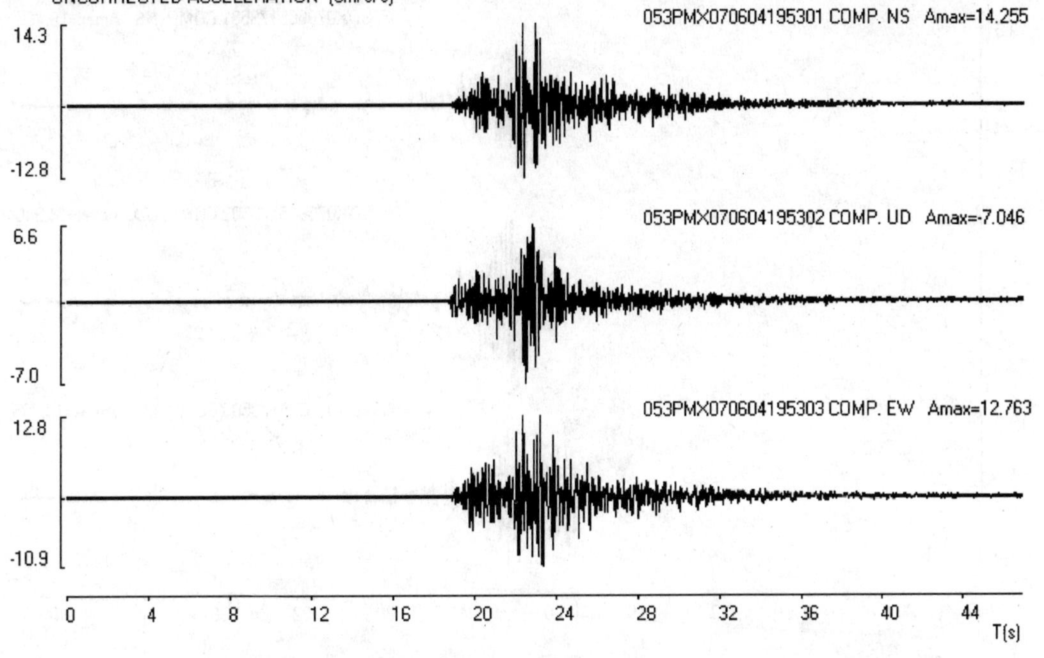

0070604195341 2007-06-04 19:53:41 BTM PUER-AFTERSHOCK, PUER,CHN 23.049N 101.029E MAG.4.0(Ms) DEPTH 10KM
CODE OF STATION: 53PMX 23.1N 101.2E INSTRUMENT TYPE: ETNA/SLJ-100 OBSERVING POINT: GROUND
NO. OF POINTS: 9400 EQUALLY SPACED INTERVALS OF: 0.005 SEC
UNCORRECTED ACCELERATION (cm/s/s)
053PMX070604195301 COMP. NS Amax=14.255
14.3
-12.8
053PMX070604195302 COMP. UD Amax=-7.046
6.6
-7.0
053PMX070604195303 COMP. EW Amax=12.763
12.8
-10.9
0
4
8
12
16
20
24
28
32
36
40
44
T(s)

图 7-37 2007 年 6 月 4 日 19 时 53 分 41 秒普洱余震勐先台未校正加速度记录

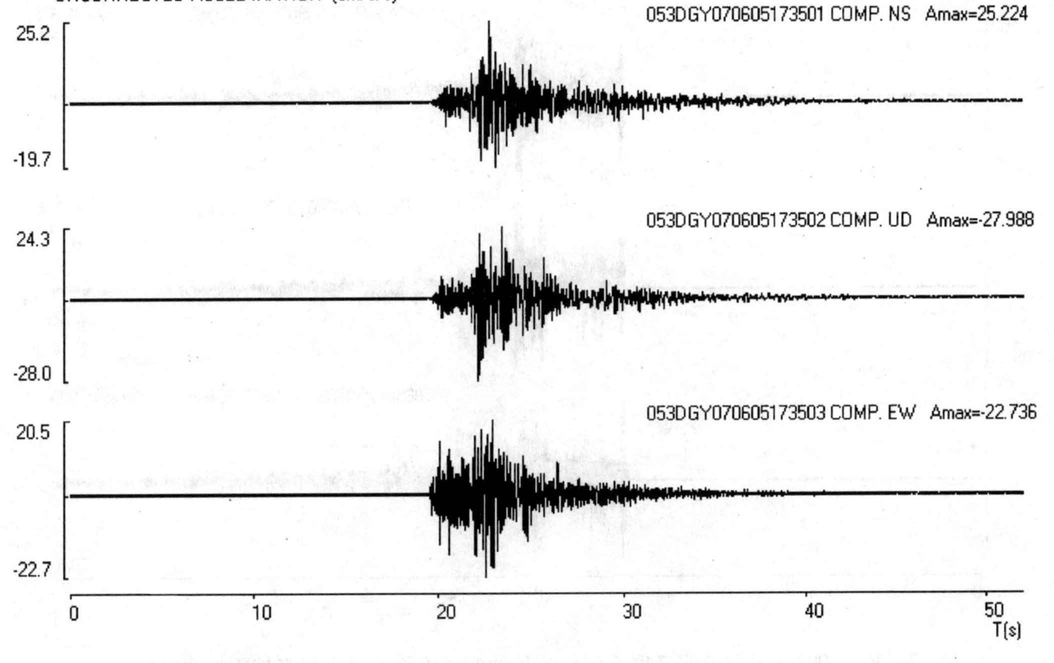

0070605173556 2007-06-05 17:36:1 BTM PUER-AFTERSHOCK, PUER,CHN 22.909N 100.940E MAG.4.1(Ml) DEPTH 29KM
CODE OF STATION: 53DGY 25.0N 102.7E INSTRUMENT TYPE: ETNA/SLJ-100 OBSERVING POINT: GROUND
NO. OF POINTS: 10400 EQUALLY SPACED INTERVALS OF: 0.005 SEC
UNCORRECTED ACCELERATION (cm/s/s)
053DGY070605173501 COMP. NS Amax=25.224
25.2
-19.7
053DGY070605173502 COMP. UD Amax=-27.988
24.3
-28.0
053DGY070605173503 COMP. EW Amax=-22.736
20.5
-22.7
0
10
20
30
40
50
T(s)

图 7-38 2007 年 6 月 5 日 17 时 36 分 1 秒普洱余震大观园台未校正加速度记录

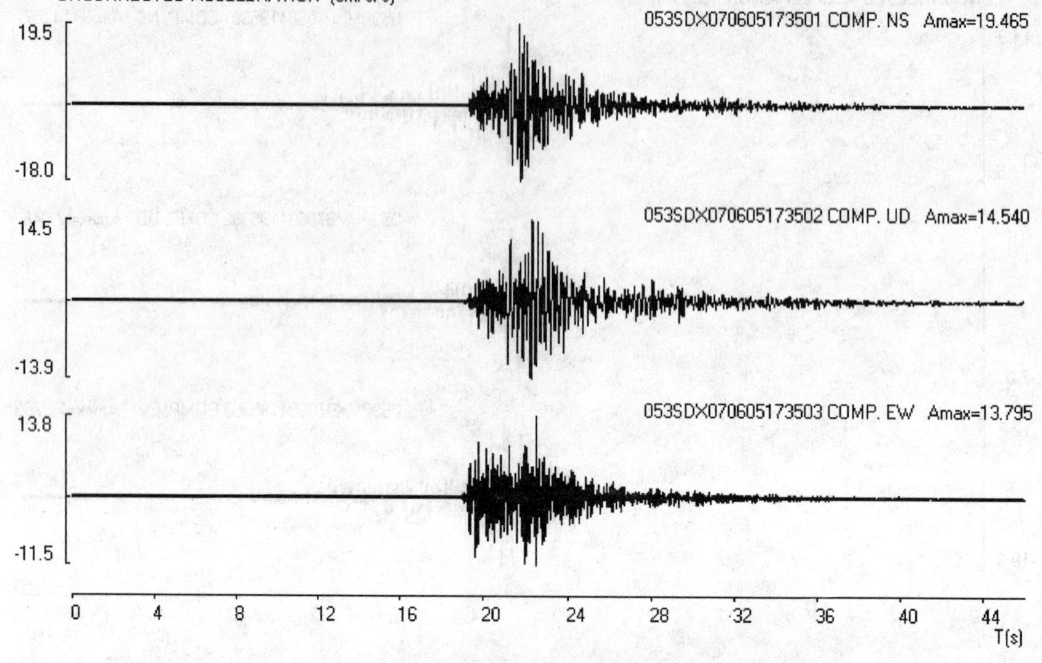
0070605173556 2007-06-05 17:36:1 BTM PUER-AFTERSHOCK, PUER,CHN 22.909N 100.940E MAG.4.1(MI) DEPTH 29KM
CODE OF STATION: 53SDX 25.0N 102.6E INSTRUMENT TYPE: ETNA/SLJ-100 OBSERVING POINT: GROUND
NO. OF POINTS: 9200 EQUALLY SPACED INTERVALS OF: 0.005 SEC
UNCORRECTED ACCELERATION (cm/s/s)
053SDX070605173501 COMP. NS Amax=19.465
19.5
-18.0
053SDX070605173502 COMP. UD Amax=14.540
14.5
-13.9
053SDX070605173503 COMP. EW Amax=13.795
13.8
-11.5
0
4
8
12
16
20
24
28
32
36
40
44
T(s)

图 7-39 2007 年 6 月 5 日 17 时 36 分 1 秒普洱余震党校台未校正加速度记录

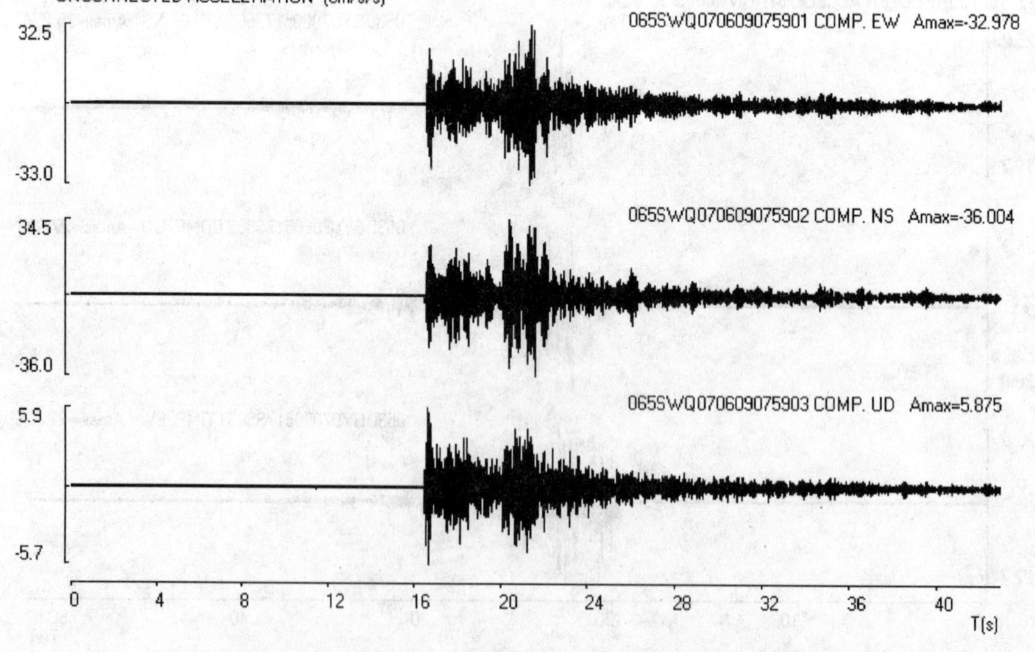
0070609075948 2007-06-09 7:59:48 BTM SHAWAN-EARTHQUAKE, SHAWAN,CHN 43.860N 85.180E MAG.3.0(MI) DEPTH 16KM
CODE OF STATION: 65SWQ 43.8N 85.4E INSTRUMENT TYPE: ETNA/ES-T OBSERVING POINT: GROUND
NO. OF POINTS: 8600 EQUALLY SPACED INTERVALS OF: 0.005 SEC
UNCORRECTED ACCELERATION (cm/s/s)
065SWQ070609075901 COMP. EW Amax=-32.978
32.5
-33.0
065SWQ070609075902 COMP. NS Amax=-36.004
34.5
-36.0
065SWQ070609075903 COMP. UD Amax=5.875
5.9
-5.7
0
4
8
12
16
20
24
28
32
36
40
T(s)

图 7-40 2007 年 6 月 9 日 7 时 59 分 48 秒沙湾地震沙湾温泉台未校正加速度记录

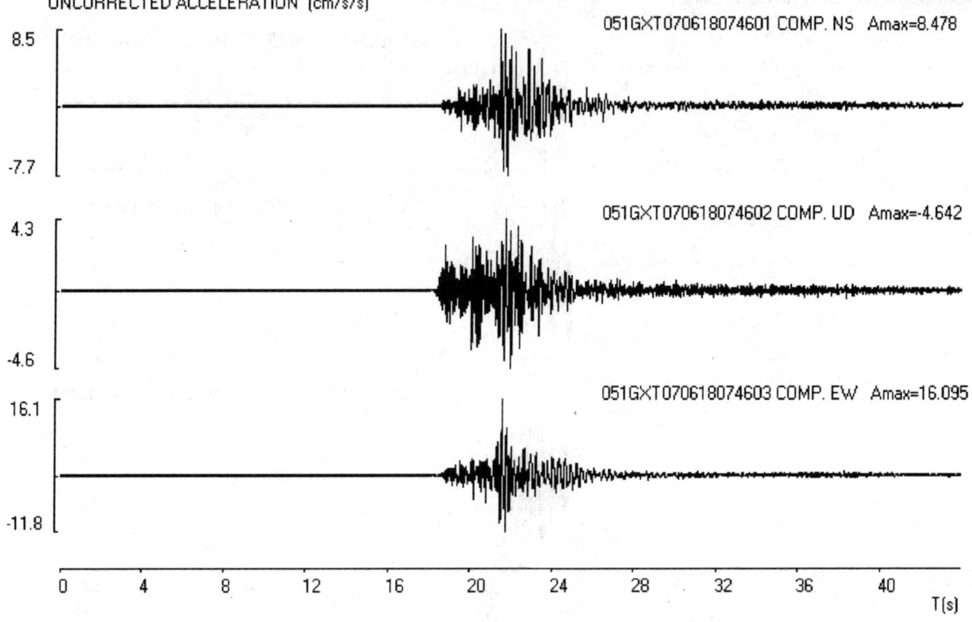
0070618074623 2007-06-18 7:46:23 BTM SICHUAN-EARTHQUAKE, CHANGNING,CHN 28.370N 104.989E MAG.3.5(Ml) DEPTH 17KM
CODE OF STATION: 51GXT 28.4N 104.8E INSTRUMENT TYPE: ETNA/SLJ-100 OBSERVING POINT: GROUND
NO. OF POINTS: 8800 EQUALLY SPACED INTERVALS OF: 0.005 SEC
UNCORRECTED ACCELERATION (cm/s/s)
051GXT070618074601 COMP. NS Amax=8.478
8.5
-7.7
051GXT070618074602 COMP. UD Amax=-4.642
4.3
-4.6
051GXT070618074603 COMP. EW Amax=16.095
16.1
-11.8
0 4 8 12 16 20 24 28 32 36 40
T(s)

图 7－41　2007 年 6 月 18 日 7 时 46 分 23 秒四川地震珙县中学台未校正加速度记录

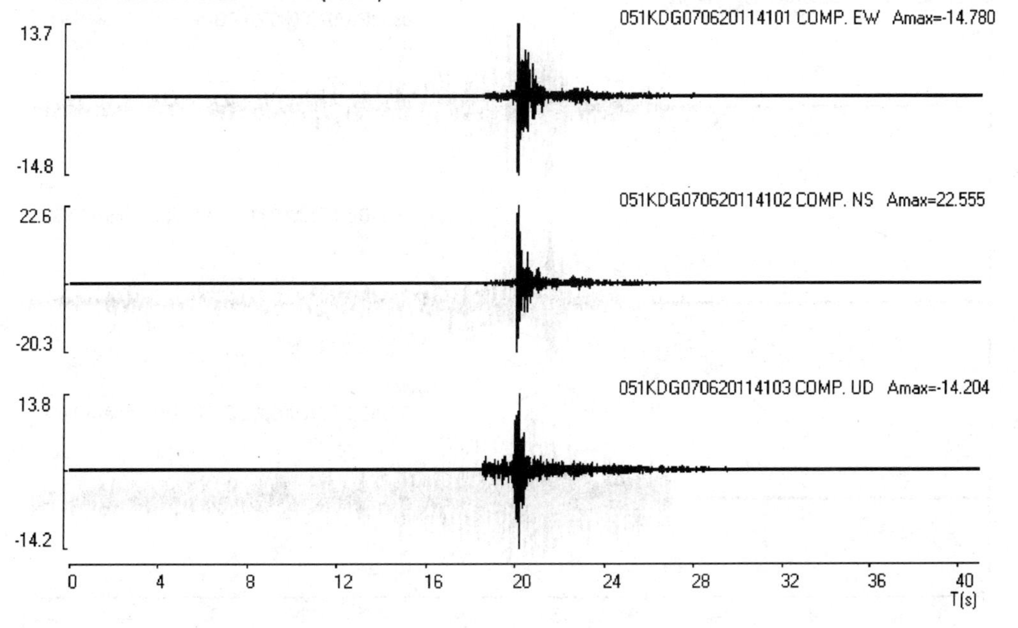
0070620114131 2007-06-20 11:41:31 BTM SICHUAN-EARTHQUAKE, KANGDING,CHN 29.520N 101.489E MAG.2.2(Ms) DEPTH 5KM
CODE OF STATION: 51KDG 30.0N 101.6E INSTRUMENT TYPE: ETNA/ES-T OBSERVING POINT: GROUND
NO. OF POINTS: 8200 EQUALLY SPACED INTERVALS OF: 0.005 SEC
UNCORRECTED ACCELFRATION (cm/s/s)
051KDG070620114101 COMP. EW Amax=-14.780
13.7
-14.8
051KDG070620114102 COMP. NS Amax=22.555
22.6
-20.3
051KDG070620114103 COMP. UD Amax=-14.204
13.8
-14.2
0 4 8 12 16 20 24 28 32 36 40
T(s)

图 7－42　2007 年 6 月 20 日 11 时 41 分 31 秒四川地震康定呷巴台未校正加速度记录

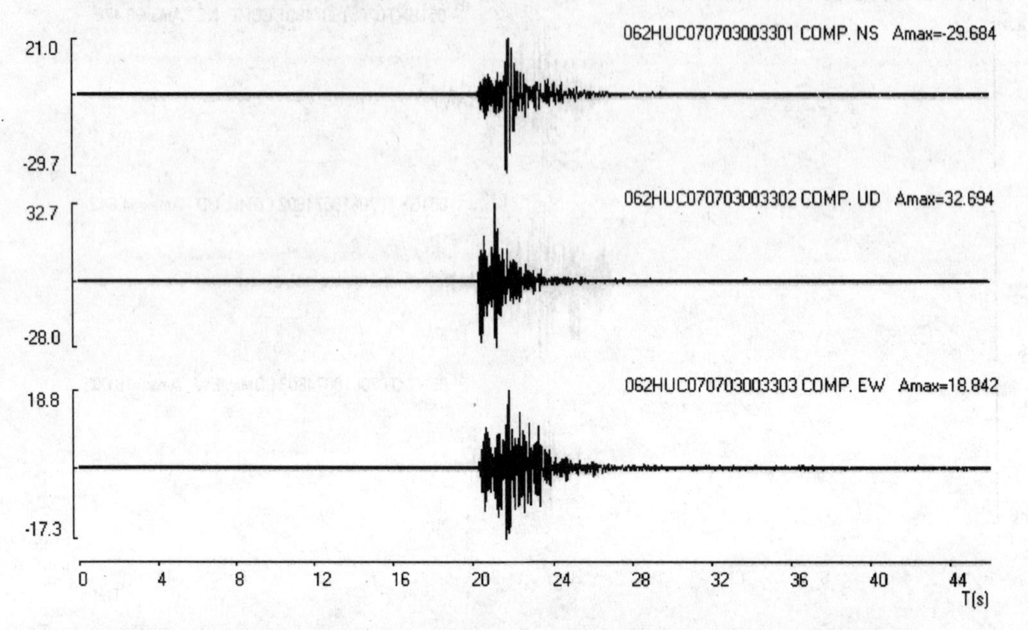
0070703003304 2007-07-03 0:33:4 BTM GANSU-EARTHQUAKE, HUANGCHENG,CHN 37.916N 101.916E MAG.3.2(Ms) DEPTH _KM
CODE OF STATION: 62HUC 37.9N 101.8E INSTRUMENT TYPE: ETNA/SLJ-100 OBSERVING POINT: GROUND
NO. OF POINTS: 9200 EQUALLY SPACED INTERVALS OF: 0.005 SEC
UNCORRECTED ACCELERATION (cm/s/s)
062HUC070703003301 COMP. NS Amax=-29.684
21.0
-29.7
062HUC070703003302 COMP. UD Amax=32.694
32.7
-28.0
062HUC070703003303 COMP. EW Amax=18.842
18.8
-17.3
0 4 8 12 16 20 24 28 32 36 40 44
T(s)

图7-43 2007年7月3日0时33分4秒甘肃地震皇城台未校正加速度记录

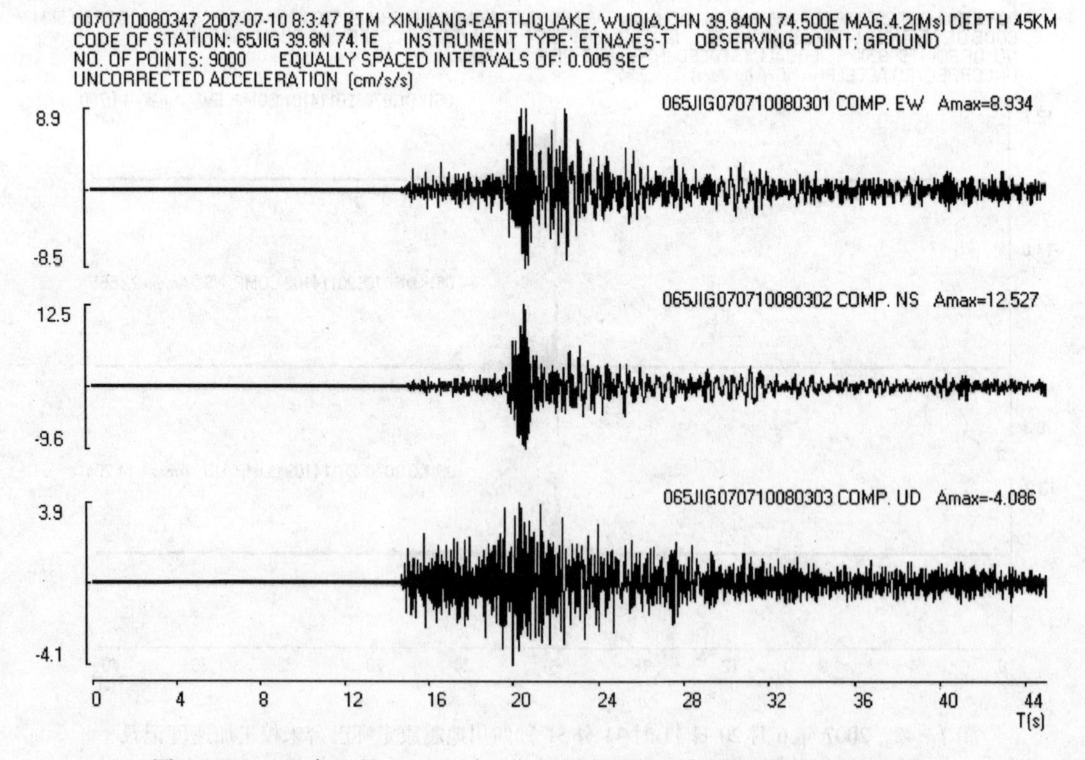
0070710080347 2007-07-10 8:3:47 BTM XINJIANG-EARTHQUAKE, WUQIA,CHN 39.840N 74.500E MAG.4.2(Ms) DEPTH 45KM
CODE OF STATION: 65JIG 39.8N 74.1E INSTRUMENT TYPE: ETNA/ES-T OBSERVING POINT: GROUND
NO. OF POINTS: 9000 EQUALLY SPACED INTERVALS OF: 0.005 SEC
UNCORRECTED ACCELERATION (cm/s/s)
065JIG070710080301 COMP. EW Amax=8.934
8.9
-8.5
065JIG070710080302 COMP. NS Amax=12.527
12.5
-9.6
065JIG070710080303 COMP. UD Amax=-4.086
3.9
-4.1
0 4 8 12 16 20 24 28 32 36 40 44
T(s)

图7-44 2007年7月10日8时3分47秒新疆地震吉根台未校正加速度记录

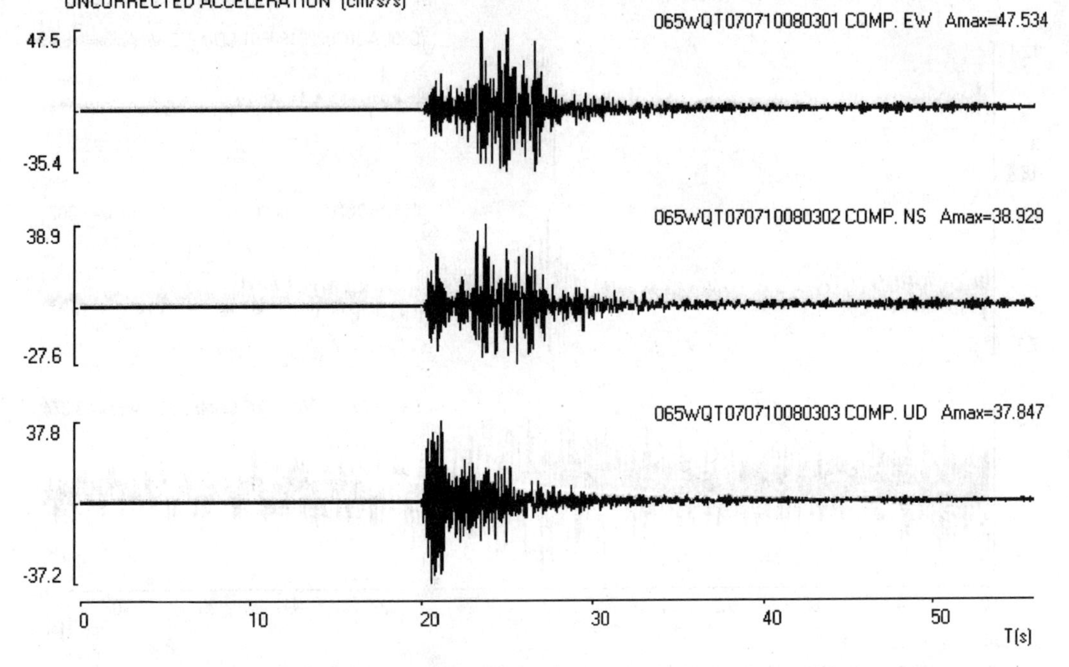
0070710080347 2007-07-10 8:3:47 BTM XINJIANG-EARTHQUAKE, WUQIA,CHN 39.840N 74.500E MAG.4.2(Ms) DEPTH 45KM
CODE OF STATION: 65WQT 39.8N 74.3E INSTRUMENT TYPE: ETNA/ES-T OBSERVING POINT: GROUND
NO. OF POINTS: 11200 EQUALLY SPACED INTERVALS OF: 0.005 SEC
UNCORRECTED ACCELERATION (cm/s/s)
065WQT070710080301 COMP. EW Amax=47.534
47.5
-35.4
065WQT070710080302 COMP. NS Amax=38.929
38.9
-27.6
065WQT070710080303 COMP. UD Amax=37.847
37.8
-37.2
0
10
20
30
40
50
T(s)

图 7－45 2007 年 7 月 10 日 8 时 3 分 47 秒新疆地震乌鲁克恰提台未校正加速度记录

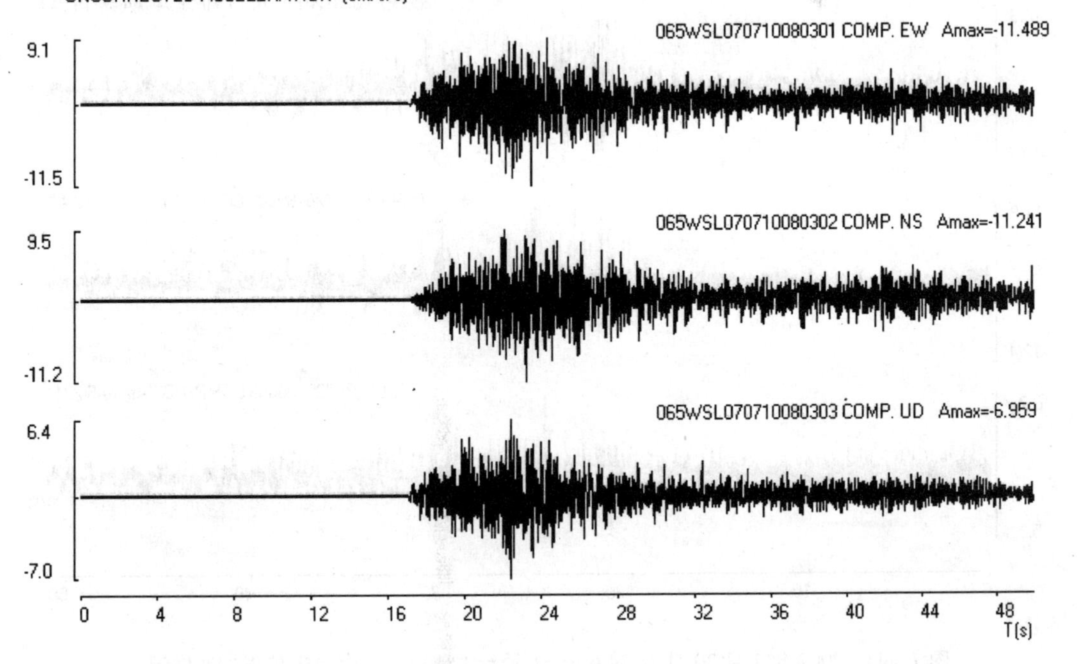
0070710080347 2007-07-10 8:3:47 BTM XINJIANG-EARTHQUAKE, WUQIA,CHN 39.840N 74.500E MAG.4.2(Ms) DEPTH 45KM
CODE OF STATION: 65WSL 39.7N 74.8E INSTRUMENT TYPE: ETNA/ES-T OBSERVING POINT: GROUND
NO. OF POINTS: 10000 EQUALLY SPACED INTERVALS OF: 0.005 SEC
UNCORRECTED ACCELERATION (cm/s/s)
065WSL070710080301 COMP. EW Amax=-11.489
9.1
-11.5
065WSL070710080302 COMP. NS Amax=-11.241
9.5
-11.2
065WSL070710080303 COMP. UD Amax=-6.959
6.4
-7.0
0
4
8
12
16
20
24
28
32
36
40
44
48
T(s)

图 7－46 2007 年 7 月 10 日 8 时 3 分 47 秒新疆地震乌合沙鲁台未校正加速度记录

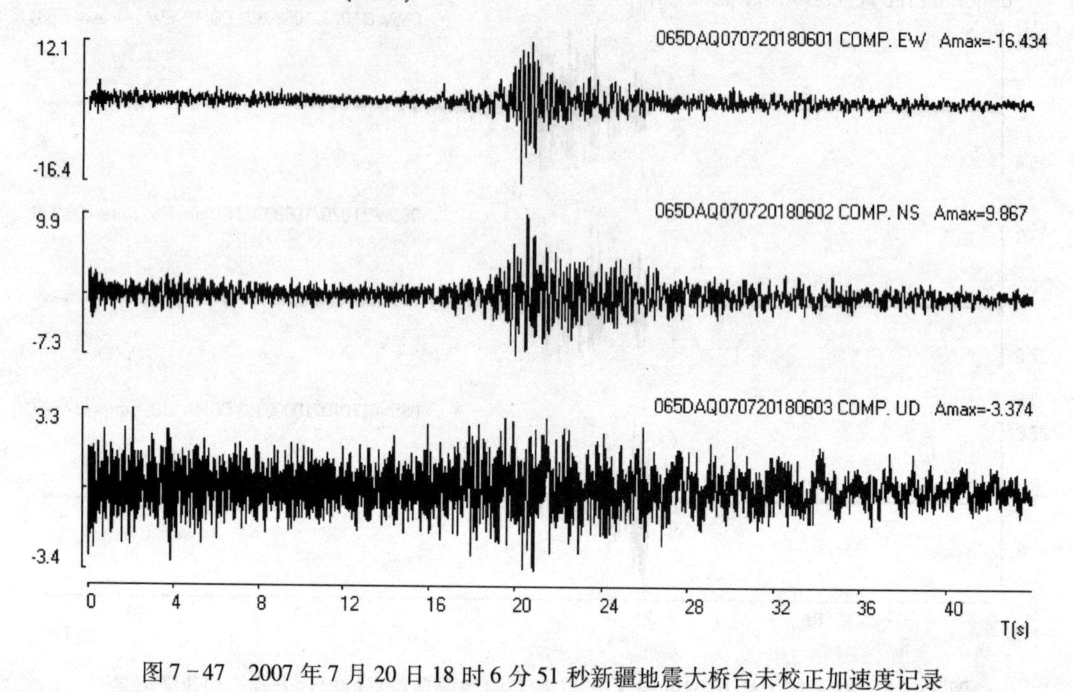
0070720180651 2007-07-20 18:6:51 BTM XINJIANG-EARTHQUAKE, TEKESI,CHN 42.869N 82.470E MAG.5.7(Ms) DEPTH 11KM
CODE OF STATION: 65DAQ 41.7N 81.5E INSTRUMENT TYPE: ETNA/ES-T OBSERVING POINT: GROUND
NO. OF POINTS: 8800 EQUALLY SPACED INTERVALS OF: 0.005 SEC
UNCORRECTED ACCELERATION (cm/s/s)
065DAQ070720180601 COMP. EW Amax=-16.434
12.1
-16.4
065DAQ070720180602 COMP. NS Amax=9.867
9.9
-7.3
065DAQ070720180603 COMP. UD Amax=-3.374
3.3
-3.4
0
4
8
12
16
20
24
28
32
36
40
T(s)

图 7－47　2007 年 7 月 20 日 18 时 6 分 51 秒新疆地震大桥台未校正加速度记录

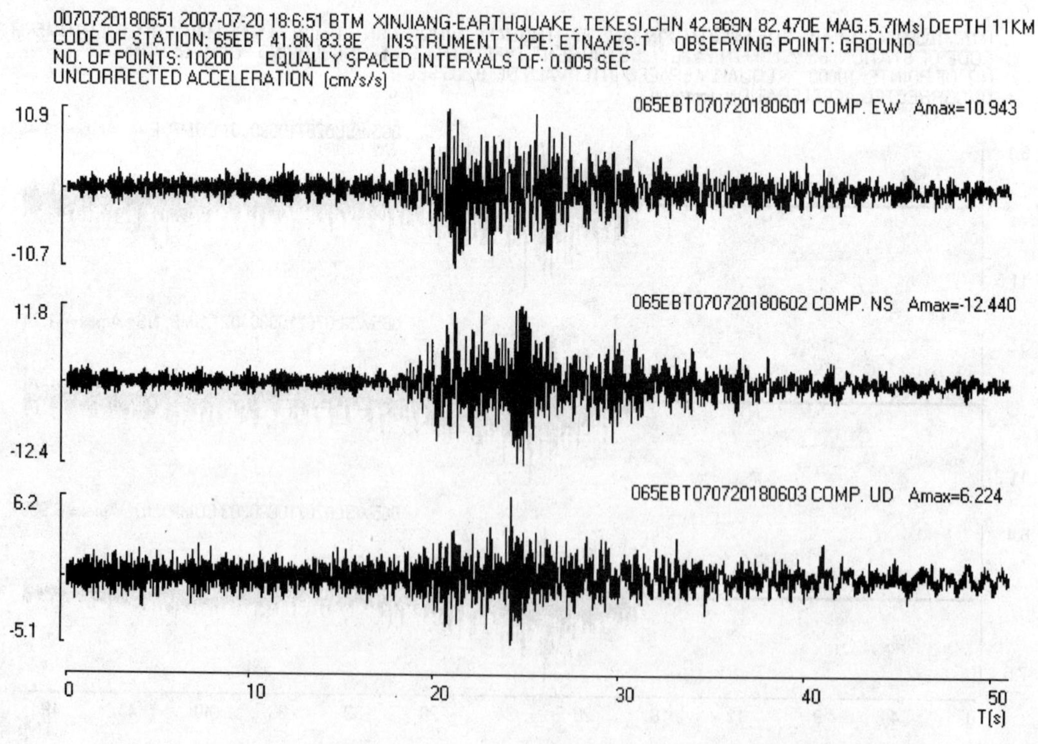
0070720180651 2007-07-20 18:6:51 BTM XINJIANG-EARTHQUAKE, TEKESI,CHN 42.869N 82.470E MAG.5.7(Ms) DEPTH 11KM
CODE OF STATION: 65EBT 41.8N 83.8E INSTRUMENT TYPE: ETNA/ES-T OBSERVING POINT: GROUND
NO. OF POINTS: 10200 EQUALLY SPACED INTERVALS OF: 0.005 SEC
UNCORRECTED ACCELERATION (cm/s/s)
065EBT070720180601 COMP. EW Amax=10.943
10.9
-10.7
065EBT070720180602 COMP. NS Amax=-12.440
11.8
-12.4
065EBT070720180603 COMP. UD Amax=6.224
6.2
-5.1
0
10
20
30
40
50
T(s)

图 7－48　2007 年 7 月 20 日 18 时 6 分 51 秒新疆地震二八台台未校正加速度记录

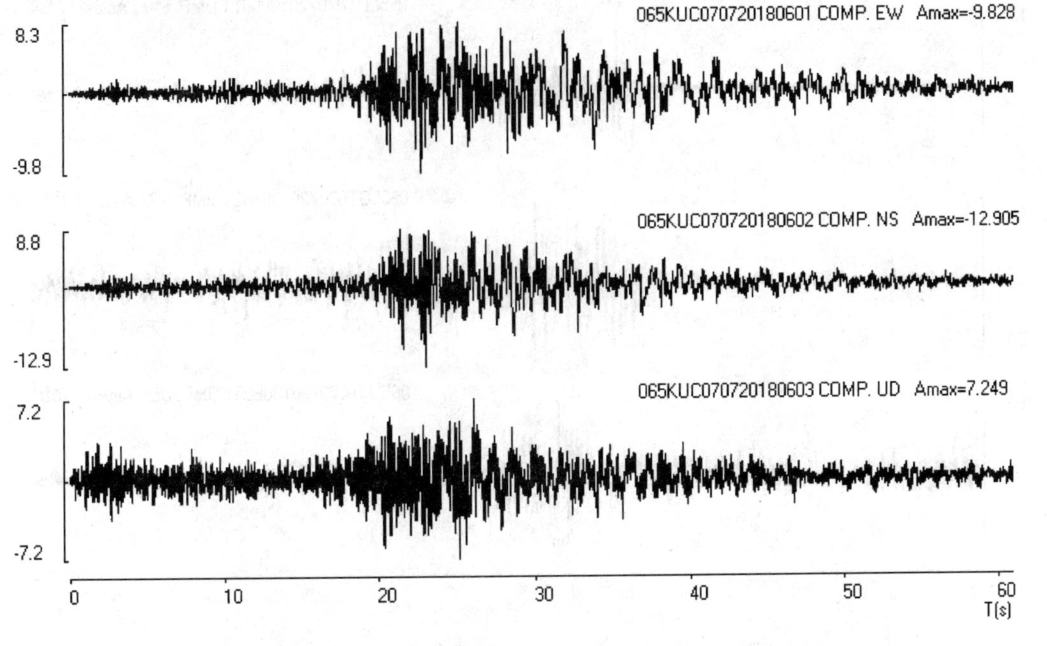
0070720180651 2007-07-20 18:6:51 BTM XINJIANG-EARTHQUAKE, TEKESI,CHN 42.869N 82.470E MAG.5.7(Ms) DEPTH 11KM
CODE OF STATION: 65KUC 41.7N 83.0E INSTRUMENT TYPE: ETNA/ES-T OBSERVING POINT: GROUND
NO. OF POINTS: 12200 EQUALLY SPACED INTERVALS OF: 0.005 SEC
UNCORRECTED ACCELERATION (cm/s/s)
065KUC070720180601 COMP. EW Amax=-9.828
8.3
-9.8
065KUC070720180602 COMP. NS Amax=-12.905
8.8
-12.9
065KUC070720180603 COMP. UD Amax=7.249
7.2
-7.2
0
10
20
30
40
50
60
T(s)

图 7-49 2007 年 7 月 20 日 18 时 6 分 51 秒新疆地震库车台未校正加速度记录

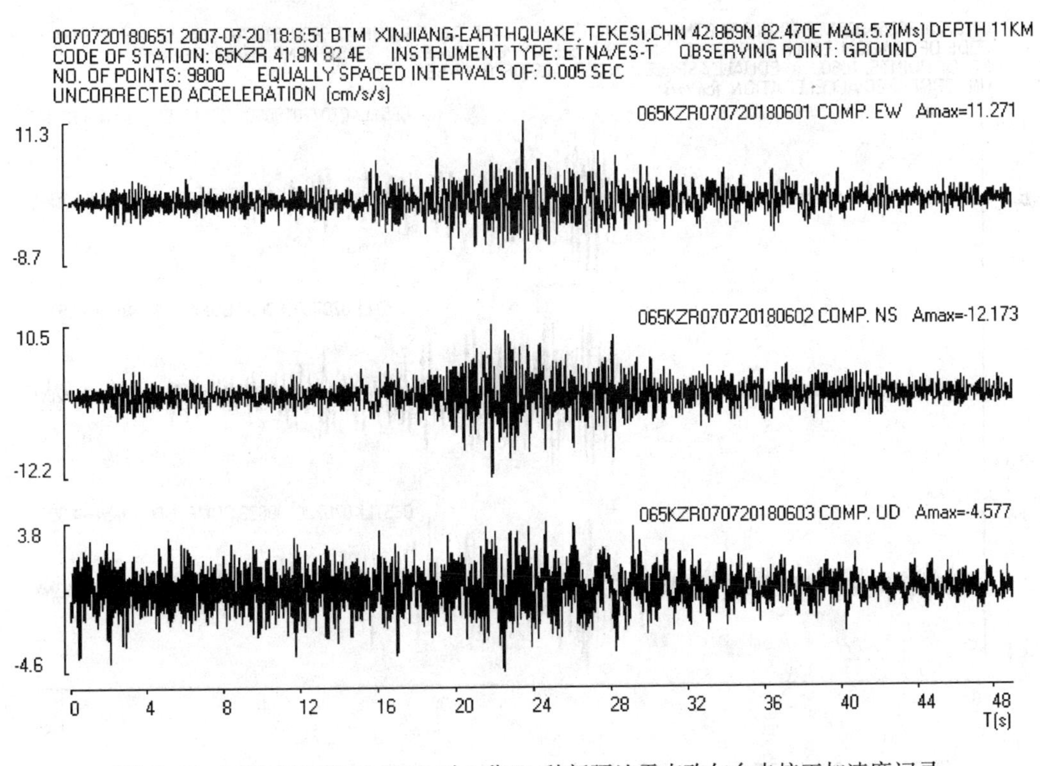
0070720180651 2007-07-20 18:6:51 BTM XINJIANG-EARTHQUAKE, TEKESI,CHN 42.869N 82.470E MAG.5.7(Ms) DEPTH 11KM
CODE OF STATION: 65KZR 41.8N 82.4E INSTRUMENT TYPE: ETNA/ES-T OBSERVING POINT: GROUND
NO. OF POINTS: 9800 EQUALLY SPACED INTERVALS OF: 0.005 SEC
UNCORRECTED ACCELERATION (cm/s/s)
065KZR070720180601 COMP. EW Amax=11.271
11.3
-8.7
065KZR070720180602 COMP. NS Amax=-12.173
10.5
-12.2
065KZR070720180603 COMP. UD Amax=-4.577
3.8
-4.6
0
4
8
12
16
20
24
28
32
36
40
44
48
T(s)

图 7-50 2007 年 7 月 20 日 18 时 6 分 51 秒新疆地震克孜尔台未校正加速度记录

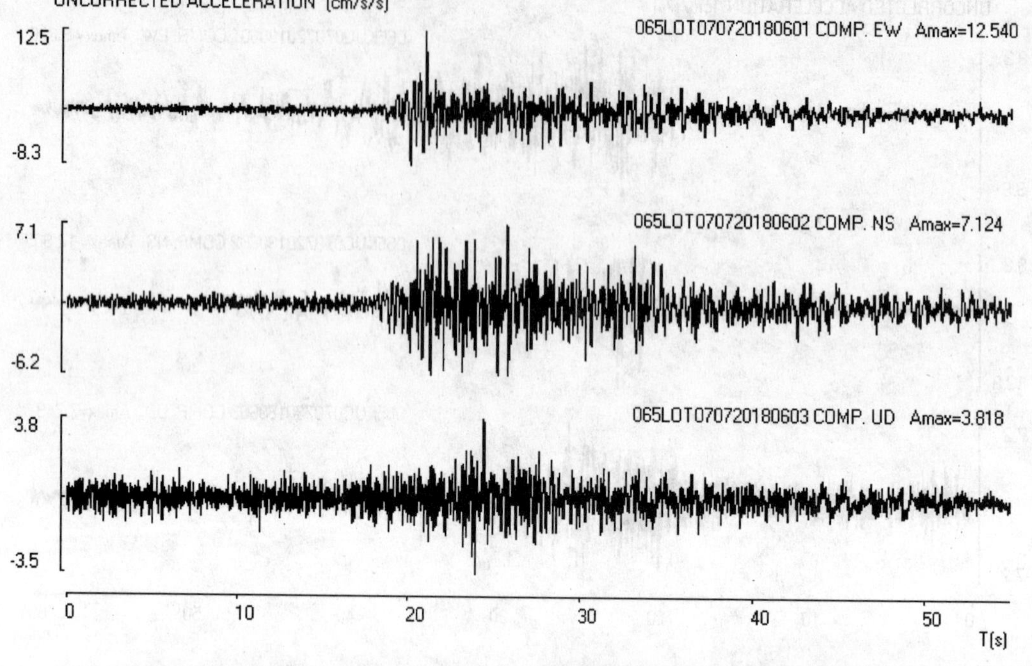
0070720180651 2007-07-20 18:6:51 BTM XINJIANG-EARTHQUAKE, TEKESI,CHN 42.869N 82.470E MAG.5.7(Ms) DEPTH 11KM
CODE OF STATION: 65LOT 41.8N 84.3E INSTRUMENT TYPE: ETNA/ES-T OBSERVING POINT: GROUND
NO. OF POINTS: 11000 EQUALLY SPACED INTERVALS OF: 0.005 SEC
UNCORRECTED ACCELERATION (cm/s/s)
065LOT070720180601 COMP. EW Amax=12.540
12.5
-8.3
065LOT070720180602 COMP. NS Amax=7.124
7.1
-6.2
065LOT070720180603 COMP. UD Amax=3.818
3.8
-3.5
0
10
20
30
40
50
T(s)

图7－51　2007年7月20日18时6分51秒新疆地震轮台台未校正加速度记录

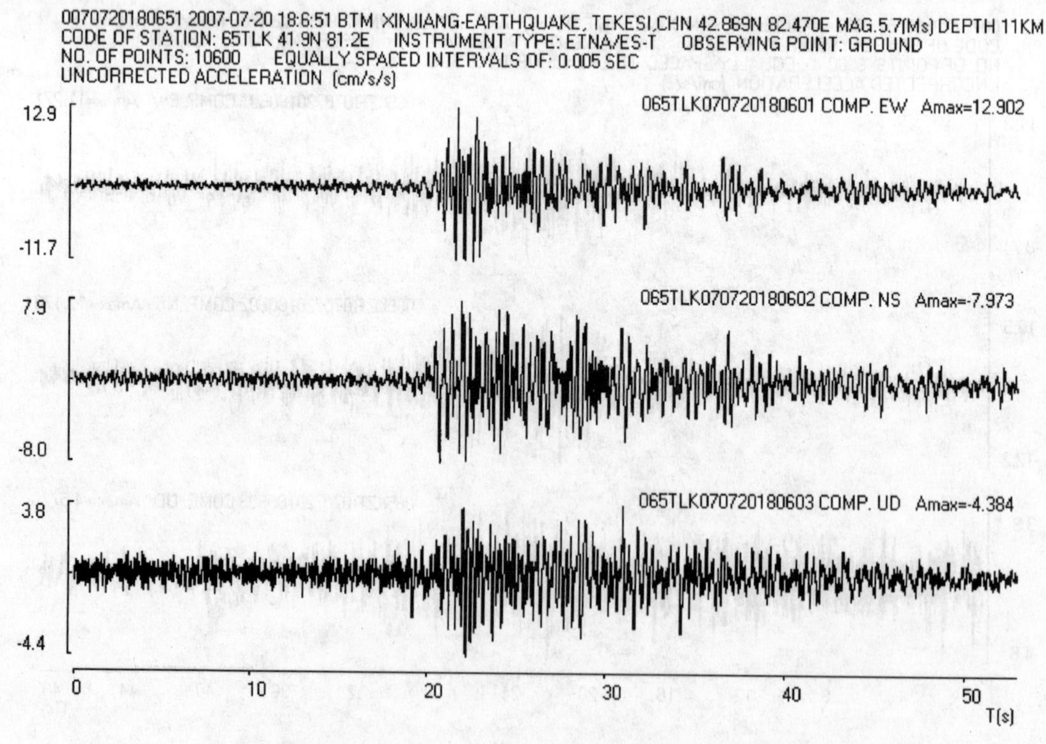
0070720180651 2007-07-20 18:6:51 BTM XINJIANG-EARTHQUAKE, TEKESI,CHN 42.869N 82.470E MAG.5.7(Ms) DEPTH 11KM
CODE OF STATION: 65TLK 41.9N 81.2E INSTRUMENT TYPE: ETNA/ES-T OBSERVING POINT: GROUND
NO. OF POINTS: 10600 EQUALLY SPACED INTERVALS OF: 0.005 SEC
UNCORRECTED ACCELERATION (cm/s/s)
065TLK070720180601 COMP. EW Amax=12.902
12.9
-11.7
065TLK070720180602 COMP. NS Amax=-7.973
7.9
-8.0
065TLK070720180603 COMP. UD Amax=-4.384
3.8
-4.4
0
10
20
30
40
50
T(s)

图7－52　2007年7月20日18时6分51秒新疆地震塔尔拉克台未校正加速度记录

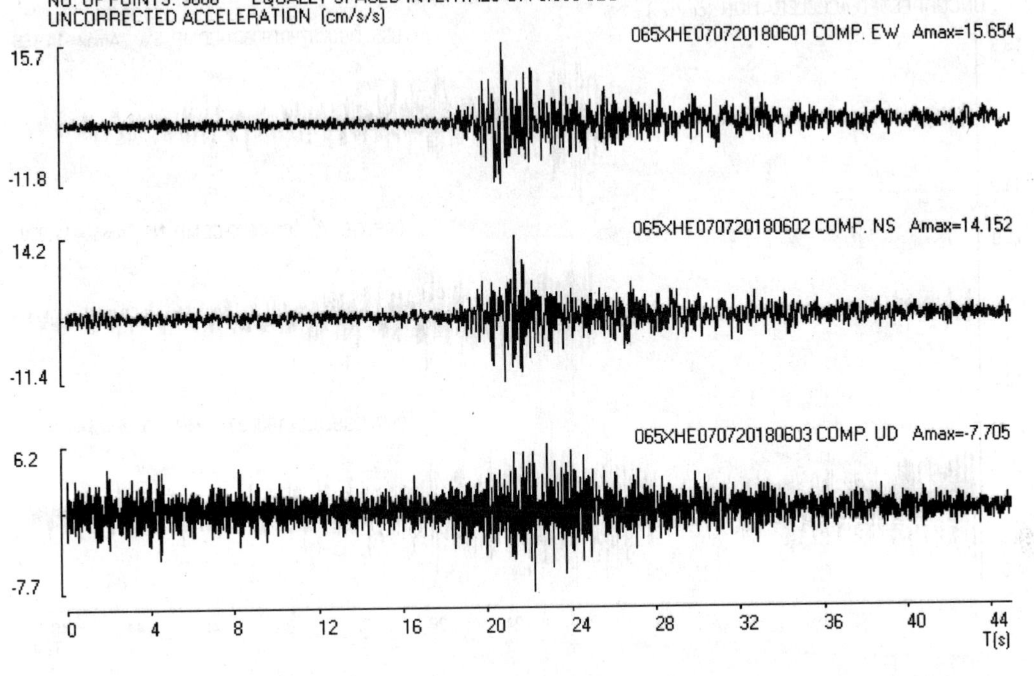

0070720180651 2007-07-20 18:6:51 BTM XINJIANG-EARTHQUAKE, TEKESI,CHN 42.869N 82.470E MAG.5.7(Ms) DEPTH 11KM
CODE OF STATION: 65XHE 41.5N 82.6E INSTRUMENT TYPE: ETNA/ES-T OBSERVING POINT: GROUND
NO. OF POINTS: 9000 EQUALLY SPACED INTERVALS OF: 0.005 SEC
UNCORRECTED ACCELERATION (cm/s/s)
065XHE070720180601 COMP. EW Amax=15.654
15.7
-11.8
065XHE070720180602 COMP. NS Amax=14.152
14.2
-11.4
065XHE070720180603 COMP. UD Amax=-7.705
6.2
-7.7
0
4
8
12
16
20
24
28
32
36
40
44
T(s)

图 7-53 2007 年 7 月 20 日 18 时 6 分 51 秒新疆地震新和台未校正加速度记录

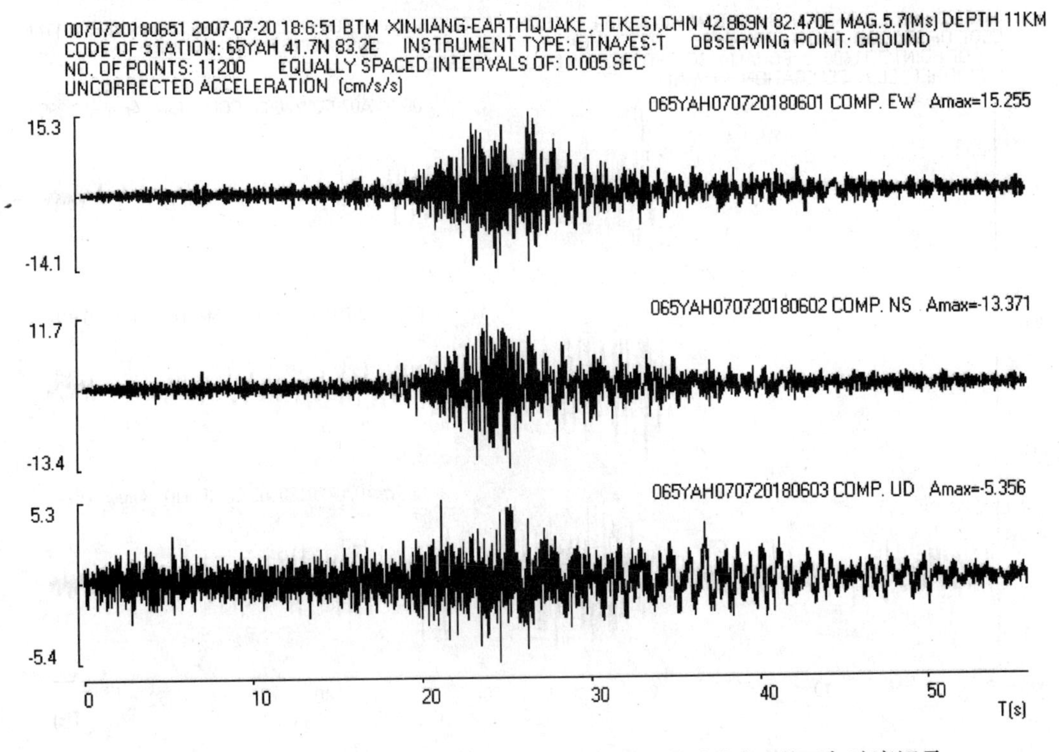

0070720180651 2007-07-20 18:6:51 BTM XINJIANG-EARTHQUAKE, TEKESI,CHN 42.869N 82.470E MAG.5.7(Ms) DEPTH 11KM
CODE OF STATION: 65YAH 41.7N 83.2E INSTRUMENT TYPE: ETNA/ES-T OBSERVING POINT: GROUND
NO. OF POINTS: 11200 EQUALLY SPACED INTERVALS OF: 0.005 SEC
UNCORRECTED ACCELERATION (cm/s/s)
065YAH070720180601 COMP. EW Amax=15.255
15.3
-14.1
065YAH070720180602 COMP. NS Amax=-13.371
11.7
-13.4
065YAH070720180603 COMP. UD Amax=-5.356
5.3
-5.4
0
10
20
30
40
50
T(s)

图 7-54 2007 年 7 月 20 日 18 时 6 分 51 秒新疆地震牙哈台未校正加速度记录

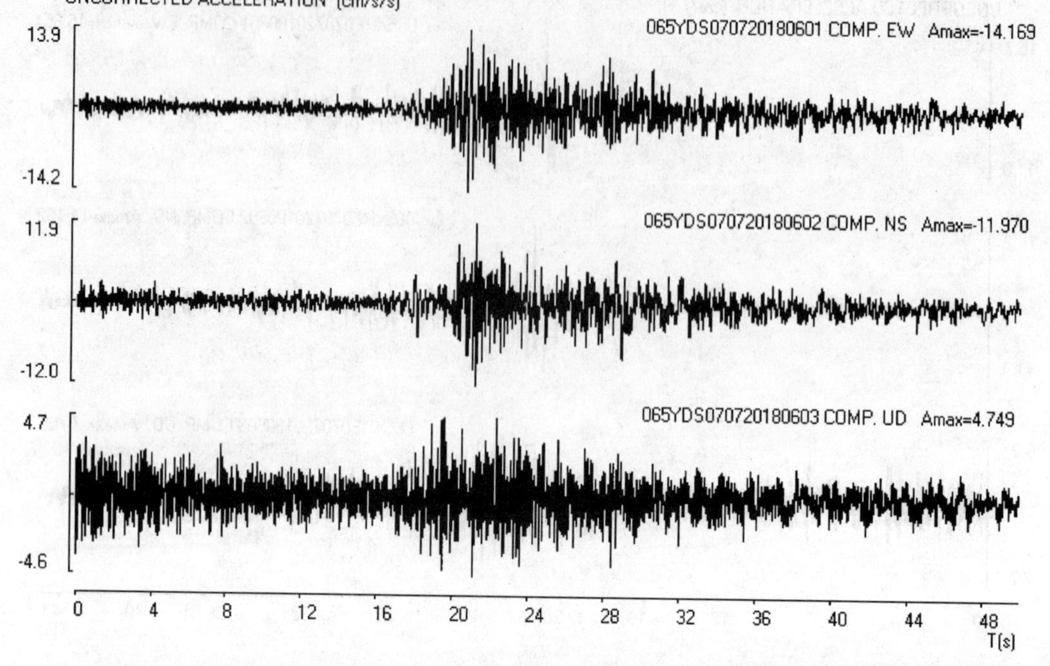
0070720180651 2007-07-20 18:6:51 BTM XINJIANG-EARTHQUAKE, TEKESI,CHN 42.869N 82.470E MAG.5.7(Ms) DEPTH 11KM
CODE OF STATION: 65YDS 41.5N 82.4E INSTRUMENT TYPE: ETNA/ES-T OBSERVING POINT: GROUND
NO. OF POINTS: 10000 EQUALLY SPACED INTERVALS OF: 0.005 SEC
UNCORRECTED ACCELERATION (cm/s/s)
065YDS070720180601 COMP. EW Amax=-14.169
13.9
-14.2
065YDS070720180602 COMP. NS Amax=-11.970
11.9
-12.0
065YDS070720180603 COMP. UD Amax=4.749
4.7
-4.6
0
4
8
12
16
20
24
28
32
36
40
44
48
T(s)

图 7-55 2007 年 7 月 20 日 18 时 6 分 51 秒新疆地震尤鲁都斯台未校正加速度记录

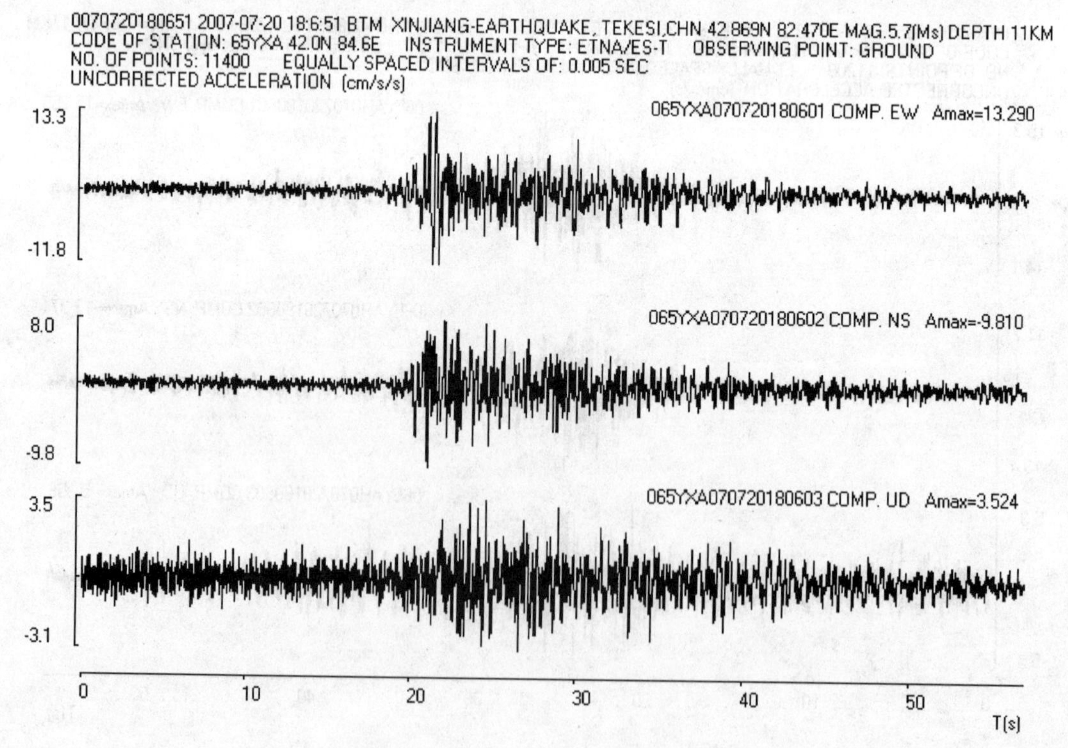
0070720180651 2007-07-20 18:6:51 BTM XINJIANG-EARTHQUAKE, TEKESI,CHN 42.869N 82.470E MAG.5.7(Ms) DEPTH 11KM
CODE OF STATION: 65YXA 42.0N 84.6E INSTRUMENT TYPE: ETNA/ES-T OBSERVING POINT: GROUND
NO. OF POINTS: 11400 EQUALLY SPACED INTERVALS OF: 0.005 SEC
UNCORRECTED ACCELERATION (cm/s/s)
065YXA070720180601 COMP. EW Amax=13.290
13.3
-11.8
065YXA070720180602 COMP. NS Amax=-9.810
8.0
-9.8
065YXA070720180603 COMP. UD Amax=3.524
3.5
-3.1
0
10
20
30
40
50
T(s)

图 7-56 2007 年 7 月 20 日 18 时 6 分 51 秒新疆地震阳霞台未校正加速度记录

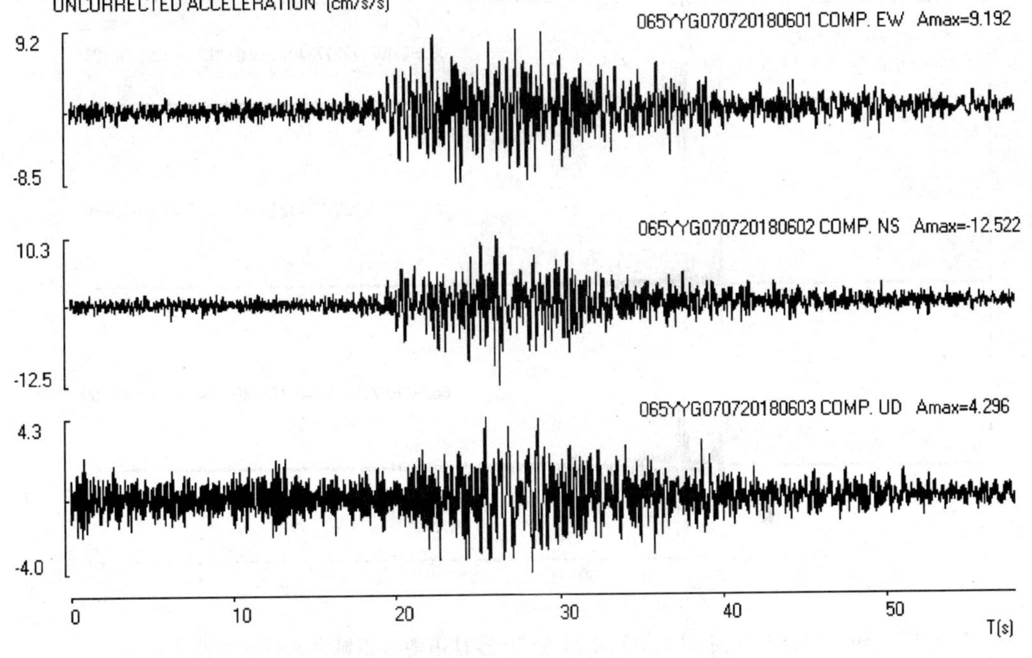
0070720180651 2007-07-20 18:6:51 BTM XINJIANG-EARTHQUAKE, TEKESI,CHN 42.869N 82.470E MAG.5.7(Ms) DEPTH 11KM
CODE OF STATION: 65YYG 42.0N 85.1E INSTRUMENT TYPE: ETNA/ES-T OBSERVING POINT: GROUND
NO. OF POINTS: 11600 EQUALLY SPACED INTERVALS OF: 0.005 SEC
UNCORRECTED ACCELERATION (cm/s/s)
065YYG070720180601 COMP. EW Amax=9.192
9.2
-8.5
065YYG070720180602 COMP. NS Amax=-12.522
10.3
-12.5
065YYG070720180603 COMP. UD Amax=4.296
4.3
-4.0
0
10
20
30
40
50
T(s)

图 7-57 2007 年 7 月 20 日 18 时 6 分 51 秒新疆地震野云沟台未校正加速度记录

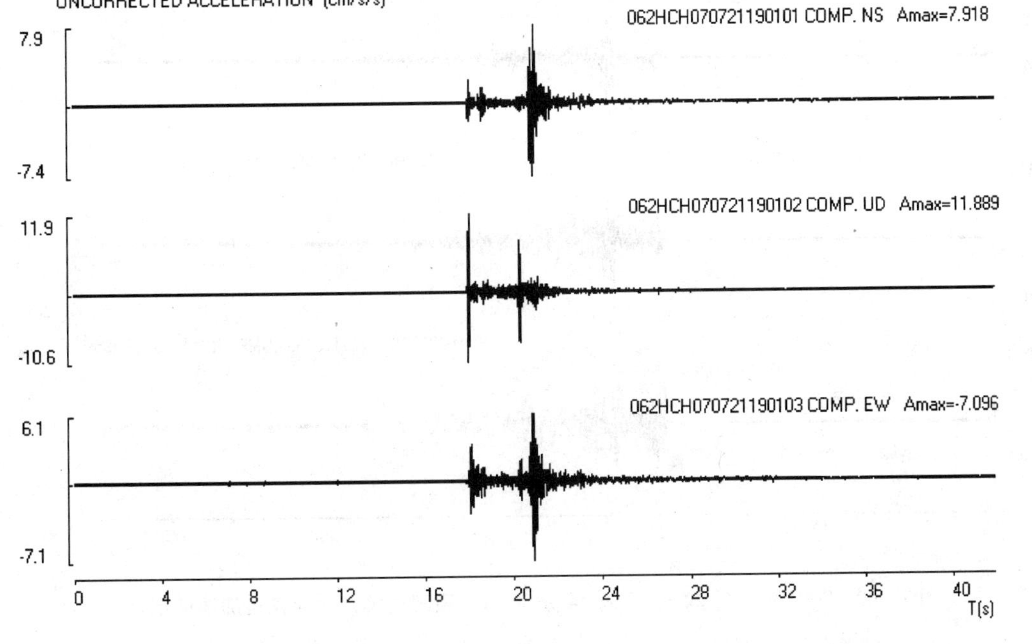
0070721190151 2007-07-21 19:1:51 BTM GANSU-EARTHQUAKE, HUOCHENG,CHN 38.549N 101.379E MAG.3.1(Ml) DEPTH 20KM
CODE OF STATION: 62HCH 38.4N 101.1E INSTRUMENT TYPE: ETNA/SLJ-100 OBSERVING POINT: GROUND
NO. OF POINTS: 8400 EQUALLY SPACED INTERVALS OF: 0.005 SEC
UNCORRECTED ACCELERATION (cm/s/s)
062HCH070721190101 COMP. NS Amax=7.918
7.9
-7.4
062HCH070721190102 COMP. UD Amax=11.889
11.9
-10.6
062HCH070721190103 COMP. EW Amax=-7.096
6.1
-7.1
0
4
8
12
16
20
24
28
32
36
40
T(s)

图 7-58 2007 年 7 月 21 日 19 时 1 分 51 秒甘肃地震霍城台未校正加速度记录

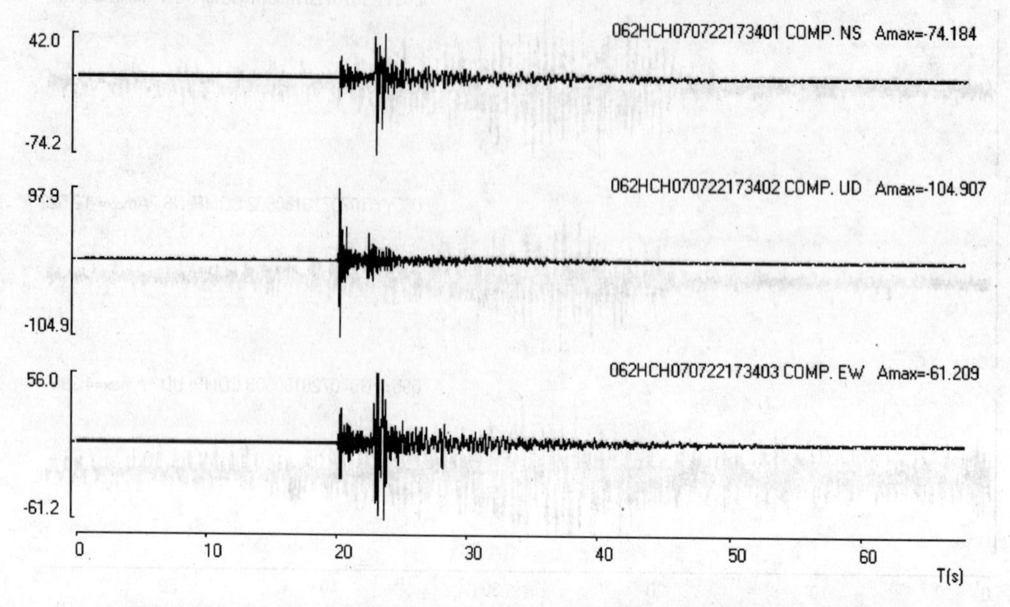
0070722173430 2007-07-22 17:34:30 BTM GANSU-EARTHQUAKE, HUANGCHENG,CHN 38.500N 101.290E MAG.5.0(Ms) DEPTH 10KM
CODE OF STATION: 62HCH 38.4N 101.1E INSTRUMENT TYPE: ETNA/SLJ-100 OBSERVING POINT: GROUND
NO. OF POINTS: 13600 EQUALLY SPACED INTERVALS OF: 0.005 SEC
UNCORRECTED ACCELERATION (cm/s/s)
062HCH070722173401 COMP. NS Amax=-74.184
42.0
-74.2
062HCH070722173402 COMP. UD Amax=-104.907
97.9
-104.9
062HCH070722173403 COMP. EW Amax=-61.209
56.0
-61.2
0
10
20
30
40
50
60
T(s)

图 7－59　2007 年 7 月 22 日 17 时 34 分 30 秒甘肃地震霍城台未校正加速度记录

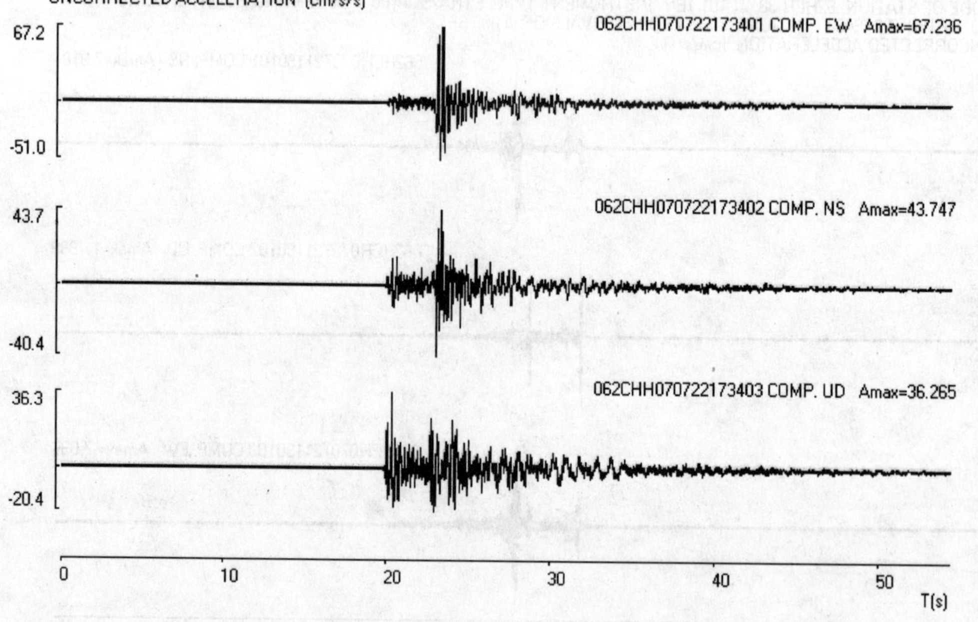
0070722173430 2007-07-22 17:34:30 BTM GANSU-EARTHQUAKE, HUANGCHENG,CHN 38.500N 101.290E MAG.5.0(Ms) DEPTH 10KM
CODE OF STATION: 62CHH 38.6N 101.2E INSTRUMENT TYPE: MR2002/SLJ-100 OBSERVING POINT: GROUND
NO. OF POINTS: 10872 EQUALLY SPACED INTERVALS OF: 0.005 SEC
UNCORRECTED ACCELERATION (cm/s/s)
062CHH070722173401 COMP. EW Amax=67.236
67.2
-51.0
062CHH070722173402 COMP. NS Amax=43.747
43.7
-40.4
062CHH070722173403 COMP. UD Amax=36.265
36.3
-20.4
0
10
20
30
40
50
T(s)

图 7－60　2007 年 7 月 22 日 17 时 34 分 30 秒甘肃地震陈户台未校正加速度记录

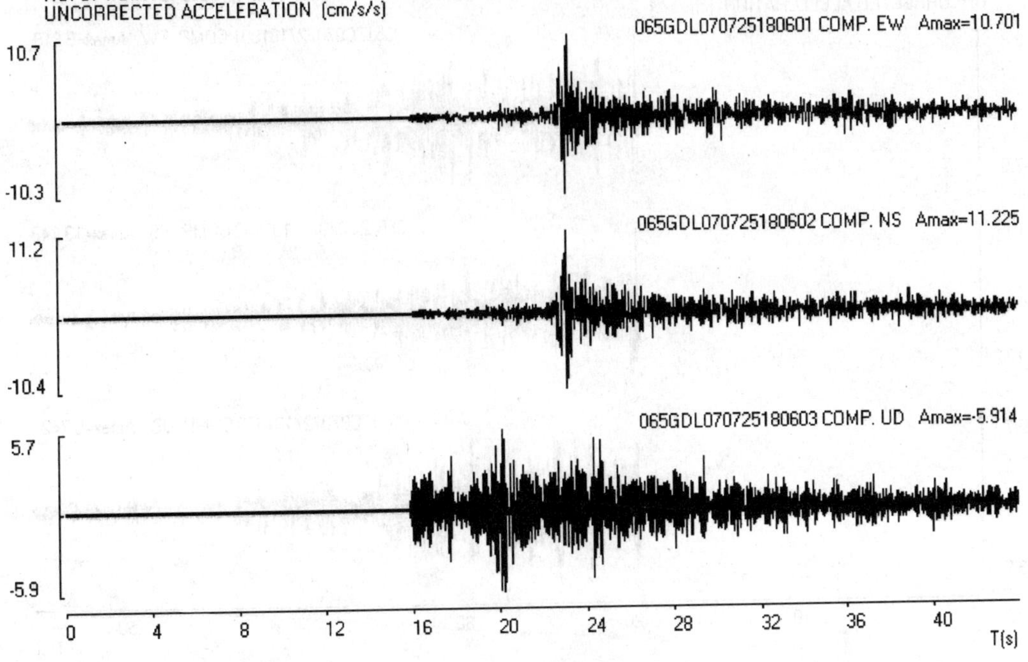

0070725180611 2007-07-25 18:6:11 BTM XINJIANG-EARTHQUAKE, JIASHI,CHN 39.650N 77.220E MAG.4.2(Ms) DEPTH 38KM
CODE OF STATION: 65GDL 39.8N 76.6E INSTRUMENT TYPE: ETNA/ES-T OBSERVING POINT: GROUND
NO. OF POINTS: 8800 EQUALLY SPACED INTERVALS OF: 0.005 SEC
UNCORRECTED ACCELERATION (cm/s/s)
065GDL070725180601 COMP. EW Amax=10.701
10.7
-10.3
065GDL070725180602 COMP. NS Amax=11.225
11.2
-10.4
065GDL070725180603 COMP. UD Amax=-5.914
5.7
-5.9
0
4
8
12
16
20
24
28
32
36
40
T(s)

图 7－61　2007 年 7 月 25 日 18 时 6 分 11 秒新疆地震格达良台未校正加速度记录

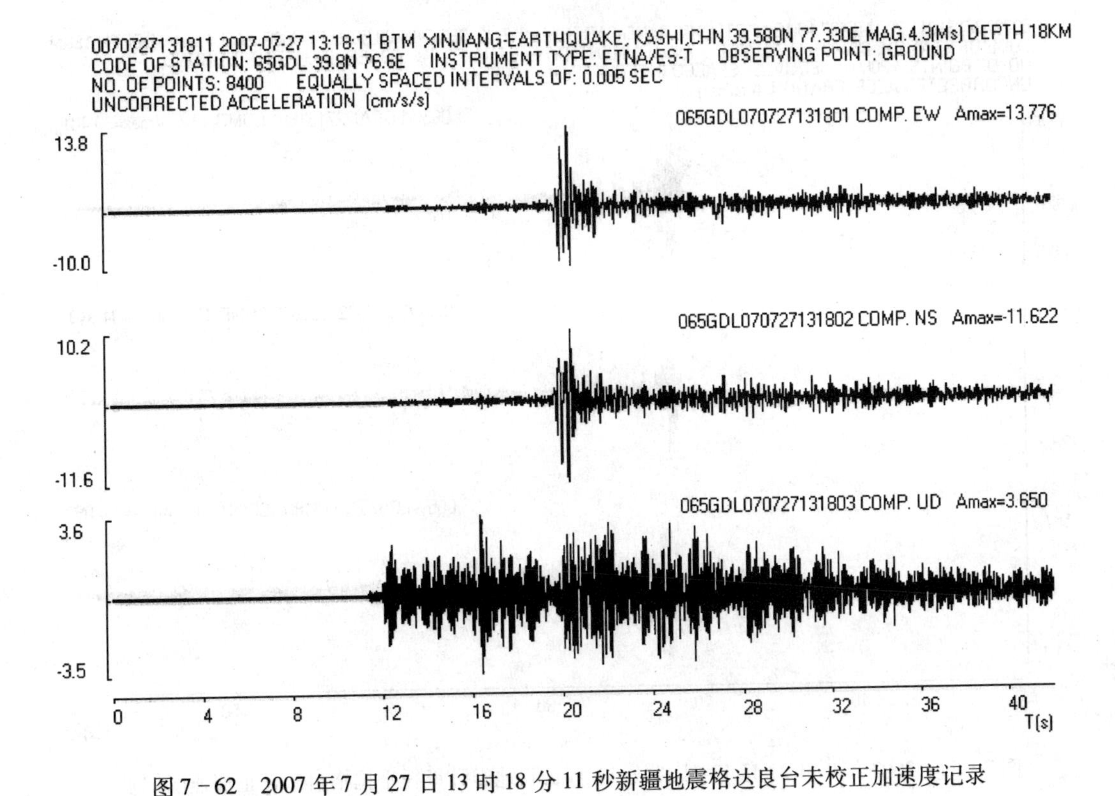

0070727131811 2007-07-27 13:18:11 BTM XINJIANG-EARTHQUAKE, KASHI,CHN 39.580N 77.330E MAG.4.3(Ms) DEPTH 18KM
CODE OF STATION: 65GDL 39.8N 76.6E INSTRUMENT TYPE: ETNA/ES-T OBSERVING POINT: GROUND
NO. OF POINTS: 8400 EQUALLY SPACED INTERVALS OF: 0.005 SEC
UNCORRECTED ACCELERATION (cm/s/s)
065GDL070727131801 COMP. EW Amax=13.776
13.8
-10.0
065GDL070727131802 COMP. NS Amax=-11.622
10.2
-11.6
065GDL070727131803 COMP. UD Amax=3.650
3.6
-3.5
0
4
8
12
16
20
24
28
32
36
40
T(s)

图 7－62　2007 年 7 月 27 日 13 时 18 分 11 秒新疆地震格达良台未校正加速度记录

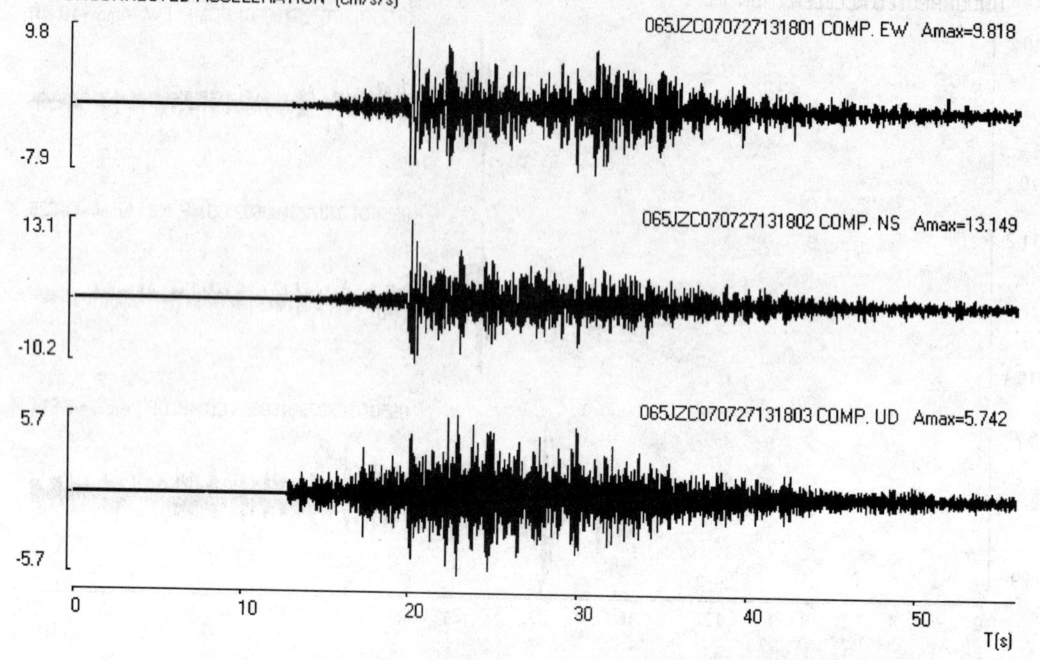
0070727131811 2007-07-27 13:18:11 BTM XINJIANG-EARTHQUAKE, KASHI,CHN 39.580N 77.330E MAG.4.3(Ms) DEPTH 18KM
CODE OF STATION: 65JZC 39.7N 77.6E INSTRUMENT TYPE: ETNA/ES-T OBSERVING POINT: GROUND
NO. OF POINTS: 11200 EQUALLY SPACED INTERVALS OF: 0.005 SEC
UNCORRECTED ACCELERATION (cm/s/s)
9.8
-7.9
065JZC070727131801 COMP. EW Amax=9.818
13.1
-10.2
065JZC070727131802 COMP. NS Amax=13.149
5.7
-5.7
065JZC070727131803 COMP. UD Amax=5.742
0
10
20
30
40
50
T(s)

图 7－63 2007 年 7 月 27 日 13 时 18 分 11 秒新疆地震伽师总场台未校正加速度记录

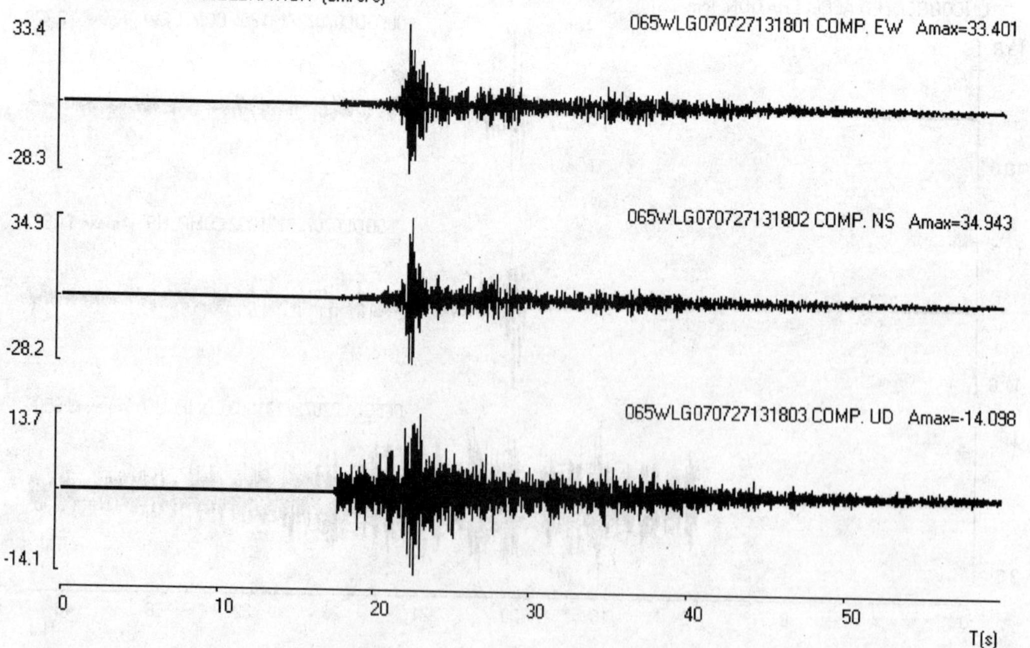
0070727131811 2007-07-27 13:18:11 BTM XINJIANG-EARTHQUAKE, KASHI,CHN 39.580N 77.330E MAG.4.3(Ms) DEPTH 18KM
CODE OF STATION: 65WLG 39.7N 77.3E INSTRUMENT TYPE: ETNA/ES-T OBSERVING POINT: GROUND
NO. OF POINTS: 12000 EQUALLY SPACED INTERVALS OF: 0.005 SEC
UNCORRECTED ACCELERATION (cm/s/s)
33.4
-28.3
065WLG070727131801 COMP. EW Amax=33.401
34.9
-28.2
065WLG070727131802 COMP. NS Amax=34.943
13.7
-14.1
065WLG070727131803 COMP. UD Amax=-14.098
0
10
20
30
40
50
T(s)

图 7－64 2007 年 7 月 27 日 13 时 18 分 11 秒新疆地震卧里托乎拉格台未校正加速度记录

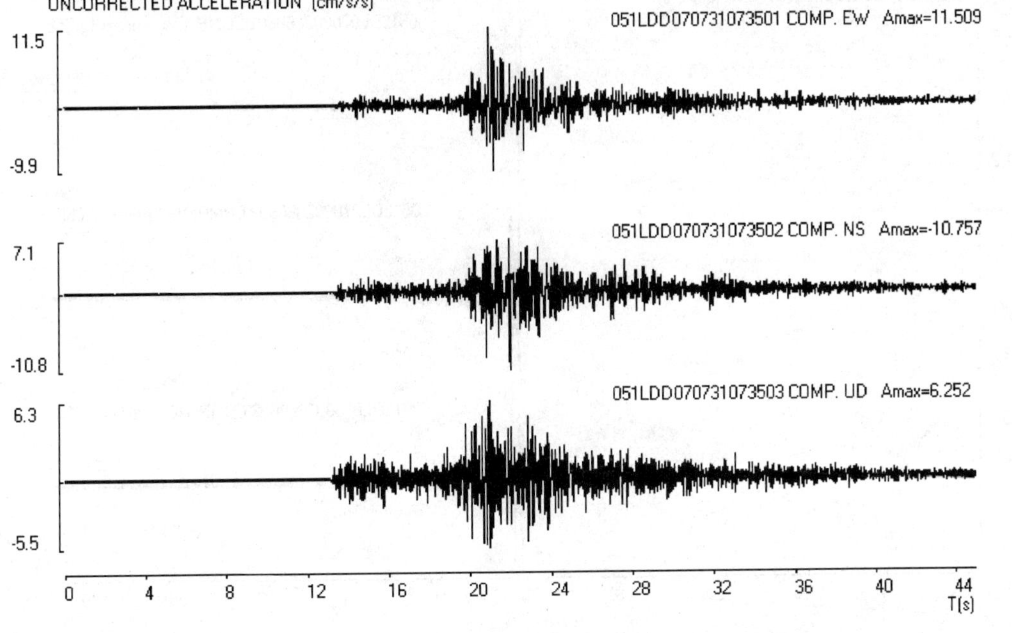

0070731073525 2007-07-31 7:35:25 BTM SICHUAN-EARTHQUAKE, RONGJING,CHN 29.569N 102.989E MAG.3.9(Ml) DEPTH 20KM
CODE OF STATION: 51LDD 29.6N 102.2E INSTRUMENT TYPE: ETNA/ES-T OBSERVING POINT: GROUND
NO. OF POINTS: 9000 EQUALLY SPACED INTERVALS OF: 0.005 SEC
UNCORRECTED ACCELERATION (cm/s/s)
051LDD070731073501 COMP. EW Amax=11.509
11.5
-9.9
051LDD070731073502 COMP. NS Amax=-10.757
7.1
-10.8
051LDD070731073503 COMP. UD Amax=6.252
6.3
-5.5
0 4 8 12 16 20 24 28 32 36 40 44
T(s)

图 7－65 2007 年 7 月 31 日 7 时 35 分 25 秒四川地震泸定得妥台未校正加速度记录

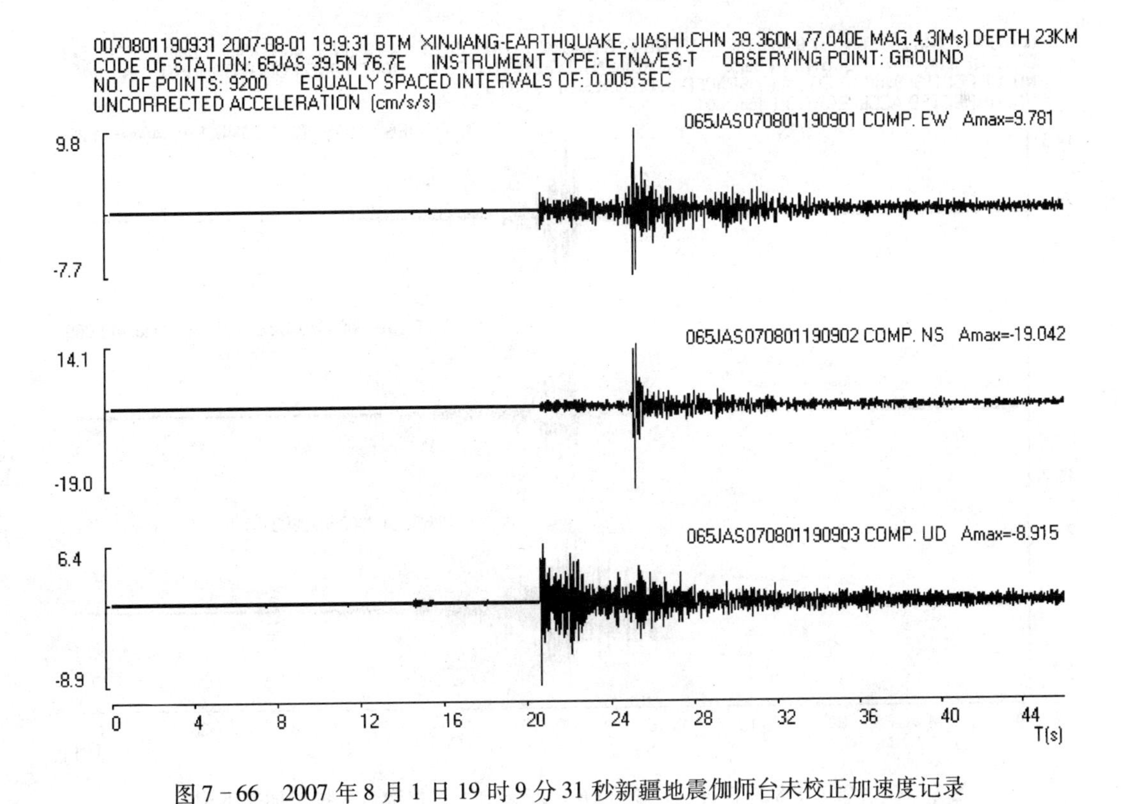

0070801190931 2007-08-01 19:9:31 BTM XINJIANG-EARTHQUAKE, JIASHI,CHN 39.360N 77.040E MAG.4.3(Ms) DEPTH 23KM
CODE OF STATION: 65JAS 39.5N 76.7E INSTRUMENT TYPE: ETNA/ES-T OBSERVING POINT: GROUND
NO. OF POINTS: 9200 EQUALLY SPACED INTERVALS OF: 0.005 SEC
UNCORRECTED ACCELERATION (cm/s/s)
065JAS070801190901 COMP. EW Amax=9.781
9.8
-7.7
065JAS070801190902 COMP. NS Amax=-19.042
14.1
-19.0
065JAS070801190903 COMP. UD Amax=-8.915
6.4
-8.9
0 4 8 12 16 20 24 28 32 36 40 44
T(s)

图 7－66 2007 年 8 月 1 日 19 时 9 分 31 秒新疆地震伽师台未校正加速度记录

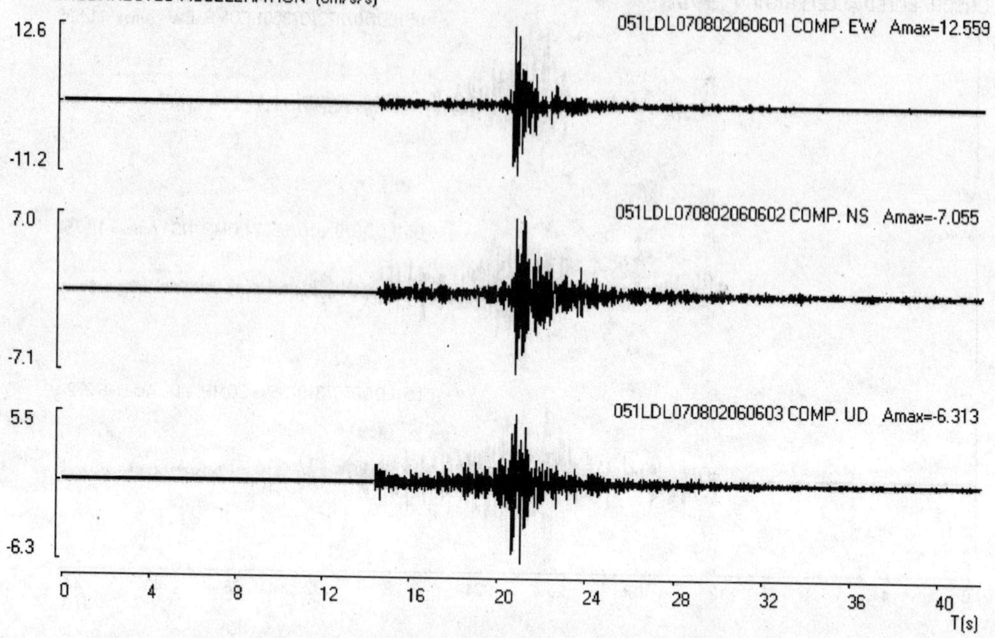
0070802060651 2007-08-02 6:6:51 BTM SICHUAN-EARTHQUAKE, TIANQUAN,CHN 29.969N 102.760E MAG.3.1(MI) DEPTH 18KM
CODE OF STATION: 51LDL 29.8N 102.2E INSTRUMENT TYPE: ETNA/ES-T OBSERVING POINT: GROUND
NO. OF POINTS: 8400 EQUALLY SPACED INTERVALS OF: 0.005 SEC
UNCORRECTED ACCELERATION (cm/s/s)
051LDL070802060601 COMP. EW Amax=12.559
12.6
-11.2
051LDL070802060602 COMP. NS Amax=-7.055
7.0
-7.1
051LDL070802060603 COMP. UD Amax=-6.313
5.5
-6.3
0 4 8 12 16 20 24 28 32 36 40
T(s)

图 7-67 2007 年 8 月 2 日 6 时 6 分 51 秒四川地震泸定冷碛台未校正加速度记录

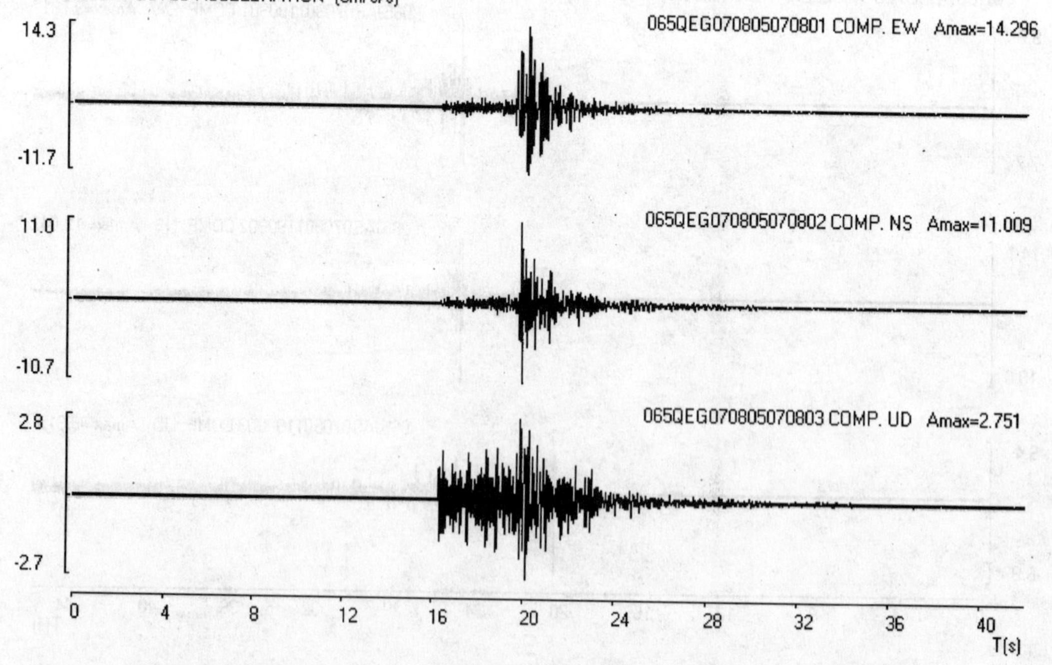
0070805070846 2007-08-05 7:8:46 BTM XINJIANG-EARTHQUAKE, HUTUBI,CHN 43.860N 86.400E MAG.3.2(MI) DEPTH 15KM
CODE OF STATION: 65QEG 43.9N 86.5E INSTRUMENT TYPE: ETNA/ES-T OBSERVING POINT: GROUND
NO. OF POINTS: 8400 EQUALLY SPACED INTERVALS OF: 0.005 SEC
UNCORRECTED ACCELERATION (cm/s/s)
065QEG070805070801 COMP. EW Amax=14.296
14.3
-11.7
065QEG070805070802 COMP. NS Amax=11.009
11.0
-10.7
065QEG070805070803 COMP. UD Amax=2.751
2.8
-2.7
0 4 8 12 16 20 24 28 32 36 40
T(s)

图 7-68 2007 年 8 月 5 日 7 时 8 分 46 秒新疆地震雀尔沟台未校正加速度记录

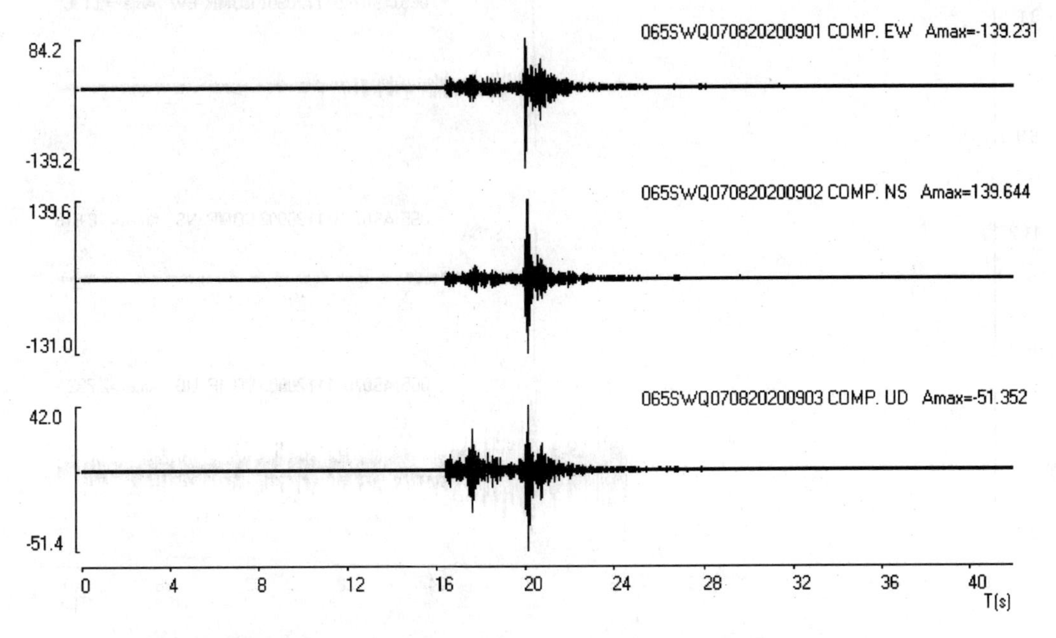
0070820200947 2007-08-20 20:9:47 BTM XINJIANG-EARTHQUAKE, SHAWAN,CHN 43.932N 85.379E MAG.2.8(MI) DEPTH 15KM
CODE OF STATION: 65SWQ 43.8N 85.4E INSTRUMENT TYPE: ETNA/ES-T OBSERVING POINT: GROUND
NO. OF POINTS: 8400 EQUALLY SPACED INTERVALS OF: 0.005 SEC
UNCORRECTED ACCELERATION (cm/s/s)
065SWQ070820200901 COMP. EW Amax=-139.231
84.2
-139.2
065SWQ070820200902 COMP. NS Amax=139.644
139.6
-131.0
065SWQ070820200903 COMP. UD Amax=-51.352
42.0
-51.4
0
4
8
12
16
20
24
28
32
36
40
T(s)

图 7-69 2007 年 8 月 20 日 20 时 9 分 47 秒新疆地震沙湾温泉台未校正加速度记录

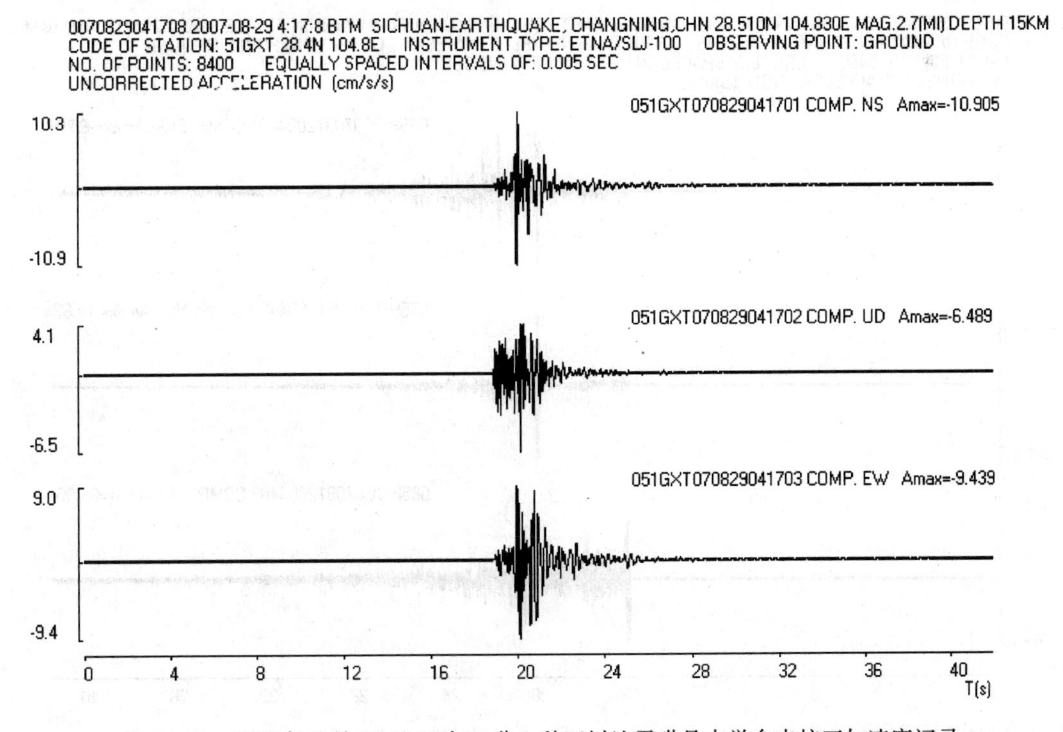
0070829041708 2007-08-29 4:17:8 BTM SICHUAN-EARTHQUAKE, CHANGNING,CHN 28.510N 104.830E MAG.2.7(MI) DEPTH 15KM
CODE OF STATION: 51GXT 28.4N 104.8E INSTRUMENT TYPE: ETNA/SLJ-100 OBSERVING POINT: GROUND
NO. OF POINTS: 8400 EQUALLY SPACED INTERVALS OF: 0.005 SEC
UNCORRECTED ACCELERATION (cm/s/s)
051GXT070829041701 COMP. NS Amax=-10.905
10.3
-10.9
051GXT070829041702 COMP. UD Amax=-6.489
4.1
-6.5
051GXT070829041703 COMP. EW Amax=-9.439
9.0
-9.4
0
4
8
12
16
20
24
28
32
36
40
T(s)

图 7-70 2007 年 8 月 29 日 4 时 17 分 8 秒四川地震珙县中学台未校正加速度记录

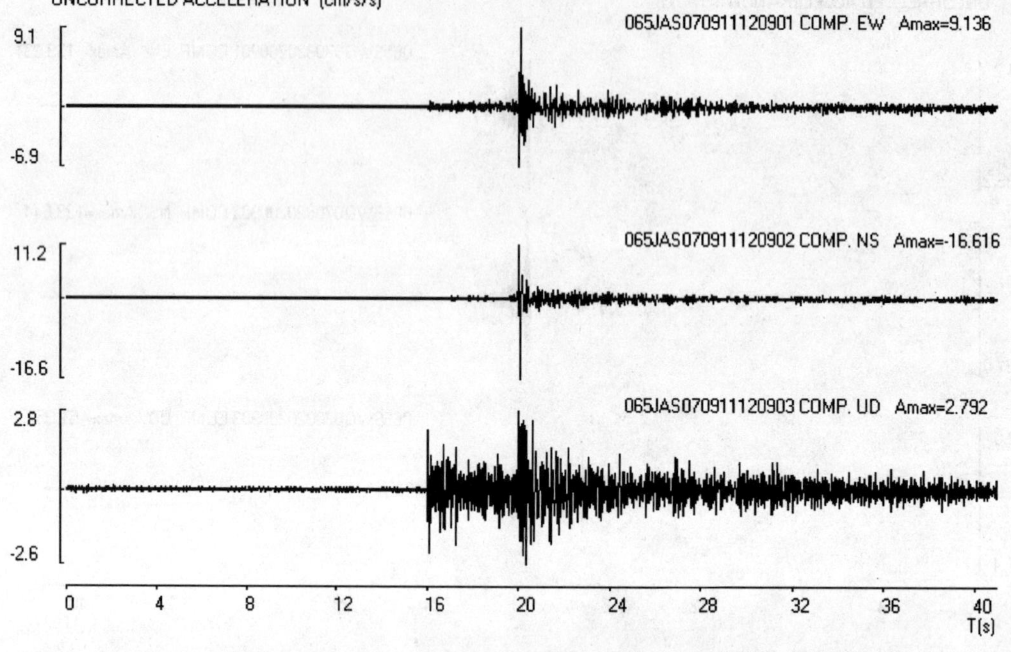

0070911120939 2007-09-11 12:9:39 BTM XINJIANG-EARTHQUAKE, XINJIANG,CHN 39.470N 77.010E MAG.3.7(MI) DEPTH 12KM
CODE OF STATION: 65JAS 39.5N 76.7E INSTRUMENT TYPE: ETNA/ES-T OBSERVING POINT: GROUND
NO. OF POINTS: 8200 EQUALLY SPACED INTERVALS OF: 0.005 SEC
UNCORRECTED ACCELERATION (cm/s/s)
065JAS070911120901 COMP. EW Amax=9.136
9.1
-6.9
065JAS070911120902 COMP. NS Amax=-16.616
11.2
-16.6
065JAS070911120903 COMP. UD Amax=2.792
2.8
-2.6
0 4 8 12 16 20 24 28 32 36 40
T(s)

图7-71 2007年9月11日12时9分39秒新疆地震伽师台未校正加速度记录

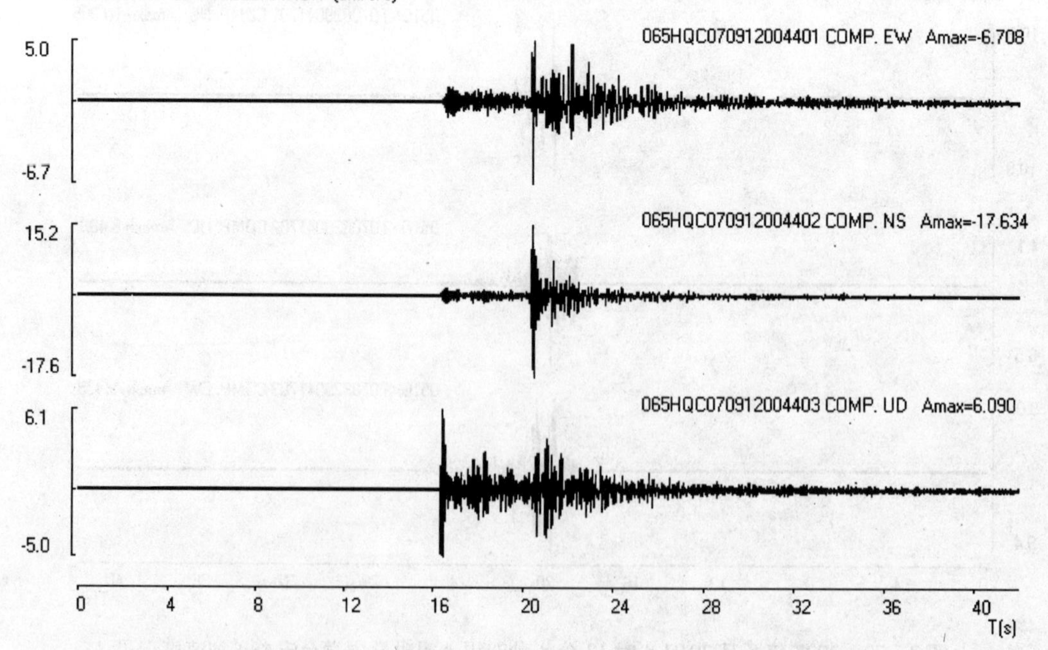

0070912004436 2007-09-12 0:44:36 BTM XINJIANG-EARTHQUAKE, XINJIANG,CHN 39.840N 76.510E MAG.3.2(MI) DEPTH 8KM
CODE OF STATION: 65HQC 39.8N 76.4E INSTRUMENT TYPE: ETNA/ES-T OBSERVING POINT: GROUND
NO. OF POINTS: 8400 EQUALLY SPACED INTERVALS OF: 0.005 SEC
UNCORRECTED ACCELERATION (cm/s/s)
065HQC070912004401 COMP. EW Amax=-6.708
5.0
-6.7
065HQC070912004402 COMP. NS Amax=-17.634
15.2
-17.6
065HQC070912004403 COMP. UD Amax=6.090
6.1
-5.0
0 4 8 12 16 20 24 28 32 36 40
T(s)

图7-72 2007年9月12日0时44分36秒新疆地震红旗农场台未校正加速度记录

0070923165620 2007-09-23 16:56:20 BTM XINJIANG-EARTHQUAKE, XINJIANG,CHN 39.950N 74.480E MAG.3.3(Ml) DEPTH 24KM
CODE OF STATION: 65WQT 39.8N 74.3E INSTRUMENT TYPE: ETNA/ES-T OBSERVING POINT: GROUND
NO. OF POINTS: 8800 EQUALLY SPACED INTERVALS OF: 0.005 SEC
UNCORRECTED ACCELERATION (cm/s/s)

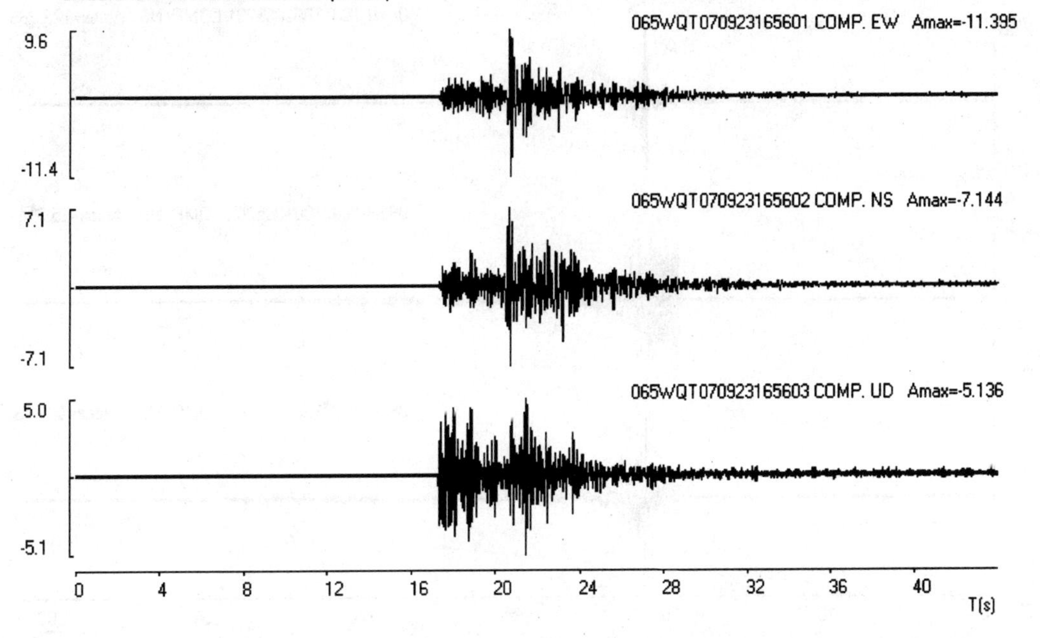
065WQT070923165601 COMP. EW Amax=-11.395
9.6
-11.4
065WQT070923165602 COMP. NS Amax=-7.144
7.1
-7.1
065WQT070923165603 COMP. UD Amax=-5.136
5.0
-5.1
0
4
8
12
16
20
24
28
32
36
40
T(s)

图 7－73 2007 年 9 月 23 日 16 时 56 分 20 秒新疆地震乌鲁克恰提台未校正加速度记录

0070924215134 2007-09-24 21:51:34 BTM SICHUAN-EARTHQUAKE, HUIDONG,CHN 26.909N 102.629E MAG.3.2(Ml) DEPTH 18KM
CODE OF STATION: 51HDX 26.8N 102.7E INSTRUMENT TYPE: MR2002/SLJ-100 OBSERVING POINT: GROUND
NO. OF POINTS: 8864 EQUALLY SPACED INTERVALS OF: 0.005 SEC
UNCORRECTED ACCELERATION (cm/s/s)

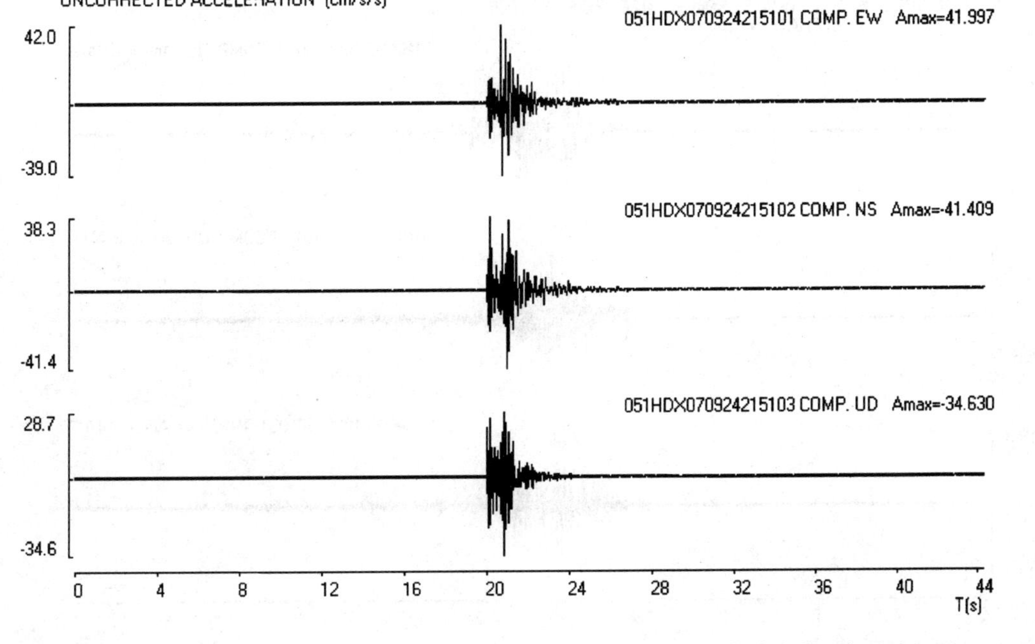
051HDX070924215101 COMP. EW Amax=41.997
42.0
-39.0
051HDX070924215102 COMP. NS Amax=-41.409
38.3
-41.4
051HDX070924215103 COMP. UD Amax=-34.630
28.7
-34.6
0
4
8
12
16
20
24
28
32
36
40
44
T(s)

图 7－74 2007 年 9 月 24 日 21 时 51 分 34 秒四川地震会东新街台未校正加速度记录

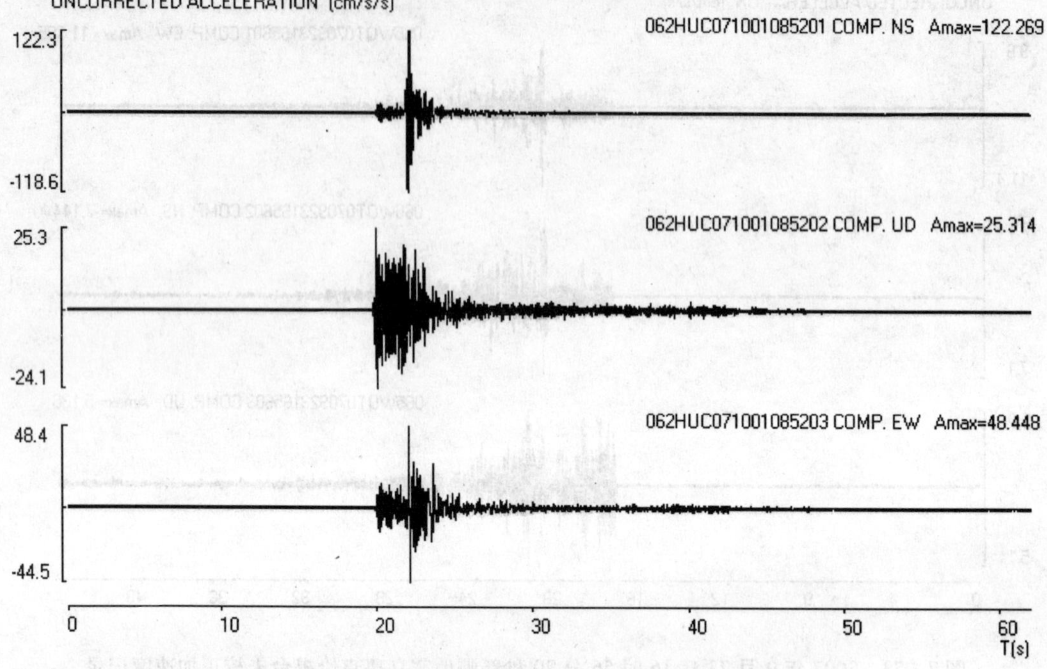
0071001085203 2007-10-01 8:52:3 BTM GANSU-EARTHQUAKE, GANSU,CHN 37.889N 102.029E MAG.4.3(Ms) DEPTH 19KM
CODE OF STATION: 62HUC 37.9N 101.8E INSTRUMENT TYPE: ETNA/SLJ-100 OBSERVING POINT: GROUND
NO. OF POINTS: 12400 EQUALLY SPACED INTERVALS OF: 0.005 SEC
UNCORRECTED ACCELERATION (cm/s/s)
062HUC071001085201 COMP. NS Amax=122.269
122.3
-118.6
062HUC071001085202 COMP. UD Amax=25.314
25.3
-24.1
062HUC071001085203 COMP. EW Amax=48.448
48.4
-44.5
0
10
20
30
40
50
60
T(s)

图 7－75 2007 年 10 月 1 日 8 时 52 分 4 秒四川地震皇城台未校正加速度记录

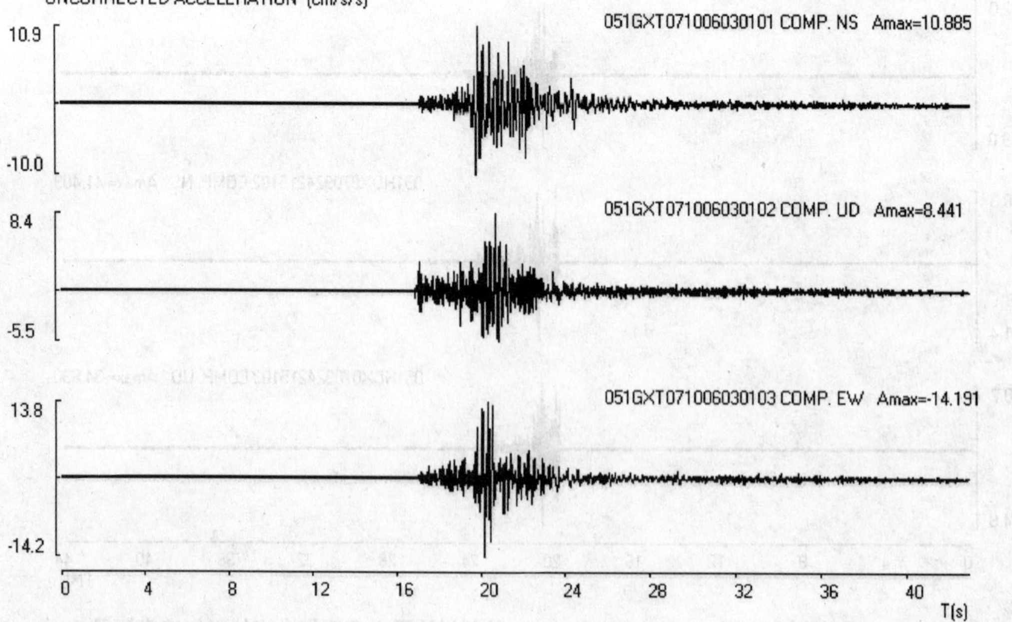
0071006030140 2007-10-06 3:1:40 BTM SICHUAN-EARTHQUAKE, CHANGNING,CHN 28.360N 105.029E MAG.4.0(Ms) DEPTH 10KM
CODE OF STATION: 51GXT 28.4N 104.8E INSTRUMENT TYPE: ETNA/SLJ-100 OBSERVING POINT: GROUND
NO. OF POINTS: 8600 EQUALLY SPACED INTERVALS OF: 0.005 SEC
UNCORRECTED ACCELERATION (cm/s/s)
051GXT071006030101 COMP. NS Amax=10.885
10.9
-10.0
051GXT071006030102 COMP. UD Amax=8.441
8.4
-5.5
051GXT071006030103 COMP. EW Amax=-14.191
13.8
-14.2
0
4
8
12
16
20
24
28
32
36
40
T(s)

图 7－76 2007 年 10 月 6 日 3 时 1 分 40 秒四川地震珙县中学台未校正加速度记录

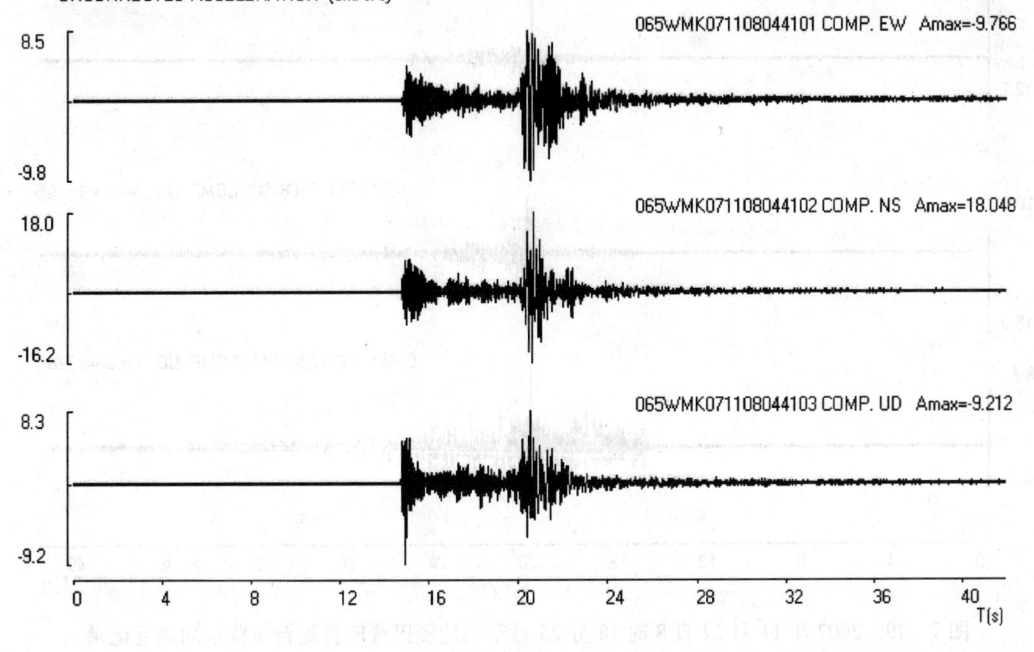
0071108044142 2007-11-08 4:41:42 BTM XINJIANG-EARTHQUAKE, SHAWAN,CHN 43.880N 83.080E MAG.4.2(MI) DEPTH 21KM
CODE OF STATION: 65WMK 44.2N 84.4E INSTRUMENT TYPE: ETNA/ES-T OBSERVING POINT: GROUND
NO. OF POINTS: 8400 EQUALLY SPACED INTERVALS OF: 0.005 SEC
UNCORRECTED ACCELERATION (cm/s/s)
065WMK071108044101 COMP. EW Amax=-9.766
8.5
-9.8
065WMK071108044102 COMP. NS Amax=18.048
18.0
-16.2
065WMK071108044103 COMP. UD Amax=-9.212
8.3
-9.2
0
4
8
12
16
20
24
28
32
36
40
T(s)

图 7－77　2007 年 11 月 8 日 4 时 41 分 42 秒新疆地震乌苏煤矿台未校正加速度记录

0071108064107 2007-11-08 6:41:7 BTM XINJIANG-EARTHQUAKE, LUNTAN,CHN 41.959N 85.139E MAG.2.6(MI) DEPTH 13KM
CODE OF STATION: 65YYG 42.0N 85.1E INSTRUMENT TYPE: ETNA/ES-T OBSERVING POINT: GROUND
NO. OF POINTS: 8200 EQUALLY SPACED INTERVALS OF: 0.005 SEC
UNCORRECTED ACCELERATION (cm/s/s)

065YYG071108064101 COMP. EW Amax=10.330
10.3
-10.0
065YYG071108064102 COMP. NS Amax=8.967
9.0
-8.1
065YYG071108064103 COMP. UD Amax=9.127
9.1
-9.1
0
4
8
12
16
20
24
28
32
36
40
T(s)

图 7－78　2007 年 11 月 8 日 6 时 41 分 7 秒新疆地震野云沟台未校正加速度记录

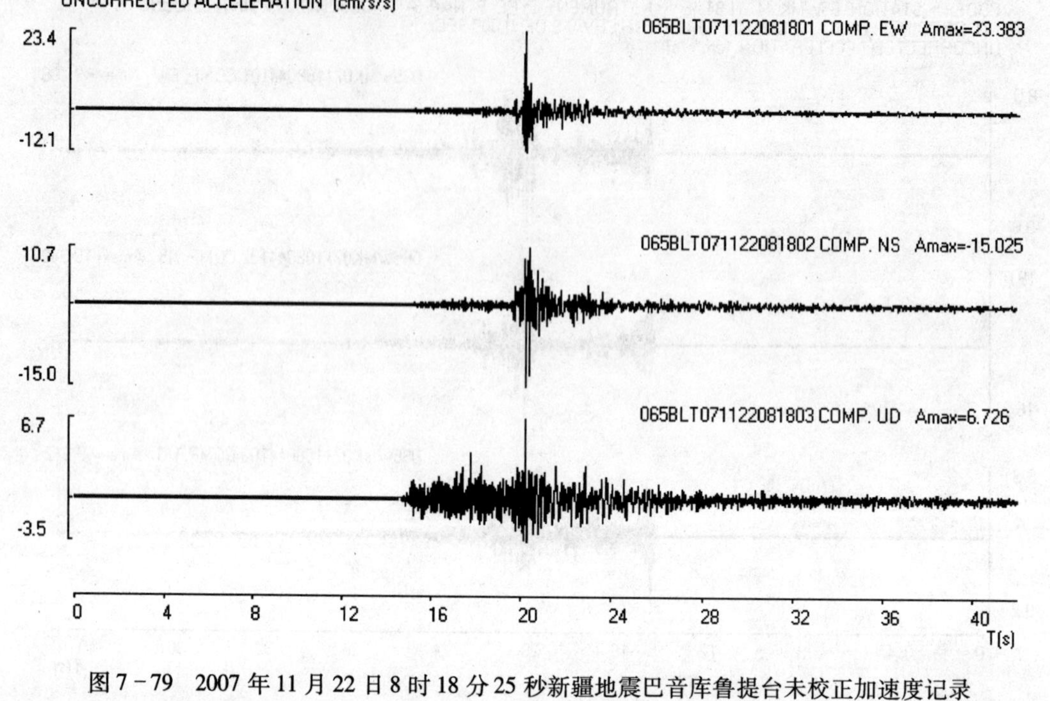
0071122081825 2007-11-22 8:18:25 BTM XINJIANG-EARTHQUAKE, ATUSHI,CHN 40.099N 85.866E MAG.4.1(Ms) DEPTH 18KM
CODE OF STATION: 65BLT 39.9N 75.5E INSTRUMENT TYPE: ETNA/ES-T OBSERVING POINT: GROUND
NO. OF POINTS: 8400 EQUALLY SPACED INTERVALS OF: 0.005 SEC
UNCORRECTED ACCELERATION (cm/s/s)
065BLT071122081801 COMP. EW Amax=23.383
23.4
-12.1
065BLT071122081802 COMP. NS Amax=-15.025
10.7
-15.0
065BLT071122081803 COMP. UD Amax=6.726
6.7
-3.5
0 4 8 12 16 20 24 28 32 36 40
T(s)

图 7－79　2007 年 11 月 22 日 8 时 18 分 25 秒新疆地震巴音库鲁提台未校正加速度记录

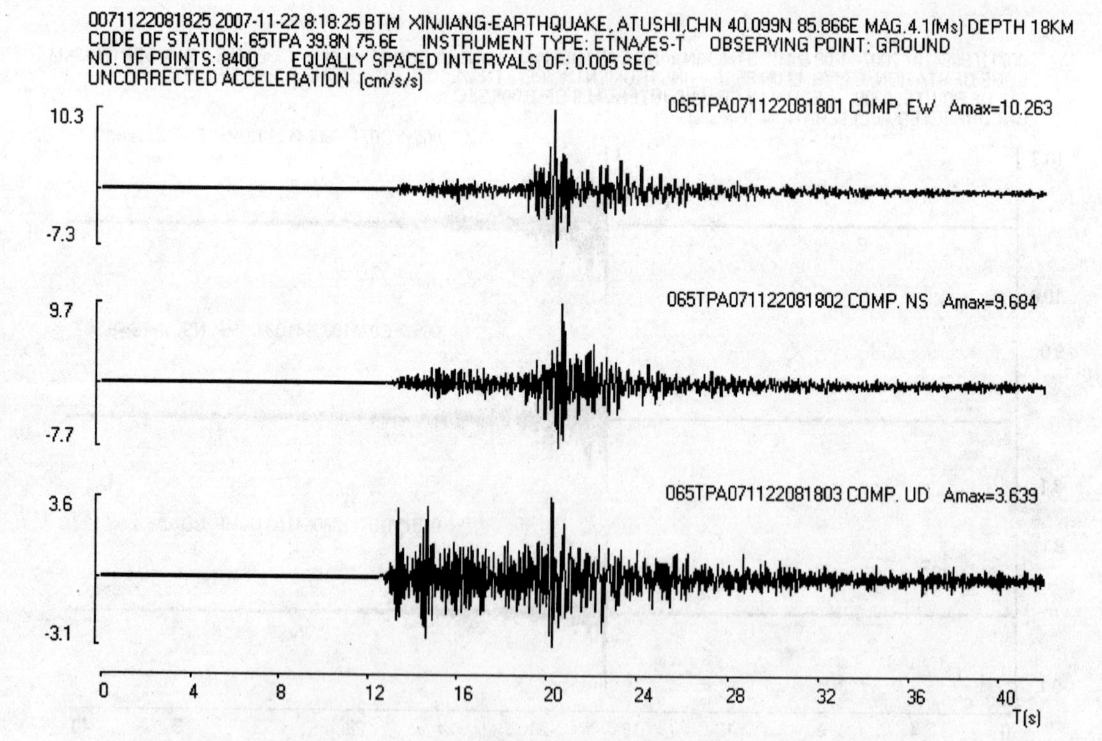
0071122081825 2007-11-22 8:18:25 BTM XINJIANG-EARTHQUAKE, ATUSHI,CHN 40.099N 85.866E MAG.4.1(Ms) DEPTH 18KM
CODE OF STATION: 65TPA 39.8N 75.6E INSTRUMENT TYPE: ETNA/ES-T OBSERVING POINT: GROUND
NO. OF POINTS: 8400 EQUALLY SPACED INTERVALS OF: 0.005 SEC
UNCORRECTED ACCELERATION (cm/s/s)
065TPA071122081801 COMP. EW Amax=10.263
10.3
-7.3
065TPA071122081802 COMP. NS Amax=9.684
9.7
-7.7
065TPA071122081803 COMP. UD Amax=3.639
3.6
-3.1
0 4 8 12 16 20 24 28 32 36 40
T(s)

图 7－80　2007 年 11 月 22 日 8 时 18 分 25 秒新疆地震托帕台未校正加速度记录

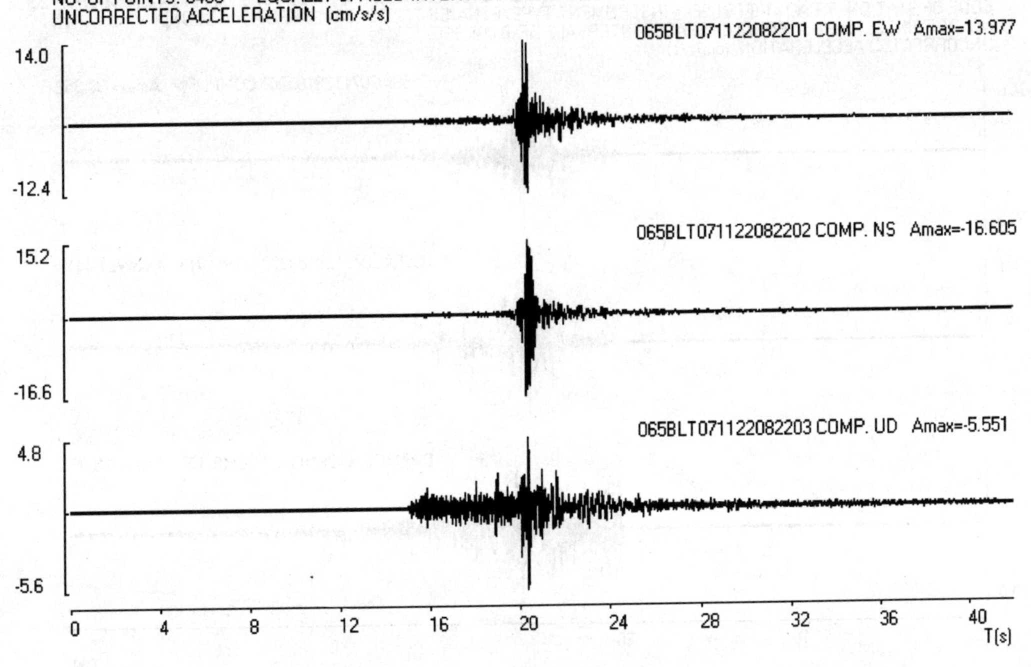
0071122082214 2007-11-22 8:22:14 BTM XINJIANG-EARTHQUAKE, ATUSHI,CHN 40.090N 75.730E MAG.3.7(Ml) DEPTH 36KM
CODE OF STATION: 65BLT 39.9N 75.5E INSTRUMENT TYPE: ETNA/ES-T OBSERVING POINT: GROUND
NO. OF POINTS: 8400 EQUALLY SPACED INTERVALS OF: 0.005 SEC
UNCORRECTED ACCELERATION (cm/s/s)
065BLT071122082201 COMP. EW Amax=13.977
14.0
-12.4
065BLT071122082202 COMP. NS Amax=-16.605
15.2
-16.6
065BLT071122082203 COMP. UD Amax=-5.551
4.8
-5.6
0
4
8
12
16
20
24
28
32
36
40
T(s)

图7－81　2007年11月22日8时22分14秒新疆地震巴音库鲁提台未校正加速度记录

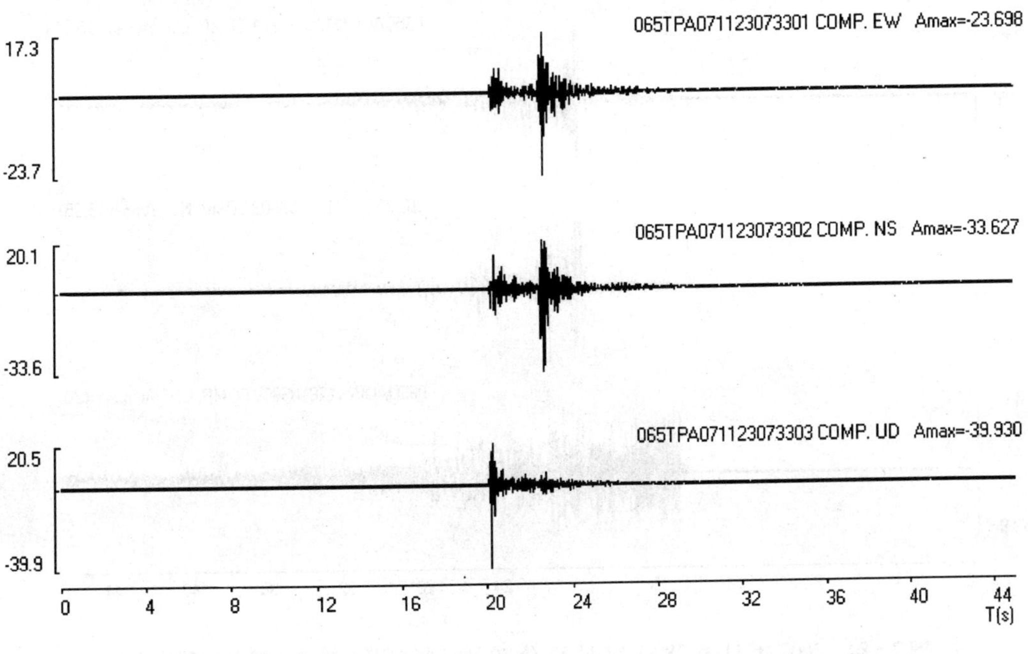
0071123073304 2007-11-23 7:33:4 BTM XINJIANG-EARTHQUAKE, WUQIA,CHN 39.619N 75.709E MAG.3.1(Ml) DEPTH 15KM
CODE OF STATION: 65TPA 39.8N 75.6E INSTRUMENT TYPE: ETNA/ES-T OBSERVING POINT: GROUND
NO. OF POINTS: 9000 EQUALLY SPACED INTERVALS OF: 0.005 SEC
UNCORRECTED ACCELERATION (cm/s/s)
065TPA071123073301 COMP. EW Amax=-23.698
17.3
-23.7
065TPA071123073302 COMP. NS Amax=-33.627
20.1
-33.6
065TPA071123073303 COMP. UD Amax=-39.930
20.5
-39.9
0
4
8
12
16
20
24
28
32
36
40
44
T(s)

图7－82　2007年11月23日7时33分4秒新疆地震托帕台未校正加速度记录

0071128183830 2007-11-28 18:38:30 BTM XINJIANG-EARTHQUAKE, BAICHENG,CHN 41.729N 81.830E MAG.4.2(Ms) DEPTH 28KM
CODE OF STATION: 65BAC 41.8N 81.9E INSTRUMENT TYPE: ETNA/ES-T OBSERVING POINT: GROUND
NO. OF POINTS: 10400 EQUALLY SPACED INTERVALS OF: 0.005 SEC
UNCORRECTED ACCELERATION (cm/s/s)

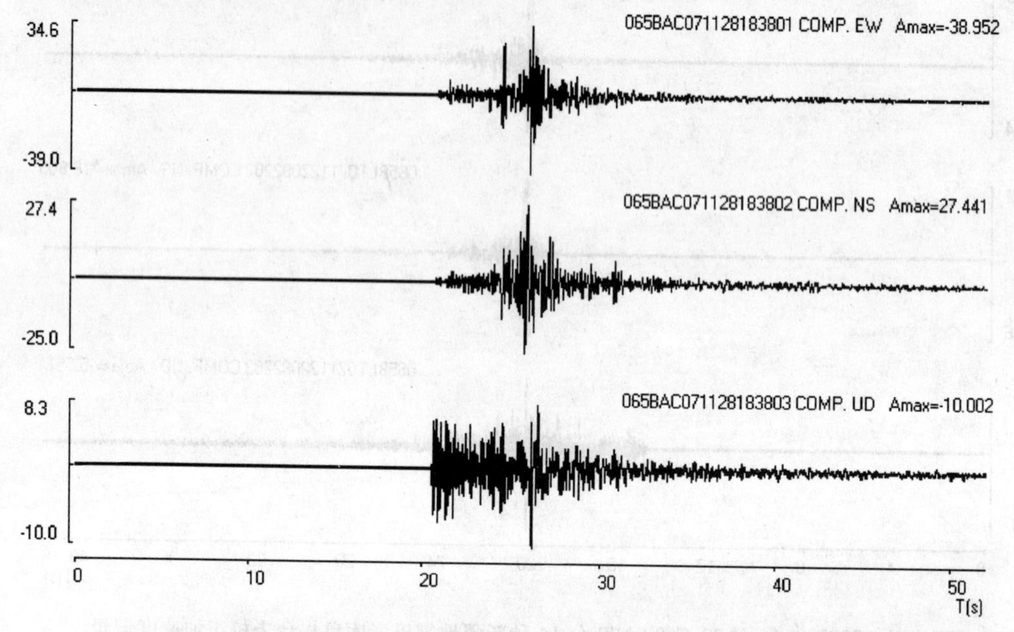
065BAC071128183801 COMP. EW Amax=-38.952
34.6
-39.0
065BAC071128183802 COMP. NS Amax=27.441
27.4
-25.0
065BAC071128183803 COMP. UD Amax=-10.002
8.3
-10.0
0
10
20
30
40
50
T(s)

图 7－83　2007 年 11 月 28 日 18 时 38 分 30 秒新疆地震拜城台未校正加速度记录

0071128183830 2007-11-28 18:38:30 BTM XINJIANG-EARTHQUAKE, BAICHENG,CHN 41.729N 81.830E MAG.4.2(Ms) DEPTH 28KM
CODE OF STATION: 65DAQ 41.7N 81.5E INSTRUMENT TYPE: ETNA/ES-T OBSERVING POINT: GROUND
NO. OF POINTS: 9400 EQUALLY SPACED INTERVALS OF: 0.005 SEC
UNCORRECTED ACCELERATION (cm/s/s)

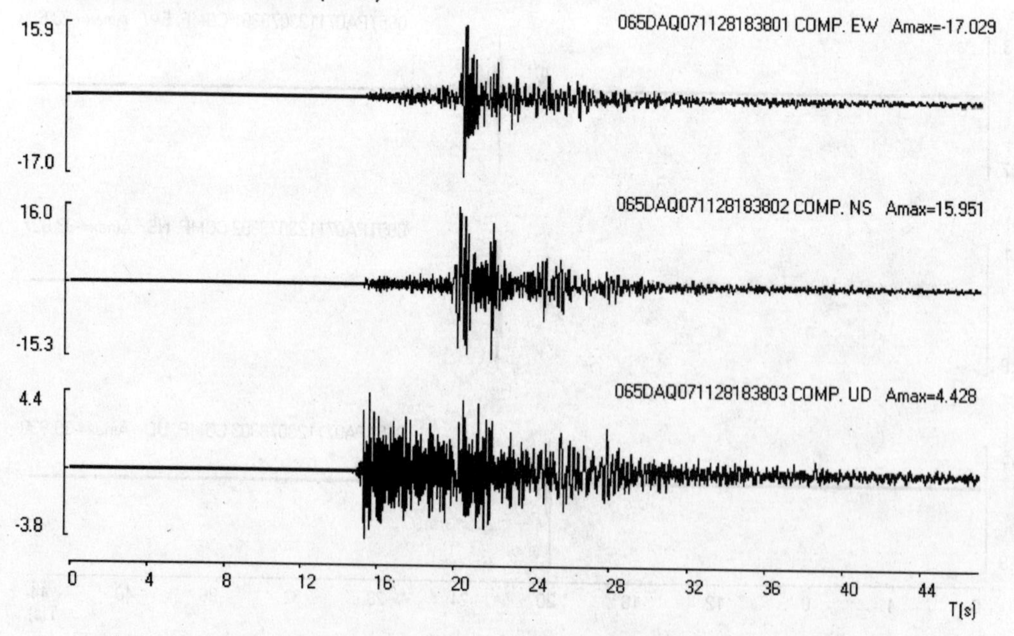
065DAQ071128183801 COMP. EW Amax=-17.029
15.9
-17.0
065DAQ071128183802 COMP. NS Amax=15.951
16.0
-15.3
065DAQ071128183803 COMP. UD Amax=4.428
4.4
-3.8
0
4
8
12
16
20
24
28
32
36
40
44
T(s)

图 7－84　2007 年 11 月 28 日 18 时 38 分 30 秒新疆地震大桥台未校正加速度记录

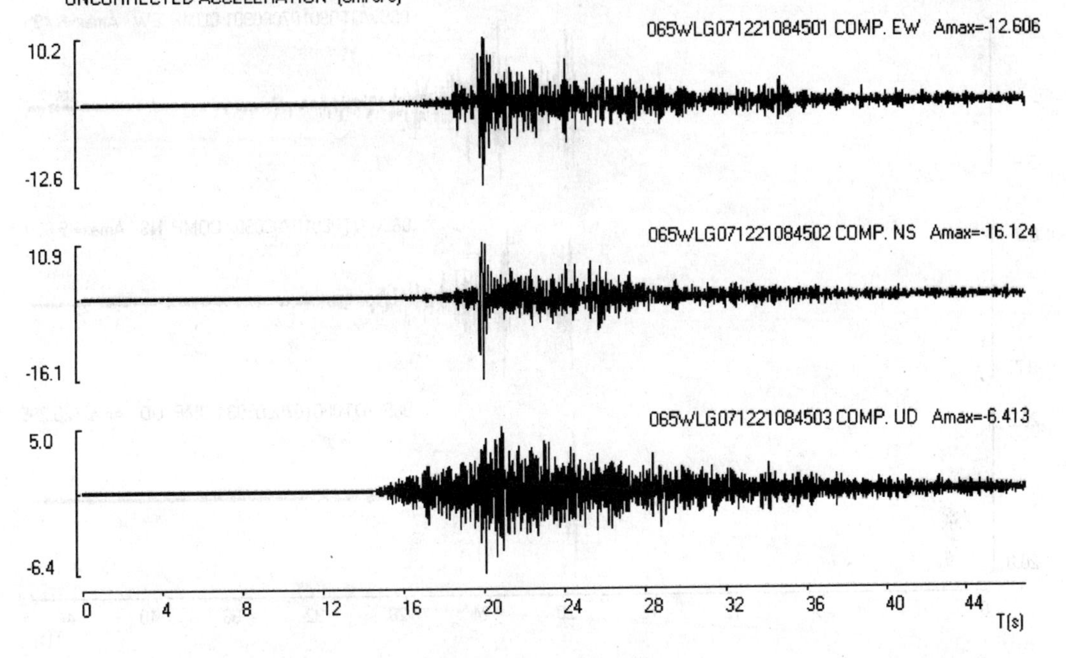
0071221084503 2007-12-21 8:45:3 BTM XINJIANG-EARTHQUAKE, JIASHI,CHN 39.689N 77.029E MAG.4.4(MI) DEPTH 31KM
CODE OF STATION: 65WLG 39.7N 77.3E INSTRUMENT TYPE: ETNA/ES-T OBSERVING POINT: GROUND
NO. OF POINTS: 9400 EQUALLY SPACED INTERVALS OF: 0.005 SEC
UNCORRECTED ACCELERATION (cm/s/s)
065WLG071221084501 COMP. EW Amax=-12.606
10.2
-12.6
065WLG071221084502 COMP. NS Amax=-16.124
10.9
-16.1
065WLG071221084503 COMP. UD Amax=-6.413
5.0
-6.4
0
4
8
12
16
20
24
28
32
36
40
44
T(s)

图 7－85 2007 年 12 月 21 日 18 时 45 分 3 秒新疆地震卧里托乎拉格台未校正加速度记录

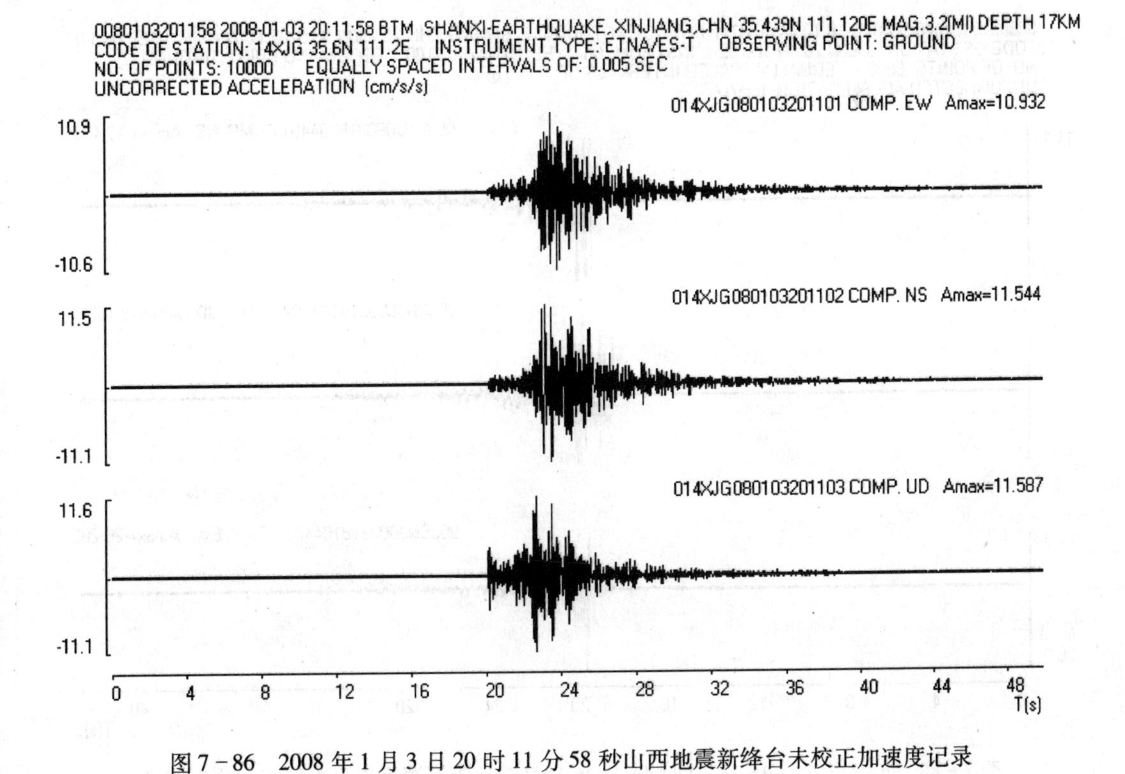
0080103201158 2008-01-03 20:11:58 BTM SHANXI-EARTHQUAKE, XINJIANG,CHN 35.439N 111.120E MAG.3.2(MI) DEPTH 17KM
CODE OF STATION: 14XJG 35.6N 111.2E INSTRUMENT TYPE: ETNA/ES-T OBSERVING POINT: GROUND
NO. OF POINTS: 10000 EQUALLY SPACED INTERVALS OF: 0.005 SEC
UNCORRECTED ACCELERATION (cm/s/s)
014XJG080103201101 COMP. EW Amax=10.932
10.9
-10.6
014XJG080103201102 COMP. NS Amax=11.544
11.5
-11.1
014XJG080103201103 COMP. UD Amax=11.587
11.6
-11.1
0
4
8
12
16
20
24
28
32
36
40
44
48
T(s)

图 7－86 2008 年 1 月 3 日 20 时 11 分 58 秒山西地震新绛台未校正加速度记录

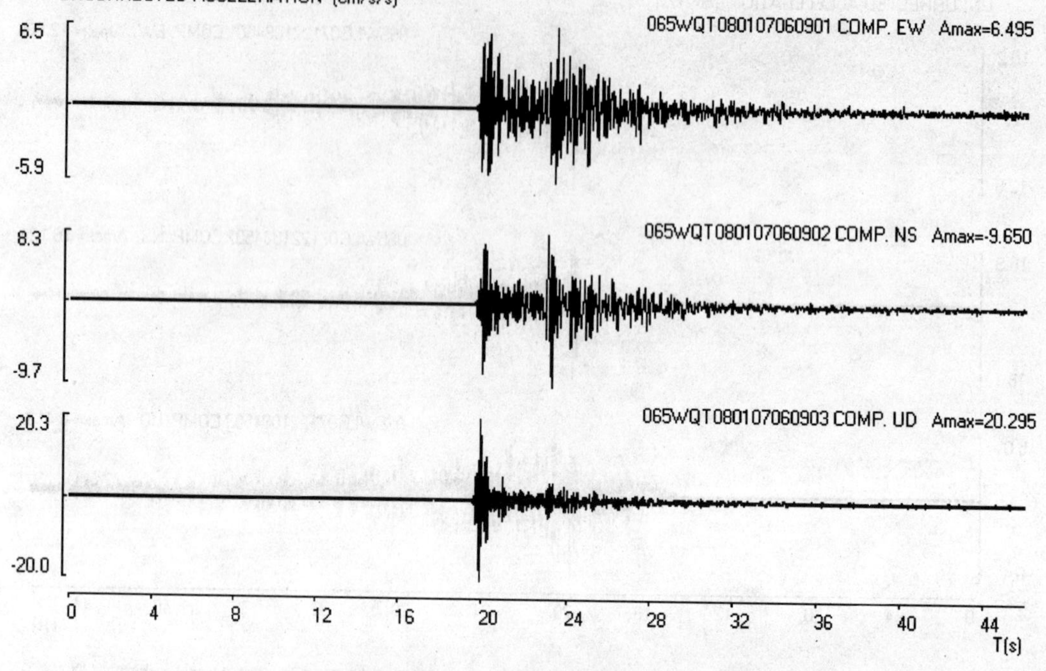

0080107060911 2008-01-07 6:9:12 BTM XINJIANG-EARTHQUAKE, WUQIA,CHN 39.689N 74.389E MAG.4.0(Ml) DEPTH 13KM
CODE OF STATION: 65WQT 39.8N 74.3E INSTRUMENT TYPE: ETNA/ES-T OBSERVING POINT: GROUND
NO. OF POINTS: 9200 EQUALLY SPACED INTERVALS OF: 0.005 SEC
UNCORRECTED ACCELERATION (cm/s/s)
065WQT080107060901 COMP. EW Amax=6.495
6.5
-5.9
065WQT080107060902 COMP. NS Amax=-9.650
8.3
-9.7
065WQT080107060903 COMP. UD Amax=20.295
20.3
-20.0
0 4 8 12 16 20 24 28 32 36 40 44
T(s)

图 7-87 2008 年 1 月 7 日 6 时 9 分 12 秒新疆地震乌鲁克恰提台未校正加速度记录

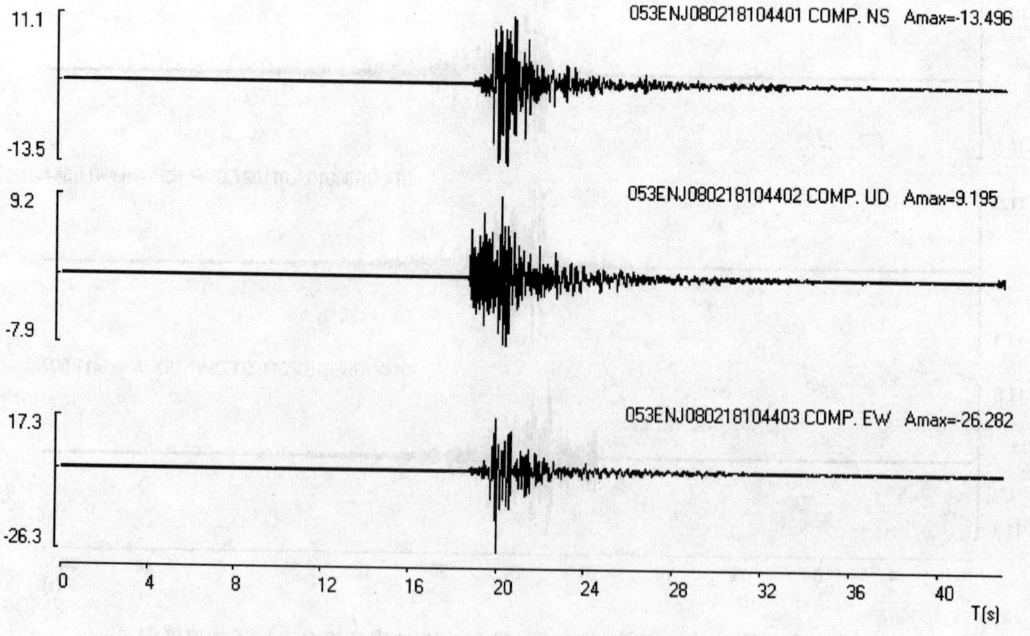

0080218104446 2008-02-18 10:44:46 BTM BIYANG-EARTHQUAKE, BIYANG,CHN 25.790N 99.910E MAG.4.6(Ms) DEPTH 14KM
CODE OF STATION: 53ENJ 26.3N 100.0E INSTRUMENT TYPE: ETNA/SLJ-100 OBSERVING POINT: GROUND
NO. OF POINTS: 8600 EQUALLY SPACED INTERVALS OF: 0.005 SEC
UNCORRECTED ACCELERATION (cm/s/s)
053ENJ080218104401 COMP. NS Amax=-13.496
11.1
-13.5
053ENJ080218104402 COMP. UD Amax=9.195
9.2
-7.9
053ENJ080218104403 COMP. EW Amax=-26.282
17.3
-26.3
0 4 8 12 16 20 24 28 32 36 40
T(s)

图 7-88 2008 年 2 月 18 日 10 时 44 分 46 秒鼻漾地震洱源牛街台未校正加速度记录

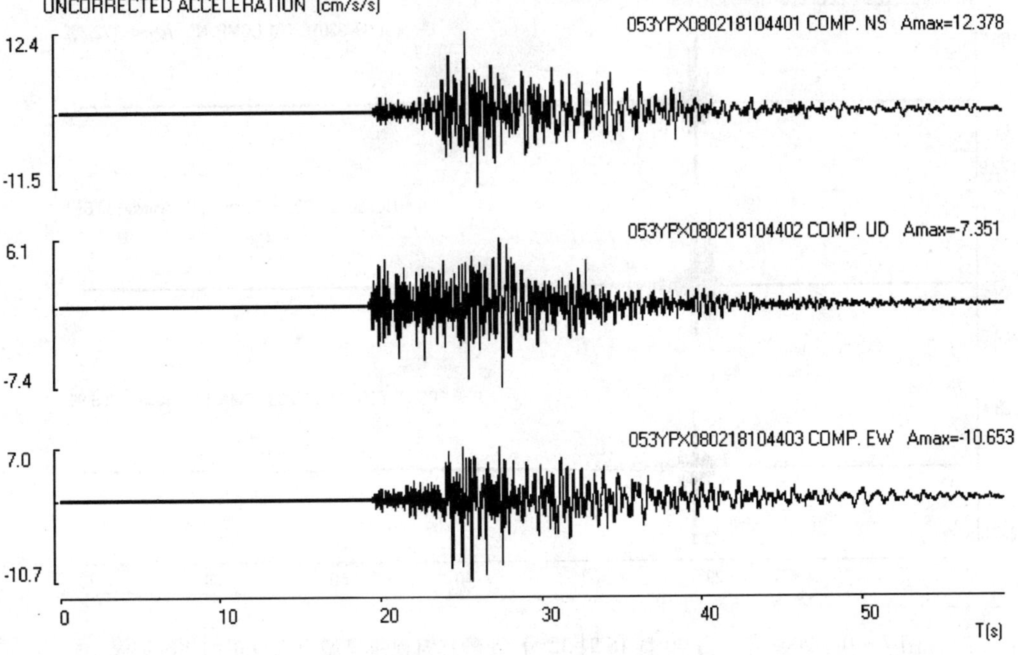
0080218104446 2008-02-18 10:44:46 BTM BIYANG-EARTHQUAKE, BIYANG,CHN 25.790N 99.910E MAG.4.6(Ms) DEPTH 14KM
CODE OF STATION: 53YPX 25.5N 99.5E INSTRUMENT TYPE: ETNA/SLJ-100 OBSERVING POINT: GROUND
NO. OF POINTS: 11800 EQUALLY SPACED INTERVALS OF: 0.005 SEC
UNCORRECTED ACCELERATION (cm/s/s)
053YPX080218104401 COMP. NS Amax=12.378
12.4
-11.5
053YPX080218104402 COMP. UD Amax=-7.351
6.1
-7.4
053YPX080218104403 COMP. EW Amax=-10.653
7.0
-10.7
0
10
20
30
40
50
T(s)

图 7－89　2008 年 2 月 18 日 10 时 44 分 46 秒鼻漾地震大理永平台未校正加速度记录

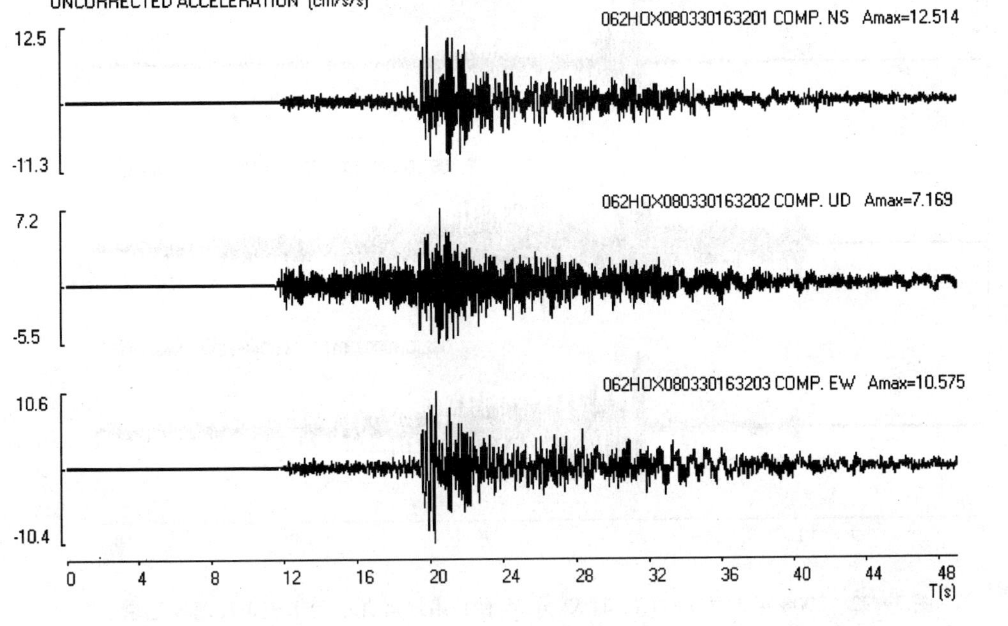
0080330163225 2008-03-30 16:32:25 BTM GANSU-EARTHQUAKE, HUANGCHENG,CHN 37.970N 101.919E MAG.5.2(Ms) DEPTH 11KM
CODE OF STATION: 62HOX 38.1N 102.3E INSTRUMENT TYPE: ETNA/SLJ-100 OBSERVING POINT: GROUND
NO. OF POINTS: 9800 EQUALLY SPACED INTERVALS OF: 0.005 SEC
UNCORRECTED ACCELERATION (cm/s/s)
062HOX080330163201 COMP. NS Amax=12.514
12.5
-11.3
062HOX080330163202 COMP. UD Amax=7.169
7.2
-5.5
062HOX080330163203 COMP. EW Amax=10.575
10.6
-10.4
0
4
8
12
16
20
24
28
32
36
40
44
48
T(s)

图 7－90　2008 年 3 月 30 日 16 时 32 分 25 秒甘肃地震西营台未校正加速度记录

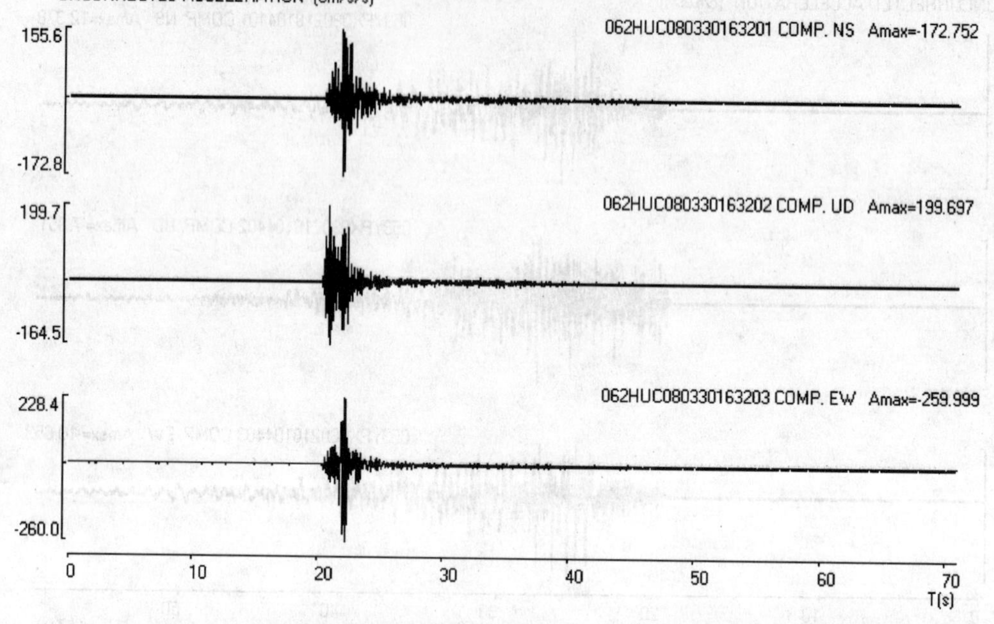
0080330163225 2008-03-30 16:32:25 BTM GANSU-EARTHQUAKE, HUANGCHENG,CHN 37.970N 101.919E MAG.5.2(Ms) DEPTH 11KM
CODE OF STATION: 62HUC 37.9N 101.8E INSTRUMENT TYPE: ETNA/SLJ-100 OBSERVING POINT: GROUND
NO. OF POINTS: 14200 EQUALLY SPACED INTERVALS OF: 0.005 SEC
UNCORRECTED ACCELERATION (cm/s/s)
062HUC080330163201 COMP. NS Amax=-172.752
155.6
-172.8
062HUC080330163202 COMP. UD Amax=199.697
199.7
-164.5
062HUC080330163203 COMP. EW Amax=-259.999
228.4
-260.0
0
10
20
30
40
50
60
70
T(s)

图 7－91 2008 年 3 月 30 日 16 时 32 分 25 秒甘肃地震皇城台未校正加速度记录

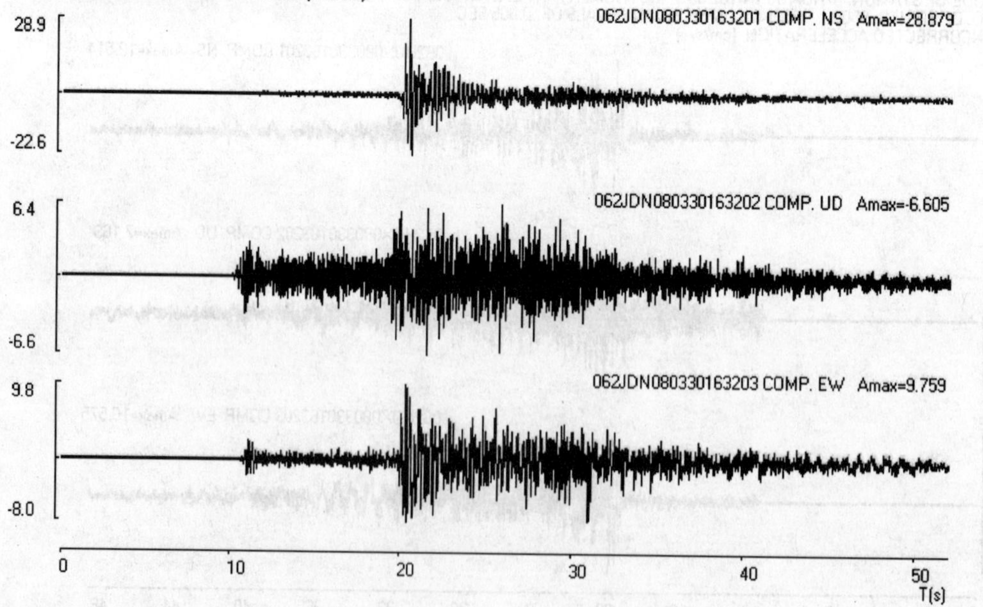
0080330163225 2008-03-30 16:32:25 BTM GANSU-EARTHQUAKE, HUANGCHENG,CHN 37.970N 101.919E MAG.5.2(Ms) DEPTH 11KM
CODE OF STATION: 62JDN 38.1N 102.7E INSTRUMENT TYPE: ETNA/SLJ-100 OBSERVING POINT: GROUND
NO. OF POINTS: 10400 EQUALLY SPACED INTERVALS OF: 0.005 SEC
UNCORRECTED ACCELERATION (cm/s/s)
062JDN080330163201 COMP. NS Amax=28.879
28.9
-22.6
062JDN080330163202 COMP. UD Amax=-6.605
6.4
-6.6
062JDN080330163203 COMP. EW Amax=9.759
9.8
-8.0
0
10
20
30
40
50
T(s)

图 7－92 2008 年 3 月 30 日 16 时 32 分 25 秒甘肃地震九墩台未校正加速度记录

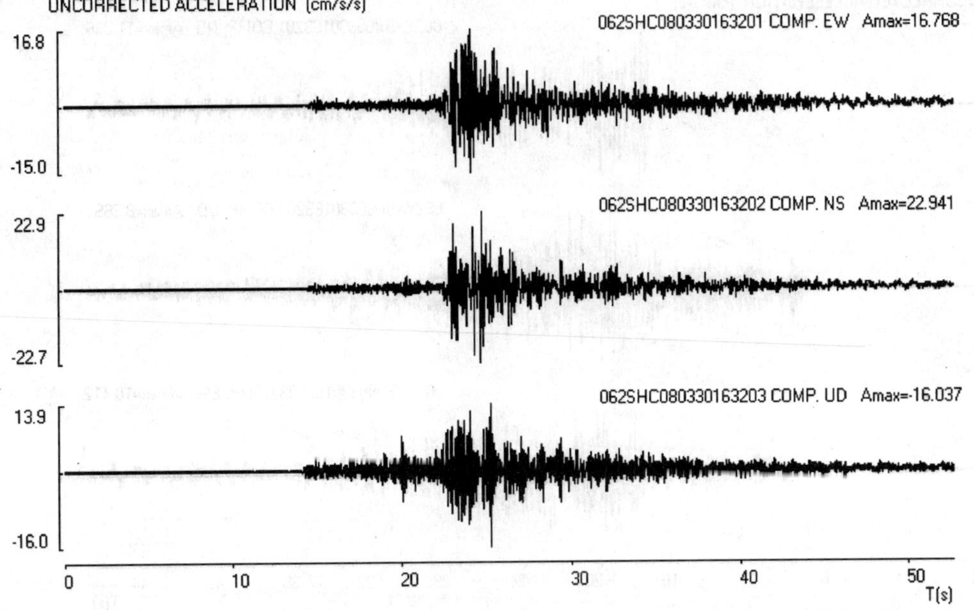
0080330163225 2008-03-30 16:32:25 BTM GANSU-EARTHQUAKE, HUANGCHENG,CHN 37.970N 101.919E MAG.5.2(Ms) DEPTH 11KM
CODE OF STATION: 62SHC 38.1N 102.6E INSTRUMENT TYPE: MR2002/SLJ-100 OBSERVING POINT: GROUND
NO. OF POINTS: 10536 EQUALLY SPACED INTERVALS OF: 0.005 SEC
UNCORRECTED ACCELERATION (cm/s/s)
062SHC080330163201 COMP. EW Amax=16.768
16.8
-15.0
062SHC080330163202 COMP. NS Amax=22.941
22.9
-22.7
062SHC080330163203 COMP. UD Amax=-16.037
13.9
-16.0
0
10
20
30
40
50
T(s)

图 7－93　2008 年 3 月 30 日 16 时 32 分 25 秒甘肃地震双城台未校正加速度记录

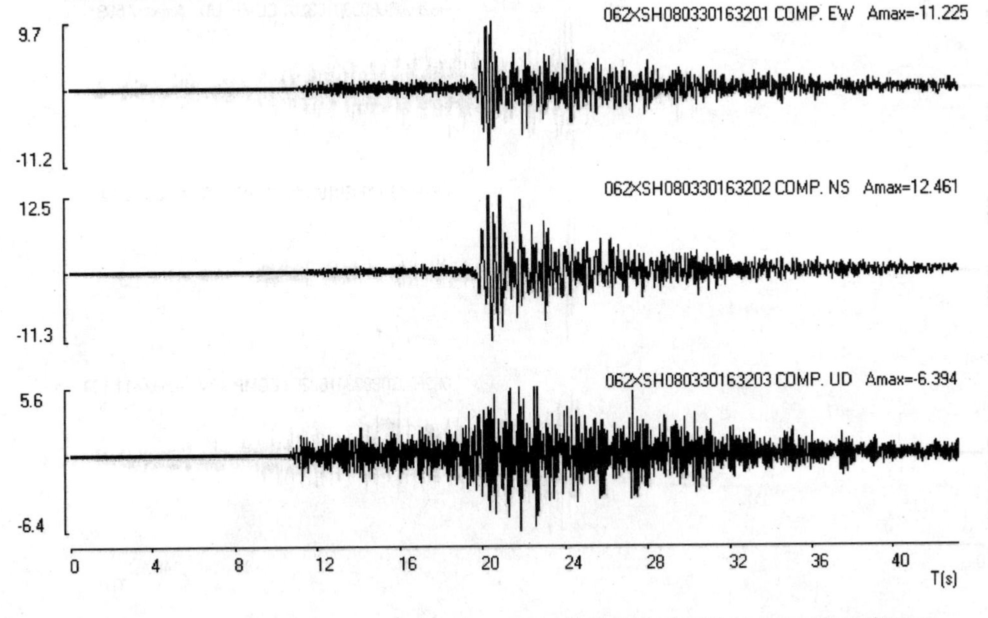
0080330163225 2008-03-30 16:32:25 BTM GANSU-EARTHQUAKE, HUANGCHENG,CHN 37.970N 101.919E MAG.5.2(Ms) DEPTH 11KM
CODE OF STATION: 62XSH 38.0N 102.7E INSTRUMENT TYPE: MR2002/SLJ-100 OBSERVING POINT: GROUND
NO. OF POINTS: 8640 EQUALLY SPACED INTERVALS OF: 0.005 SEC
UNCORRECTED ACCELERATION (cm/s/s)
062XSH080330163201 COMP. EW Amax=-11.225
9.7
-11.2
062XSH080330163202 COMP. NS Amax=12.461
12.5
-11.3
062XSH080330163203 COMP. UD Amax=-6.394
5.6
-6.4
0
4
8
12
16
20
24
28
32
36
40
T(s)

图 7－94　2008 年 3 月 30 日 16 时 32 分 25 秒甘肃地震下双台未校正加速度记录

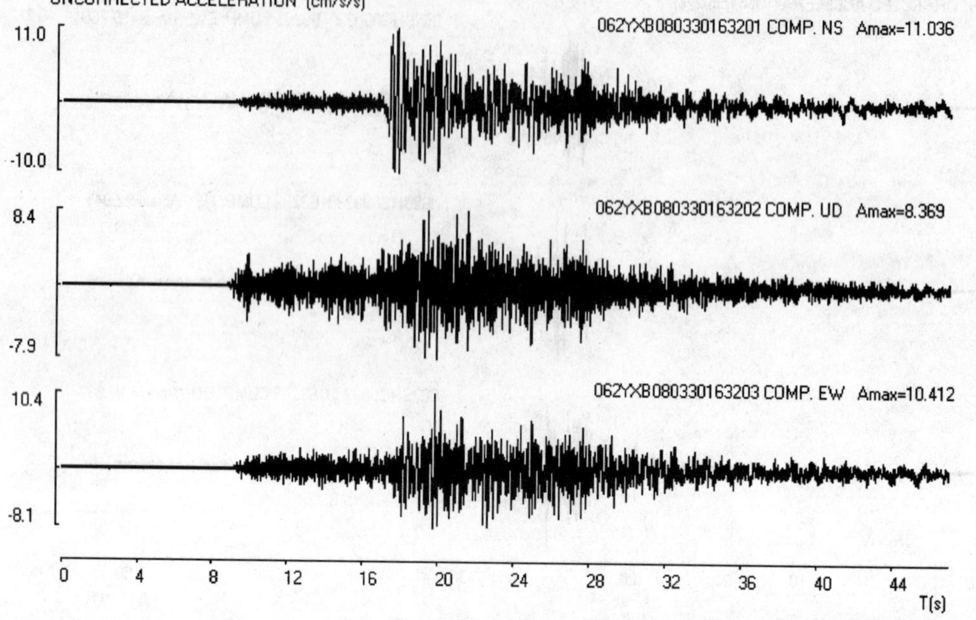
0080330163225 2008-03-30 16:32:25 BTM GANSU-EARTHQUAKE, HUANGCHENG,CHN 37.970N 101.919E MAG.5.2(Ms) DEPTH 11KM
CODE OF STATION: 62YXB 38.0N 102.7E INSTRUMENT TYPE: ETNA/SLJ-100 OBSERVING POINT: GROUND
NO. OF POINTS: 9400 EQUALLY SPACED INTERVALS OF: 0.005 SEC
UNCORRECTED ACCELERATION (cm/s/s)
062YXB080330163201 COMP. NS Amax=11.036
11.0
-10.0
062YXB080330163202 COMP. UD Amax=8.369
8.4
-7.9
062YXB080330163203 COMP. EW Amax=10.412
10.4
-8.1
0 4 8 12 16 20 24 28 32 36 40 44
T(s)

图 7-95 2008 年 3 月 30 日 16 时 32 分 25 秒甘肃地震羊下坝台未校正加速度记录

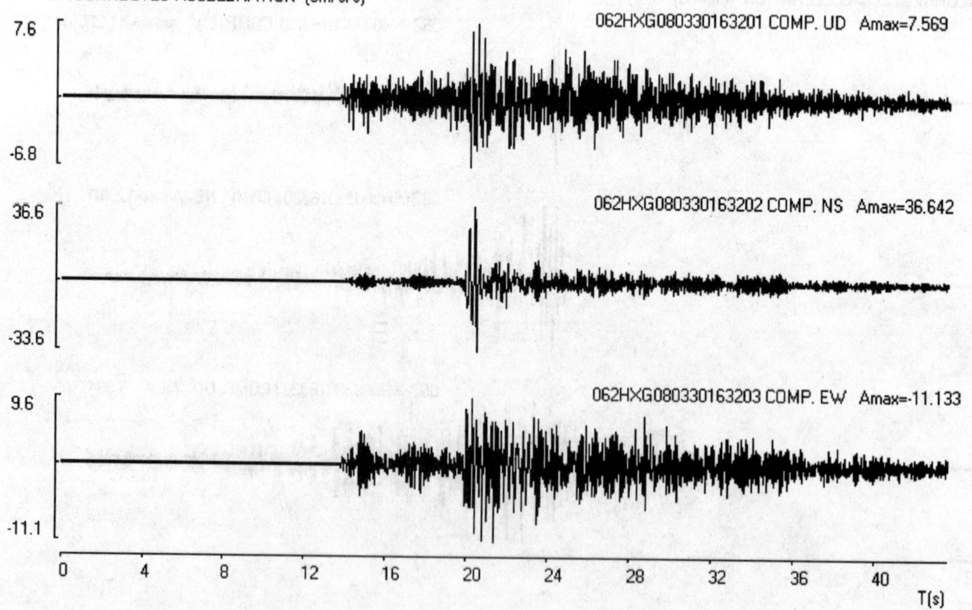
0080330163225 2008-03-30 16:32:25 BTM GANSU-EARTHQUAKE, HUANGCHENG,CHN 37.970N 101.919E MAG.5.2(Ms) DEPTH 11KM
CODE OF STATION: 62HXG 38.0N 102.6E INSTRUMENT TYPE: GDQJ2/SLJ-100 OBSERVING POINT: GROUND
NO. OF POINTS: 8720 EQUALLY SPACED INTERVALS OF: 0.005 SEC
UNCORRECTED ACCELERATION (cm/s/s)
062HXG080330163201 COMP. UD Amax=7.569
7.6
-6.8
062HXG080330163202 COMP. NS Amax=36.642
36.6
-33.6
062HXG080330163203 COMP. EW Amax=-11.133
9.6
-11.1
0 4 8 12 16 20 24 28 32 36 40
T(s)

图 7-96 2008 年 3 月 30 日 16 时 32 分 25 秒甘肃地震红星台未校正加速度记录

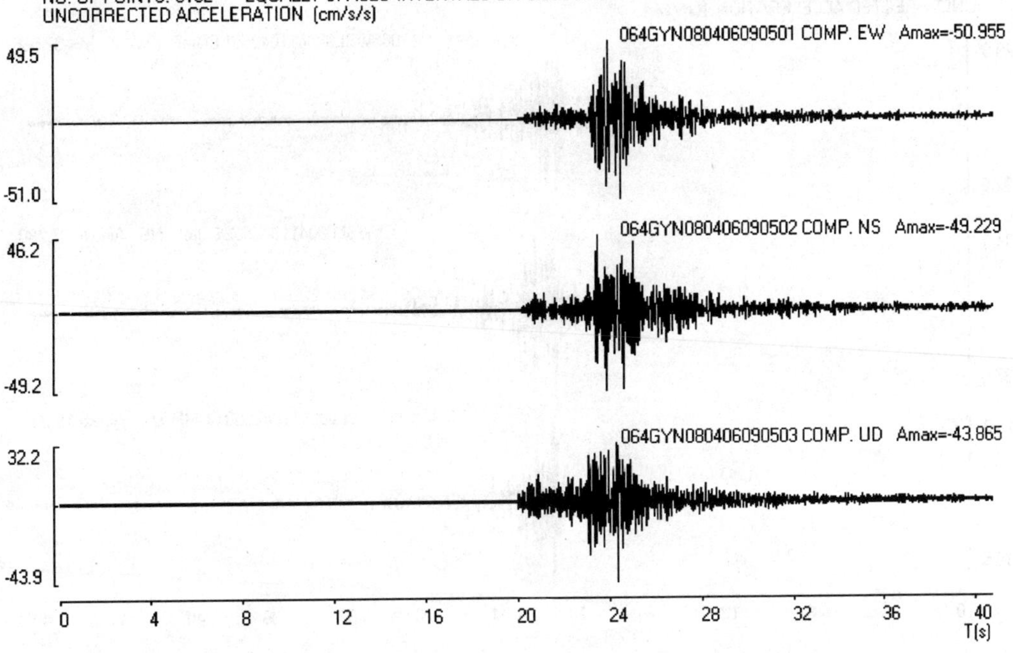
0080406090551 2008-04-06 9:5:51 BTM GUYUAN-EARTHQUAKE, GUYUAN,CHN 36.330N 106.389E MAG.4.3(Ms) DEPTH 12KM
CODE OF STATION: 64GYN 36.0N 106.2E INSTRUMENT TYPE: MR2002/SLJ-100 OBSERVING POINT: GROUND
NO. OF POINTS: 8152 EQUALLY SPACED INTERVALS OF: 0.005 SEC
UNCORRECTED ACCELERATION (cm/s/s)
064GYN080406090501 COMP. EW Amax=-50.955
49.5
-51.0
064GYN080406090502 COMP. NS Amax=-49.229
46.2
-49.2
064GYN080406090503 COMP. UD Amax=-43.865
32.2
-43.9
0
4
8
12
16
20
24
28
32
36
40
T(s)

图7－97 2008年4月6日9时5分51秒甘肃地震固原台未校正加速度记录

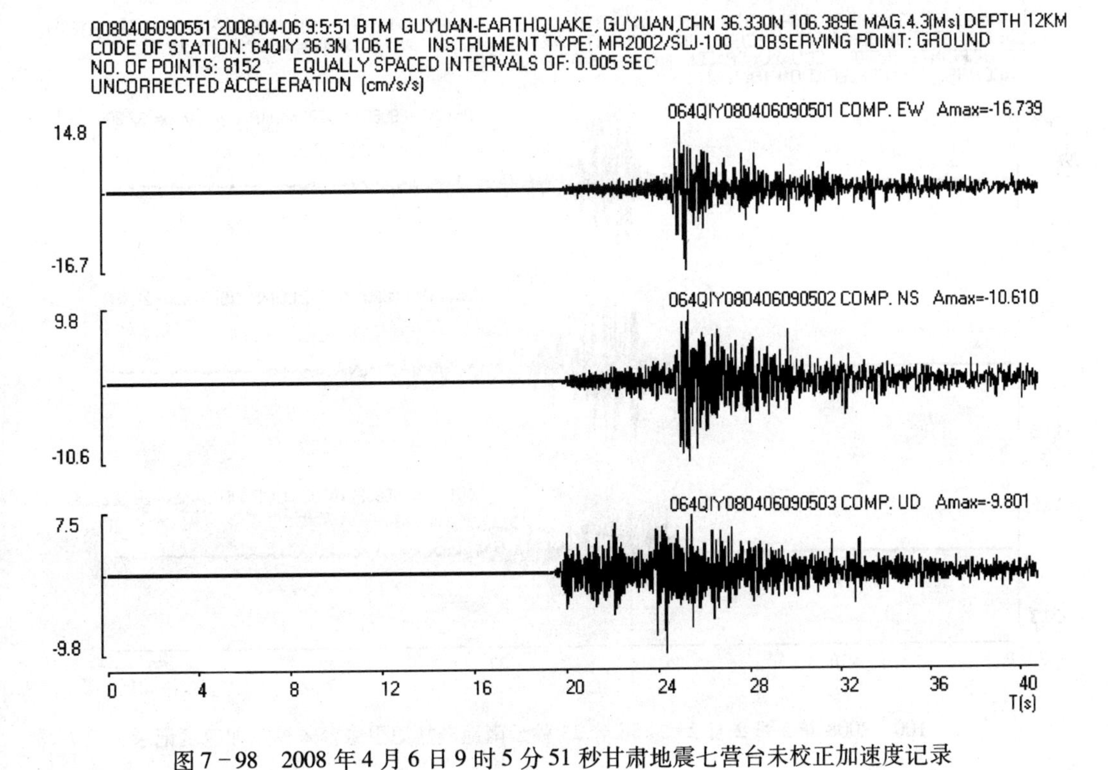
0080406090551 2008-04-06 9:5:51 BTM GUYUAN-EARTHQUAKE, GUYUAN,CHN 36.330N 106.389E MAG.4.3(Ms) DEPTH 12KM
CODE OF STATION: 64QIY 36.3N 106.1E INSTRUMENT TYPE: MR2002/SLJ-100 OBSERVING POINT: GROUND
NO. OF POINTS: 8152 EQUALLY SPACED INTERVALS OF: 0.005 SEC
UNCORRECTED ACCELERATION (cm/s/s)
064QIY080406090501 COMP. EW Amax=-16.739
14.8
-16.7
064QIY080406090502 COMP. NS Amax=-10.610
9.8
-10.6
064QIY080406090503 COMP. UD Amax=-9.801
7.5
-9.8
0
4
8
12
16
20
24
28
32
36
40
T(s)

图7－98 2008年4月6日9时5分51秒甘肃地震七营台未校正加速度记录

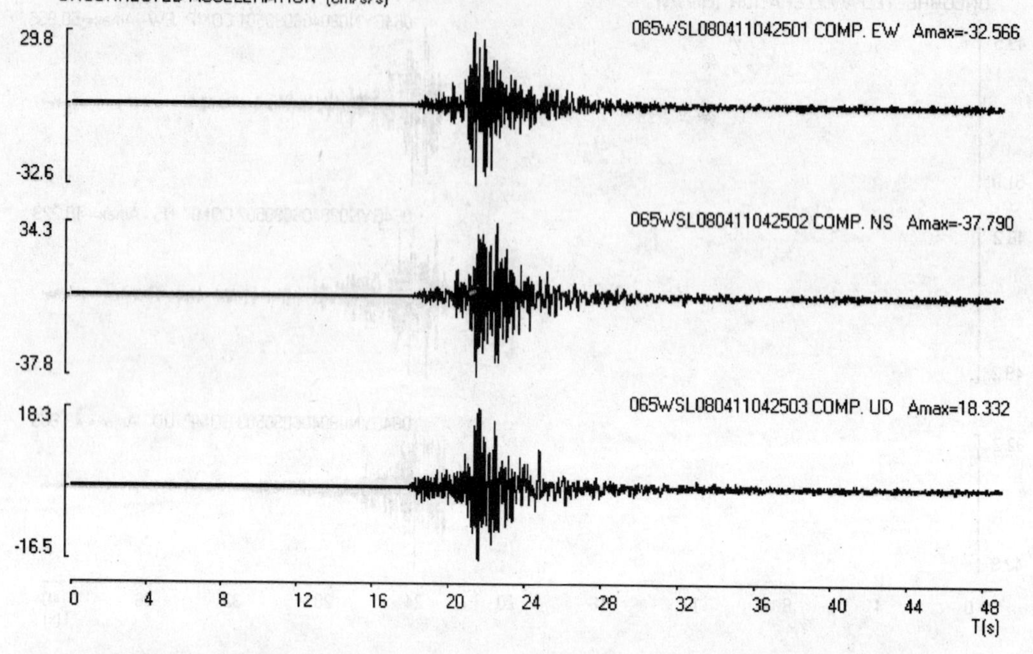
0080410151721 2008-04-10 15:17:21 BTM XINJIANG-EARTHQUAKE, WUQIA,CHN 39.610N 75.059E MAG.4.8(Ms) DEPTH 13KM
CODE OF STATION: 65WSL 39.7N 74.8E INSTRUMENT TYPE: ETNA/ES-T OBSERVING POINT: GROUND
NO. OF POINTS: 9800 EQUALLY SPACED INTERVALS OF: 0.005 SEC
UNCORRECTED ACCELERATION (cm/s/s)
065WSL080411042501 COMP. EW Amax=-32.566
29.8
-32.6
065WSL080411042502 COMP. NS Amax=-37.790
34.3
-37.8
065WSL080411042503 COMP. UD Amax=18.332
18.3
-16.5
0
4
8
12
16
20
24
28
32
36
40
44
48
T(s)

图 7-99 2008 年 4 月 10 日 15 时 17 分 21 秒新疆地震乌合沙鲁台未校正加速度记录

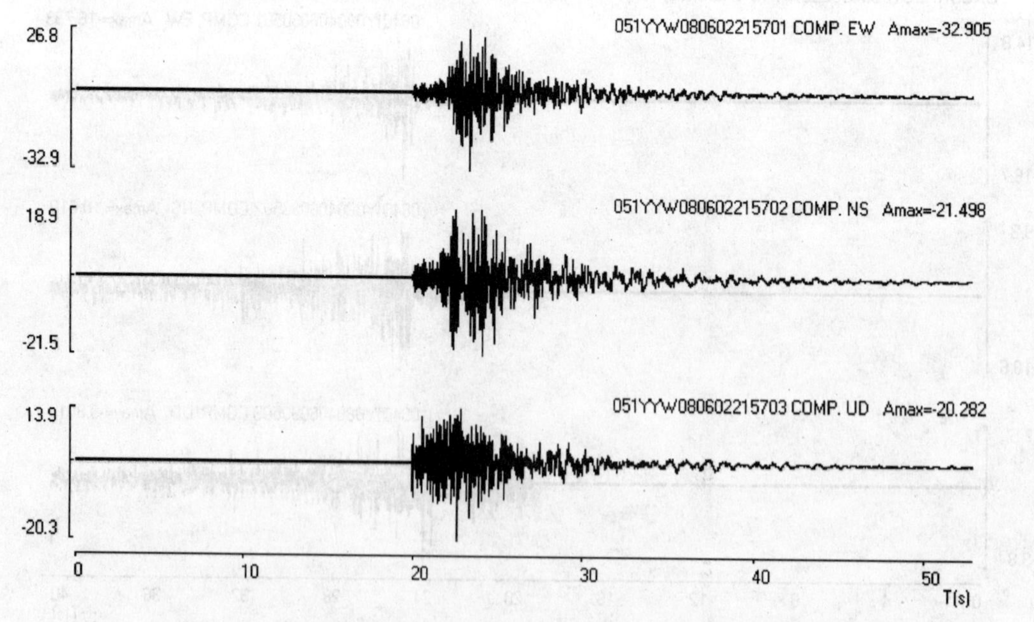
0080502235623 2008-05-02 23:56:23 BTM YANYUAN-EARTHQUAKE, YANYUAN,CHN 27.399N 101.889E MAG.4.6(Ms) DEPTH 16KM
CODE OF STATION: 51YYW 27.5N 101.7E INSTRUMENT TYPE: MR2002/SLJ-100 OBSERVING POINT: GROUND
NO. OF POINTS: 10568 EQUALLY SPACED INTERVALS OF: 0.005 SEC
UNCORRECTED ACCELERATION (cm/s/s)
051YYW080602215701 COMP. EW Amax=-32.905
26.8
-32.9
051YYW080602215702 COMP. NS Amax=-21.498
18.9
-21.5
051YYW080602215703 COMP. UD Amax=-20.282
13.9
-20.3
0
10
20
30
40
50
T(s)

图 7-100 2008 年 5 月 2 日 23 时 56 分 23 秒云南地震盐源卫城台未校正加速度记录

0080602215724 2008-06-02 21:57:24 BTM XINJIANG-EARTHQUAKE, WUQIA,CHN 39.610N 75.129E MAG.4.0(Ms) DEPTH 15KM
CODE OF STATION: 65WSL 39.7N 74.8E INSTRUMENT TYPE: ETNA/ES-T OBSERVING POINT: GROUND
NO. OF POINTS: 8800 EQUALLY SPACED INTERVALS OF: 0.005 SEC
UNCORRECTED ACCELERATION (cm/s/s)

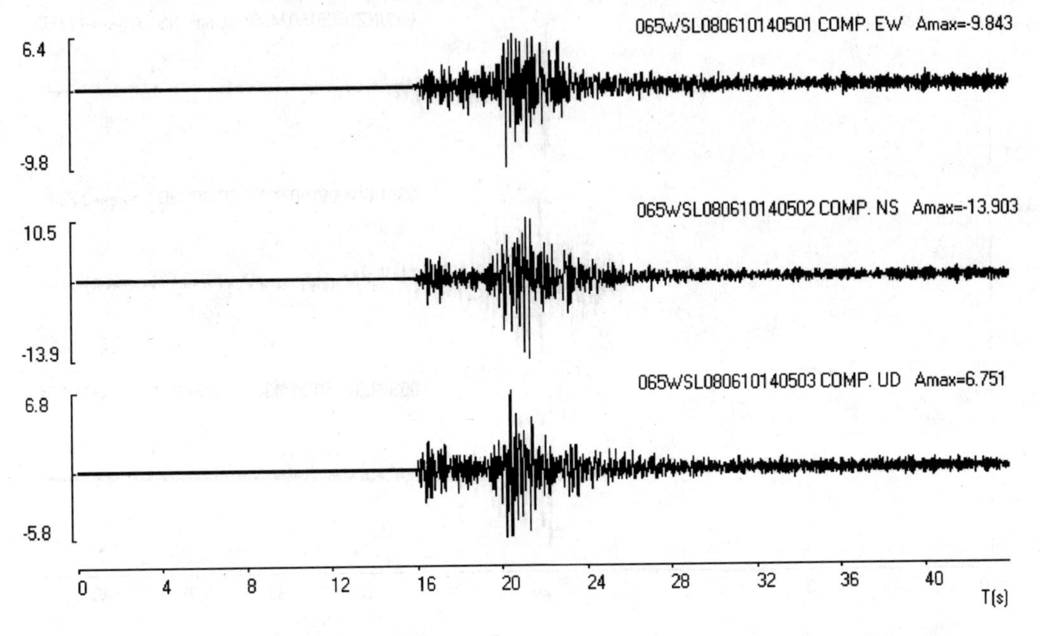

065WSL080610140501 COMP. EW Amax=-9.843
6.4
-9.8
065WSL080610140502 COMP. NS Amax=-13.903
10.5
-13.9
065WSL080610140503 COMP. UD Amax=6.751
6.8
-5.8
0
4
8
12
16
20
24
28
32
36
40
T(s)

图 7－101　2008 年 6 月 2 日 21 时 57 分 24 秒新疆地震乌合沙鲁台未校正加速度记录

0080707141126 2008-07-07 14:11:26 BTM HEQING-EARTHQUAKE, HEQING,CHN 26.319N 100.059E MAG.3.2(Ml) DEPTH 16KM
CODE OF STATION: 53HQX 26.6N 100.2E INSTRUMENT TYPE: ETNA/SLJ-100 OBSERVING POINT: GROUND
NO. OF POINTS: 8800 EQUALLY SPACED INTERVALS OF: 0.005 SEC
UNCORRECTED ACCELERATION (cm/s/s)

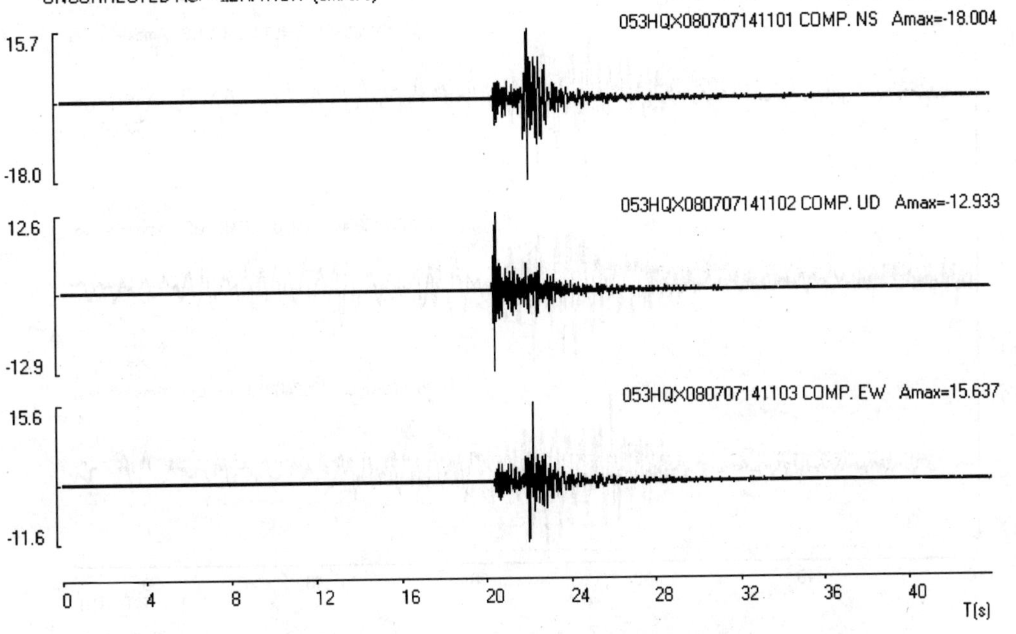

053HQX080707141101 COMP. NS Amax=-18.004
15.7
-18.0
053HQX080707141102 COMP. UD Amax=-12.933
12.6
-12.9
053HQX080707141103 COMP. EW Amax=15.637
15.6
-11.6
0
4
8
12
16
20
24
28
32
36
40
T(s)

图 7－102　2008 年 7 月 7 日 14 时 11 分 26 秒鹤庆地震鹤庆台未校正加速度记录

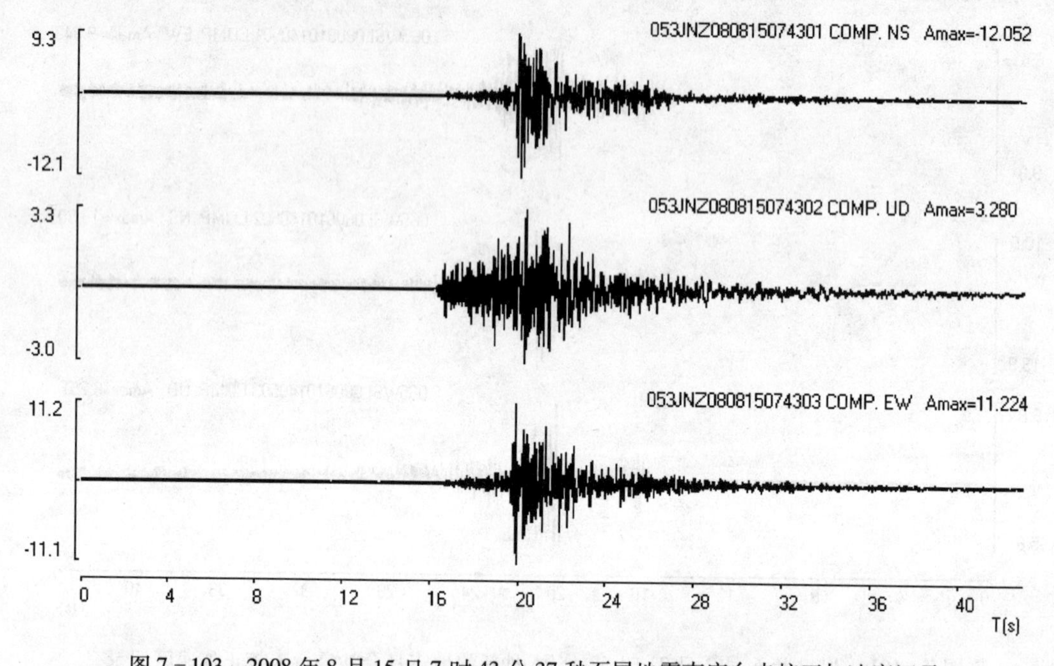
0080815074337 2008-08-15 7:43:37 BTM SHIPING-EARTHQUAKE, SHIPING,CHN 23.600N 102.629E MAG.3.5(Ms) DEPTH _KM
CODE OF STATION: 53JNZ 23.7N 102.8E INSTRUMENT TYPE: ETNA/SLJ-100 OBSERVING POINT: GROUND
NO. OF POINTS: 8600 EQUALLY SPACED INTERVALS OF: 0.005 SEC
UNCORRECTED ACCELERATION (cm/s/s)
053JNZ080815074301 COMP. NS Amax=-12.052
9.3
-12.1
053JNZ080815074302 COMP. UD Amax=3.280
3.3
-3.0
053JNZ080815074303 COMP. EW Amax=11.224
11.2
-11.1
0
4
8
12
16
20
24
28
32
36
40
T(s)

图 7－103 2008 年 8 月 15 日 7 时 43 分 37 秒石屏地震南庄台未校正加速度记录

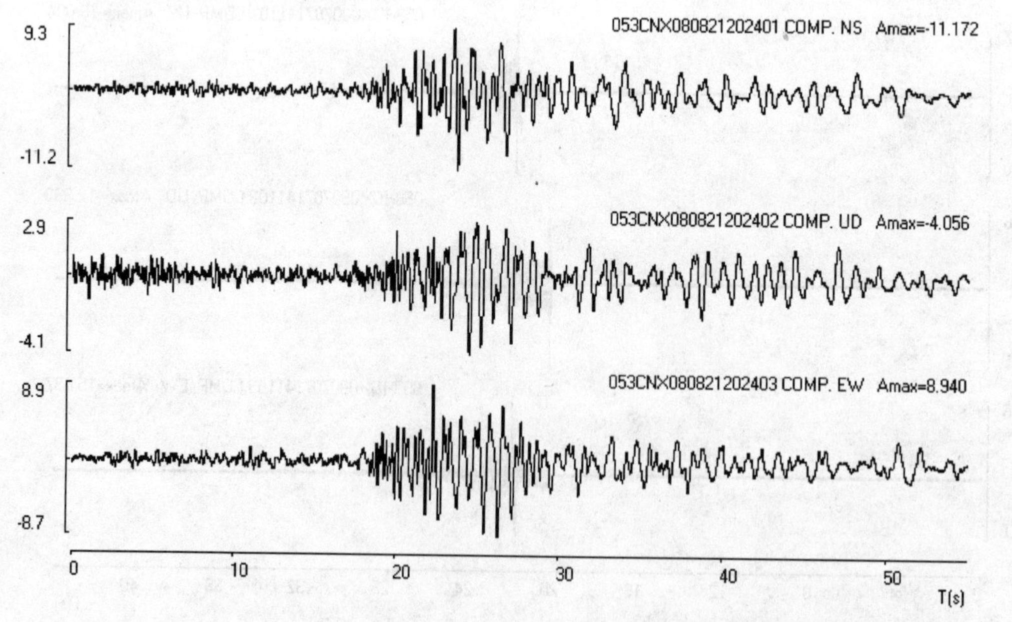
0080821202428 2008-08-21 20:24:28 BTM YINGJIANG-EARTHQUAKE, YINGJIANG,CHN 24.909N 97.790E MAG.6.1(Ms) DEPTH 14KM
CODE OF STATION: 53CNX 24.8N 99.6E INSTRUMENT TYPE: ETNA/SLJ-100 OBSERVING POINT: GROUND
NO. OF POINTS: 11000 EQUALLY SPACED INTERVALS OF: 0.005 SEC
UNCORRECTED ACCELERATION (cm/s/s)
053CNX080821202401 COMP. NS Amax=-11.172
9.3
-11.2
053CNX080821202402 COMP. UD Amax=-4.056
2.9
-4.1
053CNX080821202403 COMP. EW Amax=8.940
8.9
-8.7
0
10
20
30
40
50
T(s)

图 7－104 2008 年 8 月 21 日 20 时 24 分 28 秒盈江地震保山昌宁台未校正加速度记录

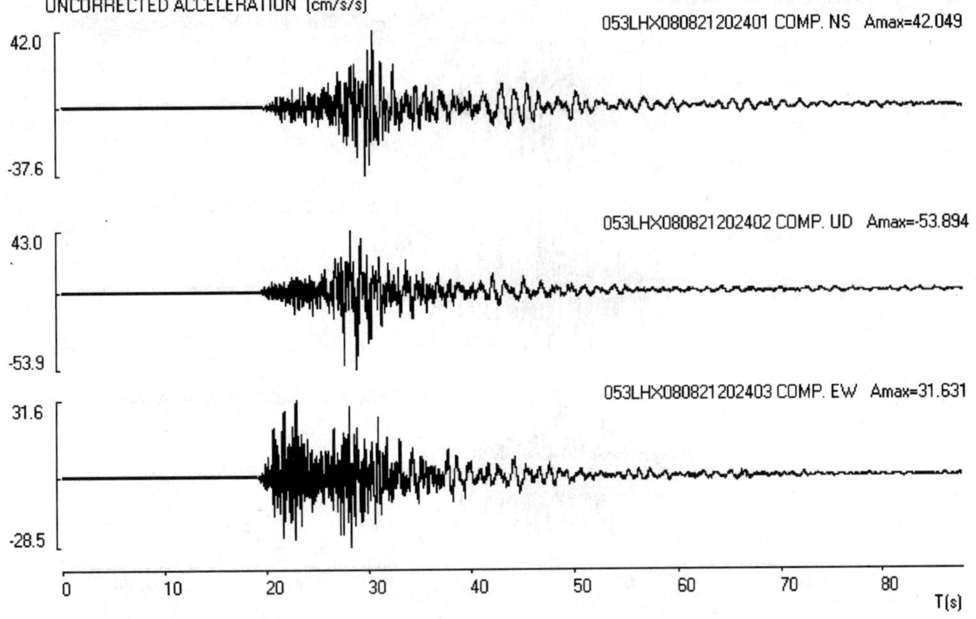
0080821202428 2008-08-21 20:24:28 BTM YINGJIANG-EARTHQUAKE, YINGJIANG,CHN 24.909N 97.790E MAG.6.1(Ms) DEPTH 14KM
CODE OF STATION: 53LHX 24.8N 98.3E INSTRUMENT TYPE: ETNA/SLJ-100 OBSERVING POINT: GROUND
NO. OF POINTS: 17600 EQUALLY SPACED INTERVALS OF: 0.005 SEC
UNCORRECTED ACCELERATION (cm/s/s)
053LHX080821202401 COMP. NS Amax=42.049
42.0
-37.6
053LHX080821202402 COMP. UD Amax=-53.894
43.0
-53.9
053LHX080821202403 COMP. EW Amax=31.631
31.6
-28.5
0
10
20
30
40
50
60
70
80
T(s)

图 7－105　2008 年 8 月 21 日 20 时 24 分 28 秒盈江地震梁河台未校正加速度记录

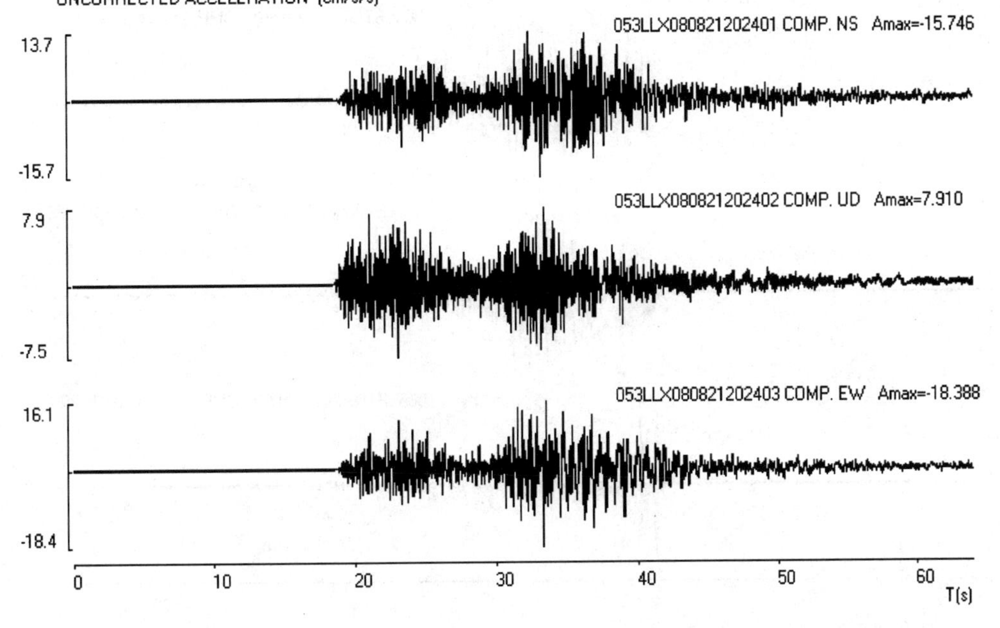
0080821202428 2008-08-21 20:24:28 BTM YINGJIANG-EARTHQUAKE, YINGJIANG,CHN 24.909N 97.790E MAG.6.1(Ms) DEPTH 14KM
CODE OF STATION: 53LLX 24.6N 98.7E INSTRUMENT TYPE: ETNA/SLJ-100 OBSERVING POINT: GROUND
NO. OF POINTS: 12800 EQUALLY SPACED INTERVALS OF: 0.005 SEC
UNCORRECTED ACCELERATION (cm/s/s)
053LLX080821202401 COMP. NS Amax=-15.746
13.7
-15.7
053LLX080821202402 COMP. UD Amax=7.910
7.9
-7.5
053LLX080821202403 COMP. EW Amax=-18.388
16.1
-18.4
0
10
20
30
40
50
60
T(s)

图 7－106　2008 年 8 月 21 日 20 时 24 分 28 秒盈江地震龙陵台未校正加速度记录

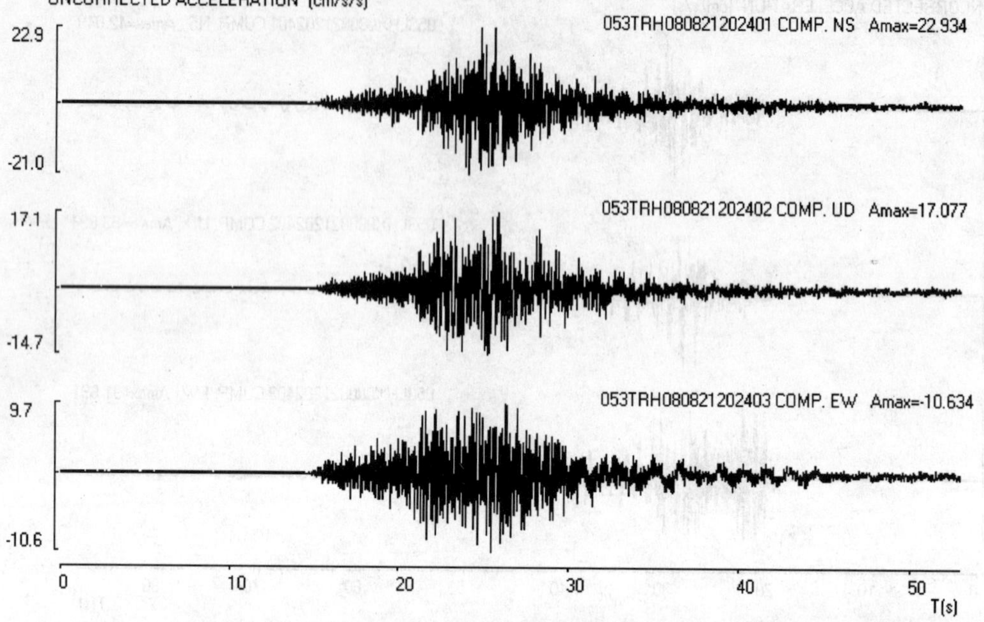
0080821202428 2008-08-21 20:24:28 BTM YINGJIANG-EARTHQUAKE, YINGJIANG,CHN 24.909N 97.790E MAG.6.1(Ms) DEPTH 14KM
CODE OF STATION: 53TRH 25.0N 98.4E INSTRUMENT TYPE: ETNA/SLJ-100 OBSERVING POINT: GROUND
NO. OF POINTS: 10600 EQUALLY SPACED INTERVALS OF: 0.005 SEC
UNCORRECTED ACCELERATION (cm/s/s)
053TRH080821202401 COMP. NS Amax=22.934
22.9
-21.0
053TRH080821202402 COMP. UD Amax=17.077
17.1
-14.7
053TRH080821202403 COMP. EW Amax=-10.634
9.7
-10.6
0
10
20
30
40
50
T(s)

图 7－107 2008 年 8 月 21 日 20 时 24 分 28 秒盈江地震热海台未校正加速度记录

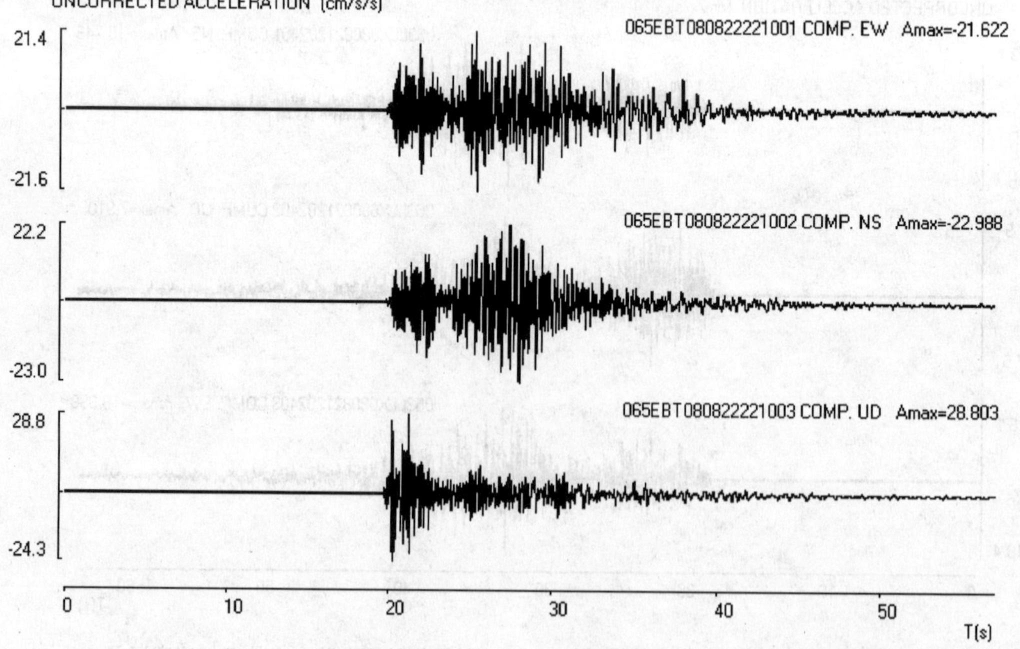
0080822221023 2008-08-22 22:10:23 BTM XINJIANG-EARTHQUAKE, KUCHE,CHN 41.919N 83.800E MAG.4.6(Ms) DEPTH 15KM
CODE OF STATION: 65EBT 41.8N 83.8E INSTRUMENT TYPE: ETNA/ES-T OBSERVING POINT: GROUND
NO. OF POINTS: 11400 EQUALLY SPACED INTERVALS OF: 0.005 SEC
UNCORRECTED ACCELERATION (cm/s/s)
065EBT080822221001 COMP. EW Amax=-21.622
21.4
-21.6
065EBT080822221002 COMP. NS Amax=-22.988
22.2
-23.0
065EBT080822221003 COMP. UD Amax=28.803
28.8
-24.3
0
10
20
30
40
50
T(s)

图 7－108 2008 年 8 月 22 日 22 时 10 分 23 秒新疆地震二八台台未校正加速度记录

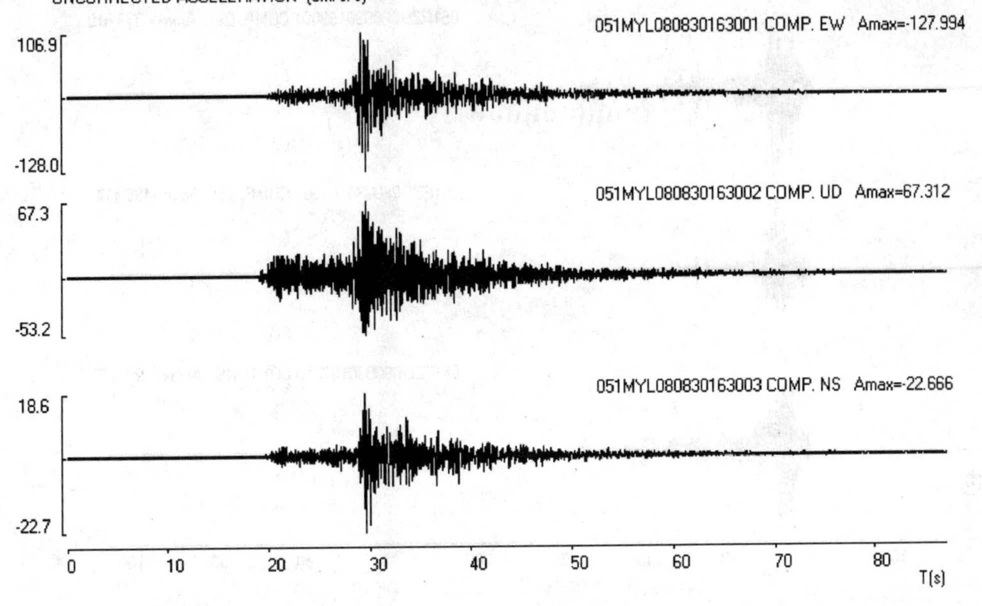
0080830163053 2008-08-30 16:30:53 BTM PANZHIHUA-EARTHQUAKE, PANZHIHUA,CHN 26.299N 102.059E MAG.6.3(Ms) DEPTH 19KM
CODE OF STATION: 51MYL 26.888N 102.111E INSTRUMENT TYPE: ETNA/SLJ-100 OBSERVING POINT: GROUND
NO. OF POINTS: 17592 EQUALLY SPACED INTERVALS OF: 0.005 SEC
UNCORRECTED ACCELERATION (cm/s/s)
051MYL080830163001 COMP. EW Amax=-127.994
106.9
-128.0
051MYL080830163002 COMP. UD Amax=67.312
67.3
-53.2
051MYL080830163003 COMP. NS Amax=-22.666
18.6
-22.7
0
10
20
30
40
50
60
70
80
T(s)

图 7－109　2008 年 8 月 30 日 16 时 30 分 53 秒攀枝花地震米易攀莲台未校正加速度记录

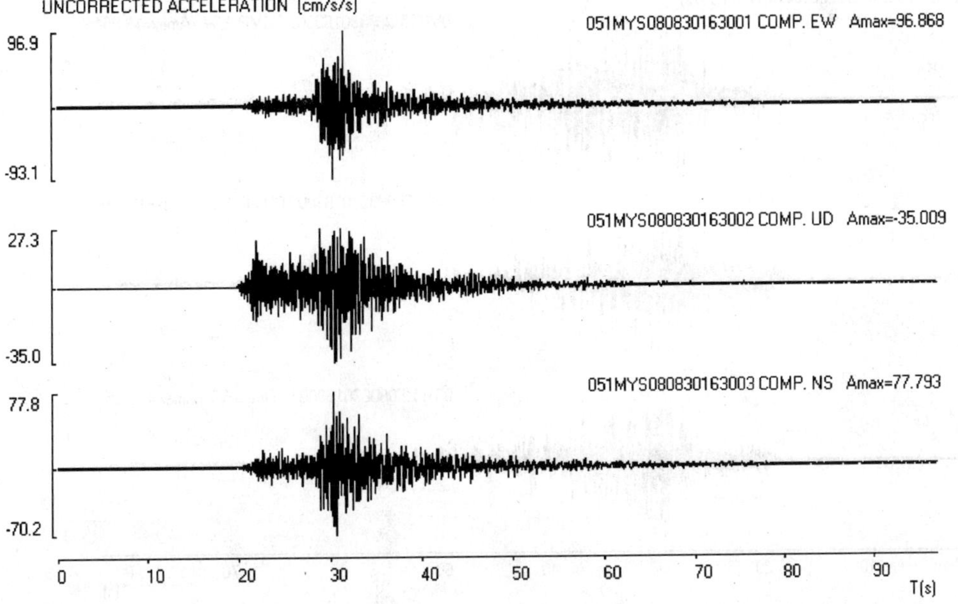
0080830163053 2008-08-30 16:30:53 BTM PANZHIHUA-EARTHQUAKE, PANZHIHUA,CHN 26.299N 102.059E MAG.6.3(Ms) DEPTH 19KM
CODE OF STATION: 51MYS 26.8N 102.0E INSTRUMENT TYPE: ETNA/SLJ-100 OBSERVING POINT: GROUND
NO. OF POINTS: 19400 EQUALLY SPACED INTERVALS OF: 0.005 SEC
UNCORRECTED ACCELERATION (cm/s/s)
051MYS080830163001 COMP. EW Amax=96.868
96.9
-93.1
051MYS080830163002 COMP. UD Amax=-35.009
27.3
-35.0
051MYS080830163003 COMP. NS Amax=77.793
77.8
-70.2
0
10
20
30
40
50
60
70
80
90
T(s)

图 7－110　2008 年 8 月 30 日 16 时 30 分 53 秒攀枝花地震米易撒连台未校正加速度记录

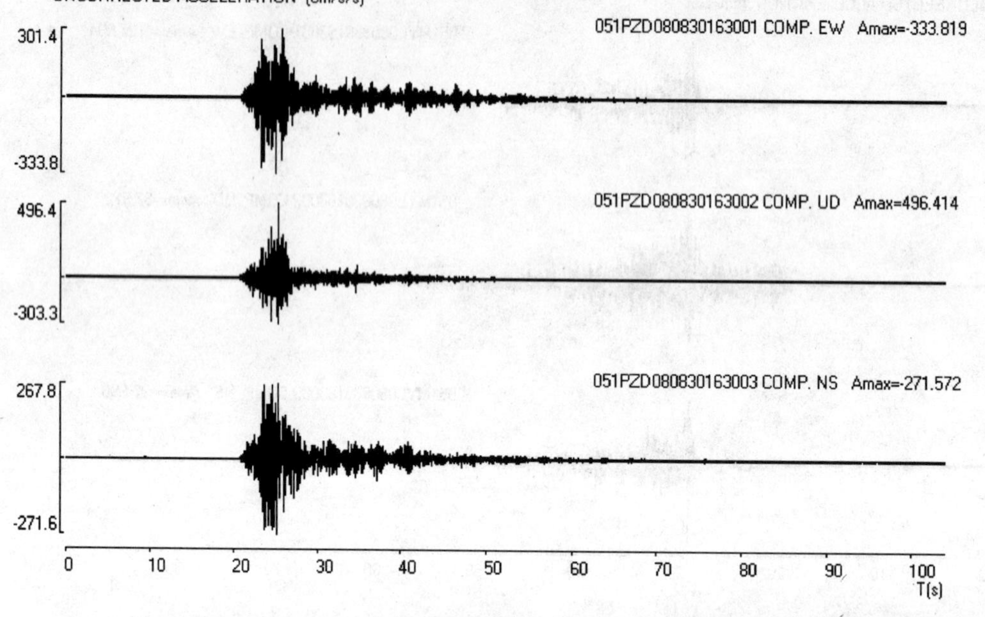
0080830163053 2008-08-30 16:30:53 BTM PANZHIHUA-EARTHQUAKE, PANZHIHUA,CHN 26.299N 102.059E MAG.6.3(Ms) DEPTH 19KM
CODE OF STATION: 51PZD 26.3N 101.8E INSTRUMENT TYPE: ETNA/SLJ-100 OBSERVING POINT: GROUND
NO. OF POINTS: 20800 EQUALLY SPACED INTERVALS OF: 0.005 SEC
UNCORRECTED ACCELERATION (cm/s/s)
301.4
051PZD080830163001 COMP. EW Amax=-333.819
-333.8
496.4
051PZD080830163002 COMP. UD Amax=496.414
-303.3
267.8
051PZD080830163003 COMP. NS Amax=-271.572
-271.6
0
10
20
30
40
50
60
70
80
90
100
T(s)

图 7－111　2008 年 8 月 30 日 16 时 30 分 53 秒攀枝花地震攀枝花大田台未校正加速度记录

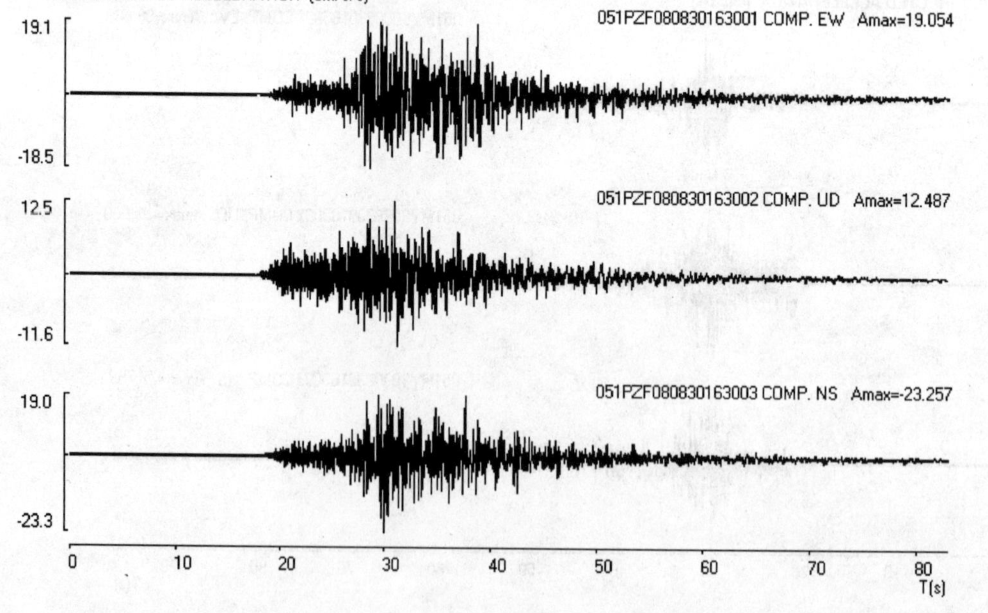
0080830163053 2008-08-30 16:30:53 BTM PANZHIHUA-EARTHQUAKE, PANZHIHUA,CHN 26.299N 102.059E MAG.6.3(Ms) DEPTH 19KM
CODE OF STATION: 51PZF 26.6N 101.4E INSTRUMENT TYPE: ETNA/SLJ-100 OBSERVING POINT: GROUND
NO. OF POINTS: 16600 EQUALLY SPACED INTERVALS OF: 0.005 SEC
UNCORRECTED ACCELERATION (cm/s/s)
19.1
051PZF080830163001 COMP. EW Amax=19.054
-18.5
12.5
051PZF080830163002 COMP. UD Amax=12.487
-11.6
19.0
051PZF080830163003 COMP. NS Amax=-23.257
-23.3
0
10
20
30
40
50
60
70
80
T(s)

图 7－112　2008 年 8 月 30 日 16 时 30 分 53 秒攀枝花地震攀枝花福田台未校正加速度记录

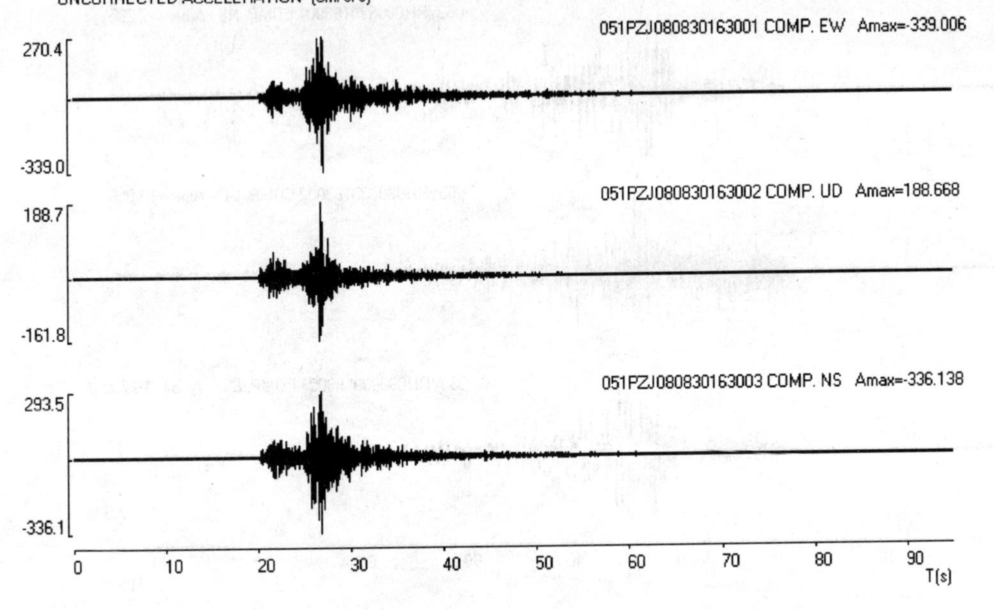
0080830163053 2008-08-30 16:30:53 BTM PANZHIHUA-EARTHQUAKE, PANZHIHUA,CHN 26.299N 102.059E MAG.6.3(Ms) DEPTH 19KM
CODE OF STATION: 51PZJ 26.6N 101.8E INSTRUMENT TYPE: ETNA/SLJ-100 OBSERVING POINT: GROUND
NO. OF POINTS: 19000 EQUALLY SPACED INTERVALS OF: 0.005 SEC
UNCORRECTED ACCELERATION (cm/s/s)
051PZJ080830163001 COMP. EW Amax=-339.006
270.4
-339.0
051PZJ080830163002 COMP. UD Amax=188.668
188.7
-161.8
051PZJ080830163003 COMP. NS Amax=-336.138
293.5
-336.1
0
10
20
30
40
50
60
70
80
90
T(s)

图 7－113　2008 年 8 月 30 日 16 时 30 分 53 秒攀枝花地震攀枝花金江台未校正加速度记录

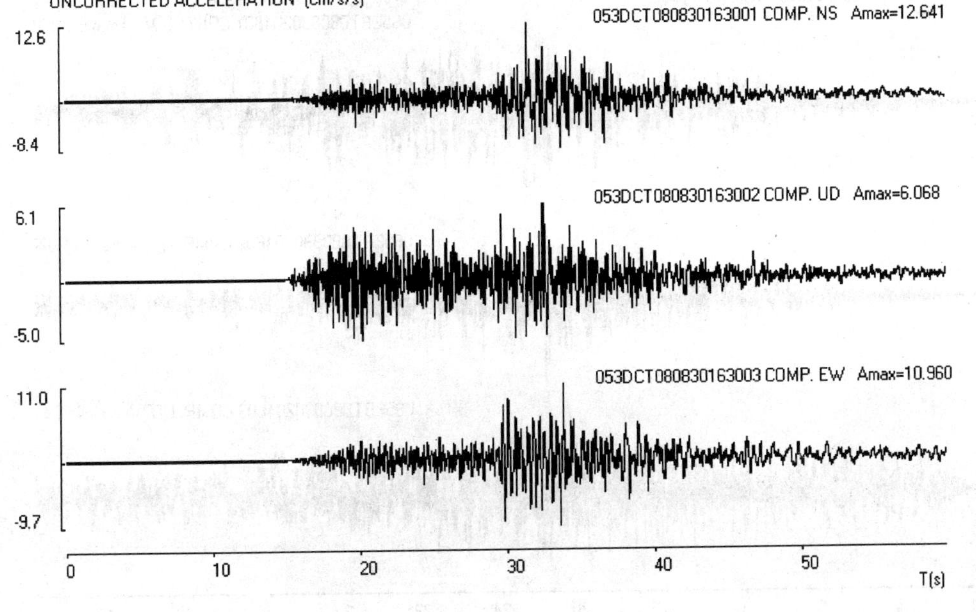
0080830163053 2008-08-30 16:30:53 BTM PANZHIHUA-EARTHQUAKE, PANZHIHUA,CHN 26.299N 102.059E MAG.6.3(Ms) DEPTH 19KM
CODE OF STATION: 53DCT 26.1N 103.2E INSTRUMENT TYPE: ETNA/SLJ-100 OBSERVING POINT: GROUND
NO. OF POINTS: 12000 EQUALLY SPACED INTERVALS OF: 0.005 SEC
UNCORRECTED ACCELERATION (cm/s/s)
053DCT080830163001 COMP. NS Amax=12.641
12.6
-8.4
053DCT080830163002 COMP. UD Amax=6.068
6.1
-5.0
053DCT080830163003 COMP. EW Amax=10.960
11.0
-9.7
0
10
20
30
40
50
T(s)

图 7－114　2008 年 8 月 30 日 16 时 30 分 53 秒攀枝花地震东川拖布卡台未校正加速度记录

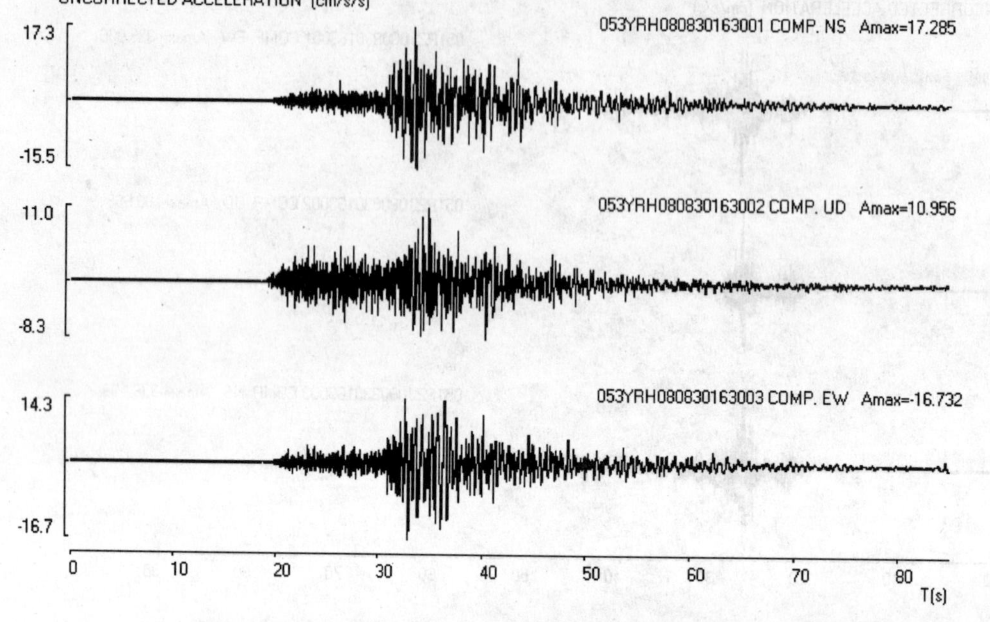
0080830163053 2008-08-30 16:30:53 BTM PANZHIHUA-EARTHQUAKE, PANZHIHUA,CHN 26.299N 102.059E MAG.6.3(Ms) DEPTH 19KM
CODE OF STATION: 53YRH 26.5N 101.0E INSTRUMENT TYPE: ETNA/SLJ-100 OBSERVING POINT: GROUND
NO. OF POINTS: 17000 EQUALLY SPACED INTERVALS OF: 0.005 SEC
UNCORRECTED ACCELERATION (cm/s/s)
053YRH080830163001 COMP. NS Amax=17.285
17.3
-15.5
053YRH080830163002 COMP. UD Amax=10.956
11.0
-8.3
053YRH080830163003 COMP. EW Amax=-16.732
14.3
-16.7
0
10
20
30
40
50
60
70
80
T(s)

图7-115 2008年8月30日16时30分53秒攀枝花地震永胜仁和镇台未校正加速度记录

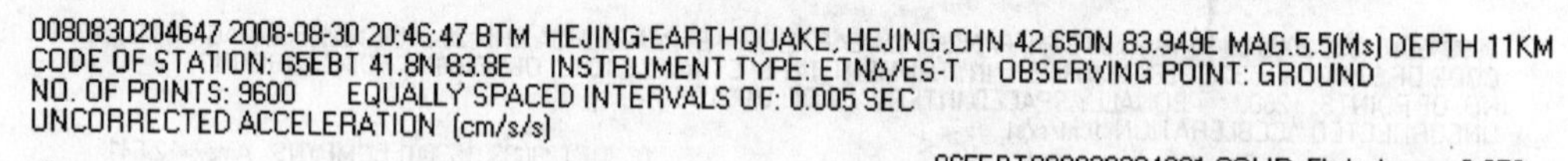
0080830204647 2008-08-30 20:46:47 BTM HEJING-EARTHQUAKE, HEJING,CHN 42.650N 83.949E MAG.5.5(Ms) DEPTH 11KM
CODE OF STATION: 65EBT 41.8N 83.8E INSTRUMENT TYPE: ETNA/ES-T OBSERVING POINT: GROUND
NO. OF POINTS: 9600 EQUALLY SPACED INTERVALS OF: 0.005 SEC
UNCORRECTED ACCELERATION (cm/s/s)

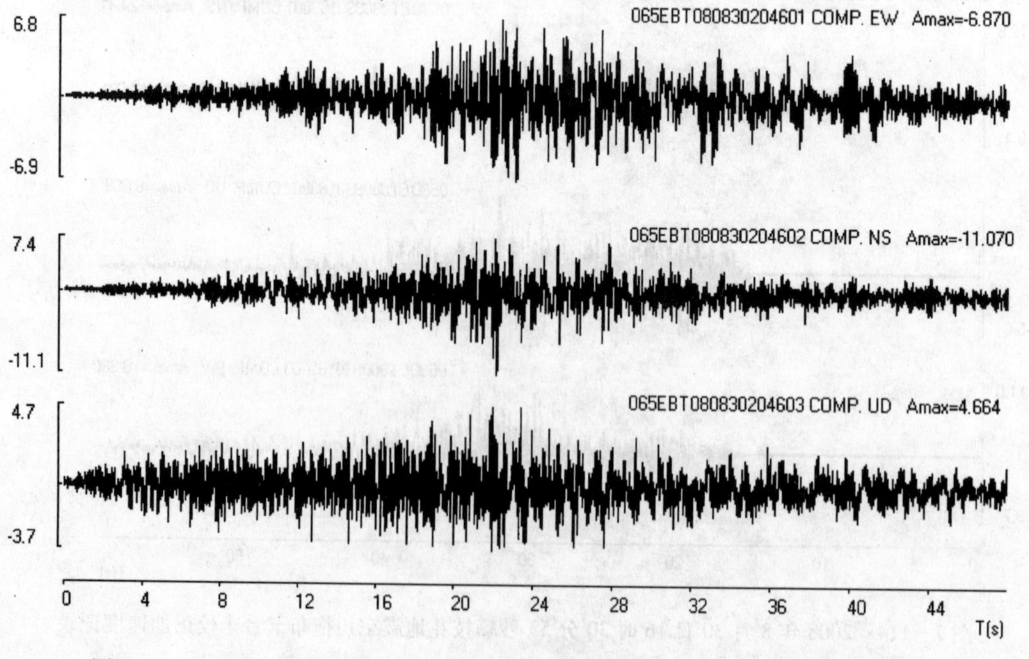
065EBT080830204601 COMP. EW Amax=-6.870
6.8
-6.9
065EBT080830204602 COMP. NS Amax=-11.070
7.4
-11.1
065EBT080830204603 COMP. UD Amax=4.664
4.7
-3.7
0
4
8
12
16
20
24
28
32
36
40
44
T(s)

图7-116 2008年8月30日20时46分47秒和静地震二八台台未校正加速度记录

0080830204647 2008-08-30 20:46:47 BTM HEJING-EARTHQUAKE, HEJING,CHN 42.650N 83.949E MAG.5.5(Ms) DEPTH 11KM
CODE OF STATION: 65EJT 41.8N 85.7E INSTRUMENT TYPE: ETNA/ES-T OBSERVING POINT: GROUND
NO. OF POINTS: 9200 EQUALLY SPACED INTERVALS OF: 0.005 SEC
UNCORRECTED ACCELERATION (cm/s/s)

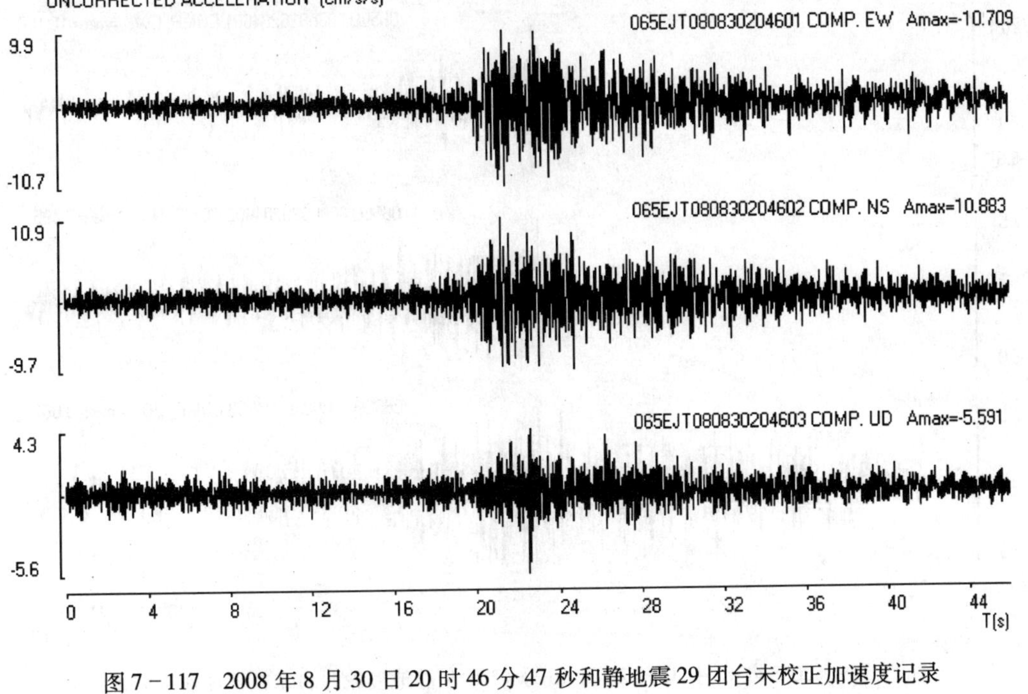
065EJT080830204601 COMP. EW Amax=-10.709
9.9
-10.7
065EJT080830204602 COMP. NS Amax=10.883
10.9
-9.7
065EJT080830204603 COMP. UD Amax=-5.591
4.3
-5.6
0
4
8
12
16
20
24
28
32
36
40
44
T(s)

图 7－117 2008 年 8 月 30 日 20 时 46 分 47 秒和静地震 29 团台未校正加速度记录

0080830204647 2008-08-30 20:46:47 BTM HEJING-EARTHQUAKE, HEJING,CHN 42.650N 83.949E MAG.5.5(Ms) DEPTH 11KM
CODE OF STATION: 65LNZ 41.5N 84.3E INSTRUMENT TYPE: ETNA/ES-T OBSERVING POINT: GROUND
NO. OF POINTS: 8400 EQUALLY SPACED INTERVALS OF: 0.005 SEC
UNCORRECTED ACCELERATION (cm/s/s)

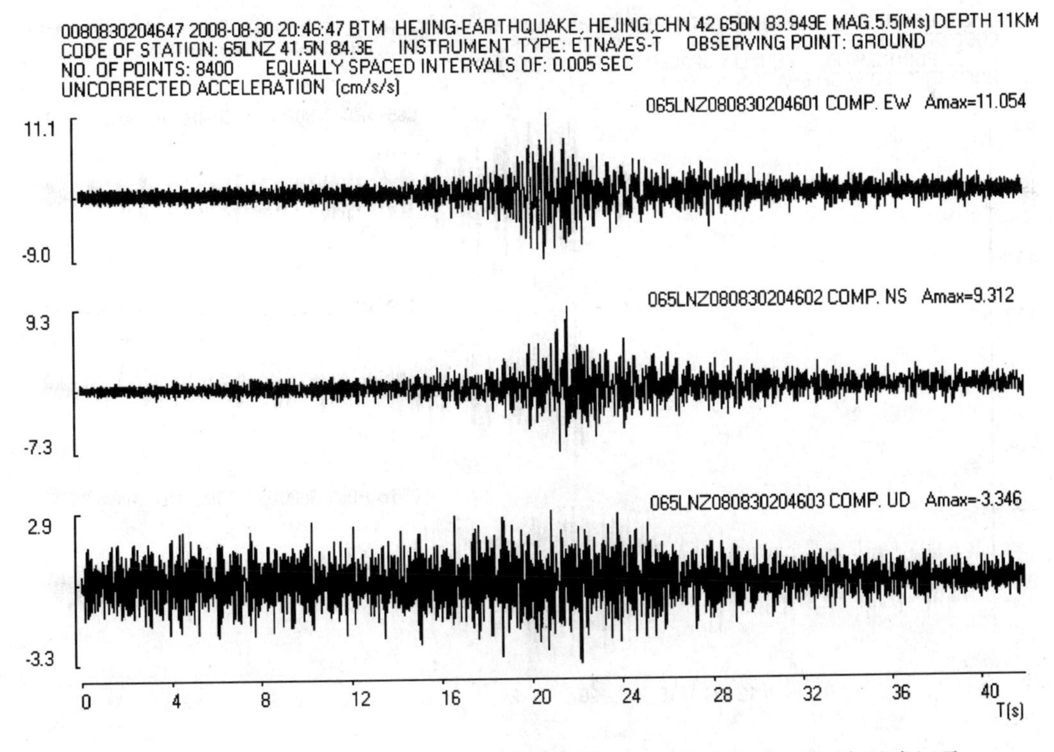
065LNZ080830204601 COMP. EW Amax=11.054
11.1
-9.0
065LNZ080830204602 COMP. NS Amax=9.312
9.3
-7.3
065LNZ080830204603 COMP. UD Amax=-3.346
2.9
-3.3
0
4
8
12
16
20
24
28
32
36
40
T(s)

图 7－118 2008 年 8 月 30 日 20 时 46 分 47 秒和静地震轮南镇台未校正加速度记录

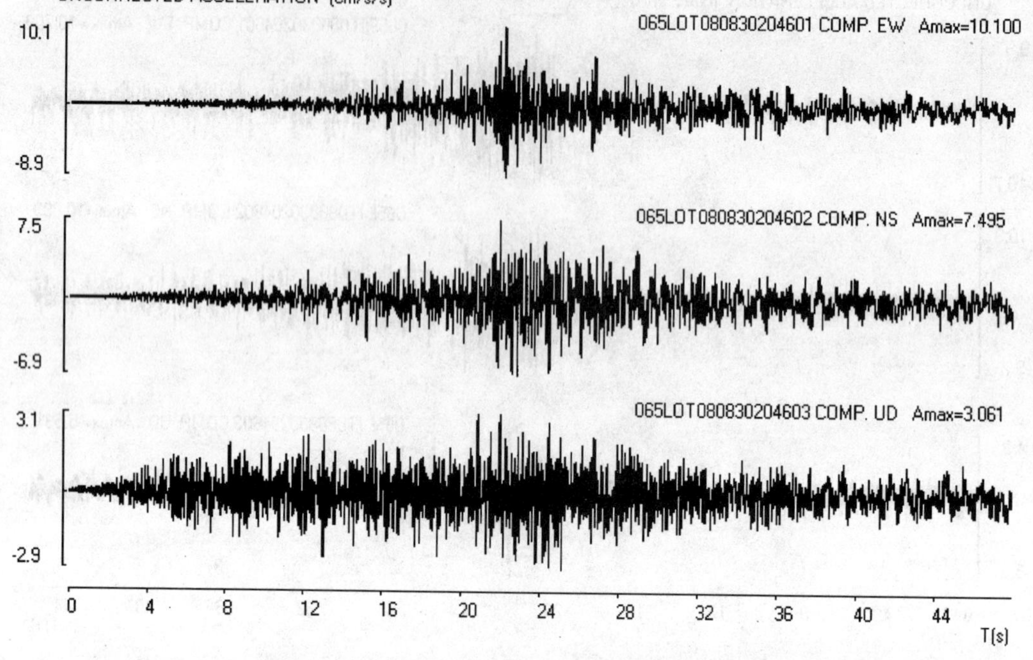
0080830204647 2008-08-30 20:46:47 BTM HEJING-EARTHQUAKE, HEJING,CHN 42.650N 83.949E MAG.5.5(Ms) DEPTH 11KM
CODE OF STATION: 65LOT 41.8N 84.3E INSTRUMENT TYPE: ETNA/ES-T OBSERVING POINT: GROUND
NO. OF POINTS: 9600 EQUALLY SPACED INTERVALS OF: 0.005 SEC
UNCORRECTED ACCELERATION (cm/s/s)
065LOT080830204601 COMP. EW Amax=10.100
10.1
-8.9
065LOT080830204602 COMP. NS Amax=7.495
7.5
-6.9
065LOT080830204603 COMP. UD Amax=3.061
3.1
-2.9
0
4
8
12
16
20
24
28
32
36
40
44
T(s)

图 7-119 2008 年 8 月 30 日 20 时 46 分 47 秒和静地震轮台台未校正加速度记录

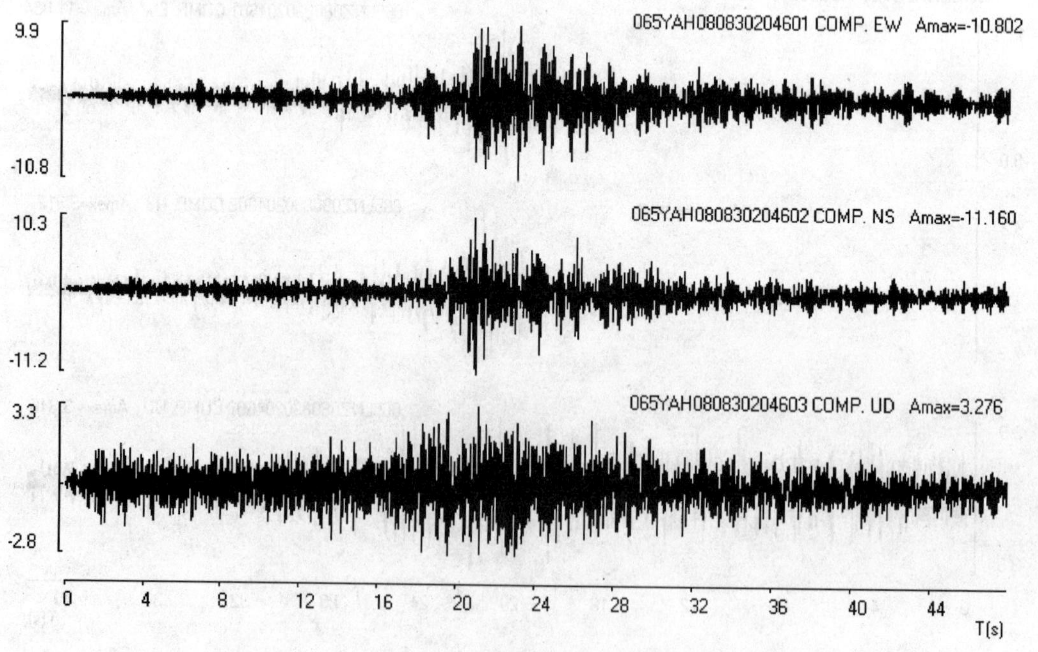
0080830204647 2008-08-30 20:46:47 BTM HEJING-EARTHQUAKE, HEJING,CHN 42.650N 83.949E MAG.5.5(Ms) DEPTH 11KM
CODE OF STATION: 65YAH 41.7N 83.2E INSTRUMENT TYPE: ETNA/ES-T OBSERVING POINT: GROUND
NO. OF POINTS: 9600 EQUALLY SPACED INTERVALS OF: 0.005 SEC
UNCORRECTED ACCELERATION (cm/s/s)
065YAH080830204601 COMP. EW Amax=-10.802
9.9
-10.8
065YAH080830204602 COMP. NS Amax=-11.160
10.3
-11.2
065YAH080830204603 COMP. UD Amax=3.276
3.3
-2.8
0
4
8
12
16
20
24
28
32
36
40
44
T(s)

图 7-120 2008 年 8 月 30 日 20 时 46 分 47 秒和静地震牙哈台未校正加速度记录

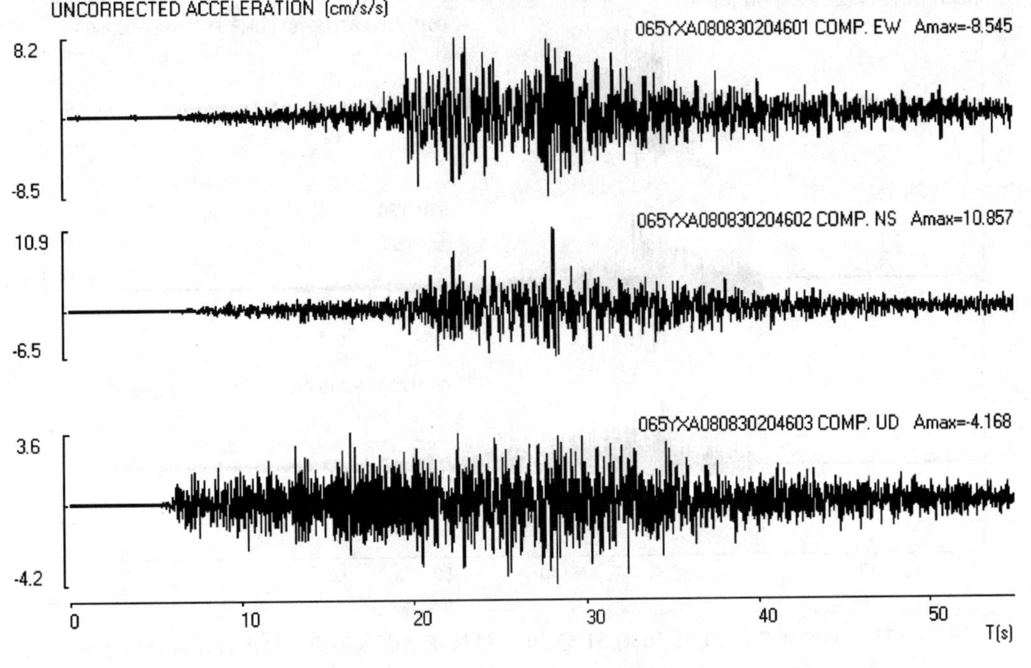
0080830204647 2008-08-30 20:46:47 BTM HEJING-EARTHQUAKE, HEJING,CHN 42.650N 83.949E MAG.5.5(Ms) DEPTH 11KM
CODE OF STATION: 65YXA 42.0N 84.6E INSTRUMENT TYPE: ETNA/ES-T OBSERVING POINT: GROUND
NO. OF POINTS: 11000 EQUALLY SPACED INTERVALS OF: 0.005 SEC
UNCORRECTED ACCELERATION (cm/s/s)
065YXA080830204601 COMP. EW Amax=-8.545
8.2
-8.5
065YXA080830204602 COMP. NS Amax=10.857
10.9
-6.5
065YXA080830204603 COMP. UD Amax=-4.168
3.6
-4.2
0
10
20
30
40
50
T(s)

图 7－121　2008 年 8 月 30 日 20 时 46 分 47 秒和静地震阳霞台未校正加速度记录

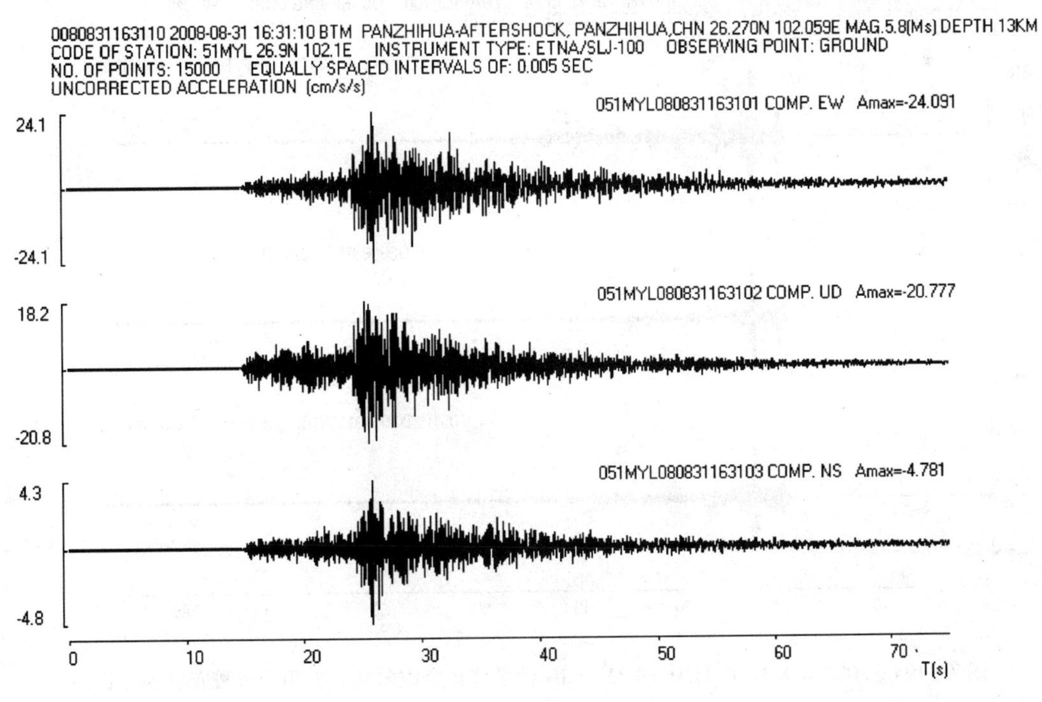
0080831163110 2008-08-31 16:31:10 BTM PANZHIHUA-AFTERSHOCK, PANZHIHUA,CHN 26.270N 102.059E MAG.5.8(Ms) DEPTH 13KM
CODE OF STATION: 51MYL 26.9N 102.1E INSTRUMENT TYPE: ETNA/SLJ-100 OBSERVING POINT: GROUND
NO. OF POINTS: 15000 EQUALLY SPACED INTERVALS OF: 0.005 SEC
UNCORRECTED ACCELERATION (cm/s/s)
051MYL080831163101 COMP. EW Amax=-24.091
24.1
-24.1
051MYL080831163102 COMP. UD Amax=-20.777
18.2
-20.8
051MYL080831163103 COMP. NS Amax=-4.781
4.3
-4.8
0
10
20
30
40
50
60
70
T(s)

图 7－122　2008 年 8 月 31 日 16 时 31 分 10 秒攀枝花余震米易攀莲台未校正加速度记录

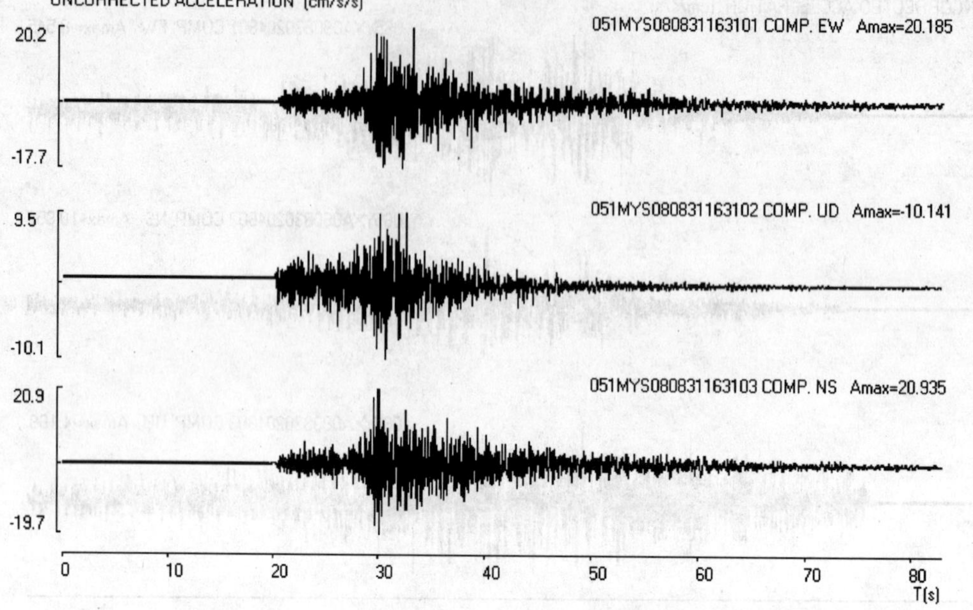
0080831163110 2008-08-31 16:31:10 BTM PANZHIHUA-AFTERSHOCK, PANZHIHUA,CHN 26.270N 102.059E MAG.5.8(Ms) DEPTH 13KM
CODE OF STATION: 51MYS 26.8N 102.0E INSTRUMENT TYPE: ETNA/SLJ-100 OBSERVING POINT: GROUND
NO. OF POINTS: 16600 EQUALLY SPACED INTERVALS OF: 0.005 SEC
UNCORRECTED ACCELERATION (cm/s/s)
051MYS080831163101 COMP. EW Amax=20.185
20.2
-17.7
051MYS080831163102 COMP. UD Amax=-10.141
9.5
-10.1
051MYS080831163103 COMP. NS Amax=20.935
20.9
-19.7
0
10
20
30
40
50
60
70
80
T(s)

图 7－123 2008 年 8 月 31 日 16 时 31 分 10 秒攀枝花余震米易撒连台未校正加速度记录

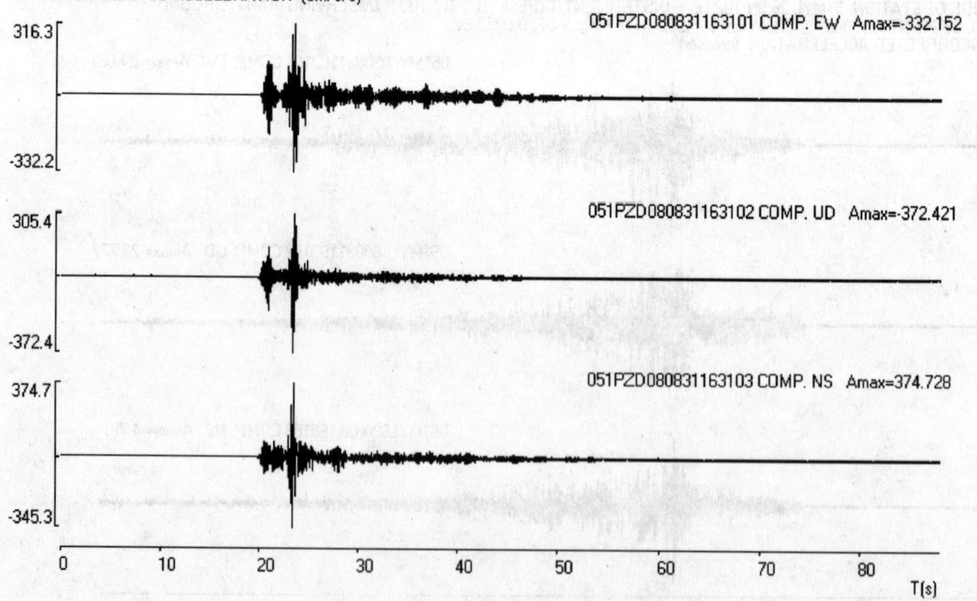
0080831163110 2008-08-31 16:31:10 BTM PANZHIHUA-AFTERSHOCK, PANZHIHUA,CHN 26.270N 102.059E MAG.5.8(Ms) DEPTH 13KM
CODE OF STATION: 51PZD 26.3N 101.8E INSTRUMENT TYPE: ETNA/SLJ-100 OBSERVING POINT: GROUND
NO. OF POINTS: 17600 EQUALLY SPACED INTERVALS OF: 0.005 SEC
UNCORRECTED ACCELERATION (cm/s/s)
051PZD080831163101 COMP. EW Amax=-332.152
316.3
-332.2
051PZD080831163102 COMP. UD Amax=-372.421
305.4
-372.4
051PZD080831163103 COMP. NS Amax=374.728
374.7
-345.3
0
10
20
30
40
50
60
70
80
T(s)

图 7－124 2008 年 8 月 31 日 16 时 31 分 10 秒攀枝花余震攀枝花大田台未校正加速度记录

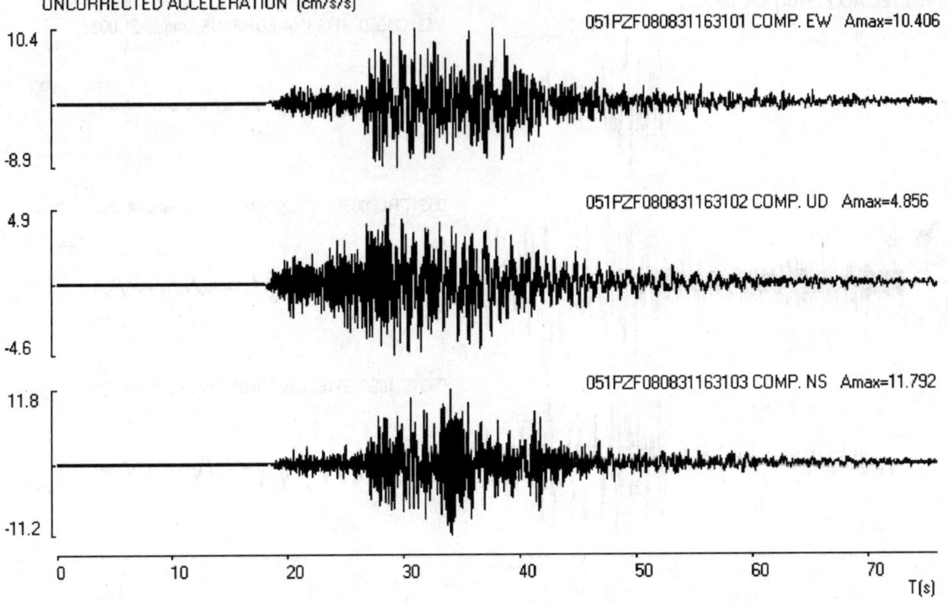

0080831163110 2008-08-31 16:31:10 BTM PANZHIHUA-AFTERSHOCK, PANZHIHUA,CHN 26.270N 102.059E MAG.5.8(Ms) DEPTH 13KM
CODE OF STATION: 51PZF 26.6N 101.4E INSTRUMENT TYPE: ETNA/SLJ-100 OBSERVING POINT: GROUND
NO. OF POINTS: 15200 EQUALLY SPACED INTERVALS OF: 0.005 SEC
UNCORRECTED ACCELERATION (cm/s/s)
051PZF080831163101 COMP. EW Amax=10.406
10.4
-8.9
051PZF080831163102 COMP. UD Amax=4.856
4.9
-4.6
051PZF080831163103 COMP. NS Amax=11.792
11.8
-11.2
0
10
20
30
40
50
60
70
T(s)

图 7－125　2008 年 8 月 31 日 16 时 31 分 10 秒攀枝花余震攀枝花福田台未校正加速度记录

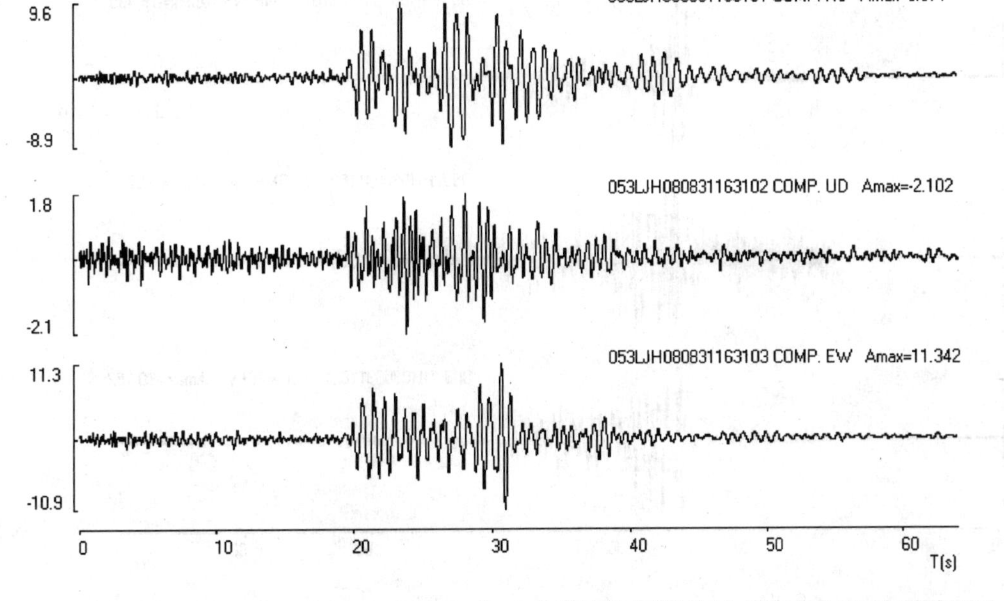

0080831163110 2008-08-31 16:31:10 BTM PANZHIHUA-AFTERSHOCK, PANZHIHUA,CHN 26.270N 102.059E MAG.5.8(Ms) DEPTH 13KM
CODE OF STATION: 53LJH 26.8N 100.0E INSTRUMENT TYPE: ETNA/SLJ-100 OBSERVING POINT: GROUND
NO. OF POINTS: 12800 EQUALLY SPACED INTERVALS OF: 0.005 SEC
UNCORRECTED ACCELERATION (cm/s/s)
053LJH080831163101 COMP. NS Amax=9.571
9.6
-8.9
053LJH080831163102 COMP. UD Amax=-2.102
1.8
-2.1
053LJH080831163103 COMP. EW Amax=11.342
11.3
-10.9
0
10
20
30
40
50
60
T(s)

图 7－126　2008 年 8 月 31 日 16 时 31 分 10 秒攀枝花余震丽江九河乡台未校正加速度记录

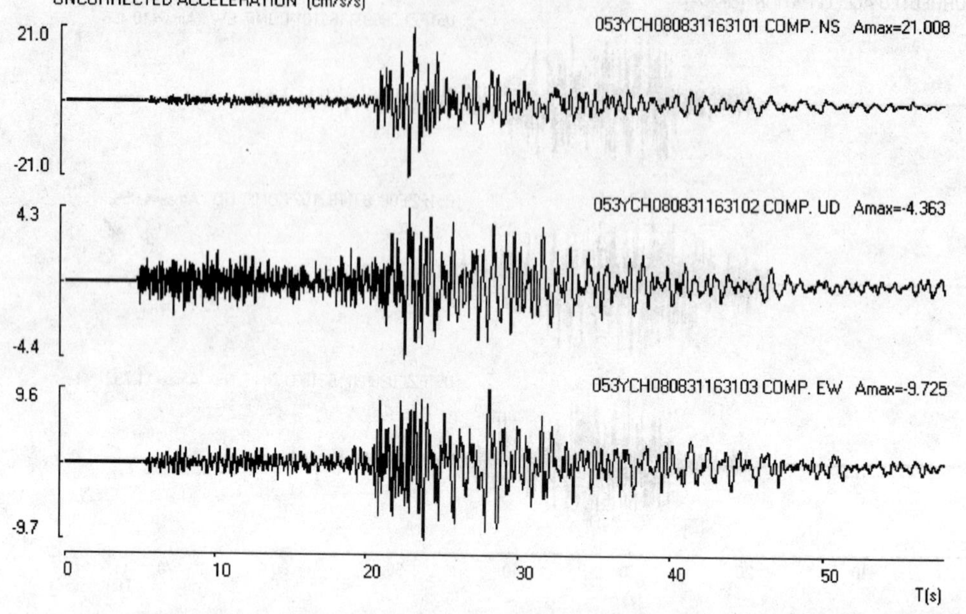
0080831163110 2008-08-31 16:31:10 BTM PANZHIHUA-AFTERSHOCK, PANZHIHUA,CHN 26.270N 102.059E MAG.5.8(Ms) DEPTH 13KM
CODE OF STATION: 53YCH 26.5N 100.7E INSTRUMENT TYPE: ETNA/SLJ-100 OBSERVING POINT: GROUND
NO. OF POINTS: 11600 EQUALLY SPACED INTERVALS OF: 0.005 SEC
UNCORRECTED ACCELERATION (cm/s/s)
053YCH080831163101 COMP. NS Amax=21.008
21.0
-21.0
053YCH080831163102 COMP. UD Amax=-4.363
4.3
-4.4
053YCH080831163103 COMP. EW Amax=-9.725
9.6
-9.7
0
10
20
30
40
50
T(s)

图 7－127　2008 年 8 月 31 日 16 时 31 分 10 秒攀枝花余震永胜程海乡台未校正加速度记录

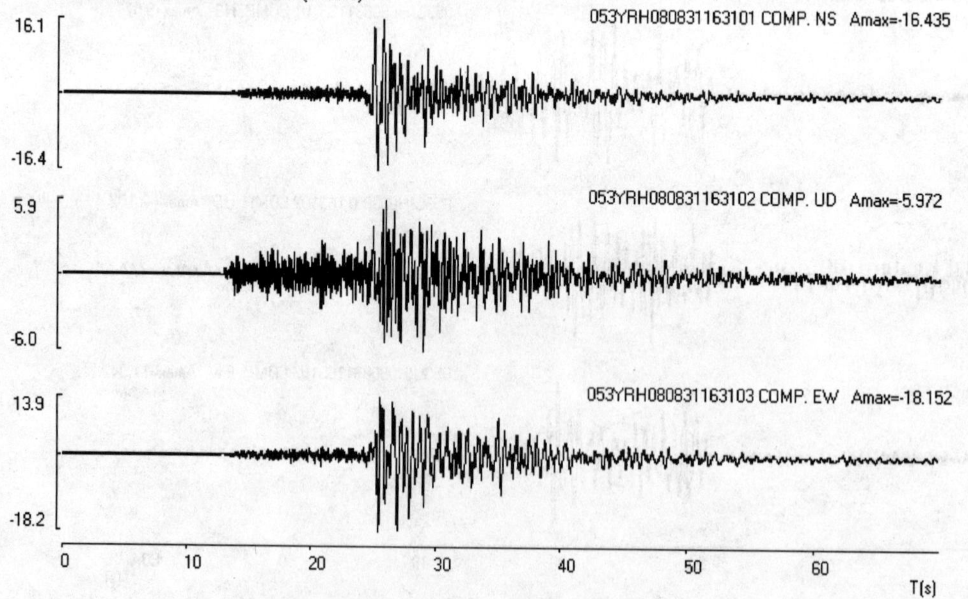
0080831163110 2008-08-31 16:31:10 BTM PANZHIHUA-AFTERSHOCK, PANZHIHUA,CHN 26.270N 102.059E MAG.5.8(Ms) DEPTH 13KM
CODE OF STATION: 53YRH 26.5N 101.0E INSTRUMENT TYPE: ETNA/SLJ-100 OBSERVING POINT: GROUND
NO. OF POINTS: 14000 EQUALLY SPACED INTERVALS OF: 0.005 SEC
UNCORRECTED ACCELERATION (cm/s/s)
053YRH080831163101 COMP. NS Amax=-16.435
16.1
-16.4
053YRH080831163102 COMP. UD Amax=-5.972
5.9
-6.0
053YRH080831163103 COMP. EW Amax=-18.152
13.9
-18.2
0
10
20
30
40
50
60
T(s)

图 7－128　2008 年 8 月 31 日 16 时 31 分 10 秒攀枝花余震永胜仁和镇台未校正加速度记录

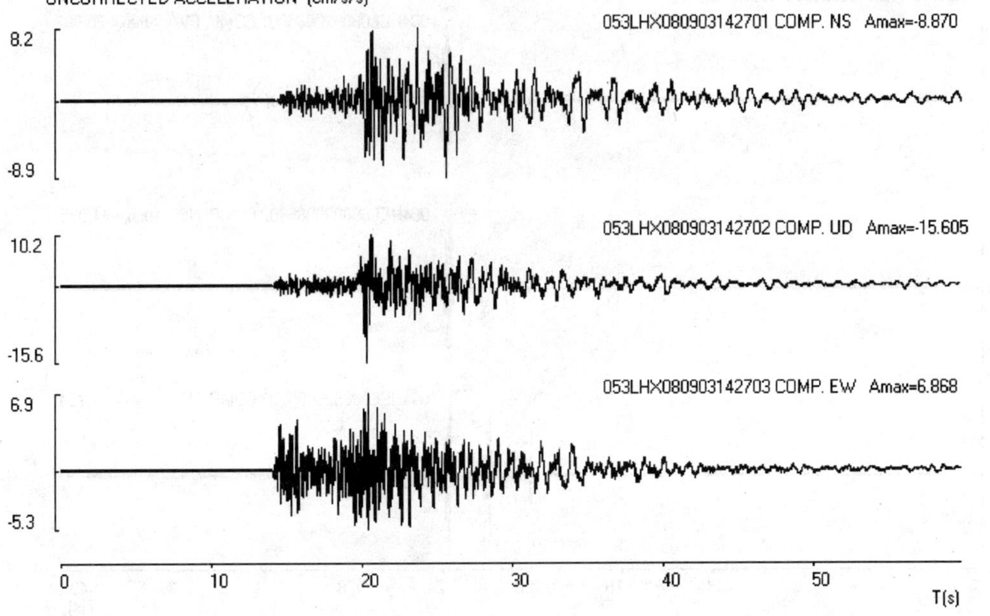
0080903142724 2008-09-03 14:27:24 BTM YINGJIANG-EARTHQUAKE, YINGJIANG,CHN 24.819N 97.800E MAG.5.0(Ms) DEPTH 25KM
CODE OF STATION: 53LHX 24.8N 98.3E INSTRUMENT TYPE: ETNA/SLJ-100 OBSERVING POINT: GROUND
NO. OF POINTS: 12000 EQUALLY SPACED INTERVALS OF: 0.005 SEC
UNCORRECTED ACCELERATION (cm/s/s)
053LHX080903142701 COMP. NS Amax=-8.870
8.2
-8.9
053LHX080903142702 COMP. UD Amax=-15.605
10.2
-15.6
053LHX080903142703 COMP. EW Amax=6.868
6.9
-5.3
0
10
20
30
40
50
T(s)

图 7－129　2008 年 9 月 3 日 14 时 27 分 24 秒盈江地震梁河台未校正加速度记录

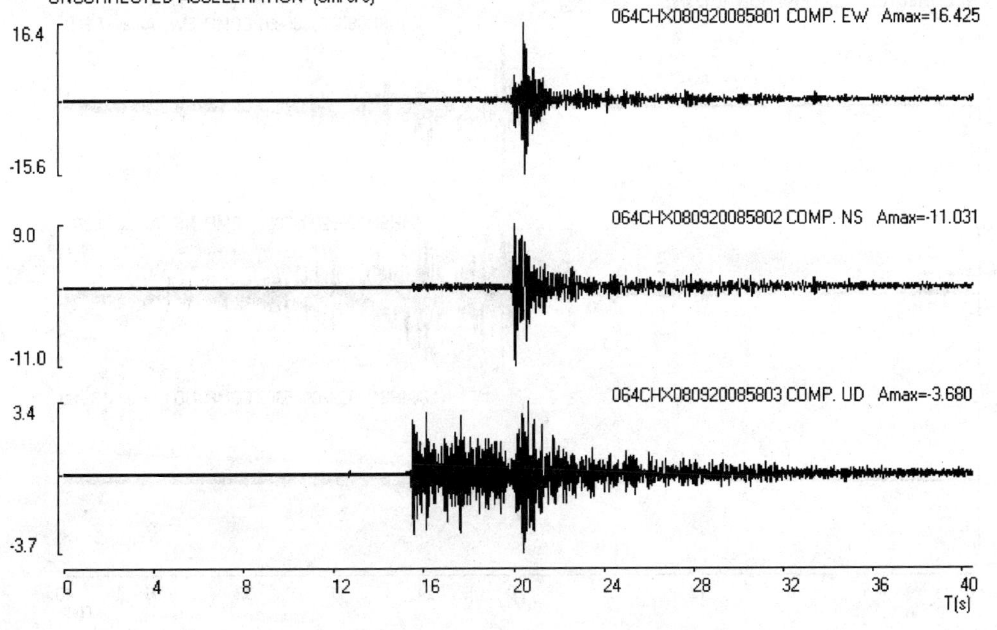
0080920085822 2008-09-20 8:58:22 BTM YINCHUAN-EARTHQUKE, YINCHUAN,CHN 38.619N 106.279E MAG.3.2(Ml) DEPTH 13KM
CODE OF STATION: 64CHX 38.7N 106.3E INSTRUMENT TYPE: MR2002/SLJ-100 OBSERVING POINT: GROUND
NO. OF POINTS: 8104 EQUALLY SPACED INTERVALS OF: 0.005 SEC
UNCORRECTED ACCELERATION (cm/s/s)
064CHX080920085801 COMP. EW Amax=16.425
16.4
-15.6
064CHX080920085802 COMP. NS Amax=-11.031
9.0
-11.0
064CHX080920085803 COMP. UD Amax=-3.680
3.4
-3.7
0
4
8
12
16
20
24
28
32
36
40
T(s)

图 7－130　2008 年 9 月 20 日 8 时 58 分 22 秒银川地震常信台未校正加速度记录

0080920085822 2008-09-20 8:58:22 BTM YINCHUAN-EARTHQUKE, YINCHUAN,CHN 38.619N 106.279E MAG.3.2(MI) DEPTH 13KM
CODE OF STATION: 64HEL 38.3N 106.2E INSTRUMENT TYPE: MR2002/SLJ-100 OBSERVING POINT: GROUND
NO. OF POINTS: 8184 EQUALLY SPACED INTERVALS OF: 0.005 SEC
UNCORRECTED ACCELERATION (cm/s/s)

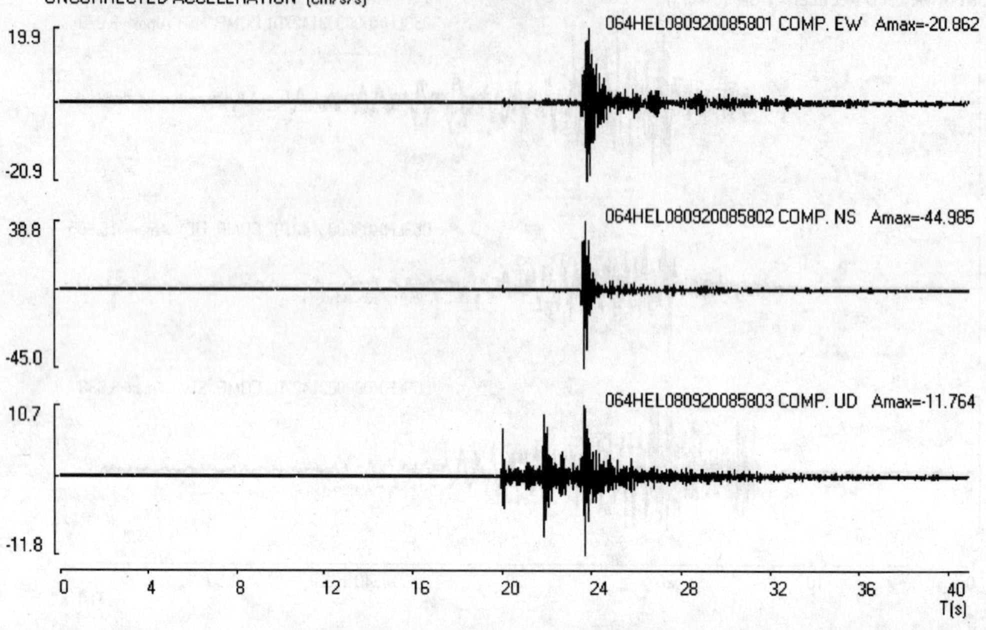
064HEL080920085801 COMP. EW Amax=-20.862
19.9
-20.9
064HEL080920085802 COMP. NS Amax=-44.985
38.8
-45.0
064HEL080920085803 COMP. UD Amax=-11.764
10.7
-11.8
0
4
8
12
16
20
24
28
32
36
40
T(s)

图 7-131 2008 年 9 月 20 日 8 时 58 分 22 秒银川地震贺兰台未校正加速度记录

0080920085822 2008-09-20 8:58:22 BTM YINCHUAN-EARTHQUKE, YINCHUAN,CHN 38.619N 106.279E MAG.3.2(MI) DEPTH 13KM
CODE OF STATION: 64HSN 38.2N 106.2E INSTRUMENT TYPE: MR2002/SLJ-100 OBSERVING POINT: GROUND
NO. OF POINTS: 8056 EQUALLY SPACED INTERVALS OF: 0.005 SEC
UNCORRECTED ACCELERATION (cm/s/s)

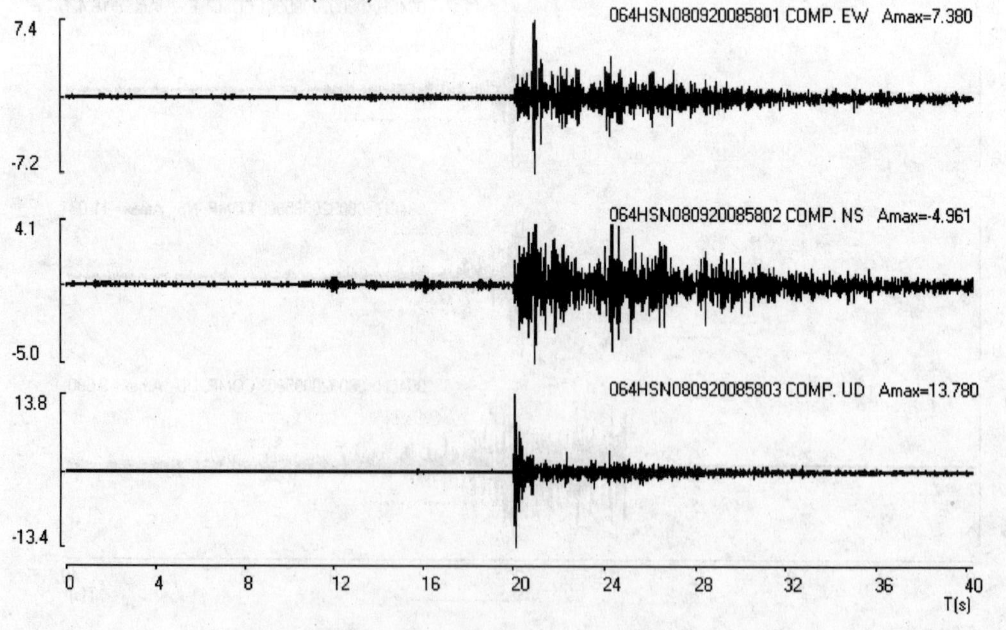
064HSN080920085801 COMP. EW Amax=7.380
7.4
-7.2
064HSN080920085802 COMP. NS Amax=-4.961
4.1
-5.0
064HSN080920085803 COMP. UD Amax=13.780
13.8
-13.4
0
4
8
12
16
20
24
28
32
36
40
T(s)

图 7-132 2008 年 9 月 20 日 8 时 58 分 22 秒银川地震横山台未校正加速度记录

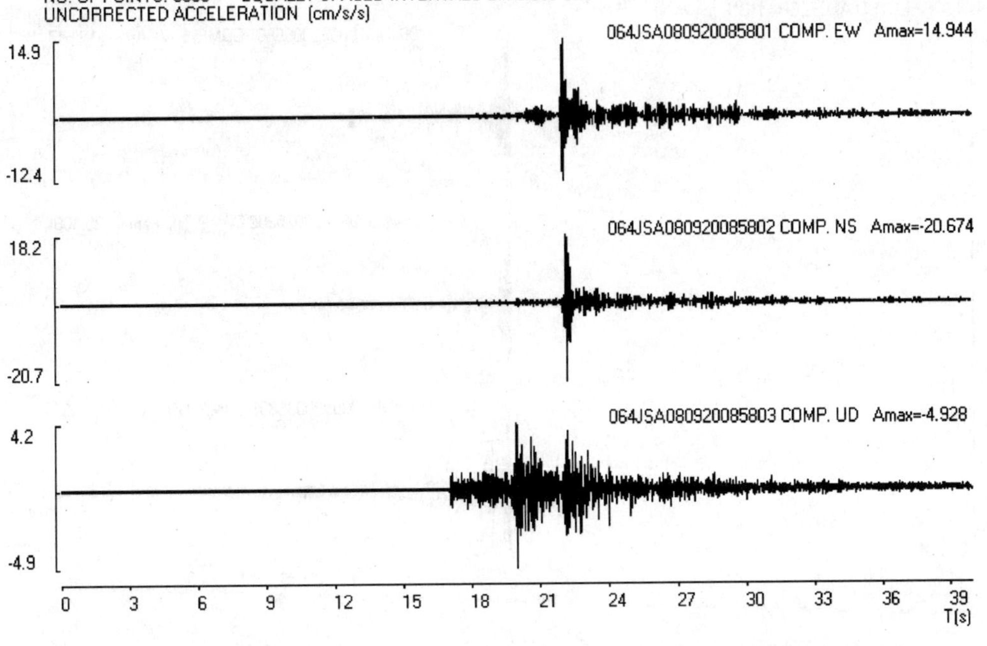
0080920085822 2008-09-20 8:58:22 BTM YINCHUAN-EARTHQUKE, YINCHUAN,CHN 38.619N 106.279E MAG.3.2(Ml) DEPTH 13KM
CODE OF STATION: 64JSA 38.2N 106.1E INSTRUMENT TYPE: MR2002/SLJ-100 OBSERVING POINT: GROUND
NO. OF POINTS: 8000 EQUALLY SPACED INTERVALS OF: 0.005 SEC
UNCORRECTED ACCELERATION (cm/s/s)
064JSA080920085801 COMP. EW Amax=14.944
14.9
-12.4
064JSA080920085802 COMP. NS Amax=-20.674
18.2
-20.7
064JSA080920085803 COMP. UD Amax=-4.928
4.2
-4.9
0
3
6
9
12
15
18
21
24
27
30
33
36
39
T(s)

图 7－133　2008 年 9 月 20 日 8 时 58 分 22 秒银川地震金沙台未校正加速度记录

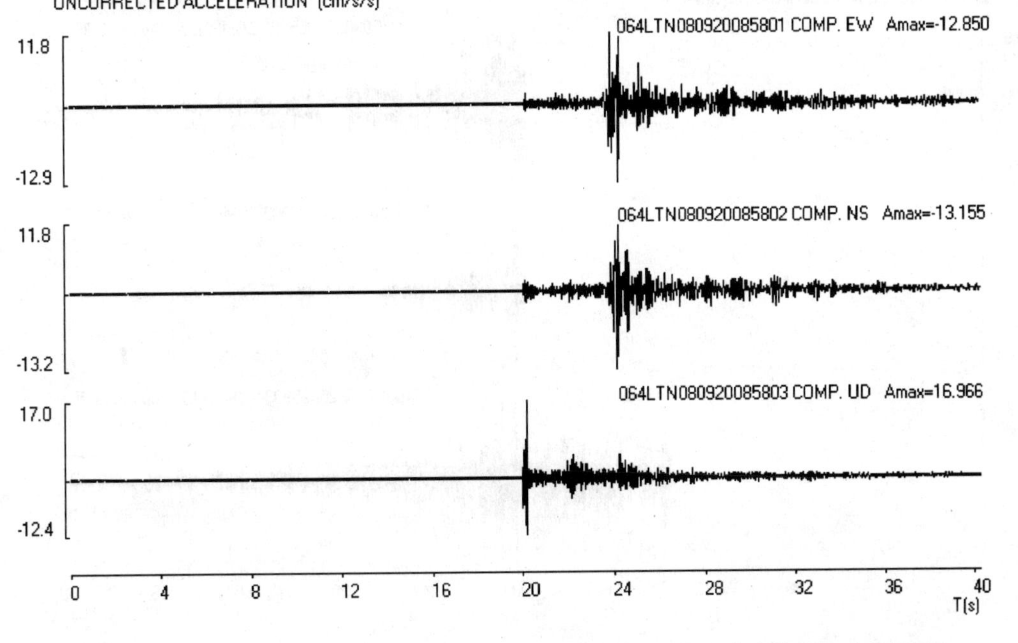
0080920085822 2008-09-20 8:58:22 BTM YINCHUAN-EARTHQUKE, YINCHUAN,CHN 38.619N 106.279E MAG.3.2(Ml) DEPTH 13KM
CODE OF STATION: 64LTN 38.3N 106.2E INSTRUMENT TYPE: MR2002/SLJ-100 OBSERVING POINT: GROUND
NO. OF POINTS: 8056 EQUALLY SPACED INTERVALS OF: 0.005 SEC
UNCORRECTED ACCELERATION (cm/s/s)
064LTN080920085801 COMP. EW Amax=-12.850
11.8
-12.9
064LTN080920085802 COMP. NS Amax=-13.155
11.8
-13.2
064LTN080920085803 COMP. UD Amax=16.966
17.0
-12.4
0
4
8
12
16
20
24
28
32
36
40
T(s)

图 7－134　2008 年 9 月 20 日 8 时 58 分 22 秒银川地震良田台未校正加速度记录

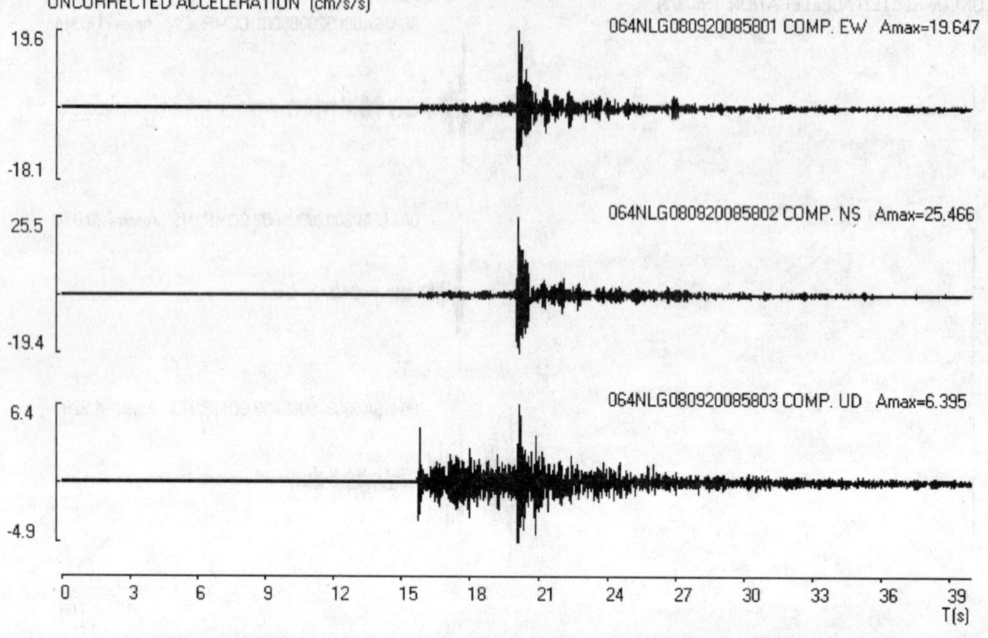
0080920085822 2008-09-20 8:58:22 BTM YINCHUAN-EARTHQUKE, YINCHUAN,CHN 38.619N 106.279E MAG.3.2(MI) DEPTH 13KM
CODE OF STATION: 64NLG 38.4N 106.1E INSTRUMENT TYPE: MR2002/SLJ-100 OBSERVING POINT: GROUND
NO. OF POINTS: 7992 EQUALLY SPACED INTERVALS OF: 0.005 SEC
UNCORRECTED ACCELERATION (cm/s/s)
064NLG080920085801 COMP. EW Amax=19.647
19.6
-18.1
064NLG080920085802 COMP. NS Amax=25.466
25.5
-19.4
064NLG080920085803 COMP. UD Amax=6.395
6.4
-4.9
0 3 6 9 12 15 18 21 24 27 30 33 36 39
T(s)

图7-135 2008年9月20日8时58分22秒银川地震南梁台未校正加速度记录

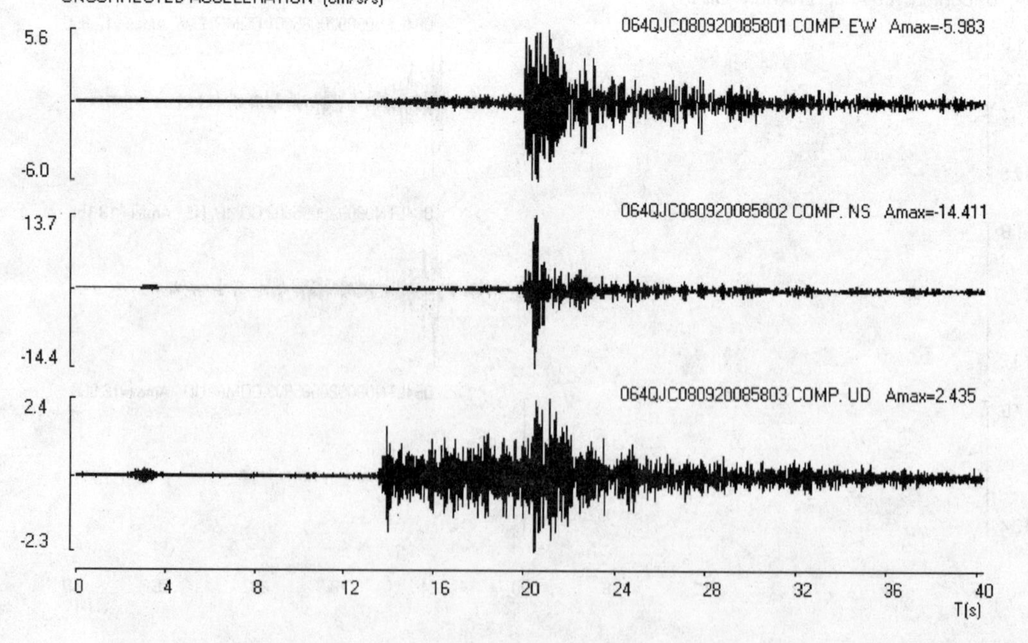
0080920085822 2008-09-20 8:58:22 BTM YINCHUAN-EARTHQUKE, YINCHUAN,CHN 38.619N 106.279E MAG.3.2(MI) DEPTH 13KM
CODE OF STATION: 64QJC 38.5N 106.2E INSTRUMENT TYPE: MR2002/SLJ-100 OBSERVING POINT: GROUND
NO. OF POINTS: 8064 EQUALLY SPACED INTERVALS OF: 0.005 SEC
UNCORRECTED ACCELERATION (cm/s/s)
064QJC080920085801 COMP. EW Amax=-5.983
5.6
-6.0
064QJC080920085802 COMP. NS Amax=-14.411
13.7
-14.4
064QJC080920085803 COMP. UD Amax=2.435
2.4
-2.3
0 4 8 12 16 20 24 28 32 36 40
T(s)

图7-136 2008年9月20日8时58分22秒银川地震前进农场台未校正加速度记录

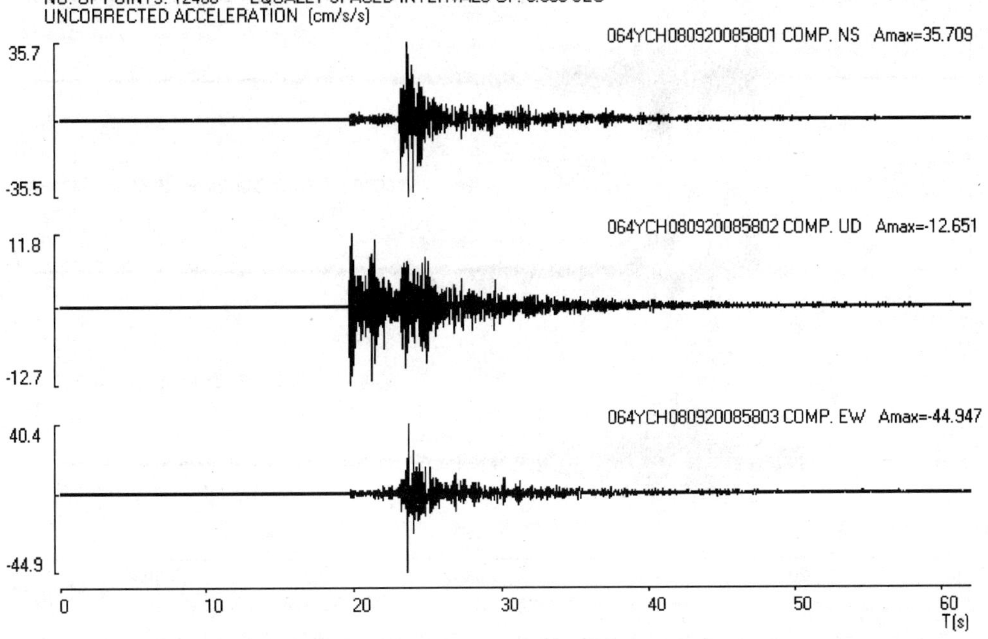
0080920085822 2008-09-20 8:58:22 BTM YINCHUAN-EARTHQUKE, YINCHUAN,CHN 38.619N 106.279E MAG.3.2(MI) DEPTH 13KM
CODE OF STATION: 64YCH 38.5N 106.3E INSTRUMENT TYPE: K2/SLJ-100 OBSERVING POINT: GROUND
NO. OF POINTS: 12400 EQUALLY SPACED INTERVALS OF: 0.005 SEC
UNCORRECTED ACCELERATION (cm/s/s)
064YCH080920085801 COMP. NS Amax=35.709
35.7
-35.5
064YCH080920085802 COMP. UD Amax=-12.651
11.8
-12.7
064YCH080920085803 COMP. EW Amax=-44.947
40.4
-44.9
0
10
20
30
40
50
60
T(s)

图 7－137　2008 年 9 月 20 日 8 时 58 分 22 秒银川地震银川台未校正加速度记录

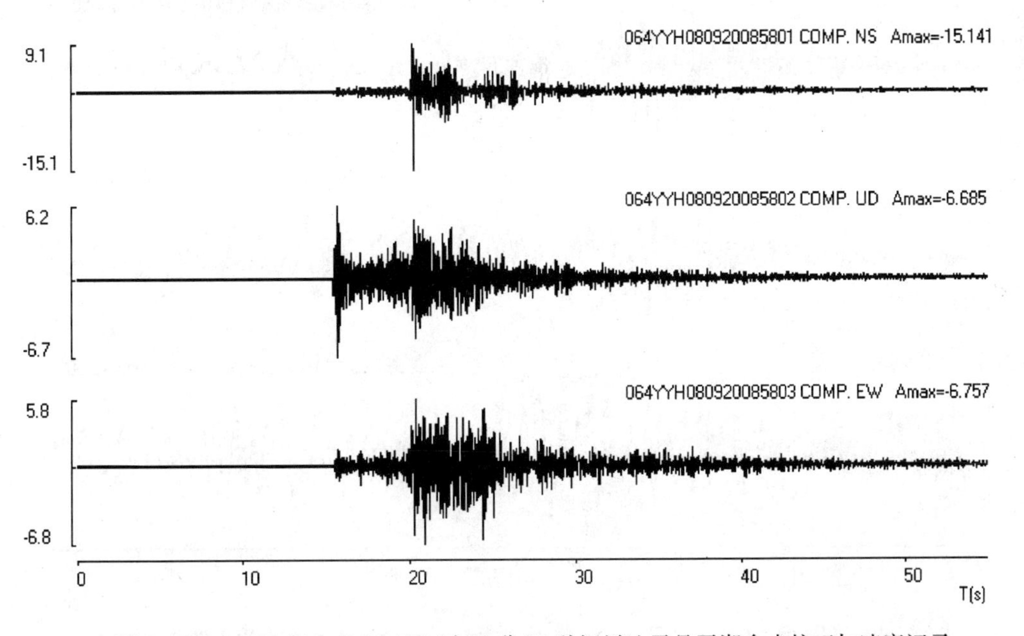
0080920085822 2008-09-20 8:58:22 BTM YINCHUAN-EARTHQUKE, YINCHUAN,CHN 38.619N 106.279E MAG.3.2(MI) DEPTH 13KM
CODE OF STATION: 64YYH 38.6N 106.5E INSTRUMENT TYPE: K2/SLJ-100 OBSERVING POINT: GROUND
NO. OF POINTS: 11000 EQUALLY SPACED INTERVALS OF: 0.005 SEC
UNCORRECTED ACCELERATION (cm/s/s)
064YYH080920085801 COMP. NS Amax=-15.141
9.1
-15.1
064YYH080920085802 COMP. UD Amax=-6.685
6.2
-6.7
064YYH080920085803 COMP. EW Amax=-6.757
5.8
-6.8
0
10
20
30
40
50
T(s)

图 7－138　2008 年 9 月 20 日 8 时 58 分 22 秒银川地震月牙湖台未校正加速度记录

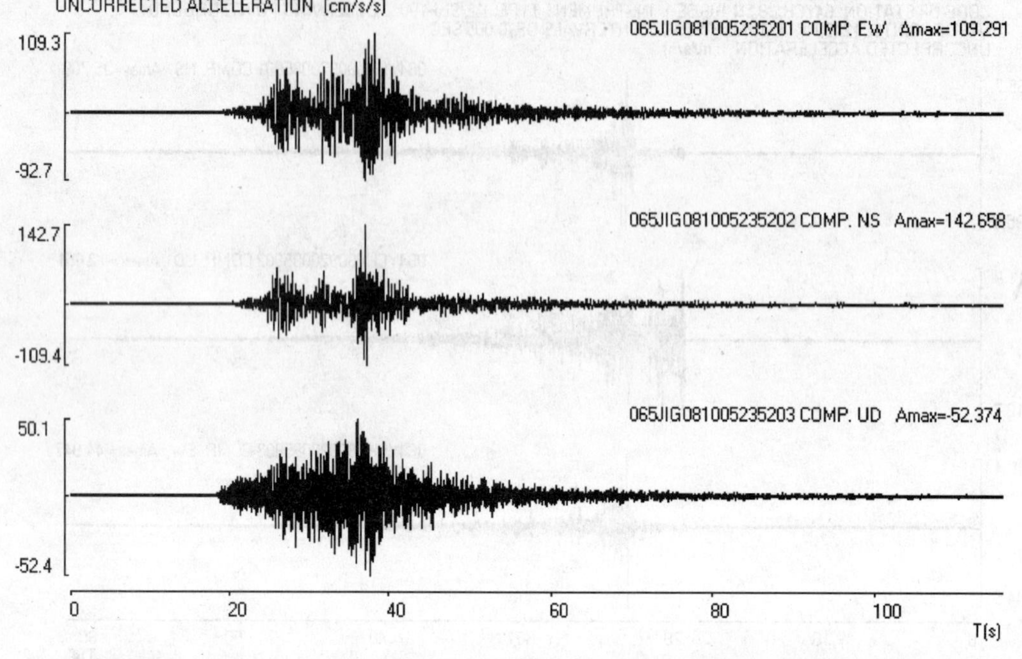
0081005235249 2008-10-05 23:52:49 BTM XINJIANG-EARTHQUAKE, WUQIA,CHN 39.500N 73.900E MAG.6.8(Ms) DEPTH 30KM
CODE OF STATION: 65JIG 39.8N 74.1E INSTRUMENT TYPE: ETNA/ES-T OBSERVING POINT: GROUND
NO. OF POINTS: 23200 EQUALLY SPACED INTERVALS OF: 0.005 SEC
UNCORRECTED ACCELERATION (cm/s/s)
065JIG081005235201 COMP. EW Amax=109.291
109.3
-92.7
065JIG081005235202 COMP. NS Amax=142.658
142.7
-109.4
065JIG081005235203 COMP. UD Amax=-52.374
50.1
-52.4
0
20
40
60
80
100
T(s)

图 7－139　2008 年 10 月 5 日 23 时 52 分 49 秒新疆地震吉根台未校正加速度记录

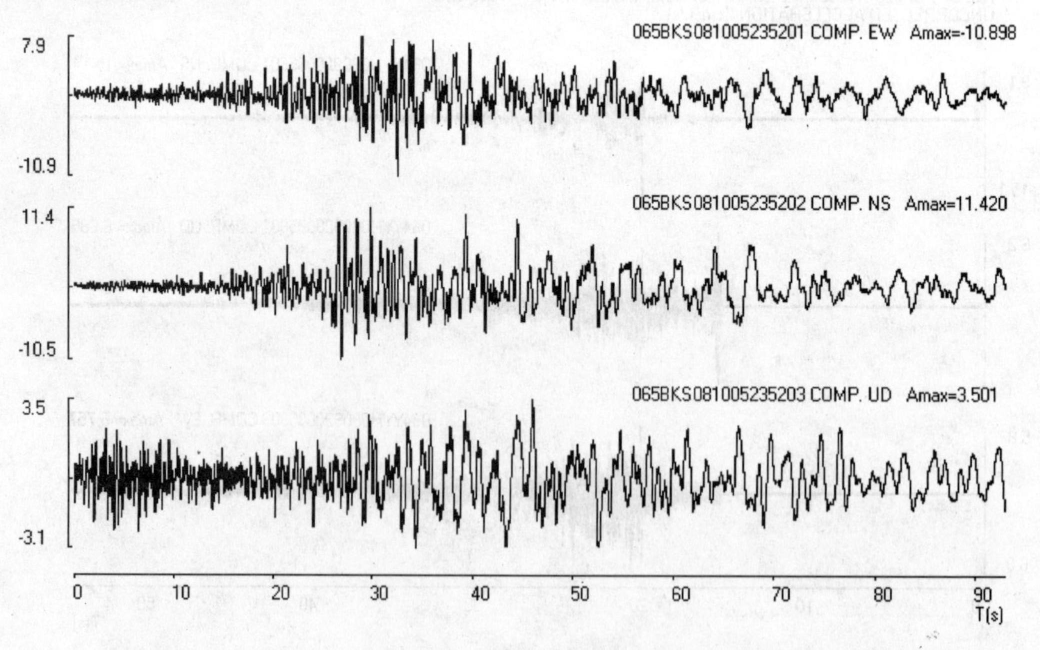
0081005235249 2008-10-05 23:52:49 BTM XINJIANG-EARTHQUAKE, WUQIA,CHN 39.500N 73.900E MAG.6.8(Ms) DEPTH 30KM
CODE OF STATION: 65BKS 39.3N 75.8E INSTRUMENT TYPE: ETNA/ES-T OBSERVING POINT: GROUND
NO. OF POINTS: 18600 EQUALLY SPACED INTERVALS OF: 0.005 SEC
UNCORRECTED ACCELERATION (cm/s/s)
065BKS081005235201 COMP. EW Amax=-10.898
7.9
-10.9
065BKS081005235202 COMP. NS Amax=11.420
11.4
-10.5
065BKS081005235203 COMP. UD Amax=3.501
3.5
-3.1
0
10
20
30
40
50
60
70
80
90
T(s)

图 7－140　2008 年 10 月 5 日 23 时 52 分 49 秒新疆地震布拉克苏台未校正加速度记录

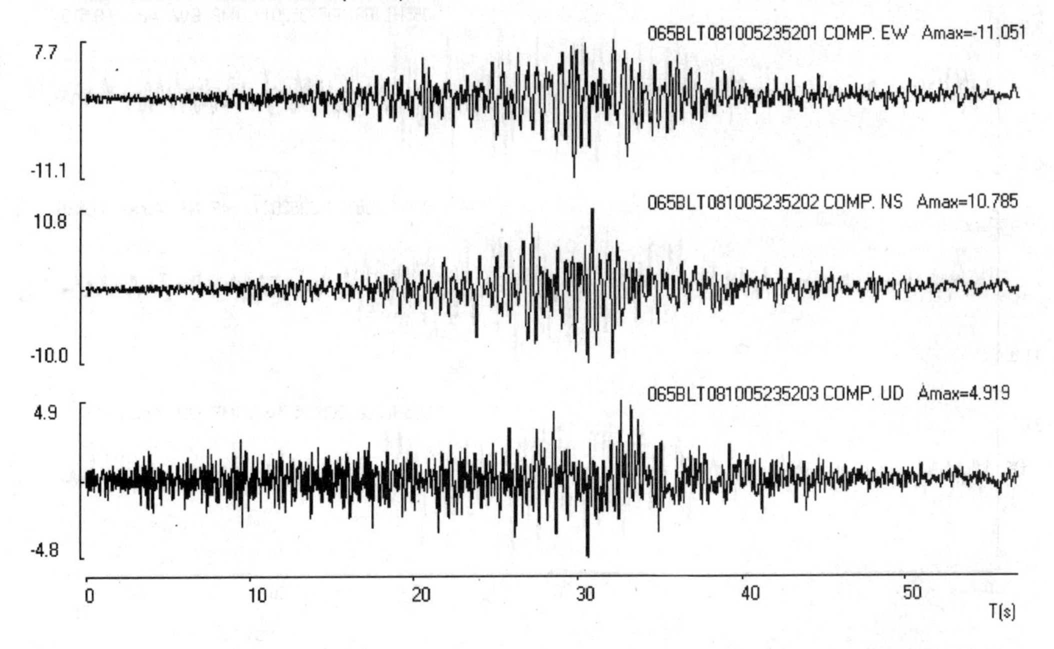
0081005235249 2008-10-05 23:52:49 BTM XINJIANG-EARTHQUAKE, WUQIA,CHN 39.500N 73.900E MAG.6.8(Ms) DEPTH 30KM
CODE OF STATION: 65BLT 39.9N 75.5E INSTRUMENT TYPE: ETNA/ES-T OBSERVING POINT: GROUND
NO. OF POINTS: 11400 EQUALLY SPACED INTERVALS OF: 0.005 SEC
UNCORRECTED ACCELERATION (cm/s/s)
065BLT081005235201 COMP. EW Amax=-11.051
7.7
-11.1
065BLT081005235202 COMP. NS Amax=10.785
10.8
-10.0
065BLT081005235203 COMP. UD Amax=4.919
4.9
-4.8
0
10
20
30
40
50
T(s)

图 7－141　2008 年 10 月 5 日 23 时 52 分 49 秒新疆地震巴音库鲁提台未校正加速度记录

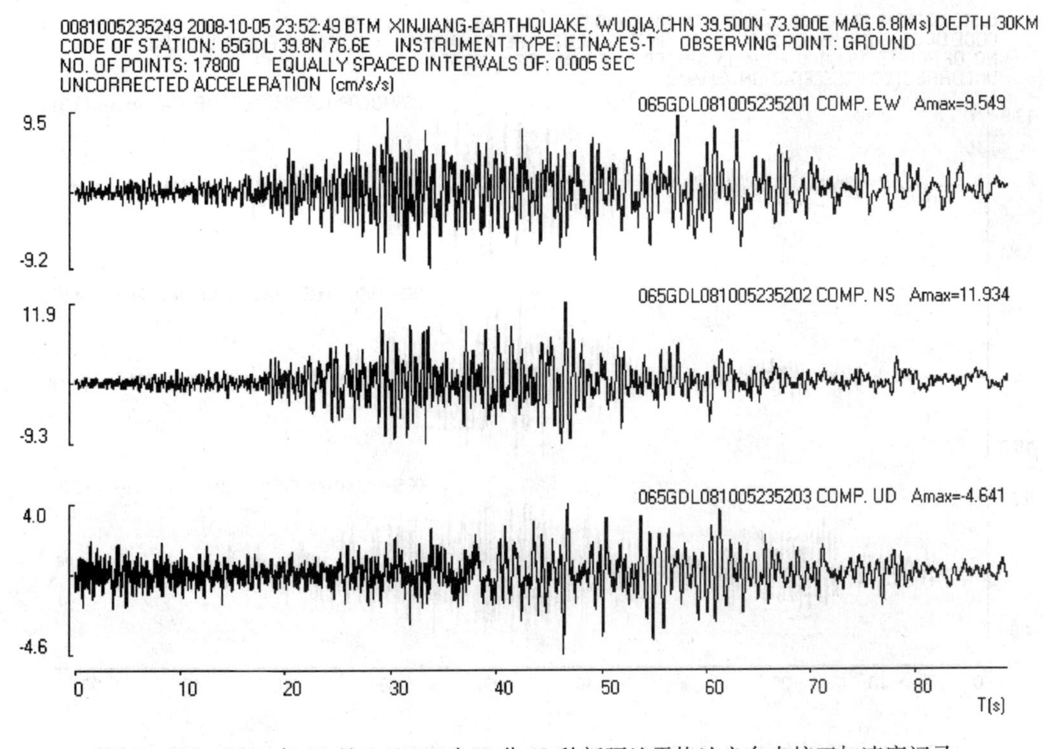
0081005235249 2008-10-05 23:52:49 BTM XINJIANG-EARTHQUAKE, WUQIA,CHN 39.500N 73.900E MAG.6.8(Ms) DEPTH 30KM
CODE OF STATION: 65GDL 39.8N 76.6E INSTRUMENT TYPE: ETNA/ES-T OBSERVING POINT: GROUND
NO. OF POINTS: 17800 EQUALLY SPACED INTERVALS OF: 0.005 SEC
UNCORRECTED ACCELERATION (cm/s/s)
065GDL081005235201 COMP. EW Amax=9.549
9.5
-9.2
065GDL081005235202 COMP. NS Amax=11.934
11.9
-9.3
065GDL081005235203 COMP. UD Amax=-4.641
4.0
-4.6
0
10
20
30
40
50
60
70
80
T(s)

图 7－142　2008 年 10 月 5 日 23 时 52 分 49 秒新疆地震格达良台未校正加速度记录

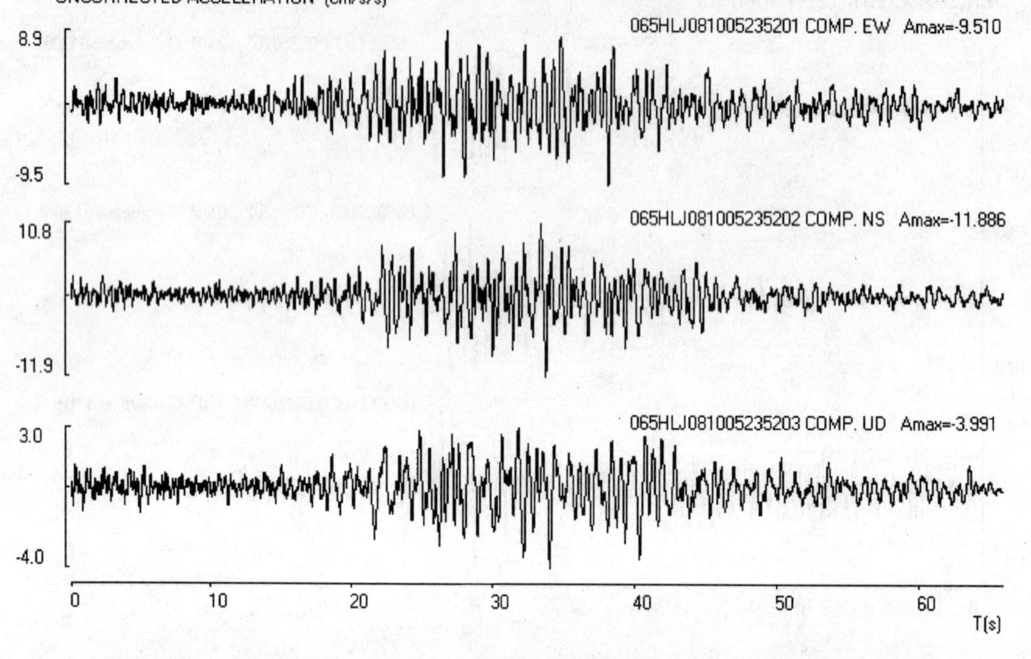
0081005235249 2008-10-05 23:52:49 BTM XINJIANG-EARTHQUAKE, WUQIA,CHN 39.500N 73.900E MAG.6.8(Ms) DEPTH 30KM
CODE OF STATION: 65HLJ 40.2N 76.8E INSTRUMENT TYPE: ETNA/ES-T OBSERVING POINT: GROUND
NO. OF POINTS: 13200 EQUALLY SPACED INTERVALS OF: 0.005 SEC
UNCORRECTED ACCELERATION (cm/s/s)
065HLJ081005235201 COMP. EW Amax=-9.510
8.9
-9.5
065HLJ081005235202 COMP. NS Amax=-11.886
10.8
-11.9
065HLJ081005235203 COMP. UD Amax=-3.991
3.0
-4.0
0
10
20
30
40
50
60
T(s)

图 7－143 2008 年 10 月 5 日 23 时 52 分 49 秒新疆地震哈拉峻台未校正加速度记录

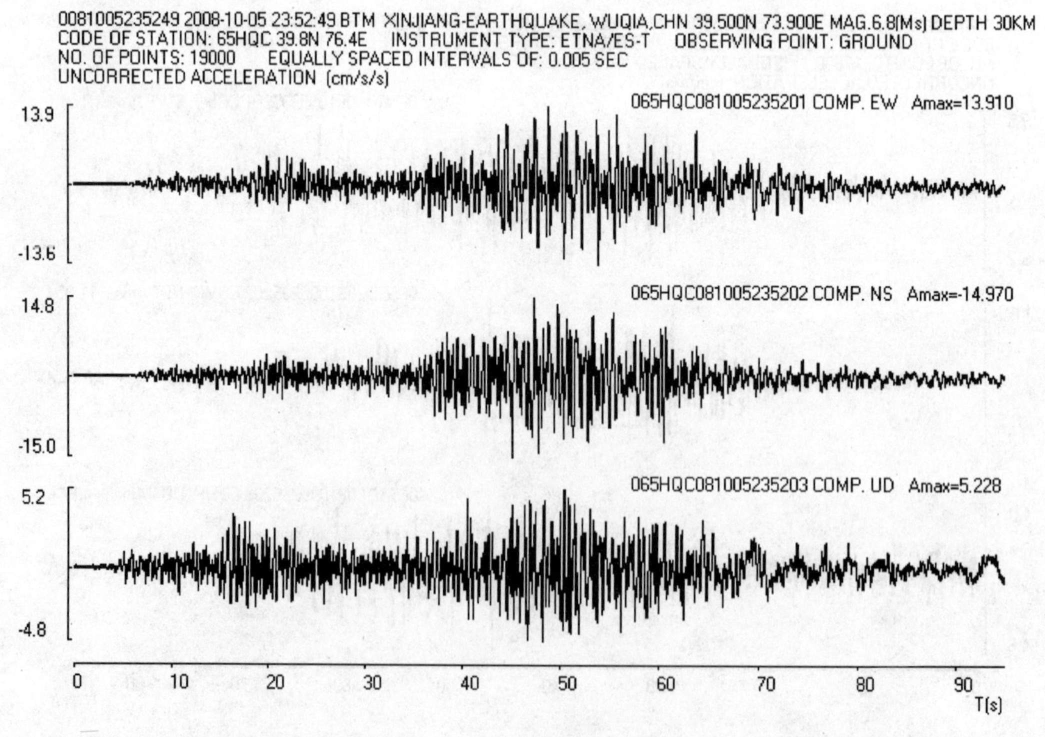
0081005235249 2008-10-05 23:52:49 BTM XINJIANG-EARTHQUAKE, WUQIA,CHN 39.500N 73.900E MAG.6.8(Ms) DEPTH 30KM
CODE OF STATION: 65HQC 39.8N 76.4E INSTRUMENT TYPE: ETNA/ES-T OBSERVING POINT: GROUND
NO. OF POINTS: 19000 EQUALLY SPACED INTERVALS OF: 0.005 SEC
UNCORRECTED ACCELERATION (cm/s/s)
065HQC081005235201 COMP. EW Amax=13.910
13.9
-13.6
065HQC081005235202 COMP. NS Amax=-14.970
14.8
-15.0
065HQC081005235203 COMP. UD Amax=5.228
5.2
-4.8
0
10
20
30
40
50
60
70
80
90
T(s)

图 7－144 2008 年 10 月 5 日 23 时 52 分 49 秒新疆地震红旗农场台未校正加速度记录

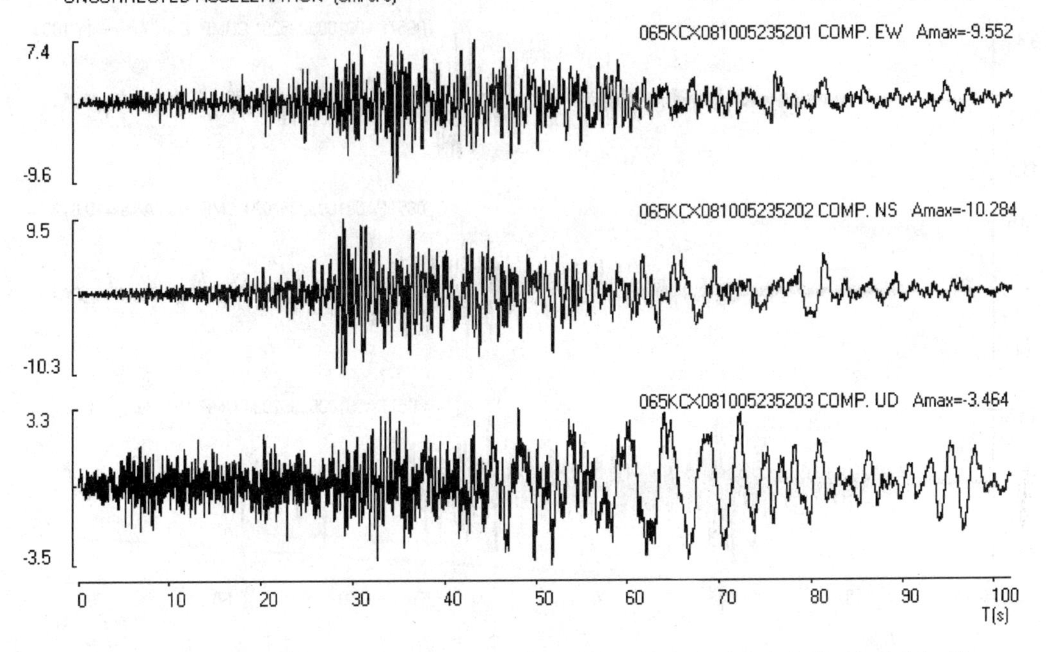

0081005235249 2008-10-05 23:52:49 BTM XINJIANG-EARTHQUAKE, WUQIA,CHN 39.500N 73.900E MAG.6.8(Ms) DEPTH 30KM
CODE OF STATION: 65KCX 39.2N 75.3E INSTRUMENT TYPE: ETNA/ES-T OBSERVING POINT: GROUND
NO. OF POINTS: 20400 EQUALLY SPACED INTERVALS OF: 0.005 SEC
UNCORRECTED ACCELERATION (cm/s/s)
065KCX081005235201 COMP. EW Amax=-9.552
7.4
-9.6
065KCX081005235202 COMP. NS Amax=-10.284
9.5
-10.3
065KCX081005235203 COMP. UD Amax=-3.464
3.3
-3.5
0
10
20
30
40
50
60
70
80
90
100
T(s)

图 7-145　2008 年 10 月 5 日 23 时 52 分 49 秒新疆地震喀什财校台未校正加速度记录

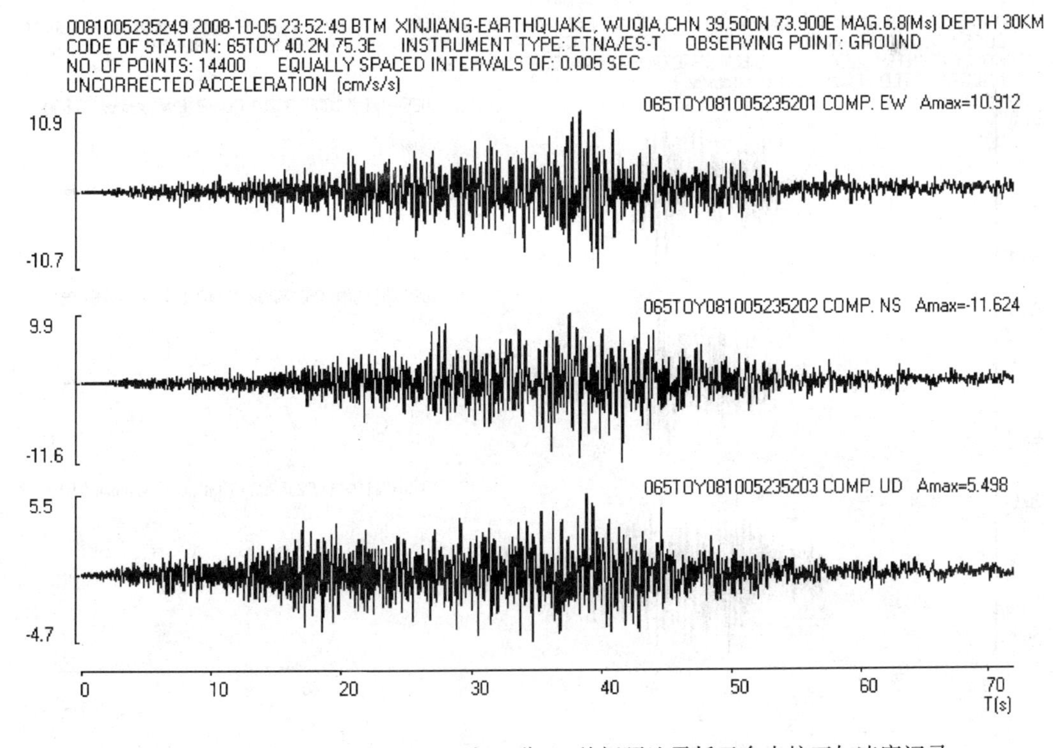

0081005235249 2008-10-05 23:52:49 BTM XINJIANG-EARTHQUAKE, WUQIA,CHN 39.500N 73.900E MAG.6.8(Ms) DEPTH 30KM
CODE OF STATION: 65TOY 40.2N 75.3E INSTRUMENT TYPE: ETNA/ES-T OBSERVING POINT: GROUND
NO. OF POINTS: 14400 EQUALLY SPACED INTERVALS OF: 0.005 SEC
UNCORRECTED ACCELERATION (cm/s/s)
065TOY081005235201 COMP. EW Amax=10.912
10.9
-10.7
065TOY081005235202 COMP. NS Amax=-11.624
9.9
-11.6
065TOY081005235203 COMP. UD Amax=5.498
5.5
-4.7
0
10
20
30
40
50
60
70
T(s)

图 7-146　2008 年 10 月 5 日 23 时 52 分 49 秒新疆地震托云台未校正加速度记录

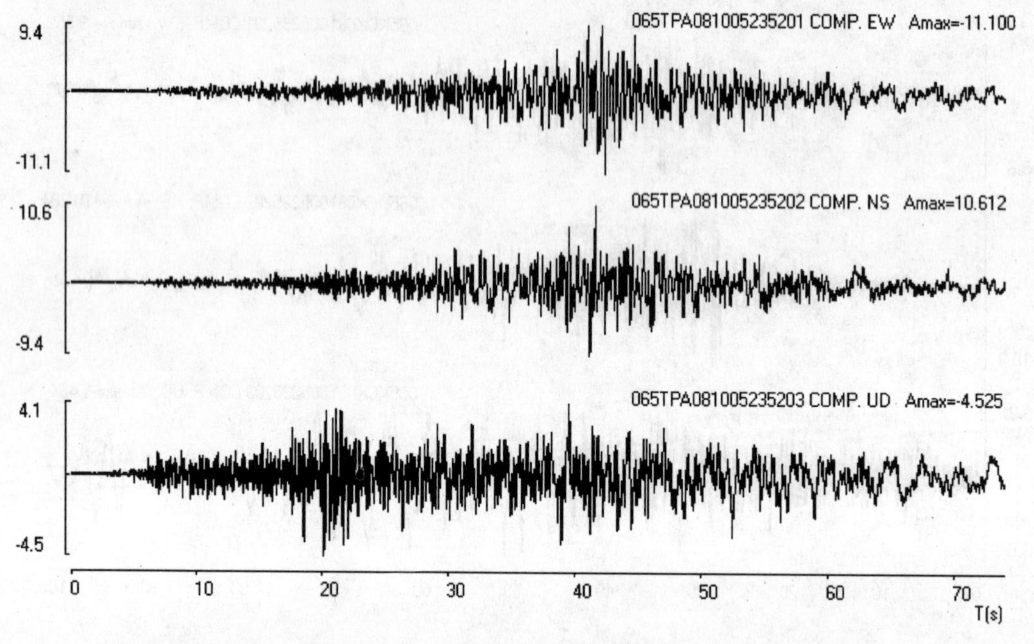
0081005235249 2008-10-05 23:52:49 BTM XINJIANG-EARTHQUAKE, WUQIA,CHN 39.500N 73.900E MAG.6.8(Ms) DEPTH 30KM
CODE OF STATION: 65TPA 39.8N 75.6E INSTRUMENT TYPE: ETNA/ES-T OBSERVING POINT: GROUND
NO. OF POINTS: 14800 EQUALLY SPACED INTERVALS OF: 0.005 SEC
UNCORRECTED ACCELERATION (cm/s/s)
065TPA081005235201 COMP. EW Amax=-11.100
9.4
-11.1
065TPA081005235202 COMP. NS Amax=10.612
10.6
-9.4
065TPA081005235203 COMP. UD Amax=-4.525
4.1
-4.5
0
10
20
30
40
50
60
70
T(s)

图 7-147 2008 年 10 月 5 日 23 时 52 分 49 秒新疆地震托帕台未校正加速度记录

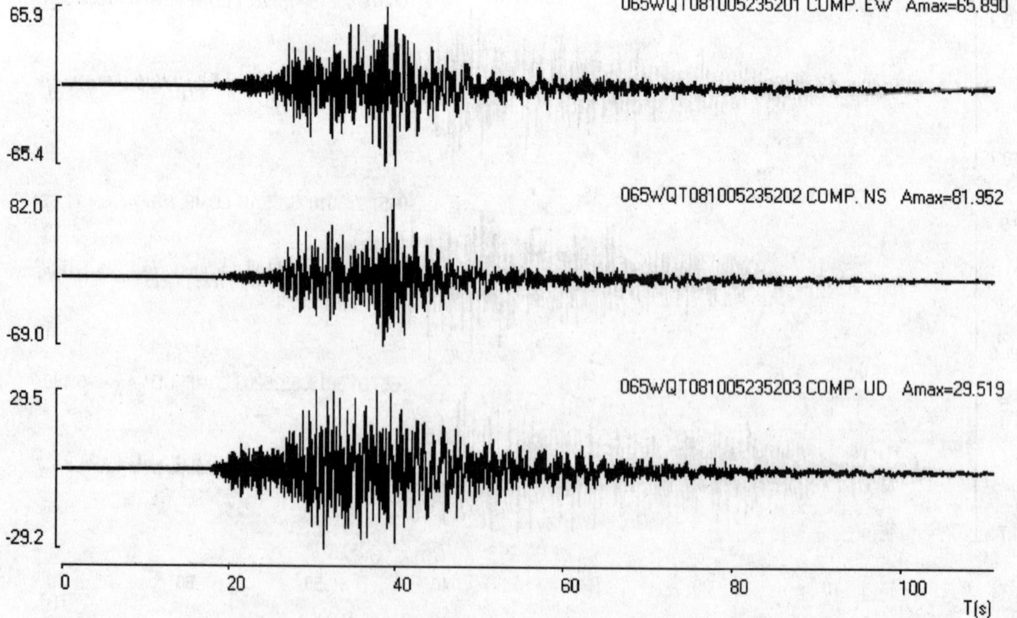
0081005235249 2008-10-05 23:52:49 BTM XINJIANG-EARTHQUAKE, WUQIA,CHN 39.500N 73.900E MAG.6.8(Ms) DEPTH 30KM
CODE OF STATION: 65WQT 39.8N 74.3E INSTRUMENT TYPE: ETNA/ES-T OBSERVING POINT: GROUND
NO. OF POINTS: 22200 EQUALLY SPACED INTERVALS OF: 0.005 SEC
UNCORRECTED ACCELERATION (cm/s/s)
065WQT081005235201 COMP. EW Amax=65.890
65.9
-65.4
065WQT081005235202 COMP. NS Amax=81.952
82.0
-69.0
065WQT081005235203 COMP. UD Amax=29.519
29.5
-29.2
0
20
40
60
80
100
T(s)

图 7-148 2008 年 10 月 5 日 23 时 52 分 49 秒新疆地震乌鲁克恰提台未校正加速度记录

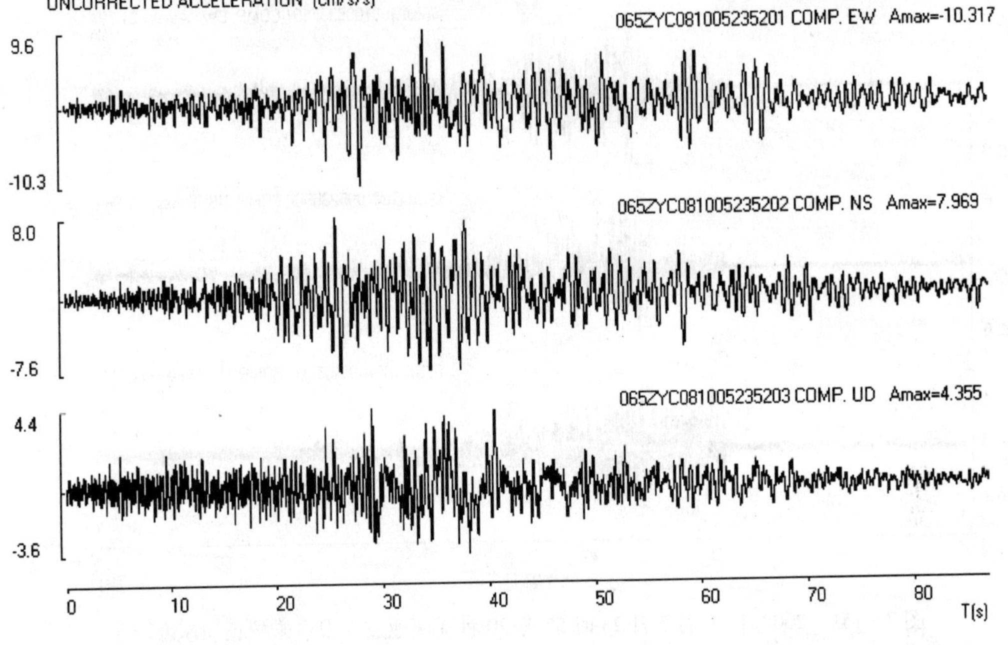

0081005235249 2008-10-05 23:52:49 BTM XINJIANG-EARTHQUAKE, WUQIA,CHN 39.500N 73.900E MAG.6.8(Ms) DEPTH 30KM
CODE OF STATION: 65ZYC 39.2N 75.5E INSTRUMENT TYPE: ETNA/ES-T OBSERVING POINT: GROUND
NO. OF POINTS: 17400 EQUALLY SPACED INTERVALS OF: 0.005 SEC
UNCORRECTED ACCELERATION (cm/s/s)
065ZYC081005235201 COMP. EW Amax=-10.317
9.6
-10.3
065ZYC081005235202 COMP. NS Amax=7.969
8.0
-7.6
065ZYC081005235203 COMP. UD Amax=4.355
4.4
-3.6
0
10
20
30
40
50
60
70
80
T(s)

图 7 - 149　2008 年 10 月 5 日 23 时 52 分 49 秒新疆地震种羊场台未校正加速度记录

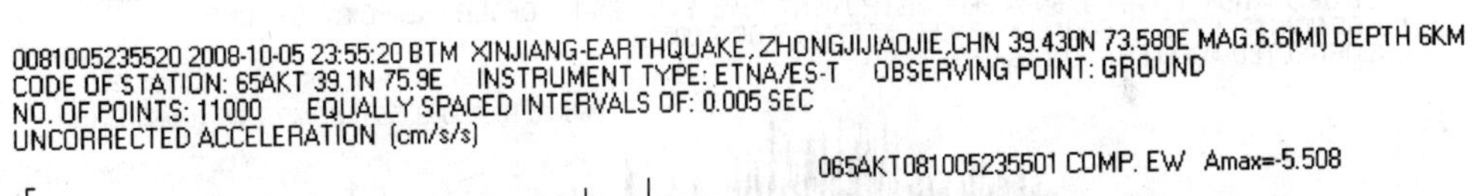

0081005235520 2008-10-05 23:55:20 BTM XINJIANG-EARTHQUAKE, ZHONGJIJIAOJIE,CHN 39.430N 73.580E MAG.6.6(Ml) DEPTH 6KM
CODE OF STATION: 65AKT 39.1N 75.9E INSTRUMENT TYPE: ETNA/ES-T OBSERVING POINT: GROUND
NO. OF POINTS: 11000 EQUALLY SPACED INTERVALS OF: 0.005 SEC
UNCORRECTED ACCELERATION (cm/s/s)

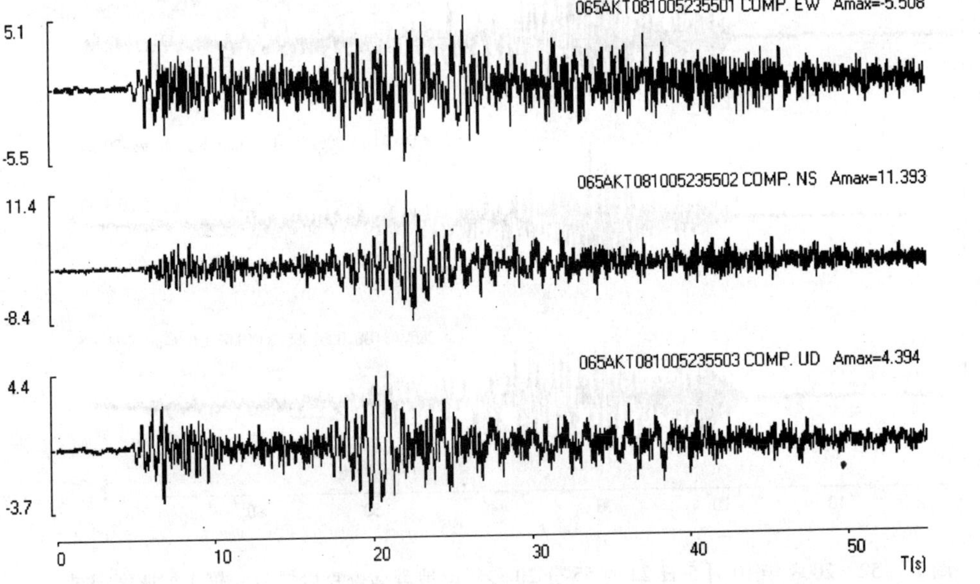

065AKT081005235501 COMP. EW Amax=-5.508
5.1
-5.5
065AKT081005235502 COMP. NS Amax=11.393
11.4
-8.4
065AKT081005235503 COMP. UD Amax=4.394
4.4
-3.7
0
10
20
30
40
50
T(s)

图 7 - 150　2008 年 10 月 5 日 23 时 52 分 49 秒新疆地震阿克陶台未校正加速度记录

0081005235520 2008-10-05 23:55:20 BTM XINJIANG-EARTHQUAKE, ZHONGJIJIAOJIE,CHN 39.430N 73.580E MAG.6.6(MI) DEPTH 6KM
CODE OF STATION: 65JIG 39.8N 74.1E INSTRUMENT TYPE: ETNA/ES-T OBSERVING POINT: GROUND
NO. OF POINTS: 14200 EQUALLY SPACED INTERVALS OF: 0.005 SEC
UNCORRECTED ACCELERATION (cm/s/s)

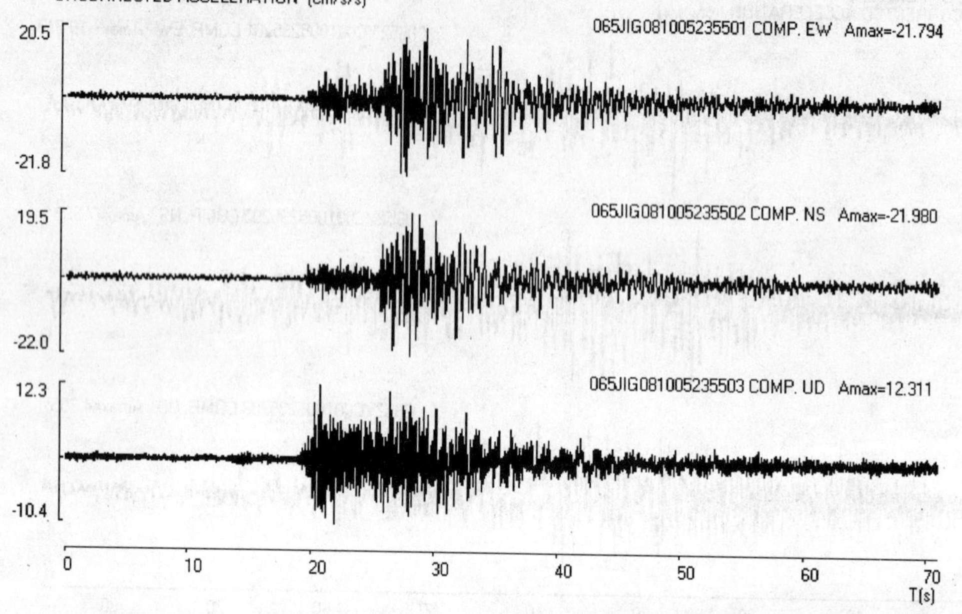
20.5
-21.8
065JIG081005235501 COMP. EW Amax=-21.794
19.5
-22.0
065JIG081005235502 COMP. NS Amax=-21.980
12.3
-10.4
065JIG081005235503 COMP. UD Amax=12.311
0
10
20
30
40
50
60
70
T(s)

图 7-151 2008 年 10 月 5 日 23 时 55 分 20 秒新疆地震吉根台未校正加速度记录

0081005235520 2008-10-05 23:55:20 BTM XINJIANG-EARTHQUAKE, ZHONGJIJIAOJIE,CHN 39.430N 73.580E MAG.6.6(MI) DEPTH 6KM
CODE OF STATION: 65WQT 39.8N 74.3E INSTRUMENT TYPE: ETNA/ES-T OBSERVING POINT: GROUND
NO. OF POINTS: 15000 EQUALLY SPACED INTERVALS OF: 0.005 SEC
UNCORRECTED ACCELERATION (cm/s/s)

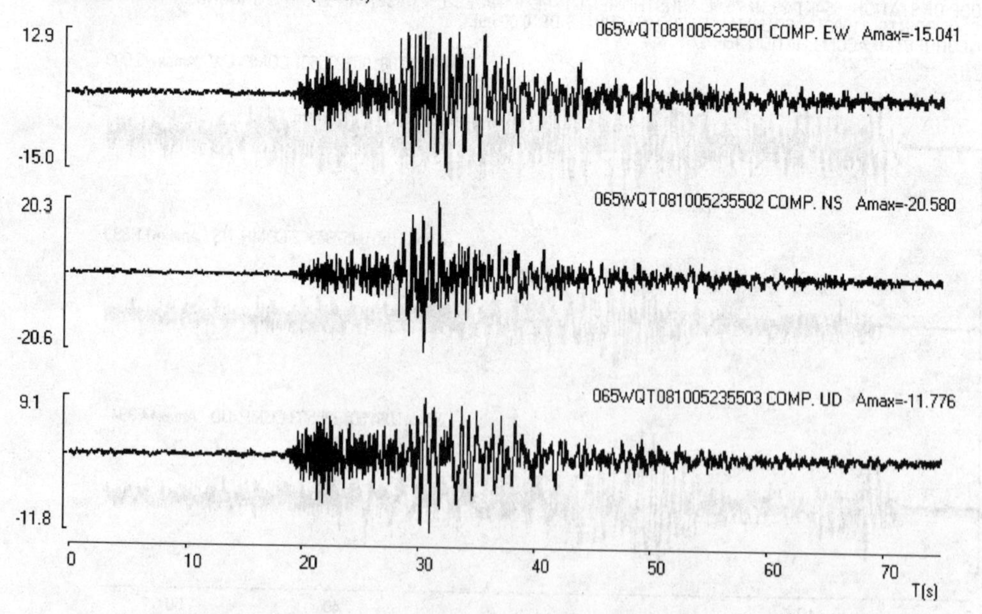
12.9
-15.0
065WQT081005235501 COMP. EW Amax=-15.041
20.3
-20.6
065WQT081005235502 COMP. NS Amax=-20.580
9.1
-11.8
065WQT081005235503 COMP. UD Amax=-11.776
0
10
20
30
40
50
60
70
T(s)

图 7-152 2008 年 10 月 5 日 23 时 55 分 20 秒新疆地震乌鲁克恰提台未校正加速度记录

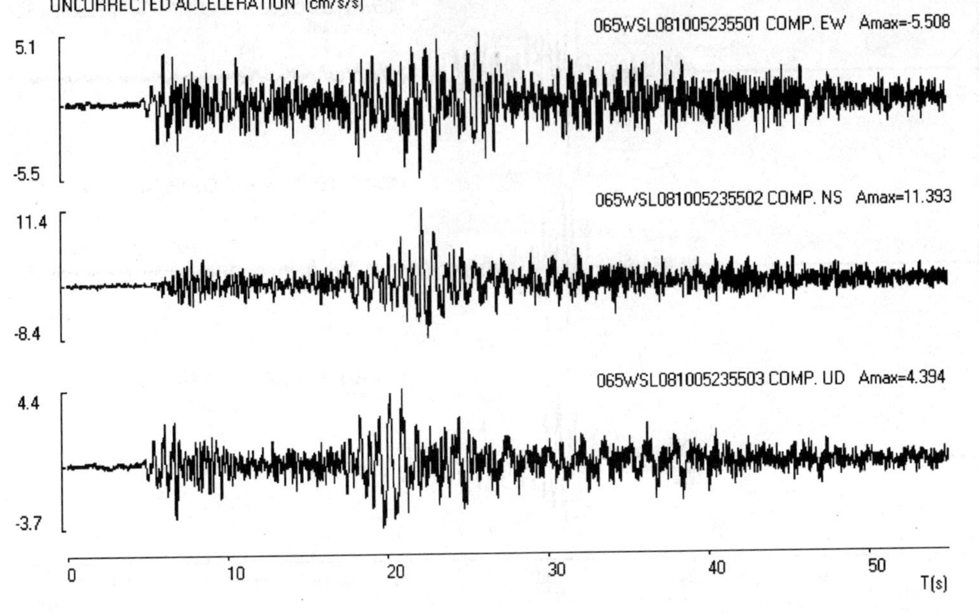
0081005235520 2008-10-05 23:55:20 BTM XINJIANG-EARTHQUAKE, ZHONGJIJIAOJIE,CHN 39.430N 73.580E MAG.6.6(MI) DEPTH 6KM
CODE OF STATION: 65WSL 39.7N 74.8E INSTRUMENT TYPE: ETNA/ES-T OBSERVING POINT: GROUND
NO. OF POINTS: 11000 EQUALLY SPACED INTERVALS OF: 0.005 SEC
UNCORRECTED ACCELERATION (cm/s/s)
065WSL081005235501 COMP. EW Amax=-5.508
5.1
-5.5
065WSL081005235502 COMP. NS Amax=11.393
11.4
-8.4
065WSL081005235503 COMP. UD Amax=4.394
4.4
-3.7
0
10
20
30
40
50
T(s)

图 7－153　2008 年 10 月 5 日 23 时 55 分 20 秒新疆地震乌合沙鲁台未校正加速度记录

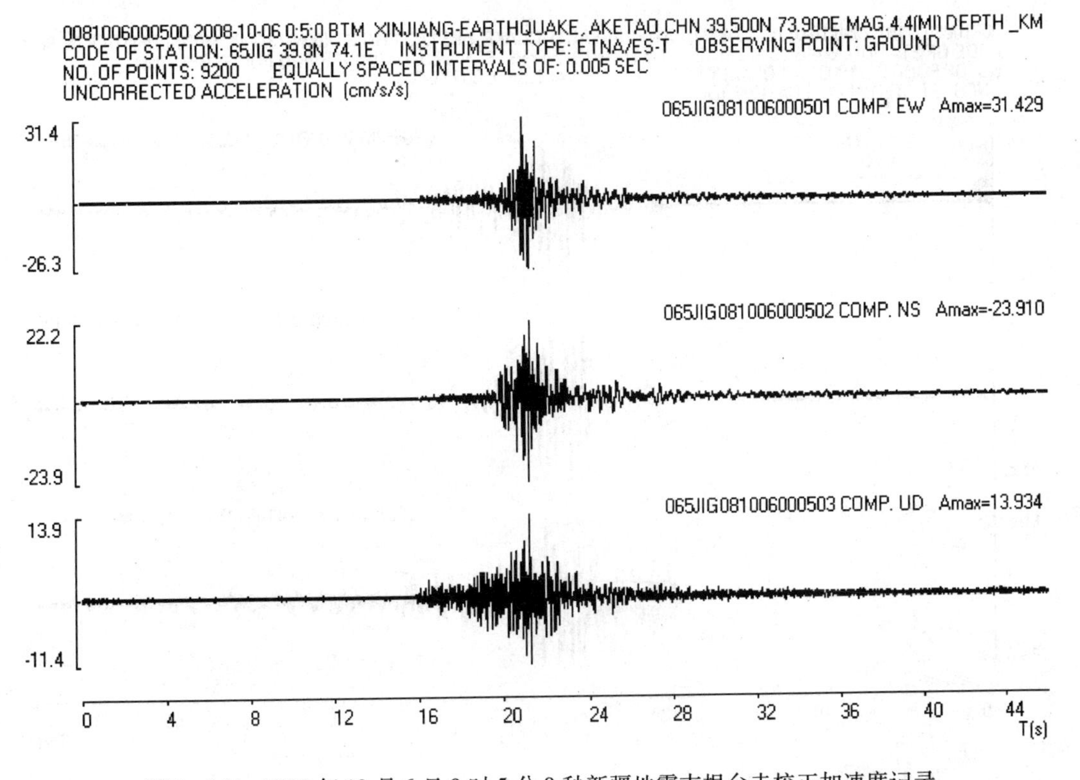
0081006000500 2008-10-06 0:5:0 BTM XINJIANG-EARTHQUAKE, AKETAO,CHN 39.500N 73.900E MAG.4.4(MI) DEPTH _KM
CODE OF STATION: 65JIG 39.8N 74.1E INSTRUMENT TYPE: ETNA/ES-T OBSERVING POINT: GROUND
NO. OF POINTS: 9200 EQUALLY SPACED INTERVALS OF: 0.005 SEC
UNCORRECTED ACCELERATION (cm/s/s)
065JIG081006000501 COMP. EW Amax=31.429
31.4
-26.3
065JIG081006000502 COMP. NS Amax=-23.910
22.2
-23.9
065JIG081006000503 COMP. UD Amax=13.934
13.9
-11.4
0
4
8
12
16
20
24
28
32
36
40
44
T(s)

图 7－154　2008 年 10 月 6 日 0 时 5 分 0 秒新疆地震吉根台未校正加速度记录

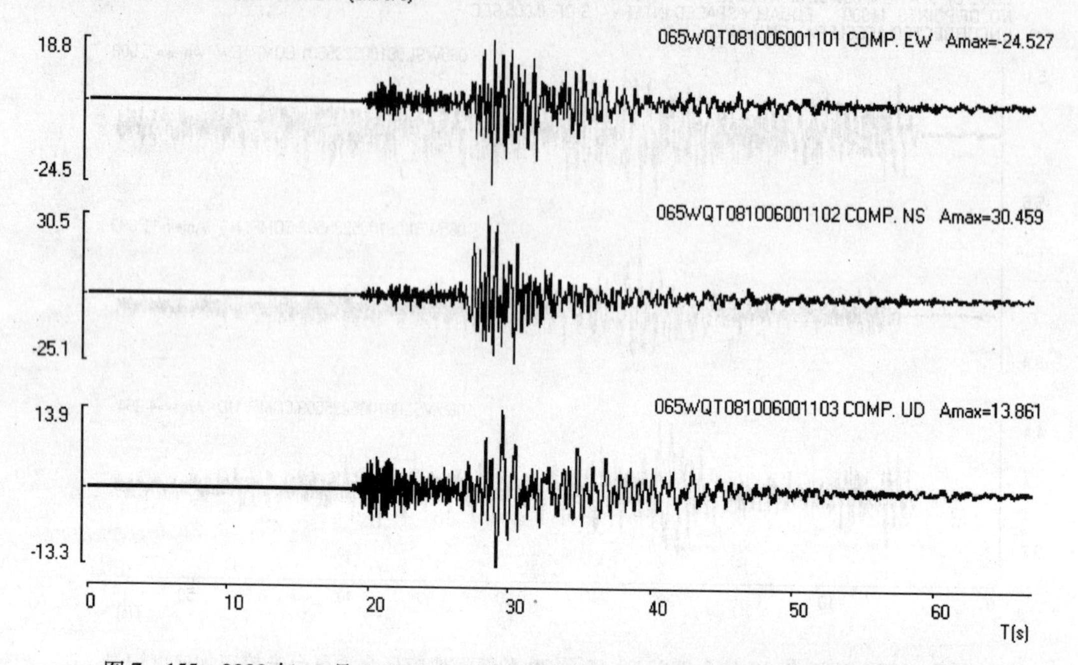
0081006001104 2008-10-06 0:11:4 BTM XINJIANG-EARTHQUAKE, AKETAO,CHN 39.400N 73.660E MAG.6.3(MI) DEPTH 2KM
CODE OF STATION: 65WQT 39.8N 74.3E INSTRUMENT TYPE: ETNA/ES-T OBSERVING POINT: GROUND
NO. OF POINTS: 13400 EQUALLY SPACED INTERVALS OF: 0.005 SEC
UNCORRECTED ACCELERATION (cm/s/s)
065WQT081006001101 COMP. EW Amax=-24.527
18.8
-24.5
065WQT081006001102 COMP. NS Amax=30.459
30.5
-25.1
065WQT081006001103 COMP. UD Amax=13.861
13.9
-13.3
0
10
20
30
40
50
60
T(s)

图7－155 2008年10月6日0时11分4秒新疆地震乌鲁克恰提台未校正加速度记录

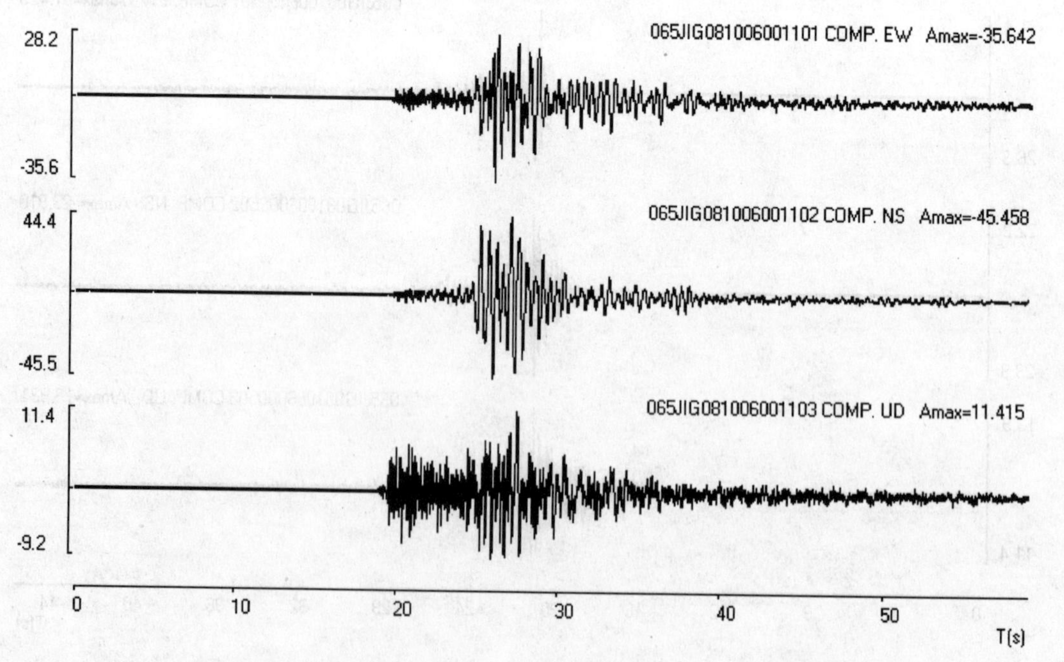
0081006001107 2008-10-06 0:11:7 BTM XINJIANG-EARTHQUAKE, AKETAO,CHN 39.400N 73.680E MAG.6.2(MI) DEPTH 9KM
CODE OF STATION: 65JIG 39.8N 74.1E INSTRUMENT TYPE: ETNA/ES-T OBSERVING POINT: GROUND
NO. OF POINTS: 11800 EQUALLY SPACED INTERVALS OF: 0.005 SEC
UNCORRECTED ACCELERATION (cm/s/s)
065JIG081006001101 COMP. EW Amax=-35.642
28.2
-35.6
065JIG081006001102 COMP. NS Amax=-45.458
44.4
-45.5
065JIG081006001103 COMP. UD Amax=11.415
11.4
-9.2
0
10
20
30
40
50
T(s)

图7－156 2008年10月6日0时11分7秒新疆地震吉根台未校正加速度记录

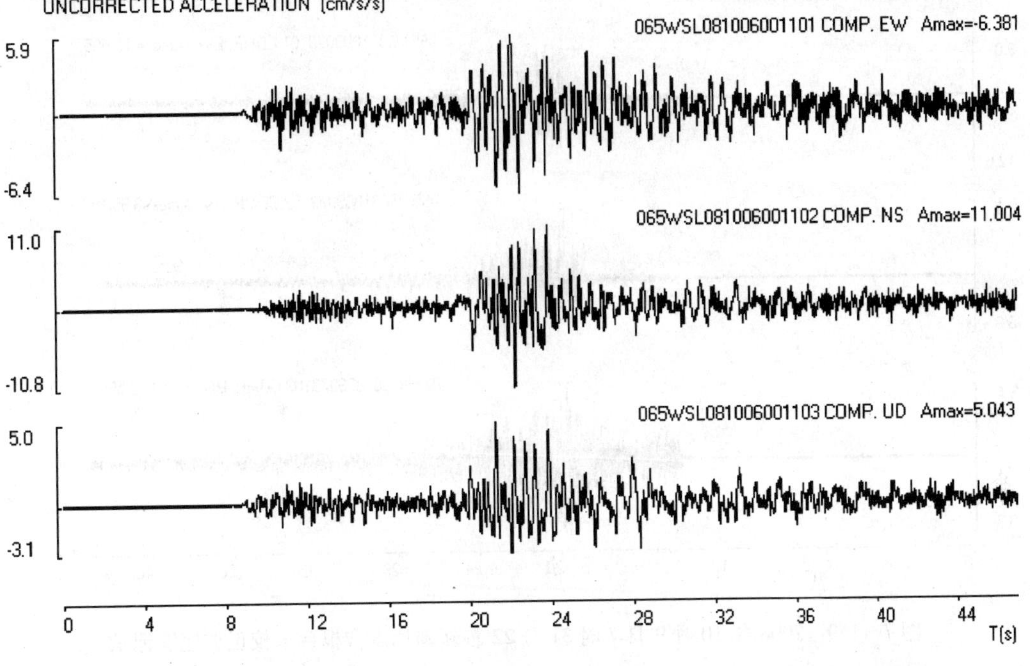
0081006001107 2008-10-06 0:11:7 BTM XINJIANG-EARTHQUAKE, AKETAO,CHN 39.400N 73.680E MAG.6.2(MI) DEPTH 9KM
CODE OF STATION: 65WSL 39.7N 74.8E INSTRUMENT TYPE: ETNA/ES-T OBSERVING POINT: GROUND
NO. OF POINTS: 9400 EQUALLY SPACED INTERVALS OF: 0.005 SEC
UNCORRECTED ACCELERATION (cm/s/s)
065WSL081006001101 COMP. EW Amax=-6.381
5.9
-6.4
065WSL081006001102 COMP. NS Amax=11.004
11.0
-10.8
065WSL081006001103 COMP. UD Amax=5.043
5.0
-3.1
0 4 8 12 16 20 24 28 32 36 40 44
T(s)

图 7－157　2008 年 10 月 6 日 0 时 11 分 7 秒新疆地震乌合沙鲁台未校正加速度记录

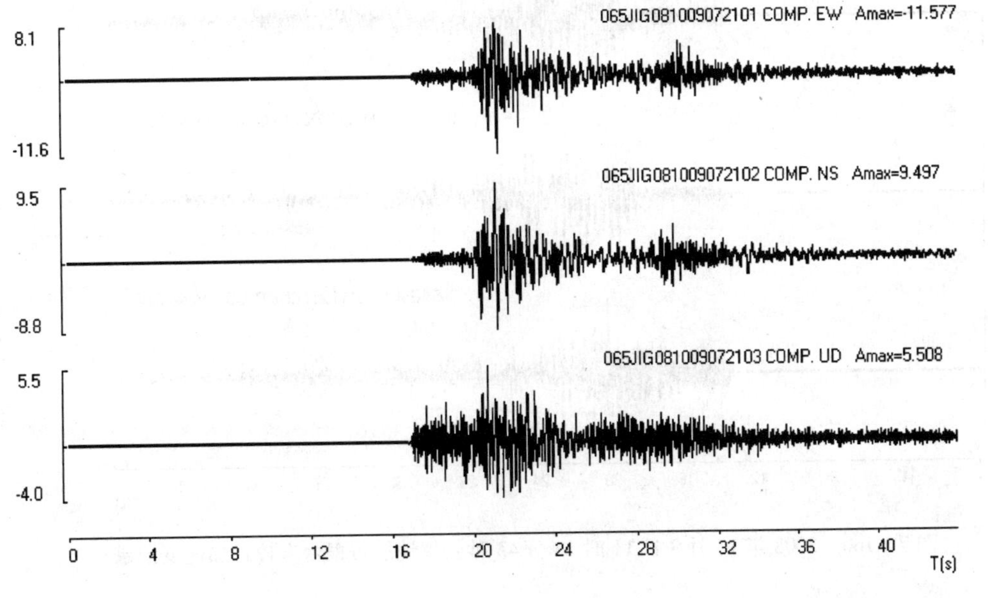
0081009072146 2008-10-09 7:21:46 BTM XINJIANG-EARTHQUAKE, ZHONGJIJIAOJIE,CHN 39.599N 73.760E MAG.4.4(MI) DEPTH 7KM
CODE OF STATION: 65JIG 39.8N 74.1E INSTRUMENT TYPE: ETNA/ES-T OBSERVING POINT: GROUND
NO. OF POINTS: 8784 EQUALLY SPACED INTERVALS OF: 0.005 SEC
UNCORRECTED ACCELERATION (cm/s/s)
065JIG081009072101 COMP. EW Amax=-11.577
8.1
-11.6
065JIG081009072102 COMP. NS Amax=9.497
9.5
-8.8
065JIG081009072103 COMP. UD Amax=5.508
5.5
-4.0
0 4 8 12 16 20 24 28 32 36 40
T(s)

图 7－158　2008 年 10 月 9 日 7 时 21 分 46 秒新疆地震吉根台未校正加速度记录

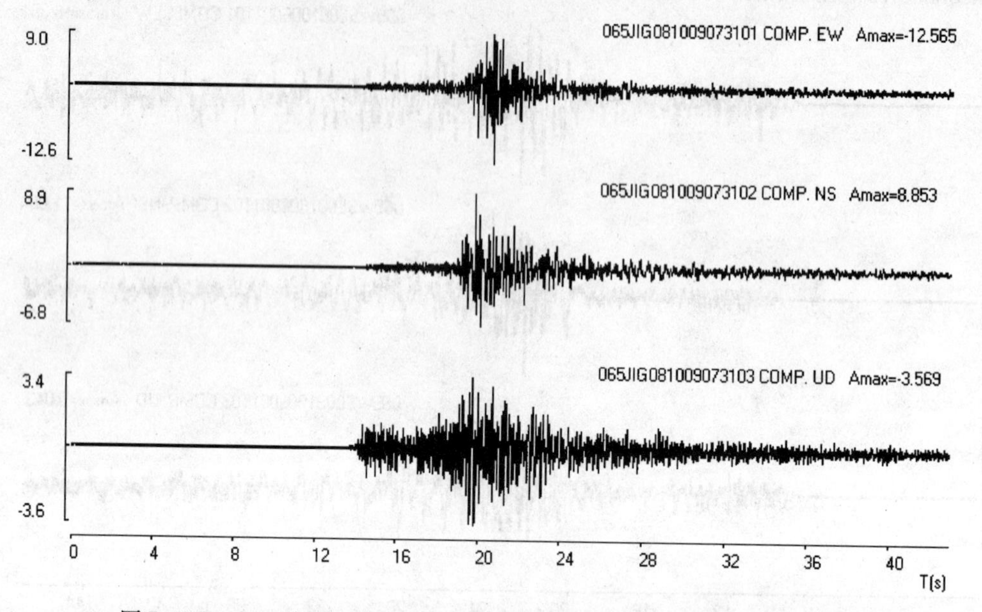

0081009073122 2008-10-09 7:31:22 BTM XINJIANG-EARTHQUAKE, ZHONGJIJIAOJIE,CHN 39.709N 74.300E MAG.4.2(MI) DEPTH 20KM
CODE OF STATION: 65JIG 39.8N 74.1E INSTRUMENT TYPE: ETNA/ES-T OBSERVING POINT: GROUND
NO. OF POINTS: 8600 EQUALLY SPACED INTERVALS OF: 0.005 SEC
UNCORRECTED ACCELERATION (cm/s/s)
065JIG081009073101 COMP. EW Amax=-12.565
9.0
-12.6
065JIG081009073102 COMP. NS Amax=8.853
8.9
-6.8
065JIG081009073103 COMP. UD Amax=-3.569
3.4
-3.6
0 4 8 12 16 20 24 28 32 36 40
T(s)

图 7-159 2008 年 10 月 9 日 7 时 31 分 22 秒新疆地震吉根台未校正加速度记录

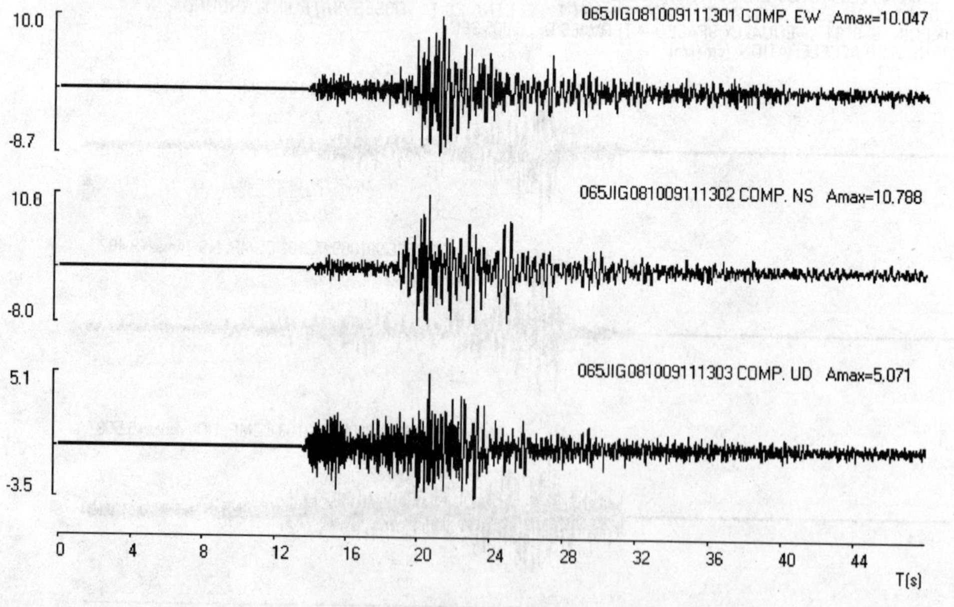

0081009111343 2008-10-09 11:13:43 BTM XINJIANG-EARTHQUAKE, ZHONGJIJIAOJIE,CHN 39.687N 74.099E MAG.4.5(Ms) DEPTH 17KM
CODE OF STATION: 65JIG 39.8N 74.1E INSTRUMENT TYPE: ETNA/ES-T OBSERVING POINT: GROUND
NO. OF POINTS: 9600 EQUALLY SPACED INTERVALS OF: 0.005 SEC
UNCORRECTED ACCELERATION (cm/s/s)
065JIG081009111301 COMP. EW Amax=10.047
10.0
-8.7
065JIG081009111302 COMP. NS Amax=10.788
10.0
-8.0
065JIG081009111303 COMP. UD Amax=5.071
5.1
-3.5
0 4 8 12 16 20 24 28 32 36 40 44
T(s)

图 7-160 2008 年 10 月 9 日 11 时 13 分 43 秒新疆地震吉根台未校正加速度记录

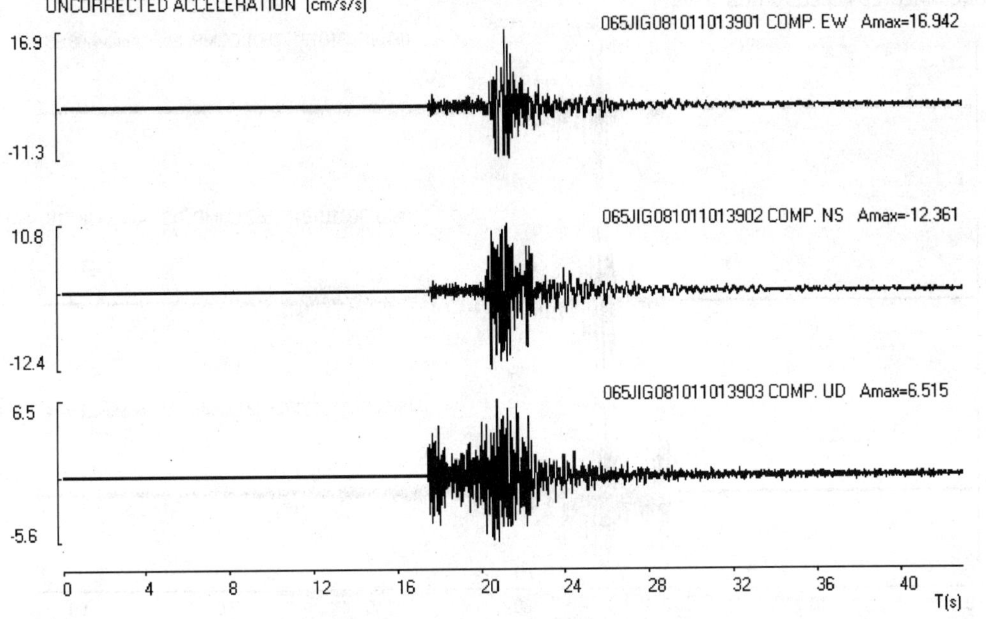
0081011013904 2008-10-11 1:39:4 BTM XINJIANG-EARTHQUAKE, ZHONGJIJIAOJIE,CHN 39.560N 73.860E MAG.4.4(MI) DEPTH 8KM
CODE OF STATION: 65JIG 39.8N 74.1E INSTRUMENT TYPE: ETNA/ES-T OBSERVING POINT: GROUND
NO. OF POINTS: 8600 EQUALLY SPACED INTERVALS OF: 0.005 SEC
UNCORRECTED ACCELERATION (cm/s/s)
065JIG081011013901 COMP. EW Amax=16.942
16.9
-11.3
065JIG081011013902 COMP. NS Amax=-12.361
10.8
-12.4
065JIG081011013903 COMP. UD Amax=6.515
6.5
-5.6
0
4
8
12
16
20
24
28
32
36
40
T(s)

图 7-161 2008 年 10 月 11 日 1 时 39 分 4 秒新疆地震吉根台未校正加速度记录

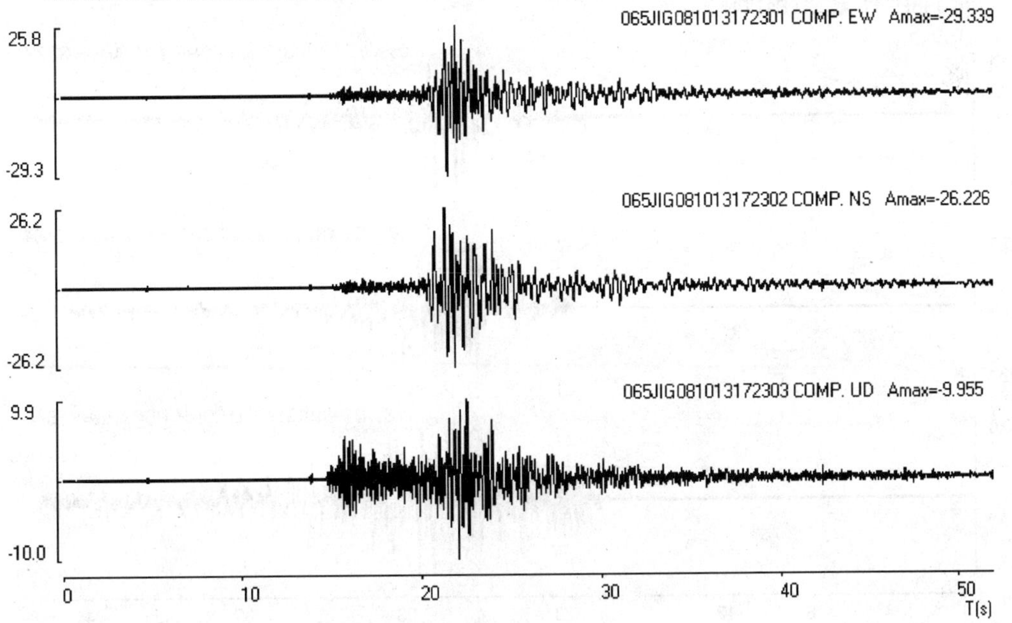
0081013172326 2008-10-13 17:23:26 BTM XINJIANG-EARTHQUAKE, AKETAO,CHN 39.430N 73.620E MAG.5.6(MI) DEPTH 10KM
CODE OF STATION: 65JIG 39.8N 74.1E INSTRUMENT TYPE: ETNA/ES-T OBSERVING POINT: GROUND
NO. OF POINTS: 10400 EQUALLY SPACED INTERVALS OF: 0.005 SEC
UNCORRECTED ACCELERATION (cm/s/s)
065JIG081013172301 COMP. EW Amax=-29.339
25.8
-29.3
065JIG081013172302 COMP. NS Amax=-26.226
26.2
-26.2
065JIG081013172303 COMP. UD Amax=-9.955
9.9
-10.0
0
10
20
30
40
50
T(s)

图 7-162 2008 年 10 月 13 日 17 时 23 分 26 秒新疆地震吉根台未校正加速度记录

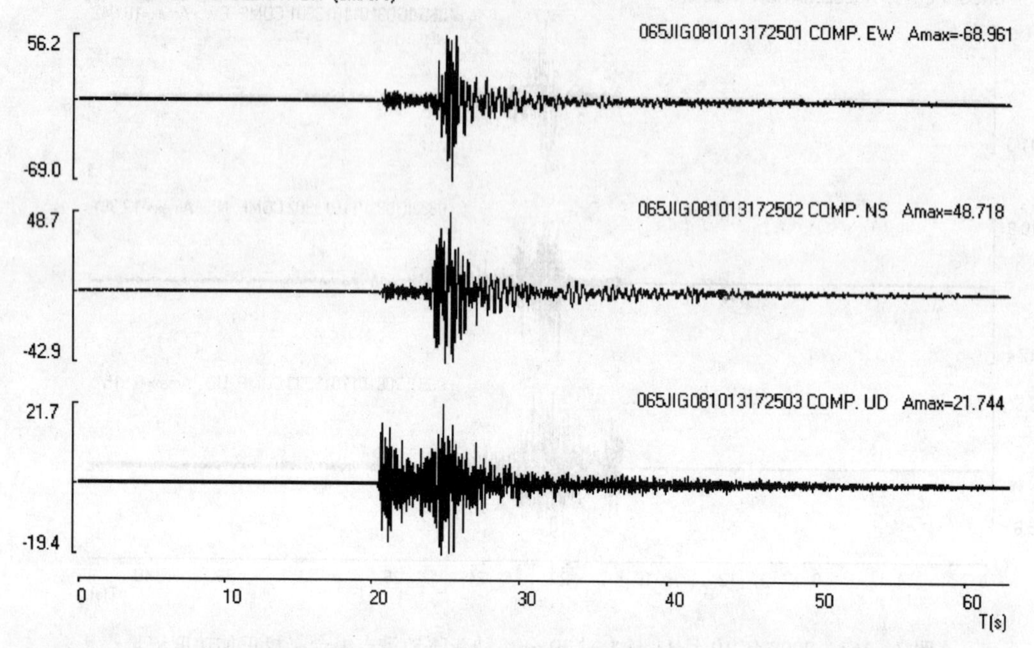

0081013172535 2008-10-13 17:25:35 BTM XINJIANG-EARTHQUAKE, WUQIA,CHN 39.740N 74.370E MAG.5.1(Ms) DEPTH 25KM
CODE OF STATION: 65JIG 39.8N 74.1E INSTRUMENT TYPE: ETNA/ES-T OBSERVING POINT: GROUND
NO. OF POINTS: 12600 EQUALLY SPACED INTERVALS OF: 0.005 SEC
UNCORRECTED ACCELERATION (cm/s/s)
065JIG081013172501 COMP. EW Amax=-68.961
56.2
-69.0
065JIG081013172502 COMP. NS Amax=48.718
48.7
-42.9
065JIG081013172503 COMP. UD Amax=21.744
21.7
-19.4
0
10
20
30
40
50
60
T(s)

图 7－163 2008 年 10 月 13 日 17 时 25 分 35 秒新疆地震吉根台未校正加速度记录

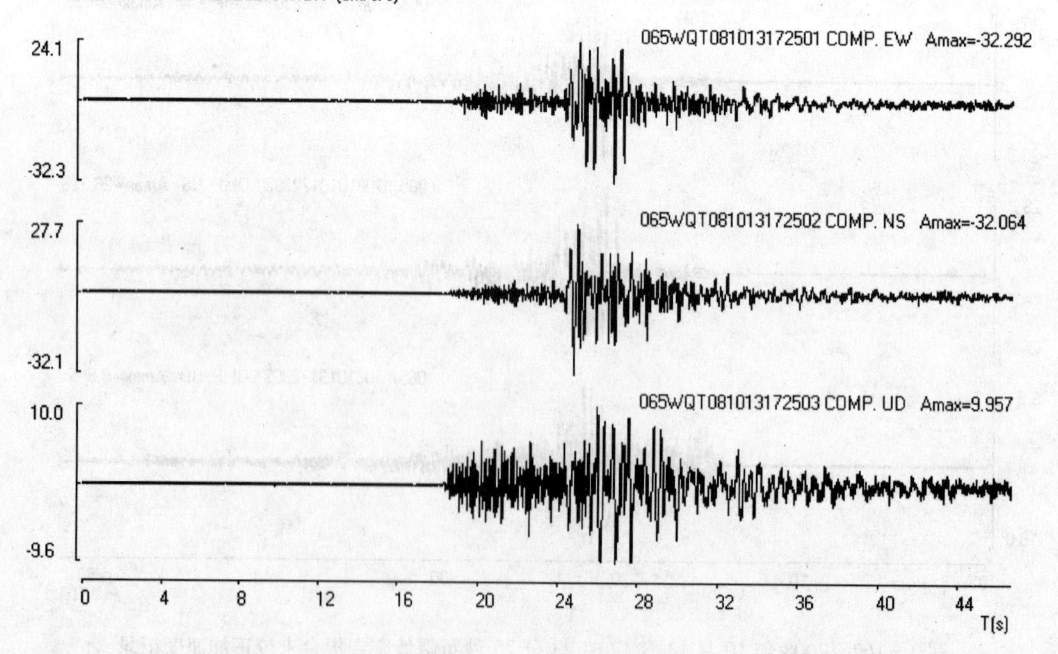

0081013172535 2008-10-13 17:25:35 BTM XINJIANG-EARTHQUAKE, WUQIA,CHN 39.740N 74.370E MAG.5.1(Ms) DEPTH 25KM
CODE OF STATION: 65WQT 39.8N 74.3E INSTRUMENT TYPE: ETNA/ES-T OBSERVING POINT: GROUND
NO. OF POINTS: 9336 EQUALLY SPACED INTERVALS OF: 0.005 SEC
UNCORRECTED ACCELERATION (cm/s/s)
065WQT081013172501 COMP. EW Amax=-32.292
24.1
-32.3
065WQT081013172502 COMP. NS Amax=-32.064
27.7
-32.1
065WQT081013172503 COMP. UD Amax=9.957
10.0
-9.6
0
4
8
12
16
20
24
28
32
36
40
44
T(s)

图 7－164 2008 年 10 月 13 日 17 时 25 分 35 秒新疆地震乌鲁克恰提台未校正加速度记录

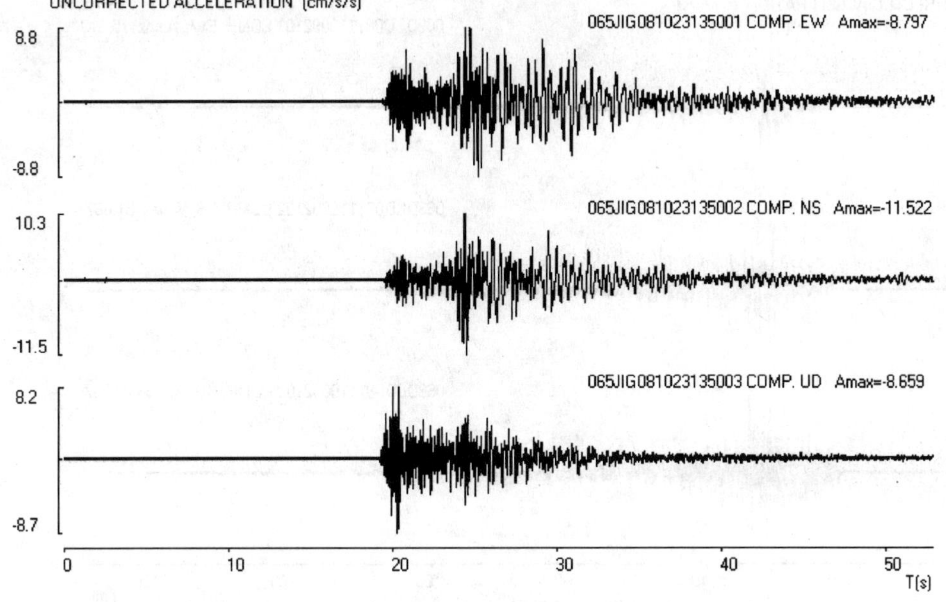
0081023135048 2008-10-23 13:50:48 BTM XINJIANG-EARTHQUAKE, ZHONGJIJIAOJIE,CHN 39.740N 74.099E MAG.4.6(Ms) DEPTH 32KM
CODE OF STATION: 65JIG 39.8N 74.1E INSTRUMENT TYPE: ETNA/ES-T OBSERVING POINT: GROUND
NO. OF POINTS: 10600 EQUALLY SPACED INTERVALS OF: 0.005 SEC
UNCORRECTED ACCELERATION (cm/s/s)
065JIG081023135001 COMP. EW Amax=-8.797
8.8
-8.8
065JIG081023135002 COMP. NS Amax=-11.522
10.3
-11.5
065JIG081023135003 COMP. UD Amax=-8.659
8.2
-8.7
0
10
20
30
40
50
T(s)

图 7－165 2008 年 10 月 23 日 13 时 50 分 48 秒新疆地震吉根台未校正加速度记录

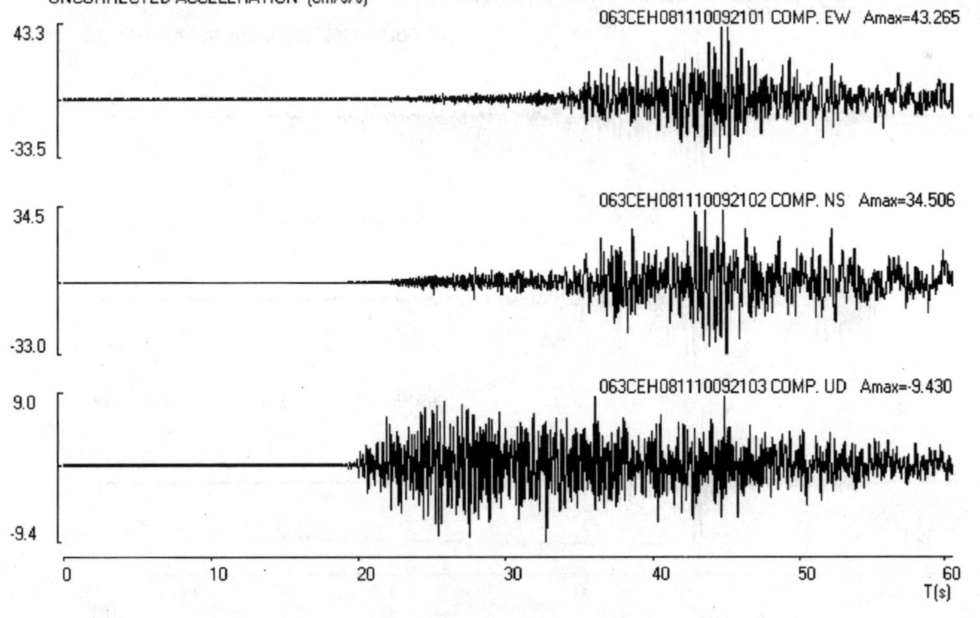
0081110092159 2008-11-10 9:21:59 BTM DACHAIDAN-EARTHQUAKE, DACHAIDAN,CHN 37.659N 95.910E MAG.6.6(Ms) DEPTH 16KM
CODE OF STATION: 63CEH 36.5N 95.2E INSTRUMENT TYPE: MR2002/SLJ-100 OBSERVING POINT: GROUND
NO. OF POINTS: 12112 EQUALLY SPACED INTERVALS OF: 0.005 SEC
UNCORRECTED ACCELERATION (cm/s/s)
063CEH081110092101 COMP. EW Amax=43.265
43.3
-33.5
063CEH081110092102 COMP. NS Amax=34.506
34.5
-33.0
063CEH081110092103 COMP. UD Amax=-9.430
9.0
-9.4
0
10
20
30
40
50
60
T(s)

图 7－166 2008 年 11 月 10 日 9 时 21 分 59 秒大柴旦地震察尔汗台未校正加速度记录

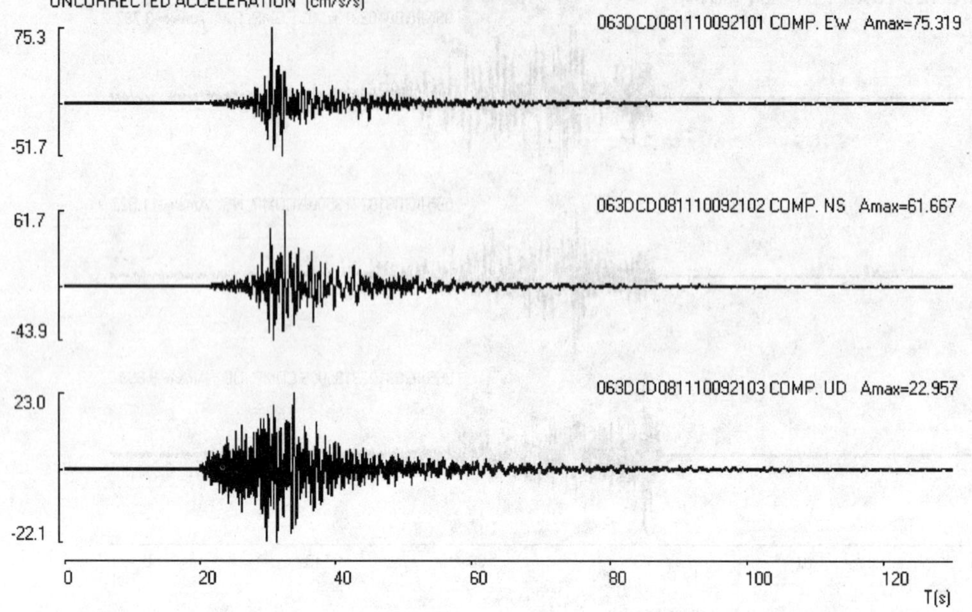
0081110092159 2008-11-10 9:21:59 BTM DACHAIDAN-EARTHQUAKE, DACHAIDAN,CHN 37.659N 95.910E MAG.6.6(Ms) DEPTH 16KM
CODE OF STATION: 63DCD 37.9N 95.4E INSTRUMENT TYPE: ETNA/ES-T OBSERVING POINT: GROUND
NO. OF POINTS: 26000 EQUALLY SPACED INTERVALS OF: 0.005 SEC
UNCORRECTED ACCELERATION (cm/s/s)
063DCD081110092101 COMP. EW Amax=75.319
75.3
-51.7
063DCD081110092102 COMP. NS Amax=61.667
61.7
-43.9
063DCD081110092103 COMP. UD Amax=22.957
23.0
-22.1
0
20
40
60
80
100
120
T(s)

图 7-167　2008 年 11 月 10 日 9 时 21 分 59 秒大柴旦地震大柴旦台未校正加速度记录

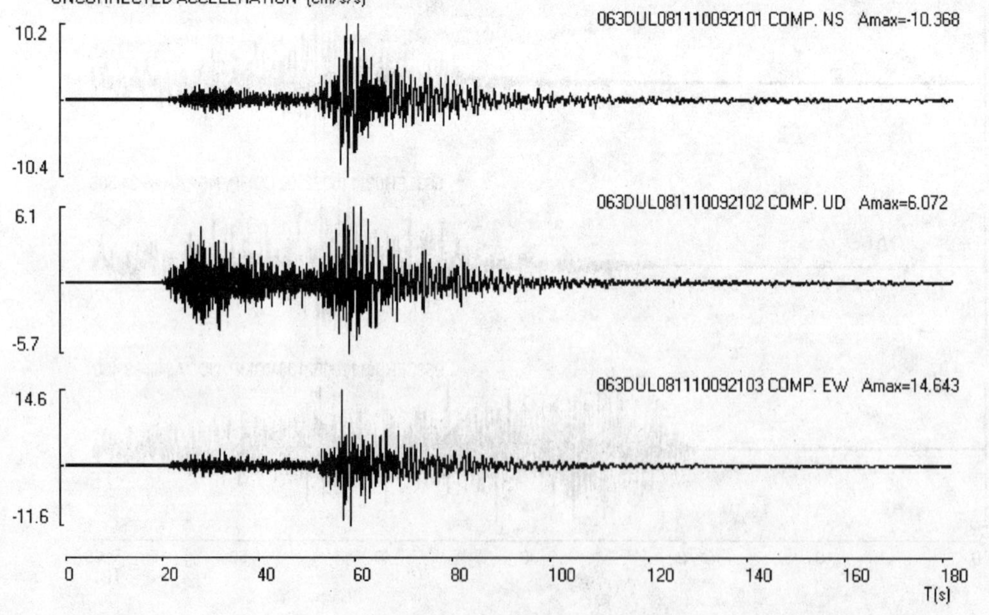
0081110092159 2008-11-10 9:21:59 BTM DACHAIDAN-EARTHQUAKE, DACHAIDAN,CHN 37.659N 95.910E MAG.6.6(Ms) DEPTH 16KM
CODE OF STATION: 63DUL 36.3N 98.1E INSTRUMENT TYPE: ETNA/SLJ-100 OBSERVING POINT: GROUND
NO. OF POINTS: 36400 EQUALLY SPACED INTERVALS OF: 0.005 SEC
UNCORRECTED ACCELERATION (cm/s/s)
063DUL081110092101 COMP. NS Amax=-10.368
10.2
-10.4
063DUL081110092102 COMP. UD Amax=6.072
6.1
-5.7
063DUL081110092103 COMP. EW Amax=14.643
14.6
-11.6
0
20
40
60
80
100
120
140
160
180
T(s)

图 7-168　2008 年 11 月 10 日 9 时 21 分 59 秒大柴旦地震都兰台未校正加速度记录

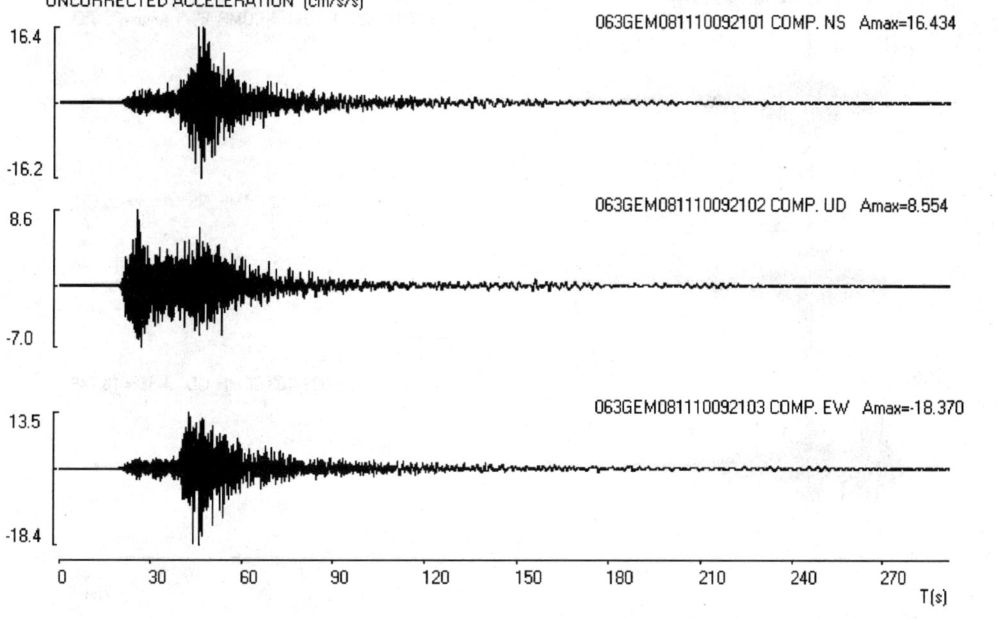
0081110092159 2008-11-10 9:21:59 BTM DACHAIDAN-EARTHQUAKE, DACHAIDAN,CHN 37.659N 95.910E MAG.6.6(Ms) DEPTH 16KM
CODE OF STATION: 63GEM 36.4N 94.9E INSTRUMENT TYPE: ETNA/SLJ-100 OBSERVING POINT: GROUND
NO. OF POINTS: 58400 EQUALLY SPACED INTERVALS OF: 0.005 SEC
UNCORRECTED ACCELERATION (cm/s/s)
063GEM081110092101 COMP. NS Amax=16.434
16.4
-16.2
063GEM081110092102 COMP. UD Amax=8.554
8.6
-7.0
063GEM081110092103 COMP. EW Amax=-18.370
13.5
-18.4
0
30
60
90
120
150
180
210
240
270
T(s)

图 7－169 2008 年 11 月 10 日 9 时 21 分 59 秒大柴旦地震格尔木台未校正加速度记录

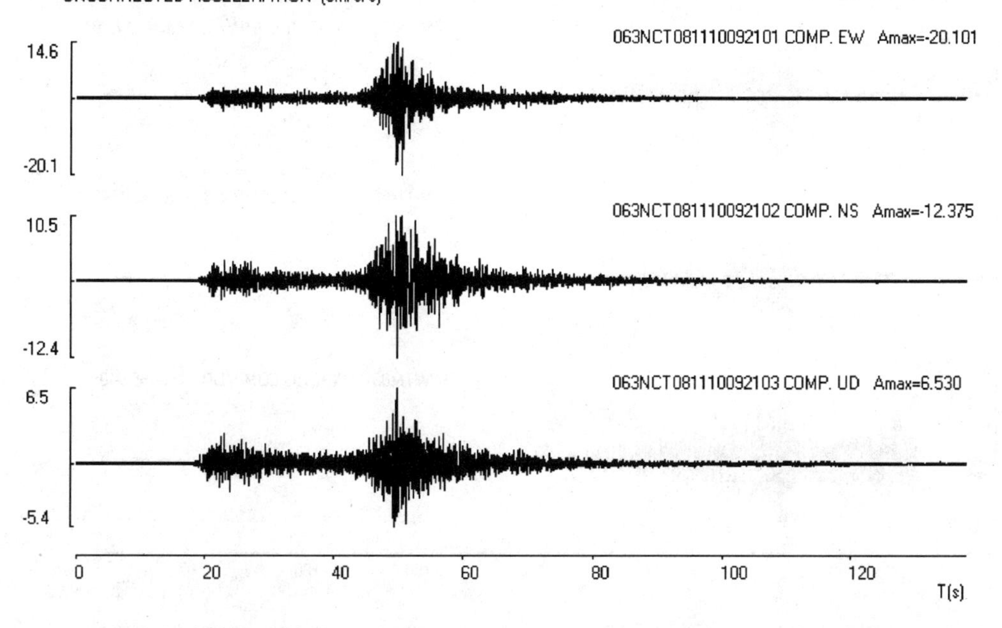
0081110092159 2008-11-10 9:21:59 BTM DACHAIDAN-EARTHQUAKE, DACHAIDAN,CHN 37.659N 95.910E MAG.6.6(Ms) DEPTH 16KM
CODE OF STATION: 63NCT 35.9N 94.6E INSTRUMENT TYPE: ETNA/ES-T OBSERVING POINT: GROUND
NO. OF POINTS: 27600 EQUALLY SPACED INTERVALS OF: 0.005 SEC
UNCORRECTED ACCELERATION (cm/s/s)
063NCT081110092101 COMP. EW Amax=-20.101
14.6
-20.1
063NCT081110092102 COMP. NS Amax=-12.375
10.5
-12.4
063NCT081110092103 COMP. UD Amax=6.530
6.5
-5.4
0
20
40
60
80
100
120
T(s)

图 7－170 2008 年 11 月 10 日 9 时 21 分 59 秒大柴旦地震纳赤台未校正加速度记录

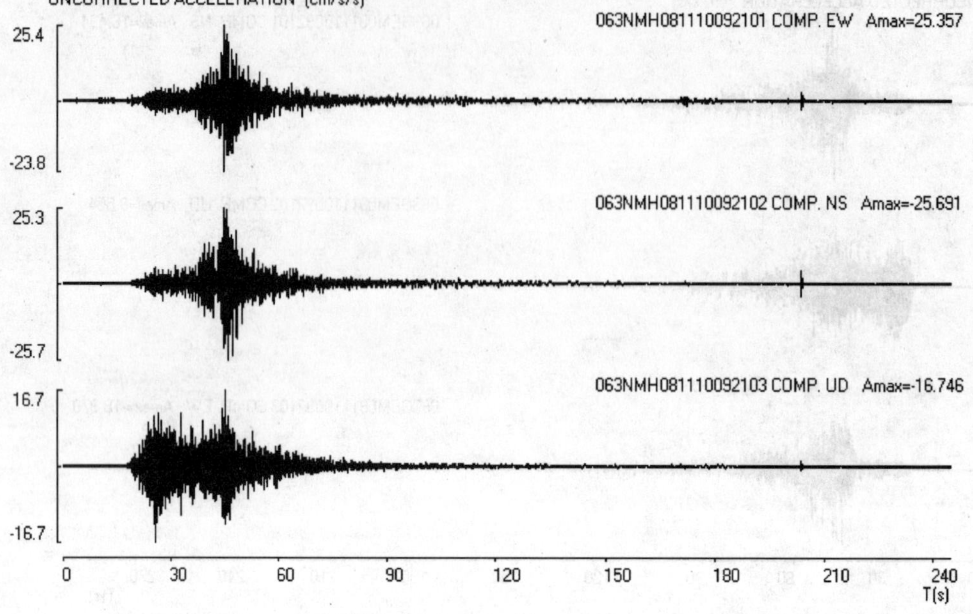
0081110092159 2008-11-10 9:21:59 BTM DACHAIDAN-EARTHQUAKE, DACHAIDAN,CHN 37.659N 95.910E MAG.6.6(Ms) DEPTH 16KM
CODE OF STATION: 63NMH 36.4N 96.5E INSTRUMENT TYPE: ETNA/ES-T OBSERVING POINT: GROUND
NO. OF POINTS: 49000 EQUALLY SPACED INTERVALS OF: 0.005 SEC
UNCORRECTED ACCELERATION (cm/s/s)
063NMH081110092101 COMP. EW Amax=25.357
25.4
-23.8
063NMH081110092102 COMP. NS Amax=-25.691
25.3
-25.7
063NMH081110092103 COMP. UD Amax=-16.746
16.7
-16.7
0
30
60
90
120
150
180
210
240
T(s)

图 7－171　2008 年 11 月 10 日 9 时 21 分 59 秒大柴旦地震诺木洪台未校正加速度记录

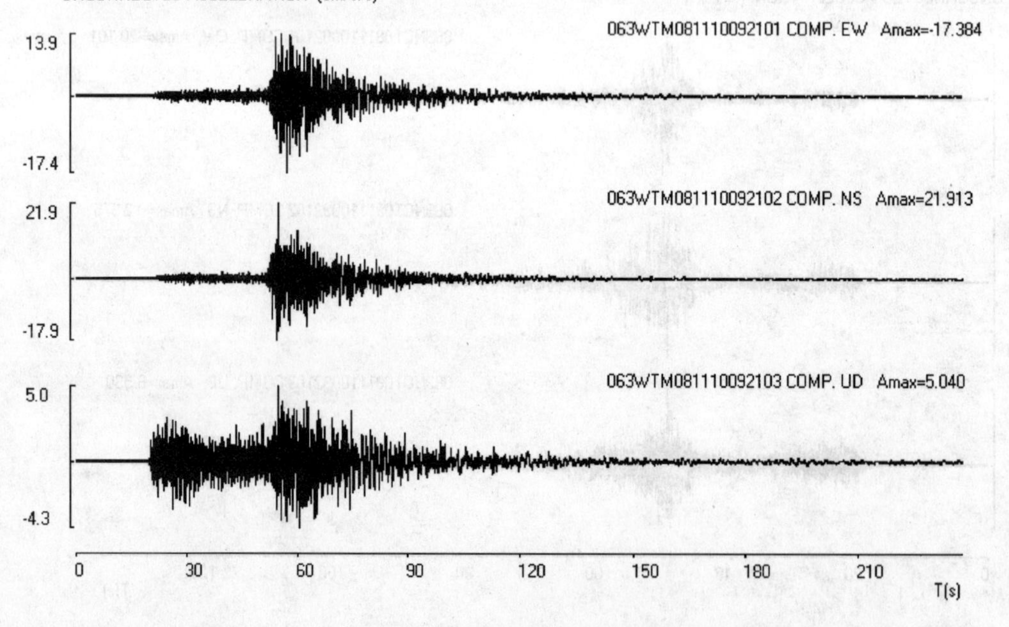
0081110092159 2008-11-10 9:21:59 BTM DACHAIDAN-EARTHQUAKE, DACHAIDAN,CHN 37.659N 95.910E MAG.6.6(Ms) DEPTH 16KM
CODE OF STATION: 63WTM 36.9N 93.2E INSTRUMENT TYPE: ETNA/ES-T OBSERVING POINT: GROUND
NO. OF POINTS: 47600 EQUALLY SPACED INTERVALS OF: 0.005 SEC
UNCORRECTED ACCELERATION (cm/s/s)
063WTM081110092101 COMP. EW Amax=-17.384
13.9
-17.4
063WTM081110092102 COMP. NS Amax=21.913
21.9
-17.9
063WTM081110092103 COMP. UD Amax=5.040
5.0
-4.3
0
30
60
90
120
150
180
210
T(s)

图 7－172　2008 年 11 月 10 日 9 时 21 分 59 秒大柴旦地震乌图美仁台未校正加速度记录

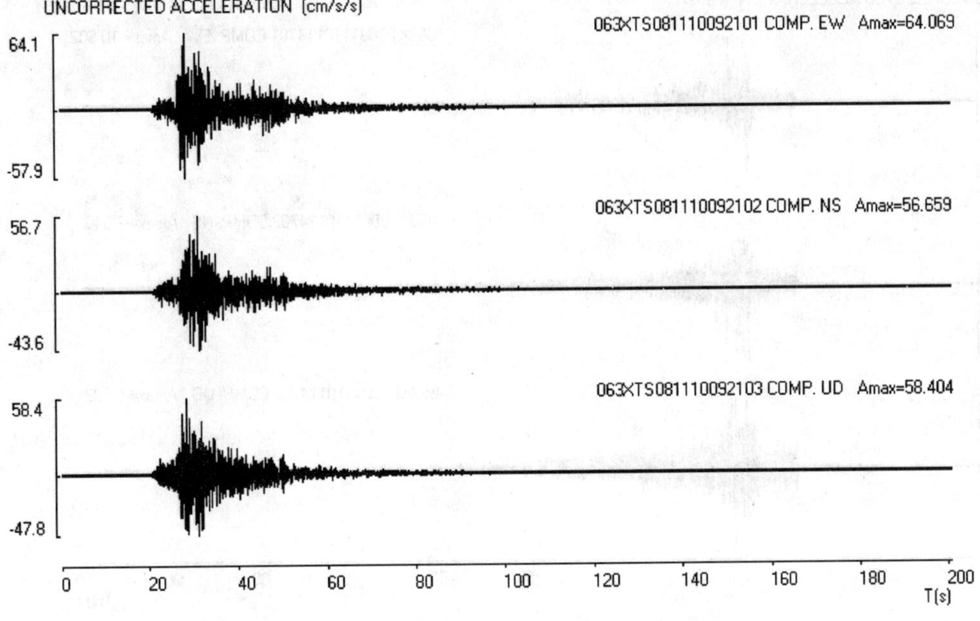
0081110092159 2008-11-10 9:21:59 BTM DACHAIDAN-EARTHQUAKE, DACHAIDAN,CHN 37.659N 95.910E MAG.6.6(Ms) DEPTH 16KM
CODE OF STATION: 63XTS 37.3N 95.6E INSTRUMENT TYPE: ETNA/ES-T OBSERVING POINT: GROUND
NO. OF POINTS: 40200 EQUALLY SPACED INTERVALS OF: 0.005 SEC
UNCORRECTED ACCELERATION (cm/s/s)
063XTS081110092101 COMP. EW Amax=64.069
64.1
-57.9
063XTS081110092102 COMP. NS Amax=56.659
56.7
-43.6
063XTS081110092103 COMP. UD Amax=58.404
58.4
-47.8
0
20
40
60
80
100
120
140
160
180
200
T(s)

图 7-173 2008 年 11 月 10 日 9 时 21 分 59 秒大柴旦地震锡铁山台未校正加速度记录

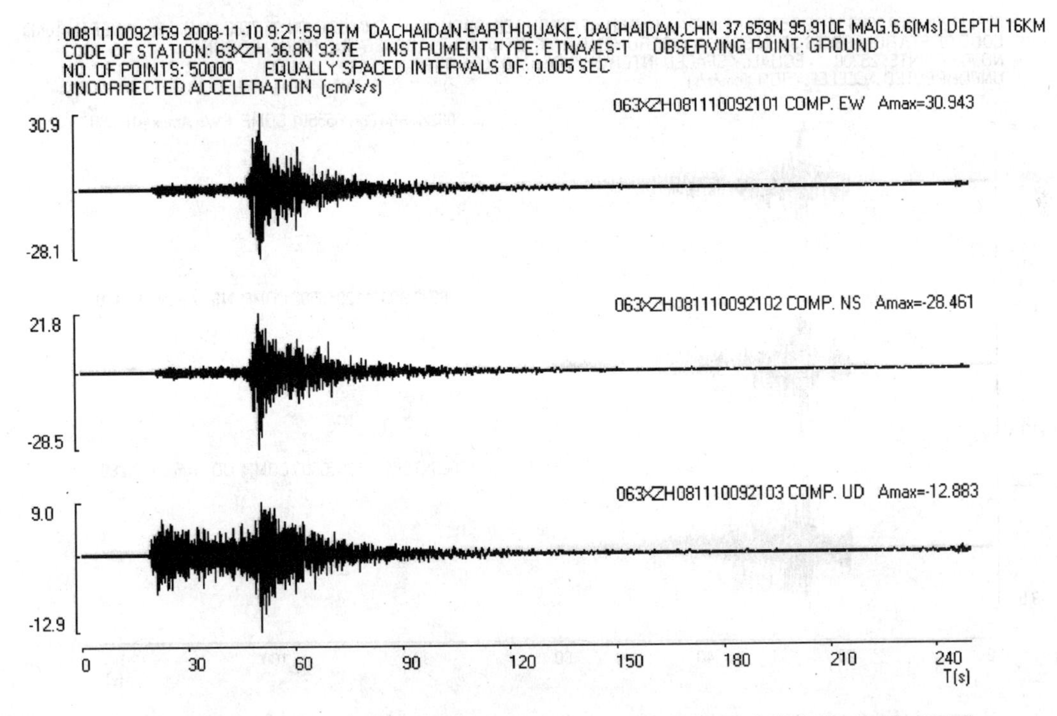
0081110092159 2008-11-10 9:21:59 BTM DACHAIDAN-EARTHQUAKE, DACHAIDAN,CHN 37.659N 95.910E MAG.6.6(Ms) DEPTH 16KM
CODE OF STATION: 63XZH 36.8N 93.7E INSTRUMENT TYPE: ETNA/ES-T OBSERVING POINT: GROUND
NO. OF POINTS: 50000 EQUALLY SPACED INTERVALS OF: 0.005 SEC
UNCORRECTED ACCELERATION (cm/s/s)
063XZH081110092101 COMP. EW Amax=30.943
30.9
-28.1
063XZH081110092102 COMP. NS Amax=-28.461
21.8
-28.5
063XZH081110092103 COMP. UD Amax=-12.883
9.0
-12.9
0
30
60
90
120
150
180
210
240
T(s)

图 7-174 2008 年 11 月 10 日 9 时 21 分 59 秒大柴旦地震小灶火台未校正加速度记录

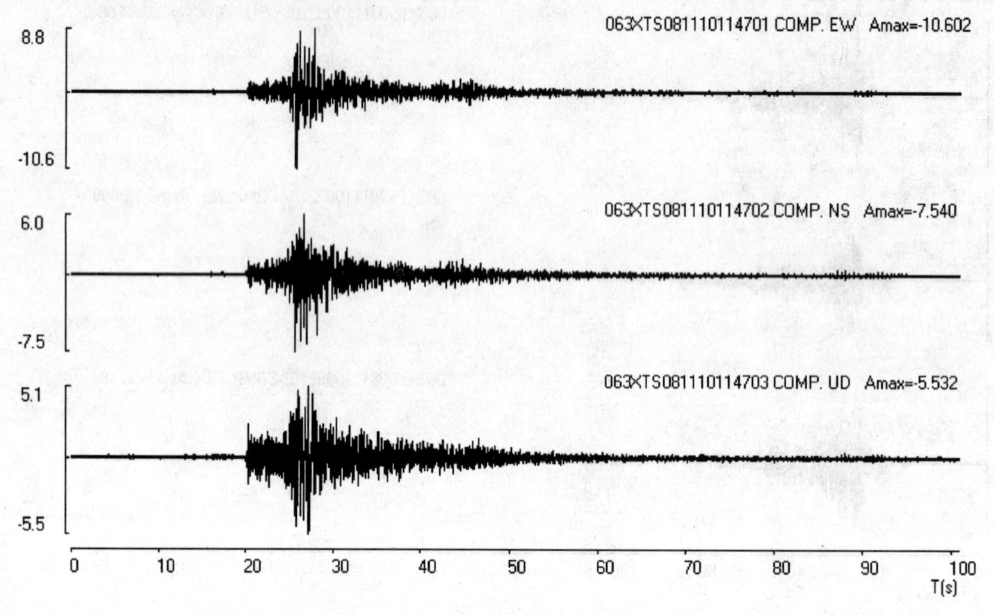
0081110114721 2008-11-10 11:47:21 BTM DACHAIDAN-AFTERSHOCK, DACHAIDAN,CHN 37.720N 95.819E MAG.4.6(Ms) DEPTH 8KM
CODE OF STATION: 63XTS 37.3N 95.6E INSTRUMENT TYPE: ETNA/ES-T OBSERVING POINT: GROUND
NO. OF POINTS: 20200 EQUALLY SPACED INTERVALS OF: 0.005 SEC
UNCORRECTED ACCELERATION (cm/s/s)
063XTS081110114701 COMP. EW Amax=-10.602
8.8
-10.6
063XTS081110114702 COMP. NS Amax=-7.540
6.0
-7.5
063XTS081110114703 COMP. UD Amax=-5.532
5.1
-5.5
0
10
20
30
40
50
60
70
80
90
100
T(s)

图 7－175　2008 年 11 月 10 日 11 时 47 分 21 秒大柴旦地震锡铁山台未校正加速度记录

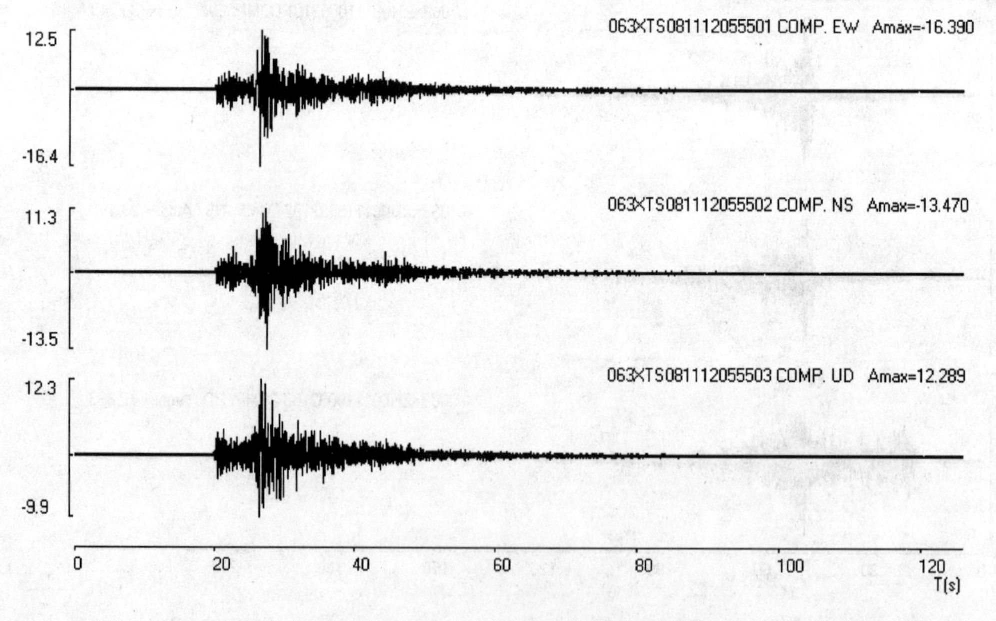
0081112055559 2008-11-12 5:55:59 BTM DACHAIDAN-AFTERSHOCK, DACHAIDAN,CHN 37.680N 95.750E MAG.5.3(Ms) DEPTH 10KM
CODE OF STATION: 63XTS 37.3N 95.6E INSTRUMENT TYPE: ETNA/ES-T OBSERVING POINT: GROUND
NO. OF POINTS: 25200 EQUALLY SPACED INTERVALS OF: 0.005 SEC
UNCORRECTED ACCELERATION (cm/s/s)
063XTS081112055501 COMP. EW Amax=-16.390
12.5
-16.4
063XTS081112055502 COMP. NS Amax=-13.470
11.3
-13.5
063XTS081112055503 COMP. UD Amax=12.289
12.3
-9.9
0
20
40
60
80
100
120
T(s)

图 7－176　2008 年 11 月 12 日 5 时 55 分 59 秒大柴旦地震锡铁山台未校正加速度记录

0081112055559 2008-11-12 5:55:59 BTM DACHAIDAN-AFTERSHOCK, DACHAIDAN,CHN 37.680N 95.750E MAG.5.3(Ms) DEPTH 10KM
CODE OF STATION: 63DCD 37.9N 95.4E INSTRUMENT TYPE: ETNA/ES-T OBSERVING POINT: GROUND
NO. OF POINTS: 13400 EQUALLY SPACED INTERVALS OF: 0.005 SEC
UNCORRECTED ACCELERATION (cm/s/s)

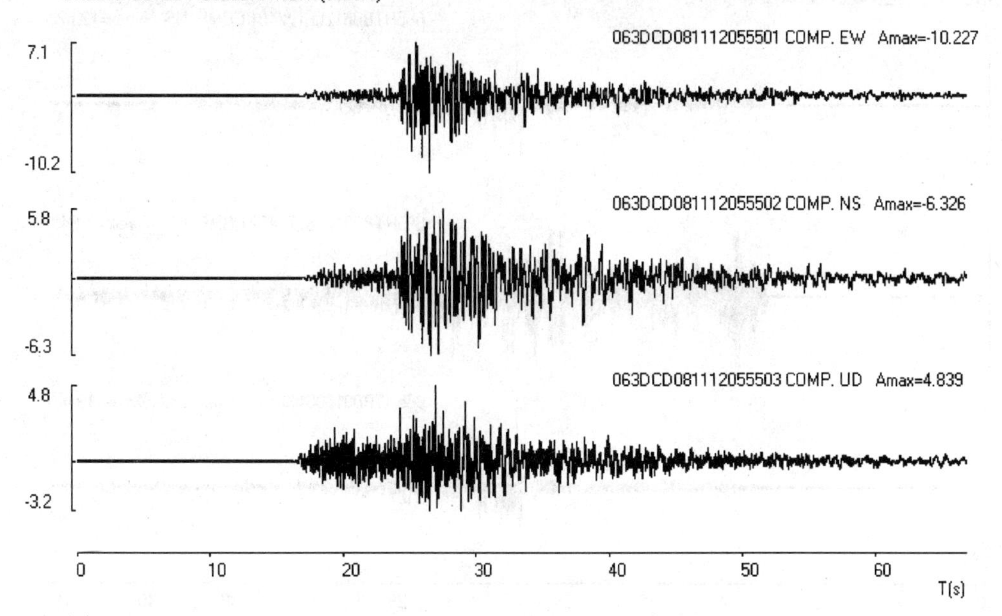

063DCD081112055501 COMP. EW Amax=-10.227
7.1
-10.2
063DCD081112055502 COMP. NS Amax=-6.326
5.8
-6.3
063DCD081112055503 COMP. UD Amax=4.839
4.8
-3.2
0
10
20
30
40
50
60
T(s)

图 7－177　2008 年 11 月 12 日 5 时 55 分 59 秒大柴旦地震大柴旦台未校正加速度记录

0081124152341 2008-11-24 15:23:42 BTM GUYUAN-EARTHQUAKE, GUYUAN,CHN 36.299N 106.199E MAG.4.0(Ms) DEPTH 25KM
CODE OF STATION: 64GYN 36.0N 106.2E INSTRUMENT TYPE: MR2002/SLJ-100 OBSERVING POINT: GROUND
NO. OF POINTS: 13168 EQUALLY SPACED INTERVALS OF: 0.005 SEC
UNCORRECTED ACCELERATION (cm/s/s)

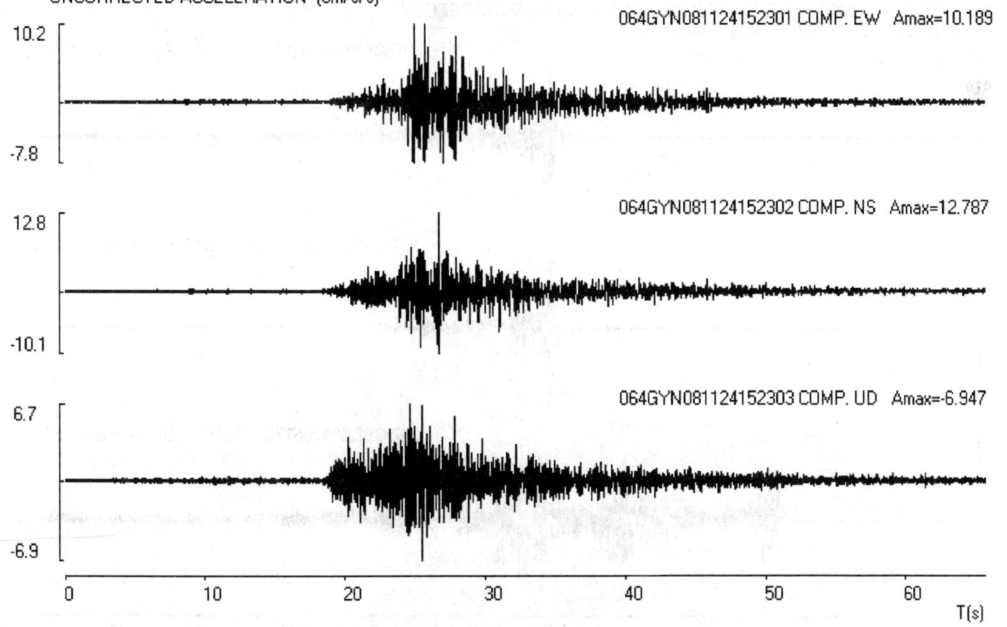

064GYN081124152301 COMP. EW Amax=10.189
10.2
-7.8
064GYN081124152302 COMP. NS Amax=12.787
12.8
-10.1
064GYN081124152303 COMP. UD Amax=-6.947
6.7
-6.9
0
10
20
30
40
50
60
T(s)

图 7－178　2008 年 11 月 24 日 15 时 23 分 42 秒甘肃地震固原台未校正加速度记录

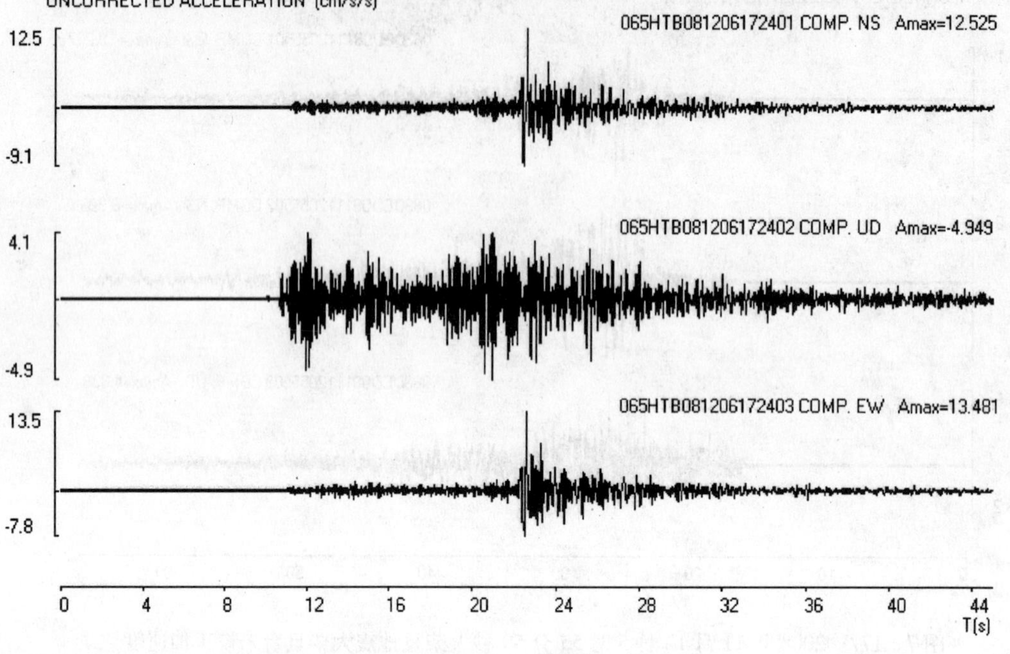
0081206172459 2008-12-06 17:24:59 BTM XINJIANG-EARTHQUAKE, MANASI,CHN 43.900N 86.000E MAG.4.6(MI) DEPTH 46KM
CODE OF STATION: 65HTB 44.2N 86.9E INSTRUMENT TYPE: ETNA/SLJ-100 OBSERVING POINT: GROUND
NO. OF POINTS: 9000 EQUALLY SPACED INTERVALS OF: 0.005 SEC
UNCORRECTED ACCELERATION (cm/s/s)
065HTB081206172401 COMP. NS Amax=12.525
12.5
-9.1
065HTB081206172402 COMP. UD Amax=-4.949
4.1
-4.9
065HTB081206172403 COMP. EW Amax=13.481
13.5
-7.8
0
4
8
12
16
20
24
28
32
36
40
44
T(s)

图 7-179 2008 年 12 月 6 日 17 时 24 分 59 秒新疆地震呼图壁台未校正加速度记录

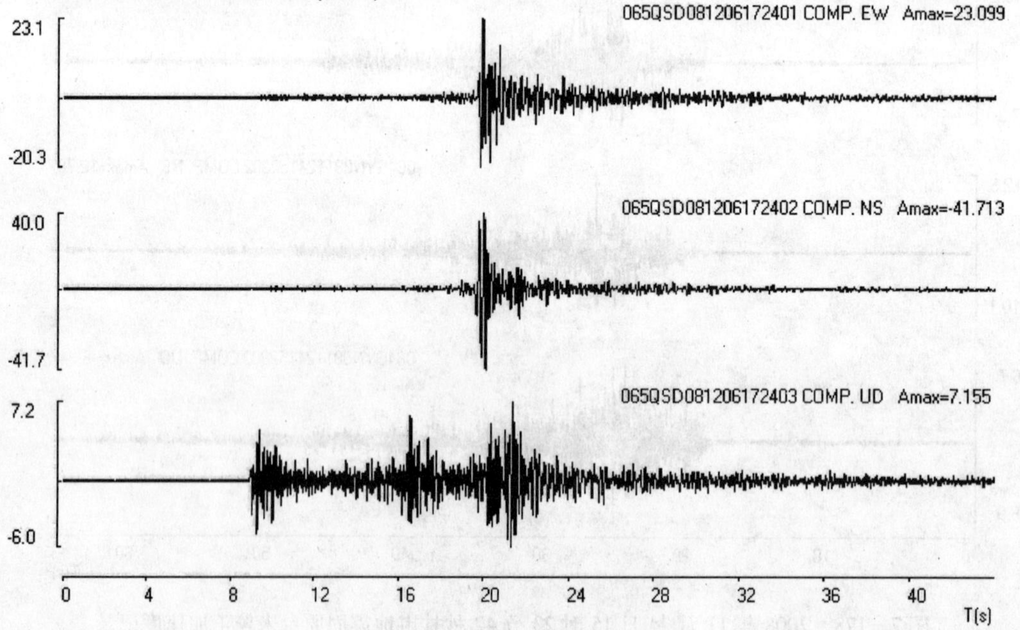
0081206172459 2008-12-06 17:24:59 BTM XINJIANG-EARTHQUAKE, MANASI,CHN 43.900N 86.000E MAG.4.6(MI) DEPTH 46KM
CODE OF STATION: 65QSD 44.5N 86.0E INSTRUMENT TYPE: ETNA/ES-T OBSERVING POINT: GROUND
NO. OF POINTS: 8800 EQUALLY SPACED INTERVALS OF: 0.005 SEC
UNCORRECTED ACCELERATION (cm/s/s)
065QSD081206172401 COMP. EW Amax=23.099
23.1
-20.3
065QSD081206172402 COMP. NS Amax=-41.713
40.0
-41.7
065QSD081206172403 COMP. UD Amax=7.155
7.2
-6.0
0
4
8
12
16
20
24
28
32
36
40
T(s)

图 7-180 2008 年 12 月 6 日 17 时 24 分 59 秒新疆地震泉水地台未校正加速度记录

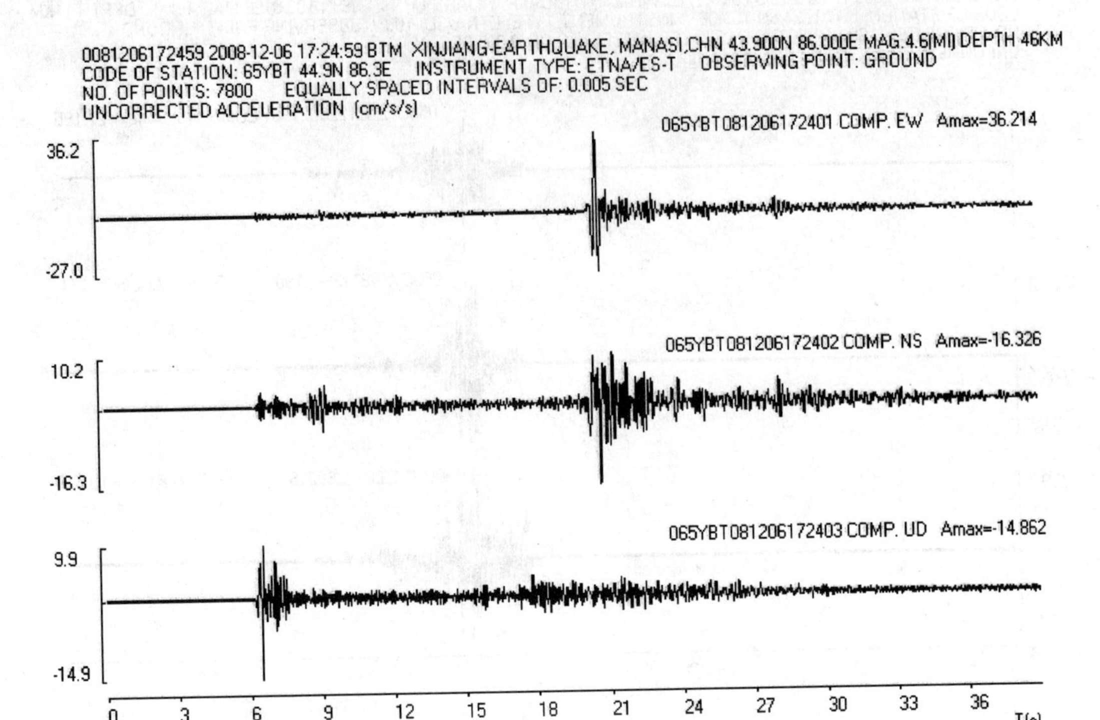

0081206172459 2008-12-06 17:24:59 BTM XINJIANG-EARTHQUAKE, MANASI,CHN 43.900N 86.000E MAG.4.6(MI) DEPTH 46KM
CODE OF STATION: 65YBT 44.9N 86.3E INSTRUMENT TYPE: ETNA/ES-T OBSERVING POINT: GROUND
NO. OF POINTS: 7800 EQUALLY SPACED INTERVALS OF: 0.005 SEC
UNCORRECTED ACCELERATION (cm/s/s)
065YBT081206172401 COMP. EW Amax=36.214
36.2
-27.0
065YBT081206172402 COMP. NS Amax=-16.326
10.2
-16.3
065YBT081206172403 COMP. UD Amax=-14.862
9.9
-14.9
0 3 6 9 12 15 18 21 24 27 30 33 36
T(s)

图 7－181　2008 年 12 月 6 日 17 时 24 分 59 秒新疆地震 148 团台未校正加速度记录

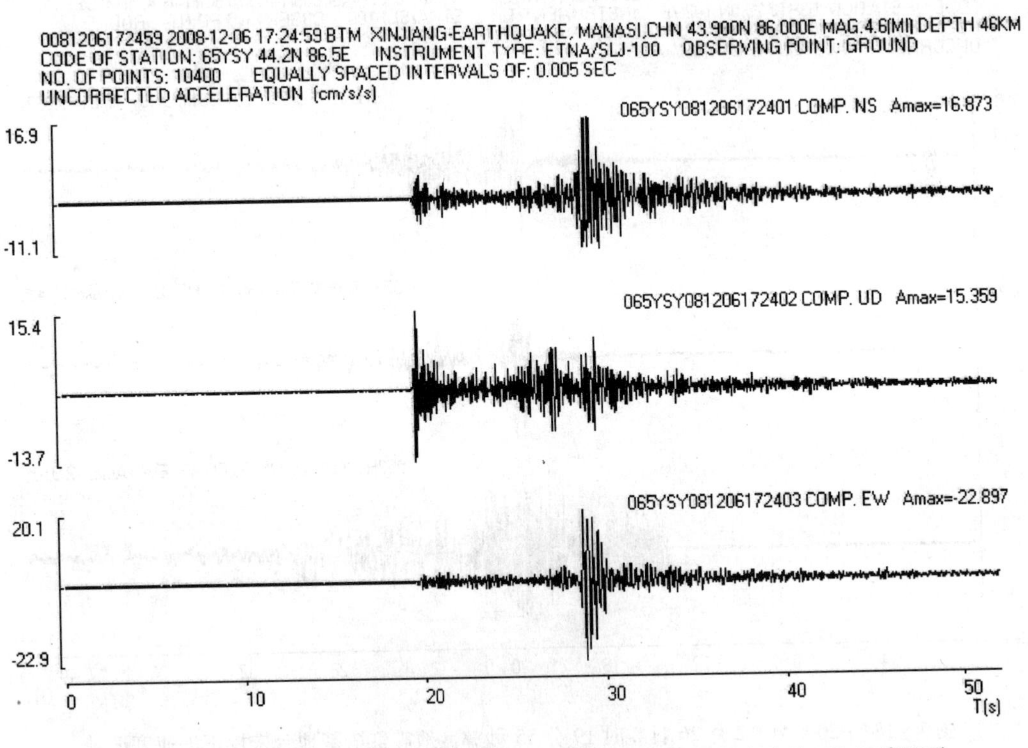

0081206172459 2008-12-06 17:24:59 BTM XINJIANG-EARTHQUAKE, MANASI,CHN 43.900N 86.000E MAG.4.6(MI) DEPTH 46KM
CODE OF STATION: 65YSY 44.2N 86.5E INSTRUMENT TYPE: ETNA/SLJ-100 OBSERVING POINT: GROUND
NO. OF POINTS: 10400 EQUALLY SPACED INTERVALS OF: 0.005 SEC
UNCORRECTED ACCELERATION (cm/s/s)
065YSY081206172401 COMP. NS Amax=16.873
16.9
-11.1
065YSY081206172402 COMP. UD Amax=15.359
15.4
-13.7
065YSY081206172403 COMP. EW Amax=-22.897
20.1
-22.9
0 10 20 30 40 50
T(s)

图 7－182　2008 年 12 月 6 日 17 时 24 分 59 秒新疆地震乐土驿台未校正加速度记录

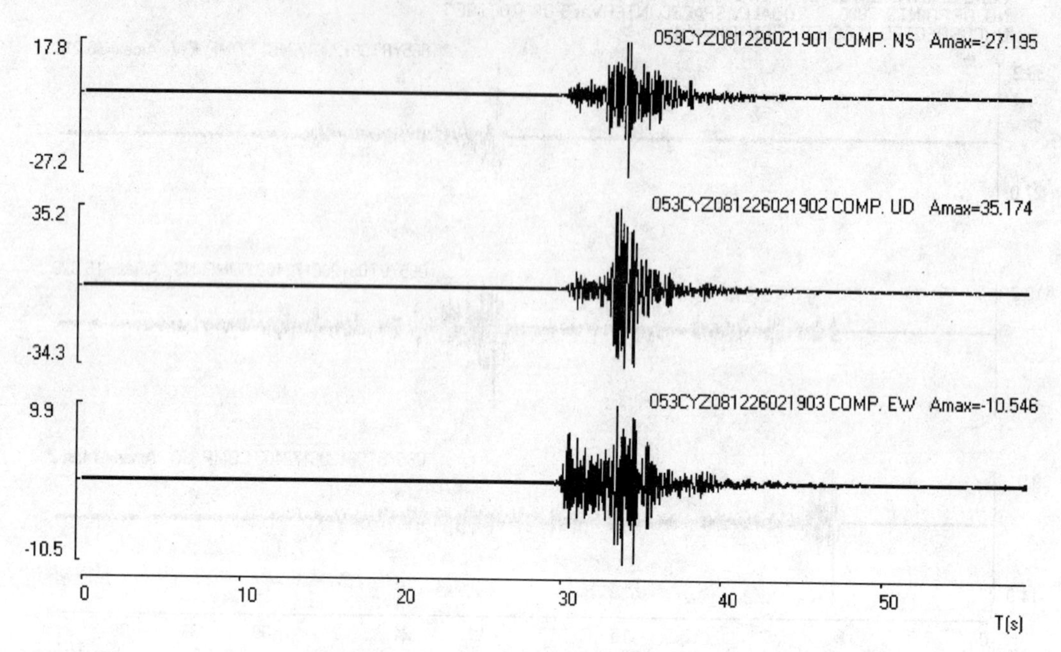
0081226021955 2008-12-26 2:19:55 BTM YILIANG-EARTHQUAKE, YILIANG,CHN 24.899N 103.019E MAG.4.3(Ms) DEPTH 11KM
CODE OF STATION: 53CYZ 24.8N 103.0E INSTRUMENT TYPE: ETNA/SLJ-100 OBSERVING POINT: GROUND
NO. OF POINTS: 11800 EQUALLY SPACED INTERVALS OF: 0.005 SEC
UNCORRECTED ACCELERATION (cm/s/s)
053CYZ081226021901 COMP. NS Amax=-27.195
053CYZ081226021902 COMP. UD Amax=35.174
053CYZ081226021903 COMP. EW Amax=-10.546
T(s)

图 7－183　2008 年 12 月 26 日 2 时 19 分 55 秒彝良地震澄江阳宗镇台未校正加速度记录

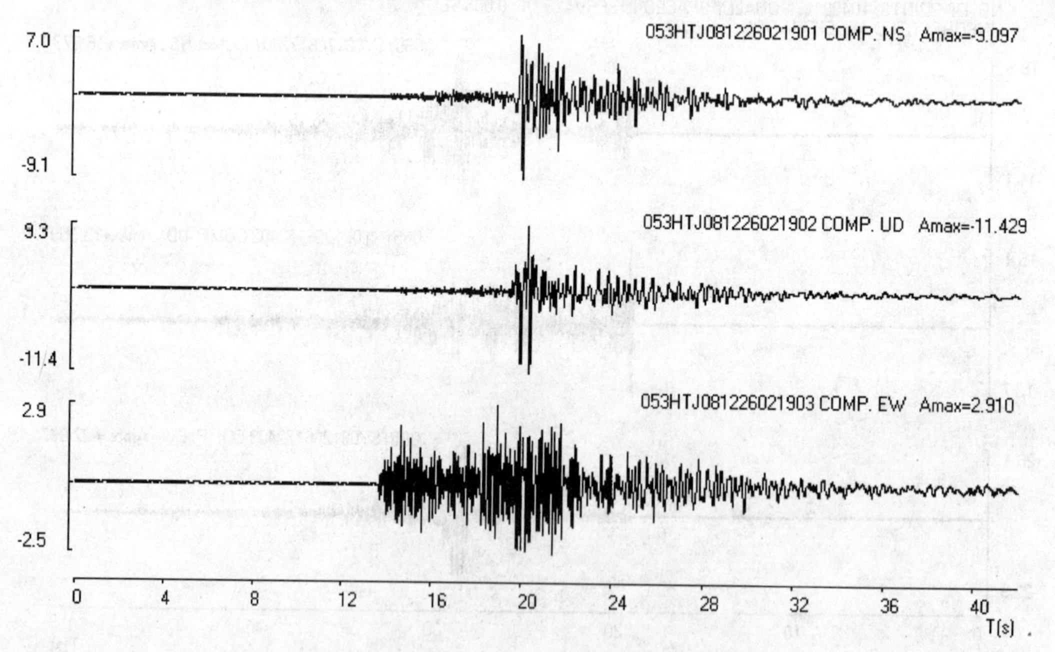
0081226021955 2008-12-26 2:19:55 BTM YILIANG-EARTHQUAKE, YILIANG,CHN 24.899N 103.019E MAG.4.3(Ms) DEPTH 11KM
CODE OF STATION: 53HTJ 25.0N 102.7E INSTRUMENT TYPE: ETNA/SLJ-100 OBSERVING POINT: GROUND
NO. OF POINTS: 8400 EQUALLY SPACED INTERVALS OF: 0.005 SEC
UNCORRECTED ACCELERATION (cm/s/s)
053HTJ081226021901 COMP. NS Amax=-9.097
053HTJ081226021902 COMP. UD Amax=-11.429
053HTJ081226021903 COMP. EW Amax=2.910
T(s)

图 7－184　2008 年 12 月 26 日 2 时 19 分 55 秒彝良地震红塔基地台未校正加速度记录

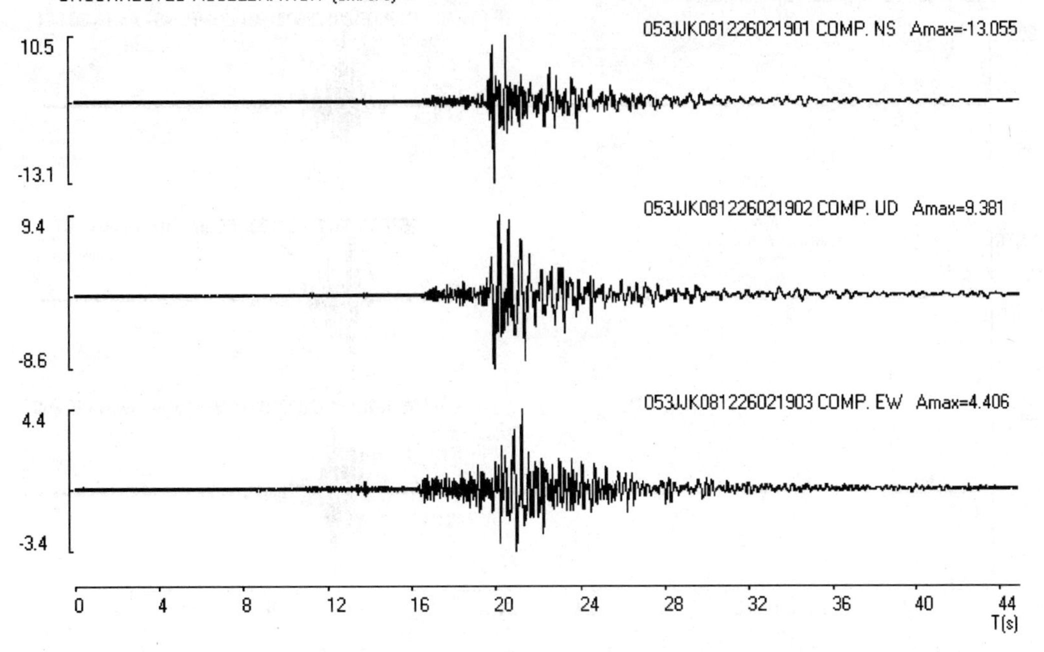
0081226021955 2008-12-26 2:19:55 BTM YILIANG-EARTHQUAKE, YILIANG,CHN 24.899N 103.019E MAG.4.3(Ms) DEPTH 11KM
CODE OF STATION: 53JJK 25.1N 102.7E INSTRUMENT TYPE: ETNA/SLJ-100 OBSERVING POINT: GROUND
NO. OF POINTS: 9000 EQUALLY SPACED INTERVALS OF: 0.005 SEC
UNCORRECTED ACCELERATION (cm/s/s)
053JJK081226021901 COMP. NS Amax=-13.055
10.5
-13.1
053JJK081226021902 COMP. UD Amax=9.381
9.4
-8.6
053JJK081226021903 COMP. EW Amax=4.406
4.4
-3.4
0 4 8 12 16 20 24 28 32 36 40 44
T(s)

图 7－185 2008 年 12 月 26 日 2 时 19 分 55 秒彝良地震昆明经济技术开发区台未校正加速度记录

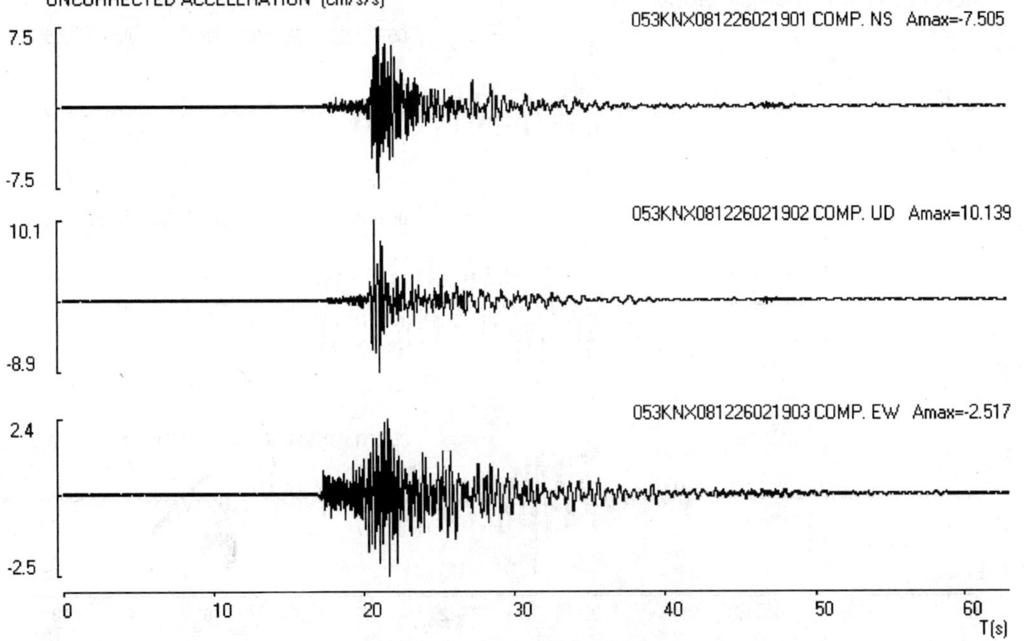
0081226021955 2008-12-26 2:19:55 BTM YILIANG-EARTHQUAKE, YILIANG,CHN 24.899N 103.019E MAG.4.3(Ms) DEPTH 11KM
CODE OF STATION: 53KNX 24.9N 102.8E INSTRUMENT TYPE: ETNA/SLJ-100 OBSERVING POINT: GROUND
NO. OF POINTS: 12600 EQUALLY SPACED INTERVALS OF: 0.005 SEC
UNCORRECTED ACCELERATION (cm/s/s)
053KNX081226021901 COMP. NS Amax=-7.505
7.5
-7.5
053KNX081226021902 COMP. UD Amax=10.139
10.1
-8.9
053KNX081226021903 COMP. EW Amax=-2.517
2.4
-2.5
0 10 20 30 40 50 60
T(s)

图 7－186 2008 年 12 月 26 日 2 时 19 分 55 秒彝良地震昆明农校台未校正加速度记录

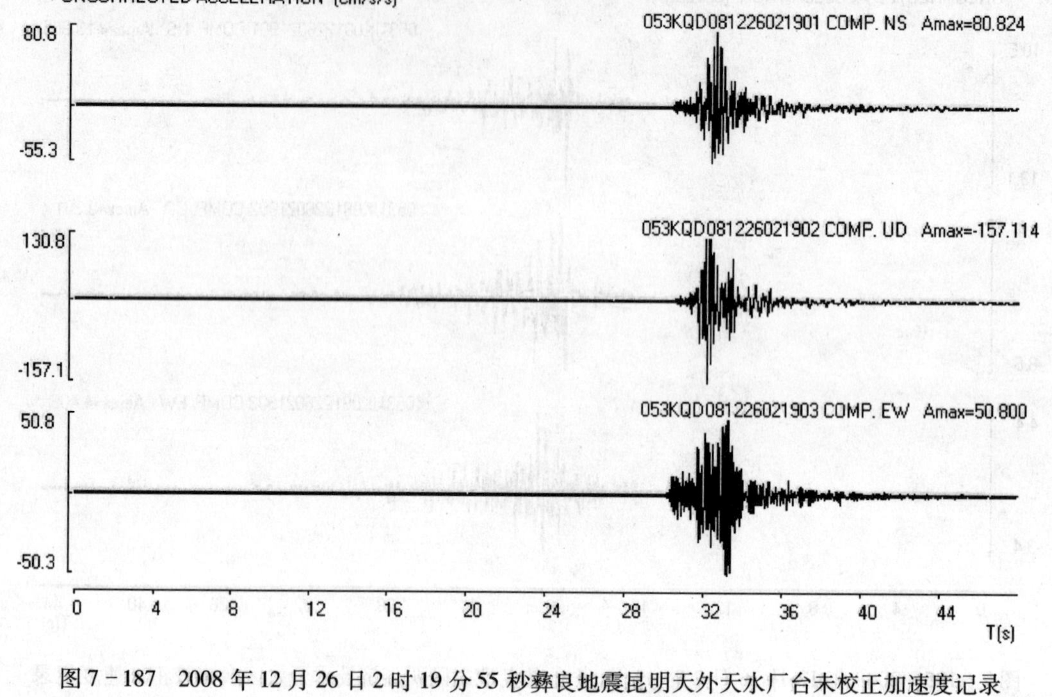
0081226021955 2008-12-26 2:19:55 BTM YILIANG-EARTHQUAKE, YILIANG,CHN 24.899N 103.019E MAG.4.3(Ms) DEPTH 11KM
CODE OF STATION: 53KQD 25.0N 102.9E INSTRUMENT TYPE: ETNA/SLJ-100 OBSERVING POINT: GROUND
NO. OF POINTS: 9600 EQUALLY SPACED INTERVALS OF: 0.005 SEC
UNCORRECTED ACCELERATION (cm/s/s)
053KQD081226021901 COMP. NS Amax=80.824
80.8
-55.3
053KQD081226021902 COMP. UD Amax=-157.114
130.8
-157.1
053KQD081226021903 COMP. EW Amax=50.800
50.8
-50.3
0 4 8 12 16 20 24 28 32 36 40 44
T(s)

图 7－187　2008 年 12 月 26 日 2 时 19 分 55 秒彝良地震昆明天外天水厂台未校正加速度记录

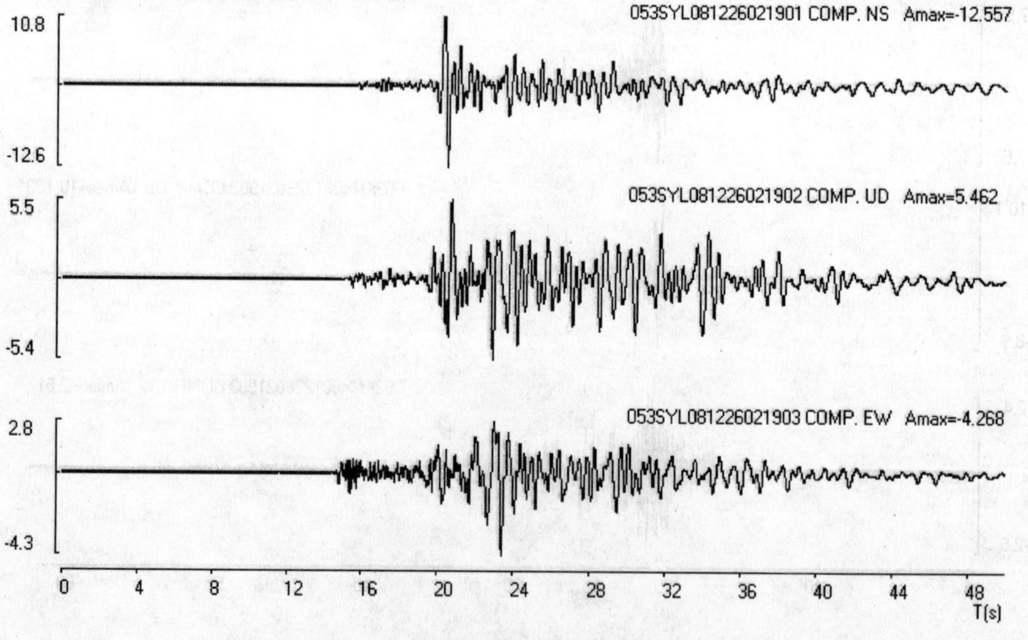
0081226021955 2008-12-26 2:19:55 BTM YILIANG-EARTHQUAKE, YILIANG,CHN 24.899N 103.019E MAG.4.3(Ms) DEPTH 11KM
CODE OF STATION: 53SYL 25.2N 103.1E INSTRUMENT TYPE: ETNA/SLJ-100 OBSERVING POINT: GROUND
NO. OF POINTS: 10000 EQUALLY SPACED INTERVALS OF: 0.005 SEC
UNCORRECTED ACCELERATION (cm/s/s)
053SYL081226021901 COMP. NS Amax=-12.557
10.8
-12.6
053SYL081226021902 COMP. UD Amax=5.462
5.5
-5.4
053SYL081226021903 COMP. EW Amax=-4.268
2.8
-4.3
0 4 8 12 16 20 24 28 32 36 40 44 48
T(s)

图 7－188　2008 年 12 月 26 日 2 时 19 分 55 秒彝良地震嵩明杨林台未校正加速度记录

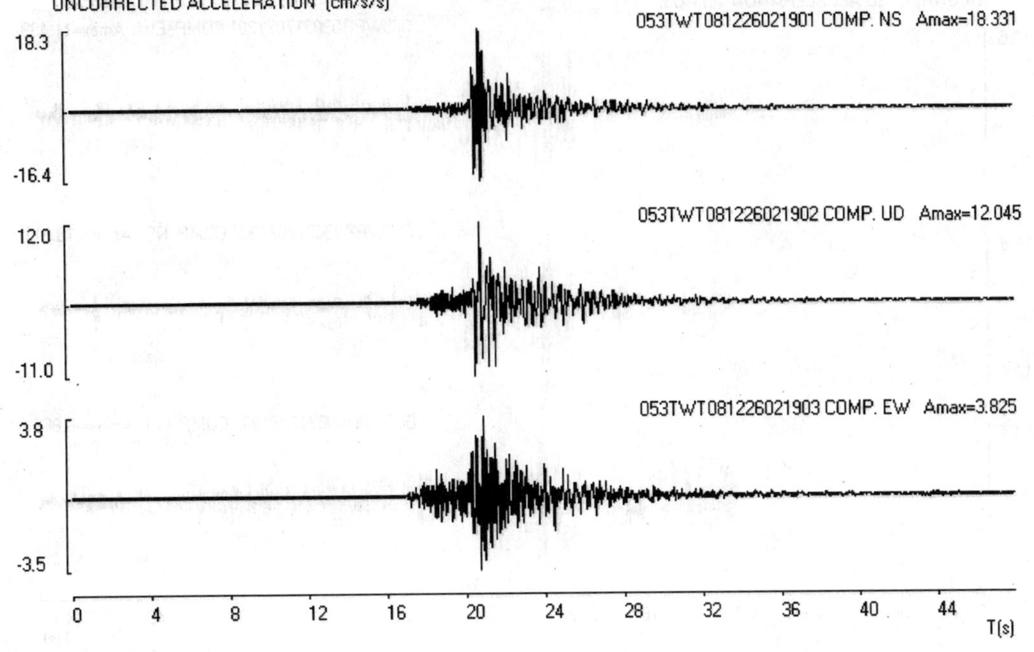
0081226021955 2008-12-26 2:19:55 BTM YILIANG-EARTHQUAKE, YILIANG,CHN 24.899N 103.019E MAG.4.3(Ms) DEPTH 11KM
CODE OF STATION: 53TWT 25.0N 102.8E INSTRUMENT TYPE: ETNA/SLJ-100 OBSERVING POINT: GROUND
NO. OF POINTS: 9600 EQUALLY SPACED INTERVALS OF: 0.005 SEC
UNCORRECTED ACCELERATION (cm/s/s)
053TWT081226021901 COMP. NS Amax=18.331
18.3
-16.4
053TWT081226021902 COMP. UD Amax=12.045
12.0
-11.0
053TWT081226021903 COMP. EW Amax=3.825
3.8
-3.5
0
4
8
12
16
20
24
28
32
36
40
44
T(s)

图 7－189　2008 年 12 月 26 日 2 时 19 分 55 秒彝良地震云南天文台台未校正加速度记录

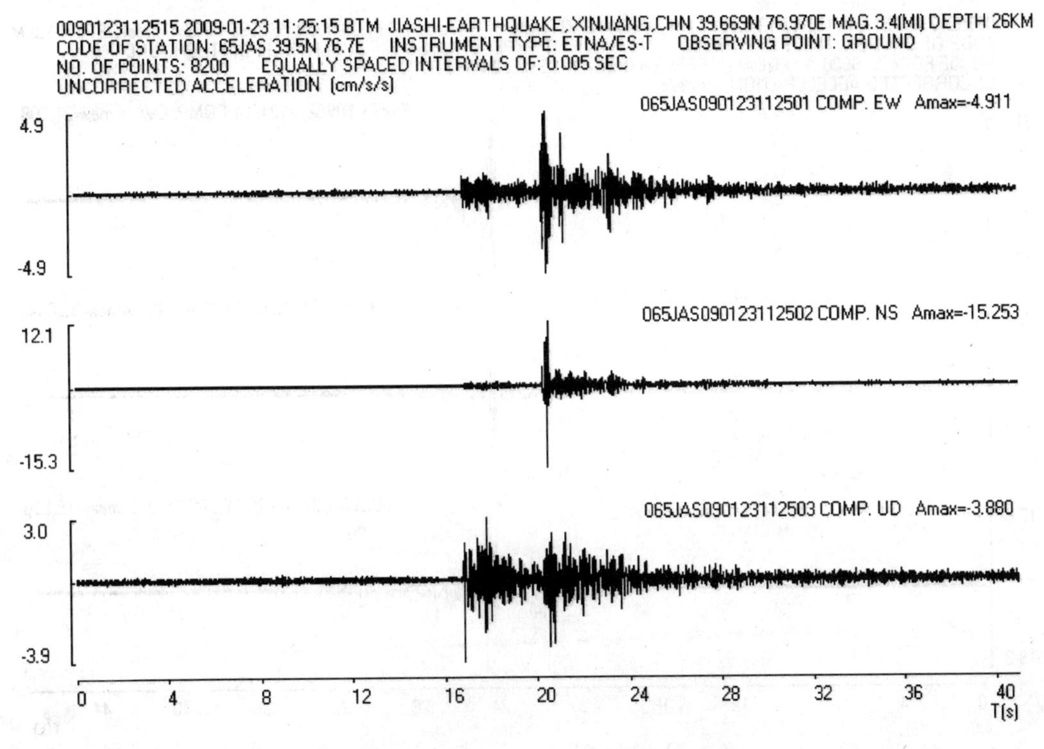
0090123112515 2009-01-23 11:25:15 BTM JIASHI-EARTHQUAKE, XINJIANG,CHN 39.669N 76.970E MAG.3.4(Ml) DEPTH 26KM
CODE OF STATION: 65JAS 39.5N 76.7E INSTRUMENT TYPE: ETNA/ES-T OBSERVING POINT: GROUND
NO. OF POINTS: 8200 EQUALLY SPACED INTERVALS OF: 0.005 SEC
UNCORRECTED ACCELERATION (cm/s/s)
065JAS090123112501 COMP. EW Amax=-4.911
4.9
-4.9
065JAS090123112502 COMP. NS Amax=-15.253
12.1
-15.3
065JAS090123112503 COMP. UD Amax=-3.880
3.0
-3.9
0
4
8
12
16
20
24
28
32
36
40
T(s)

图 7－190　2009 年 1 月 23 日 11 时 25 分 15 秒伽师地震伽师台未校正加速度记录

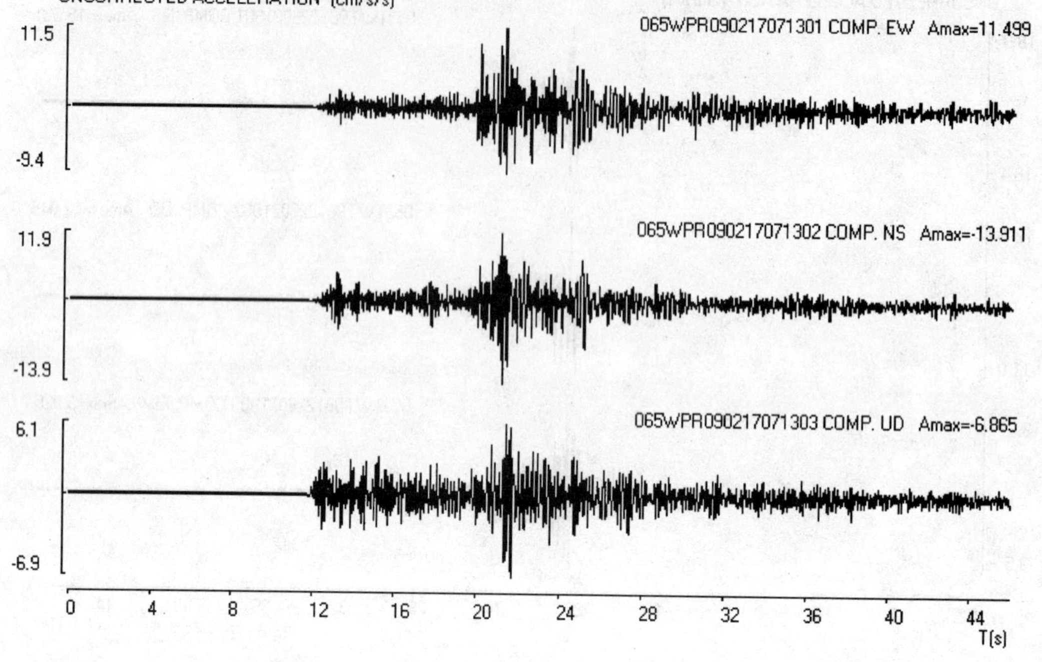

0090217071350 2009-02-17 7:13:50 BTM AKETAO-EARTHQUAKE, AKETAO,CHN 38.750N 75.620E MAG.4.3(Ms) DEPTH 14KM
CODE OF STATION: 65WPR 39.3N 75.5E INSTRUMENT TYPE: ETNA/ES-T OBSERVING POINT: GROUND
NO. OF POINTS: 9200 EQUALLY SPACED INTERVALS OF: 0.005 SEC
UNCORRECTED ACCELERATION (cm/s/s)
11.5
-9.4
065WPR090217071301 COMP. EW Amax=11.499
11.9
-13.9
065WPR090217071302 COMP. NS Amax=-13.911
6.1
-6.9
065WPR090217071303 COMP. UD Amax=-6.865
0 4 8 12 16 20 24 28 32 36 40 44
T(s)

图 7－191 2009 年 2 月 17 日 7 时 13 分 50 秒阿克陶地震乌帕尔台未校正加速度记录

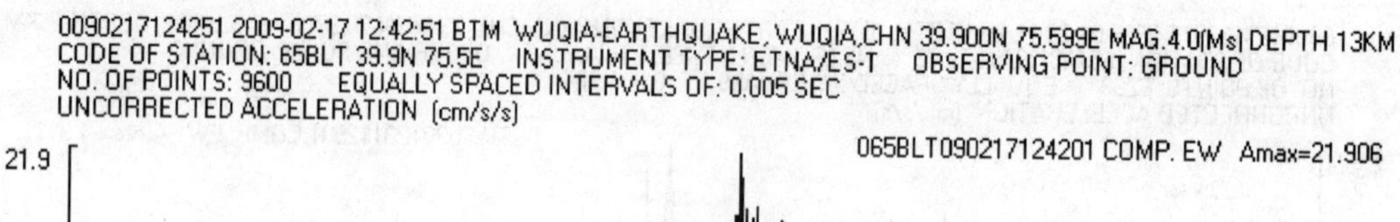

0090217124251 2009-02-17 12:42:51 BTM WUQIA-EARTHQUAKE, WUQIA,CHN 39.900N 75.599E MAG.4.0(Ms) DEPTH 13KM
CODE OF STATION: 65BLT 39.9N 75.5E INSTRUMENT TYPE: ETNA/ES-T OBSERVING POINT: GROUND
NO. OF POINTS: 9600 EQUALLY SPACED INTERVALS OF: 0.005 SEC
UNCORRECTED ACCELERATION (cm/s/s)
21.9
065BLT090217124201 COMP. EW Amax=21.906

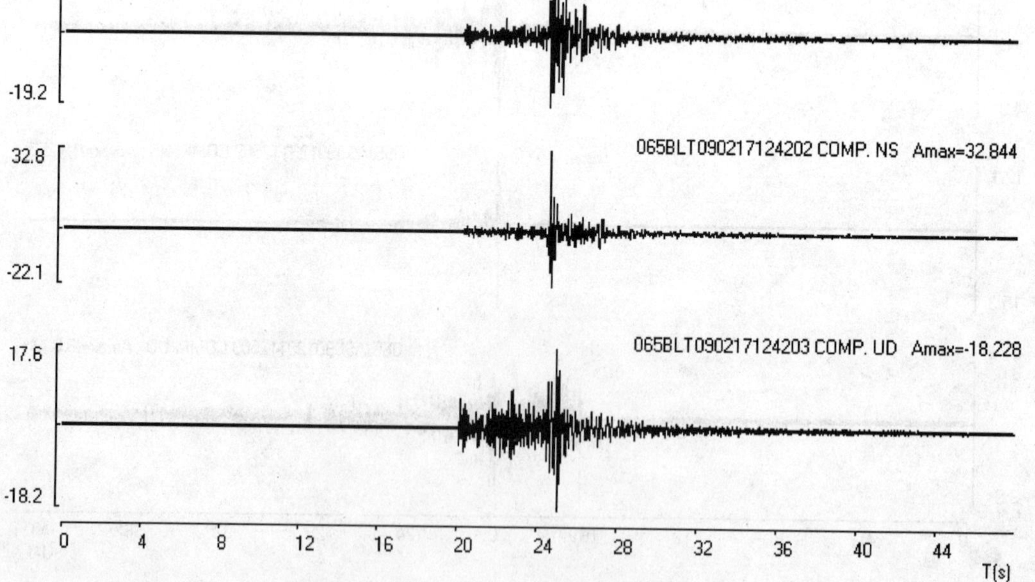

-19.2
32.8
-22.1
065BLT090217124202 COMP. NS Amax=32.844
17.6
-18.2
065BLT090217124203 COMP. UD Amax=-18.228
0 4 8 12 16 20 24 28 32 36 40 44
T(s)

图 7－192 2009 年 2 月 17 日 12 时 42 分 51 秒乌恰地震巴音库鲁提台未校正加速度记录

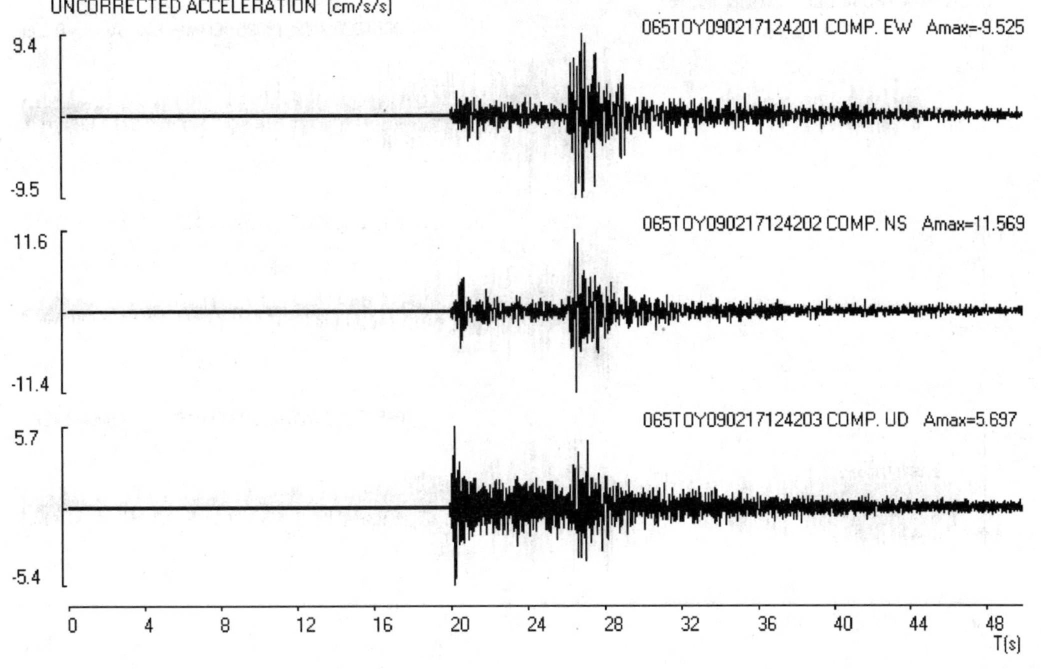
0090217124251 2009-02-17 12:42:51 BTM WUQIA-EARTHQUAKE, WUQIA,CHN 39.900N 75.599E MAG.4.0(Ms) DEPTH 13KM
CODE OF STATION: 65TOY 40.2N 75.3E INSTRUMENT TYPE: ETNA/ES-T OBSERVING POINT: GROUND
NO. OF POINTS: 10000 EQUALLY SPACED INTERVALS OF: 0.005 SEC
UNCORRECTED ACCELERATION (cm/s/s)
065TOY090217124201 COMP. EW Amax=-9.525
9.4
-9.5
065TOY090217124202 COMP. NS Amax=11.569
11.6
-11.4
065TOY090217124203 COMP. UD Amax=5.697
5.7
-5.4
0
4
8
12
16
20
24
28
32
36
40
44
48
T(s)

图 7-193 2009 年 2 月 17 日 12 时 42 分 51 秒乌恰地震托云台未校正加速度记录

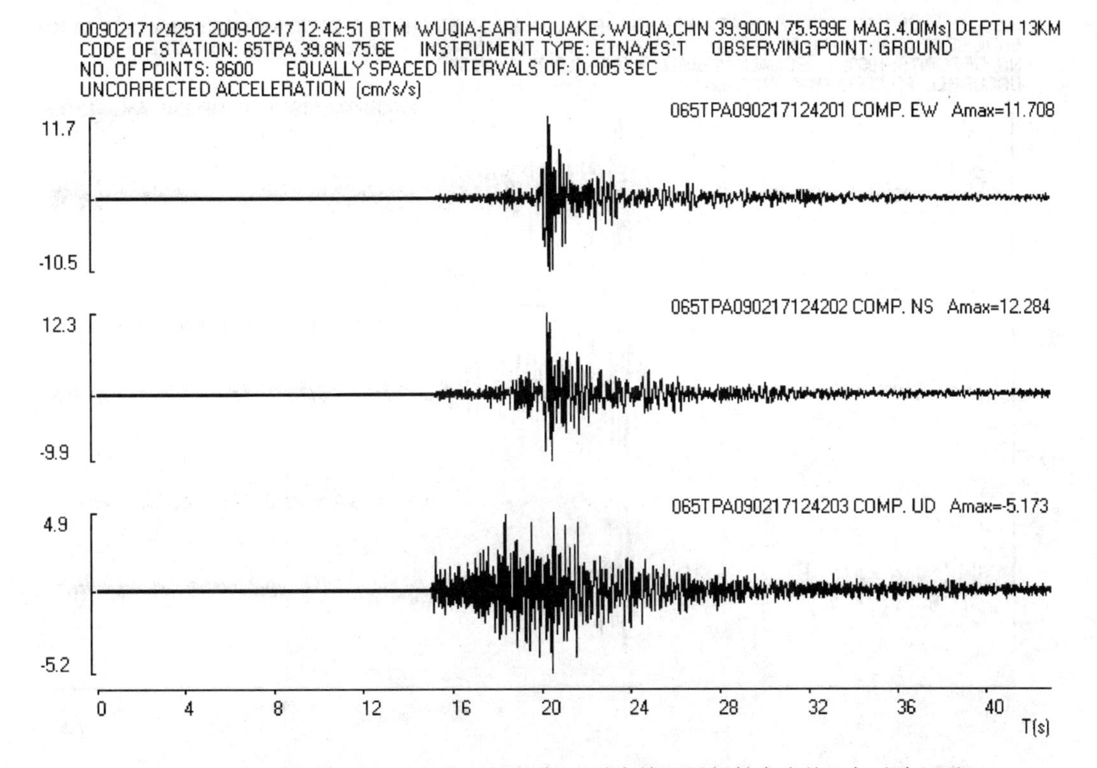
0090217124251 2009-02-17 12:42:51 BTM WUQIA-EARTHQUAKE, WUQIA,CHN 39.900N 75.599E MAG.4.0(Ms) DEPTH 13KM
CODE OF STATION: 65TPA 39.8N 75.6E INSTRUMENT TYPE: ETNA/ES-T OBSERVING POINT: GROUND
NO. OF POINTS: 8600 EQUALLY SPACED INTERVALS OF: 0.005 SEC
UNCORRECTED ACCELERATION (cm/s/s)
065TPA090217124201 COMP. EW Amax=11.708
11.7
-10.5
065TPA090217124202 COMP. NS Amax=12.284
12.3
-9.9
065TPA090217124203 COMP. UD Amax=-5.173
4.9
-5.2
0
4
8
12
16
20
24
28
32
36
40
T(s)

图 7-194 2009 年 2 月 17 日 12 时 42 分 51 秒乌恰地震托帕台未校正加速度记录

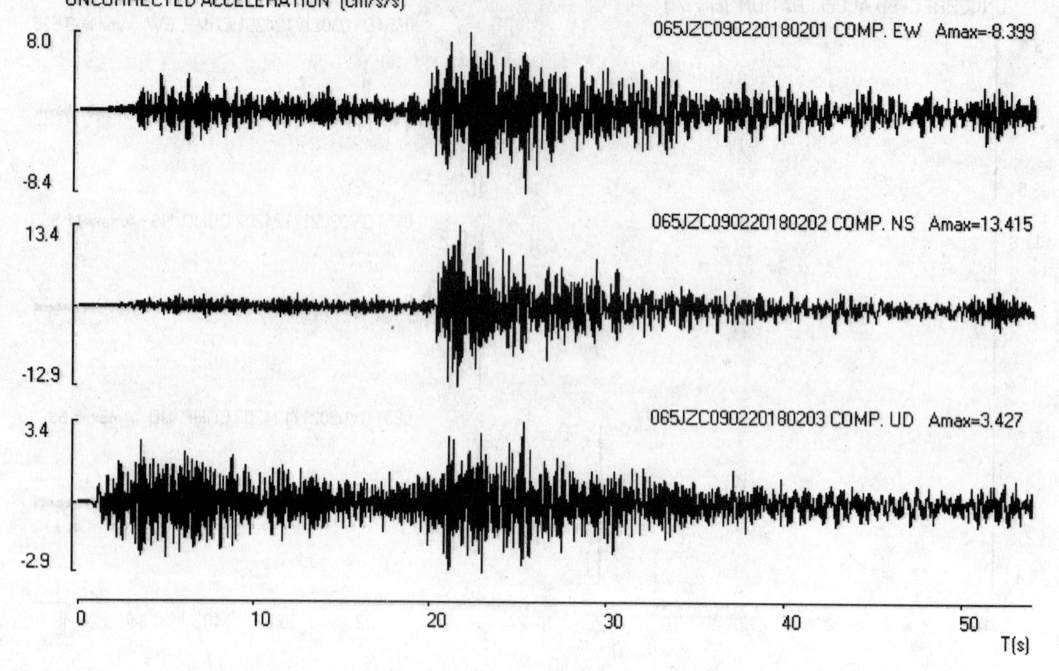

0090220180228 2009-02-20 18:2:28 BTM KEPING-EARTHQUAKE, KEPING,CHN 40.799N 78.599E MAG.5.2(Ms) DEPTH 13KM
CODE OF.STATION: 65JZC 39.7N 77.6E INSTRUMENT TYPE: ETNA/ES-T OBSERVING POINT: GROUND
NO. OF POINTS: 10800 EQUALLY SPACED INTERVALS OF: 0.005 SEC
UNCORRECTED ACCELERATION (cm/s/s)
065JZC090220180201 COMP. EW Amax=-8.399
8.0
-8.4
065JZC090220180202 COMP. NS Amax=13.415
13.4
-12.9
065JZC090220180203 COMP. UD Amax=3.427
3.4
-2.9
0
10
20
30
40
50
T(s)

图7－195 2009年2月20日18时2分28秒柯坪地震伽师总场台未校正加速度记录

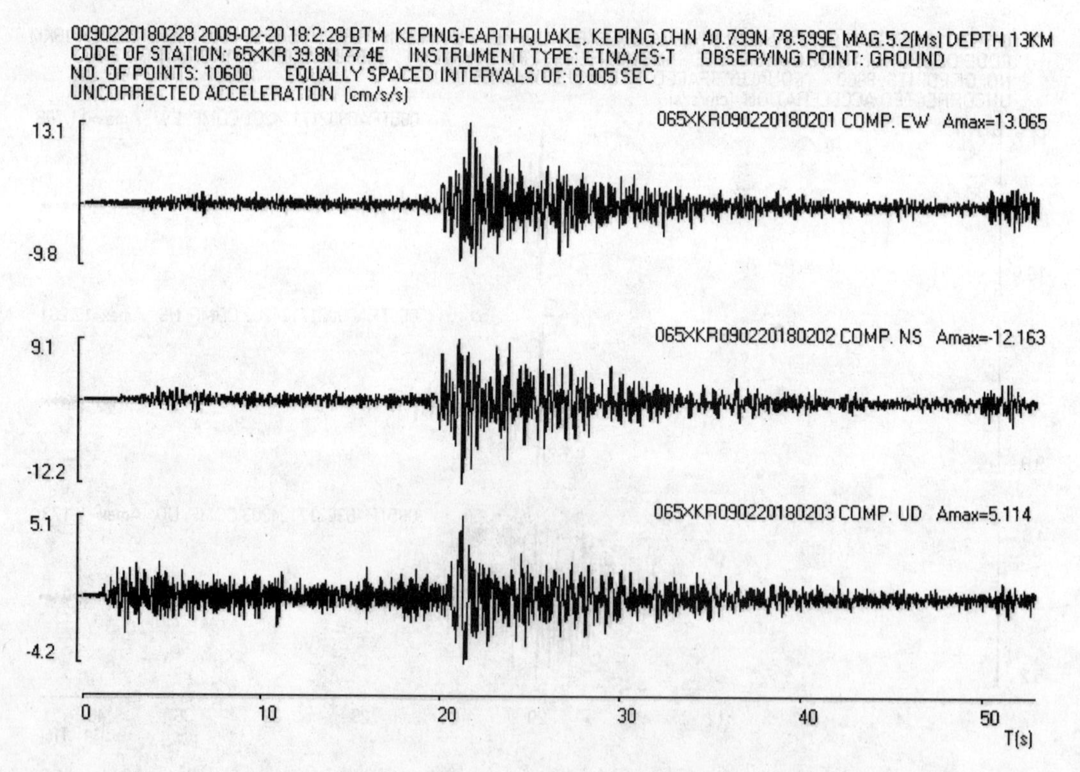

0090220180228 2009-02-20 18:2:28 BTM KEPING-EARTHQUAKE, KEPING,CHN 40.799N 78.599E MAG.5.2(Ms) DEPTH 13KM
CODE OF STATION: 65XKR 39.8N 77.4E INSTRUMENT TYPE: ETNA/ES-T OBSERVING POINT: GROUND
NO. OF POINTS: 10600 EQUALLY SPACED INTERVALS OF: 0.005 SEC
UNCORRECTED ACCELERATION (cm/s/s)
065XKR090220180201 COMP. EW Amax=13.065
13.1
-9.8
065XKR090220180202 COMP. NS Amax=-12.163
9.1
-12.2
065XKR090220180203 COMP. UD Amax=5.114
5.1
-4.2
0
10
20
30
40
50
T(s)

图7－196 2009年2月20日18时2分28秒柯坪地震西克尔台未校正加速度记录

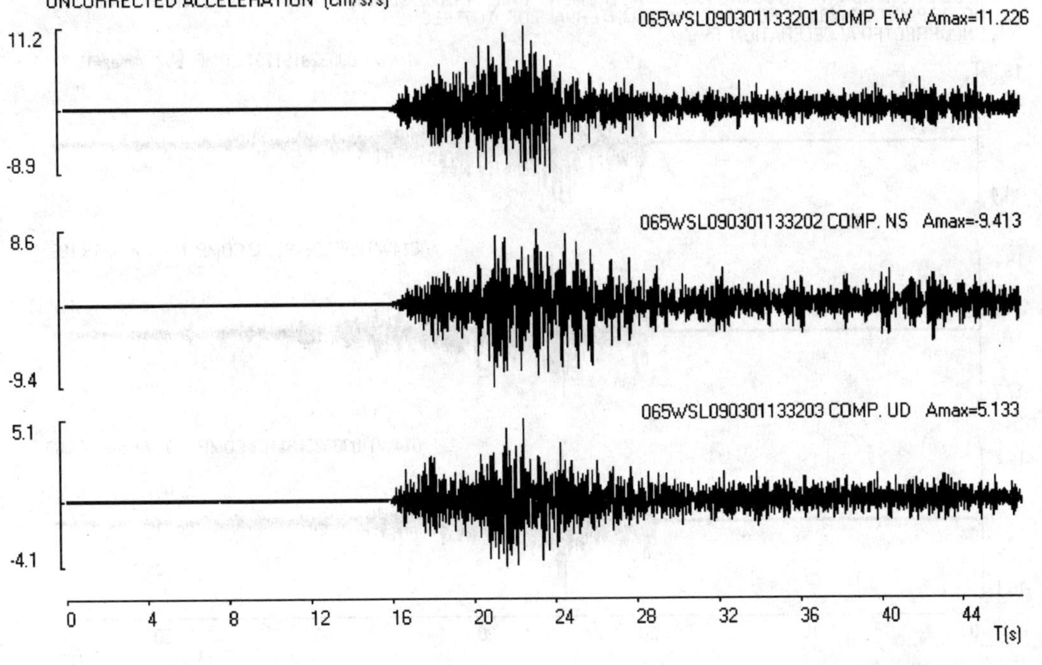
0090301133253 2009-03-01 13:32:53 BTM WUQIA-EARTHQUAKE, WUQIA,CHN 39.650N 74.220E MAG.4.2(Ms) DEPTH 5KM
CODE OF STATION: 65WSL 39.7N 74.8E INSTRUMENT TYPE: ETNA/ES-T OBSERVING POINT: GROUND
NO. OF POINTS: 9400 EQUALLY SPACED INTERVALS OF: 0.005 SEC
UNCORRECTED ACCELERATION (cm/s/s)
065WSL090301133201 COMP. EW Amax=11.226
11.2
-8.9
065WSL090301133202 COMP. NS Amax=-9.413
8.6
-9.4
065WSL090301133203 COMP. UD Amax=5.133
5.1
-4.1
0 4 8 12 16 20 24 28 32 36 40 44
T(s)

图 7－197 2009 年 3 月 1 日 13 时 32 分 53 秒乌恰地震乌合沙鲁台未校正加速度记录

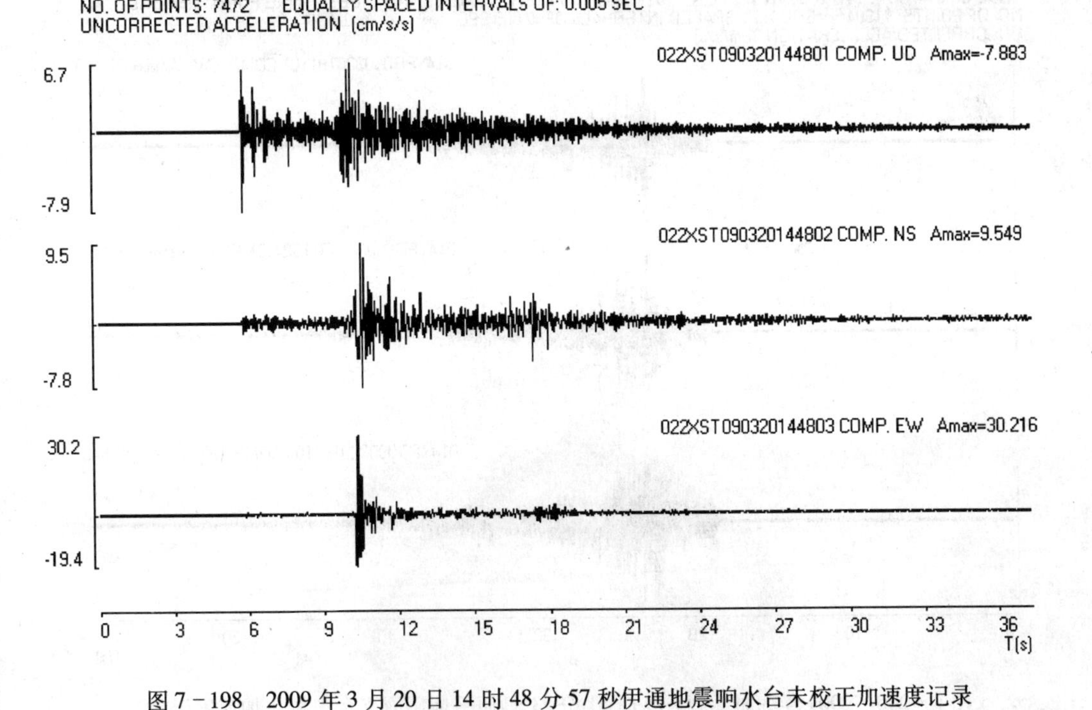
0090320144857 2009-03-20 14:48:57 BTM YITONG-EARTHQUAKE, XINJIANG,CHN 43.380N 124.839E MAG.4.2(Ms) DEPTH 7KM
CODE OF STATION: 22XST 44.2N 125.9E INSTRUMENT TYPE: GDQJ2/SLJ-100 OBSERVING POINT: GROUND
NO. OF POINTS: 7472 EQUALLY SPACED INTERVALS OF: 0.005 SEC
UNCORRECTED ACCELERATION (cm/s/s)
022XST090320144801 COMP. UD Amax=-7.883
6.7
-7.9
022XST090320144802 COMP. NS Amax=9.549
9.5
-7.8
022XST090320144803 COMP. EW Amax=30.216
30.2
-19.4
0 3 6 9 12 15 18 21 24 27 30 33 36
T(s)

图 7－198 2009 年 3 月 20 日 14 时 48 分 57 秒伊通地震响水台未校正加速度记录

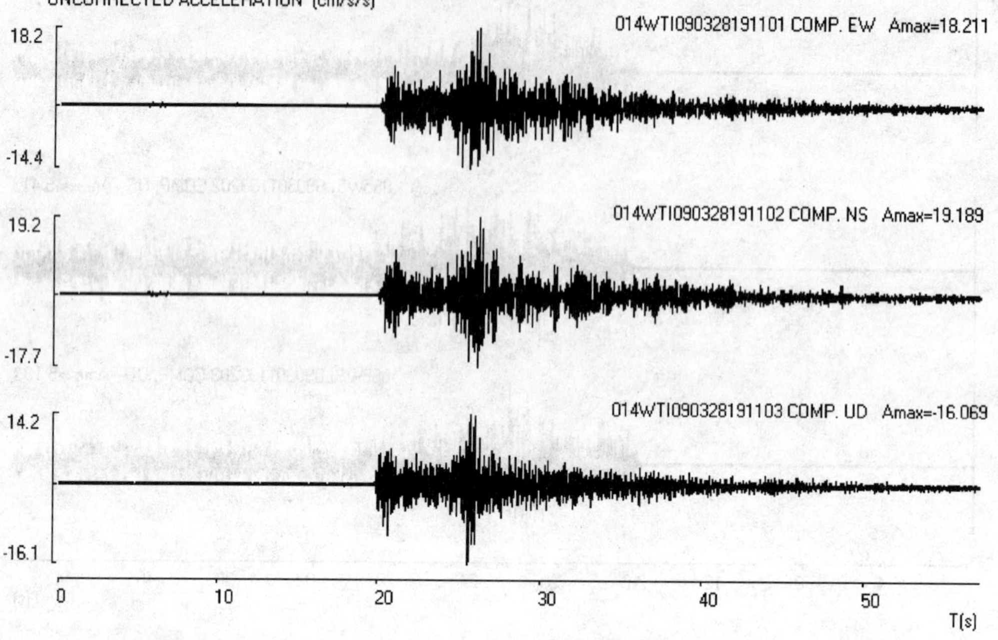
0090328191121 2009-03-28 19:11:21 BTM YUANPING-EARTHQUAKE, SHANXI,CHN 38.900N 112.930E MAG.4.3(Ms) DEPTH 8KM
CODE OF STATION: 14WTI 38.7N 113.3E INSTRUMENT TYPE: MR2002/SLJ-100 OBSERVING POINT: GROUND
NO. OF POINTS: 11432 EQUALLY SPACED INTERVALS OF: 0.005 SEC
UNCORRECTED ACCELERATION (cm/s/s)
014WTI090328191101 COMP. EW Amax=18.211
18.2
-14.4
014WTI090328191102 COMP. NS Amax=19.189
19.2
-17.7
014WTI090328191103 COMP. UD Amax=-16.069
14.2
-16.1
0
10
20
30
40
50
T(s)

图 7－199　2009 年 3 月 28 日 19 时 11 分 21 秒原平地震五台台未校正加速度记录

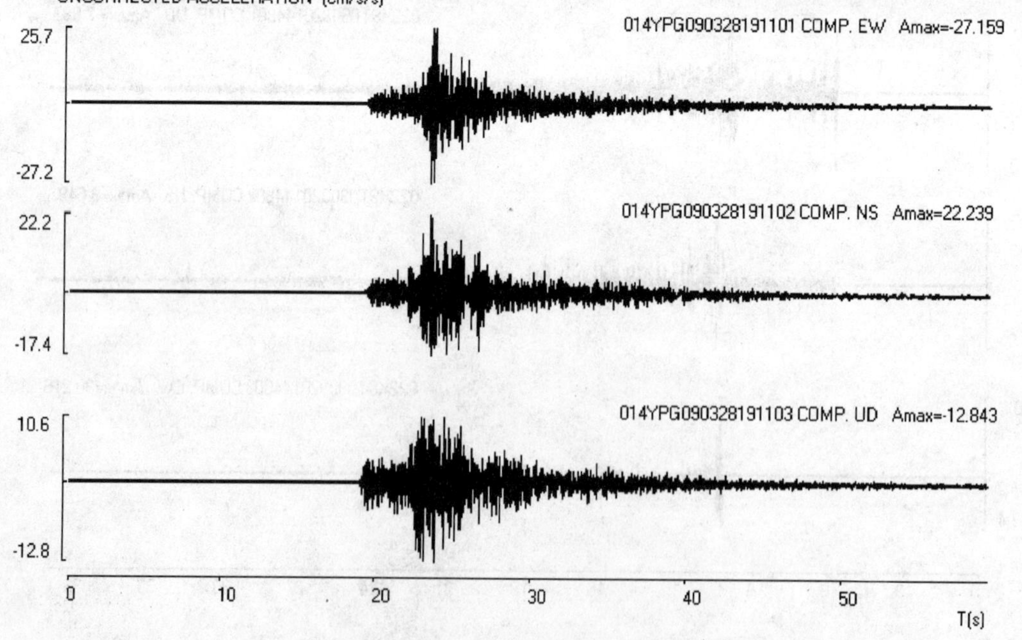
0090328191121 2009-03-28 19:11:21 BTM YUANPING-EARTHQUAKE, SHANXI,CHN 38.900N 112.930E MAG.4.3(Ms) DEPTH 8KM
CODE OF STATION: 14YPG 38.7N 112.8E INSTRUMENT TYPE: MR2002/SLJ-100 OBSERVING POINT: GROUND
NO. OF POINTS: 11904 EQUALLY SPACED INTERVALS OF: 0.005 SEC
UNCORRECTED ACCELERATION (cm/s/s)
014YPG090328191101 COMP. EW Amax=-27.159
25.7
-27.2
014YPG090328191102 COMP. NS Amax=22.239
22.2
-17.4
014YPG090328191103 COMP. UD Amax=-12.843
10.6
-12.8
0
10
20
30
40
50
T(s)

图 7－200　2009 年 3 月 28 日 19 时 11 分 21 秒原平地震原平台未校正加速度记录

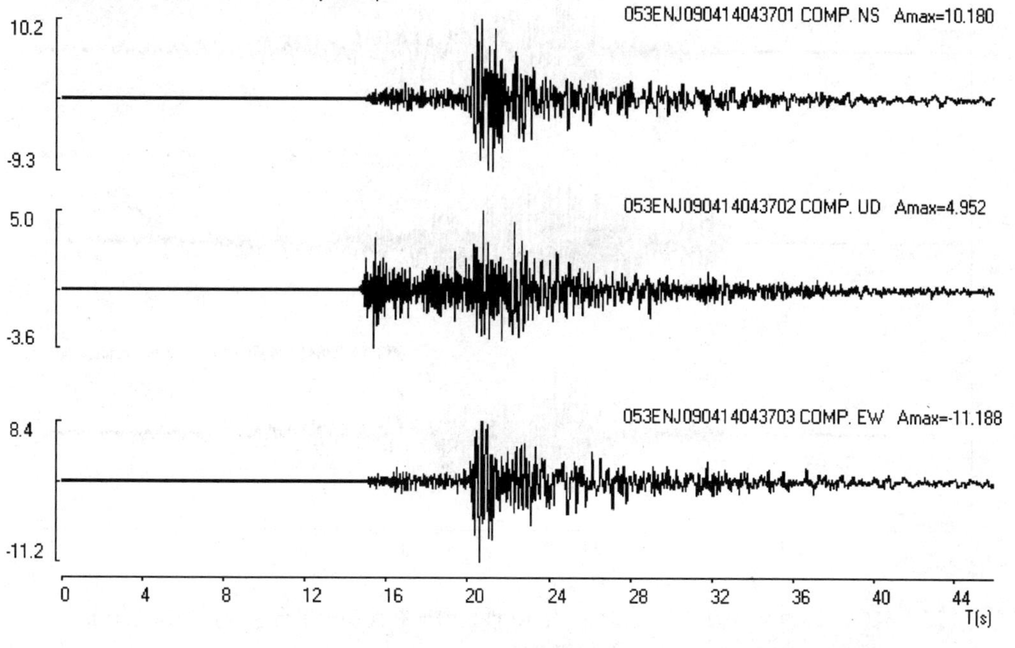
0090414043710 2009-04-14 4:37:10 BTM ERYUAN-EARTHQUAKE, YUNNAN,CHN 25.989N 99.790E MAG.4.6(Ms) DEPTH 10KM
CODE OF STATION: 53ENJ 25.3N 100.0E INSTRUMENT TYPE: ETNA/SLJ-100 OBSERVING POINT: GROUND
NO. OF POINTS: 9200 EQUALLY SPACED INTERVALS OF: 0.005 SEC
UNCORRECTED ACCELERATION (cm/s/s)
053ENJ090414043701 COMP. NS Amax=10.180
10.2
-9.3
053ENJ090414043702 COMP. UD Amax=4.952
5.0
-3.6
053ENJ090414043703 COMP. EW Amax=-11.188
8.4
-11.2
0 4 8 12 16 20 24 28 32 36 40 44
T(s)

图7－201　2009年4月14日4时37分10秒云南地震洱源牛街台未校正加速度记录

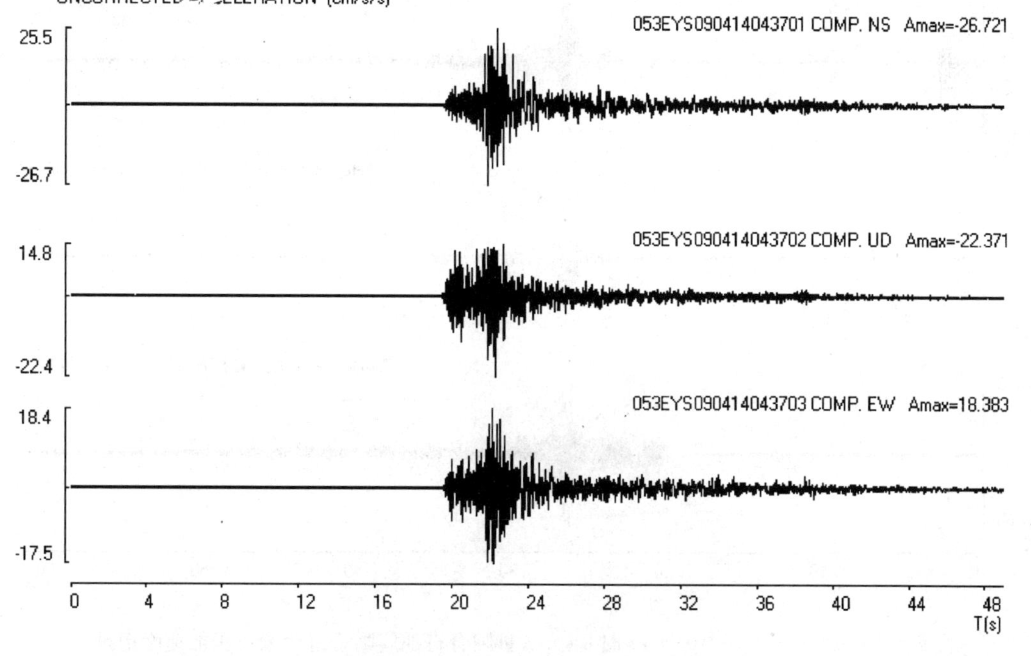
0090414043710 2009-04-14 4:37:10 BTM ERYUAN-EARTHQUAKE, YUNNAN,CHN 25.989N 99.790E MAG.4.6(Ms) DEPTH 10KM
CODE OF STATION: 53EYS 26.0N 100.1E INSTRUMENT TYPE: ETNA/SLJ-100 OBSERVING POINT: GROUND
NO. OF POINTS: 9800 EQUALLY SPACED INTERVALS OF: 0.005 SEC
UNCORRECTED ACCELERATION (cm/s/s)
053EYS090414043701 COMP. NS Amax=-26.721
25.5
-26.7
053EYS090414043702 COMP. UD Amax=-22.371
14.8
-22.4
053EYS090414043703 COMP. EW Amax=18.383
18.4
-17.5
0 4 8 12 16 20 24 28 32 36 40 44 48
T(s)

图7－202　2009年4月14日4时37分10秒云南地震洱源右所台未校正加速度记录

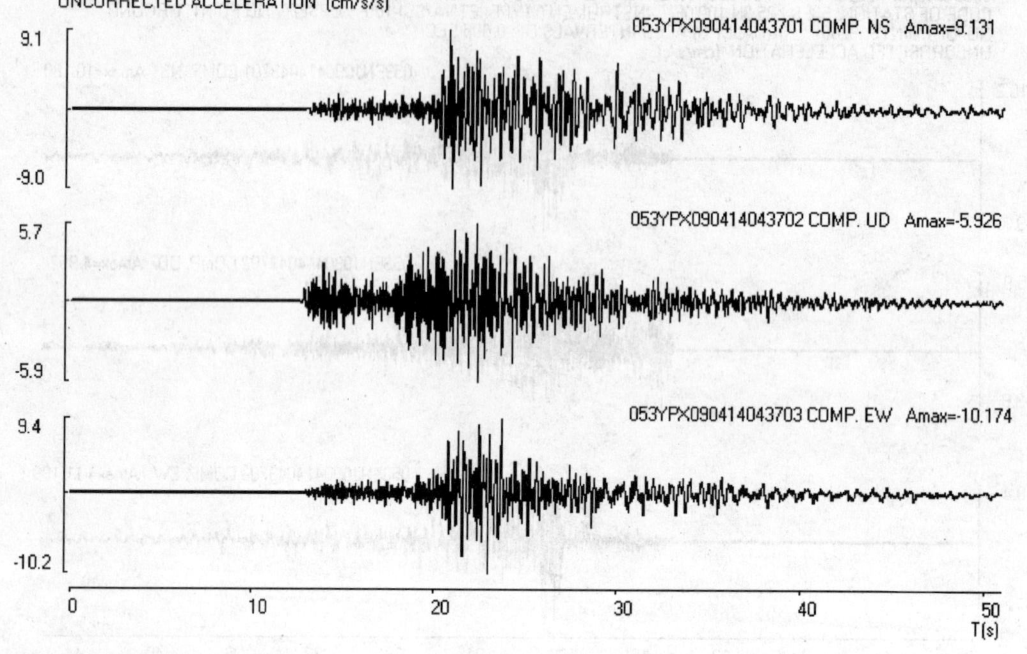

0090414043710 2009-04-14 4:37:10 BTM ERYUAN-EARTHQUAKE, YUNNAN,CHN 25.989N 99.790E MAG.4.6(Ms) DEPTH 10KM
CODE OF STATION: 53YPX 25.5N 99.5E INSTRUMENT TYPE: ETNA/SLJ-100 OBSERVING POINT: GROUND
NO. OF POINTS: 10200 EQUALLY SPACED INTERVALS OF: 0.005 SEC
UNCORRECTED ACCELERATION (cm/s/s)
053YPX090414043701 COMP. NS Amax=9.131
9.1
-9.0
053YPX090414043702 COMP. UD Amax=-5.926
5.7
-5.9
053YPX090414043703 COMP. EW Amax=-10.174
9.4
-10.2
0
10
20
30
40
50
T(s)

图 7－203　2009 年 4 月 14 日 4 时 37 分 10 秒云南地震大理永平台未校正加速度记录

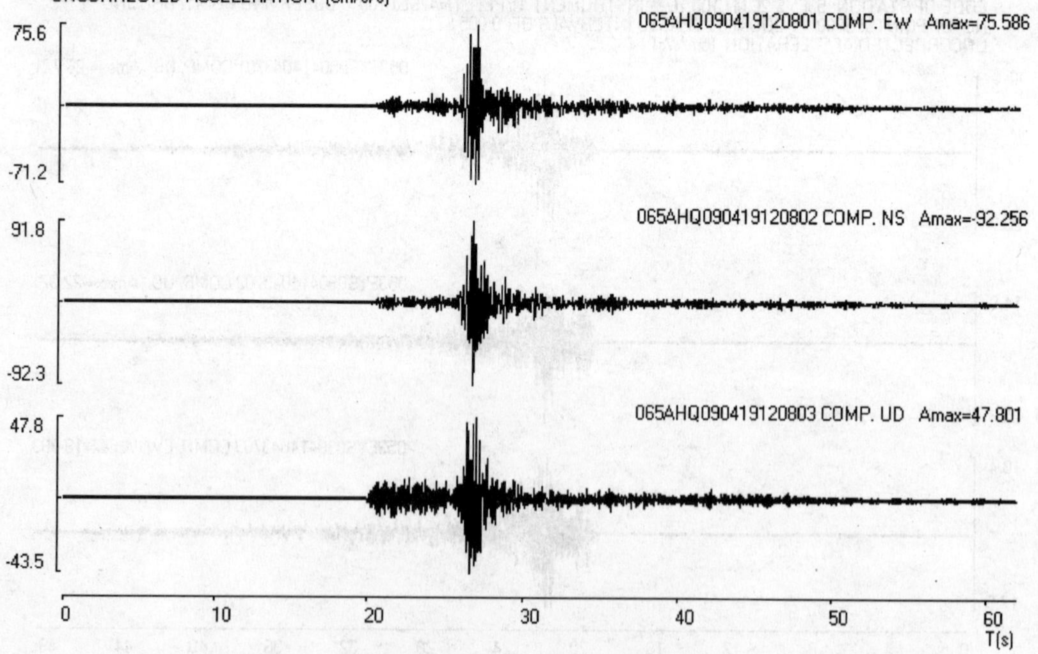

0090419120818 2009-04-19 12:8:18 BTM AHEQI-EARTHQUAKE, AHEQI,CHN 41.270N 78.269E MAG.5.4(Ms) DEPTH 30KM
CODE OF STATION: 65AHQ 40.9N 78.5E INSTRUMENT TYPE: ETNA/ES-T OBSERVING POINT: GROUND
NO. OF POINTS: 12400 EQUALLY SPACED INTERVALS OF: 0.005 SEC
UNCORRECTED ACCELERATION (cm/s/s)
065AHQ090419120801 COMP. EW Amax=75.586
75.6
-71.2
065AHQ090419120802 COMP. NS Amax=-92.256
91.8
-92.3
065AHQ090419120803 COMP. UD Amax=47.801
47.8
-43.5
0
10
20
30
40
50
60
T(s)

图 7－204　2009 年 4 月 19 日 12 时 8 分 18 秒阿合奇地震阿合奇台未校正加速度记录

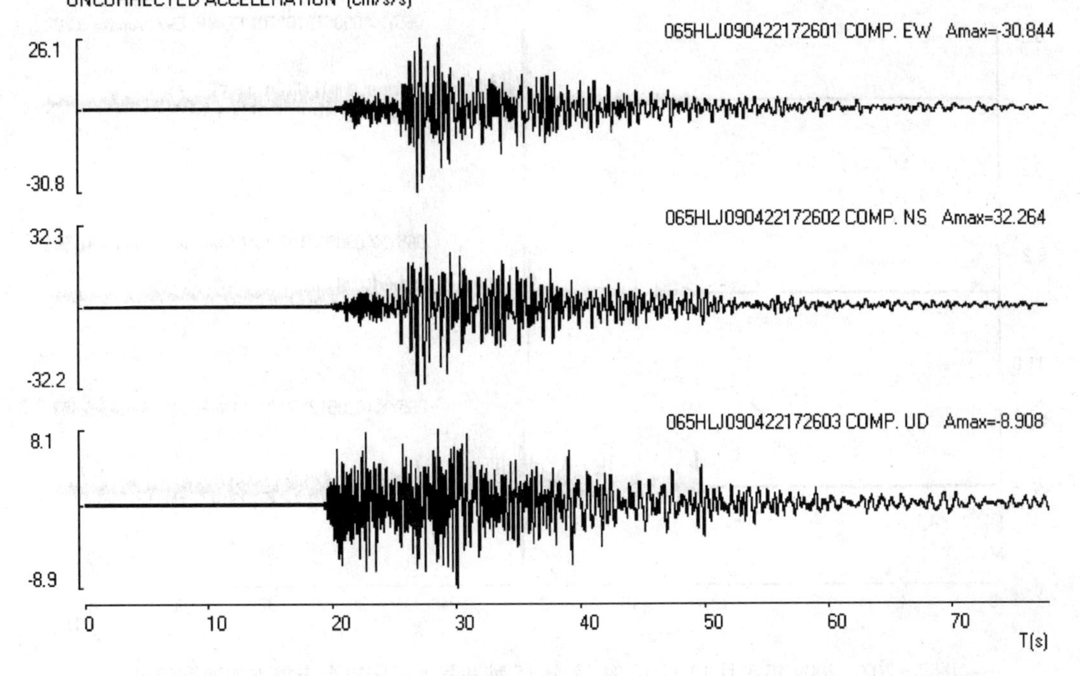
0090422172603 2009-04-22 17:26:3 BTM ATUSHI-EARTHQUAKE, ATUSHI,CHN 40.099N 77.250E MAG.5.0(Ms) DEPTH 25KM
CODE OF STATION: 65HLJ 40.2N 76.8E INSTRUMENT TYPE: ETNA/ES-T OBSERVING POINT: GROUND
NO. OF POINTS: 15600 EQUALLY SPACED INTERVALS OF: 0.005 SEC
UNCORRECTED ACCELERATION (cm/s/s)
065HLJ090422172601 COMP. EW Amax=-30.844
26.1
-30.8
065HLJ090422172602 COMP. NS Amax=32.264
32.3
-32.2
065HLJ090422172603 COMP. UD Amax=-8.908
8.1
-8.9
0
10
20
30
40
50
60
70
T(s)

图 7－205 2009 年 4 月 22 日 17 时 26 分 3 秒阿图什地震哈拉峻台未校正加速度记录

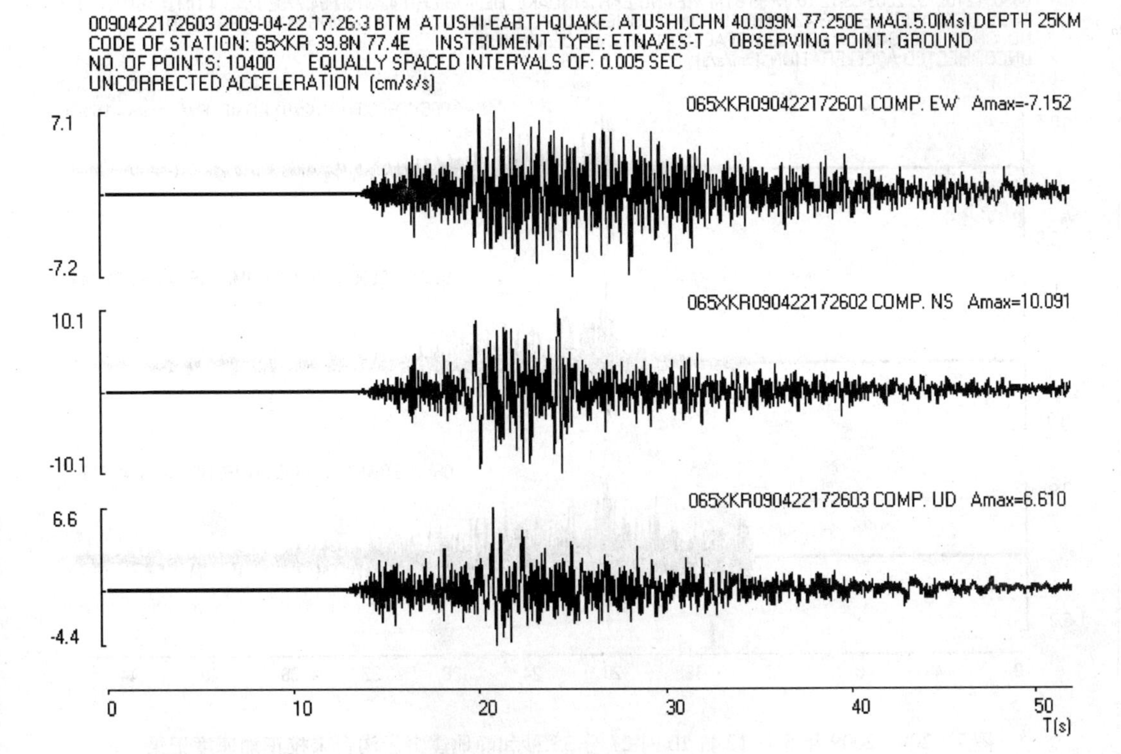
0090422172603 2009-04-22 17:26:3 BTM ATUSHI-EARTHQUAKE, ATUSHI,CHN 40.099N 77.250E MAG.5.0(Ms) DEPTH 25KM
CODE OF STATION: 65XKR 39.8N 77.4E INSTRUMENT TYPE: ETNA/ES-T OBSERVING POINT: GROUND
NO. OF POINTS: 10400 EQUALLY SPACED INTERVALS OF: 0.005 SEC
UNCORRECTED ACCELERATION (cm/s/s)
065XKR090422172601 COMP. EW Amax=-7.152
7.1
-7.2
065XKR090422172602 COMP. NS Amax=10.091
10.1
-10.1
065XKR090422172603 COMP. UD Amax=6.610
6.6
-4.4
0
10
20
30
40
50
T(s)

图 7－206 2009 年 4 月 22 日 17 时 26 分 3 秒阿图什地震西克尔台未校正加速度记录

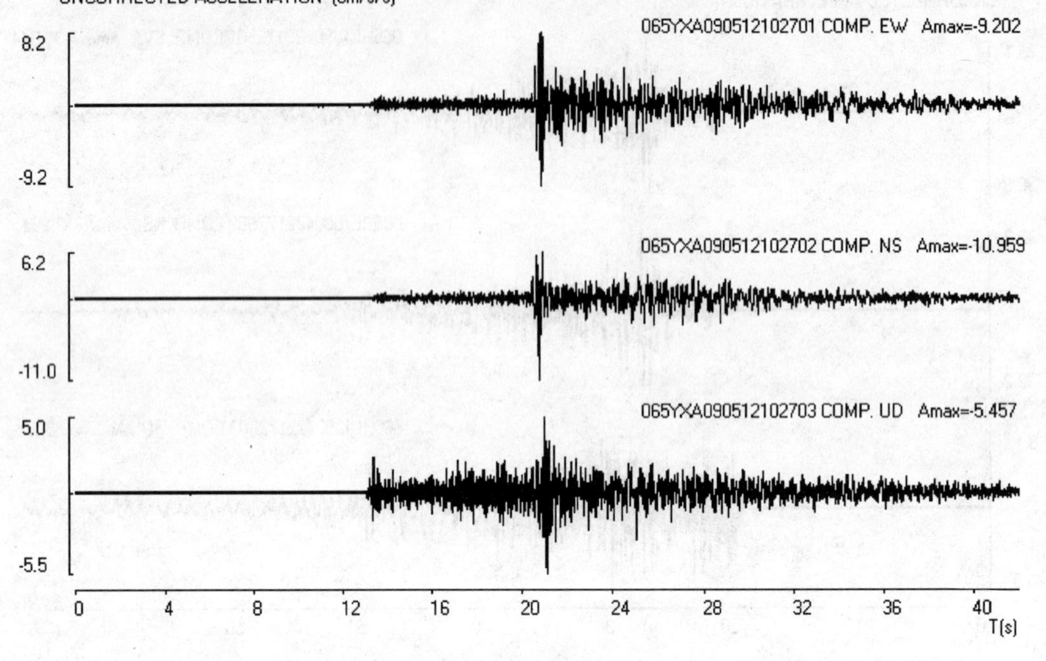
0090512102735 2009-05-12 10:27:35 BTM HEJING-EARTHQUAKE, HEJING,CHN 42.319N 84.779E MAG.4.1(Ms) DEPTH 11KM
CODE OF STATION: 65YXA 42.0N 84.6E INSTRUMENT TYPE: ETNA/ES-T OBSERVING POINT: GROUND
NO. OF POINTS: 8400 EQUALLY SPACED INTERVALS OF: 0.005 SEC
UNCORRECTED ACCELERATION (cm/s/s)
065YXA090512102701 COMP. EW Amax=-9.202
8.2
-9.2
065YXA090512102702 COMP. NS Amax=-10.959
6.2
-11.0
065YXA090512102703 COMP. UD Amax=-5.457
5.0
-5.5
0
4
8
12
16
20
24
28
32
36
40
T(s)

图 7-207　2009 年 5 月 12 日 10 时 27 分 35 秒和静地震阳霞台未校正加速度记录

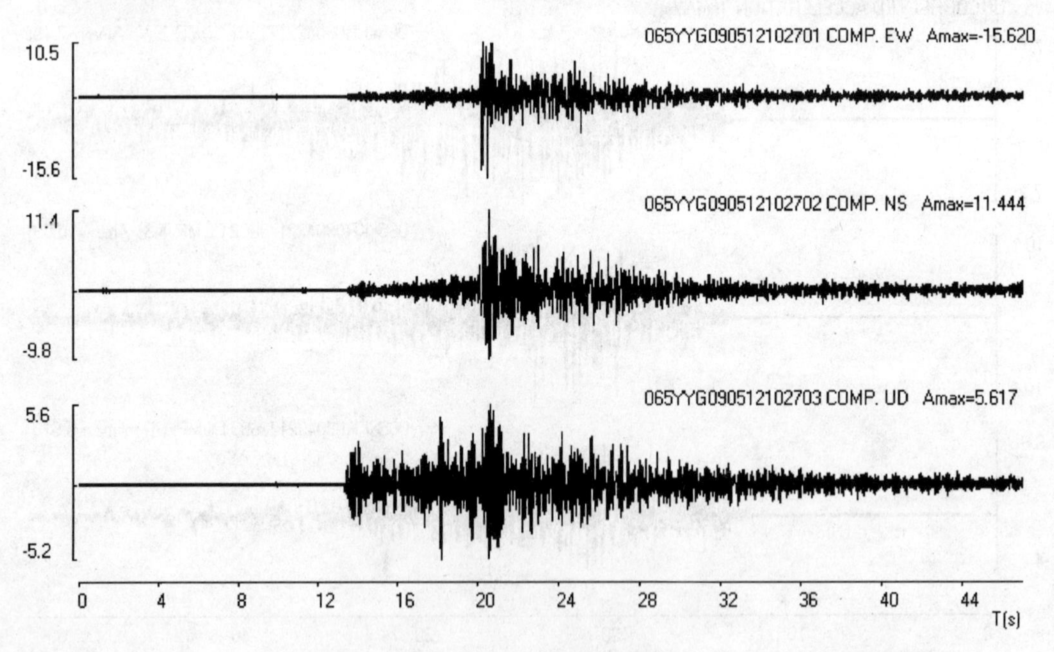
0090512102735 2009-05-12 10:27:35 BTM HEJING-EARTHQUAKE, HEJING,CHN 42.319N 84.779E MAG.4.1(Ms) DEPTH 11KM
CODE OF STATION: 65YYG 42.0N 85.1E INSTRUMENT TYPE: ETNA/ES-T OBSERVING POINT: GROUND
NO. OF POINTS: 9400 EQUALLY SPACED INTERVALS OF: 0.005 SEC
UNCORRECTED ACCELERATION (cm/s/s)
065YYG090512102701 COMP. EW Amax=-15.620
10.5
-15.6
065YYG090512102702 COMP. NS Amax=11.444
11.4
-9.8
065YYG090512102703 COMP. UD Amax=5.617
5.6
-5.2
0
4
8
12
16
20
24
28
32
36
40
44
T(s)

图 7-208　2009 年 5 月 12 日 10 时 27 分 35 秒和静地震野云沟台未校正加速度记录

0090518021507 2009-05-18 2:15:8 BTM WUQIA-EARTHQUAKE, WUQIA,CHN 39.779N 75.500E MAG.3.8(MI) DEPTH 10KM
CODE OF STATION: 65TPA 39.8N 75.6E INSTRUMENT TYPE: ETNA/ES-T OBSERVING POINT: GROUND
NO. OF POINTS: 8600 EQUALLY SPACED INTERVALS OF: 0.005 SEC
UNCORRECTED ACCELERATION (cm/s/s)

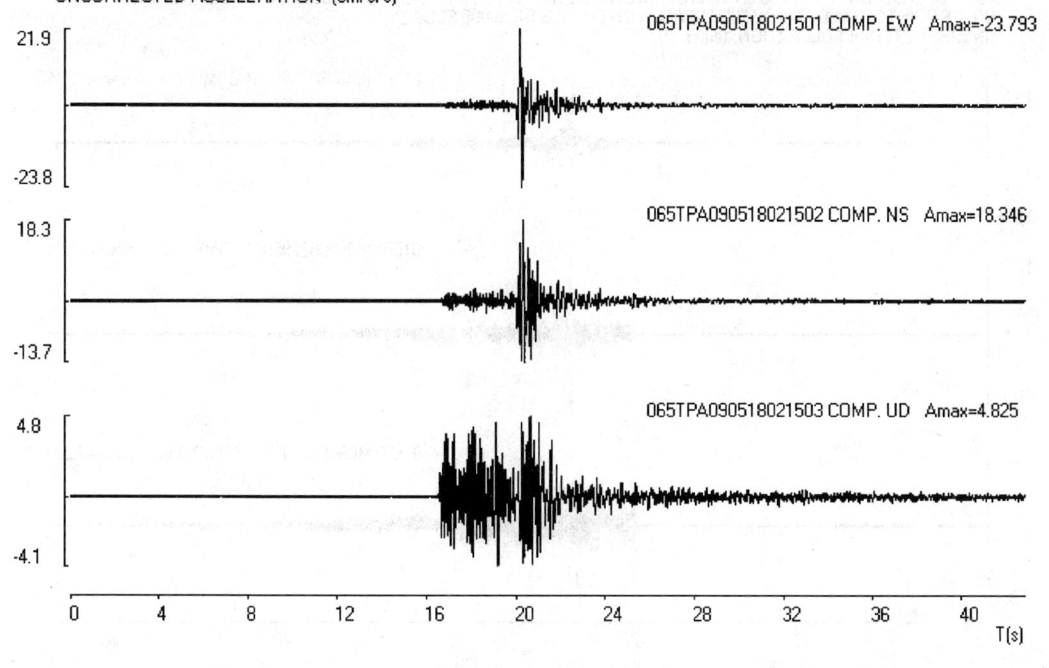
065TPA090518021501 COMP. EW Amax=-23.793
21.9
-23.8
065TPA090518021502 COMP. NS Amax=18.346
18.3
-13.7
065TPA090518021503 COMP. UD Amax=4.825
4.8
-4.1
0
4
8
12
16
20
24
28
32
36
40
T(s)

图 7－209 2009 年 5 月 12 日 10 时 27 分 35 秒乌恰地震托帕台未校正加速度记录

0090531072406 2009-05-31 7:24:6 BTM WUQIA-EARTHQUAKE, WUQIA,CHN 39.759N 75.839E MAG.3.8(MI) DEPTH 5KM
CODE OF STATION: 65TPA 39.8N 75.6E INSTRUMENT TYPE: ETNA/ES-T OBSERVING POINT: GROUND
NO. OF POINTS: 8200 EQUALLY SPACED INTERVALS OF: 0.005 SEC
UNCORRECTED ACCELERATION (cm/s/s)

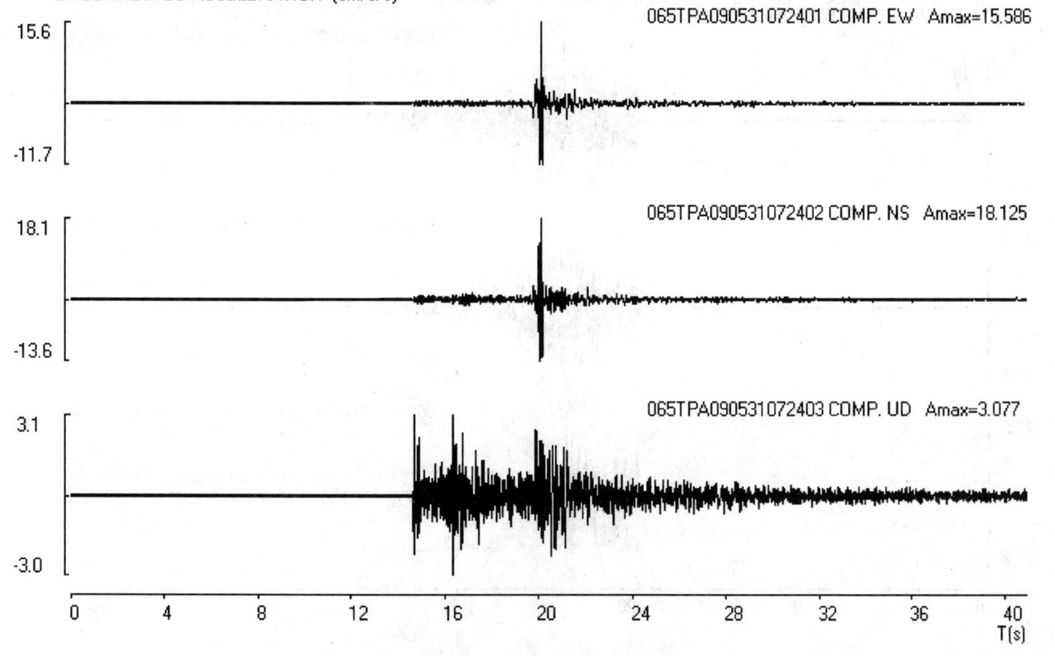
065TPA090531072401 COMP. EW Amax=15.586
15.6
-11.7
065TPA090531072402 COMP. NS Amax=18.125
18.1
-13.6
065TPA090531072403 COMP. UD Amax=3.077
3.1
-3.0
0
4
8
12
16
20
24
28
32
36
40
T(s)

图 7－210 2009 年 5 月 31 日 7 时 24 分 6 秒乌恰地震托帕台未校正加速度记录

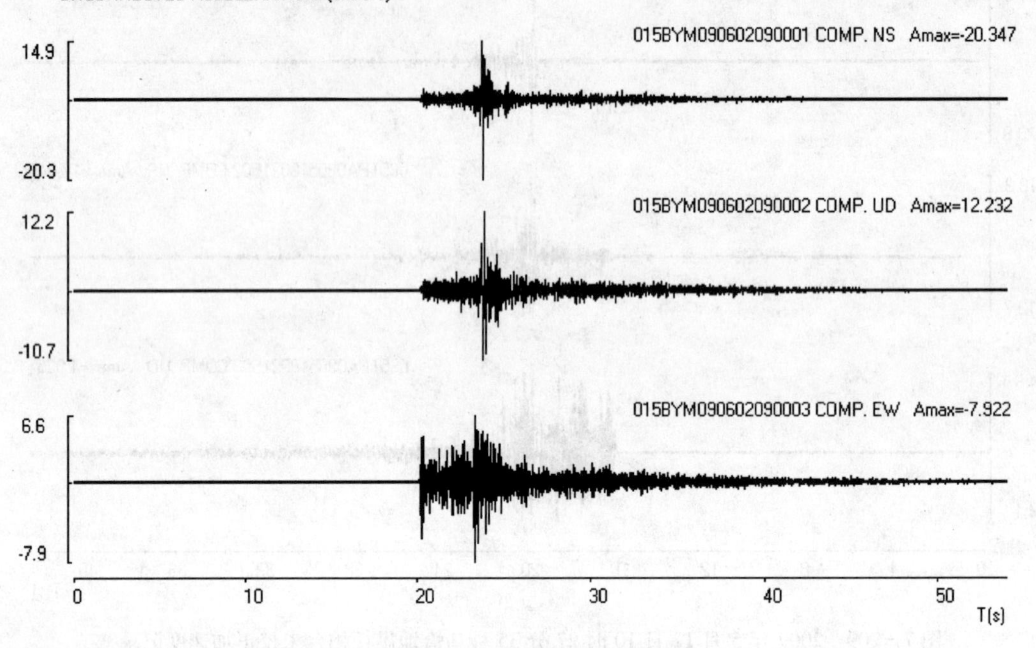
0090602090059 2009-06-02 9:0:59 BTM ERDUOSI-EARTHQUAKE, EERDUOSI,CHN 40.009N 106.709E MAG.3.6(Ml) DEPTH 8KM
CODE OF STATION: 15BYM 39.9N 106.7E INSTRUMENT TYPE: ETNA/SLJ-100 OBSERVING POINT: GROUND
NO. OF POINTS: 10800 EQUALLY SPACED INTERVALS OF: 0.005 SEC
UNCORRECTED ACCELERATION (cm/s/s)
015BYM090602090001 COMP. NS Amax=-20.347
14.9
-20.3
015BYM090602090002 COMP. UD Amax=12.232
12.2
-10.7
015BYM090602090003 COMP. EW Amax=-7.922
6.6
-7.9
0
10
20
30
40
50
T(s)

图 7－211　2009 年 6 月 2 日 9 时 0 分 59 秒鄂尔多斯地震巴彦木仁台未校正加速度记录

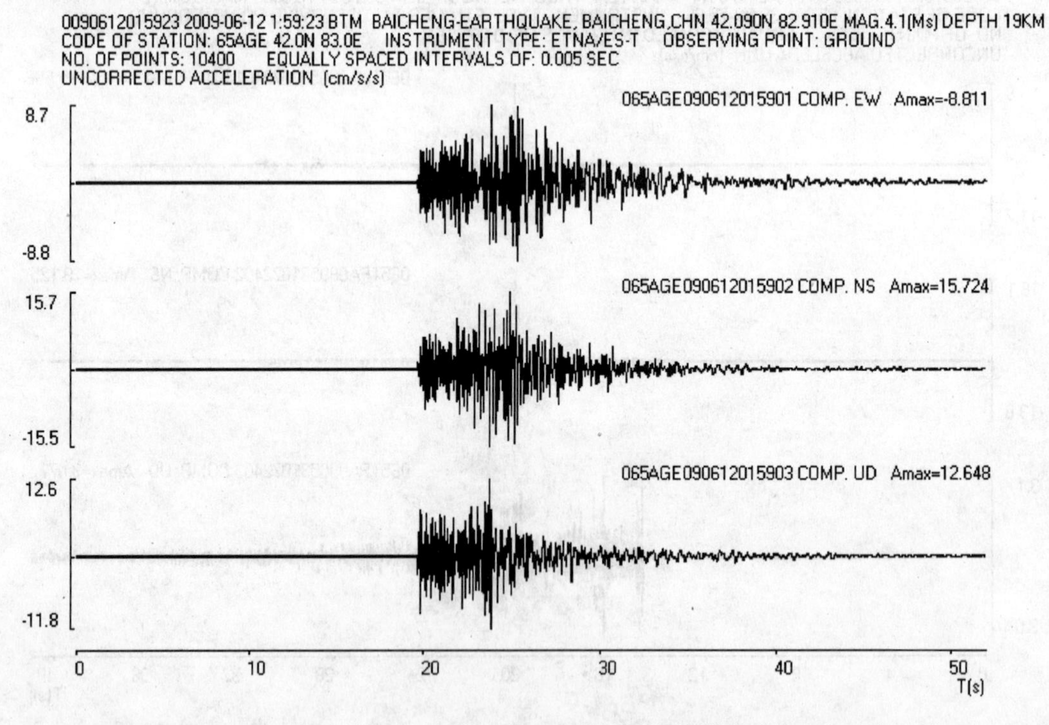
0090612015923 2009-06-12 1:59:23 BTM BAICHENG-EARTHQUAKE, BAICHENG,CHN 42.090N 82.910E MAG.4.1(Ms) DEPTH 19KM
CODE OF STATION: 65AGE 42.0N 83.0E INSTRUMENT TYPE: ETNA/ES-T OBSERVING POINT: GROUND
NO. OF POINTS: 10400 EQUALLY SPACED INTERVALS OF: 0.005 SEC
UNCORRECTED ACCELERATION (cm/s/s)
065AGE090612015901 COMP. EW Amax=-8.811
8.7
-8.8
065AGE090612015902 COMP. NS Amax=15.724
15.7
-15.5
065AGE090612015903 COMP. UD Amax=12.648
12.6
-11.8
0
10
20
30
40
50
T(s)

图 7－212　2009 年 6 月 12 日 1 时 52 分 23 秒拜城地震阿格台未校正加速度记录

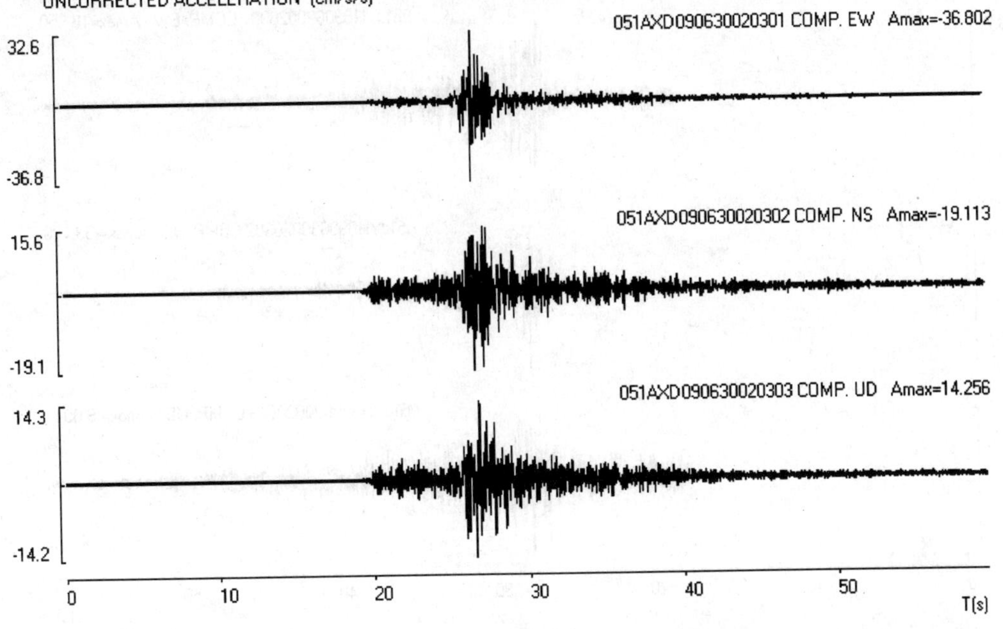
0090630020352 2009-06-30 2:3:52 BTM MIANZHU-EARTHQUAKE, MIANZHU,CHN 31.459N 103.959E MAG.5.5(Ms) DEPTH 24KM
CODE OF STATION: 51AXD 31.6N 104.4E INSTRUMENT TYPE: MR2002/SLJ-100 OBSERVING POINT: GROUND
NO. OF POINTS: 11960 EQUALLY SPACED INTERVALS OF: 0.005 SEC
UNCORRECTED ACCELERATION (cm/s/s)
051AXD090630020301 COMP. EW Amax=-36.802
32.6
-36.8
051AXD090630020302 COMP. NS Amax=-19.113
15.6
-19.1
051AXD090630020303 COMP. UD Amax=14.256
14.3
-14.2
0
10
20
30
40
50
T(s)

图 7－213　2009 年 6 月 30 日 2 时 3 分 52 秒绵竹地震安县地办台未校正加速度记录

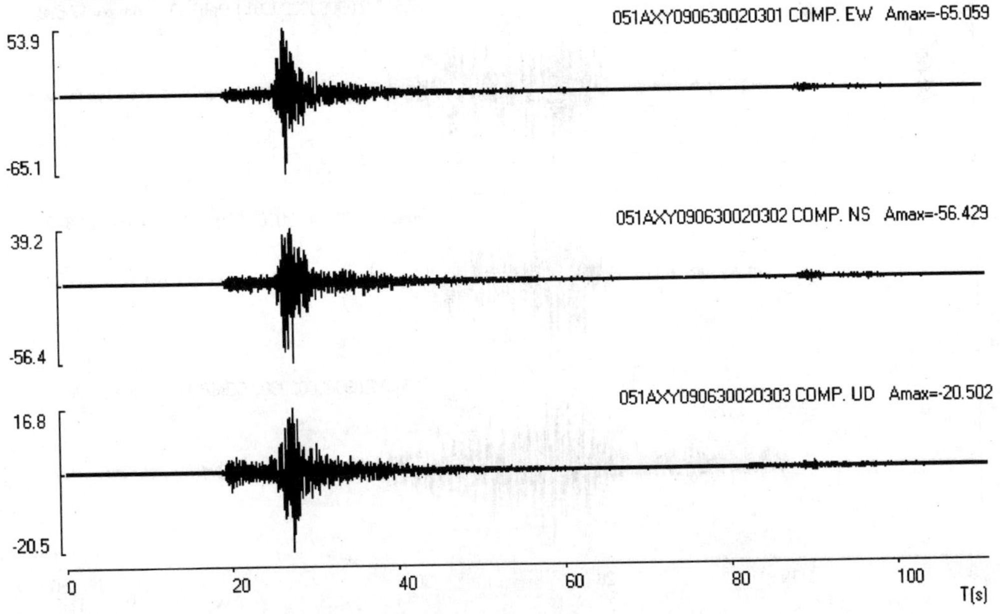
0090630020352 2009-06-30 2:3:52 BTM MIANZHU-EARTHQUAKE, MIANZHU,CHN 31.459N 103.959E MAG.5.5(Ms) DEPTH 24KM
CODE OF STATION: 51AXY 31.7N 104.5E INSTRUMENT TYPE: MR2002/SLJ-100 OBSERVING POINT: GROUND
NO. OF POINTS: 22184 EQUALLY SPACED INTERVALS OF: 0.005 SEC
UNCORRECTED ACCELERATION (cm/s/s)
051AXY090630020301 COMP. EW Amax=-65.059
53.9
-65.1
051AXY090630020302 COMP. NS Amax=-56.429
39.2
-56.4
051AXY090630020303 COMP. UD Amax=-20.502
16.8
-20.5
0
20
40
60
80
100
T(s)

图 7－214　2009 年 6 月 30 日 2 时 3 分 52 秒绵竹地震安县永安台未校正加速度记录

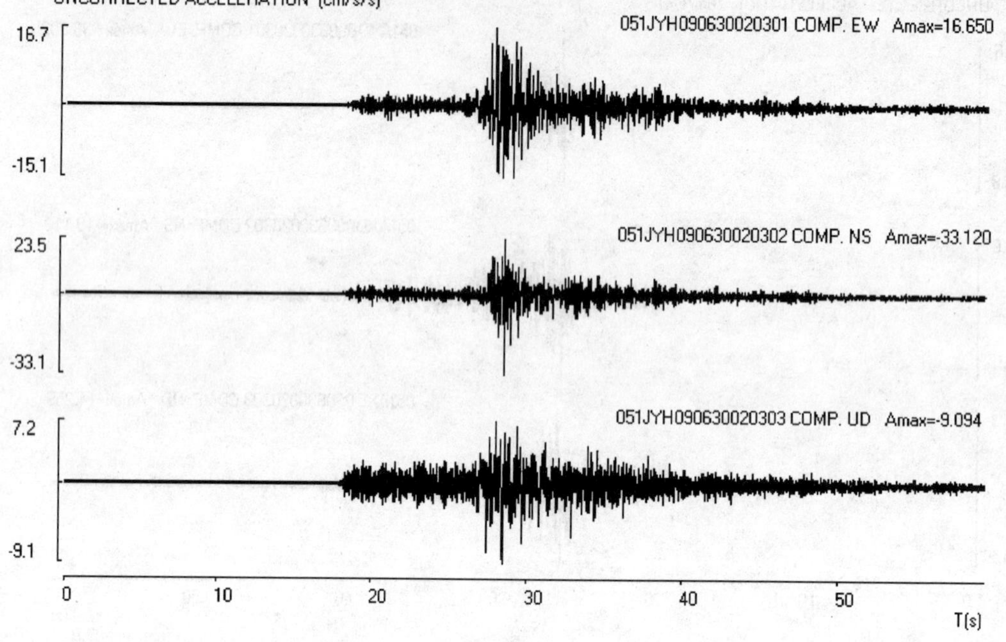
0090630020352 2009-06-30 2:3:52 BTM MIANZHU-EARTHQUAKE, MIANZHU,CHN 31.459N 103.959E MAG.5.5(Ms) DEPTH 24KM
CODE OF STATION: 51JYH 31.8N 104.6E INSTRUMENT TYPE: MR2002/SLJ-100 OBSERVING POINT: GROUND
NO. OF POINTS: 11888 EQUALLY SPACED INTERVALS OF: 0.005 SEC
UNCORRECTED ACCELERATION (cm/s/s)
051JYH090630020301 COMP. EW Amax=16.650
16.7
-15.1
051JYH090630020302 COMP. NS Amax=-33.120
23.5
-33.1
051JYH090630020303 COMP. UD Amax=-9.094
7.2
-9.1
0
10
20
30
40
50
T(s)

图 7－215 2009 年 6 月 30 日 2 时 3 分 52 秒绵竹地震江油含增台未校正加速度记录

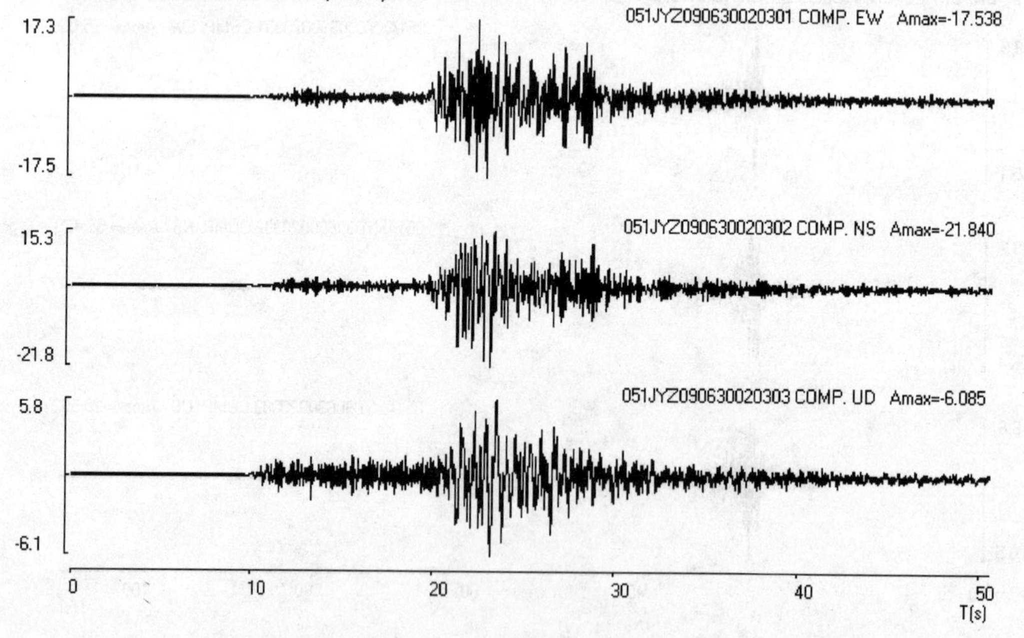
0090630020352 2009-06-30 2:3:52 BTM MIANZHU-EARTHQUAKE, MIANZHU,CHN 31.459N 103.959E MAG.5.5(Ms) DEPTH 24KM
CODE OF STATION: 51JYZ 31.8N 104.7E INSTRUMENT TYPE: MR2002/SLJ-100 OBSERVING POINT: GROUND
NO. OF POINTS: 10120 EQUALLY SPACED INTERVALS OF: 0.005 SEC
UNCORRECTED ACCELERATION (cm/s/s)
051JYZ090630020301 COMP. EW Amax=-17.538
17.3
-17.5
051JYZ090630020302 COMP. NS Amax=-21.840
15.3
-21.8
051JYZ090630020303 COMP. UD Amax=-6.085
5.8
-6.1
0
10
20
30
40
50
T(s)

图 7－216 2009 年 6 月 30 日 2 时 3 分 52 秒绵竹地震江油专业台未校正加速度记录

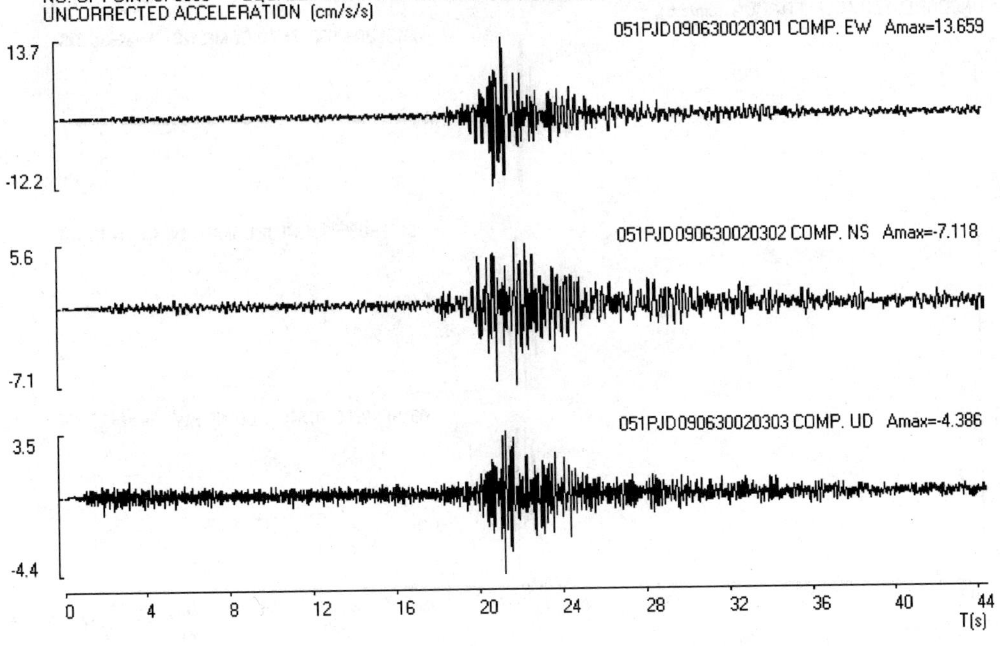
0090630020352 2009-06-30 2:3:52 BTM MIANZHU-EARTHQUAKE, MIANZHU,CHN 31.459N 103.959E MAG.5.5(Ms) DEPTH 24KM
CODE OF STATION: 51PJD 30.3N 103.4E INSTRUMENT TYPE: MR2002/SLJ-100 OBSERVING POINT: GROUND
NO. OF POINTS: 8896 EQUALLY SPACED INTERVALS OF: 0.005 SEC
UNCORRECTED ACCELERATION (cm/s/s)
051PJD090630020301 COMP. EW Amax=13.659
13.7
-12.2
051PJD090630020302 COMP. NS Amax=-7.118
5.6
-7.1
051PJD090630020303 COMP. UD Amax=-4.386
3.5
-4.4
0 4 8 12 16 20 24 28 32 36 40 44
T(s)

图 7－217 2009 年 6 月 30 日 2 时 3 分 52 秒绵竹地震蒲江大兴台未校正加速度记录

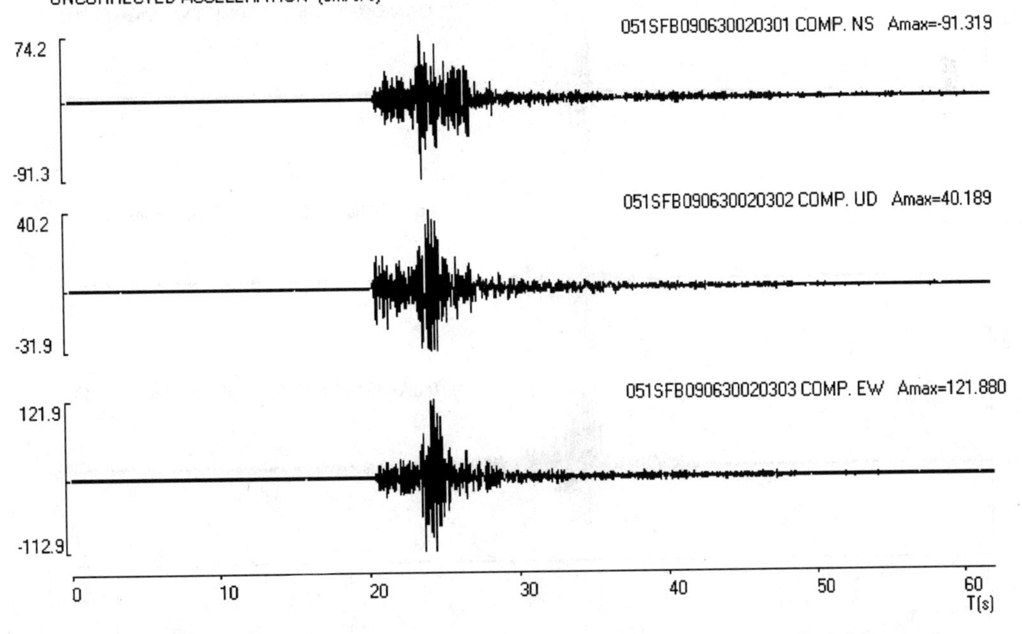
0090630020352 2009-06-30 2:3:52 BTM MIANZHU-EARTHQUAKE, MIANZHU,CHN 31.459N 103.959E MAG.5.5(Ms) DEPTH 24KM
CODE OF STATION: 51SFB 31.3N 104.0E INSTRUMENT TYPE: ETNA/SLJ-100 OBSERVING POINT: GROUND
NO. OF POINTS: 12400 EQUALLY SPACED INTERVALS OF: 0.005 SEC
UNCORRECTED ACCELERATION (cm/s/s)
051SFB090630020301 COMP. NS Amax=-91.319
74.2
-91.3
051SFB090630020302 COMP. UD Amax=40.189
40.2
-31.9
051SFB090630020303 COMP. EW Amax=121.880
121.9
-112.9
0 10 20 30 40 50 60
T(s)

图 7－218 2009 年 6 月 30 日 2 时 3 分 52 秒绵竹地震什邡八角台未校正加速度记录

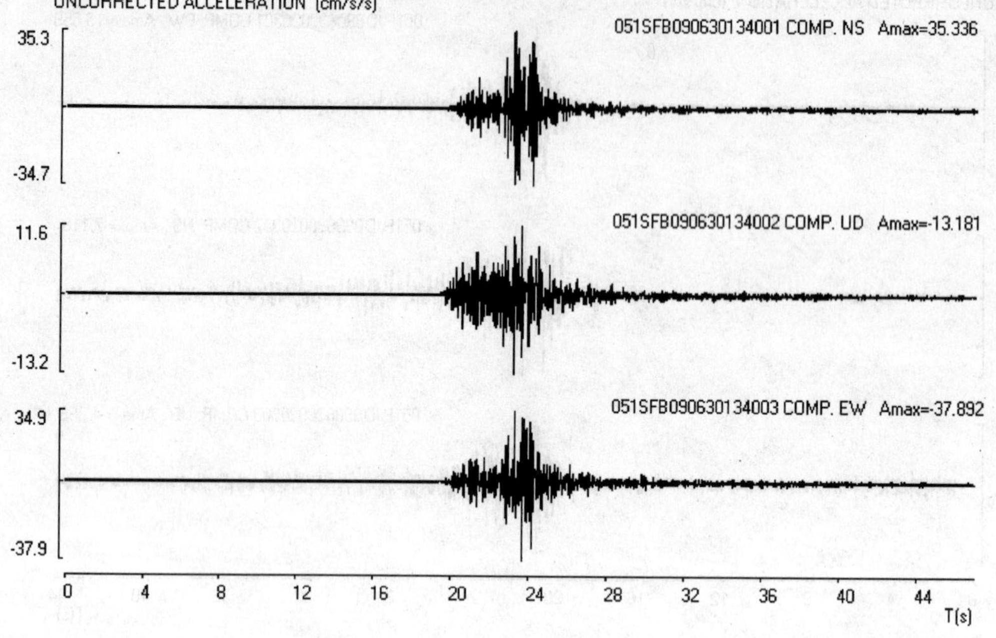
0090630134025 2009-06-30 13:40:25 BTM MIANZHU-EARTHQUAKE, MIANZHU,CHN 31.479N 103.980E MAG.4.2(Ms) DEPTH 10KM
CODE OF STATION: 51SFB 31.3N 104.0E INSTRUMENT TYPE: ETNA/SLJ-100 OBSERVING POINT: GROUND
NO. OF POINTS: 9400 EQUALLY SPACED INTERVALS OF: 0.005 SEC
UNCORRECTED ACCELERATION (cm/s/s)
051SFB090630134001 COMP. NS Amax=35.336
35.3
-34.7
051SFB090630134002 COMP. UD Amax=-13.181
11.6
-13.2
051SFB090630134003 COMP. EW Amax=-37.892
34.9
-37.9
0 4 8 12 16 20 24 28 32 36 40 44
T(s)

图 7－219 2009 年 6 月 30 日 13 时 40 分 25 秒绵竹地震什邡八角台未校正加速度记录

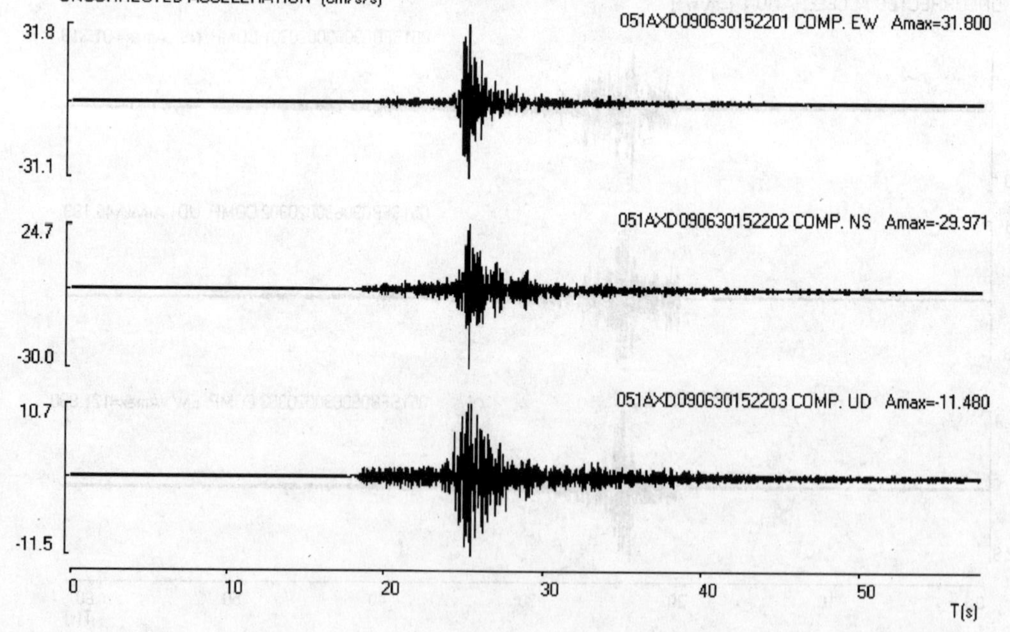
0090630152221 2009-06-30 15:22:21 BTM MIANZHU-EARTHQUAKE, MIANZHU,CHN 31.459N 103.980E MAG.5.0(Ms) DEPTH 24KM
CODE OF STATION: 51AXD 31.6N 104.4E INSTRUMENT TYPE: MR2002/SLJ-100 OBSERVING POINT: GROUND
NO. OF POINTS: 11528 EQUALLY SPACED INTERVALS OF: 0.005 SEC
UNCORRECTED ACCELERATION (cm/s/s)
051AXD090630152201 COMP. EW Amax=31.800
31.8
-31.1
051AXD090630152202 COMP. NS Amax=-29.971
24.7
-30.0
051AXD090630152203 COMP. UD Amax=-11.480
10.7
-11.5
0 10 20 30 40 50
T(s)

图 7－220 2009 年 6 月 30 日 15 时 22 分 21 秒绵竹地震安县地办台未校正加速度记录

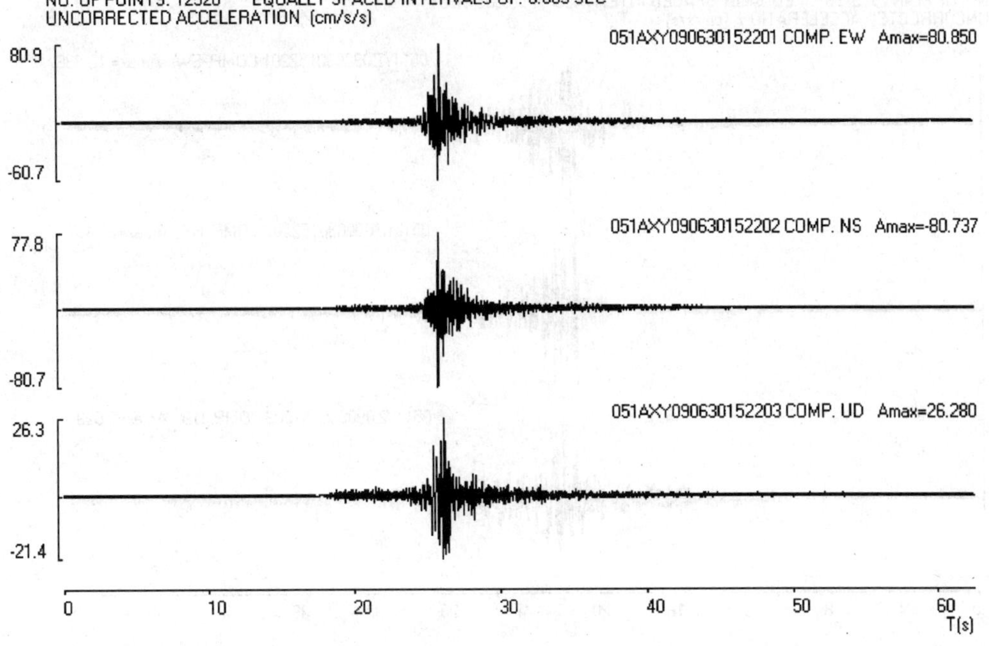
0090630152221 2009-06-30 15:22:21 BTM MIANZHU-EARTHQUAKE, MIANZHU,CHN 31.459N 103.980E MAG.5.0(Ms) DEPTH 24KM
CODE OF STATION: 51AXY 31.7N 104.5E INSTRUMENT TYPE: MR2002/SLJ-100 OBSERVING POINT: GROUND
NO. OF POINTS: 12520 EQUALLY SPACED INTERVALS OF: 0.005 SEC
UNCORRECTED ACCELERATION (cm/s/s)
051AXY090630152201 COMP. EW Amax=80.850
80.9
-60.7
051AXY090630152202 COMP. NS Amax=-80.737
77.8
-80.7
051AXY090630152203 COMP. UD Amax=26.280
26.3
-21.4
0
10
20
30
40
50
60
T(s)

图 7－221 2009 年 6 月 30 日 15 时 22 分 21 秒绵竹地震安县永安台未校正加速度记录

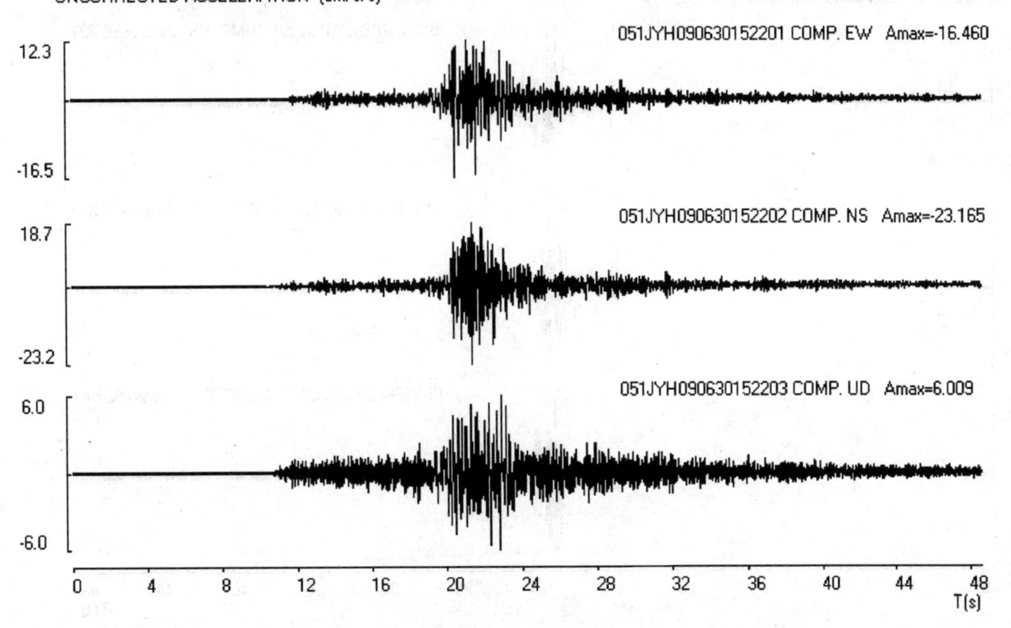
0090630152221 2009-06-30 15:22:21 BTM MIANZHU-EARTHQUAKE, MIANZHU,CHN 31.459N 103.980E MAG.5.0(Ms) DEPTH 24KM
CODE OF STATION: 51JYH 31.8N 104.6E INSTRUMENT TYPE: MR2002/SLJ-100 OBSERVING POINT: GROUND
NO. OF POINTS: 9728 EQUALLY SPACED INTERVALS OF: 0.005 SEC
UNCORRECTED ACCELERATION (cm/s/s)
051JYH090630152201 COMP. EW Amax=-16.460
12.3
-16.5
051JYH090630152202 COMP. NS Amax=-23.165
18.7
-23.2
051JYH090630152203 COMP. UD Amax=6.009
6.0
-6.0
0
4
8
12
16
20
24
28
32
36
40
44
48
T(s)

图 7－222 2009 年 6 月 30 日 15 时 22 分 21 秒绵竹地震江油含增台未校正加速度记录

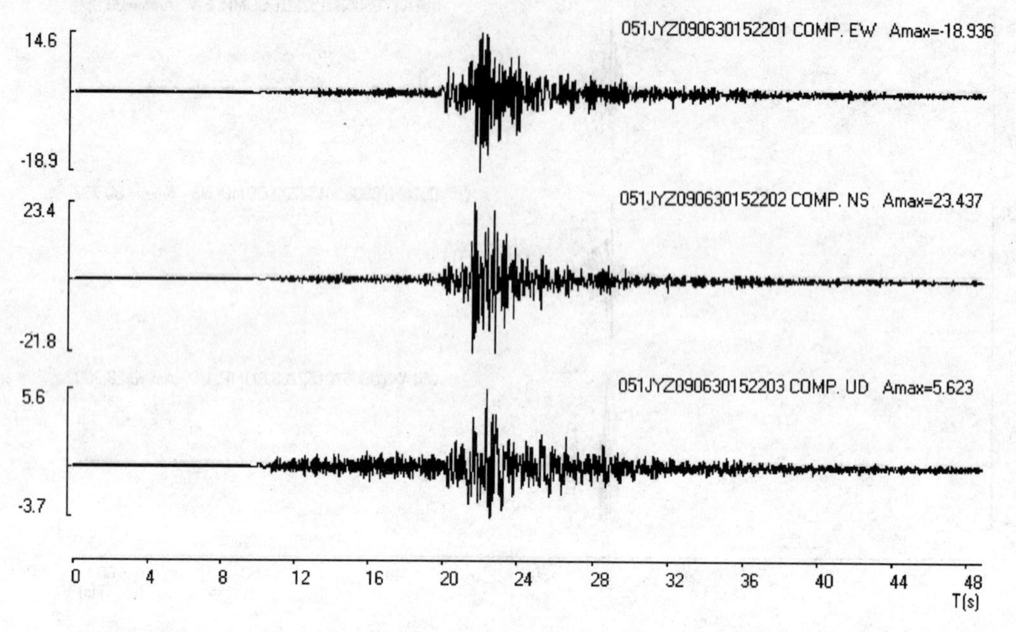
0090630152221 2009-06-30 15:22:21 BTM MIANZHU-EARTHQUAKE, MIANZHU,CHN 31.459N 103.980E MAG.5.0(Ms) DEPTH 24KM
CODE OF STATION: 51JYZ 31.8N 104.7E INSTRUMENT TYPE: MR2002/SLJ-100 OBSERVING POINT: GROUND
NO. OF POINTS: 9768 EQUALLY SPACED INTERVALS OF: 0.005 SEC
UNCORRECTED ACCELERATION (cm/s/s)
051JYZ090630152201 COMP. EW Amax=-18.936
14.6
-18.9
051JYZ090630152202 COMP. NS Amax=23.437
23.4
-21.8
051JYZ090630152203 COMP. UD Amax=5.623
5.6
-3.7
0 4 8 12 16 20 24 28 32 36 40 44 48
T(s)

图7－223　2009年6月30日15时22分21秒绵竹地震江油专业台未校正加速度记录

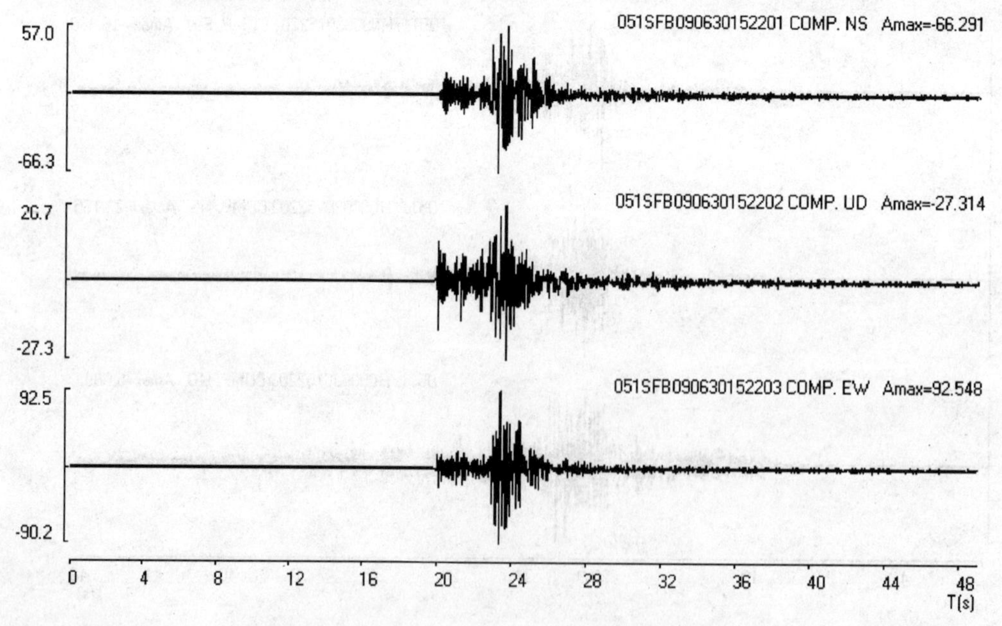
0090630152221 2009-06-30 15:22:21 BTM MIANZHU-EARTHQUAKE, MIANZHU,CHN 31.459N 103.980E MAG.5.0(Ms) DEPTH 24KM
CODE OF STATION: 51SFB 31.3N 104.0E INSTRUMENT TYPE: ETNA/SLJ-100 OBSERVING POINT: GROUND
NO. OF POINTS: 9800 EQUALLY SPACED INTERVALS OF: 0.005 SEC
UNCORRECTED ACCELERATION (cm/s/s)
051SFB090630152201 COMP. NS Amax=-66.291
57.0
-66.3
051SFB090630152202 COMP. UD Amax=-27.314
26.7
-27.3
051SFB090630152203 COMP. EW Amax=92.548
92.5
-90.2
0 4 8 12 16 20 24 28 32 36 40 44 48
T(s)

图7－224　2009年6月30日15时22分21秒绵竹地震什邡八角台未校正加速度记录

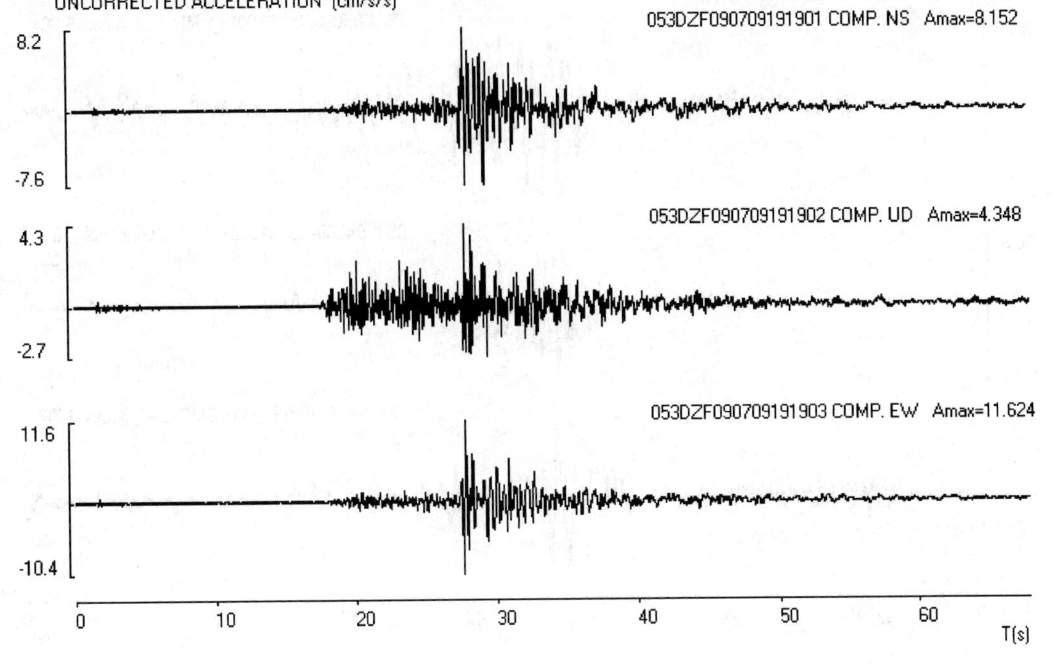
0090709191914 2009-07-09 19:19:14 BTM YAOAN-EARTHQUAKE, YAOAN,CHN 25.600N 101.029E MAG.6.3(Ms) DEPTH 6KM
CODE OF STATION: 53DZF 25.1N 102.7E INSTRUMENT TYPE: ETNA/SLJ-100 OBSERVING POINT: GROUND
NO. OF POINTS: 13600 EQUALLY SPACED INTERVALS OF: 0.005 SEC
UNCORRECTED ACCELERATION (cm/s/s)
053DZF090709191901 COMP. NS Amax=8.152
8.2
-7.6
053DZF090709191902 COMP. UD Amax=4.348
4.3
-2.7
053DZF090709191903 COMP. EW Amax=11.624
11.6
-10.4
0
10
20
30
40
50
60
T(s)

图 7－225　2009 年 7 月 9 日 19 时 19 分 14 秒姚安地震大理州政府台未校正加速度记录

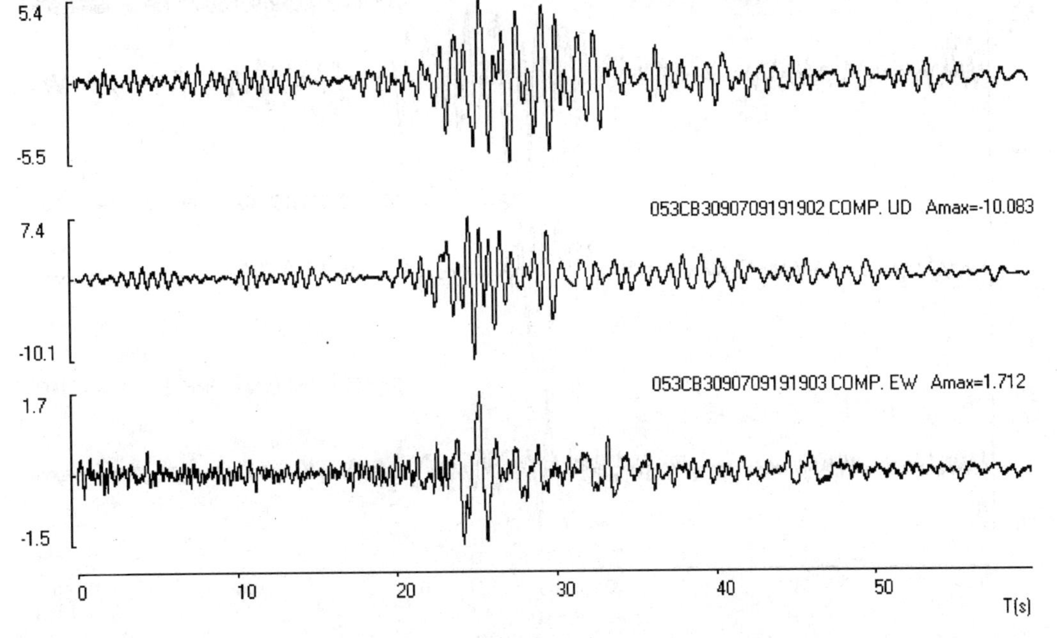
0090709191914 2009-07-09 19:19:14 BTM YAOAN-EARTHQUAKE, YAOAN,CHN 25.600N 101.029E MAG.6.3(Ms) DEPTH 6KM
CODE OF STATION: 53CB3 25.1N 102.7E INSTRUMENT TYPE: ETNA/SLJ-100 OBSERVING POINT: GROUND
NO. OF POINTS: 12000 EQUALLY SPACED INTERVALS OF: 0.005 SEC
UNCORRECTED ACCELERATION (cm/s/s)
053CB3090709191901 COMP. NS Amax=-5.481
5.4
-5.5
053CB3090709191902 COMP. UD Amax=-10.083
7.4
-10.1
053CB3090709191903 COMP. EW Amax=1.712
1.7
-1.5
0
10
20
30
40
50
T(s)

图 7－226　2009 年 7 月 9 日 19 时 19 分 14 秒姚安地震云南省局储备台阵 2 楼未校正加速度记录

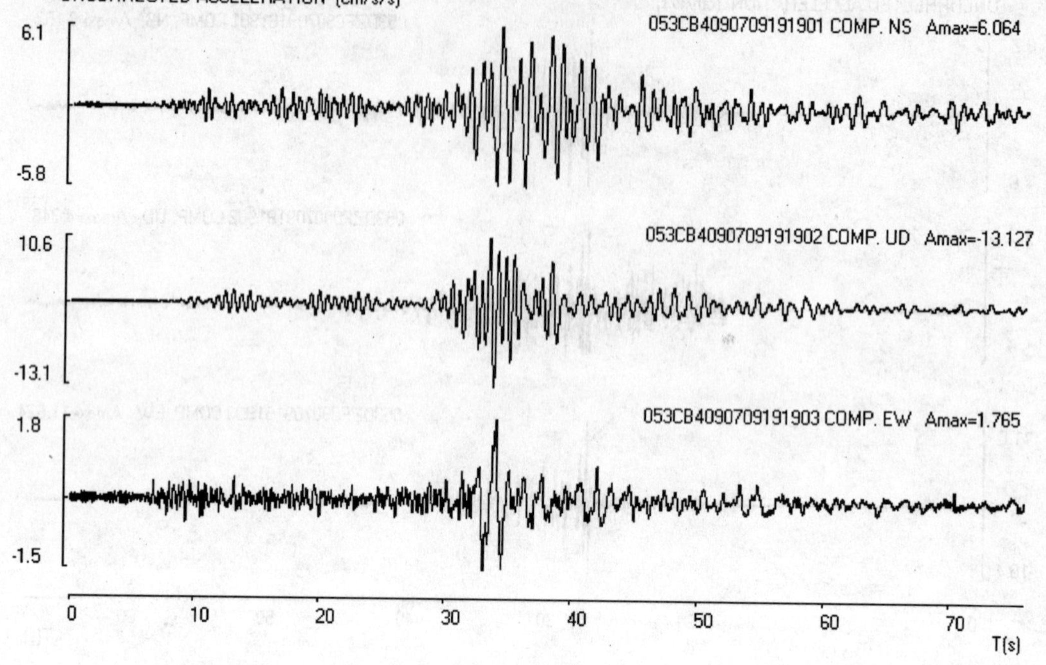
0090709191914 2009-07-09 19:19:14 BTM YAOAN-EARTHQUAKE, YAOAN,CHN 25.600N 101.029E MAG.6.3(Ms) DEPTH 6KM
CODE OF STATION: 53CB4 25.1N 102.7E INSTRUMENT TYPE: ETNA/SLJ-100 OBSERVING POINT: GROUND
NO. OF POINTS: 15200 EQUALLY SPACED INTERVALS OF: 0.005 SEC
UNCORRECTED ACCELERATION (cm/s/s)
053CB4090709191901 COMP. NS Amax=6.064
053CB4090709191902 COMP. UD Amax=-13.127
053CB4090709191903 COMP. EW Amax=1.765
T(s)

图 7-227 2009 年 7 月 9 日 19 时 19 分 14 秒姚安地震云南省局储备台阵 4 楼未校正加速度记录

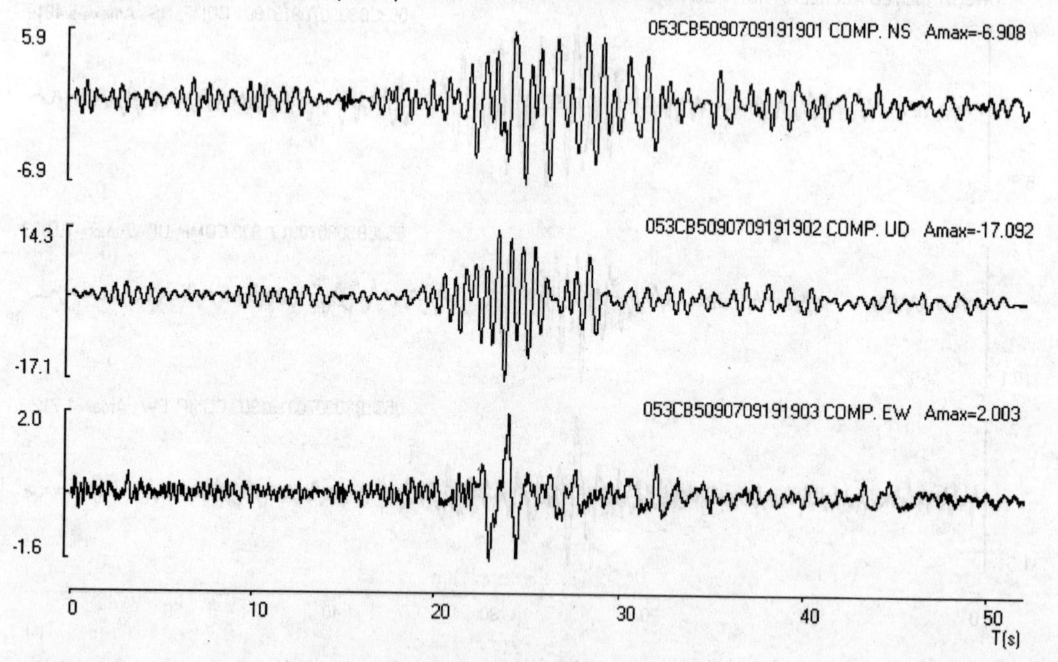
0090709191914 2009-07-09 19:19:14 BTM YAOAN-EARTHQUAKE, YAOAN,CHN 25.600N 101.029E MAG.6.3(Ms) DEPTH 6KM
CODE OF STATION: 53CB5 25.1N 102.7E INSTRUMENT TYPE: ETNA/SLJ-100 OBSERVING POINT: GROUND
NO. OF POINTS: 10400 EQUALLY SPACED INTERVALS OF: 0.005 SEC
UNCORRECTED ACCELERATION (cm/s/s)
053CB5090709191901 COMP. NS Amax=-6.908
053CB5090709191902 COMP. UD Amax=-17.092
053CB5090709191903 COMP. EW Amax=2.003
T(s)

图 7-228 2009 年 7 月 9 日 19 时 19 分 14 秒姚安地震云南省局储备台阵 6 楼未校正加速度记录

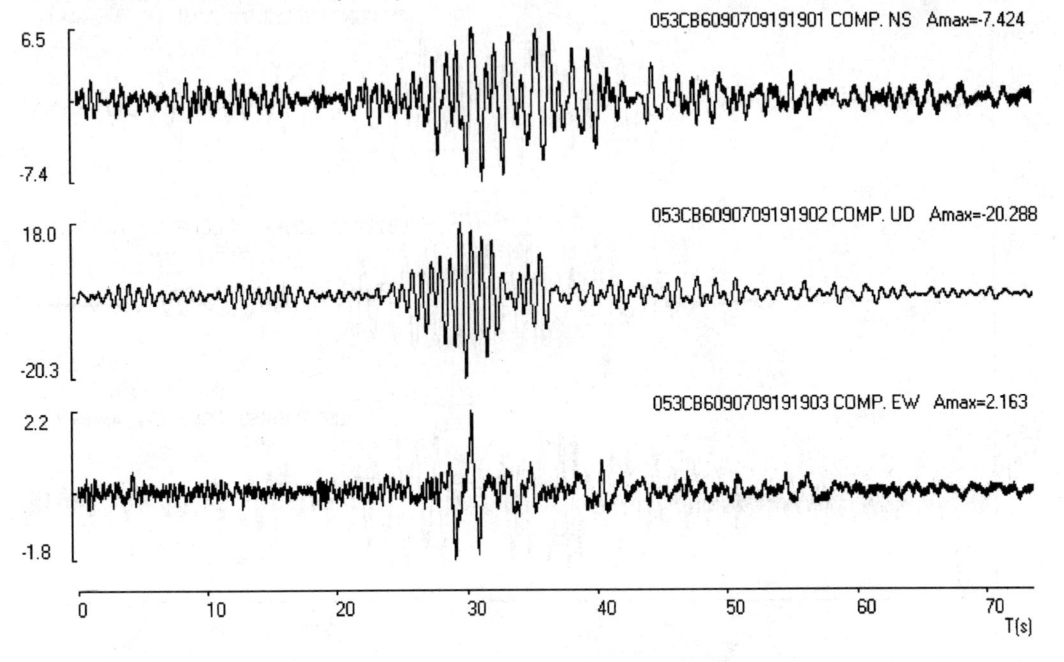
0090709191914 2009-07-09 19:19:14 BTM YAOAN-EARTHQUAKE, YAOAN,CHN 25.600N 101.029E MAG.6.3(Ms) DEPTH 6KM
CODE OF STATION: 53CB6 25.1N 102.7E INSTRUMENT TYPE: ETNA/SLJ-100 OBSERVING POINT: GROUND
NO. OF POINTS: 14744 EQUALLY SPACED INTERVALS OF: 0.005 SEC
UNCORRECTED ACCELERATION (cm/s/s)
053CB6090709191901 COMP. NS Amax=-7.424
6.5
-7.4
053CB6090709191902 COMP. UD Amax=-20.288
18.0
-20.3
053CB6090709191903 COMP. EW Amax=2.163
2.2
-1.8
0
10
20
30
40
50
60
70
T(s)

图 7－229　2009 年 7 月 9 日 19 时 19 分 14 秒姚安地震云南省局储备台阵 8 楼未校正加速度记录

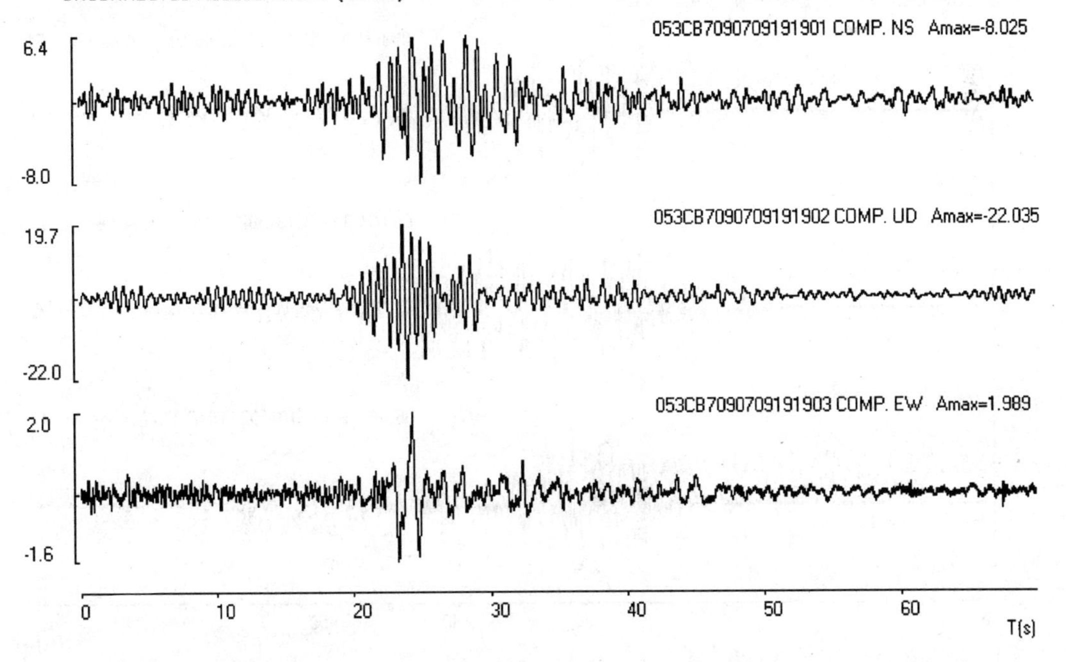
0090709191914 2009-07-09 19:19:14 BTM YAOAN-EARTHQUAKE, YAOAN,CHN 25.600N 101.029E MAG.6.3(Ms) DEPTH 6KM
CODE OF STATION: 53CB7 25.1N 102.7E INSTRUMENT TYPE: ETNA/SLJ-100 OBSERVING POINT: GROUND
NO. OF POINTS: 14000 EQUALLY SPACED INTERVALS OF: 0.005 SEC
UNCORRECTED ACCELERATION (cm/s/s)
053CB7090709191901 COMP. NS Amax=-8.025
6.4
-8.0
053CB7090709191902 COMP. UD Amax=-22.035
19.7
-22.0
053CB7090709191903 COMP. EW Amax=1.989
2.0
-1.6
0
10
20
30
40
50
60
T(s)

图 7－230　2009 年 7 月 9 日 19 时 19 分 14 秒姚安地震云南省局储备台阵 9 楼未校正加速度记录

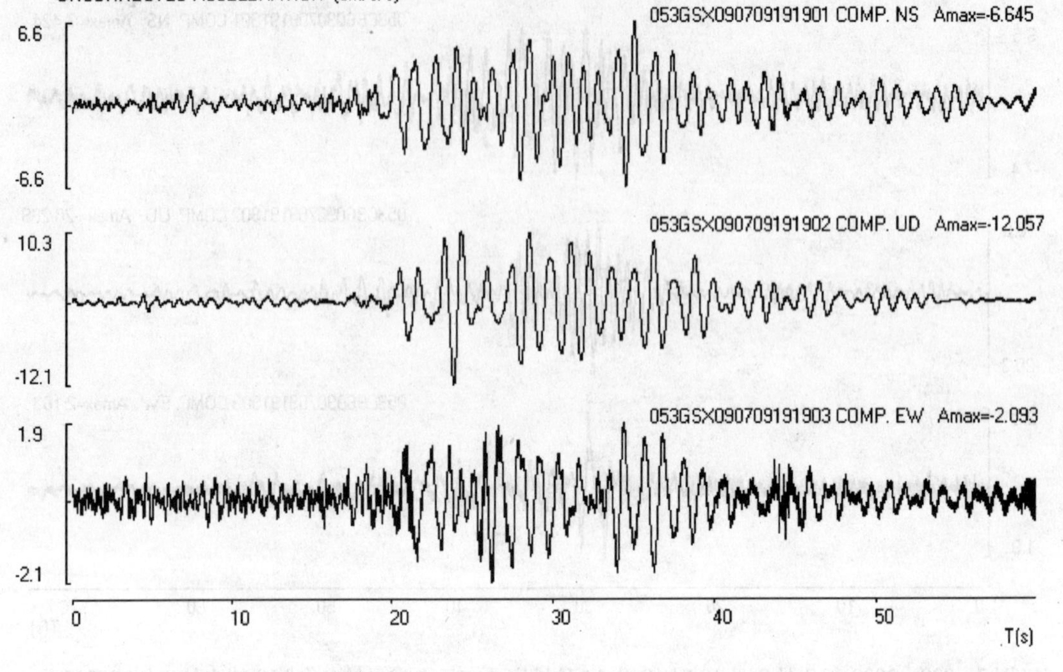
0090709191914 2009-07-09 19:19:14 BTM YAOAN-EARTHQUAKE, YAOAN,CHN 25.600N 101.029E MAG.6.3(Ms) DEPTH 6KM
CODE OF STATION: 53GSX 25.1N 102.7E INSTRUMENT TYPE: ETNA/SLJ-100 OBSERVING POINT: GROUND
NO. OF POINTS: 12000 EQUALLY SPACED INTERVALS OF: 0.005 SEC
UNCORRECTED ACCELERATION (cm/s/s)
053GSX090709191901 COMP. NS Amax=-6.645
6.6
-6.6
053GSX090709191902 COMP. UD Amax=-12.057
10.3
-12.1
053GSX090709191903 COMP. EW Amax=-2.093
1.9
-2.1
0
10
20
30
40
50
T(s)

图 7－231 2009 年 7 月 9 日 19 时 19 分 14 秒姚安地震云南工商管理学院台未校正加速度记录

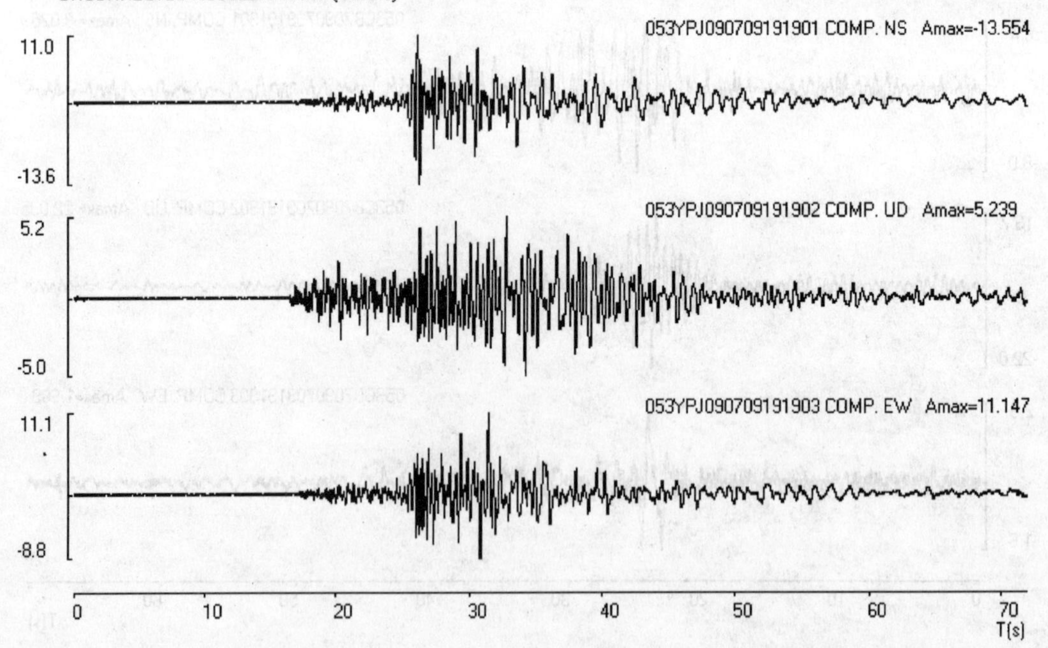
0090709191914 2009-07-09 19:19:14 BTM YAOAN-EARTHQUAKE, YAOAN,CHN 25.600N 101.029E MAG.6.3(Ms) DEPTH 6KM
CODE OF STATION: 53YPJ 26.0N 100.6E INSTRUMENT TYPE: ETNA/SLJ-100 OBSERVING POINT: GROUND
NO. OF POINTS: 14400 EQUALLY SPACED INTERVALS OF: 0.005 SEC
UNCORRECTED ACCELERATION (cm/s/s)
053YPJ090709191901 COMP. NS Amax=-13.554
11.0
-13.6
053YPJ090709191902 COMP. UD Amax=5.239
5.2
-5.0
053YPJ090709191903 COMP. EW Amax=11.147
11.1
-8.8
0
10
20
30
40
50
60
70
T(s)

图 7－232 2009 年 7 月 9 日 19 时 19 分 14 秒姚安地震永胜片角乡台未校正加速度记录

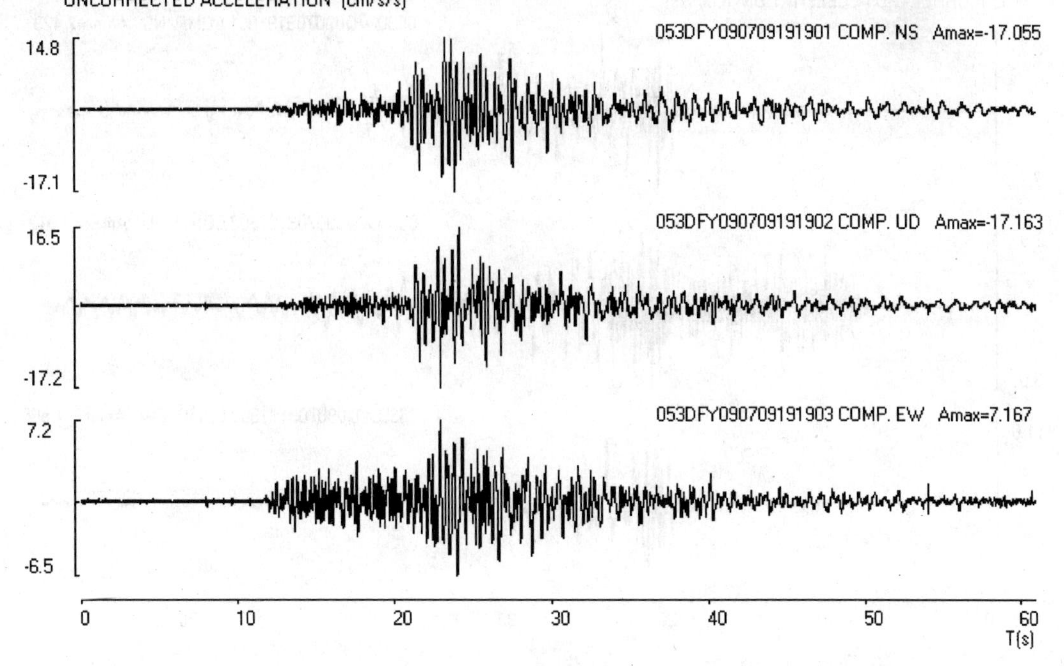

0090709191914 2009-07-09 19:19:14 BTM YAOAN-EARTHQUAKE, YAOAN,CHN 25.600N 101.029E MAG.6.3(Ms) DEPTH 6KM
CODE OF STATION: 53DFY 25.6N 100.3E INSTRUMENT TYPE: ETNA/SLJ-100 OBSERVING POINT: GROUND
NO. OF POINTS: 12200 EQUALLY SPACED INTERVALS OF: 0.005 SEC
UNCORRECTED ACCELERATION (cm/s/s)
053DFY090709191901 COMP. NS Amax=-17.055
14.8
-17.1
053DFY090709191902 COMP. UD Amax=-17.163
16.5
-17.2
053DFY090709191903 COMP. EW Amax=7.167
7.2
-6.5
0
10
20
30
40
50
60
T(s)

图7－233　2009年7月9日19时19分14秒姚安地震大理凤仪台未校正加速度记录

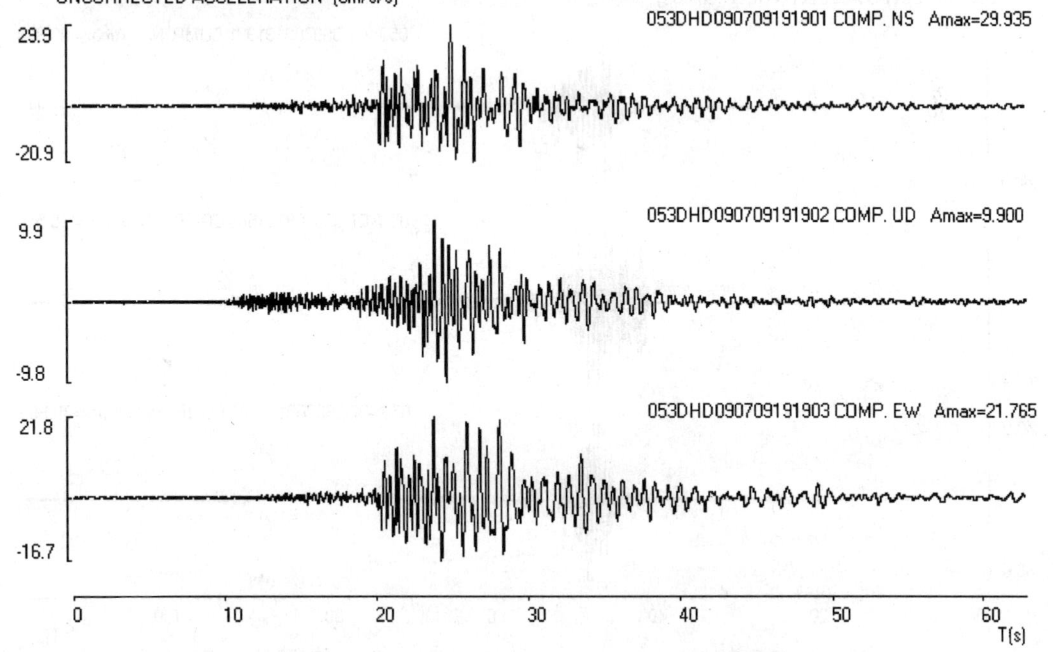

0090709191914 2009-07-09 19:19:14 BTM YAOAN-EARTHQUAKE, YAOAN,CHN 25.600N 101.029E MAG.6.3(Ms) DEPTH 6KM
CODE OF STATION: 53DHD 25.7N 100.3E INSTRUMENT TYPE: ETNA/SLJ-100 OBSERVING POINT: GROUND
NO. OF POINTS: 12600 EQUALLY SPACED INTERVALS OF: 0.005 SEC
UNCORRECTED ACCELERATION (cm/s/s)
053DHD090709191901 COMP. NS Amax=29.935
29.9
-20.9
053DHD090709191902 COMP. UD Amax=9.900
9.9
-9.8
053DHD090709191903 COMP. EW Amax=21.765
21.8
-16.7
0
10
20
30
40
50
60
T(s)

图7－234　2009年7月9日19时19分14秒姚安地震大理海东台未校正加速度记录

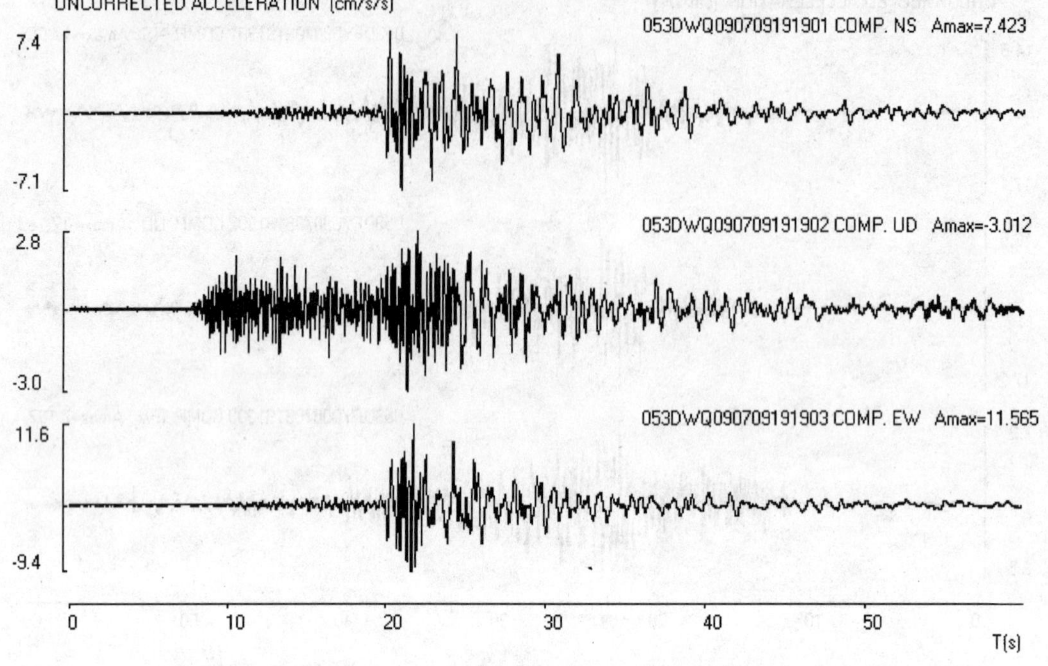
0090709191914 2009-07-09 19:19:14 BTM YAOAN-EARTHQUAKE, YAOAN,CHN 25.600N 101.029E MAG.6.3(Ms) DEPTH 6KM
CODE OF STATION: 53DWQ 25.8N 100.1E INSTRUMENT TYPE: ETNA/SLJ-100 OBSERVING POINT: GROUND
NO. OF POINTS: 12000 EQUALLY SPACED INTERVALS OF: 0.005 SEC
UNCORRECTED ACCELERATION (cm/s/s)
053DWQ090709191901 COMP. NS Amax=7.423
7.4
-7.1
053DWQ090709191902 COMP. UD Amax=-3.012
2.8
-3.0
053DWQ090709191903 COMP. EW Amax=11.565
11.6
-9.4
0
10
20
30
40
50
T(s)

图 7－235　2009 年 7 月 9 日 19 时 19 分 14 秒姚安地震大理湾桥台未校正加速度记录

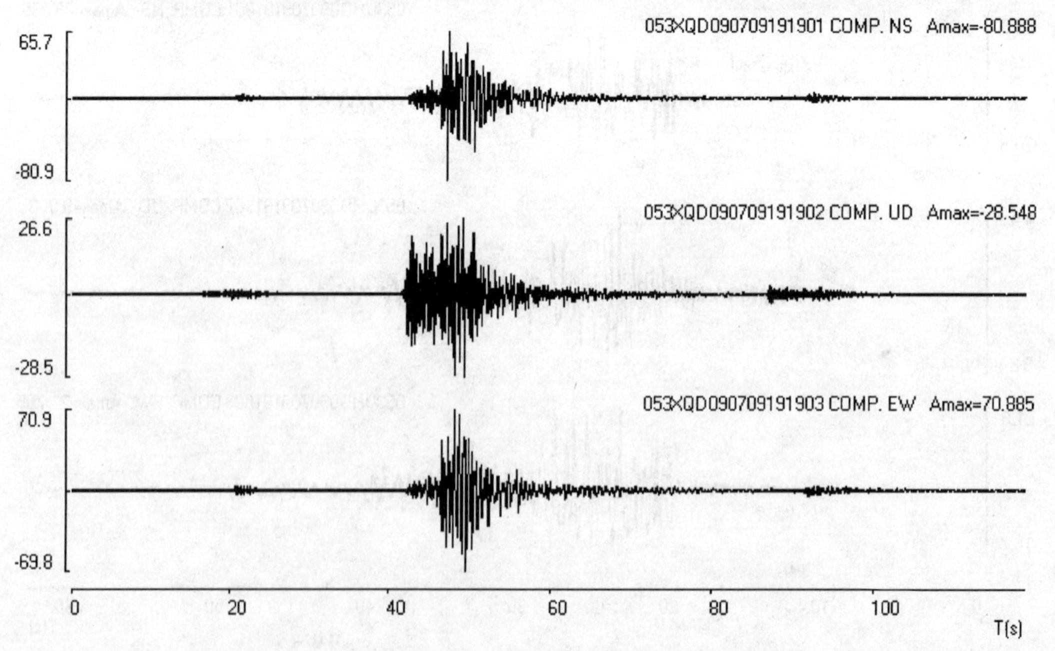
0090709191914 2009-07-09 19:19:14 BTM YAOAN-EARTHQUAKE, YAOAN,CHN 25.600N 101.029E MAG.6.3(Ms) DEPTH 6KM
CODE OF STATION: 53XQD 25.6N 100.7E INSTRUMENT TYPE: ETNA/SLJ-100 OBSERVING POINT: GROUND
NO. OF POINTS: 23800 EQUALLY SPACED INTERVALS OF: 0.005 SEC
UNCORRECTED ACCELERATION (cm/s/s)
053XQD090709191901 COMP. NS Amax=-80.888
65.7
-80.9
053XQD090709191902 COMP. UD Amax=-28.548
26.6
-28.5
053XQD090709191903 COMP. EW Amax=70.885
70.9
-69.8
0
20
40
60
80
100
T(s)

图 7－236　2009 年 7 月 9 日 19 时 19 分 14 秒姚安地震祥云禾甸乡台未校正加速度记录

0090709191914 2009-07-09 19:19:14 BTM YAOAN-EARTHQUAKE, YAOAN,CHN 25.600N 101.029E MAG.6.3(Ms) DEPTH 6KM
CODE OF STATION: 53YPX 25.5N 99.5E INSTRUMENT TYPE: ETNA/SLJ-100 OBSERVING POINT: GROUND
NO. OF POINTS: 13200 EQUALLY SPACED INTERVALS OF: 0.005 SEC
UNCORRECTED ACCELERATION (cm/s/s)

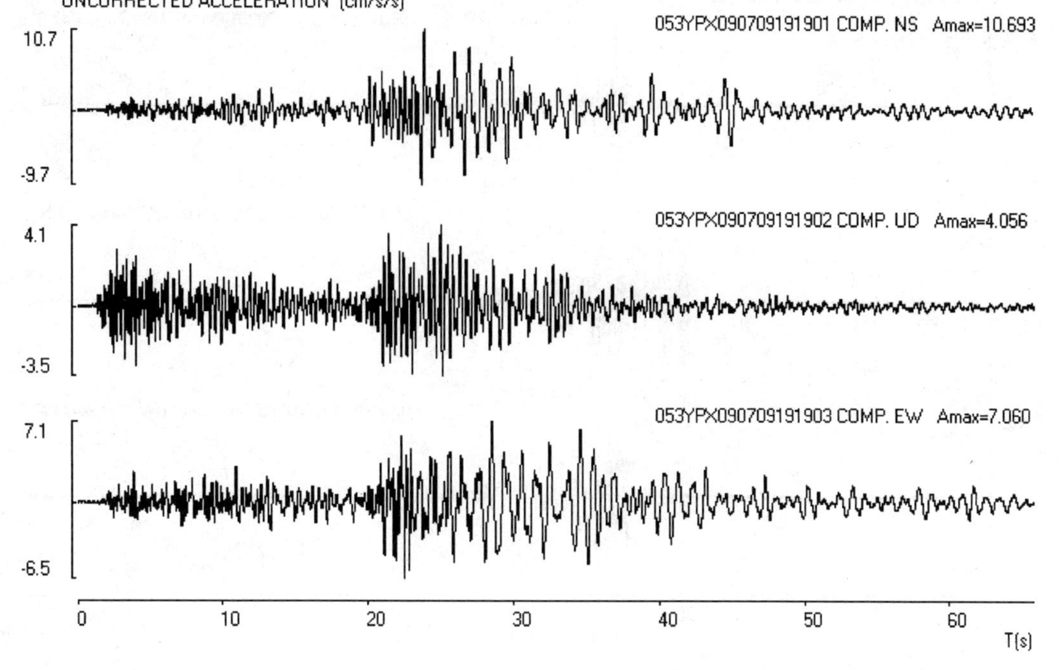
053YPX090709191901 COMP. NS Amax=10.693
10.7
-9.7
053YPX090709191902 COMP. UD Amax=4.056
4.1
-3.5
053YPX090709191903 COMP. EW Amax=7.060
7.1
-6.5
0
10
20
30
40
50
60
T(s)

图 7-237 2009 年 7 月 9 日 19 时 19 分 14 秒姚安地震大理永平台未校正加速度记录

0090709211224 2009-07-09 21:12:24 BTM YAOAN-EARTHQUAKE, YAOAN,CHN 25.540N 101.040E MAG.4.2(Ms) DEPTH 13KM
CODE OF STATION: 53XQD 25.6N 100.7E INSTRUMENT TYPE: ETNA/SLJ-100 OBSERVING POINT: GROUND
NO. OF POINTS: 11000 EQUALLY SPACED INTERVALS OF: 0.005 SEC
UNCORRECTED ACCELERATION (cm/s/s)

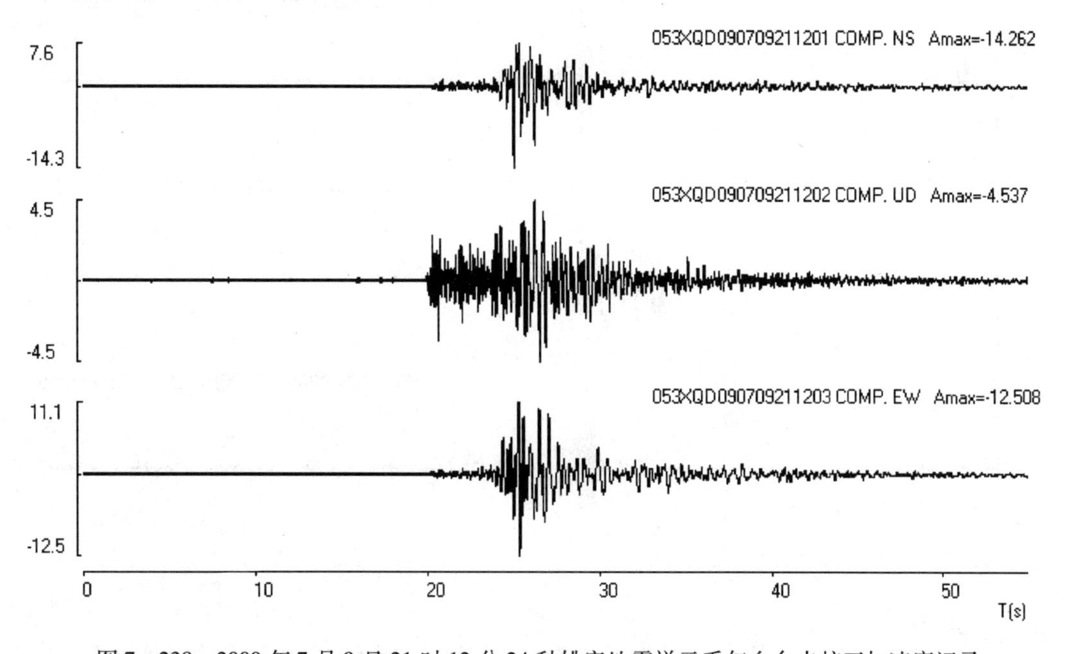
053XQD090709211201 COMP. NS Amax=-14.262
7.6
-14.3
053XQD090709211202 COMP. UD Amax=-4.537
4.5
-4.5
053XQD090709211203 COMP. EW Amax=-12.508
11.1
-12.5
0
10
20
30
40
50
T(s)

图 7-238 2009 年 7 月 9 日 21 时 12 分 24 秒姚安地震祥云禾甸乡台未校正加速度记录

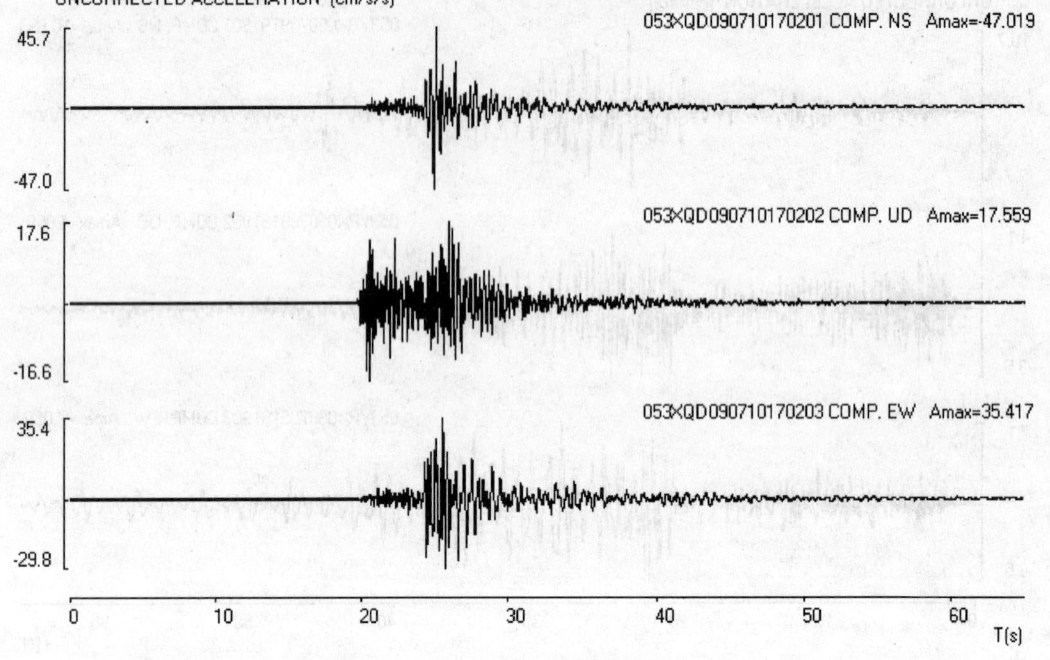
0090710170201 2009-07-10 17:2:1 BTM YAOAN-EARTHQUAKE, YAOAN,CHN 25.600N 101.050E MAG.5.4(Ms) DEPTH 10KM
CODE OF STATION: 53XQD 25.6N 100.7E INSTRUMENT TYPE: ETNA/SLJ-100 OBSERVING POINT: GROUND
NO. OF POINTS: 13000 EQUALLY SPACED INTERVALS OF: 0.005 SEC
UNCORRECTED ACCELERATION (cm/s/s)
053XQD090710170201 COMP. NS Amax=-47.019
45.7
-47.0
053XQD090710170202 COMP. UD Amax=17.559
17.6
-16.6
053XQD090710170203 COMP. EW Amax=35.417
35.4
-29.8
0
10
20
30
40
50
60
T(s)

图7-239 2009年7月10日17时2分1秒姚安地震祥云禾甸乡台未校正加速度记录

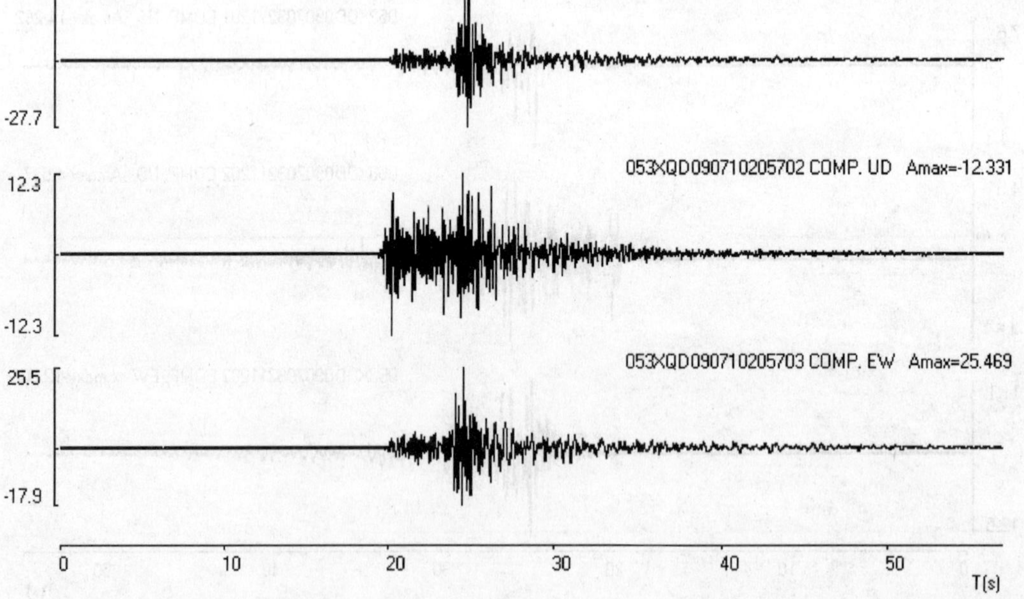
0090710205731 2009-07-10 20:57:31 BTM YAOAN-EARTHQUAKE, YAOAN,CHN 25.569N 101.000E MAG.4.7(Ms) DEPTH 13KM
CODE OF STATION: 53XQD 25.6N 100.7E INSTRUMENT TYPE: ETNA/SLJ-100 OBSERVING POINT: GROUND
NO. OF POINTS: 11400 EQUALLY SPACED INTERVALS OF: 0.005 SEC
UNCORRECTED ACCELERATION (cm/s/s)
053XQD090710205701 COMP. NS Amax=33.232
33.2
-27.7
053XQD090710205702 COMP. UD Amax=-12.331
12.3
-12.3
053XQD090710205703 COMP. EW Amax=25.469
25.5
-17.9
0
10
20
30
40
50
T(s)

图7-240 2009年7月10日20时57分31秒姚安地震祥云禾甸乡台未校正加速度记录

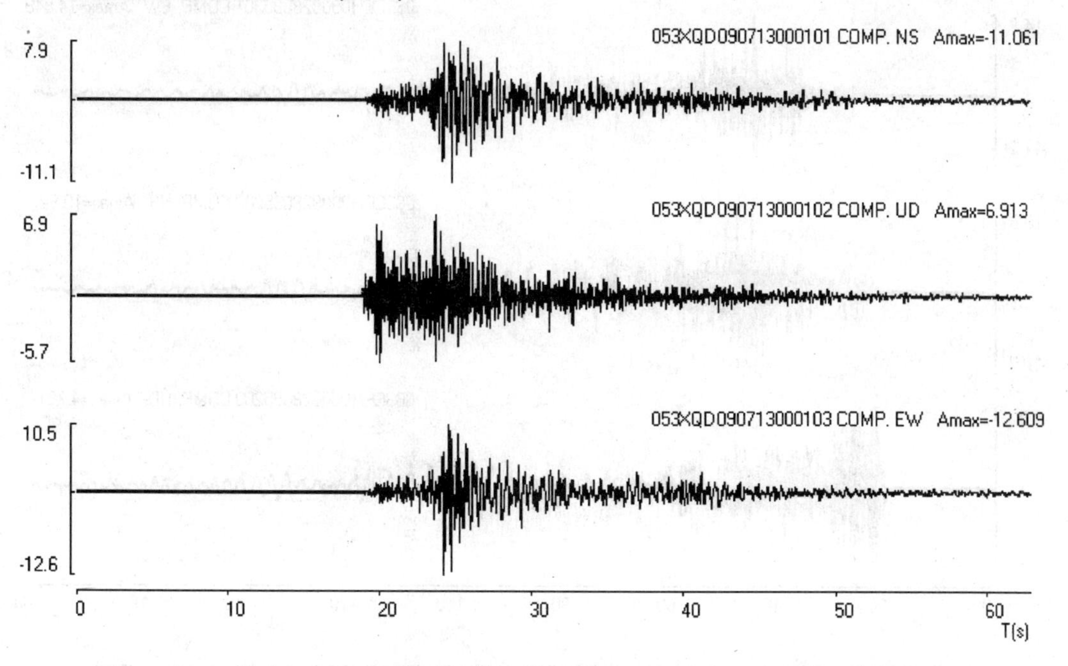
0090713000118 2009-07-13 0:1:18 BTM YAOAN-EARTHQUAKE, YAOAN,CHN 25.540N 101.040E MAG.4.9(Ms) DEPTH 10KM
CODE OF STATION: 53XQD 25.6N 100.7E INSTRUMENT TYPE: ETNA/SLJ-100 OBSERVING POINT: GROUND
NO. OF POINTS: 12600 EQUALLY SPACED INTERVALS OF: 0.005 SEC
UNCORRECTED ACCELERATION (cm/s/s)
053XQD090713000101 COMP. NS Amax=-11.061
7.9
-11.1
053XQD090713000102 COMP. UD Amax=6.913
6.9
-5.7
053XQD090713000103 COMP. EW Amax=-12.609
10.5
-12.6
0
10
20
30
40
50
60
T(s)

图 7－241 2009 年 7 月 13 日 0 时 1 分 18 秒姚安地震祥云禾甸乡台未校正加速度记录

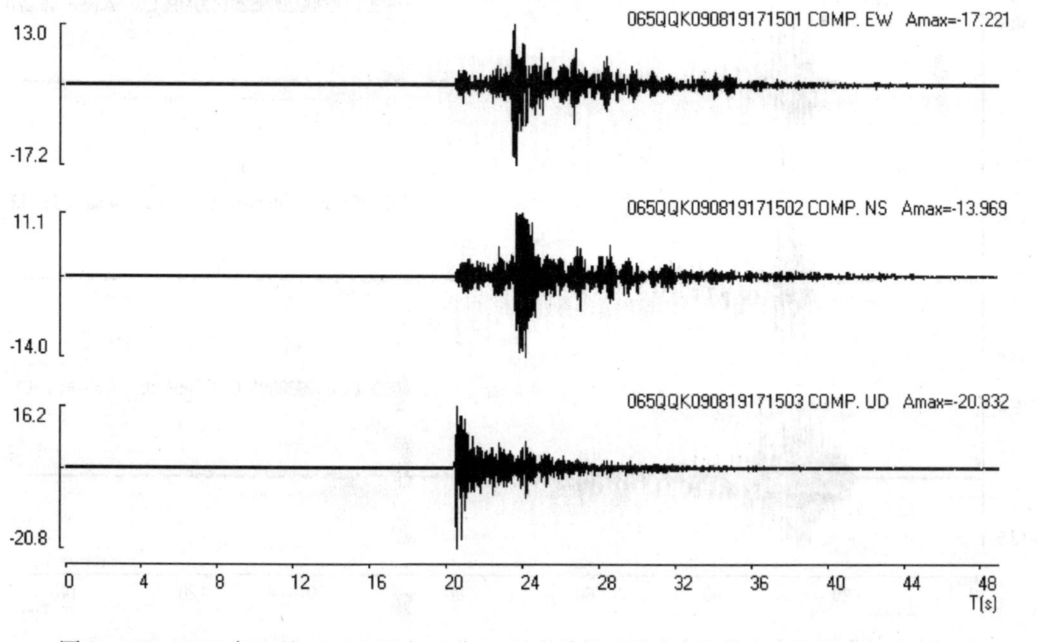
0090819171522 2009-08-19 17:15:22 BTM MAIGAITI-EARTHQUAKE, MAIGAITI,CHN 39.220N 77.879E MAG.3.5(Ml) DEPTH 7KM
CODE OF STATION: 65QQK 39.3N 77.7E INSTRUMENT TYPE: ETNA/ES-T OBSERVING POINT: GROUND
NO. OF POINTS: 9800 EQUALLY SPACED INTERVALS OF: 0.005 SEC
UNCORRECTED ACCELERATION (cm/s/s)
065QQK090819171501 COMP. EW Amax=-17.221
13.0
-17.2
065QQK090819171502 COMP. NS Amax=-13.969
11.1
-14.0
065QQK090819171503 COMP. UD Amax=-20.832
16.2
-20.8
0
4
8
12
16
20
24
28
32
36
40
44
48
T(s)

图 7－242 2009 年 8 月 19 日 17 时 15 分 22 秒麦盖提地震琼库尔恰克台未校正加速度记录

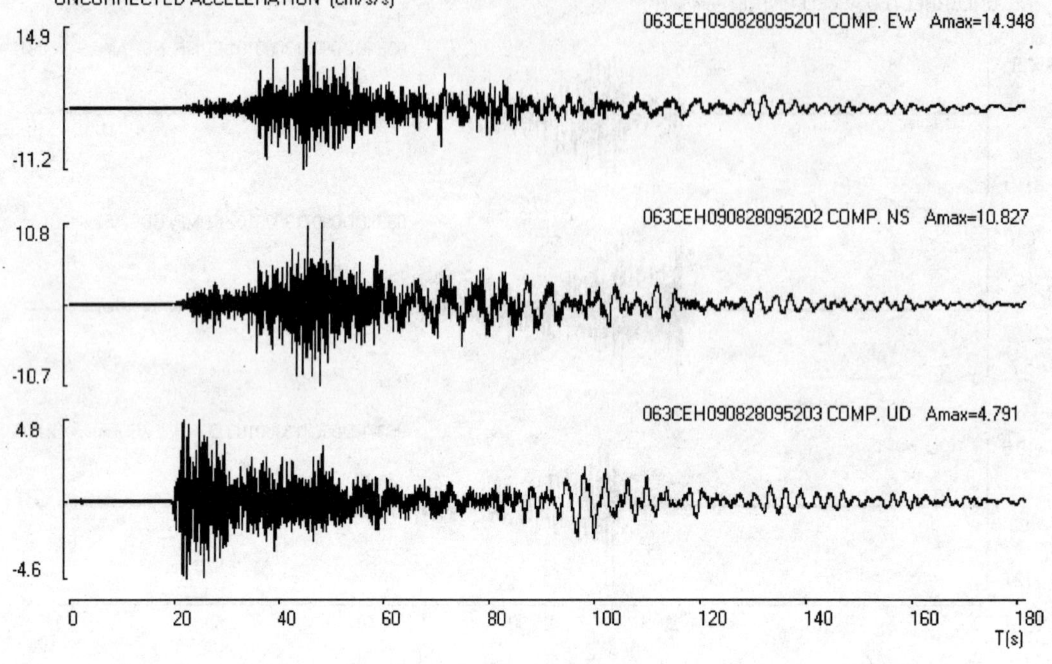
0090828095206 2009-08-28 9:52:6 BTM HAIXI-EARTHQUAKE, DACHAIDAN,CHN 37.599N 95.900E MAG.6.6(Ms) DEPTH 10KM
CODE OF STATION: 63CEH 36.5N 95.2E INSTRUMENT TYPE: MR2002/SLJ-100 OBSERVING POINT: GROUND
NO. OF POINTS: 36304 EQUALLY SPACED INTERVALS OF: 0.005 SEC
UNCORRECTED ACCELERATION (cm/s/s)
063CEH090828095201 COMP. EW Amax=14.948
14.9
-11.2
063CEH090828095202 COMP. NS Amax=10.827
10.8
-10.7
063CEH090828095203 COMP. UD Amax=4.791
4.8
-4.6
0
20
40
60
80
100
120
140
160
180
T(s)

图 7－243 2009 年 8 月 28 日 9 时 52 分 6 秒海西地震察尔汗台未校正加速度记录

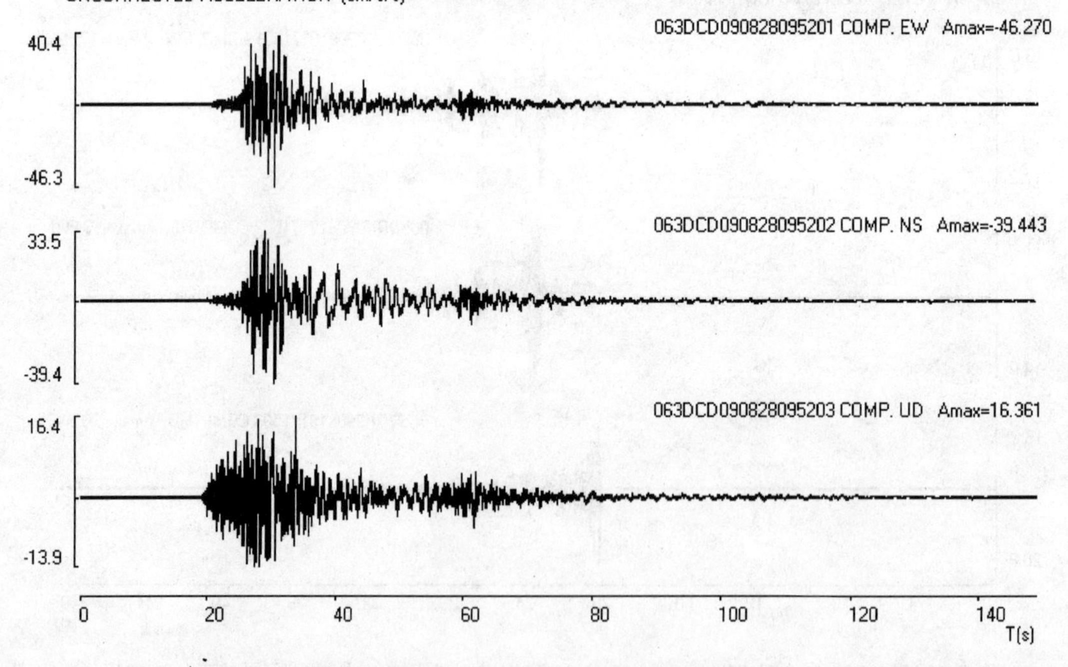
0090828095206 2009-08-28 9:52:6 BTM HAIXI-EARTHQUAKE, DACHAIDAN,CHN 37.599N 95.900E MAG.6.6(Ms) DEPTH 10KM
CODE OF STATION: 63DCD 37.9N 95.4E INSTRUMENT TYPE: ETNA/ES-T OBSERVING POINT: GROUND
NO. OF POINTS: 29800 EQUALLY SPACED INTERVALS OF: 0.005 SEC
UNCORRECTED ACCELERATION (cm/s/s)
063DCD090828095201 COMP. EW Amax=-46.270
40.4
-46.3
063DCD090828095202 COMP. NS Amax=-39.443
33.5
-39.4
063DCD090828095203 COMP. UD Amax=16.361
16.4
-13.9
0
20
40
60
80
100
120
140
T(s)

图 7－244 2009 年 8 月 28 日 9 时 52 分 6 秒海西地震大柴旦台未校正加速度记录

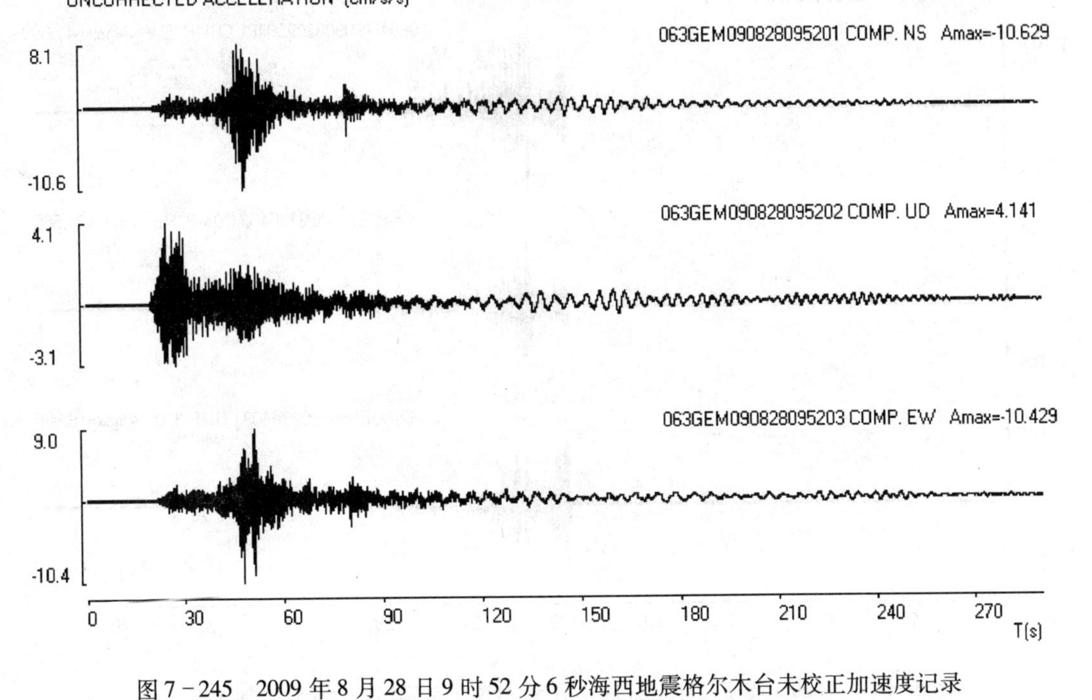
0090828095206 2009-08-28 9:52:6 BTM HAIXI-EARTHQUAKE, DACHAIDAN,CHN 37.599N 95.900E MAG.6.6(Ms) DEPTH 10KM
CODE OF STATION: 63GEM 36.4N 94.9E INSTRUMENT TYPE: ETNA/SLJ-100 OBSERVING POINT: GROUND
NO. OF POINTS: 58200 EQUALLY SPACED INTERVALS OF: 0.005 SEC
UNCORRECTED ACCELERATION (cm/s/s)
063GEM090828095201 COMP. NS Amax=-10.629
8.1
-10.6
063GEM090828095202 COMP. UD Amax=4.141
4.1
-3.1
063GEM090828095203 COMP. EW Amax=-10.429
9.0
-10.4
0
30
60
90
120
150
180
210
240
270
T(s)

图7-245 2009年8月28日9时52分6秒海西地震格尔木台未校正加速度记录

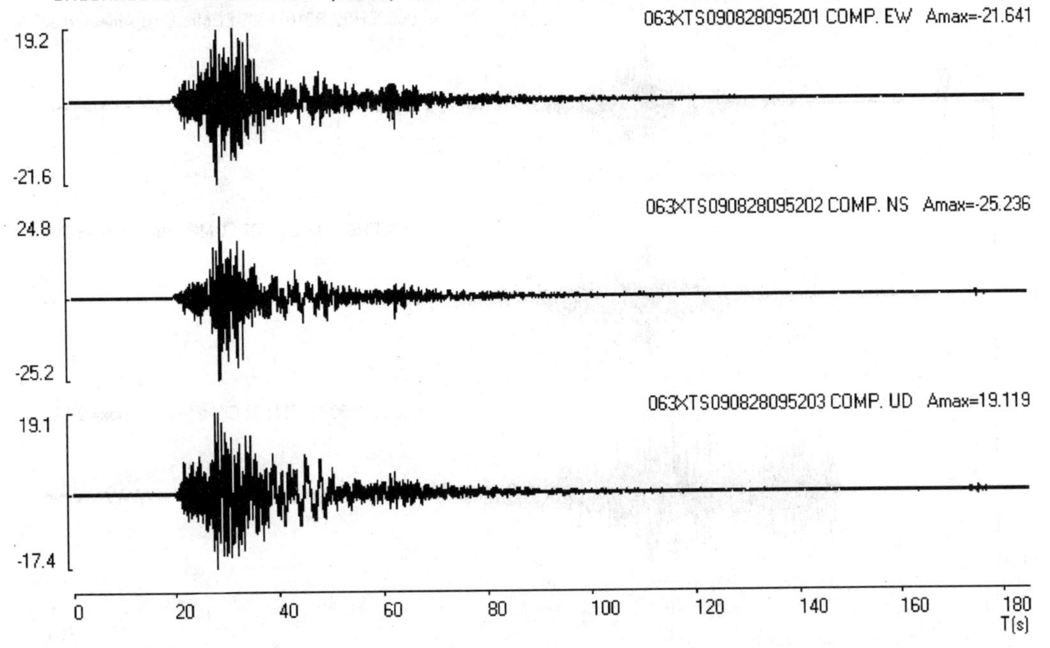
0090828095206 2009-08-28 9:52:6 BTM HAIXI-EARTHQUAKE, DACHAIDAN,CHN 37.599N 95.900E MAG.6.6(Ms) DEPTH 10KM
CODE OF STATION: 63XTS 37.3N 95.6E INSTRUMENT TYPE: ETNA/ES-T OBSERVING POINT: GROUND
NO. OF POINTS: 37000 EQUALLY SPACED INTERVALS OF: 0.005 SEC
UNCORRECTED ACCELERATION (cm/s/s)
063XTS090828095201 COMP. EW Amax=-21.641
19.2
-21.6
063XTS090828095202 COMP. NS Amax=-25.236
24.8
-25.2
063XTS090828095203 COMP. UD Amax=19.119
19.1
-17.4
0
20
40
60
80
100
120
140
160
180
T(s)

图7-246 2009年8月28日9时52分6秒海西地震锡铁山台未校正加速度记录

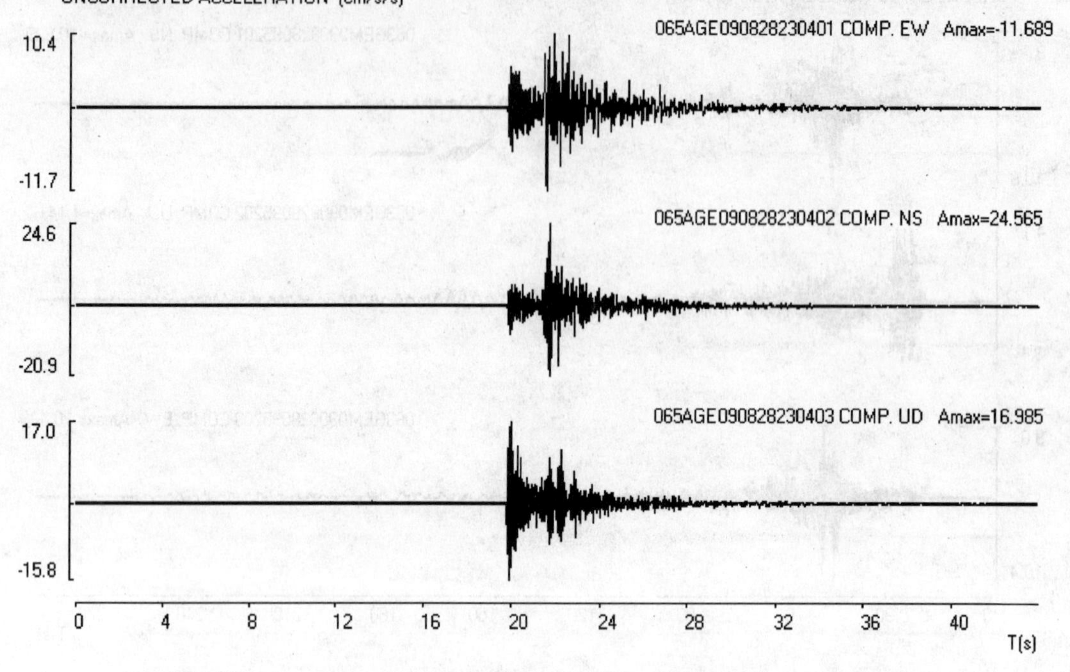
0090828230459 2009-08-28 23:4:59 BTM KUCHE-EARTHQUAKE, KUCHE,CHN 41.860N 82.989E MAG.3.6(Ml) DEPTH 5KM
CODE OF STATION: 65AGE 42.0N 83.0E INSTRUMENT TYPE: ETNA/ES-T OBSERVING POINT: GROUND
NO. OF POINTS: 8800 EQUALLY SPACED INTERVALS OF: 0.005 SEC
UNCORRECTED ACCELERATION (cm/s/s)
065AGE090828230401 COMP. EW Amax=-11.689
10.4
-11.7
065AGE090828230402 COMP. NS Amax=24.565
24.6
-20.9
065AGE090828230403 COMP. UD Amax=16.985
17.0
-15.8
0 4 8 12 16 20 24 28 32 36 40
T(s)

图 7 - 247 2009 年 8 月 28 日 23 时 4 分 59 秒库车地震阿格台未校正加速度记录

0090831011550 2009-08-31 1:15:50 BTM HAIXI-EARTHQUAKE, DACHAIDAN,CHN 37.849N 95.650E MAG.5.3(Ms) DEPTH 10KM
CODE OF STATION: 63CEH 36.5N 95.2E INSTRUMENT·TYPE: MR2002/SLJ-100 OBSERVING POINT: GROUND
NO. OF POINTS: 24280 EQUALLY SPACED INTERVALS OF: 0.005 SEC
UNCORRECTED ACCELERATION (cm/s/s)
063CEH090831011501 COMP. EW Amax=10.377
10.4
-8.5

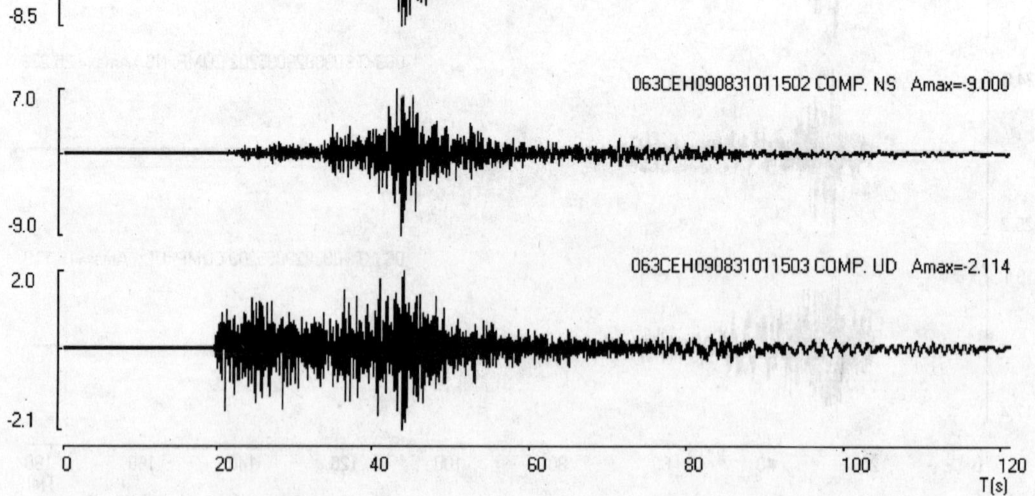
063CEH090831011502 COMP. NS Amax=-9.000
7.0
-9.0
063CEH090831011503 COMP. UD Amax=-2.114
2.0
-2.1
0 20 40 60 80 100 120
T(s)

图 7 - 248 2009 年 8 月 31 日 1 时 15 分 50 秒海西地震察尔汗台未校正加速度记录

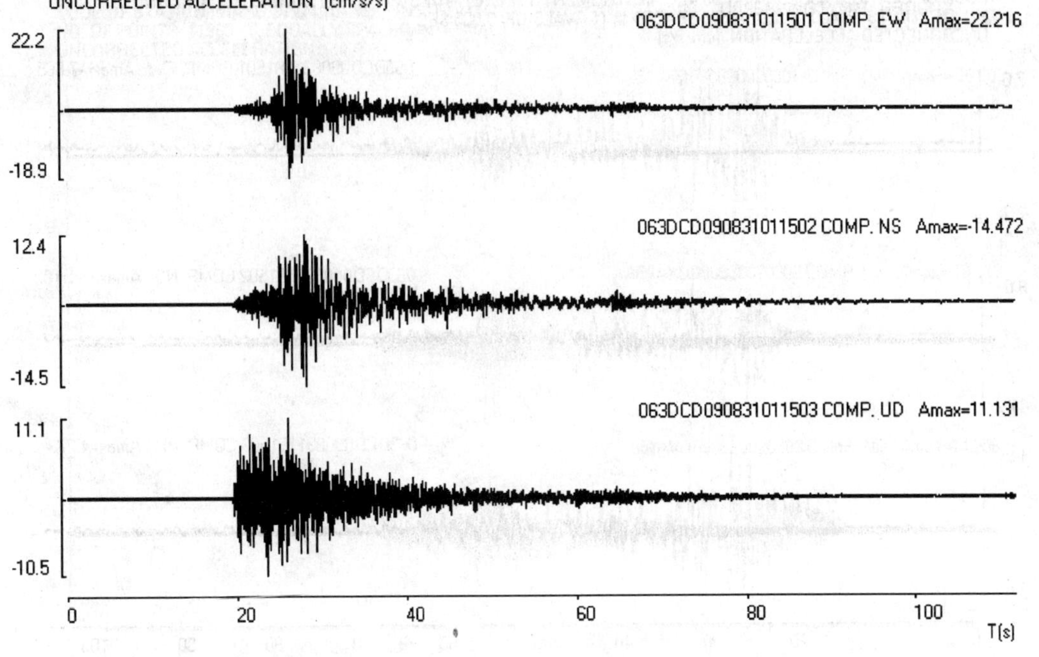

0090831011550 2009-08-31 1:15:50 BTM HAIXI-EARTHQUAKE, DACHAIDAN,CHN 37.849N 95.650E MAG.5.3(Ms) DEPTH 10KM
CODE OF STATION: 63DCD 37.9N 95.4E INSTRUMENT TYPE: ETNA/ES-T OBSERVING POINT: GROUND
NO. OF POINTS: 22400 EQUALLY SPACED INTERVALS OF: 0.005 SEC
UNCORRECTED ACCELERATION (cm/s/s)
063DCD090831011501 COMP. EW Amax=22.216
22.2
-18.9
063DCD090831011502 COMP. NS Amax=-14.472
12.4
-14.5
063DCD090831011503 COMP. UD Amax=11.131
11.1
-10.5
0
20
40
60
80
100
T(s)

图 7-249　2009 年 8 月 31 日 1 时 15 分 50 秒海西地震大柴旦台未校正加速度记录

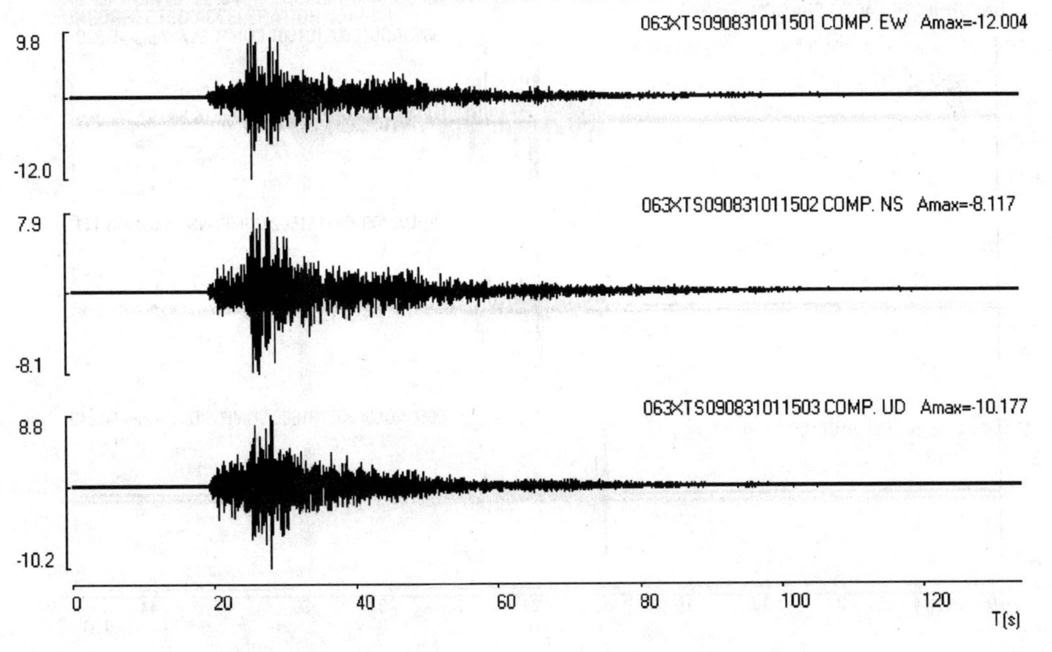

0090831011550 2009-08-31 1:15:50 BTM HAIXI-EARTHQUAKE, DACHAIDAN,CHN 37.849N 95.650E MAG.5.3(Ms) DEPTH 10KM
CODE OF STATION: 63XTS 37.3N 95.6E INSTRUMENT TYPE: ETNA/ES-T OBSERVING POINT: GROUND
NO. OF POINTS: 26800 EQUALLY SPACED INTERVALS OF: 0.005 SEC
UNCORRECTED ACCELERATION (cm/s/s)
063XTS090831011501 COMP. EW Amax=-12.004
9.8
-12.0
063XTS090831011502 COMP. NS Amax=-8.117
7.9
-8.1
063XTS090831011503 COMP. UD Amax=-10.177
8.8
-10.2
0
20
40
60
80
100
120
T(s)

图 7-250　2009 年 8 月 31 日 1 时 15 分 50 秒海西地震锡铁山台未校正加速度记录

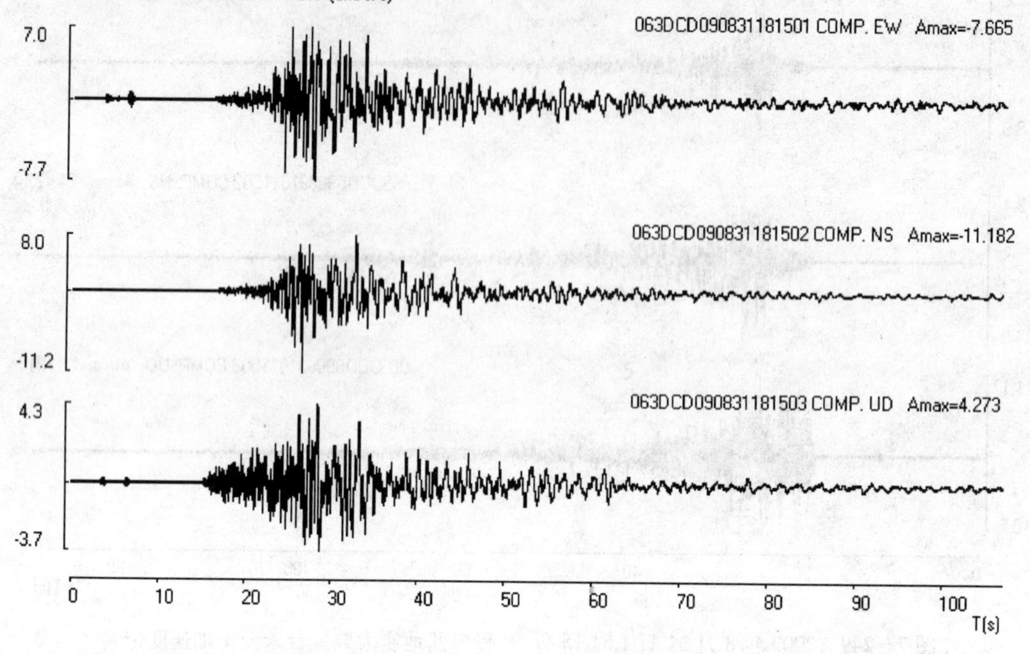
0090831181529 2009-08-31 18:15:29 BTM HAIXI-EARTHQUAKE, DACHAIDAN,CHN 37.740N 95.980E MAG.6.1(Ms) DEPTH 7KM
CODE OF STATION: 63DCD 37.9N 95.4E INSTRUMENT TYPE: ETNA/ES-T OBSERVING POINT: GROUND
NO. OF POINTS: 21400 EQUALLY SPACED INTERVALS OF: 0.005 SEC
UNCORRECTED ACCELERATION (cm/s/s)
063DCD090831181501 COMP. EW Amax=-7.665
063DCD090831181502 COMP. NS Amax=-11.182
063DCD090831181503 COMP. UD Amax=4.273
T(s)

图 7-251 2009 年 8 月 31 日 18 时 15 分 29 秒海西地震大柴旦台未校正加速度记录

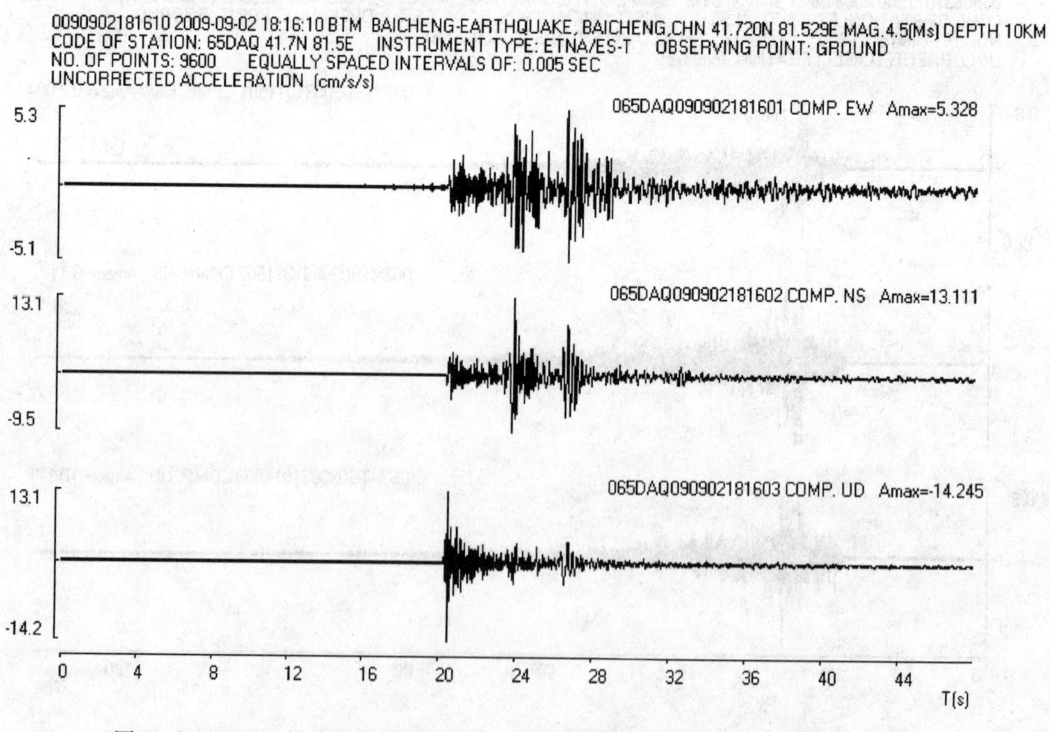
0090902181610 2009-09-02 18:16:10 BTM BAICHENG-EARTHQUAKE, BAICHENG,CHN 41.720N 81.529E MAG.4.5(Ms) DEPTH 10KM
CODE OF STATION: 65DAQ 41.7N 81.5E INSTRUMENT TYPE: ETNA/ES-T OBSERVING POINT: GROUND
NO. OF POINTS: 9600 EQUALLY SPACED INTERVALS OF: 0.005 SEC
UNCORRECTED ACCELERATION (cm/s/s)
065DAQ090902181601 COMP. EW Amax=5.328
065DAQ090902181602 COMP. NS Amax=13.111
065DAQ090902181603 COMP. UD Amax=-14.245
T(s)

图 7-252 2009 年 9 月 2 日 18 时 16 分 10 秒拜城地震大桥台未校正加速度记录

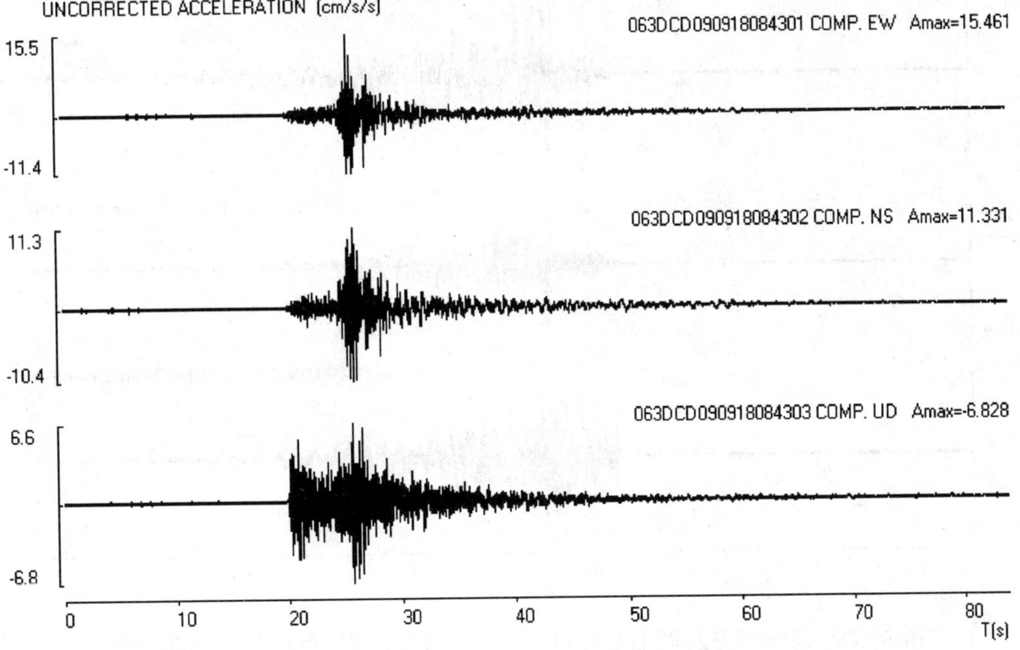
0090918084325 2009-09-18 8:43:25 BTM HAIXI-EARTHQUAKE, DACHAIDAN,CHN 37.669N 95.660E MAG.4.7(Ms) DEPTH 8KM
CODE OF STATION: 63DCD 37.9N 95.4E INSTRUMENT TYPE: ETNA/ES-T OBSERVING POINT: GROUND
NO. OF POINTS: 16800 EQUALLY SPACED INTERVALS OF: 0.005 SEC
UNCORRECTED ACCELERATION (cm/s/s)
063DCD090918084301 COMP. EW Amax=15.461
15.5
-11.4
063DCD090918084302 COMP. NS Amax=11.331
11.3
-10.4
063DCD090918084303 COMP. UD Amax=-6.828
6.6
-6.8
0 10 20 30 40 50 60 70 80
T(s)

图 7－253　2009 年 9 月 18 日 8 时 43 分 25 秒海西地震大柴旦台未校正加速度记录

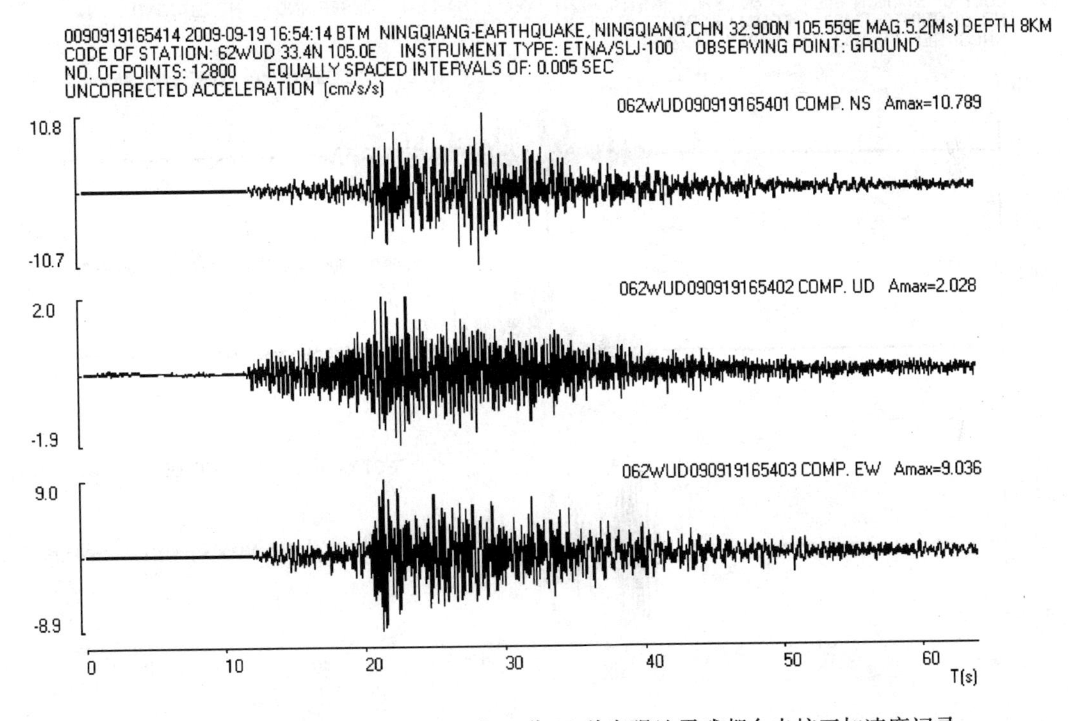
0090919165414 2009-09-19 16:54:14 BTM NINGQIANG-EARTHQUAKE, NINGQIANG,CHN 32.900N 105.559E MAG.5.2(Ms) DEPTH 8KM
CODE OF STATION: 62WUD 33.4N 105.0E INSTRUMENT TYPE: ETNA/SLJ-100 OBSERVING POINT: GROUND
NO. OF POINTS: 12800 EQUALLY SPACED INTERVALS OF: 0.005 SEC
UNCORRECTED ACCELERATION (cm/s/s)
062WUD090919165401 COMP. NS Amax=10.789
10.8
-10.7
062WUD090919165402 COMP. UD Amax=2.028
2.0
-1.9
062WUD090919165403 COMP. EW Amax=9.036
9.0
-8.9
0 10 20 30 40 50 60
T(s)

图 7－254　2009 年 9 月 18 日 8 时 43 分 25 秒宁强地震武都台未校正加速度记录

0090925091412 2009-09-25 33:14:12 BTM YUNNAN-EARTHQUAKE, YUNNAN,CHN 24.930N 98.089E MAG.4.1(Ms) DEPTH 6KM
CODE OF STATION: 53LHX 24.8N 98.3E INSTRUMENT TYPE: ETNA/SLJ-100 OBSERVING POINT: GROUND
NO. OF POINTS: 10200 EQUALLY SPACED INTERVALS OF: 0.005 SEC
UNCORRECTED ACCELERATION (cm/s/s)

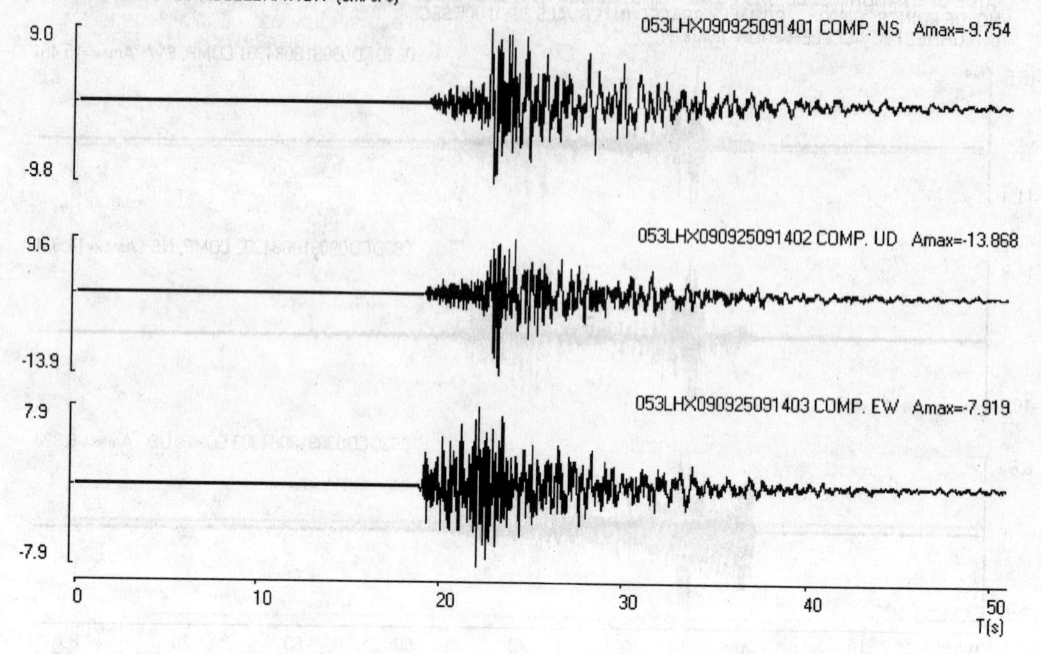
9.0
-9.8
053LHX090925091401 COMP. NS Amax=-9.754
9.6
-13.9
053LHX090925091402 COMP. UD Amax=-13.868
7.9
-7.9
053LHX090925091403 COMP. EW Amax=-7.919
0
10
20
30
40
50
T(s)

图 7－255　2009 年 9 月 25 日 9 时 14 分 12 秒云南地震梁河台未校正加速度记录

0090930041450 2009-09-30 4:14:51 BTM KUCHE-EARTHQUAKE, KUCHE,CHN 41.939N 83.709E MAG.4.7(Ml) DEPTH 15KM
CODE OF STATION: 65EBT 41.8N 83.8E INSTRUMENT TYPE: ETNA/ES-T OBSERVING POINT: GROUND
NO. OF POINTS: 11400 EQUALLY SPACED INTERVALS OF: 0.005 SEC
UNCORRECTED ACCELERATION (cm/s/s)

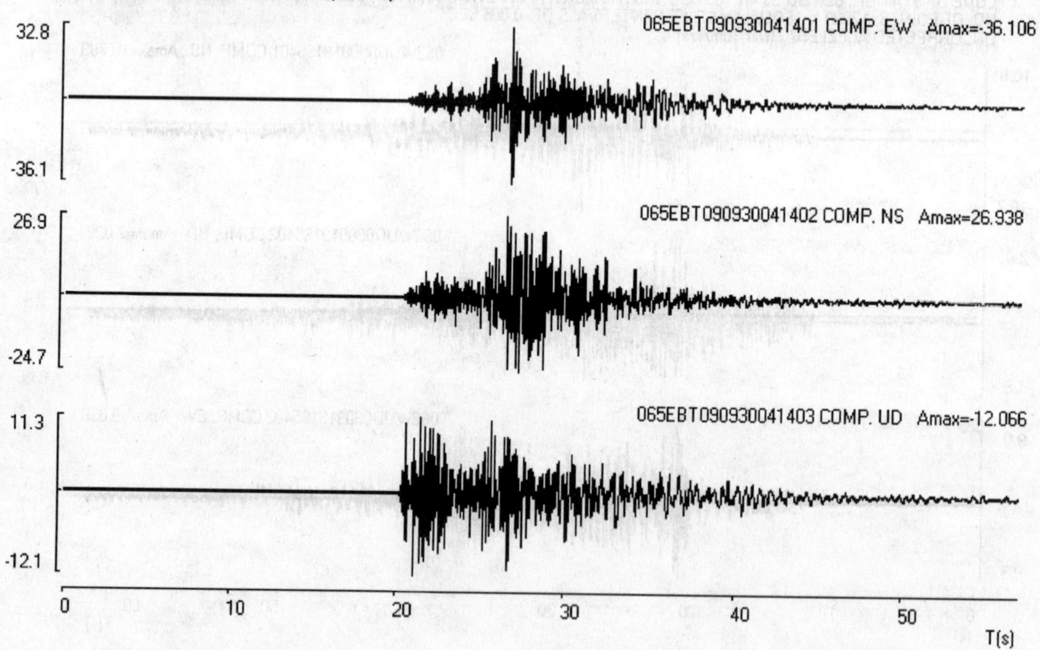
32.8
-36.1
065EBT090930041401 COMP. EW Amax=-36.106
26.9
-24.7
065EBT090930041402 COMP. NS Amax=26.938
11.3
-12.1
065EBT090930041403 COMP. UD Amax=-12.066
0
10
20
30
40
50
T(s)

图 7－256　2009 年 9 月 30 日 4 时 14 分 50 秒库车地震二八台台未校正加速度记录

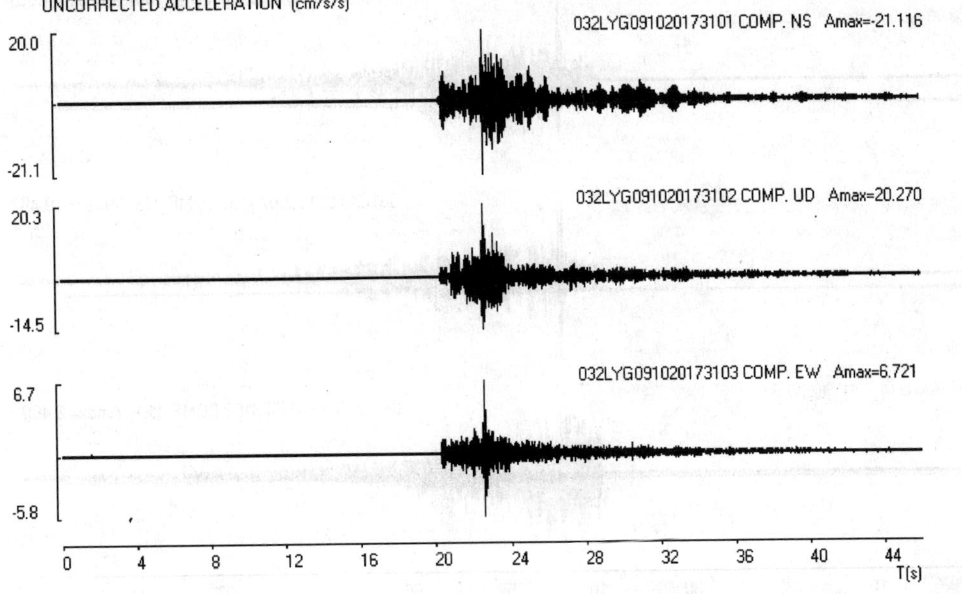
0091020173100 2009-10-20 17:31:0 BTM LIANYUNGANG-EARTHQUAKE, LIANYUNGANG,CHN 34.599N 119.099E MAG.2.9(Ml) DEPTH _KM
CODE OF STATION: 32LYG 34.6N 119.2E INSTRUMENT TYPE: ETNA/SLJ-100 OBSERVING POINT: GROUND
NO. OF POINTS: 9200 EQUALLY SPACED INTERVALS OF: 0.005 SEC
UNCORRECTED ACCELERATION (cm/s/s)
032LYG091020173101 COMP. NS Amax=-21.116
20.0
-21.1
032LYG091020173102 COMP. UD Amax=20.270
20.3
-14.5
032LYG091020173103 COMP. EW Amax=6.721
6.7
-5.8
0
4
8
12
16
20
24
28
32
36
40
44
T(s)

图 7-257 2009 年 10 月 20 日 17 时 31 分 00 秒连云港地震连云港台未校正加速度记录

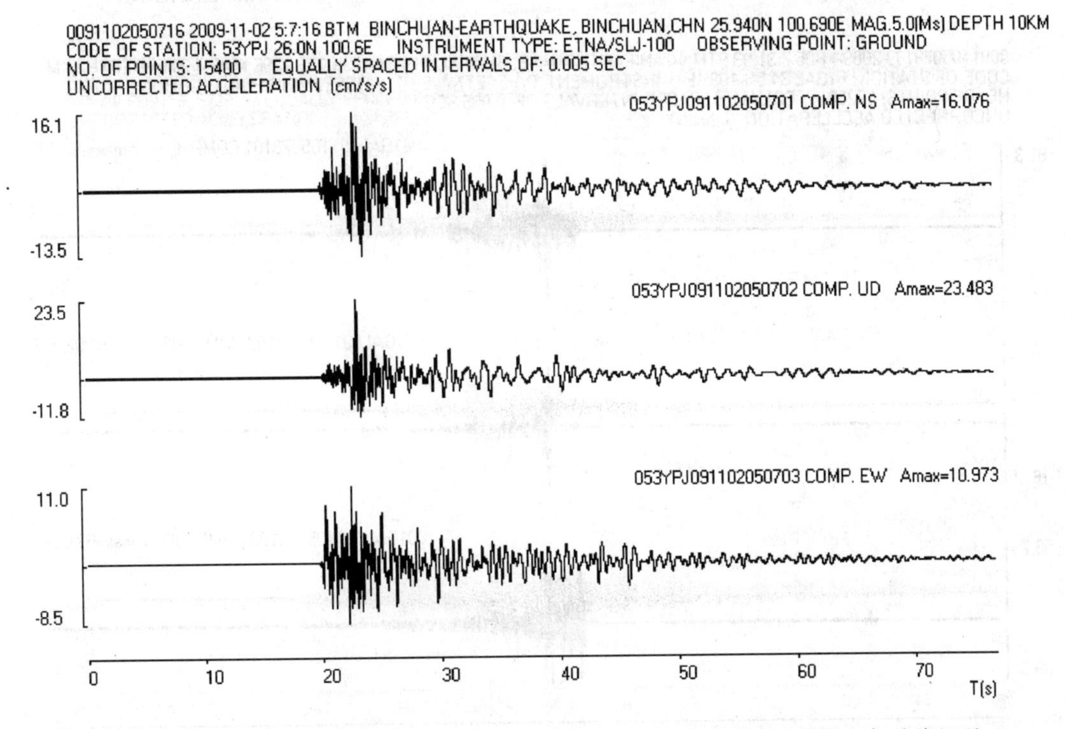
0091102050716 2009-11-02 5:7:16 BTM BINCHUAN-EARTHQUAKE, BINCHUAN,CHN 25.940N 100.690E MAG.5.0(Ms) DEPTH 10KM
CODE OF STATION: 53YPJ 26.0N 100.6E INSTRUMENT TYPE: ETNA/SLJ-100 OBSERVING POINT: GROUND
NO. OF POINTS: 15400 EQUALLY SPACED INTERVALS OF: 0.005 SEC
UNCORRECTED ACCELERATION (cm/s/s)
053YPJ091102050701 COMP. NS Amax=16.076
16.1
-13.5
053YPJ091102050702 COMP. UD Amax=23.483
23.5
-11.8
053YPJ091102050703 COMP. EW Amax=10.973
11.0
-8.5
0
10
20
30
40
50
60
70
T(s)

图 7-258 2009 年 11 月 2 日 5 时 7 分 16 秒宾川地震永胜片角乡台未校正加速度记录

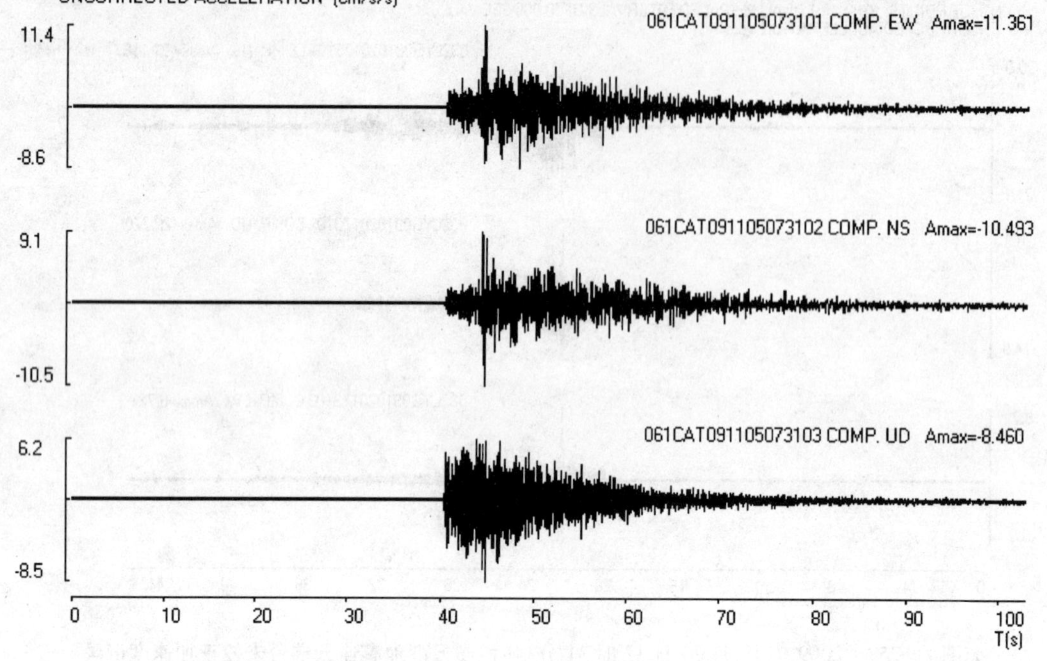
0091105073133 2009-11-05 7:31:33 BTM XI'AN-EARTHQUAKE, SHANXI,CHN 34.479N 109.139E MAG.4.2(Ms) DEPTH 5KM
CODE OF STATION: 61CAT 34.4N 109.0E INSTRUMENT TYPE: ETNA/ES-T OBSERVING POINT: GROUND
NO. OF POINTS: 20600 EQUALLY SPACED INTERVALS OF: 0.005 SEC
UNCORRECTED ACCELERATION (cm/s/s)
061CAT091105073101 COMP. EW Amax=11.361
061CAT091105073102 COMP. NS Amax=-10.493
061CAT091105073103 COMP. UD Amax=-8.460
T(s)

图 7－259　2009 年 11 月 5 日 7 时 31 分 33 秒西安地震草滩台未校正加速度记录

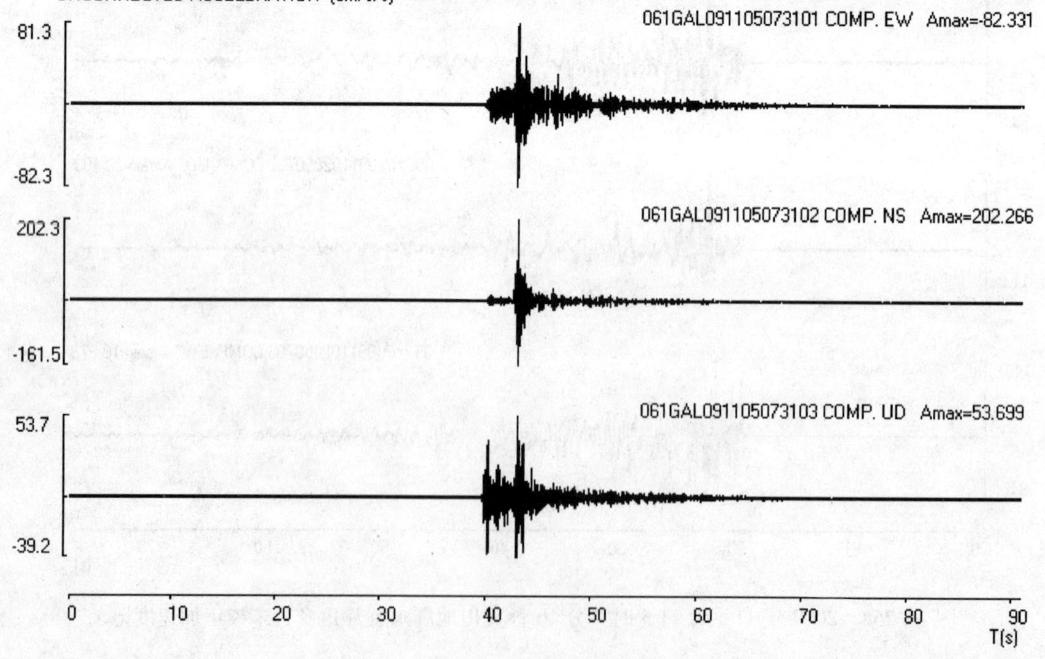
0091105073133 2009-11-05 7:31:33 BTM XI'AN-EARTHQUAKE, SHANXI,CHN 34.479N 109.139E MAG.4.2(Ms) DEPTH 5KM
CODE OF STATION: 61GAL 34.5N 109.1E INSTRUMENT TYPE: ETNA/ES-T OBSERVING POINT: GROUND
NO. OF POINTS: 18200 EQUALLY SPACED INTERVALS OF: 0.005 SEC
UNCORRECTED ACCELERATION (cm/s/s)
061GAL091105073101 COMP. EW Amax=-82.331
061GAL091105073102 COMP. NS Amax=202.266
061GAL091105073103 COMP. UD Amax=53.699
T(s)

图 7－260　2009 年 11 月 5 日 7 时 31 分 33 秒西安地震高陵台未校正加速度记录

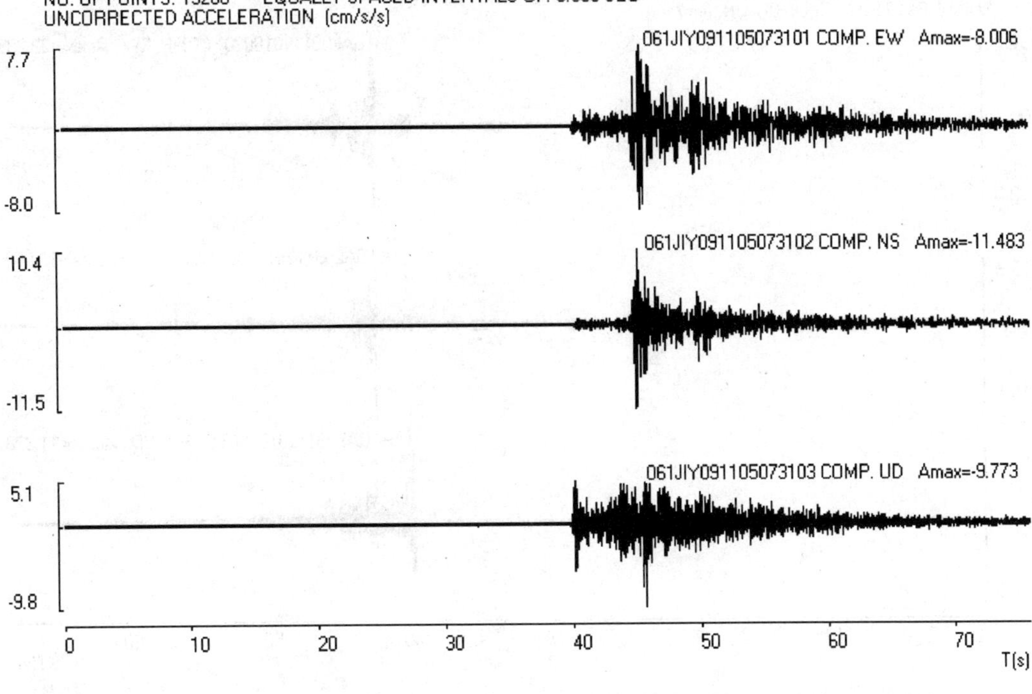
0091105073133 2009-11-05 7:31:33 BTM XI'AN-EARTHQUAKE, SHANXI,CHN 34.479N 109.139E MAG.4.2(Ms) DEPTH 5KM
CODE OF STATION: 61JIY 34.5N 108.8E INSTRUMENT TYPE: ETNA/ES-T OBSERVING POINT: GROUND
NO. OF POINTS: 15200 EQUALLY SPACED INTERVALS OF: 0.005 SEC
UNCORRECTED ACCELERATION (cm/s/s)
061JIY091105073101 COMP. EW Amax=-8.006
7.7
-8.0
061JIY091105073102 COMP. NS Amax=-11.483
10.4
-11.5
061JIY091105073103 COMP. UD Amax=-9.773
5.1
-9.8
0
10
20
30
40
50
60
70
T(s)

图 7－261　2009 年 11 月 5 日 7 时 31 分 33 秒西安地震泾阳台未校正加速度记录

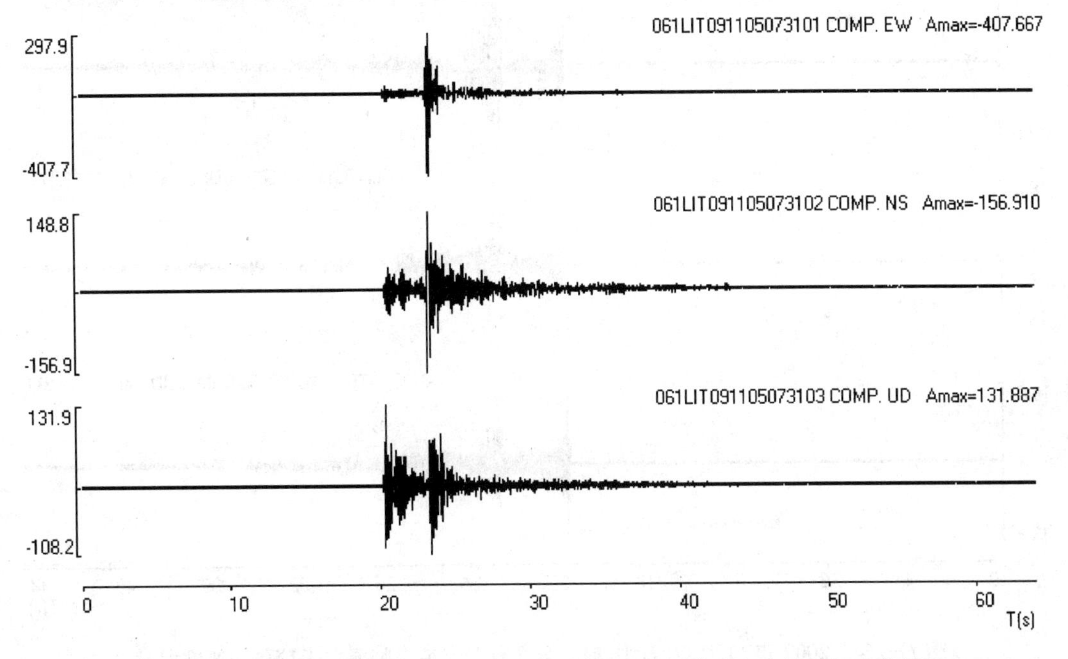
0091105073133 2009-11-05 7:31:33 BTM XI'AN-EARTHQUAKE, SHANXI,CHN 34.479N 109.139E MAG.4.2(Ms) DEPTH 5KM
CODE OF STATION: 61LIT 34.4N 108.2E INSTRUMENT TYPE: ETNA/ES-T OBSERVING POINT: GROUND
NO. OF POINTS: 12800 EQUALLY SPACED INTERVALS OF: 0.005 SEC
UNCORRECTED ACCELERATION (cm/s/s)
061LIT091105073101 COMP. EW Amax=-407.667
297.9
-407.7
061LIT091105073102 COMP. NS Amax=-156.910
148.8
-156.9
061LIT091105073103 COMP. UD Amax=131.887
131.9
-108.2
0
10
20
30
40
50
60
T(s)

图 7－262　2009 年 11 月 5 日 7 时 31 分 33 秒西安地震临潼台未校正加速度记录

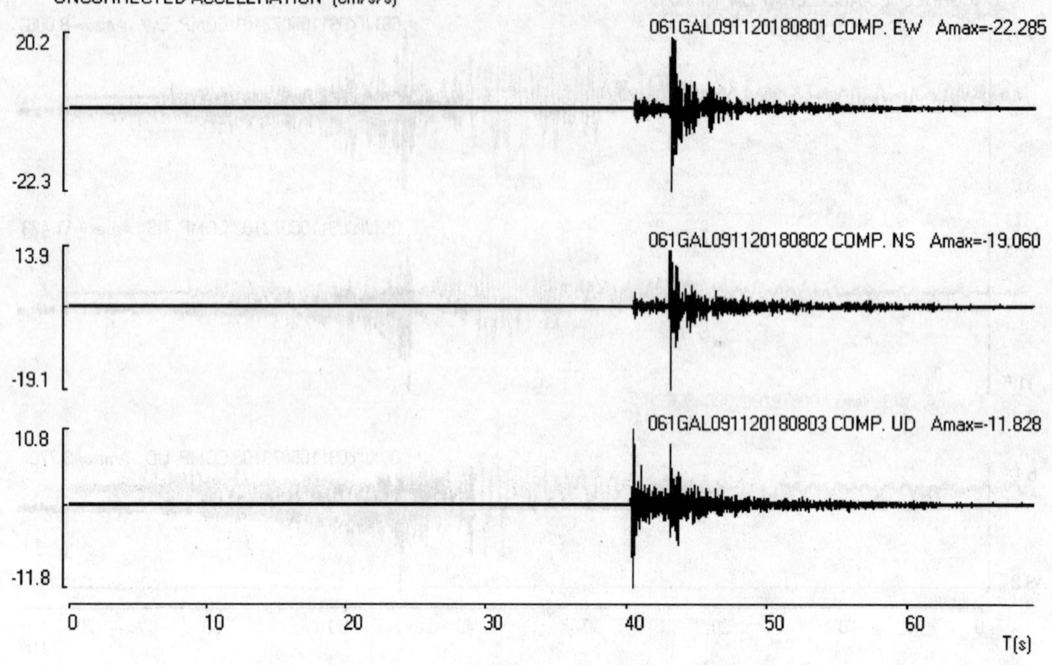
0091120180807 2009-11-20 18:8:7 BTM XI'AN-EARTHQUAKE, SHANXI,CHN 34.479N 109.129E MAG.3.6(MI) DEPTH 7KM
CODE OF STATION: 61GAL 34.5N 109.1E INSTRUMENT TYPE: ETNA/ES-T OBSERVING POINT: GROUND
NO. OF POINTS: 13800 EQUALLY SPACED INTERVALS OF: 0.005 SEC
UNCORRECTED ACCELERATION (cm/s/s)
061GAL091120180801 COMP. EW Amax=-22.285
20.2
-22.3
061GAL091120180802 COMP. NS Amax=-19.060
13.9
-19.1
061GAL091120180803 COMP. UD Amax=-11.828
10.8
-11.8
0
10
20
30
40
50
60
T(s)

图 7-263 2009 年 11 月 20 日 18 时 8 分 7 秒西安地震高陵台未校正加速度记录

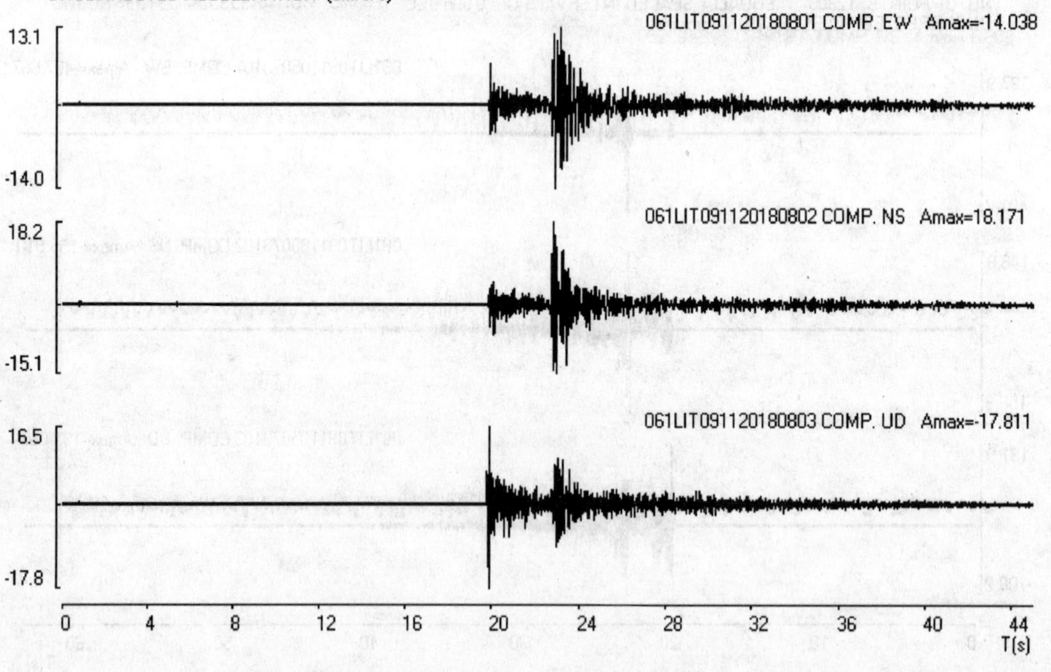
0091120180807 2009-11-20 18:8:7 BTM XI'AN-EARTHQUAKE, SHANXI,CHN 34.479N 109.129E MAG.3.6(MI) DEPTH 7KM
CODE OF STATION: 61LIT 34.4N 108.2E INSTRUMENT TYPE: ETNA/ES-T OBSERVING POINT: GROUND
NO. OF POINTS: 9000 EQUALLY SPACED INTERVALS OF: 0.005 SEC
UNCORRECTED ACCELERATION (cm/s/s)
061LIT091120180801 COMP. EW Amax=-14.038
13.1
-14.0
061LIT091120180802 COMP. NS Amax=18.171
18.2
-15.1
061LIT091120180803 COMP. UD Amax=-17.811
16.5
-17.8
0
4
8
12
16
20
24
28
32
36
40
44
T(s)

图 7-264 2009 年 11 月 20 日 18 时 8 分 7 秒西安地震临潼台未校正加速度记录

0091121155101 2009-11-21 15:51:1 BTM LINGWU-EARTHQUAKE, LINGWU,CHN 38.200N 106.599E MAG.4.3(Ms) DEPTH 9KM
CODE OF STATION: 64BFN 39.0N 106.4E INSTRUMENT TYPE: MR2002/SLJ-100 OBSERVING POINT: GROUND
NO. OF POINTS: 14456 EQUALLY SPACED INTERVALS OF: 0.005 SEC
UNCORRECTED ACCELERATION (cm/s/s)

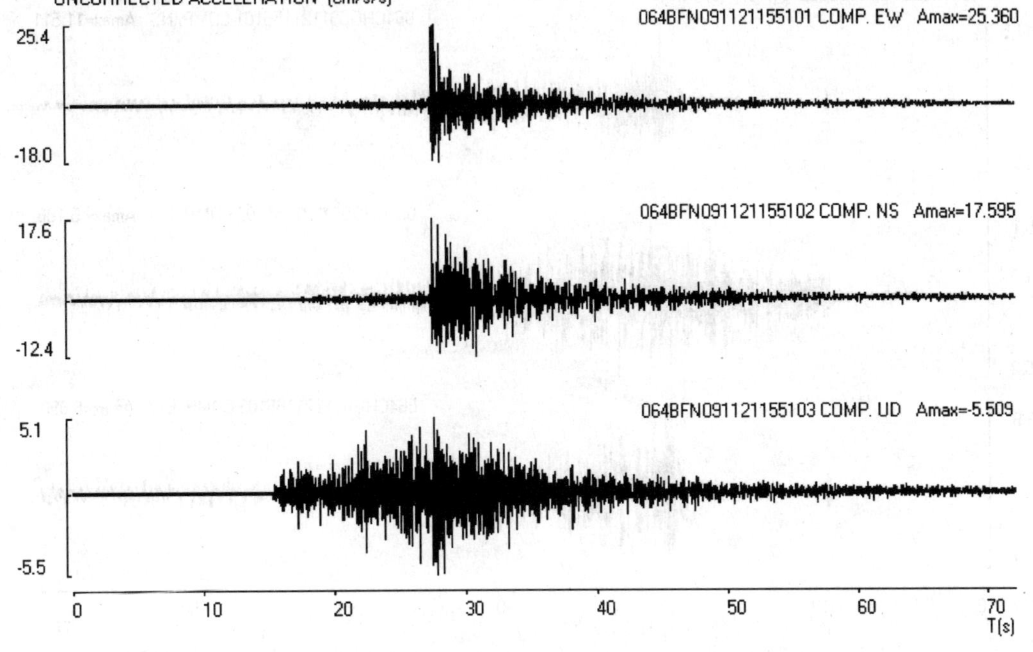

064BFN091121155101 COMP. EW Amax=25.360
25.4
-18.0
064BFN091121155102 COMP. NS Amax=17.595
17.6
-12.4
064BFN091121155103 COMP. UD Amax=-5.509
5.1
-5.5
0
10
20
30
40
50
60
70
T(s)

图 7－265 2009 年 11 月 21 日 15 时 51 分 1 秒灵武地震宝丰台未校正加速度记录

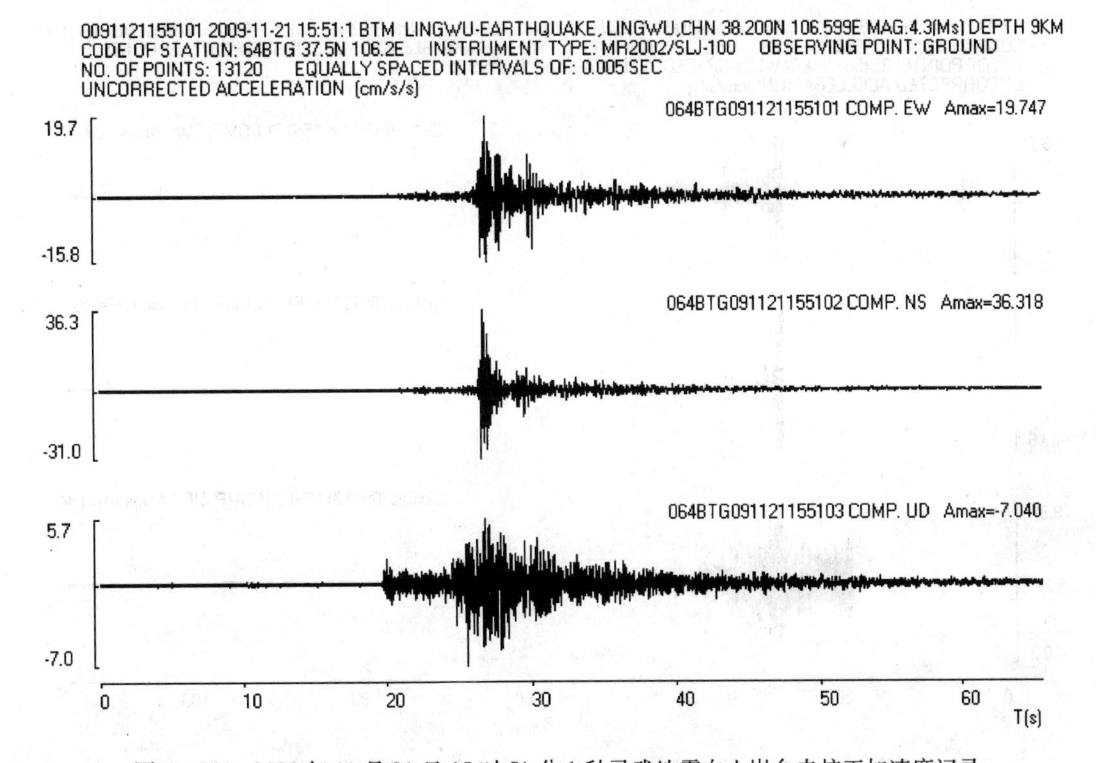

0091121155101 2009-11-21 15:51:1 BTM LINGWU-EARTHQUAKE, LINGWU,CHN 38.200N 106.599E MAG.4.3(Ms) DEPTH 9KM
CODE OF STATION: 64BTG 37.5N 106.2E INSTRUMENT TYPE: MR2002/SLJ-100 OBSERVING POINT: GROUND
NO. OF POINTS: 13120 EQUALLY SPACED INTERVALS OF: 0.005 SEC
UNCORRECTED ACCELERATION (cm/s/s)
064BTG091121155101 COMP. EW Amax=19.747
19.7
-15.8
064BTG091121155102 COMP. NS Amax=36.318
36.3
-31.0
064BTG091121155103 COMP. UD Amax=-7.040
5.7
-7.0
0
10
20
30
40
50
60
T(s)

图 7－266 2009 年 11 月 21 日 15 时 51 分 1 秒灵武地震白土岗台未校正加速度记录

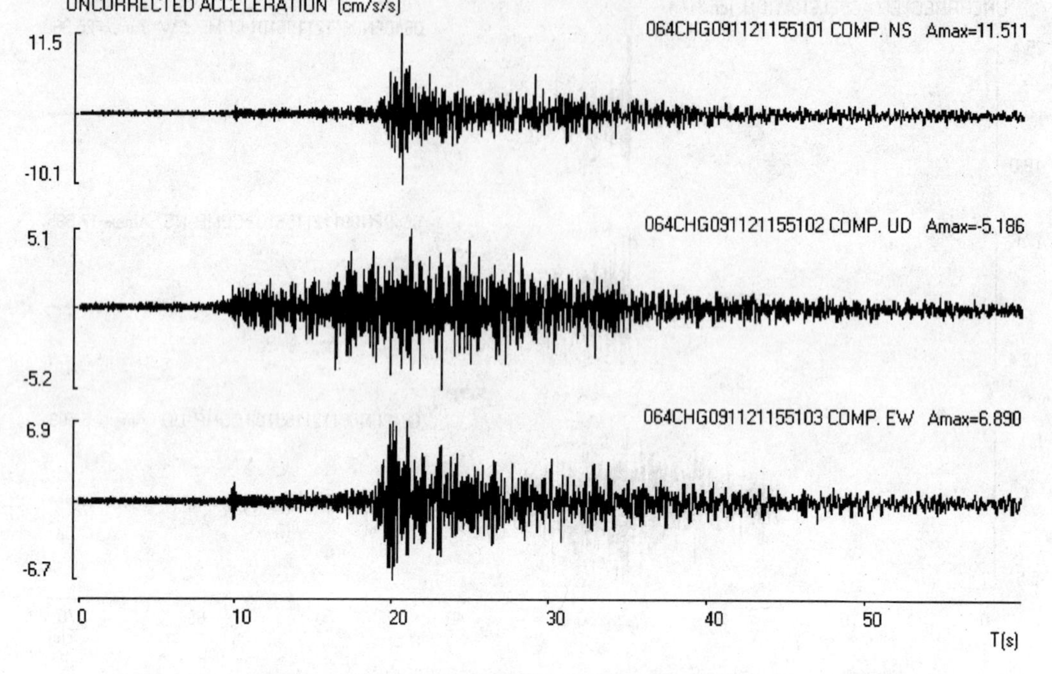

0091121155101 2009-11-21 15:51:1 BTM LINGWU-EARTHQUAKE, LINGWU,CHN 38.200N 106.599E MAG.4.3(Ms) DEPTH 9KM
CODE OF STATION: 64CHG 38.5N 106.3E INSTRUMENT TYPE: ETNA/SLJ-100 OBSERVING POINT: GROUND
NO. OF POINTS: 12000 EQUALLY SPACED INTERVALS OF: 0.005 SEC
UNCORRECTED ACCELERATION (cm/s/s)
064CHG091121155101 COMP. NS Amax=11.511
11.5
-10.1
064CHG091121155102 COMP. UD Amax=-5.186
5.1
-5.2
064CHG091121155103 COMP. EW Amax=6.890
6.9
-6.7
0
10
20
30
40
50
T(s)

图 7－267 2009 年 11 月 21 日 15 时 51 分 1 秒灵武地震崇岗台未校正加速度记录

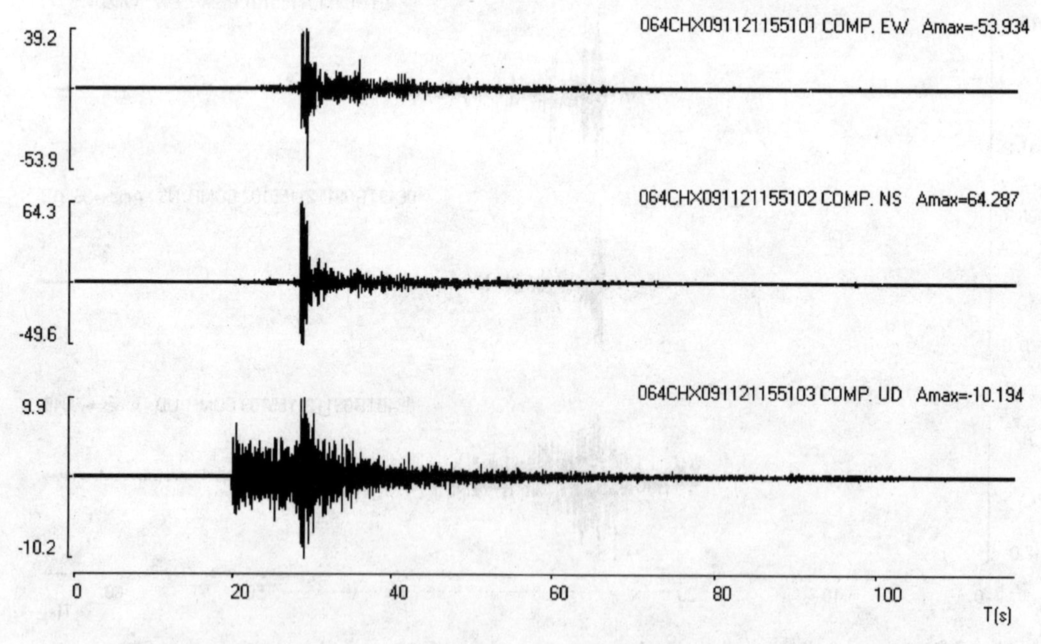

0091121155101 2009-11-21 15:51:1 BTM LINGWU-EARTHQUAKE, LINGWU,CHN 38.200N 106.599E MAG.4.3(Ms) DEPTH 9KM
CODE OF STATION: 64CHX 38.4N 106.2E INSTRUMENT TYPE: MR2002/SLJ-100 OBSERVING POINT: GROUND
NO. OF POINTS: 23456 EQUALLY SPACED INTERVALS OF: 0.005 SEC
UNCORRECTED ACCELERATION (cm/s/s)
064CHX091121155101 COMP. EW Amax=-53.934
39.2
-53.9
064CHX091121155102 COMP. NS Amax=64.287
64.3
-49.6
064CHX091121155103 COMP. UD Amax=-10.194
9.9
-10.2
0
20
40
60
80
100
T(s)

图 7－268 2009 年 11 月 21 日 15 时 51 分 1 秒灵武地震常信台未校正加速度记录

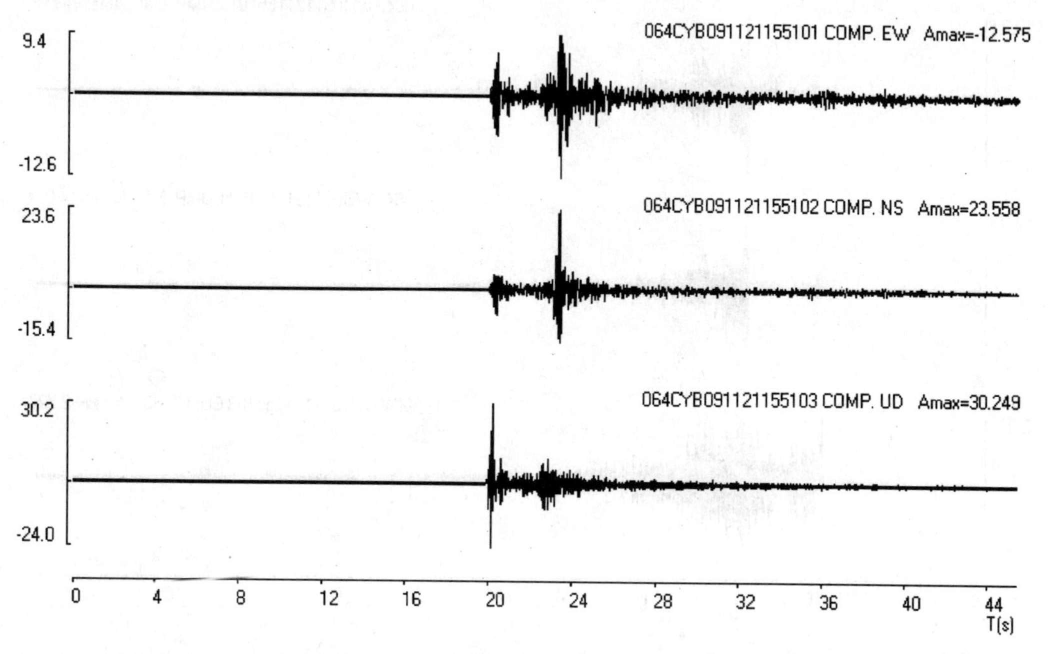

0091121155101 2009-11-21 15:51:1 BTM LINGWU-EARTHQUAKE, LINGWU,CHN 38.200N 106.599E MAG.4.3(Ms) DEPTH 9KM
CODE OF STATION: 64CYB 38.1N 106.4E INSTRUMENT TYPE: MR2002/SLJ-100 OBSERVING POINT: GROUND
NO. OF POINTS: 9104 EQUALLY SPACED INTERVALS OF: 0.005 SEC
UNCORRECTED ACCELERATION (cm/s/s)
064CYB091121155101 COMP. EW Amax=-12.575
9.4
-12.6
064CYB091121155102 COMP. NS Amax=23.558
23.6
-15.4
064CYB091121155103 COMP. UD Amax=30.249
30.2
-24.0
0
4
8
12
16
20
24
28
32
36
40
44
T(s)

图 7－269　2009 年 11 月 21 日 15 时 51 分 1 秒灵武地震磁窑堡台未校正加速度记录

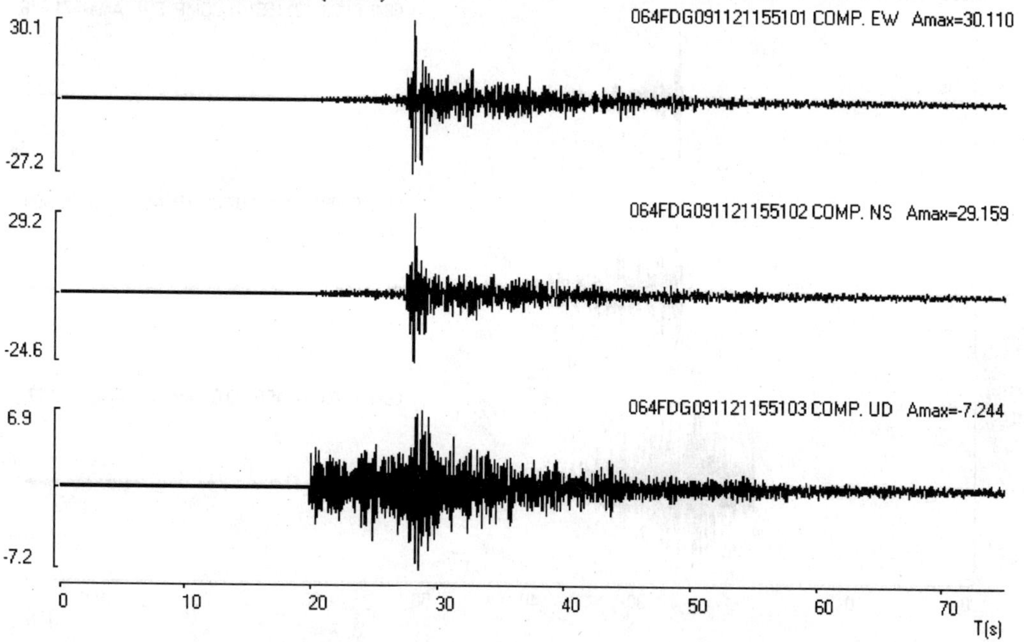

0091121155101 2009-11-21 15:51:1 BTM LINGWU-EARTHQUAKE, LINGWU,CHN 38.200N 106.599E MAG.4.3(Ms) DEPTH 9KM
CODE OF STATION: 64FDG 38.3N 106.1E INSTRUMENT TYPE: MR2002/SLJ-100 OBSERVING POINT: GROUND
NO. OF POINTS: 15016 EQUALLY SPACED INTERVALS OF: 0.005 SEC
UNCORRECTED ACCELERATION (cm/s/s)
064FDG091121155101 COMP. EW Amax=30.110
30.1
-27.2
064FDG091121155102 COMP. NS Amax=29.159
29.2
-24.6
064FDG091121155103 COMP. UD Amax=-7.244
6.9
-7.2
0
10
20
30
40
50
60
70
T(s)

图 7－270　2009 年 11 月 21 日 15 时 51 分 1 秒灵武地震丰登台未校正加速度记录

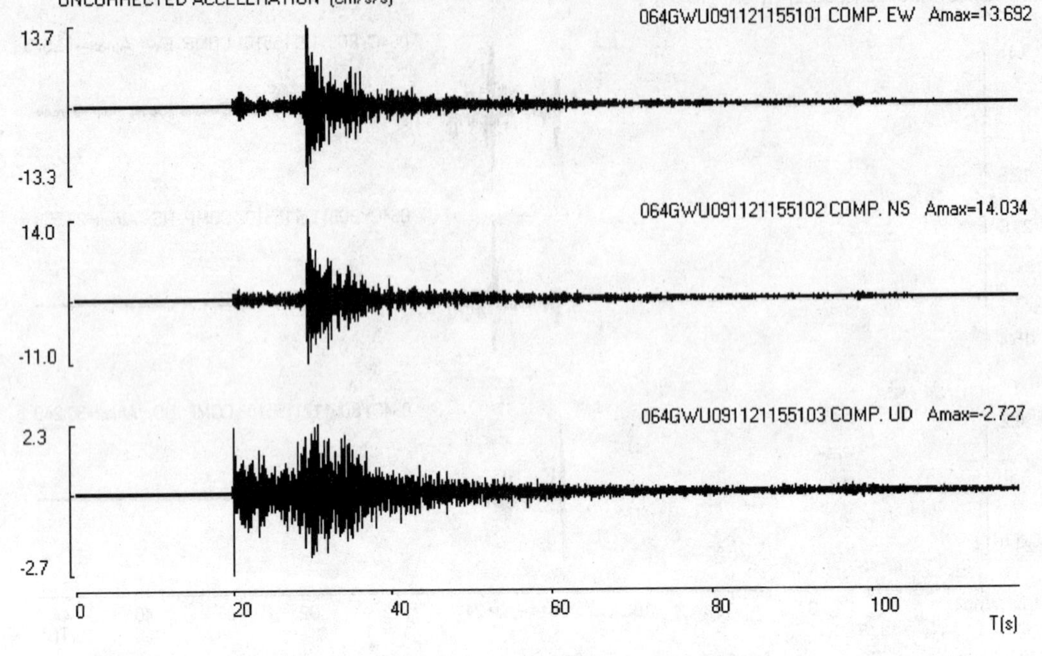
0091121155101 2009-11-21 15:51:1 BTM LINGWU-EARTHQUAKE, LINGWU,CHN 38.200N 106.599E MAG.4.3(Ms) DEPTH 9KM
CODE OF STATION: 64GWU 37.5N 105.5E INSTRUMENT TYPE: MR2002/SLJ-100 OBSERVING POINT: GROUND
NO. OF POINTS: 23696 EQUALLY SPACED INTERVALS OF: 0.005 SEC
UNCORRECTED ACCELERATION (cm/s/s)
064GWU091121155101 COMP. EW Amax=13.692
13.7
-13.3
064GWU091121155102 COMP. NS Amax=14.034
14.0
-11.0
064GWU091121155103 COMP. UD Amax=-2.727
2.3
-2.7
0
20
40
60
80
100
T(s)

图 7-271 2009 年 11 月 21 日 15 时 51 分 1 秒灵武地震广武台未校正加速度记录

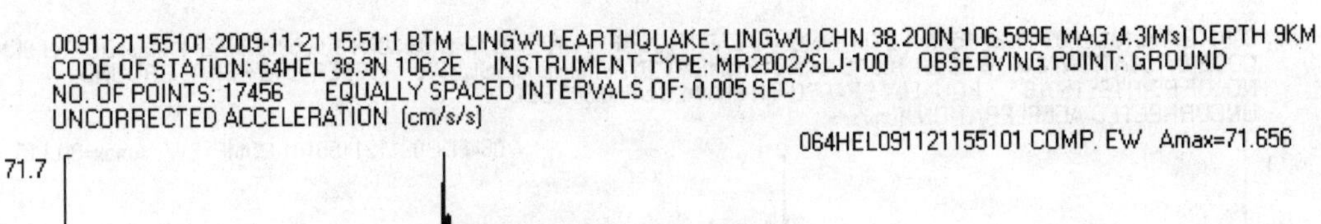
0091121155101 2009-11-21 15:51:1 BTM LINGWU-EARTHQUAKE, LINGWU,CHN 38.200N 106.599E MAG.4.3(Ms) DEPTH 9KM
CODE OF STATION: 64HEL 38.3N 106.2E INSTRUMENT TYPE: MR2002/SLJ-100 OBSERVING POINT: GROUND
NO. OF POINTS: 17456 EQUALLY SPACED INTERVALS OF: 0.005 SEC
UNCORRECTED ACCELERATION (cm/s/s)
064HEL091121155101 COMP. EW Amax=71.656
71.7
-52.7

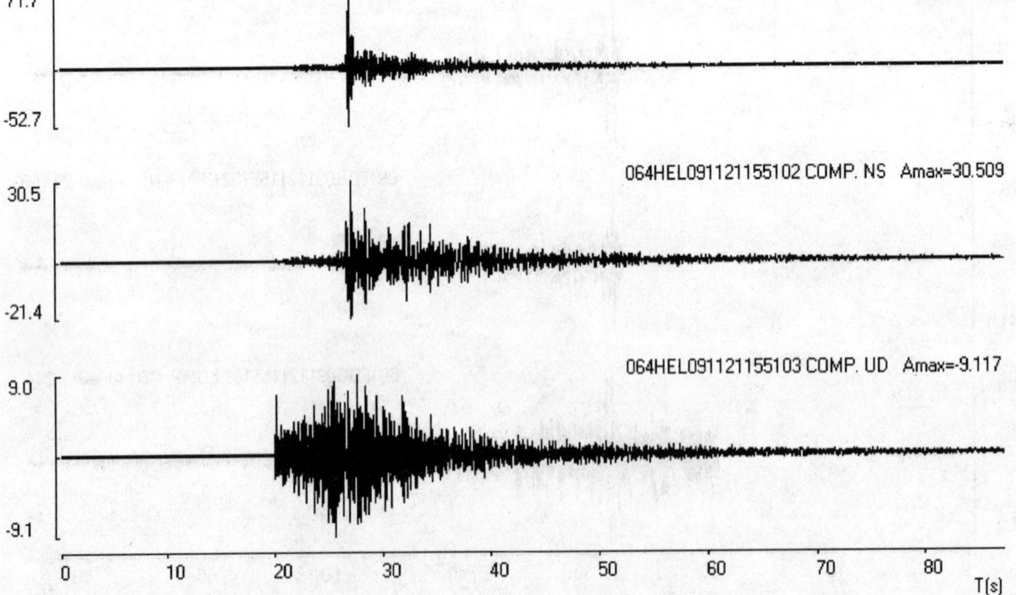
064HEL091121155102 COMP. NS Amax=30.509
30.5
-21.4
064HEL091121155103 COMP. UD Amax=-9.117
9.0
-9.1
0
10
20
30
40
50
60
70
80
T(s)

图 7-272 2009 年 11 月 21 日 15 时 51 分 1 秒灵武地震贺兰台未校正加速度记录

0091121155101 2009-11-21 15:51:1 BTM LINGWU-EARTHQUAKE, LINGWU,CHN 38.200N 106.599E MAG.4.3(Ms) DEPTH 9KM
CODE OF STATION: 64HSN 38.2N 106.2E INSTRUMENT TYPE: MR2002/SLJ-100 OBSERVING POINT: GROUND
NO. OF POINTS: 13768 EQUALLY SPACED INTERVALS OF: 0.005 SEC
UNCORRECTED ACCELERATION (cm/s/s)

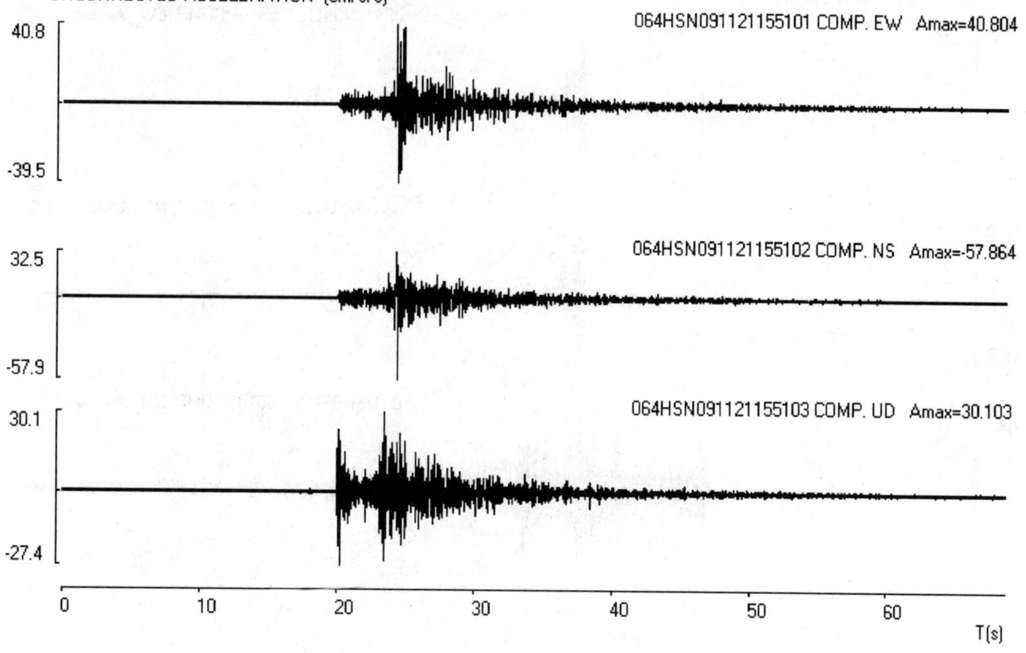
064HSN091121155101 COMP. EW Amax=40.804
40.8
-39.5
064HSN091121155102 COMP. NS Amax=-57.864
32.5
-57.9
064HSN091121155103 COMP. UD Amax=30.103
30.1
-27.4
0
10
20
30
40
50
60
T(s)

图 7－273　2009 年 11 月 21 日 15 时 51 分 1 秒灵武地震横山台未校正加速度记录

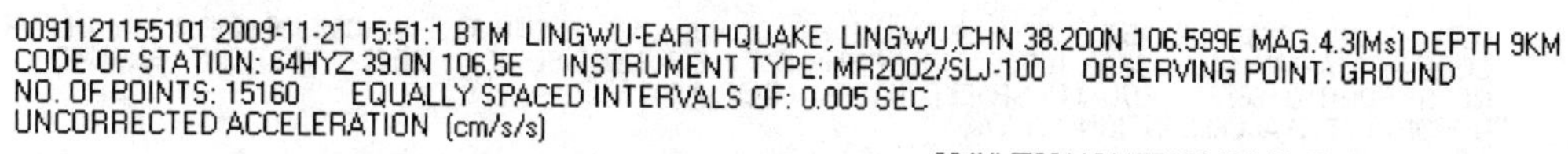
0091121155101 2009-11-21 15:51:1 BTM LINGWU-EARTHQUAKE, LINGWU,CHN 38.200N 106.599E MAG.4.3(Ms) DEPTH 9KM
CODE OF STATION: 64HYZ 39.0N 106.5E INSTRUMENT TYPE: MR2002/SLJ-100 OBSERVING POINT: GROUND
NO. OF POINTS: 15160 EQUALLY SPACED INTERVALS OF: 0.005 SEC
UNCORRECTED ACCELERATION (cm/s/s)

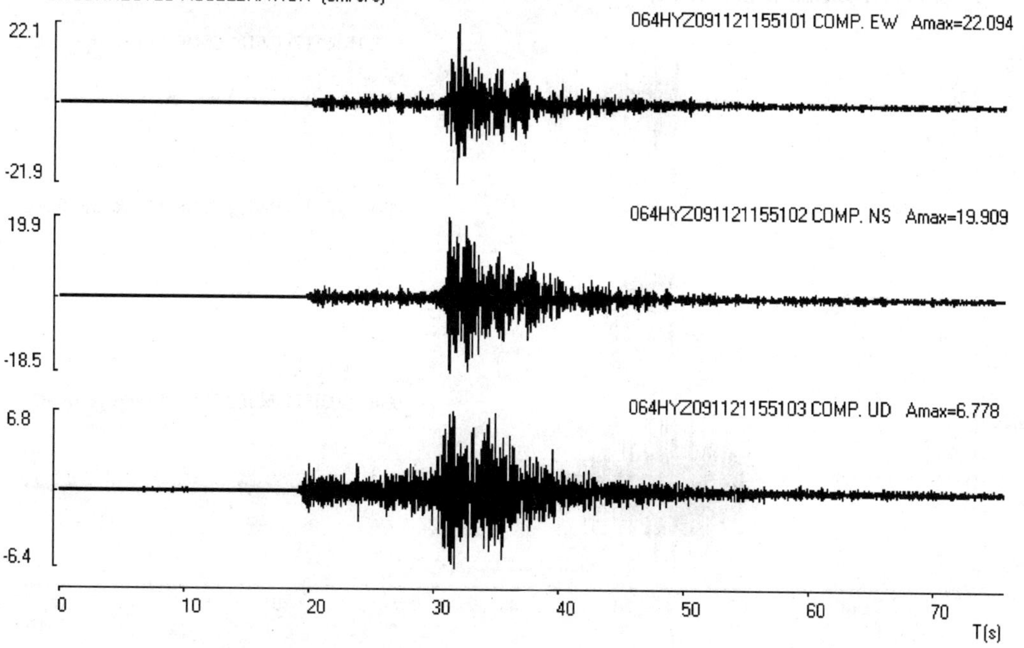
064HYZ091121155101 COMP. EW Amax=22.094
22.1
-21.9
064HYZ091121155102 COMP. NS Amax=19.909
19.9
-18.5
064HYZ091121155103 COMP. UD Amax=6.778
6.8
-6.4
0
10
20
30
40
50
60
70
T(s)

图 7－274　2009 年 11 月 21 日 15 时 51 分 1 秒灵武地震红崖子台未校正加速度记录

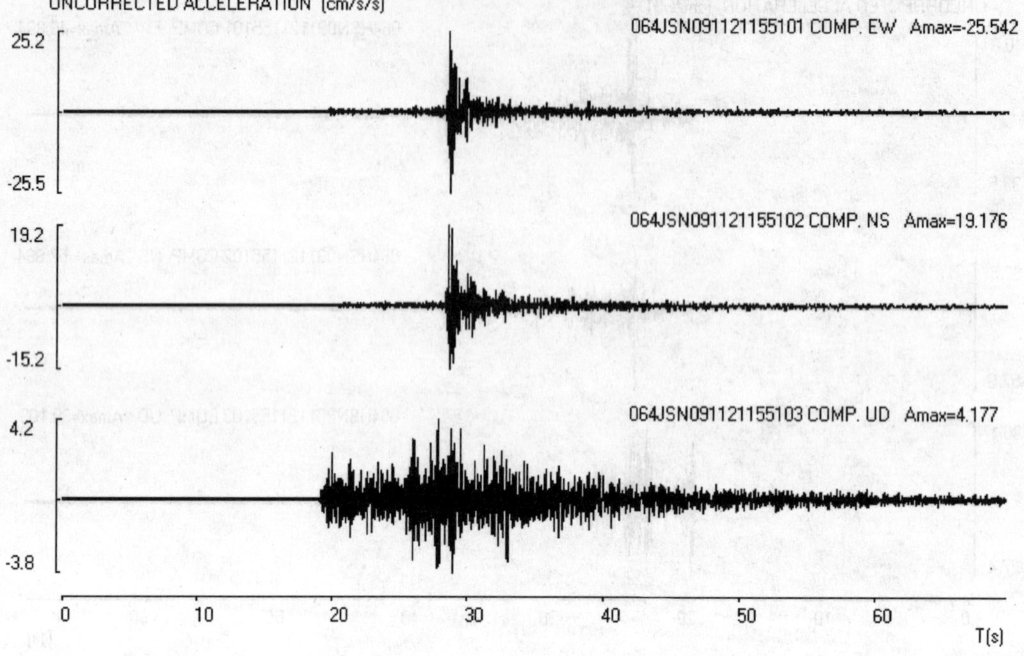
0091121155101 2009-11-21 15:51:1 BTM LINGWU-EARTHQUAKE, LINGWU,CHN 38.200N 106.599E MAG.4.3(Ms) DEPTH 9KM
CODE OF STATION: 64JSN 38.4N 106.1E INSTRUMENT TYPE: MR2002/SLJ-100 OBSERVING POINT: GROUND
NO. OF POINTS: 13928 EQUALLY SPACED INTERVALS OF: 0.005 SEC
UNCORRECTED ACCELERATION (cm/s/s)
064JSN091121155101 COMP. EW Amax=-25.542
25.2
-25.5
064JSN091121155102 COMP. NS Amax=19.176
19.2
-15.2
064JSN091121155103 COMP. UD Amax=4.177
4.2
-3.8
0
10
20
30
40
50
60
T(s)

图 7－275　2009 年 11 月 21 日 15 时 51 分 1 秒灵武地震金山台未校正加速度记录

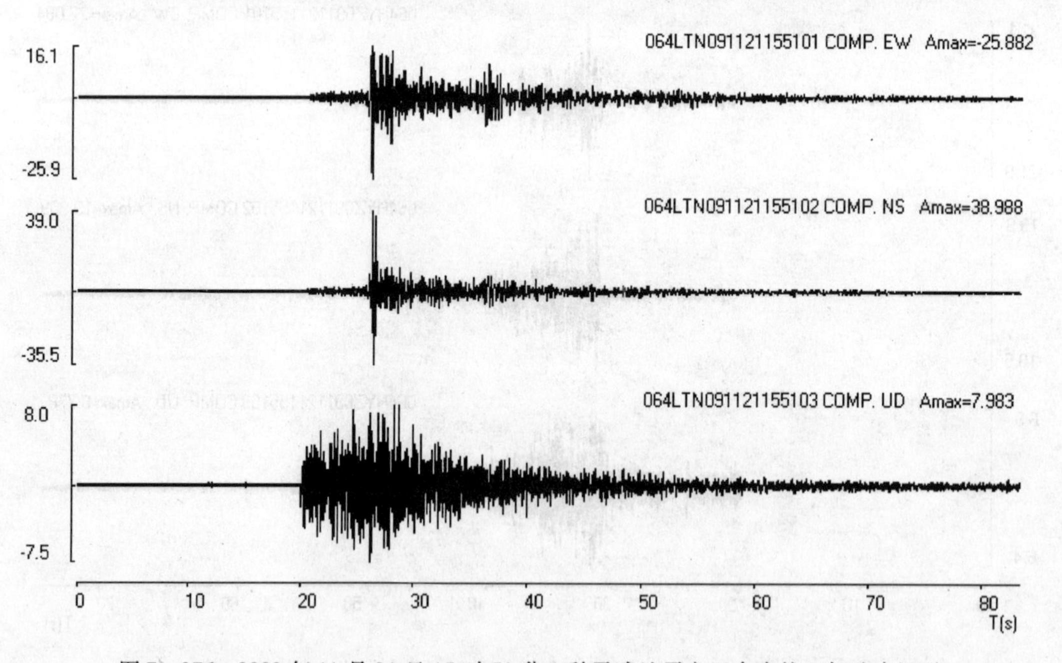
0091121155101 2009-11-21 15:51:1 BTM LINGWU-EARTHQUAKE, LINGWU,CHN 38.200N 106.599E MAG.4.3(Ms) DEPTH 9KM
CODE OF STATION: 64LTN 38.3N 106.2E INSTRUMENT TYPE: MR2002/SLJ-100 OBSERVING POINT: GROUND
NO. OF POINTS: 16672 EQUALLY SPACED INTERVALS OF: 0.005 SEC
UNCORRECTED ACCELERATION (cm/s/s)
064LTN091121155101 COMP. EW Amax=-25.882
16.1
-25.9
064LTN091121155102 COMP. NS Amax=38.988
39.0
-35.5
064LTN091121155103 COMP. UD Amax=7.983
8.0
-7.5
0
10
20
30
40
50
60
70
80
T(s)

图 7－276　2009 年 11 月 21 日 15 时 51 分 1 秒灵武地震良田台未校正加速度记录

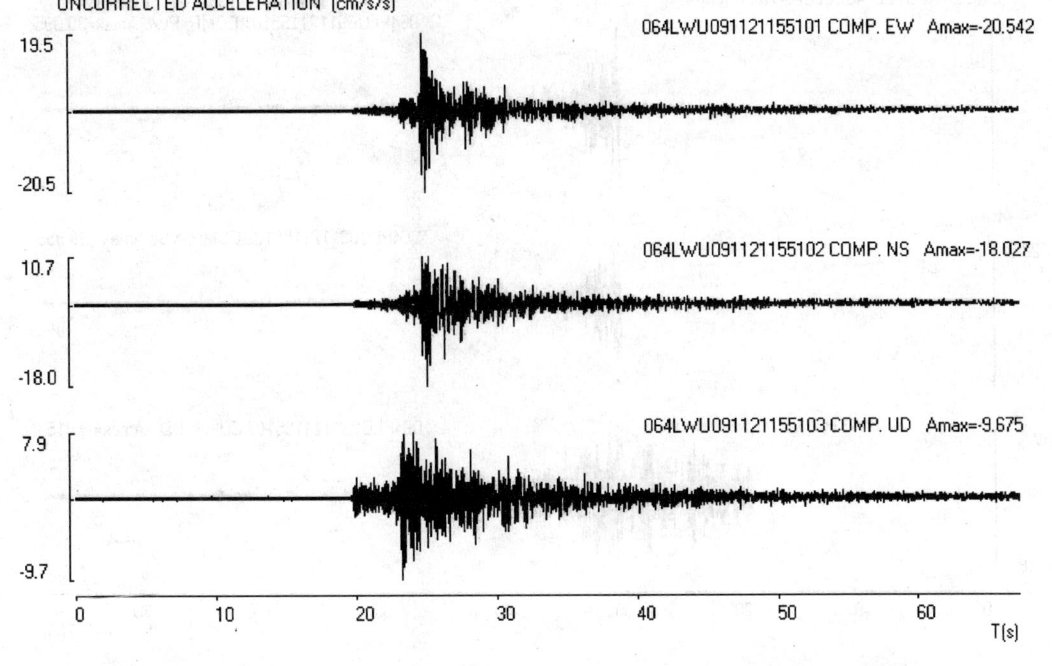

0091121155101 2009-11-21 15:51:1 BTM LINGWU-EARTHQUAKE, LINGWU,CHN 38.200N 106.599E MAG.4.3(Ms) DEPTH 9KM
CODE OF STATION: 64LWU 38.1N 106.2E INSTRUMENT TYPE: MR2002/SLJ-100 OBSERVING POINT: GROUND
NO. OF POINTS: 13480 EQUALLY SPACED INTERVALS OF: 0.005 SEC
UNCORRECTED ACCELERATION (cm/s/s)
064LWU091121155101 COMP. EW Amax=-20.542
19.5
-20.5
064LWU091121155102 COMP. NS Amax=-18.027
10.7
-18.0
064LWU091121155103 COMP. UD Amax=-9.675
7.9
-9.7
0
10
20
30
40
50
60
T(s)

图 7-277 2009 年 11 月 21 日 15 时 51 分 1 秒灵武地震灵武台未校正加速度记录

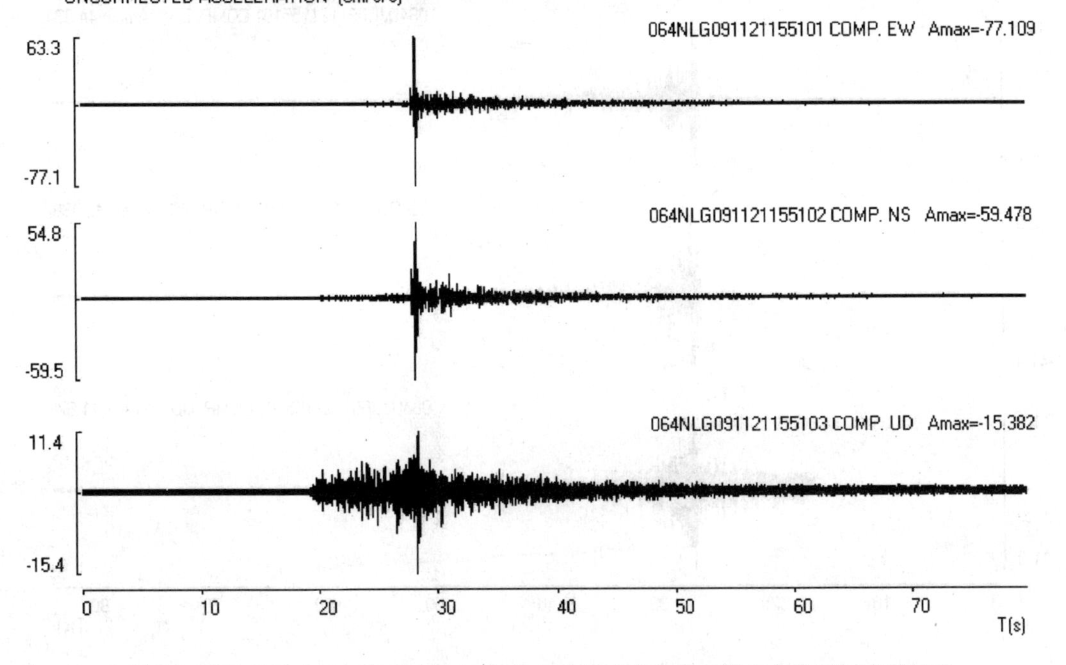

0091121155101 2009-11-21 15:51:1 BTM LINGWU-EARTHQUAKE, LINGWU,CHN 38.200N 106.599E MAG.4.3(Ms) DEPTH 9KM
CODE OF STATION: 64NLG 38.4N 106.1E INSTRUMENT TYPE: MR2002/SLJ-100 OBSERVING POINT: GROUND
NO. OF POINTS: 15944 EQUALLY SPACED INTERVALS OF: 0.005 SEC
UNCORRECTED ACCELERATION (cm/s/s)
064NLG091121155101 COMP. EW Amax=-77.109
63.3
-77.1
064NLG091121155102 COMP. NS Amax=-59.478
54.8
-59.5
064NLG091121155103 COMP. UD Amax=-15.382
11.4
-15.4
0
10
20
30
40
50
60
70
T(s)

图 7-278 2009 年 11 月 21 日 15 时 51 分 1 秒灵武地震南梁台未校正加速度记录

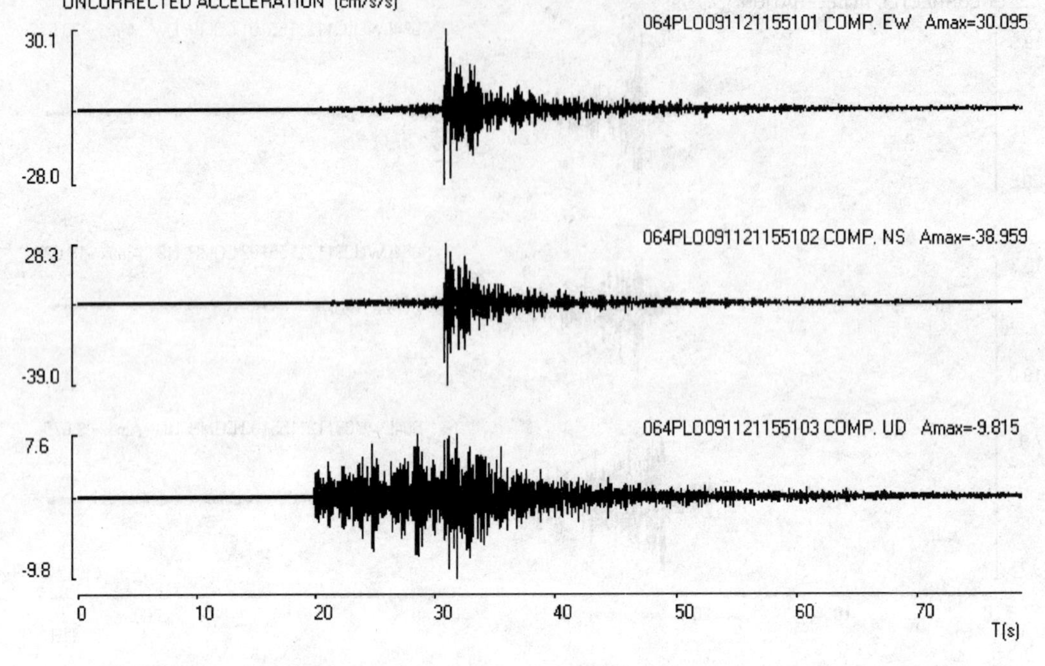
0091121155101 2009-11-21 15:51:1 BTM LINGWU-EARTHQUAKE, LINGWU,CHN 38.200N 106.599E MAG.4.3(Ms) DEPTH 9KM
CODE OF STATION: 64PLO 38.6N 106.3E INSTRUMENT TYPE: MR2002/SLJ-100 OBSERVING POINT: GROUND
NO. OF POINTS: 15744 EQUALLY SPACED INTERVALS OF: 0.005 SEC
UNCORRECTED ACCELERATION (cm/s/s)
064PLO091121155101 COMP. EW Amax=30.095
30.1
-28.0
064PLO091121155102 COMP. NS Amax=-38.959
28.3
-39.0
064PLO091121155103 COMP. UD Amax=-9.815
7.6
-9.8
0 10 20 30 40 50 60 70
T(s)

图 7－279　2009 年 11 月 21 日 15 时 51 分 1 秒灵武地震平罗台未校正加速度记录

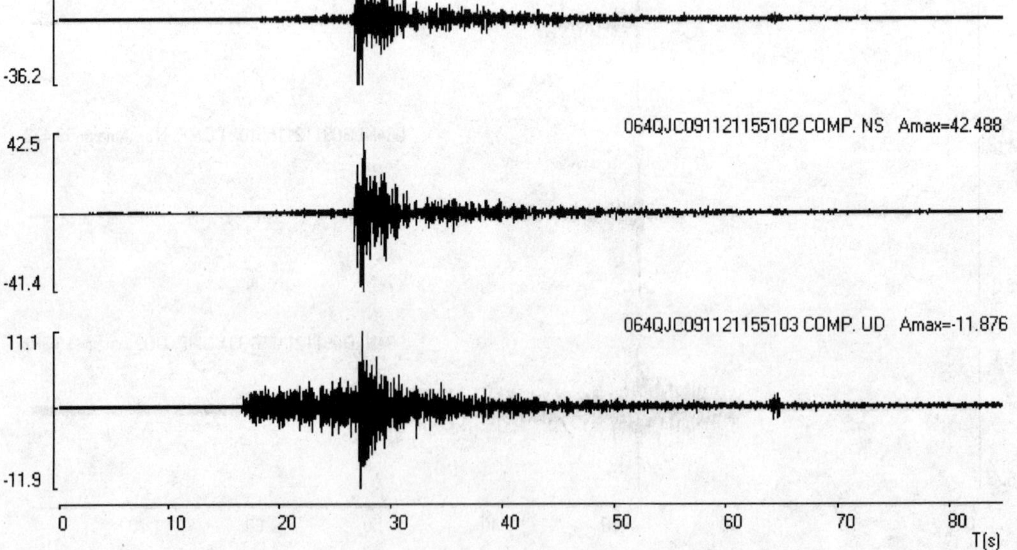
0091121155101 2009-11-21 15:51:1 BTM LINGWU-EARTHQUAKE, LINGWU,CHN 38.200N 106.599E MAG.4.3(Ms) DEPTH 9KM
CODE OF STATION: 64QJC 38.5N 106.2E INSTRUMENT TYPE: MR2002/SLJ-100 OBSERVING POINT: GROUND
NO. OF POINTS: 16944 EQUALLY SPACED INTERVALS OF: 0.005 SEC
UNCORRECTED ACCELERATION (cm/s/s)
064QJC091121155101 COMP. EW Amax=44.334
44.3
-36.2
064QJC091121155102 COMP. NS Amax=42.488
42.5
-41.4
064QJC091121155103 COMP. UD Amax=-11.876
11.1
-11.9
0 10 20 30 40 50 60 70 80
T(s)

图 7－280　2009 年 11 月 21 日 15 时 51 分 1 秒灵武地震前进农场台未校正加速度记录

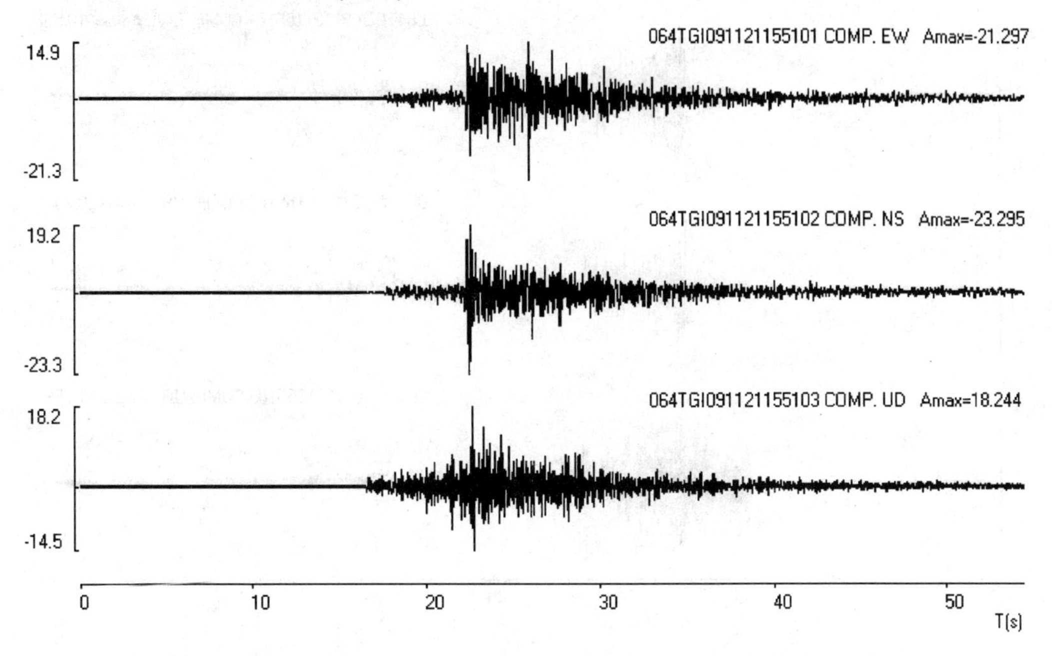

0091121155101 2009-11-21 15:51:1 BTM LINGWU-EARTHQUAKE, LINGWU,CHN 38.200N 106.599E MAG.4.3(Ms) DEPTH 9KM
CODE OF STATION: 64TGI 38.3N 106.3E INSTRUMENT TYPE: MR2002/SLJ-100 OBSERVING POINT: GROUND
NO. OF POINTS: 10920 EQUALLY SPACED INTERVALS OF: 0.005 SEC
UNCORRECTED ACCELERATION (cm/s/s)
064TGI091121155101 COMP. EW Amax=-21.297
14.9
-21.3
064TGI091121155102 COMP. NS Amax=-23.295
19.2
-23.3
064TGI091121155103 COMP. UD Amax=18.244
18.2
-14.5
0
10
20
30
40
50
T(s)

图 7－281　2009 年 11 月 21 日 15 时 51 分 1 秒灵武地震通贵台未校正加速度记录

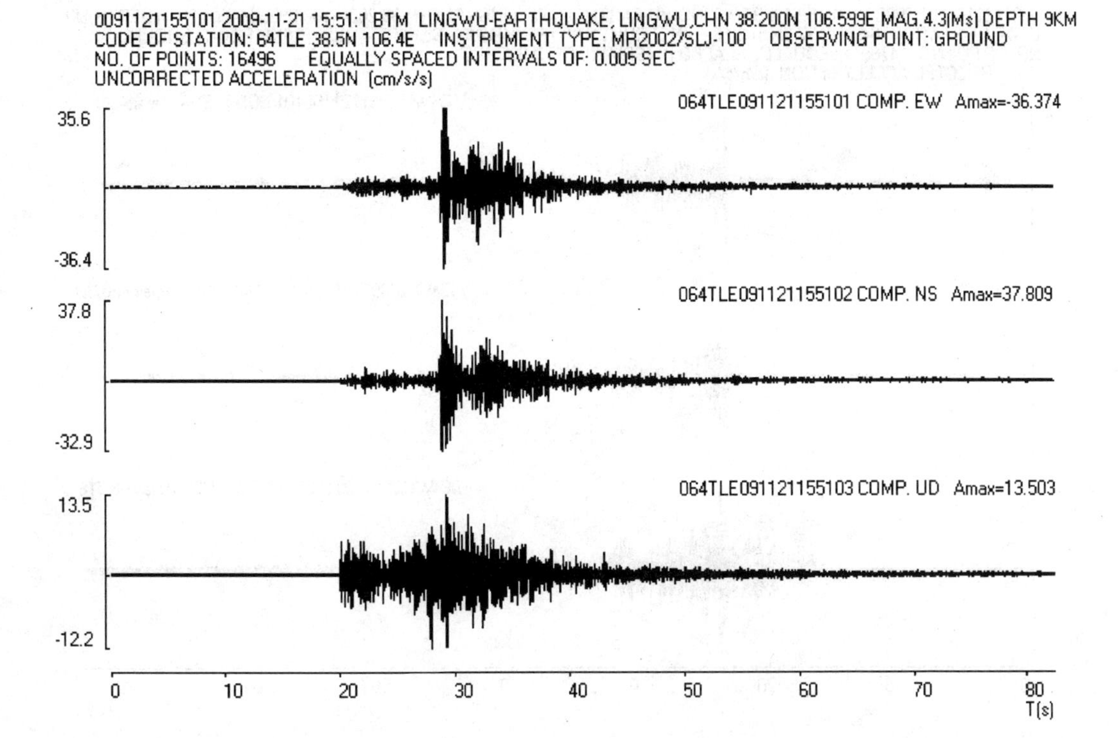

0091121155101 2009-11-21 15:51:1 BTM LINGWU-EARTHQUAKE, LINGWU,CHN 38.200N 106.599E MAG.4.3(Ms) DEPTH 9KM
CODE OF STATION: 64TLE 38.5N 106.4E INSTRUMENT TYPE: MR2002/SLJ-100 OBSERVING POINT: GROUND
NO. OF POINTS: 16496 EQUALLY SPACED INTERVALS OF: 0.005 SEC
UNCORRECTED ACCELERATION (cm/s/s)
064TLE091121155101 COMP. EW Amax=-36.374
35.6
-36.4
064TLE091121155102 COMP. NS Amax=37.809
37.8
-32.9
064TLE091121155103 COMP. UD Amax=13.503
13.5
-12.2
0
10
20
30
40
50
60
70
80
T(s)

图 7－282　2009 年 11 月 21 日 15 时 51 分 1 秒灵武地震陶乐台未校正加速度记录

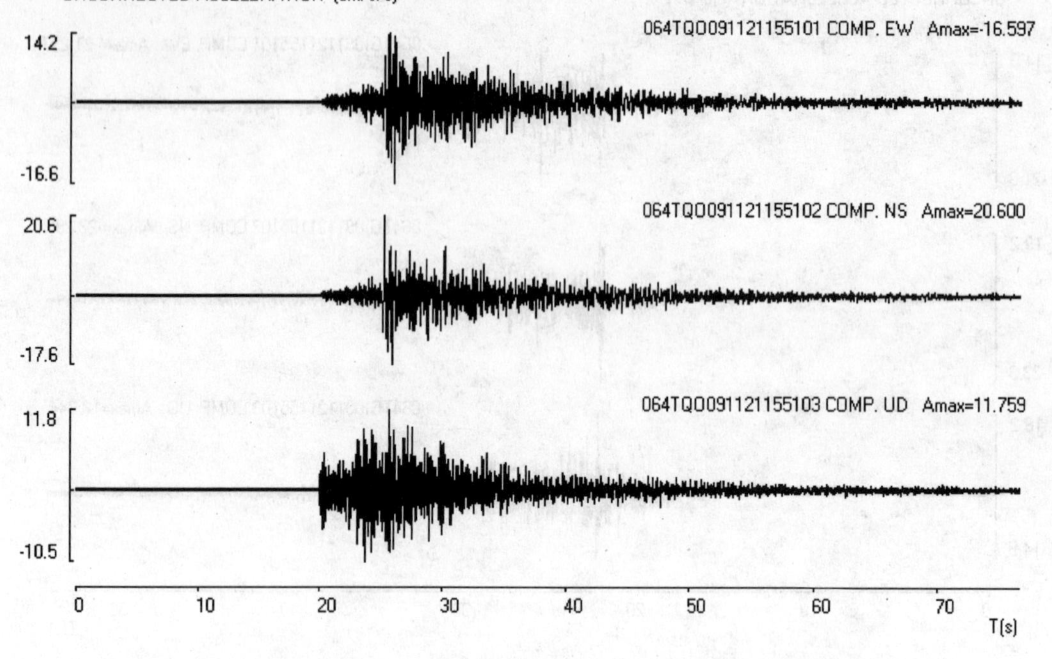
0091121155101 2009-11-21 15:51:1 BTM LINGWU-EARTHQUAKE, LINGWU,CHN 38.200N 106.599E MAG.4.3(Ms) DEPTH 9KM
CODE OF STATION: 64TQO 38.2N 106.2E INSTRUMENT TYPE: MR2002/SLJ-100 OBSERVING POINT: GROUND
NO. OF POINTS: 15352 EQUALLY SPACED INTERVALS OF: 0.005 SEC
UNCORRECTED ACCELERATION (cm/s/s)
064TQO091121155101 COMP. EW Amax=-16.597
14.2
-16.6
064TQO091121155102 COMP. NS Amax=20.600
20.6
-17.6
064TQO091121155103 COMP. UD Amax=11.759
11.8
-10.5
0
10
20
30
40
50
60
70
T(s)

图 7－283　2009 年 11 月 21 日 15 时 51 分 1 秒灵武地震通桥台未校正加速度记录

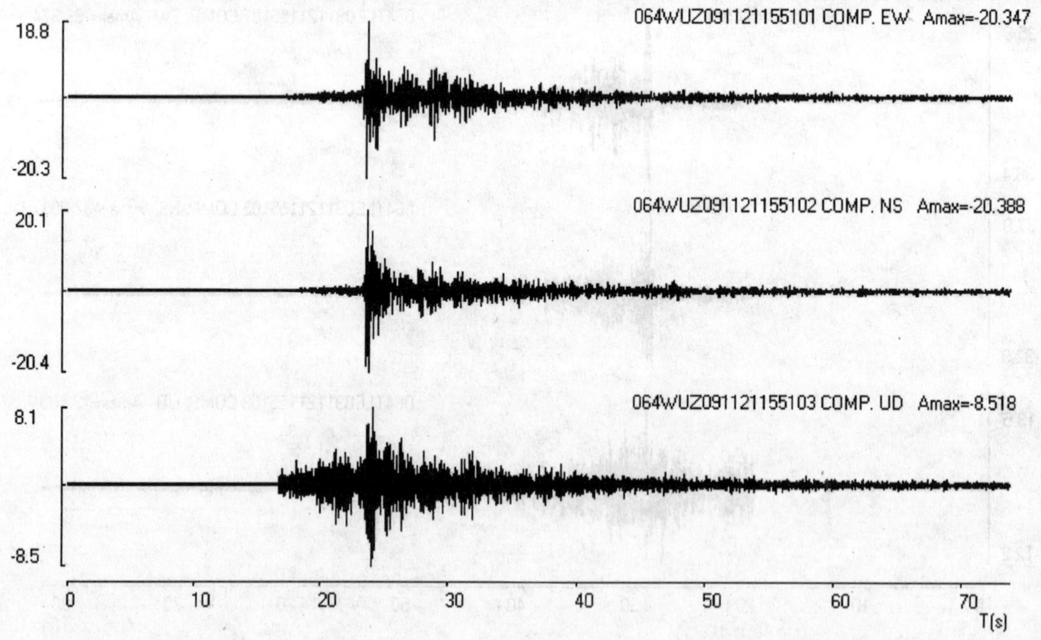
0091121155101 2009-11-21 15:51:1 BTM LINGWU-EARTHQUAKE, LINGWU,CHN 38.200N 106.599E MAG.4.3(Ms) DEPTH 9KM
CODE OF STATION: 64WUZ 37.6N 106.1E INSTRUMENT TYPE: MR2002/SLJ-100 OBSERVING POINT: GROUND
NO. OF POINTS: 14768 EQUALLY SPACED INTERVALS OF: 0.005 SEC
UNCORRECTED ACCELERATION (cm/s/s)
064WUZ091121155101 COMP. EW Amax=-20.347
18.8
-20.3
064WUZ091121155102 COMP. NS Amax=-20.388
20.1
-20.4
064WUZ091121155103 COMP. UD Amax=-8.518
8.1
-8.5
0
10
20
30
40
50
60
70
T(s)

图 7－284　2009 年 11 月 21 日 15 时 51 分 1 秒灵武地震吴忠台未校正加速度记录

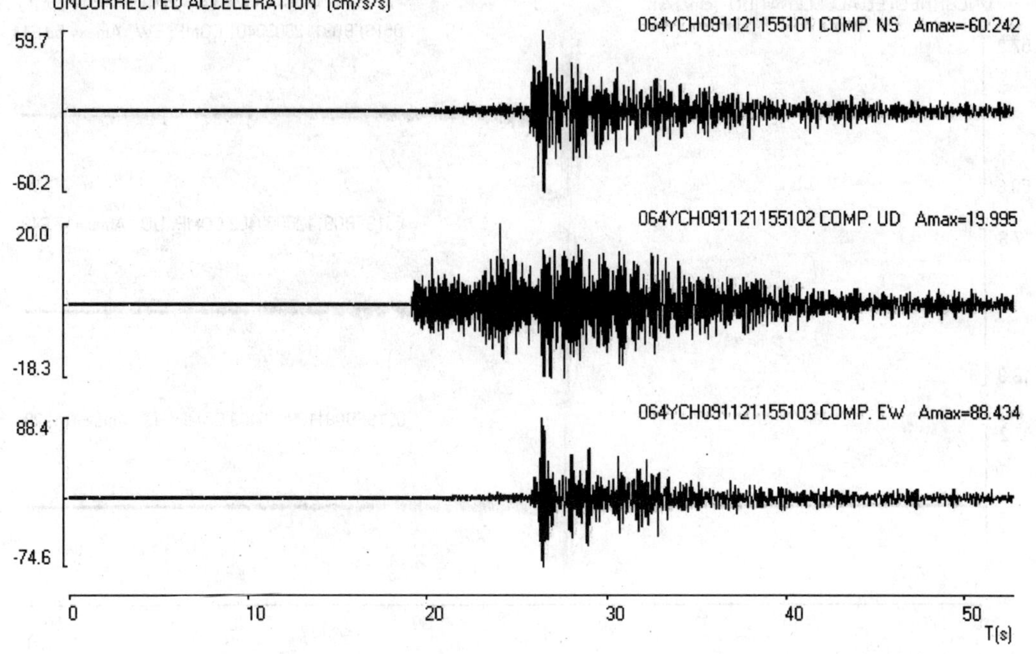
0091121155101 2009-11-21 15:51:1 BTM LINGWU-EARTHQUAKE, LINGWU,CHN 38.200N 106.599E MAG.4.3(Ms) DEPTH 9KM
CODE OF STATION: 64YCH 38.5N 106.3E INSTRUMENT TYPE: K2/SLJ-100 OBSERVING POINT: GROUND
NO. OF POINTS: 10576 EQUALLY SPACED INTERVALS OF: 0.005 SEC
UNCORRECTED ACCELERATION (cm/s/s)
064YCH091121155101 COMP. NS Amax=-60.242
59.7
-60.2
064YCH091121155102 COMP. UD Amax=19.995
20.0
-18.3
064YCH091121155103 COMP. EW Amax=88.434
88.4
-74.6
0
10
20
30
40
50
T(s)

图7－285　2009年11月21日15时51分1秒灵武地震银川台未校正加速度记录

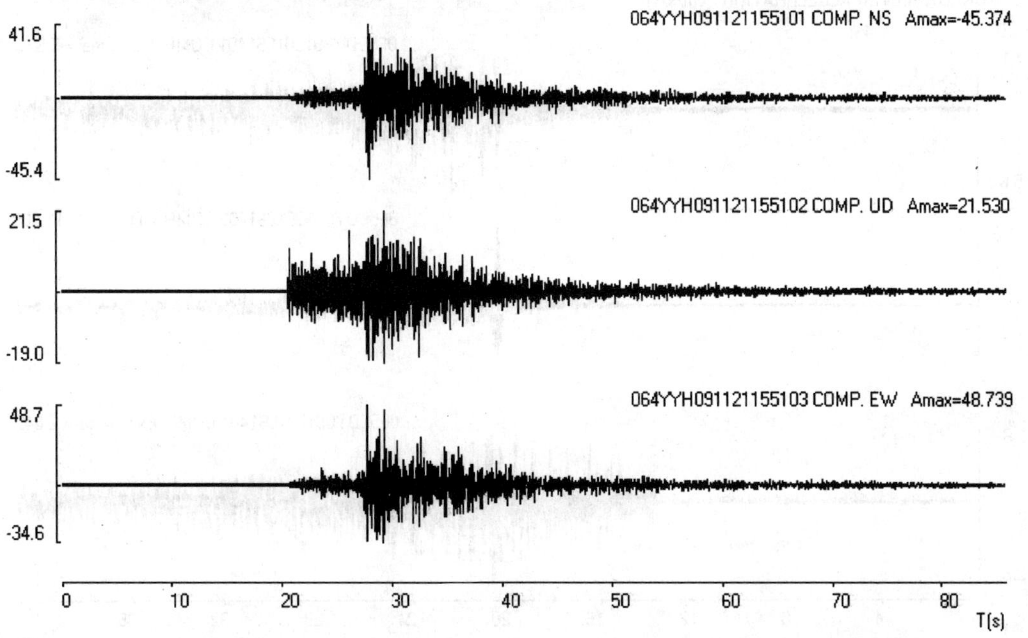
0091121155101 2009-11-21 15:51:1 BTM LINGWU-EARTHQUAKE, LINGWU,CHN 38.200N 106.599E MAG.4.3(Ms) DEPTH 9KM
CODE OF STATION: 64YYH 38.6N 106.5E INSTRUMENT TYPE: K2/SLJ-100 OBSERVING POINT: GROUND
NO. OF POINTS: 17200 EQUALLY SPACED INTERVALS OF: 0.005 SEC
UNCORRECTED ACCELERATION (cm/s/s)
064YYH091121155101 COMP. NS Amax=-45.374
41.6
-45.4
064YYH091121155102 COMP. UD Amax=21.530
21.5
-19.0
064YYH091121155103 COMP. EW Amax=48.739
48.7
-34.6
0
10
20
30
40
50
60
70
80
T(s)

图7－286　2009年11月21日15时51分1秒灵武地震月牙湖台未校正加速度记录

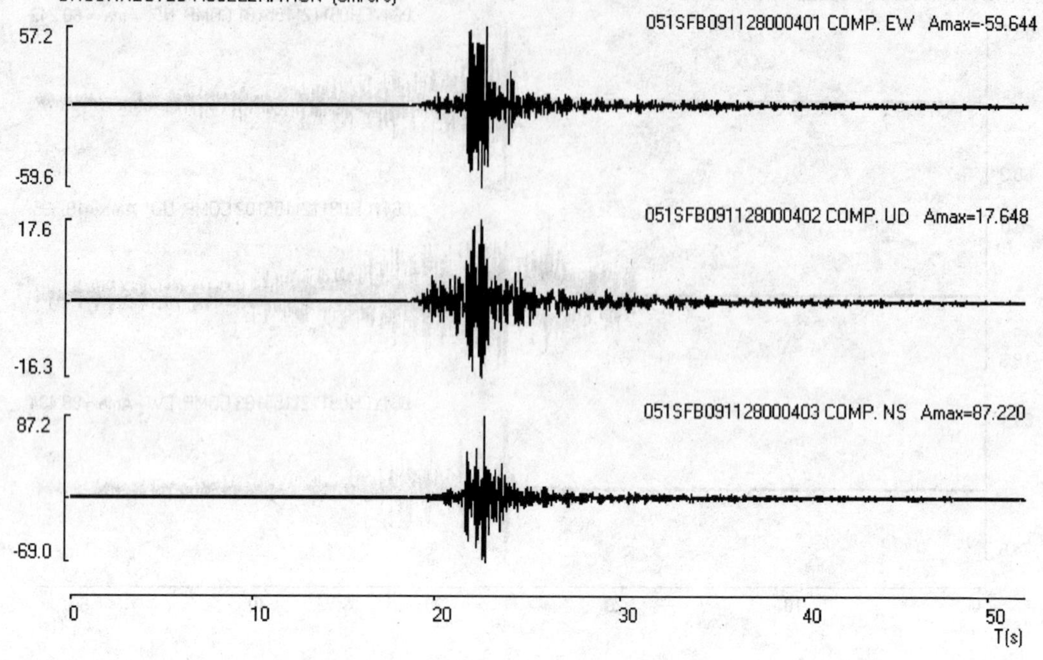
0091128000405 2009-11-28 0:4:5 BTM SIFANG-EARTHQUAKE, SIFANG,CHN 31.229N 103.800E MAG.5.0(Ms) DEPTH 15KM
CODE OF STATION: 51SFB 31.3N 104.0E INSTRUMENT TYPE: ETNA/SLJ-100 OBSERVING POINT: GROUND
NO. OF POINTS: 10400 EQUALLY SPACED INTERVALS OF: 0.005 SEC
UNCORRECTED ACCELERATION (cm/s/s)
051SFB091128000401 COMP. EW Amax=-59.644
57.2
-59.6
051SFB091128000402 COMP. UD Amax=17.648
17.6
-16.3
051SFB091128000403 COMP. NS Amax=87.220
87.2
-69.0
0
10
20
30
40
50
T(s)

图 7-287 2009 年 11 月 28 日 0 时 4 分 5 秒什邡地震什邡八角台未校正加速度记录

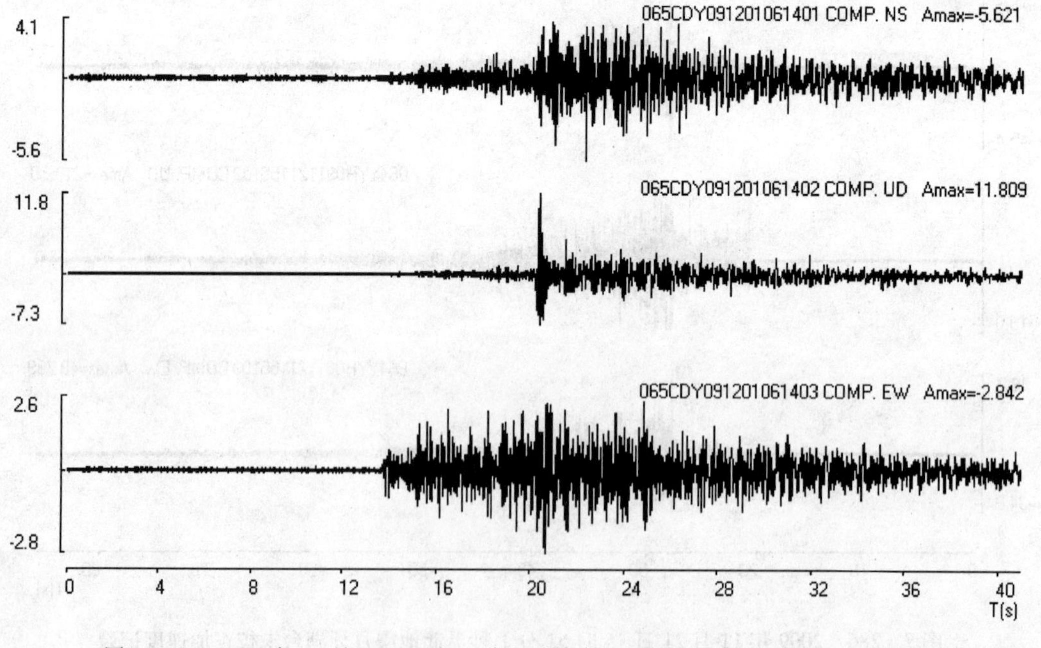
0091201061400 2009-12-01 6:14:0 BTM LUNTAI-EARTHQUAKE, LUNTAI,CHN 41.500N 82.209E MAG.4.7(Ml) DEPTH 5KM
CODE OF STATION: 65CDY 42.0N 84.9E INSTRUMENT TYPE: ETNA/SLJ-100 OBSERVING POINT: GROUND
NO. OF POINTS: 8200 EQUALLY SPACED INTERVALS OF: 0.005 SEC
UNCORRECTED ACCELERATION (cm/s/s)
065CDY091201061401 COMP. NS Amax=-5.621
4.1
-5.6
065CDY091201061402 COMP. UD Amax=11.809
11.8
-7.3
065CDY091201061403 COMP. EW Amax=-2.842
2.6
-2.8
0
4
8
12
16
20
24
28
32
36
40
T(s)

图 7-288 2009 年 12 月 1 日 6 时 14 分 0 秒轮台地震策大雅台未校正加速度记录

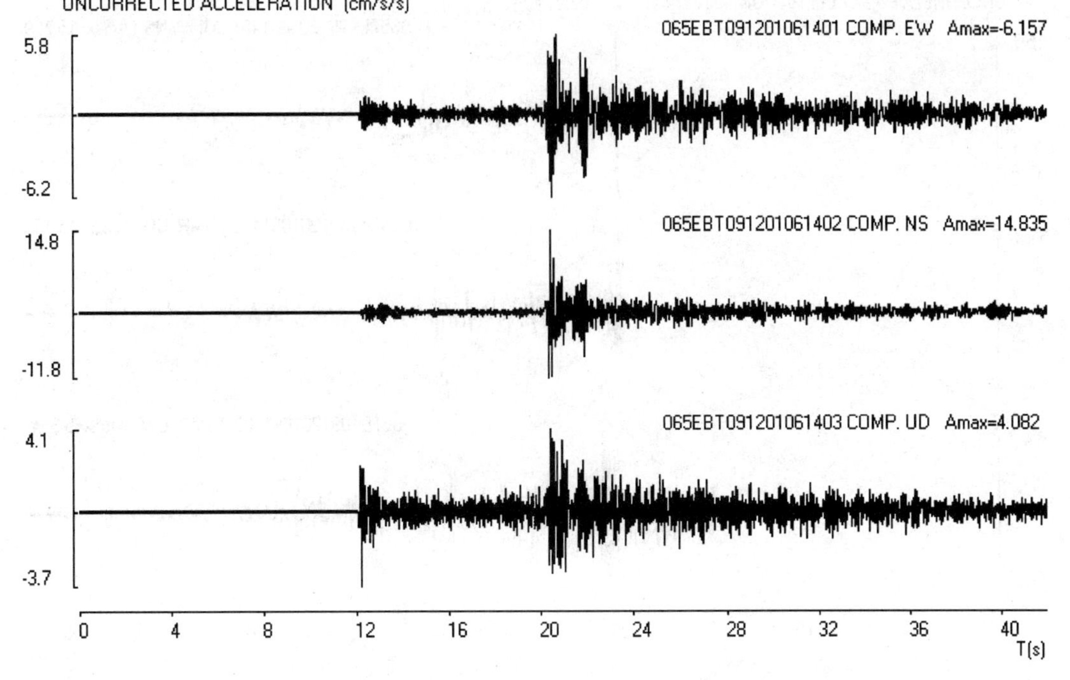
0091201061400 2009-12-01 6:14:0 BTM LUNTAI-EARTHQUAKE, LUNTAI,CHN 41.500N 82.209E MAG.4.7(MI) DEPTH 5KM
CODE OF STATION: 65EBT 41.8N 83.8E INSTRUMENT TYPE: ETNA/ES-T OBSERVING POINT: GROUND
NO. OF POINTS: 8400 EQUALLY SPACED INTERVALS OF: 0.005 SEC
UNCORRECTED ACCELERATION (cm/s/s)
065EBT091201061401 COMP. EW Amax=-6.157
5.8
-6.2
065EBT091201061402 COMP. NS Amax=14.835
14.8
-11.8
065EBT091201061403 COMP. UD Amax=4.082
4.1
-3.7
0
4
8
12
16
20
24
28
32
36
40
T(s)

图 7－289　2009 年 12 月 1 日 6 时 14 分 0 秒轮台地震二八台台未校正加速度记录

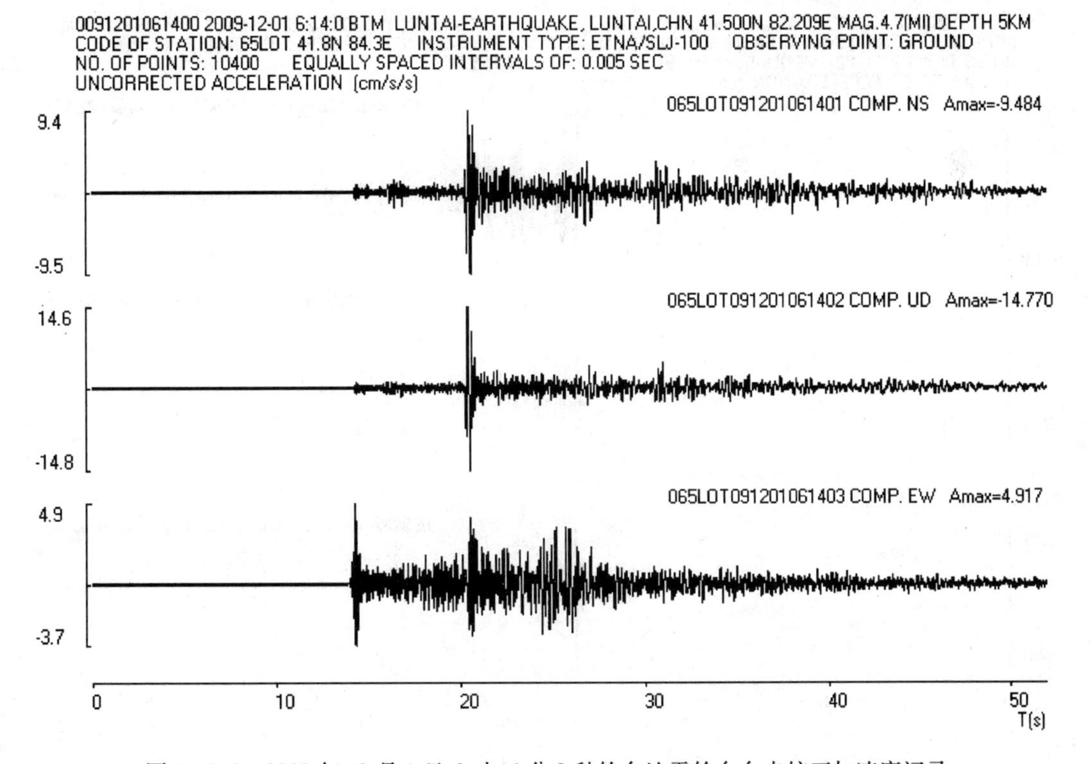
0091201061400 2009-12-01 6:14:0 BTM LUNTAI-EARTHQUAKE, LUNTAI,CHN 41.500N 82.209E MAG.4.7(MI) DEPTH 5KM
CODE OF STATION: 65LOT 41.8N 84.3E INSTRUMENT TYPE: ETNA/SLJ-100 OBSERVING POINT: GROUND
NO. OF POINTS: 10400 EQUALLY SPACED INTERVALS OF: 0.005 SEC
UNCORRECTED ACCELERATION (cm/s/s)
065LOT091201061401 COMP. NS Amax=-9.484
9.4
-9.5
065LOT091201061402 COMP. UD Amax=-14.770
14.6
-14.8
065LOT091201061403 COMP. EW Amax=4.917
4.9
-3.7
0
10
20
30
40
50
T(s)

图 7－290　2009 年 12 月 1 日 6 时 14 分 0 秒轮台地震轮台台未校正加速度记录

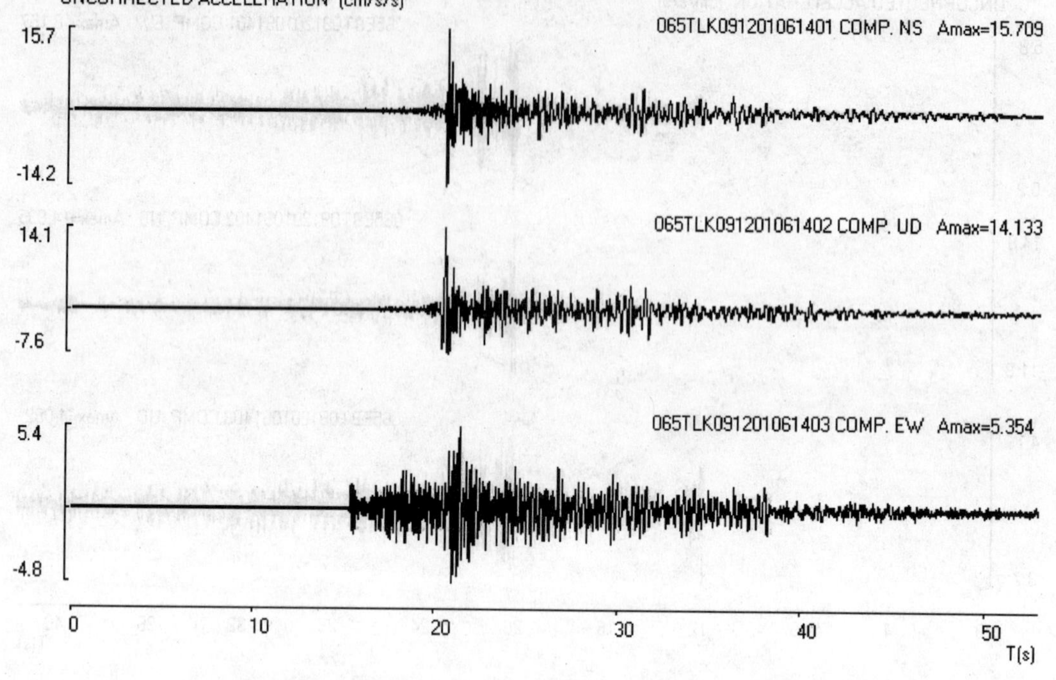
0091201061400 2009-12-01 6:14:0 BTM LUNTAI-EARTHQUAKE, LUNTAI,CHN 41.500N 82.209E MAG.4.7(MI) DEPTH 5KM
CODE OF STATION: 65TLK 41.9N 84.2E INSTRUMENT TYPE: ETNA/SLJ-100 OBSERVING POINT: GROUND
NO. OF POINTS: 10600 EQUALLY SPACED INTERVALS OF: 0.005 SEC
UNCORRECTED ACCELERATION (cm/s/s)
065TLK091201061401 COMP. NS Amax=15.709
15.7
-14.2
065TLK091201061402 COMP. UD Amax=14.133
14.1
-7.6
065TLK091201061403 COMP. EW Amax=5.354
5.4
-4.8
0
10
20
30
40
50
T(s)

图 7-291 2009 年 12 月 1 日 6 时 14 分 0 秒轮台地震塔尔拉克台未校正加速度记录

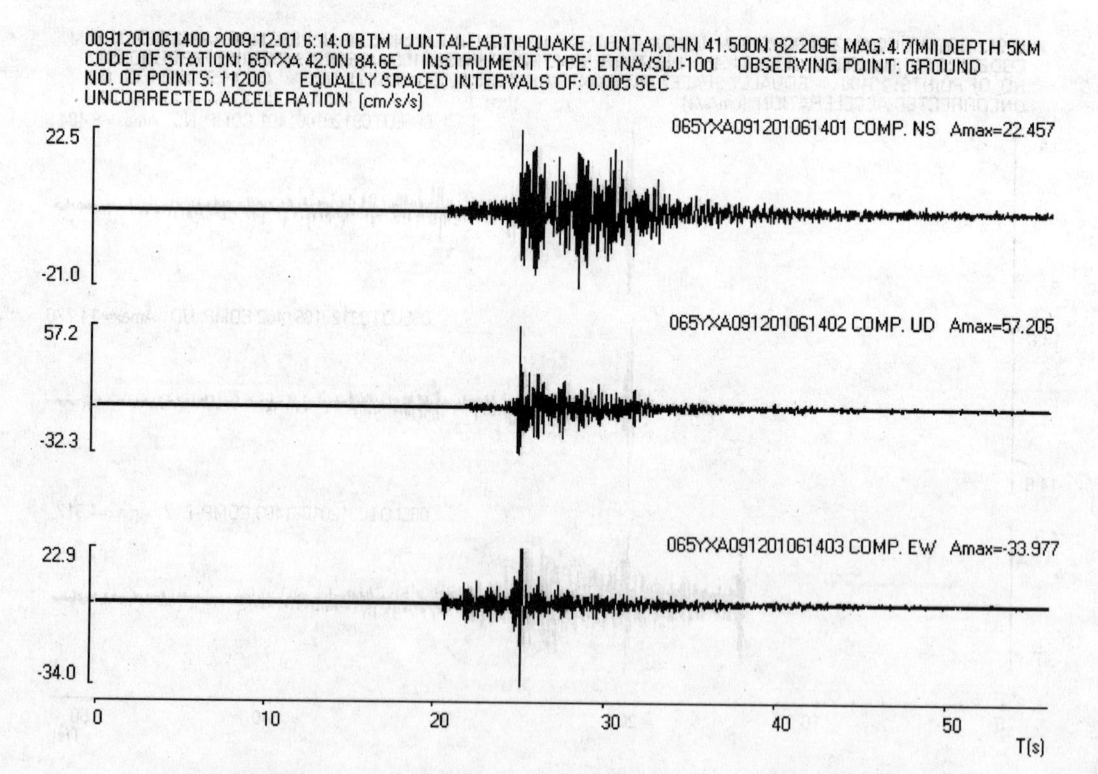
0091201061400 2009-12-01 6:14:0 BTM LUNTAI-EARTHQUAKE, LUNTAI,CHN 41.500N 82.209E MAG.4.7(MI) DEPTH 5KM
CODE OF STATION: 65YXA 42.0N 84.6E INSTRUMENT TYPE: ETNA/SLJ-100 OBSERVING POINT: GROUND
NO. OF POINTS: 11200 EQUALLY SPACED INTERVALS OF: 0.005 SEC
UNCORRECTED ACCELERATION (cm/s/s)
065YXA091201061401 COMP. NS Amax=22.457
22.5
-21.0
065YXA091201061402 COMP. UD Amax=57.205
57.2
-32.3
065YXA091201061403 COMP. EW Amax=-33.977
22.9
-34.0
0
10
20
30
40
50
T(s)

图 7-292 2009 年 12 月 1 日 6 时 14 分 0 秒轮台地震阳霞台未校正加速度记录

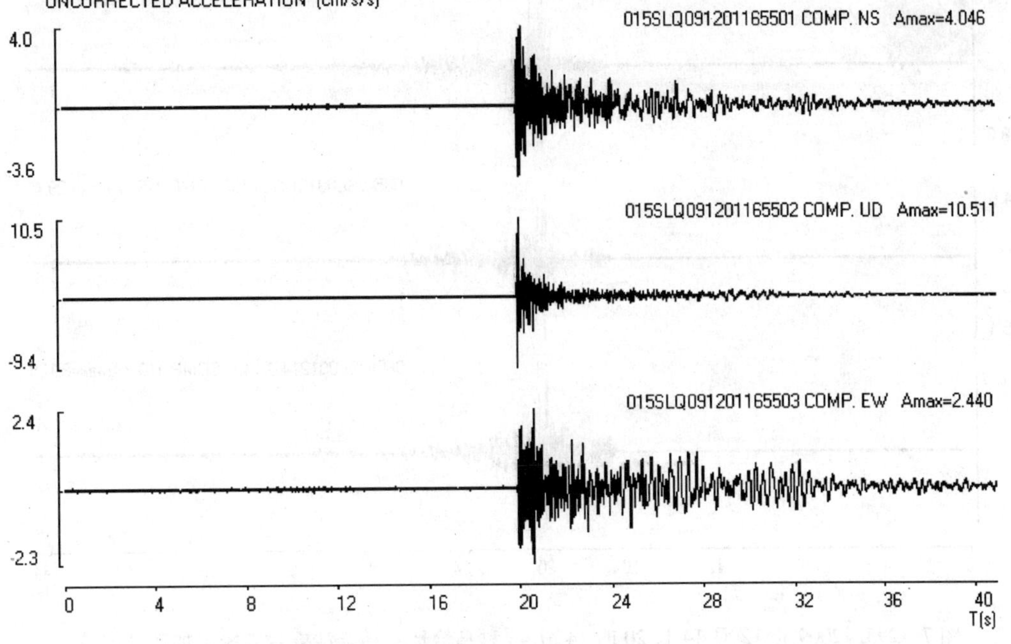
0091201165526 2009-12-01 16:55:26 BTM BAOTOU-EARTHQUAKE, BAOTOU,CHN 40.610N 110.470E MAG.2.5(Ms) DEPTH _KM
CODE OF STATION: 15SLQ 40.6N 110.5E INSTRUMENT TYPE: ETNA/SLJ-100 OBSERVING POINT: GROUND
NO. OF POINTS: 8200 EQUALLY SPACED INTERVALS OF: 0.005 SEC
UNCORRECTED ACCELERATION (cm/s/s)
015SLQ091201165501 COMP. NS Amax=4.046
4.0
-3.6
015SLQ091201165502 COMP. UD Amax=10.511
10.5
-9.4
015SLQ091201165503 COMP. EW Amax=2.440
2.4
-2.3
0
4
8
12
16
20
24
28
32
36
40
T(s)

图 7－293 2009 年 12 月 1 日 16 时 55 分 26 秒包头地震萨拉齐台未校正加速度记录

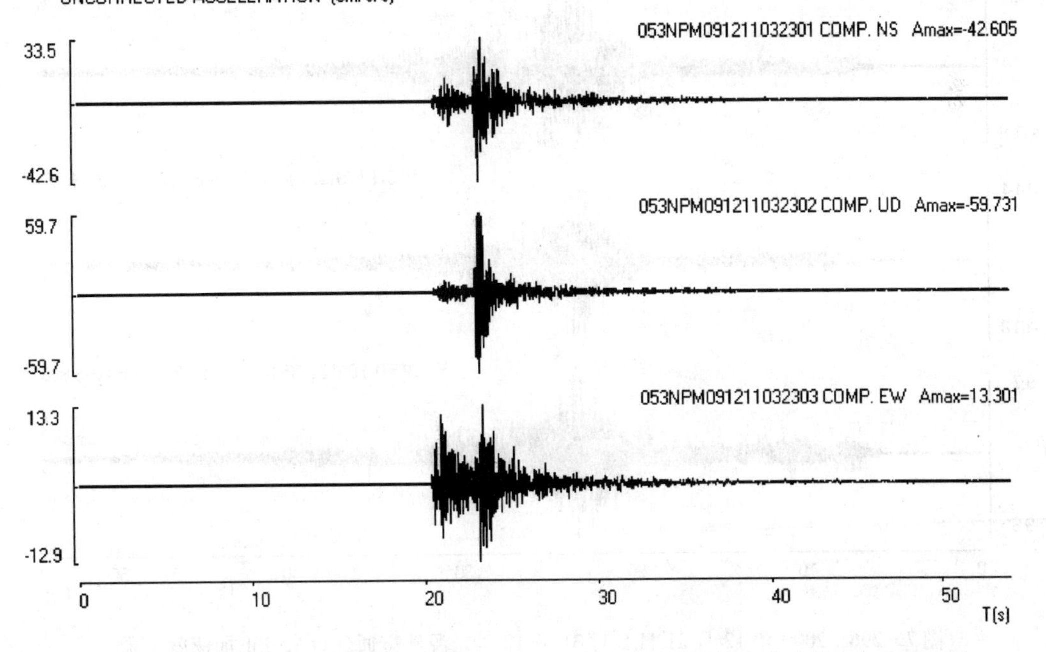
0091211032312 2009-12-11 3:23:12 BTM YUNNAN-EARTHQUAKE, YUNNAN,CHN 27.079N 100.879E MAG.4.0(Ms) DEPTH 4KM
CODE OF STATION: 53NPM 27.0N 101.0E INSTRUMENT TYPE: ETNA/SLJ-100 OBSERVING POINT: GROUND
NO. OF POINTS: 10800 EQUALLY SPACED INTERVALS OF: 0.005 SEC
UNCORRECTED ACCELERATION (cm/s/s)
053NPM091211032301 COMP. NS Amax=-42.605
33.5
-42.6
053NPM091211032302 COMP. UD Amax=-59.731
59.7
-59.7
053NPM091211032303 COMP. EW Amax=13.301
13.3
-12.9
0
10
20
30
40
50
T(s)

图 7－294 2009 年 12 月 11 日 3 时 23 分 12 秒云南地震跑马坪乡台未校正加速度记录

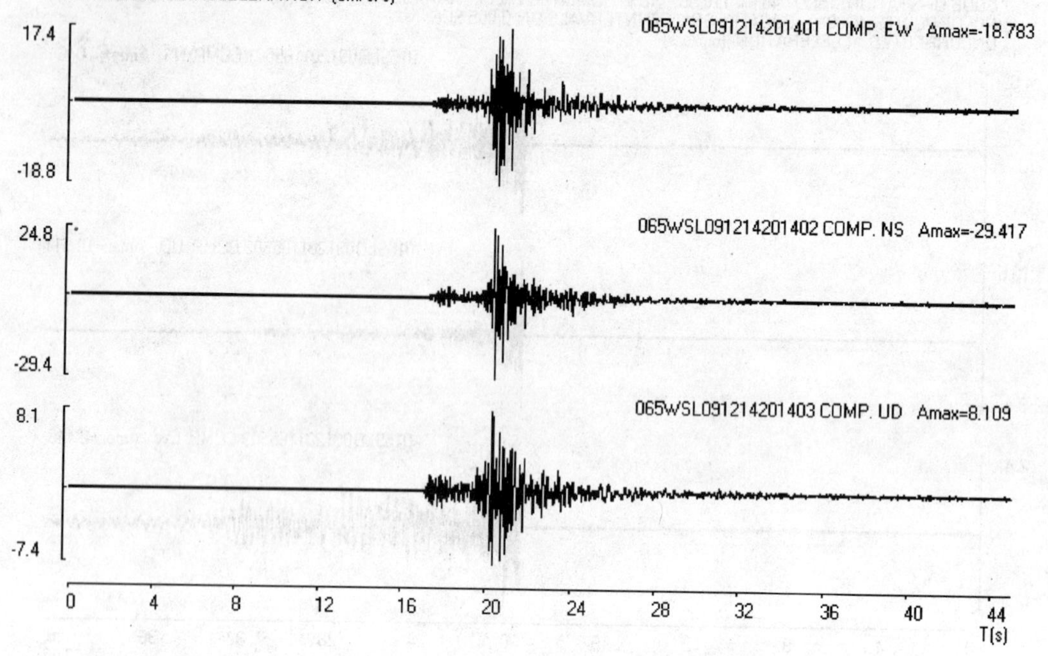
0091214201443 2009-12-14 20:14:43 BTM WUQIA-EARTHQUAKE, XINJIANG,CHN 39.520N 74.730E MAG.4.0(Ms) DEPTH 8KM
CODE OF STATION: 65WSL 39.7N 74.8E INSTRUMENT TYPE: ETNA/ES-T OBSERVING POINT: GROUND
NO. OF POINTS: 9000 EQUALLY SPACED INTERVALS OF: 0.005 SEC
UNCORRECTED ACCELERATION (cm/s/s)
065WSL091214201401 COMP. EW Amax=-18.783
17.4
-18.8
065WSL091214201402 COMP. NS Amax=-29.417
24.8
-29.4
065WSL091214201403 COMP. UD Amax=8.109
8.1
-7.4
0
4
8
12
16
20
24
28
32
36
40
44
T(s)

图 7－295 2009 年 12 月 14 日 20 时 14 分 43 秒乌恰地震乌合沙鲁台未校正加速度记录

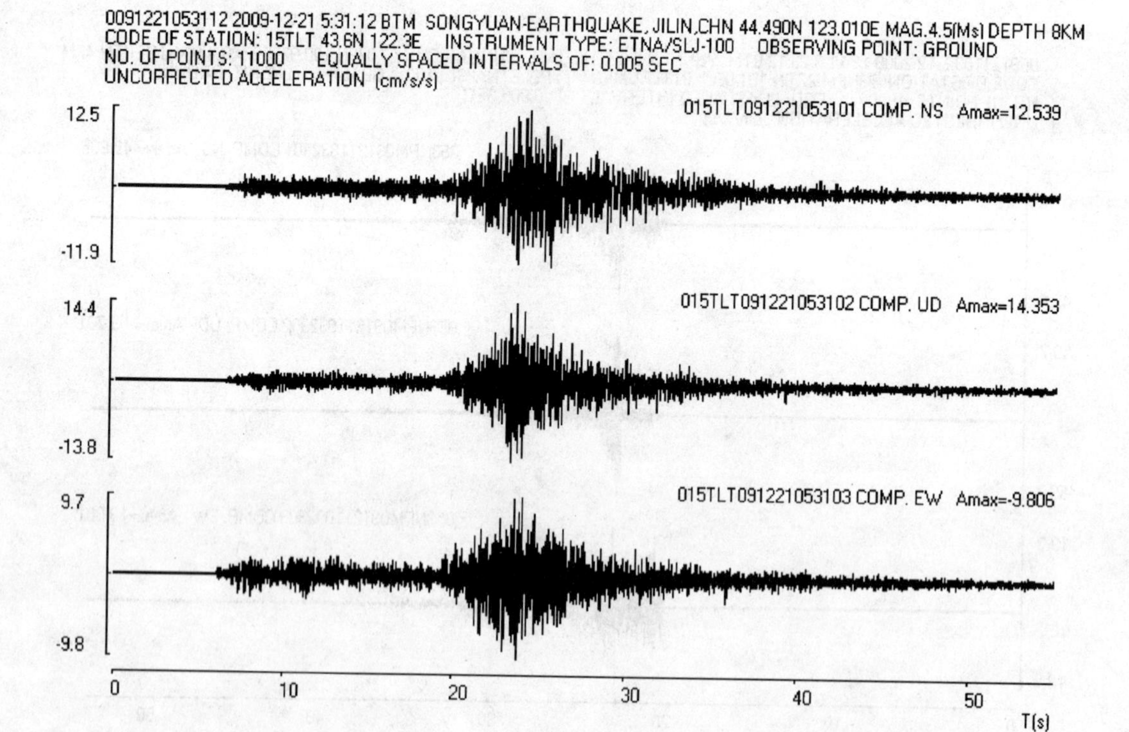
0091221053112 2009-12-21 5:31:12 BTM SONGYUAN-EARTHQUAKE, JILIN,CHN 44.490N 123.010E MAG.4.5(Ms) DEPTH 8KM
CODE OF STATION: 15TLT 43.6N 122.3E INSTRUMENT TYPE: ETNA/SLJ-100 OBSERVING POINT: GROUND
NO. OF POINTS: 11000 EQUALLY SPACED INTERVALS OF: 0.005 SEC
UNCORRECTED ACCELERATION (cm/s/s)
015TLT091221053101 COMP. NS Amax=12.539
12.5
-11.9
015TLT091221053102 COMP. UD Amax=14.353
14.4
-13.8
015TLT091221053103 COMP. EW Amax=-9.806
9.7
-9.8
0
10
20
30
40
50
T(s)

图 7－296 2009 年 12 月 21 日 5 时 31 分 12 秒松源地震通辽台未校正加速度记录

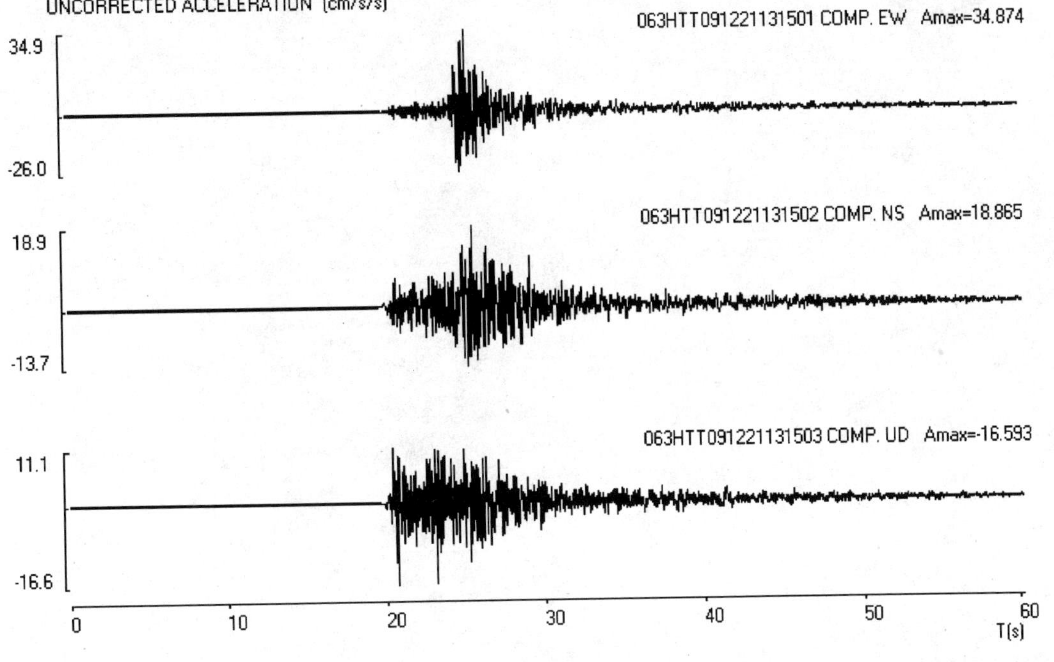

0091221131507 2009-12-21 13:15:7 BTM HAIXI-EARTHQUAKE, DELINGHA,CHN 37.569N 96.650E MAG.5.0(Ms) DEPTH 6KM
CODE OF STATION: 63HTT 37.5N 96.7E INSTRUMENT TYPE: MR2002/SLJ-100 OBSERVING POINT: GROUND
NO. OF POINTS: 12048 EQUALLY SPACED INTERVALS OF: 0.005 SEC
UNCORRECTED ACCELERATION (cm/s/s)
063HTT091221131501 COMP. EW Amax=34.874
34.9
-26.0
063HTT091221131502 COMP. NS Amax=18.865
18.9
-13.7
063HTT091221131503 COMP. UD Amax=-16.593
11.1
-16.6
0
10
20
30
40
50
60
T(s)

图 7－297 2009 年 12 月 21 日 13 时 15 分 7 秒海西地震怀头他拉台未校正加速度记录